第二十届百花文学奖

小说奖

获奖作品集（上）

《小说月报》
《小说月报·原创版》
编辑部编

天津出版传媒集团

百花文艺出版社

图书在版编目（CIP）数据

第二十届百花文学奖·小说奖获奖作品集：上中下 / 《小说月报》《小说月报·原创版》编辑部编. —— 天津：百花文艺出版社，2023.9

ISBN 978-7-5306-8649-2

Ⅰ. ①第… Ⅱ. ①小… Ⅲ. ①中篇小说-小说集-中国-当代②短篇小说-小说集-中国-当代 Ⅳ. ①I247.5②I247.7

中国国家版本馆 CIP 数据核字(2023)第 149889 号

第二十届百花文学奖·小说奖获奖作品集(上中下)
DI-ERSHI JIE BAIHUA WENXUE JIANG
XIAOSHUO JIANG HUOJIANG ZUOPIN JI SHANG ZHONG XIA
《小说月报》《小说月报·原创版》编辑部　编

出 版 人:薛印胜
选题策划:汪惠仁　　**编辑统筹:**韩新枝　徐福伟
责任编辑:刘升盈　齐红霞　张烁
特约编辑:李跃　王亚爽　张凡羽
装帧设计:任彦　　**内文设计:**郭亚红
出版发行:百花文艺出版社
地址:天津市和平区西康路 35 号　**邮编:**300051
电话传真:+86-22-23332651（发行部）
　　　　　　+86-22-23332656（总编室）
　　　　　　+86-22-23332478（邮购部）
网址:http://www.baihuawenyi.com
印刷:天津新华印务有限公司
开本:787 毫米×1092 毫米　　1/32
字数:606 千字
印张:28.5
版次:2023 年 9 月第 1 版
印次:2023 年 9 月第 1 次印刷
定价:118.00元（全三册）

百花文学奖
The 20th
Baihua Literature
Award

小说奖获奖作品集

目 录

（上）

短篇小说

中篇小说

短篇小说

duanpianxiaoshuo

河马按摩师

〇邱华栋

一

高光的故事还是由我来讲吧,我来讲可能比较靠谱。我知道高光来肯尼亚,纯粹是自找的。他做梦都想不到自己会来到非洲的肯尼亚,在内罗毕安顿下来,过上了小日子。

东非大裂谷穿越了肯尼亚,肯尼亚还有五百多公里长的海岸线,是东非风景最壮阔、最优美的国家。肯尼亚的首都内罗毕,号称东非小巴黎,是非洲繁华的城市之一。这座城市有几百万人,当然大部分都是黑皮肤的。这让我们这些黄皮肤的和一些白皮肤的人看上去比较扎眼。

一般人很害怕来到非洲,都传说在非洲容易得怪病,这倒是真的。在非洲染上疟疾,已经能够得到很好的治疗。有的病就很奇怪。有一次,我看到在高光的诊所里,来了一个在内罗毕的中国工程公司承包的项目上干活的小伙子,他的胳膊上隆起了一个包,不知道是怎么回事。

高光把这个包割开之后,里面就流出来一包小蛆虫。原来呀,这个小伙子曾经被一只奇怪的飞虫叮了一口,结果胳膊上就长了这么一包虫。

在内罗毕找高光的诊所很容易,这家伙一开始来肯尼亚的内罗毕,就开了一家诊所,你一进门,就能看到在厅堂里立着一个铜人。就是中医医院里面常常能看到的铜人,裸体铜人,身上的经络和穴位都画出来了。

在内罗毕开一家中医诊所,针灸、拔罐、刮痧,在有的国家会引发法律官司,说大夫搞巫术,虐待病人,吃不了兜着走。内罗毕人是慢慢相信中医的,一开始,我估计,这个中国铜人会让来看病的内罗毕人感到害怕,以为中医是巫术,可要是你看见高光给前来治病的黑人身上扎上银针,那就更觉得这家伙很神奇了。

他的针灸技术非常高超。有一次,我得了面瘫了。这种病俗称鬼吹风,不知道怎么回事,晚上没有睡好,或者中午在小货车上打了一个盹儿,醒过来,我就发现我的嘴歪了,半边脸不能动,一只眼睛的眼皮子也不能闭合,光流泪,这就很奇怪了。

我就来到高光的诊所。他一看见我的症状,就笑了:"歪嘴子,哈,刚才在你前面还来了一个。"

他带我走进里间,我看到一个黑人小伙子坐在那里,右脸上扎满了银针。这个家伙也是面瘫患者。于是,我也坐下来,让他往脸上扎银针。

此前,我从来都没有针灸过。我是中国人,我知道这个,但我没扎过这个。只见高光穿着白大褂,拿出来一个盒子,让我坐在椅子上,他从盒子里取出来长长的、令我感到恐惧的银针,看着我的脸,用指头一边触摸,一边问我的感受,然后,瞅准了我脸上的某个穴位，就开始扎银针了。

一根根的银针被他扎着捻着，就钻进我的右半边脸上了，奇怪，一点也不疼，还不流血。这针灸就是这么神奇。然后，他让我和那个同样扎满了一脸银针的黑人小伙子，并排躺在两张小床上，拉过来像是台灯一样的东西，末端伸出来一个圆饼形状的、黑乎乎的玩意儿，插上电。

原来是电烤器，对准了我们两个面瘫患者扎满了银针的半边脸，就这么烤上了。电烤半小时，我的半边脸在银针的作用下，皮肉开始逐渐跳动起来，瘫痪的脸部有了一点蚂蚁爬动的感觉。就这样，我和那个黑人小伙子接连扎了三天银针，电烤了三天，我们的面瘫脸，很快就好了。

我就感觉到第一天我的右脸本来已经完全瘫痪了，跟不上大脑的指挥和使唤，可忽然，在电烤器下面，扎满了银针的半边脸上有蚂蚁在爬，很痒。第二天，我感觉脸上不再是蚂蚁在爬，而是一条条的蚯蚓在爬，热乎乎的。第三天，我感觉脸上的那些蚯蚓就连接起来，让半张脸开始活动了。我的面瘫被高光就这么治好了。

在高光的中医诊所里，不但有针灸，还有艾灸、刮痧、拔罐、中医理疗按摩等项目。有时候，你一进他的诊所就能闻到艾草焚烧的香气，烟雾缭绕的，那是在艾灸了。碰到有那么一两个黑人小伙子光着脊背走出来，背上一连串的红色血印子，圆坨坨，看着很吓人。

不过，内罗毕人已经知道这不是中医在搞酷刑，而是一种"祛火"的诊疗方法。再说了，他们的电视台老早就报道过中医这些在他们看来多少有点奇怪的诊疗方法，内罗毕人已见怪不怪了。

高光的诊所里，除了一楼的诊室和治疗室，还在二楼设了一个按摩理疗室。高光的老婆魏娜带着三个内罗毕黑人姑娘，在那里为客人推拿按摩。魏娜是一个长相妖娆的女人，说话嗓门高，动作麻利。她喜欢穿紧身的衣裤，这一点和黑人妇女穿紧身裙、裹出性感臀部的打扮一样，难怪高光会动心。据说这两人是一个县的老乡，这对痴男怨女走在一起，也是上天注定。

魏娜在二楼，指挥三个黑人姑娘按摩推拿，生意非常好。各种肤色的男人都来一探究竟，想了解这中医按摩推拿到底是什么玩意儿，会不会是他们想歪了的事情。结果，男人们发现，几个黑人姑娘绝对是真的在推拿按摩，把他们推拿得酸爽舒适，嗷嗷叫。

黑人姑娘手法很娴熟，都是魏娜一手教出来的。不过，这几个黑人姑娘干活不用心，在内罗毕，一般雇人干活，发的都是周薪，每个星期五，一发钱，那几个姑娘就不见了。请求按摩的客人还在诊疗室外坐着排队呢，害得魏娜直骂娘，只好亲自上手，给客人推拿按摩。

等那几个姑娘把钱花完了，她们就回来了。

魏娜就和她们签订协议，但还是没有效果，当地姑娘说辞职就辞职了。魏娜的按摩理疗室就不断地招聘。后来，来了两个中国中年妇女，她们是跟着务工的丈夫从中国来的，这按摩推拿的队伍才算稳定下来。

二

高光的中医诊所在经历过很多当地政府的刁难、小流氓的滋扰和资金链的紧张等困难之后,刚刚站稳脚跟,就遭到了一场蚂蚁的疯狂袭击。

有一天,高光早晨起来,在院子里刷牙,忽然发现院子的墙根处,一片肥厚的叶子旁边,鼓起一个褐黄色的土包,墙根怎么能长一个疙瘩呢?

他就走过去看,看不出那是什么,也不像是蜂巢。要是马蜂窝,肯定有很多马蜂在那里出出进进的。这土包一点动静都没有,可似乎还是在从内向外扩展,就跟肿瘤似的。他刷着牙,想了想,觉得这土疙瘩不影响院落,就不再管了,回到了房间里。

第二天,就在诊所当院的中间,隆起了一个土包,这让他吓了一大跳。他赶紧让我来。

我这个比他资格老的新内罗毕人一看,就笑了:"这是蚂蚁窝。你完了,你招惹了它们,它们要占领你的诊所了。"

高光不信,拿出来两把铁锨,让我们把这蚂蚁窝土堆铲平了。一铲之下,根本就铲不动。那蚂蚁窝非常坚硬。我说:"这玩意儿比石头还硬。"

高光不相信,走过去拿拳头捶了两下,发现几乎像木头一样硬。那种蚂蚁窝是黏土构造的,他拿着铁锨,又是铲,又是捅,结果只是在蚂蚁窝上砸出一点痕迹而已。

高光很无奈地看着我,我这才从自己背的包包里,拿出来一个电钻。我把钻头安好,让他把电线插板从屋子里引出来,我把电钻的连接电线插好,一开动,电钻吱吱响着,嗖嗖地转着。

我走过去,把电钻抵在蚂蚁窝的中间。电钻很厉害,很快就把蚂蚁窝钻了一个洞,很多又黑又大的蚂蚁遭到我的袭扰之后,从洞里面爬出来。我不管它们，继续在蚂蚁窝的各个部位都用电钻钻出眼。然后，让高光拿着一把锤子，一顿乱锤，蚂蚁窝轰然倒塌了。

大家这才看到有大量的蚂蚁在土堆里面爬动，密密麻麻的，真的很吓人，因为蚂蚁太多了，多到你根本就无法去移除和消灭的地步。这时，围观的黑人妇女们却欢呼雀跃起来，用当地语言喊着，手里多出来了几个盆盆碗碗的，走过去在蚂蚁窝里面抓着什么。

我一看就知道了，她们抓取的，是蚂蚁窝里面的蚂蚁卵，那可是绝美的食物，最棒的蛋白质。那几个黑人妇女跟过节似的，手里的盆碗都装满了蚂蚁卵，这才心满意足地离开，回家了。高光看得目瞪口呆："她们是拿回家炒菜吗？"

我笑了："当然啊，蚂蚁卵在非洲可是好东西。不过非洲人不怎么打扰蚂蚁的，他们从不去捅蚂蚁窝。"

那天，我用电钻把墙根处和院子里的这两个蚂蚁窝给搞定了。高光让诊所伙计接着把坍塌的蚂蚁窝碎片铲平，院子里很快变得平平整整的。

高光很得意："你看，蚂蚁窝没了，它们怎么能斗得过我。"他又叫魏娜往那两个蚂蚁窝的"遗址"处喷了消毒水、药用酒精，总之对待蚂蚁是一副赶尽杀绝的态度。

我笑了："这蚂蚁可狡猾了。你要吃不了兜着走了。"

高光得意地打了一个响指："谢谢你，兄弟，今天免费拔罐。"

第二天，在他的院子里，又崛起了两个小土堆。肯定又是蚂蚁窝，而且坚硬无比。他大为光火，又把我叫来，铲除这两个蚂蚁窝。

我这一次没有拿电钻,我告诉他:"老高,我告诉你,这非洲的蚂蚁真的不好惹,最好的办法就是和平共处,相安无事。你不要再去动它们的窝了,这里本来就是人家的国土。说不定某一天,那些蚂蚁就真的撤退了,那个时候我再来帮你彻底荡平这些蚂蚁窝。"

高光想了想,摆了摆手:"妈的,听你的,算啦。由它们去吧。"后来,他的中医诊所院子里又出现了三座蚂蚁窝小山,比一个人还要高,而且坚硬无比,还在继续生长。高光听了我的话,他发现这非洲的蚂蚁真的不好惹,它们的群体太过庞大,他也不怎么去理会蚂蚁窝了。

来来往往就诊的人,也绕着走。大队的蚂蚁在这三座蚂蚁山内外奔走,排成长长的行列,蔚为奇观。以至于有到内罗毕旅行的国内旅游团,先到他的诊所观赏那两米多高的三座蚂蚁山。高光的诊所就经常有很多游客,在那里指指点点,啧啧称赞,这非洲的蚂蚁山的确很壮观,之后,就在高光的诊所里艾灸、按摩、拔罐,倒也给他招徕了些生意。

就这样,过了大半年,有一天,天阴得厉害,看样子内罗毕要下大雨。半夜,瓢泼大雨终于下了下来。第二天,我来到诊所,发现蚂蚁搬家了。三座蚂蚁山外面一只蚂蚁都没有,里面肯定空空如也。我就告诉高光:"那些蚂蚁搬走啦。"

高光说:"太好了,那你帮我把蚂蚁窝钻成碎片吧。"

这一次我又帮了他的忙,院子里的三座蚂蚁山算是彻底铲平了,因为蚂蚁真的搬家了。

三

我和高光熟悉了之后，我听说，他来到内罗毕，是魏娜一定要他来的。魏娜希望他们俩一起出走，躲得远远的，就这么从中国躲到了肯尼亚的内罗毕。这样的话，老家的人就都不再议论他们了。在他们老家的县城里，在街上转一个圈，就都认识。好事不出门，坏事传千里，高光和魏娜的绯闻早就传遍了小县城，因为高光是一个有家的男人，而魏娜是从南方回来的女人。

那个时候，正是高光的中医小医院在县城里生意最红火的时候，结果闹出这么一档子事。他和魏娜的事情一出来，马上就有人传出来了他们在宾馆里幽会的视频，虽然不是很清楚，但熟悉他们的人断定，那搞事情的男女，就是他们俩。他们走到街上，总感觉有人戳戳点点的。

高光的老婆李冬梅知道后，就要和他离婚。高光一开始不愿意，后来就同意离婚，把房子、车子和抚养费都给她，把女儿也给她带了。

这样，魏娜就和高光住在一起了。

他们在县城西边买了一套房子，住在那里。可是不行，高光的小舅子——李冬梅的两个弟弟可都是坏种，他们晚上在高光新家的门上抹大粪，到处散布他是王八蛋负心郎。他们还把他新买的车子轮胎扎破，把他和魏娜新家的窗户玻璃砸出几个洞。

关键是高光开着一家中医小医院，从此生意一落千丈。往常，他的中医医院不大，但门庭若市。

高光的父亲是中医大夫，已经去世了，高光从小耳濡目染，也

10

知道点中医。父亲曾经手把手教他，希望他长大了能考进中医大学，子承父业。但高光不务正业，不好好学习，高中毕业去参军，当了野战军的汽车兵，跑遍了西南地区那些危险的山路，最远到过西藏阿里，几次历险，差点死了。在部队里的医院他倒是专门学了一年的医疗救护，算是有了从医的经验和证书。

几年之后，高光复员回来，他先是转业到了市消防总队，有一次火灾他们没有处理好，高光受到处罚，离开了消防队。

那怎么办？他就回到老家县里开了一家中医小医院。高光看病，不乱收钱，病人没钱也给看病，正所谓悬壶济世、医者仁心。

可自从他把老婆孩子抛弃了，和县城里那个有名的浪荡女魏娜搞在一起，他在他们心目中的形象就毁了。尽管很多人都是一屁股屎，可看别人成了落水狗，不仅不同情，还要往他脑袋上扔大粪。县城里的人都不来找高光看病了。

过去都说高光是个老实疙瘩，怎么让魏娜给搞定了呢？他们背地里议论纷纷，魏娜早晚得甩了他，就跟人家甩了她一样。

传说魏娜在深圳打工的时候，认识了一个老板，被包养做了二奶。后来那个老板生意做不好了，跑路了，就不管她了。她又不愿意去打工，吃不了那个苦，就回到老家的小县城。可她的穿着打扮就像个招摇过市的二奶，谁都不去招惹她，特别是男人，还有点怕她。

他们到处传闲言碎语，说高光和她勾搭上的时间，是她到高光的中医小医院去看妇科病的那个遥远的下午。那天下午被别人传得有鼻子有眼的，就好像他们当时都在高光的诊所里围观一样。

话说那天下午,魏娜扭着水蛇腰,穿着高跟鞋,溜溜达达来到了高光的中医小医院,要看妇科病。男大夫看妇科病,都是比较让人有想象的事情。但中医医生无论看什么病,都要先把脉。

　　他们说,高光把手往魏娜的脉上一搭,和她射过来的目光一对上,他立即被她电到晕眩,当场崩溃了,也就丧失了男人的底线。之后发生了什么就不好说了,总之,他们说,高光把中医小医院的门关上,让助手小李子回家,然后和魏娜在检查患者的那张床上做了好事。

　　高光被他们传说成这样,老是被人指指点点,这日子很难过。他也是哭笑不得。可他脾气好,觉得无所谓,心想过一阵子,也就不会有什么了。

　　魏娜却很生气,"狗屁小县城! 在深圳就不会这样,没有人关心你是怎么生活的。真讨厌! 我们得离开这里,走得远远的。"她咬着自己的右手无名指指甲说。后来,她想到一个办法:咱俩去非洲,躲得远远的。

　　哎呀妈呀,高光一听,就头大了。去非洲,亏她想得出来。非洲遍地都是大象、河马、狮子、老虎、野牛、羚羊、豹子、鬣狗、鳄鱼、角马、蟒蛇、蚊子、蚂蚁,人人住草棚,吃红薯、土豆,高光连想都不敢想的事情,她敢想。

　　她不仅敢想,而且还让她在肯尼亚的内罗毕办公司的亲戚发来了邀请函,凭借这封邀请函,他们就能办签证,就能去肯尼亚的内罗毕进行商务考察,就能在那里待下来,也开一家中医诊所。

　　就这样,他们俩跑到内罗毕来了。

　　刚开始来东非的时候,高光真的担心肯尼亚到处都是野生动物,可来到了内罗毕,他们发现这是一座大城市,高楼林立,好几百万人在这里生活,不仅中国人不少,而且世界各地来的人也很多,这里也很自由。

魏娜的好几个远房亲戚都在这里扎根了,都做中非贸易,有做木材贸易的,还有做矿石贸易的,都干得不错。他们就在内罗毕待下来了。

高光、魏娜住在内罗毕南郊,租了一个小院子,里面是二层楼。办理了很简单的注册手续,他的中医诊所就在内罗毕开张了。

四

不知道为什么,我第一眼见到魏娜,就感觉到她早晚要离开高光。因他俩根本就不是一种人。男女关系要稳定,得看这两人是不是一种人。高光是一个特别踏实的人,干什么都是一把好手。可魏娜是一个天生就对自己已经拥有的生活感到不满意的女人,她总要折腾自己,顺带把和她在一起的男人也折腾个够呛。这不,把高光鼓弄到东非的内罗毕,就是她的一次梦想成真。可这一次的梦想成真,让她接着又出来一个梦想,你要是问她下一个梦是什么,她又不会告诉你。魏娜好高骛远,她不知道自己真的要什么。她要什么?钱吗?不是的,她似乎也很缥缈。

有一次,我在诊所拔罐,和她说话聊天。我问她:“魏娜姐,你们还得回河北老家吧?你们俩生不生个孩子呀?”

魏娜就说:“少操别人的心,瞧瞧你自己,跑到内罗毕打零工,你的老婆在哪里呢?”

她说到点子上了，我自己的老婆在哪里，我还不知道呢，正所谓少年不识愁滋味，我还想不了那么多。现在，很多中国公司在非洲有建设项目，我经常去参加一些建筑工程的施工，我是电焊、瓦工、木工都会一些，不愁没活干。不过，常来高光的诊所，我倒是对中医很感兴趣，常常和高光一起聊天，开始学习针灸和把脉。

在非洲，动物很常见，它们都不怕人。人和动物常常混居在一起，即使像内罗毕这样的大城市也是这样。在城市里，常常看到两群猴子为了争地盘，在街道上和商场附近打架，打得歇斯底里、大呼小叫、旁若无人。

有时候，城市菜市场里，人们熙熙攘攘络绎不绝，正在买菜卖菜，忽然眼前掠过一道黑影，原来是一只老鹰从天而降，瞬间伸出爪子，把市场上某人正待售卖的公鸡给抓走了。行车的时候，忽然从道旁的树林里，窜出来几只野猪，排成行列，旁若无人地穿越马路。我在建筑工地干活，有一天一群非洲大象闯了进来，吓得刚从中国来的建筑工人不知所措。我眼疾手快，赶紧从工棚食堂取出工人们中午要吃的香蕉和苹果，拿给了那些大象。大象们慢吞吞吃了水果，这才撞坏铁皮大门，扬长而去。

某天我一觉醒来，听到窗户玻璃有敲击的声音。我拉开窗帘，看到不知从哪里飞来的两只野鸽子，正在窗台上问候我呢。它们也不怕我，闪着清亮的眼睛看着我。我找了一点面包屑给它们吃。吃完了，它们就飞走了。

我知道高光到内罗毕之后没多久，得过一次疟疾。这病在非洲曾经是绝症，现在好治了。可当时还是让他难受了一阵子，发烧、浑身酸疼、体感寒冷、拉稀、视力模糊、全身无力、性欲减退，这些词都是他给我描述的感受。可"性欲减退"这个词还是让我乐不可支,得病了,还胡思乱想,难怪魏娜经常骂他。

他们在内罗毕生活了一年多,魏娜的肚子也没有鼓起来。魏娜那个时候想要孩子了,还专门弄来了非洲男人见面都很神秘地互相问问"吃了吗"的那个东西——那个东西非常"strong"(强壮),是一种块茎类植物,叫作"穆豪根"——也就是非洲男人壮阳的东西,让高光吃。

高光吃了,除了眼睛发亮,也没有什么惊人之举,让魏娜感觉他有如神助。高光把那个"穆豪根"给我吃了,我的肚子胀得很大,其他部位也跟着胀大,可无法排泄,吃了泻药才拉出来。果然非常"strong"。

在我的记忆里,也就是院子里的蚂蚁搬家之后的一个月,有一天,诊所来了一个男人,是个白人,改变了他们的生活走向。

那个男人骑着一辆自行车,胳膊上盘着一条蛇。他来诊所是为了治疗,因为他被蛇咬伤了。他竟然会中文!他说他叫霍华德·弗兰克,是个美国人。高光一看他胳膊上盘着的那条蛇,就知道他受伤并不重,给他清理咬伤,给他煎服解毒中药汤汁,说:"你中毒不深,这蛇毒性没有那么大。"

那天,我也在诊所里,我正在研究他的那个中医铜人身上的经络和穴位,听到他们用中文说话。霍华德·弗兰克是一个记者,他告诉高光,他常年在亚洲跑,在中国的长江流域生活和采访了六年,写了一本英文非虚构《滚滚长江天际来:大河边的中国人》,还上了《纽约时报》图书排行榜。他的脸颊边上,有一层黄色小绒毛,在阳光下闪亮。他的皮肤发红,个子很高,笑容可掬,喜欢戴墨镜，穿着摄影师喜欢穿的那种有很多口袋的军绿色裤子，很强壮。

他说，他很喜欢中国人，这次来肯尼亚是来寻找他的弟弟。他的弟弟在非洲做生意，可今年忽然没有了音信，他的老父亲从美国打来电话，要霍华德·弗兰克在非洲找他弟弟，他就从中国的重庆来到了内罗毕。

魏娜那一天从楼上下来，看到了霍华德·弗兰克，这一眼就觉得有点不一样，我感觉魏娜有点小兴奋。她跑过来看霍华德·弗兰克胳膊上盘着的那条蛇。那是一条好看的花蛇，还在嘶嘶吐芯，她就尖叫起来，声音怪怪的。

她说："你把它放生了吧，你老是抓着它，它肯定要咬你呀。"

霍华德·弗兰克笑起来，他把蛇递给了魏娜。魏娜的脸很红，很害怕那条蛇，打算躲开。霍华德·弗兰克抓住魏娜的胳膊，把那条蛇盘在了魏娜的胳膊上。

魏娜咯咯笑着，忽然又被朝她吐芯的蛇吓哭了。她一甩手，那条蛇从她的胳膊上滑落在地，扭动着身子，跑进草丛中不见了。

五

霍华德·弗兰克后来就住在高光诊所二楼的一个房间里，他给魏娜预付了三个月的租金，说："三个月的时间，要是我找不到我的弟弟，就打算再回到中国。"

那段时间里，聘用我当电焊工的内罗毕一家中国公司承包的建筑项目完工了。他们要接着转战坦桑尼亚的新工程，也愿意聘用我。可是我不愿意去，我喜欢肯尼亚，喜欢内罗毕。我就在高光的诊所里学习中医诊疗,给高光当助理。

每天早晨,吃了早饭,霍华德·弗兰克就骑着自行车出门去了,到处打听他弟弟的下落。但每天傍晚他都是一个人回来的,表情落寞。

"他弟弟看来是一个神秘人物,是不是在肯尼亚贩卖军火的?""说不定呢。"我和高光小声议论着。

魏娜就说:"别瞎说了,我看弗兰克就是一个好人。他还给了我一根辟邪的非洲黑木雕呢。"

我们就一起看霍华德·弗兰克给魏娜的那根黑木雕。那是一个非洲女性身形的木雕,带着原始的美感和性感,不知道怎么回事,看着就像是魏娜的身形。

一天天就这么过去了。霍华德·弗兰克总也找不到他的弟弟,他也不说他找弟弟的难度有多大,为什么找不到弟弟。每次回来,他总要带回来一些非洲人制作的东西。有一天,他带回来一面非洲木鼓,是一段镂空的木头做的,外表用羊皮蒙着,羊皮上画了拙朴的图案。他把鼓送给了魏娜,魏娜不要,说:"你会打鼓?那你打鼓给我听。"

霍华德·弗兰克就坐在那里,用两腿夹着那面木鼓,用双手拍打起来。他打鼓的声音很有规律,到后来越来越激动,鼓声非常有节奏,结果唤起了周围遥远的地方,也隐隐传来了非洲的鼓声。原来,别处的黑人在呼应他,敲响了自己家的鼓。

魏娜就兴致大发,在院子里跳起了舞。魏娜的舞姿妙曼,非常有节奏,这更证实了她可能曾在娱乐场所工作过的传闻。霍华德·弗兰克兴致勃勃,高光脸色阴沉,躲到屋子里不出来了。

也就是在那段时间，高光的中医诊所院子里，出现了一次壮观的动物大战。

中国人喜欢说一阵秋雨一阵凉，可在内罗毕，下完了雨反而更热。那场雨下得很滂沱，霍华德·弗兰克坐在长廊下面，看着外面的雨，双腿夹着他的木鼓在敲打。鼓声中，一只、两只、三只……越来越多的青蛙，是的，我们都看见在草丛中、树木背后，很多青蛙在雨水中跑出来，开始汇聚到诊所的院子里来。

霍华德·弗兰克的鼓声更加密集，青蛙涌现得更多，雨声也更大，哗啦啦的，青蛙吧嗒、吧嗒地跳出来，越来越多了，非常多的青蛙在雨声中伴随着鼓点在跳跃，哎呀，真的是奇观啊。

我们都惊呆了，诊所里所有的人都出来了，大家都站在走廊里，看着院子里的青蛙有几百、几千只，在那里蹦跶。呱呱呱，呱呱呱，呱呱呱……哎呀，这是青蛙在合唱呢。青蛙的合唱高低起伏，有混合声部，有领唱，还有低音伴奏。

我们正在那里看青蛙大合唱，魏娜忽然尖叫了一声。她指着墙头说："看那里！"我们看过去，发现了新的情况。一条蛇正在翻墙进入院子，接着，从可能进入院子的任何缝隙里，都出现了蛇的身影，一条条的大蛇、小蛇，黑白相间的蛇、花蛇、红黄色的蛇，都来了，都来了！这么多的蛇在雨中嘶嘶吐芯，向院子里爬来，发出了雨声中的另外一种声音，令人恐怖，令人不知所措，大家都惊呆了。

霍华德·弗兰克更加兴奋了，他使劲地拍打着羊皮木鼓，让鼓声在雨声中变得更激越。一条条蛇扑向了在院子里的雨水中蹦跶的青蛙，张开血盆大口去吞青蛙，青蛙纷纷逃窜，使劲朝天空蹦趺,可越来越多的蛇加入追捕青蛙的队伍里,蛇的游走很迅速,青蛙的蹦趺很绝望。

这场大雨中的青蛙和蛇的大战,或者说蛇对青蛙的围剿非常壮观、激烈。我们都看呆了。这个过程持续了很长的时间。霍华德·弗兰克打鼓打累了,魏娜竟然顶上了,她把鼓拿过来,夹在自己的双腿中间打,为青蛙和蛇的大战擂鼓。

魏娜打鼓打累了,高光也兴之所至,把那面羊皮木鼓拿过来,继续用双手擂鼓。高光打鼓打累了,我接着来,我把那面羊皮鼓打得嘭嘭响,我兴奋异常,因为青蛙和蛇的大战正酣。

忽然,有一条蛇疾速向走廊里的我们游过来,很快就到了霍华德·弗兰克的身边,一下子就攀缘上他的腿,游走到了他的胳膊上。啊,正是他曾经带到诊所里的那条蛇,它又回来了,只是,它刚刚吃了两只青蛙,肚子鼓出来两个疙瘩。这条蛇认出了霍华德·弗兰克,它和他嬉戏了一阵子,就游下去,一下子攀缘着魏娜的腿,也游走到了她的胳膊上,像是认识她一样,实际上当然也认识她,朝她吐芯。

魏娜这一次一点都不害怕了,她小心地摸着蛇的冰凉皮肤,和这条蛇对视。这条蛇的目光很清澈,它很喜欢魏娜,它举着自己的上半身左右摇摆,就像跳舞一样。过了一阵子,它俯身游走了,不见了。

院子里的青蛙和群蛇大战到了尾声,一条条大蛇、小蛇都吃饱了,青蛙数量急剧减少,雨声停歇下来,鼓声慢下来。不一会儿,剩下的青蛙蹦趺走了,吃饱的蛇也游走了。一时间,院子里安静下来了,仿佛刚才那一幕,就是一个幻觉和梦境。

高光跑到院子里，在泥地里仰天大笑，可天空一滴雨都没有了。

晚上大家都喝多了，高光喝醉了，他倒在一楼诊疗室的小床上睡着了。魏娜也喝了很多酒，她在跳舞，霍华德·弗兰克在弹着一种叫踏巴巴的非洲乐器。那类似冬不拉的弦乐器，在木头架子上安装了一个骆驼皮蒙制的共鸣箱。他弹拨起来，我们听到了沙暴来临的激烈，听到了情欲勃发的沸腾。

月亮出来了，非常明亮。我没有喝多，我很有自制力，我感觉今晚有事情会发生。

果然，歪倒在一层诊疗室椅子上装醉的我注意到，在二楼的一间推拿按摩室，魏娜先进去了。停了一会儿，我听到霍华德·弗兰克的脚步声，他也进去了。接着，发出了遥远的猫叫声，或者是河马的呼哧呼哧喘息的声音。在这样一个奇特而怪异的夜晚，他们一定做了烈日对沙漠做过的事情。

六

第二天，雨过天晴，天气大好。一觉醒来，我发现高光急得像热锅上的蚂蚁。原来，魏娜已经不见了。显然，她和霍华德·弗兰克一起消失了。或者说，她是跟着弗兰克私奔了。

这是我本来就预料到的事情。可高光却没有想到。他在团团转，在二楼霍华德·弗兰克居住的那间屋子里寻找蛛丝马迹，最后，只找到了几张纸，上面有些英文字样。

我抓过来，翻译成中文给高光听："这个，好像是他写的什么文章的大纲,嗯,他在写书,这本书叫作《百万中国人在非洲:第二大陆》。难道,这个霍华德·弗兰克是个调查记者?他来非洲不是找他弟弟的,而是写中国人在非洲的? 他也许是个间谍。"

高光气急败坏地说:"他写啥都和我无关,他是什么人我也无所谓。可他把我老婆魏娜带走了,这是夺妻之恨。我一定要找到她,我一定要杀了他!"

我劝慰着高光,说:"你不要着急,先稳住心神,过两天,可能魏娜自己就扫眉奉眼地回来了。她跑出去,在非洲这地界,无论如何,都没有生活的经验和能力,肯定还会回来的。"

高光的眼睛渐渐亮了。他听了我的话,说:"等等看,看看魏娜是不是会回来。也许她真的会回来。"

高光就这么等了一个月,魏娜还是没有音信。

在这段时间里,高光被小风一吹,也面瘫了。他指导我给他针灸、电烤。他对我说:"魏娜是铁了心跑了,还是被弗兰克给害了呢? 我要去找他们,我一定要找到他们。"

我无言以对。我知道有时候生活就是这样,突然带来它的重锤,给你以重大打击,让你猝不及防。人性的复杂性就是一个深渊,谁都看不清,闹不明白。比如我,怎么能想明白魏娜会跟着弗兰克离家出走呢?高光这么好的一个中国男人,背井离乡,跟着魏娜来到了非洲肯尼亚的内罗毕,她怎么能抛下他,说走就走呢?

可事实是,这样的事情真的发生了。

有一天,诊所里来了几个基库尤人。

基库尤人是肯尼亚古老的土著部族,他们生活在肯尼亚的东部。听说高光能够诊治失眠症，其中一个饱受失眠症困扰的基库尤人部落的首领找到了他，让高光给他治疗失眠症。

高光熬了汤药，味道很不好闻，在诊所里弥漫。他让那个头戴装饰性花环的部落首领喝了三天汤药。结果，那个基库尤人部落首领果真不再失眠了。

奇特的是，这个部落首领让懂英语的翻译给我听，我翻译后告诉高光，这个部落首领根据自己的测算，知道高光的老婆跑了。她跑到了肯尼亚的大河边，后来，又走过了肯尼亚最高的山——肯尼亚山。她一直在路上走着呢，不知道她要到哪里去。他问："你要不要去找她？"

高光兴奋起来了："当然，她是我老婆，我当然要去找她。"

然后，几个基库尤人就走了，留下了诊所里怅然若失的高光在发呆。

"这么说，她还在路上，她还活着呢。"高光告诉我这个情况，"我要去找她。"

"那你的诊所怎么办？"

高光双眼发亮："留给你了，兄弟，我看你无论是针灸、刮痧、拔罐、电烤、抓药、把脉问诊，样样都很在行。你只要穿上我的白大褂，就能坐诊了。我得去找魏娜了。"

高光在某一天开着他的皮卡，终于前去寻找魏娜了。我不知道他会如何寻找魏娜，到哪里去找魏娜，但他上路了。

我听了他的话，穿上了白大褂，坐在他的诊所里开始行医。这事儿是不是很奇妙？真的很奇妙。

七

等到我在他的诊所里坐诊了一年多，也感到厌烦的时候，我也上路了。毕竟我只是一只三脚猫，我是临时替补高光，当上了中医大夫的。我要去找高光。人人都要在路上，每个人都有多种可能性。这就是非洲的魅力，你来到了这里，在非洲，一不留神，你就会变成另外一个人。

我听说，高光去了肯尼亚的一条大河边。那条河叫作塔纳河，是肯尼亚最大的一条河，发源于肯尼亚山上的冰川，也带给了肯尼亚旖旎的风景，养育了大量的动物，也养育了很多肯尼亚人。

我驱车前往那里，在波光粼粼的塔纳河边寻找高光的足迹。

我走啊走，在河边的当地人部族的茅屋处，找到了保护动物组织的几个人。他们住在那里，救护失去母亲的大象，救护被偷猎者割掉犀牛角的犀牛，救护长颈鹿，救护飞鸟，特别是脖子受伤和腿部受伤，不能飞翔、落单在水面上的火烈鸟。

我说明了来意，我说："我来找一个中国人，他叫高光，你们谁可曾见过他？那个人脸上有点坑坑洼洼的。"

他们告诉我，去年，确实有一个姓高的中国人在这里住过，可能就是我要找的那个人。有意思的是，这人救助了一只失去母亲的小河马，每天给那头小河马按摩。河马快速长大了。我知道成年之后的河马块头很大，一般有三四吨重。这只河马每天白天都要去塔纳河，和一群河马在一起，晚上就回到高光所在的茅屋里，让高光给它按摩。

"什么，他变成了一个河马按摩师？"我啼笑皆非。可在非洲，一切皆有可能。这说明，高光还没有找到魏娜，可他变成了一个动物保护者，他参与到肯尼亚保护动物组织的工作里了。

"是的，"那个动物保护组织的一位高大、硬朗的白人女性告诉我，"那只河马简直就像是高先生的孩子，它每天晚上都要回到高先生的身边，让他给它按摩。"

"他是怎么给它按摩的？"我哈哈大笑，想象不出高光怎么给一只河马按摩。

"用手给它按摩，按摩它的头部、脖颈、背部、脚，还有屁股，按摩河马的每一个部位。这只河马很懂事，它来找高的时候，就直接进来，趴在高给它准备的一个由两块木头搭建的槽里，下面铺着干草，它闭上眼睛等待高的按摩。它很享受人对它的按摩，它上瘾了。直到有一天，它被盗猎者打死了。"这个女人的眼圈红了。

"盗猎者打死一只河马干什么？它没有象牙、犀牛角和虎皮那样的价值啊。"我很惆怅。高光给河马按摩的故事太有意思了，可怎么能就这么结束呢？

"盗猎者喜欢吃河马的肉。他们杀掉一只河马，会立即把河马内脏取出，架起来烤制，制作成烟熏烘干河马肉，带在身边，作为干粮，继续和我们捉迷藏，在森林里、裂谷中和大草原上，进行他们的盗猎活动。"

我沉默了。我能想象到这只通人性的河马，在被盗猎者杀死之后，这件事对高光的心灵带来的冲击。

"后来呢？河马死后，高光去了哪里？"

"那只河马被杀之后，他得知了情况，就跟着一支保护动物的巡逻队，朝着肯尼亚山国家公园的方向去了。"

我决定到肯尼亚山国家公园去找寻高光。我们每个人都在世界上寻找着什么，可总也找不到，高光、魏娜、霍华德·弗兰克和我，都是这样的，我们都在非洲寻找着别样的人生。

内罗毕到肯尼亚山国家公园的距离是一百九十公里，我已经走了一百多公里的路了。那里有一座海拔五千一百九十九米的肯尼亚山，是非洲的第二高峰，有雪峰和森林，有各种各样的动物在山上栖息。我猜想，高光一定在肯尼亚某座青山的高处，等待着我前去和他会合。

【作者简介】邱华栋，男，河南西峡人，1969年生于新疆。毕业于武汉大学中文系，曾任《青年文学》主编、《人民文学》副主编。1985年开始发表作品，著有长篇小说《夜晚的诺言》《正午的供词》《花儿与黎明》及"中国屏风"系列，诗集《花朵与岩石》《从火到水》，随笔《城市的面具》，中短篇小说"时装人"系列、"社区人"系列、"我在那年夏天的事"系列等。曾获庄重文文学奖、老舍文学奖长篇小说提名奖、《山花》文学奖、《上海文学》小说奖等。部分作品被译成英、法、德、日、韩等文字。

小野先生

○金仁顺

　　小野先生是我的朋友莉央介绍来的。他是大学历史学教授，近年来，很多精力放在东北亚近当代史的研究上。他对中国并不陌生，汉语也讲得不错。他要来长春，莉央跟他提起了我，或许我可以抽出一天时间陪他四处转转。

　　我跟小野先生约好上午九点在酒店大堂见面。那家酒店有七八十年的历史，坐落在城市中心的林地中。树林的年头比酒店长得多，建酒店时，为了不破坏景观和尽可能多保留一部分树木，楼房建得不高，分成几栋散落在树林中。

　　我过去的时候，提前了半个小时，空气清新，我下车去庭院散步。太阳升起来没多久，树林间的空气仍然湿雾雾的，青草和树叶的清香把人浸润其间，鸟儿在枝头上欢闹，时不时地，几只喜鹊在我散步的石板路上起起落落，人走得很近了，它们才展翅飞走。一个男人也在散步，头发是鸽子灰的颜色，穿着同样颜色的棉麻衬衫，腰杆笔直，姿态克制而内敛，我们交错而过时，他停下来对我颔首致意。

　　"——小野先生？"我冒昧地问了一句。

他愣了愣，随即叫出了我的名字，当然，也是带着"？"的。

我说是的。

我们一起笑了。

我问他什么时候到的，这里的气温和酒店还习惯吗，吃过早餐没有。

他昨天夜里到的。长春的初夏，温度宜人，这个酒店他非常非常喜欢，从他的窗子里能看到湖水，还有这么大的院落、树林和鸟儿，真是惊喜；他已经吃过早饭了："酒店早餐很丰盛。"

他的汉语除了口音略显生硬，说得好极了。以他的语言能力，即使没有我这个业余向导，也能畅行无阻。

我问他想去哪里，可有计划。

他说没有，客随主便。

我跟小野先生说，每次外地有朋友来，最让我发愁的就是长春没什么可看的，不像黄河流域、长江流域，文明起源早，很多城市有几千年的政权更迭，宫廷官场战场诗坛各种抒写历史。人家清明上河、江山如画、诗情飞扬的时候，我们这里树林茂密、野草丰美，清朝时还是皇家狩猎之地，夏季碧波如海，冬季白雪皑皑，但朋友来的时候，你能带朋友看绿色或者白色吗？

"在我看来，"小野先生说，"长春是心灵幽深之地。"

他很认真，没有故弄玄虚，也没有客气。

那就走着瞧吧。

我们往停车场走时，我给小野先生介绍，他从房间看到的湖是南湖，最早是日本人打造"新京"时，利用伊通河的支流形成的人工湖，既是风景，也是城市的备用水源地。当年很多重要机构的选址都围绕着这个湖，比如说当年的满映、后来的长春电影制片厂；我们现在开车要去的新民大街，也通过一个纽扣似的街心公园，把自己跟南湖缀在了一起。

新民大街是一百年前规划、建造的，八十年对于建筑物来说，不年轻，但也远远说不上老。街道中心有两条车道那么宽的街心花园，绿荫如盖，芳草青青，桃花李花杏花刚谢，丁香花开得正当时，香气馥郁，远看像一条蓝紫色的河流。

伪满洲国的国务院和八大部——司法部、军事部、交通部等——都在这条路附近。这些楼房的外观还大致是当年的模样——虽然有几栋楼后来又加盖了两三层，但为了协调，加盖时考虑了原建筑的风格——土黄色基调、清水红砖，楼的转角弧度优美典雅，带着韵律，窗户原本是窄细的，其中有一半被现在的使用单位扩充加宽了；楼里面的举架很高，老旋转楼梯大部分保留着，但有些局部结构被现在的使用单位改建了。新民大街的"T"字形尽头的"-"，是当时预备盖的伪满皇宫。最早参与设计的还有梁思成。

小野先生知道他："了不起的建筑家"。

伪满皇宫刚打完地基，伪满洲国就覆灭了。新楼盖起来以后给了地质学院，这个生不逢时的宫殿被称为地质宫。

梁思成和他的夫人林徽因还在吉林省设计了另外一些建筑，火车站之类的。在高铁时代，这些幸存的火车站风尘仆仆，小而倔强，有遗世独立的况味。

我们在伪满司法部的门前转了转，小野先生拍了很多照片。

这栋楼是医科大学的基础部，跟另外两栋变成了医院的老楼相比，来来往往的人少，闹中有静。沿着楼房墙面，种着密密麻麻的丁香花，有一人多高，紫色白色开得烂漫无匹。

我跟小野先生说，很多年前我有个好朋友是在这里读医科大学的，我读书的学院离这里不远，上大学时经常走路或者骑自行车过来玩儿。这栋楼的地下一层，全是供医学院学生解剖学习用的尸体，泡在福尔马林溶液里。夜里在这里散步的时候，难免会觉得整栋楼阴森恐怖。但我朋友就不在乎这个。不过她谈恋爱的时候，有一次约会时在丁香花下面被几个男人劫持，他们带了刀，让她和男朋友把钱掏出来，他们乖乖就范了。事后我们讨论过那种状况下应不应该反抗，还因此质疑过她男朋友的男子气概和血性、勇气之类的问题。他现在是外科医生，手术刀用得很熟练，但即便如此，再遇到当年的情况，他仍旧会一言不发地把钱给他们。

"勇气是很难定义的。"小野先生说。

他说他从小到大，在学校里面一直被人欺负。

"我不知道为什么他们总是会选中我。我照镜子研究过自己的脸，也在商场玻璃橱窗的反光中审视过自己的步态，我看不出我哪里不对劲儿。但显然那些人是能看出来的，他们总是能从人群中把我挑出来。开我的玩笑，骂我，打我，抢我的零用钱。"小野先生语气温和，说到最后笑了起来，"我的青春期过得非常悲惨。"

"您从来没反抗过？"

"没有。我总想着，忍一忍就过去了。语言上的侮辱，身体上的疼痛——"他说，"有一次我父亲悄悄跟在我后面——他早就发现我有些不对劲儿了，跟了我好几天也说不定——我被三个家伙拦住了，他们把我逼到墙角，骂我打我，让我把钱交出来。我父亲走过去，抓住最中间、个头也最高的那个家伙，薅着他的头发——"小野先生抬手薅着自己的头发，比画给我看，"就这样，把他掼到了墙上，他的鼻子差点儿被砸进他的脸里，鼻血流得衣服都被染红了。另外两个家伙吓呆了，我父亲给了其中一个人一个大耳光，把他扇得蹲在了地上，另外一个被踢在肚子上，在地上打了两个滚。"

"哇——"

"当时我也是这样的反应，哇，好厉害！父亲平时几乎一天说不上一句话。那天他修理完那几个小子，盯着我看，我很惭愧，觉得自己很丢脸，我后悔自己没跟那几个家伙决一死战，现在我在父亲眼里，是懦夫、蠢货、垃圾。我差不多能看到涌上他舌尖的话语：'我没有你这样的儿子，滚蛋！'但他什么也没说，他拉了我一把，让我站稳了，冲我点一点头，说了句，'去上学吧'，转身走了。晚上我放学回家，他也没提这件事。说来也怪，这次事情过后，再也没有人欺负我了。虽然我照镜子时，看到的还是原来的自己。"

我们从新民大街转到松苑宾馆。开车的话，是一个很大的弧形，如果直线走路，其实并不算远。这里有栋老楼是当年日本关东军司令的宅邸，一样是庭院阔朗，树木高大。楼是欧式建筑，有尖状塔楼、老虎窗和壁柱，外墙的棕褐色面砖和灰白色砂岩石形成了色彩上的对比，正门入口处修建了喷水池。

这栋宅邸建成以后，没有谁能住得长久。第一位是南次郎，然后是植田谦吉、梅津美治郎，山田乙三是最后一位入住的日本高官,他从这里被苏联红军押到了南湖的战俘营;他前脚被押走,苏联红军的司令官后脚就住了进来,但很快,苏联司令官也离开了,国民党的一个军长变成这里的临时主人。这栋楼的际遇,应了那句老话:铁打的营盘流水的兵。庭院中的景致倒是岁岁年年相似,流水落花,空自嗟呀。

老房子里面,通常藏着些老故事。这栋楼也不会例外。战争年代,生离死别都是常态,但官方资料上面鲜有记载。现在这里变成了酒店,人来人往,雨打风吹,又有多少人关心这里面曾经发生过什么。

酒店大堂有个用屏风隔开的茶吧,很清静,我们去喝了杯绿茶。新茶和热水是分别端上来的,我们自己把茶叶倒进杯里,然后看着杯底的小小碧螺慢慢舒展开来,变成鲜嫩的叶片,水变成了浅淡的绿色。

我对小野先生说,去年我和莉央在这里喝的是红茶,那时候是秋天,院子里枫叶正红,是另外的景致和心情。

当时莉央就住在这个酒店,我按约定的时间过来跟她见面。"你的心跳得很快,"我们坐下后,莉央看着我说,"你正在经历一些事情。"

我愣了愣,她说得对,前一天夜里我几乎没睡,心脏就抗议似的,时不时地闹闹脾气。莉央是怎么看出来的呢?心脏是由骨骼、肌肉、皮肤包裹着的,还有一个橱柜似的胸腔,而这些又都隐藏在衣服下面。我更相信她是感觉出了什么——

"我读出来的。"莉央镇定而又从容,直视着我。

"——怎么读出来的?"

莉央说她最近参加了一个小组，解释这个小组的性质、成分过于繁杂麻烦，就算她能讲清楚，我可能也很难理解，但简而言之，现在，莉央的大脑仿佛伸出了很多无形的触角，能捕捉到很多隐秘的信息。当然，只针对她关心的人。

我讲了我最近发生的事情，粗线条地阐述，不用莉央开解，已经豁然开朗：多么简单的事情，为什么之前却觉得身处重重迷雾？

莉央也讲了她发生的事情——要不然，她也不会想到去参加那个小组——她出轨了。那个男人比她大十几岁，善解人意，非常温柔。

"跟他在一起，我才知道什么是爱！"莉央的语气变成窗外的秋日暖阳，她的表情也被浇铸了阳光似的，有着黄金般的质感，"有那么半年的时间，每一天都很幸福。"

她跟她老公说了一切，然后从家里搬了出来。她现在没有办法专心写作，她要打两份零工赚钱付房租，养活自己。

"那他呢？"

"他离不了婚，即使离婚了，他也不会跟我结婚的。"

"这算什么啊？"我替她不值。他把她领到井底下，割断绳索就走了。当然，以"爱情"的名义。"你不恨他？"

"你怎么可能会恨一个教会你爱的人呢？"

"您和莉央，"我问小野先生，"是怎么认识的？"

"我们在同一个大学参加创意写作班。"

"您不是研究历史的教授吗？怎么会去教创意写作？"

"我不是去教课，是去上课。"小野先生解释，"我教历史课。历史是浩荡博大的,它们记载的是大事件和大人物,普通人在历史里面,像一粒灰尘,什么都不是,它们能起的作用可能是让历史学家们因为灰尘过敏而咳嗽几声。可有的时候,在某些光柱里面,这些灰尘是能够被看见的,它们微小、轻盈,在光影里面颤动、舞蹈。我想,或许学习好写作技巧,就相当于有了一束能让灰尘显形、跳舞的光吧。"

"您想当作家?"

"不敢当,想学习写作。"

"可是,"我想起另外的事情,"莉央是很成熟的作家,她好像不需要参加写作班。"

"她不是学员,她是授课教授的助教。而那个教授是我大学的同事。我们三个人经常在下课以后,去居酒屋喝一杯。"

"我和莉央是在中日韩三国的作家笔会上认识的。她看到作家简介上面写着我来自长春,就来找我。她的汉语把我吓着了,后来我才知道,她是在长春上完了初中才回的日本。"

"是的,"小野先生点着头,"我们聊过很多关于长春、关于战争的话题。"

"除了长春和战争,你们聊过别的吗?"我看着小野先生,非常非常想问他,"比如说爱情? 婚姻?"

出门的时候,我把话题又转回建筑上来。现在的长春宾馆,其中有栋楼也是伪满时期的建筑, 曾经是日本高官们欢聚的俱乐部。里面有个能容纳百人的小剧场,还有适合开派对的客厅,水晶吊灯、图案漂亮的地毯——对了,那栋楼的门楼很别致,很多摄影师都去拍过照片。有些年轻人拍婚纱照也会去那里。

长春宾馆对面原来是一个日本官员的私人宅邸，日式建筑，一条环形走廊把房间一间间连起来，走廊和所有的房间都铺着木条地板，上面刷着油漆。我曾经工作过的杂志社就在这套老房子里。后院有个天井，种着花花草草，下雨或者下雪时端杯热茶看着窗外，既文艺又治愈。那个地方适合棉布、丝竹音乐、老电影、忧伤，以及沉默。十几年前这套宅邸被拆掉了，取而代之的是巨大火柴盒似的高楼。那个宅邸被连根拔掉，再也不会生长故事和情绪了。

我们在伪满皇宫待了一下午。

这个地方我平均一年来一次。每次来，都发现它有变化。首先是越变越大——不知道它原本就很大，正在逐步复原呢，还是为了日益繁荣的旅游需求，变得越来越大——其次是越变越新，很多家具和用品都是新的，刻意做旧后摆在那里，结果就像涂了脂粉的脸，没有变好看，还失去了本色。

伪满皇宫是溥仪帝国梦的最后一程。真正操纵这个地方以及溥仪本人的，是当时的日本政府。无论是末代皇帝还是傀儡皇帝，都难脱悲伤和绝望。溥仪在长春住的房子和办公场所，房间狭小，空间逼仄，气息破落凋零，其中一个天井，一棵树生得很好，但风水师说了，这恰恰是个"困"字。溥仪幼年少年都是在紫禁城里度过的，纵使清末民不聊生，但他登上大位时，瘦死的骆驼比马大，气派还是有的。流落到长春这个伪满皇宫时，帝国于他，只剩下一个梦了。这是他的囚困地和伤心处：对外他是个摆设，是日本人的牵线木偶；对内，婉容不只跟他情感破裂，还有了私情和私生子；

他唯一的情感慰藉谭玉玲，得了场感冒被日本军医借机害死，他连替她讨个公道的机会都没有。末世的皇帝都悲凉，故国不堪回首，愁情一江春水向东流。

旧楼、做旧的家具、蜡像人物，小野先生都看得很认真，但真正让他驻足的，是游客们最走马观花的展览厅。厅里挂满了很多当年的老照片，有原件复制品，也有放大件，黑白照片时间久了，变成了浅黄色，加上翻拍，人影有些恍惚。

每张照片他都认真地看过，尤其是有很多人的群照和合照。我在他身后跟着，发现最吸引他的是那些次要人物，他们站在照片的后面或者边缘，为了认清他们，小野先生戴上了眼镜，一会儿踮起脚尖一会儿弯下腰去，一会儿蹲一会儿站，有时候靠得太近，鼻尖都快要贴到照片上了。

"您在找什么人吗？"我问他。

"啊，"小野先生好像考试打小抄被人抓住那样，笑了，"我父亲年轻的时候，曾经在长春服役，下等军官，我在想有没有可能因为某种机缘，他被拍下来过。"

"哦。"

小野先生是天真，还是忘了时间距离？那么多年前，拍照是个大事。哪里像现在，人手一部手机，有的人还不止一部，随时随地拍，什么都拍。就算他父亲被拍下来过，他认不认得出也是个问题，人的面相在一生中变化是非常大的。

"我也知道，这想法很愚蠢。"

说是这么说，在下一张照片面前，小野先生又像翻出多年前毕业照那样，目光从一张张脸孔上筛过。

"小野先生——我是说您父亲,当年是做什么的?"

"是高级将领的卫兵。"小野先生说。

怪不得他和莉央能成为好朋友,他们确实有很多很多话题可以聊。

日本投降的时候,有一些日侨因为种种原因没能回国。莉央的外祖母死在长春,母亲直到"文革"结束才回去,莉央一度被寄养在亲戚家里,二十世纪八十年代末被接回日本。莉央在长春时,有自己的中文名字,很多人都不知道她是日本人。第一个知道内情的男同学是她的初恋。

我们在展厅里花费的时间太多了,出来的时候已经到了闭馆的时间,也是下班的晚高峰时间。伪满皇宫周围,集中了几大批发市场。光是服装城就好几栋楼,此外还有餐具厨具店、日常用品店、生鲜食品店等等。行人、货物、私人汽车、公交,糅杂在一起,就像滞重、黏稠的胶带,把交通焊住了。

"我在照片墙那里耽误太多时间了,"小野先生跟我说,"太抱歉了。"

我和小野先生在车里聊起另外一位小野先生。

"他是哪年在长春的?除了长春,还去过哪里?"

"他一九四〇年入伍,一九四五年战败后回国。在长春的时候,他是士兵,在关东军司令部服役。"小野先生说,"那以后他去过哪里,我也不知道,他从来不说。"

"那您是怎么知道他曾经在长春的?"

"是他战友说的。"

小野先生高中时，父母离婚了。他妈妈跟别的男人好上了，留了封道歉信，离家出走。他问起妈妈去哪儿了，老小野先生把信给儿子看了一下。"这么多年忍受着我，"他说，"辛苦她了。"

当时还是高中生的小野先生不知道说什么才好。父亲是个无趣的人。母亲经常跟他抱怨，他自己也感同身受。在家里，父亲很少说话，也没什么笑容。唯一的爱好就是读书，似乎也没有什么目的，只是读而已。有心事的时候，他独自坐在客厅窗前，或者门外木廊台上，一坐就是几个小时。他从来没讲过笑话逗家人开心，也从来没对妻子有过甜言蜜语。他好像从来没注意到她是个端庄雅致的女人，性情温良，厨艺极佳，她出门买东西时，男人们的目光总是围着她转。

小野先生停顿了一下，难为情地笑了笑："您是作家，说出来想必您也能理解。"

小野先生小学的时候就发现妈妈出轨。那是樱花季的一天，下着雨。他放学买文具时，换了一条路回家，在一个胡同口，看见妈妈跟男人在伞下拥抱。那个人好像在讲什么好玩的事情，他妈妈笑软了身子，倚在那个男人身上。他转身跑开了，怀疑妈妈也看见了他，他不知道怎么办才好，心乱得像那一地被雨打落的花瓣，在外面磨蹭了一个多小时才回家。

他妈妈正往饭桌上摆晚饭，笑着对他说："你回来了？"

他父亲那天没回家吃晚饭，这让他松了口气。母亲像平时一样，边吃饭边讲讲鱼店老板的玩笑、菜店伙计的闲话、茶叶店老板夫人的新衣服。她是那么神态自若，小野先生想，她其实一直在外面谈恋爱吧。

"我能理解母亲，"小野先生说，"母亲像朵花，父亲像块冰。冰不能滋养花朵，泥土、水、阳光才可以。"

但他同样理解父亲。父亲固然没有优点，但也没有缺点。他是银行职员，工作兢兢业业，不争不抢，深得上司和同事们的喜欢。家里需要男人做的事情，他做得一丝不苟，邻居家的事情也都帮忙做。他不酗酒，不打骂妻子儿子，也几乎没发过脾气。妻子花钱他从不限制，也不过问。妻子离开时，从他那冷静理智的反应来看，他或许早就知道她出轨。跟这样的男人生活在一起，小野先生的母亲只怕是怀着一种"食之无味，弃之可惜"的心情吧。

老小野先生对儿子只有一个要求，好好读书，考上好的大学，能一直深造下去。小野先生年少时，以为这是父亲望子成龙的心情，后来发现并不是。他父亲并不在乎他是否出人头地，他只是希望儿子能通过知识变得强大。

少年时代，小野先生如果考试考得好，不只能得到零花钱，他父亲还会让妻子买牛肉和贵重的鱼回来吃。他妈妈离家出走以后，他考出好成绩的时候，老小野先生会带他出去下馆子。

有一次他们去吃寿喜烧，遇到了老小野先生的战友。

他们坐下来，点好了餐，陆续上菜的时候，一个包着头巾的男人从厨房出来，拍了老小野先生一下。"我看着就像你！"寿喜烧店老板激动地说，"我想过也许哪一天你会走进我的店，原来就是今天啊！"

"我记得父亲当时的样子，"小野先生说，"他的脸瞬间白了，整个人就像被咒语定住了。那个人好像没注意到这个，在他身上又拍又打的，父亲慢慢缓过来，恢复正常。"

那个人跟老小野先生年纪差不多大，但性格截然不同，当年他们一起被征入伍，一起到了中国，战败后回了日本。他们拿到遣散费抚恤金，老小野先生利用当时对退伍军人的政策，去上了大学，读了个学位，毕业以后在银行当了职员；他的这位战友则开了寿喜烧店。

他们喝了一下午的酒，大部分时间，老小野先生只喝酒，不说话。即使他想说，只怕也插不上嘴。寿喜烧老板话又多又密，话语从他的嘴里倾倒似的奔涌而出。他们是在去中国的船上认识的，因为大风，他们在海上颠簸了一天一夜。他们的心情也像海浪，对异国他乡、对战场、对生离死别，思绪波涛翻涌。很多人吐了，哪怕什么都不吃，也吐个不停，满嘴苦涩。他们没想到，参军以后第一次对他们进行袭击的是海上的暴风雨。

在长春，他们俩在一个小分队，经常一起执勤。他们被长官骂过，被扇过耳光，也被踢过；他们一起去电影院看过电影，最喜欢的女演员都是山口淑子；他们一起去过妓院，为了掩饰心里的紧张，他们讲话很大声，说任何话之前先骂别人是蠢货、浑蛋。他们都没想到，苏联红军打过来的那天，从飞机上扔下来的第一颗炸弹正好落在那个妓院；他们还一起杀过人，三个中国人，死前的哀求声哭喊声现在还经常出现在梦里，那么多的血，像红油漆一样，弄脏了他们军靴的靴底……

那天他们喝了很多很多酒。开始的时候，寿喜烧店的老板娘把酒烫好后端上来给他们，顺便把他们喝空的酒壶拿走——她还应丈夫的要求，为小小野先生多上了两盘牛肉——后来太晚了，她不再出来了。寿喜烧老板摇摇晃晃地抱来一坛清酒，打开后，把桌子上所有的空酒壶倒满。

老小野先生醉了三天，他在房间里沉睡，偶尔起来喝杯水。银行的电话打到家里来，老小野先生从来没有无故不去上班，他们不知道他发生了什么事情。小野先生替父亲道歉，说他感冒发高烧，头脑不清醒，没有及时请假。

老小野先生酒醒后，瘦了一圈儿，脸色灰败，仿佛大病初愈。

小野先生试图跟父亲聊聊，他对那天酒桌上所有的故事都很感兴趣。他试着提了几次话头儿，但他父亲就像没听见似的。他在垃圾桶里发现父亲扔掉了那天离开时寿喜烧老板塞进他衣服口袋里的名片。于是他明白，父亲再也不会去那家店了，偶然被推开的回忆之门，被父亲重新关闭了。

两年以后，他考上了大学。老小野先生以方便学习为理由，建议他在学校附近租房子住。假期的时候，他打工赚钱，跟朋友结伴旅行，回家也只是待上一两天就离开。他又去过那家寿喜烧店。老板娘没认出他来。他自我介绍了一下，提起那个喝了无数清酒的下午。

老板娘告诉他，三个月前，老板突发心梗过世了。前一天夜里他喝了很多酒——他天天喝，喝多也是经常的——早晨起床时，让妻子给他倒一杯水，她端着水杯走到他身边时，他抬起来的手臂突然垂落下去，眼神儿飘向她身后。"就好像我身后站着什么人，"她说，"把他的魂儿从身体里吸走了。"

小野先生大学毕业的时候，老小野先生去参加毕业典礼。典礼结束后他们一起去吃饭。小野先生对父亲提起他曾去过寿喜烧店,告诉他他的战友去世了。

"——死在自己的床上?"老小野先生问。

是的。

"死在洁白干净的床单上?"

小野先生不知道寿喜烧老板家的床单是什么样的。洁白还是蓝色,有条纹还是印花图案。

"他不配。"老小野先生说,"我们都不配!"

老小野先生二十年前过世。他给小野先生所在的办公室打电话,请他那天晚上务必回家。小野先生下课后回到家,发现父亲穿着和服,雕塑般地坐在窗前,他叫了一声,没有回应。走到跟前才发现不对劲儿。

老小野先生把家里的东西都处理掉了,日用品杂物衣服鞋一样没留,房子空空荡荡的,他的身边只留了一盆兰草,遗书夹在草叶之间。

"他抹掉了他所有的生活痕迹。"小野先生说。

随着小野先生的讲述,汽车像一粒胶囊,在城市的胃肠里时快时慢地移动。夕阳的光一度强得让我们放下遮阳板,眯起了眼睛,而当我们来到预订饭店的门口时,天空的蓝色变得幽远深沉,夜晚前的光线平易柔和。

晚餐我订在"长春1939"。停好车,往里面走时,一个穿马褂的男服务员替我们撩开了门帘,朝里面扬声喊:"贵客到——"声音朝店堂里面一直飘摇过去。

餐馆的装修更像个博物馆或者杂物馆,走廊设计成了百年前的老胡同,包房弄成了民国时代各种店铺的门脸,米店、布店、药店、杂货店,应有尽有,除了招牌,墙面上还贴了些旧海报和老照片。胡同中间铺了条有轨电车道,车是小型的,最多能坐四个人,移动的速度比人步行还慢,一路哐当哐当响,眼下坐在上面的是两个七八岁的小朋友。

"餐馆为了强调特色,打怀旧牌,形式大于内容。"我对小野先生说,"有些虚假,但感受一下也无妨。"

"您太费心了,"小野先生冲我点头,打量着四周,感慨了一句,"时光走廊。"

往包房走时,他很认真地打量墙壁上面糊的老报纸和海报。

"很有意思。"他说。

"是什么契机,让您有了写作的念头?"吃饭的时候,我问小野先生,"如果我没猜错的话,您是想写写您父亲吧?"

"是的,"小野先生点点头,"当初考大学时我报了历史系,跟金融、国际贸易比起来,这是个冷门儿,很不受人欢迎的专业,可我觉得很有意思。回过头来想想,这其实是受了父亲和他那位战友的影响。寿喜烧店里那个下午的谈话就像一出戏剧,虽然我只看到几个碎片,却被深深吸引住了,我想知道更多的故事。"他顿了顿,又说:"如果我父亲是另外一种性情,比如说,像那位寿喜烧老板一样喜欢回忆,喜欢交流,喜欢讲述,那我还会不会去学历史,研究东北亚的前世今生? 可能恰恰是因为我父亲什么都不想说,我对历史才那么感兴趣。"

为什么他保持沉默?为什么他撑了那么多年,八十岁的时候选择了自杀?那场在小野先生出生前就结束了的战争,从未在老小野先生的生命中结束,它微缩成了一个刺猬潜伏在老小野先生的体内,跟它战斗花费了老小野先生太多的精力,因此他无暇顾及妻子的出轨,对儿子的成长也关心有限。

年纪越大,对历史研究得越多,小野先生研究父亲的兴趣也越来越浓厚。最让他难以释怀的不是父亲的自杀,而是老小野先生对自己生活的清零。他是以什么样的心情,把一切杂事处理好,在空无一物的家中孤寂地死去?一想到这个,小野先生就内心酸楚,为了缓释这种痛苦,他想改变一些东西,或许他可以用字词和叙述把老小野先生清除掉的东西一点一滴地还原回来。

"我知道这样做会漏洞百出,"小野先生说,"即使如此,也总好过一片虚空。"

吃完饭我们离开餐馆时,走到门口处,小野先生停下了脚步,他回头打量着拥有有轨电车的这一条仿古街道。

"假如真的有时光走廊,"小野先生问我,"我在这条走廊里遇见父亲,您猜会发生什么?"

我想象了一下,"——他会装作不认识您。"

"没错!"他双手击掌。

我们一起笑,笑得很大声,笑得停不下来,到最后,小野先生的眼泪都笑出来了。

【作者简介】金仁顺,1970 年生,现居长春。著有长篇小说《春香》,中短篇小说集《桃花》《松树镇》《僧舞》等,散文集《白如百合》《失意纪念馆》《时光的化骨绵掌》等,编剧电影《绿茶》《时尚先生》《基隆》,编剧舞台剧《他人》《良宵》《画皮》等。曾获全国少数民族文学创作骏马奖、《小说月报》百花奖、庄重文文学奖、作家出版集团奖、林斤澜短篇小说奖等奖项。部分作品被译为英语、韩语、阿拉伯语、日语、俄语、德语等多种语言。现为吉林省作家协会主席。

荷花姜

○潘向黎

　　每一次看见那个女人,丁吾雍心里就有一个声音响起:应该去报案。

　　开餐厅这么多年,丁吾雍记住了一些客人,他们的脸、他们的衣着、他们的点菜偏好、他们对钱的敏感度(不是经济能力,因为人是一种有趣的动物,支付能力是一回事,对钱的敏感度是另一回事),还有他们的姓,甚至有的是连名字都知道了(通过订座位、刷卡签字、在席间与别人通话的自报家门等等)。但是丁吾雍不会一直记得他们,一般只要他们超过两年不出现,这些本来清晰如结晶体的印象就会在时间的水流里渐渐消融,那些晶体不是被水流冲走,而只是在水的浸泡中渐渐地钝了棱角、小了体积、模糊了边界,然后坍塌,直到消失在水中。你知道它们仍然在水里,但是水中已经看不到那些清晰的存在了,当然它们不至于消失得干干净净,假如那些客人在两年期的边缘出现了,丁吾雍还是会觉得脸熟,他会笑着打招呼:好久不见。然后用那种久别重逢的笑容给对方照出一条路,让对方顺利地坐下来。然后慢慢回忆曾经了解的这人的喜好,以及对钱的敏感度。如果超过两年,这项功课就得重新进行。

但是有一个人，丁吾雍确定不会忘记。

人对某些人的记忆，是另一种质地，表面看上去也是晶体，但硬度很大，水不可能溶解它的，相反，不论过多少年，它都可以拿来划玻璃。哪怕被记忆的那一方已经从你的眼前甚至这个世界上消失很多年。

当这个女人第二次出现，丁吾雍就确定这是他的记忆中不可溶的那一类晶体。

第一次出现，她穿了一件沙滩色的麂皮猎装、牛仔裤、一双长到膝部的长筒靴，头发是盘起来的，但有一些细碎的卷发，像小浪花一样到处飞溅。丁吾雍看了一眼她的脸，第一个反应是：哇。第二个反应，想起了很久以前在一本书里读到的两句——"身量苗条，体格风骚"，那本书叫什么，想不起来了。后来多看了几眼之后，丁吾雍判断：她应该三十岁出头了。丁吾雍知道，五官是爹妈给的，满脸的胶原质是年轻的附赠品，而这份苗条、这份动力十足的力量感和流畅的韵律感，却一定是多年运动和自律才能拥有的。

根据多年阅人无数的经验，这样的女人身边的男人，要么像鲜花下的泥土无法入画入眼，要么只能当陪衬的绿叶若有若无。但这女子不但自己亮眼，连和她一起来的男人也旗鼓相当。这男人浑身上下从里到外一身的黑灰色，全部是那种吸收光线的上佳质地，又无一不是半新不旧，中等身材，相貌端正而不出奇，记得在哪里读过：这样的男人适合当间谍，因为不容易引人注目，也不容易被记住。但是见了他两三次之后，丁吾雍就知道自己错了，这个男人绝对不适合当间谍——他寻常的身高和相貌是个看似平凡的灯笼，灯笼的光一旦亮起来，就看不见灯笼只看见光了。这个男人举手投足就是有一股子味道，和一般人不一样，一定要说出来有什么不一样，只能说：好像他每次出现，身后都跟着一队随从。好像他往哪里一站，追光就自动跟到哪里，他一抬眼，就有一个麦克风自动从空中挂下来，停在他面前恰好的位置。

他很少说话，好像真的有一个麦克风正对着他，而他要说的话偏偏是惊天的大秘密一样的。他几乎不说话，至少丁吾雍在很长一段时间里没有听到他说完整的一句话，只听到他说："谢谢。"这是用毛巾托递热毛巾给他。还有，他有时候对身边的女子说："好。"这是女子拿着菜单在问他要不要点一个金枪鱼 Toro（鱼腩），还是甜虾刺身。他也有主动开口的时候，比如说："走吧。"那是他们就着一大瓶的"菊正宗"或者"大吟酿"吃完一整套的"旬之味"会席套菜加散点的煮物和渍物，又喝了两杯热茶之后。每次说出这两个字，女子的行动也很迅速，他们在两分钟之内一定会离开。那个男人总是在喝茶的中间已经把账付了，他还是不说话，只用手里的钱包和眼神示意，然后用现金把账付了。

一个很特别的男人。一身黑灰色，寡言，用现金。

女子则正好相反，她整个人像一挂瀑布。不但引人注意而且始终是热闹的，她说个不停，而且表情多，时而眉飞色舞，时而大笑，时而噘嘴，时而手托着下巴翻一个白眼，时而笑着笑着突然把脸埋在自己的臂弯里——她把双臂放在吧台上。也不知道是笑得累了，需要调整气息，还是笑着笑着变成了别的表情，又不想让别人看见。

令丁吾雍有些奇怪的是,他们经常坐吧台。只看一眼,丁吾雍就知道他们不是夫妻,也不是工作关系,更不是一般朋友。丁吾雍觉得他们会需要包间,这里有的是清雅安静的包间,那些包间每一间都有自己的名字:驿、涧、梅、雪、竹、兰、松、风、月……都适合一些喜好清静的客人,也适合那些不愿意示人的对话和氛围。但是这两个人似乎不需要,他们大多数情况都只坐吧台。大概是那个女子喜欢高高在上的吧台?或者那个男子出于某个理由宁愿选择众目睽睽的吧台? 一身黑灰的、用现金的、寡言的人,应该拒绝吧台的,为什么偏偏坐吧台呢? 丁吾雍猜不出来,也就放过了。

日常里,许多事情都是这样的,再奇怪再想不通,发生的次数多了也就成了惯例成了自然,也就习惯了。许多百思不得其解的结局,并不是最终"得其解",而是大家慢慢习以为常、不再求解。

丁吾雍这个老板,不是那种只投资、不掌握核心技术的老板,他自己就是主厨之一,而且是餐厅的招牌。当初日本留学后回到上海,许多人都用带回来的钱买了房子然后进一家日企,而他,不喜欢朝九晚五的刻板,似乎对在人堆里谋生有一种天然的畏惧,于是选择了自己开餐厅。他知道,这样一选择,就再也不能回到正常上班族的轨道了,所以他必须掌握核心技术,才能不因为主厨的变动而使自己陷入困境。后面的事情也没什么可说,一个天赋高的人一旦投入,事情早晚总是会顺利的。唯一的痛苦,就是丁吾雍被捆在了店里,除了一年一次的春节休息七天,丁吾雍几乎一周六天都在店里,而且只要有客人,他的位置就是在吧台内的操作区,站着。休息的那一天,他睡觉、看书,有时候去钓鱼。作为一个四十多岁的男人,丁吾雍似乎没有任何中年危机。但他心里清楚,之所以没有中年危机,是因为他自从大学毕业就不再年轻,提前进入了中年,他觉得自己二十年前就是中年了。

和他相比,余清是个正常的女人。余清经常抱怨,说他回家太晚,害得她早睡不成,影响皮肤。余清不是丁太太,两个人在一起没什么不好的,但好像没想起来结婚,或者说缺乏动力去做这件事,当然也没有人用传宗接代生孩子之类的来烦他们,就这样,两个人同居十年了,关系稳定。

丁吾雍经常在吧台内的操作区,因为这一对男女总是坐在吧台一角,所以只要他抬头,不用刻意把脸转过去,用余光就可以知道他们的动静。相距不过六七米,他们说话的声音如果稍大,丁吾雍也能听个大概。这样的客人,丁吾雍希望他们能一直来,于是他采取了最稳妥的做法:保持距离。他们和其他客人不同,太不同了。丁吾雍不但不和他们攀谈,也暗示穿着和服的女侍者不要和他们攀谈,除了上菜和送饮料,不用给他们倒酒,尽量减少打扰他们的可能。丁吾雍自己,连目光都很少打扰他们,除了他们进来时例行的"欢迎光临",丁吾雍甚至连每次对坐吧台的客人递上的微笑都减到半明半灭。丁吾雍想让他们觉得:自己在忙着呢,根本没太在意他们的出现,当然也不会记住他们,更不可能期待他们的到来。既然他们选择了离他很近的吧台,应该是一种对丁吾雍的信任,那么丁吾雍必须让这种信任的幼苗扎根、长大、枝繁叶茂。就要让自己隐入背景之中,虽然就是站在他们斜对面的一个大活人,但他要尽可能让自己就像店里的一架屏风(那架黑色底子上画着硕大宽纹黑脉绡蝶的漆艺屏风)、一盏灯笼(那盏白色的和纸上面飘着枫叶的灯笼)、一瓶花(那瓶吧台上每周更换的大型插花,经常是蝴蝶兰、菖蒲、绣球、洋水仙、六出、锦带),总之是一个自然、安静、绝不可能泄露任何秘密、令人毫不设防的存在。

他做到了。他们越来越无视他的存在,那个女子,丁吾雍始终不知道她的名字,连姓也不知道,但是丁吾雍知道她最喜欢的一道菜:荷花姜,于是丁吾雍在心里暗暗叫她"荷花姜"。

如果在网上查"荷花姜",可以看到——

即阳藿,又叫茗荷。英文:myoga,日语:ミョウガ。

姜科姜属多年生草本植物。喜温,遇霜茎叶凋萎,耐阴湿,有较强的抗病虫性。食用部分为花蕾,味芳香微甘,可凉拌或炒食,也可酱藏、盐渍,富含蛋白质、脂肪、纤维及多种维生素等。有很多别名,俗称芽荷,又称襄荷、野姜、襄草、嘉草(《周礼》)、猼月(《史记》)、蒪菹(《说文》)、芋渠(《后汉书》)、复菹(《别录》)、阳藿(《广西志》)、阳荷(《黔志》)、山姜、观音花(《浙江中药资源名录》)、野老姜、土里开花、野生姜、野姜、莲花姜。在日本又称茗荷,应为阳荷的变音。

有特殊的香气,素有"亚洲人参"之美誉,是东南亚各国家、地区居民喜食的菜肴。一般七月中旬至九月中旬收获。在中国的江淮地区多有种植,常与毛豆或咸菜同炒,味香,当地人称为蛇禾或舌禾,又因为此地方言繁杂,又有一种叫法即阳荷。在中国分布于安徽省、陕西省、江苏省、江西省、福建省、湖北省、湖南省、海南省、广东省、广西壮族自治区、四川省、贵州省、云南省。

据《本草纲目》记载,阳藿不仅可作为蔬菜食用,还有活血调经、镇咳祛痰、消肿解毒、消积健胃等功效。

但是作为日式料理店老板的丁吾雍,当初之所以毫不犹豫地在菜单上加了这道菜,是因为他知道茗荷在日本是受重视的。在日本,高知县、群马县、秋田县、宫城县都有栽培。还有一个传说:释家的弟子因吃了美味的茗荷料理,饱食之后居然忘了应该做的事而睡着了。茗荷的花蕾和花茎具有特殊香气、色彩、辣味,是季节感明显的香菜君王,在小菜、汤、酢渍、油炸、酱菜等日本料理中到处可见。

也许是日本人一向重视粗纤维菜品的习惯吧,就像他们一向爱吃牛蒡一样。但是丁吾雍猜测也因为荷花姜的美。荷花姜的轮廓很像毛笔笔毫的部分,写大字的,蘸满了墨,又像迷你的竹笋,有交错覆盖的硬壳;可是顶端的颜色是花一般鲜艳的,中间大部分是嫣红或者玫瑰红,只有根部和顶端泛出一点儿淡黄色,有时是雪白。丁吾雍觉得荷花姜作为食物,太好看了,简直性感。

另外,这是在中国,而且是中国也出产的食材,还是叫它"荷花姜"好听,也好记。所以在菜谱上,丁吾雍日文写的是"茗荷(ミョウガ)",中文写的就是"荷花姜"。

丁吾雍在"煮物"和"天妇罗"里都用了荷花姜,第一次看到的人,往往会说"哇,真好看",然后小心翼翼或者兴致勃勃地放到嘴里。接下来的情况就很难预料了,有人是新奇地辨析一会儿,然后说:"这个很特别,嗯,一种特别的香。"有的人则是一下子吐出来:"呸,这个什么味道啊?好奇怪!"荷花姜就是这个样子,模样娇艳,味道奇特霸道,不是人人都能接受的。

为了不让荷花姜受委屈,后来遇到有客人点,丁吾雍总是先问一句:"您吃过荷花姜吗?"如果对方说没有吃过,丁吾雍会说一句:"味道有点儿特别,不是人人都喜欢,您确定要试一试吗?"

但是那个女子，第一次吃了荷花姜——那是丁吾雍和笋、土豆、鲥鱼鳃、猪肉片一起炖出来的荷花姜，马上大声说："老板，这个真好吃！从来没吃过！这么好吃！"

丁吾雍说："你喜欢就好。"

那个女子问："这个叫什么？"

丁吾雍说："荷花姜。"

女子把筷子上的荷花姜转动着看，一边说："这么好看，到底是花还是菜？"

丁吾雍说："这个，不好说，是花，也是菜。"他把手里的金枪鱼中段切好了，加上一句，"明明是花，人把它当菜吃，它就是菜；明明是菜，你把它当花看，它就是花。"

一身黑灰色的男人深深地看了丁吾雍一眼。丁吾雍有点儿后悔自己话太多了。

那一眼，让丁吾雍想起了一句话"他的俊目一贯含有清莹的倦意"，木心这样说罗马的培德路尼阿斯。丁吾雍喜欢过木心，《哥伦比亚的倒影》《即兴判断》都读得很熟。

那个女子，丁吾雍后来在心里叫她"荷花姜"，不是因为她爱吃荷花姜，是因为她与荷花姜颇有几分神似：俏丽，鲜艳夺目，但不是"甜"那一路的，更不柔弱，相反从外表到质感到气味都是洗练明媚和动荡妖娆的奇异统一，具有一种容易引起争议的、特殊的刺激感。

但是这两个人罕见地般配。男子出色，女子也出色，而且男子像一个黑色的瓷碟子，托着荷花姜的尖、俏、艳，格外显出她的醒目，而荷花姜也反衬出他的不动声色和深不可测。

突然有一天，那个一身黑灰的男人不见了，荷花姜一个人来。

　　她一个人坐着，脸上的表情让丁吾雍知道今天那个男人不会出现。但是她的胃口还可以，和那个男人在的时候差不多，只是酒喝得多。她自己一个人喝，点的是烧酒。过去丁吾雍给她推荐过出羽樱和白波，她喝了几种之后选定了另一种——黑雾岛。每次都喝个半瓶左右，剩下的就存在这里，本来应该问她姓什么，但是丁吾雍当着她的面，写上了"姜"，他说："荷花姜的姜。"女人深深地看了丁吾雍一眼，眼光里似乎有遇上知己的感觉，又似乎第一次有了怨恨和委屈——在这里出没这么久了，连自己的姓名都不能公开。

　　每次吃完她都是自己走的。丁吾雍心想：以前他们两个都喝酒的时候，都是那个男人的司机开车吗，还是找人代驾？现在她一个人来，是另外有人接，还是干脆打车回家呢？

　　丁吾雍的好奇心仅止于此。因为这个城市里，盛产的就是男女间的各种相遇和离散，何况是这种女人遇到这种男人。女人越出色越不容易甘心，男人越出色越多顾忌，花落水流，无可奈何，那是一定的。但是，他们都是这个城市里的人，他们不会有太出格的举动，短则两个月，长则半年，个别死心眼儿的，也许一年？感情创伤是有期徒刑，刑期都不长，刑期一满，也就都过去了。释放了自己，新一季衣裳一着，换个发型，阳光下面，又是光鲜的、体面的、没有过去的城市栋梁了。

　　丁吾雍料错了。有一天，这女人出现，穿了一身黑色的吊带连衣裙，脸上没有化妆，素颜本来很好看，却偏偏突兀地涂了烈焰般的口红,让丁吾雍非常不习惯。当然,心情不好的女人,这个程度的反常才是正常。

她不坐平时的吧台角落,而是坐到吧台的中间,喝着喝着,对丁吾雍说:"我请你喝一杯。"

丁吾雍不废话,递过去一个杯子,她给他倒上,丁吾雍喝了一口,似乎出于礼貌地说:"吃得还可口吧?"

她抱歉地笑了一下:"一直忘了说,你的手艺真好。"

丁吾雍说:"谢谢。"

她看了看他,突然说:"你也话少。"

丁吾雍微笑,等着她往下说。

没想到她不说,而是反过来提问:"你怎么不问,他到哪儿去了?"

丁吾雍又喝了一口,他不知道该说什么,因为不知道对方是否愿意说,还有,酒醒之后会不会后悔。如果后悔,她就不会再来了,那样的话,这里就会失去一个喜欢荷花姜、长得也像荷花姜的客人。如果那样,他宁可她什么都不要说。况且,丁吾雍真的不算一个好奇的人,因为他相信太阳底下,真的没有新鲜事。

但是这一刻,这女人眼神里有某种东西,让丁吾雍突然觉得,自己可能太自信了。他的预感马上被证实了,她身子探过来,凑近了丁吾雍,用一种介于耳语和正常对话之间的音量说:"你不问,是因为你猜到了,对吗?"

丁吾雍只能含糊地点点头。

她说:"对,他不会再来了。"

她眼里碎玻璃一样凌乱而锋利的光芒,让丁吾雍确认:自己过于自信了，这件事，超出了他的想象。

她说："对，他死了。"

说出这句话，荷花姜似乎用尽了力气，颓然坐回了吧椅，在这个半失控的过程中，她很哀伤很诚恳地说："他死了。是我把他杀了。"

丁吾雍觉得整口烧酒突然卡在了喉咙里，而且像火一样烧了起来。这样的话，他本来以为只会在电影里听到，绝对不会和自己的生活、自己的店有任何关系。想当初，看见荷花姜和一身黑灰的男人走进来的时候，他马上判断出了他们的关系，同时他也马上决定要长期欢迎他们，反正挣谁的钱不是钱呢？这种关系，在钱上总会格外大方的。加上客人养眼，不是福利吗？当然丁吾雍知道，短则一年，长则三年，他们一定会分开的，就像知道店里插花的蝴蝶兰可以开一个月、六出花一星期一样。但是丁吾雍没想到，有时候，还没到花谢的时候，半空中一个雷劈下来，连花带瓶震倒了，碎的碎，流的流。

丁吾雍觉得自己应该去报警，但是又没有把握自己一定会那么做。他不喜欢这种纠结，他只能希望那个女子不要再来了。那样，丁吾雍就不用纠结了。

可是荷花姜还是继续来，和原来的间隔差不多，就是一星期来一次。她还是坐吧台一角，总是继续喝她的黑雾岛，喝不完的存着，没有了就再来一瓶，菜交给丁吾雍安排。丁吾雍依然会按照她的喜好和时令，给她安排妥帖的三四个菜。她来者不拒，看着手机，一会儿看一下，一会儿写几句话，写的时候很专心，好像不是来吃饭喝酒，而是来写那些话的，写完了就把手机往旁边一丢，然后继续不紧不慢地吃喝着，有时候往门口看一眼，继续吃喝。吃喝完了，就自己走了，有一次走到门口，还会回头看一眼，好像奇怪身后的人怎么不跟上去似的。

身后哪里会有人？早就没有了。那一瞬间，丁吾雍感到在她的身后，是一大片空虚，空虚得连整个店和店里所有的人都不存在了。

那之后，她没有再和丁吾雍聊什么，似乎根本不记得曾经说过什么。丁吾雍怀疑她是酒醒之后忘记醉时一切的那种人。要不然她怎么敢继续出现在这里，还这么若无其事？难道在等丁吾雍下决心报案，好把她抓起来吗？丁吾雍又希望，那是她的醉后胡说，那个男人还活得好好的，这个女人只是这么说说出口恶气罢了。

可是，那个男人呢？丁吾雍也越来越不相信他还活得好好的了。

黄梅天了，有一天，荷花姜刚开始吃，雨下得大起来，下得都不像黄梅天通常的那种慢脚雨，下成了瓢泼，下成了满城风雨、一世飘摇、充满末日感的那种阵仗。丁吾雍知道，这种天气特别容易喝醉，可能是湿度太大了，不利于酒气蒸发。果然，荷花姜喝着喝着，满脸红晕，一只手支着半边脸，眼神迷离。

丁吾雍破例说一句："差不多了，别再喝了。这个天气，你怎么回去？"

"我怎么回去？我回不去了。哪里都不是家，哪里都没有人等我回去，我怎么回去？我回哪里去啊？"她大哭起来。

酒气蒸腾,水汽弥漫,整个店里充满了一个女人的哭声,那种哭声很可怕,虽然很响,但又很压抑,既像一个旧时代的乡下女人苦候多年却听到丈夫死讯,又像一个五六岁的孩子被困下水道里挣扎不出来,用最后一点儿能量来拼命完成的号啕。

丁吾雍心里一凉:那个男人,恐怕真的是死了。要报警吗?

晚上回到家,看见余清在灯下插花,洗过的头发还半湿地披在肩上,他心里一动,上去对她说:"简单一点儿结个婚,怎么样?"

见余清一脸不解,丁吾雍说:"好像觉得还是结婚比较好,你说呢?"

余清说:"你想和我结婚?"

丁吾雍说:"是啊。"

"让我想想。"余清说。

丁吾雍说:"你还要考虑啊。"

"有人求婚,然后自己考虑,这是待遇,总要享受一下吧。"余清说完,笑了起来。丁吾雍也笑了。

看见她的笑容,丁吾雍有一种说不出的感觉,好像是如释重负,好像是通过了一场原本担心通不过的考试,发现自己高估了考试的难度。多大的事?不就是结个婚吗?要弄得那么吓人,哪至于的。

第二天,荷花姜又出现了。才下午五点,店里还在准备。

她说:"老板,今天不吃饭,我是来还你钱的。"

昨天晚上,她确实喝醉了,上了洗手间吐过之后,丁吾雍替她用打车软件叫了车,用店里的大伞送她上车,谁都没顾上结账的事。

"下次来的时候顺便结就可以了，你还特地来。"丁吾雍说的是真心话。有的人，一看就知道是一辈子都不会赖账的。荷花姜，就是这种人。其实那个一身黑灰、眼睛里有清莹倦意的男人，也是这种人，只是不知道为什么欠了这个女子的。

荷花姜的脸看上去已经没有什么异样，要存了心仔细搜索，才能看出眼皮略略有点儿肿，脸色不如平时好，除此之外，依然是一个引人注目、打扮入时、举止得体、行动流畅的摩登女郎。上海的黄金乃至钻石地段有许多高级商务楼，而这些现代女郎的气场让人坚信她们有能力敲开其中的任何一扇门，在正南朝向、一尘不染，光线、温度和设备都无可挑剔的房间拥有一个任她们自如挥洒的位置。

她们的妆容含蓄，皮肤白皙、五官精致、轮廓秀美、神情矜持而举止干练，在她们脸上，你看不到黑眼圈、细皱纹和斑斑点点，那些都在十分服帖的粉底霜下面；你更看不到哭泣、动怒、灰心、丧魂落魄的痕迹，那些都在她们心里，就像藏进了深海之中。女人心，海底针？说这话的人还是小看了女人。女人心，就是海本身。

"我要到外地去一段时间，接下来要几个月不来了，所以今天来一趟。"

丁吾雍马上想：太好了！他从此不用见到这个女人了。如果她是真的出差，离开一段时间，可能会因为换了环境而想开，总之应该不会再来这个伤心地了。如果她是逃走，那也帮了丁吾雍的一个忙，那样，她就和丁吾雍一点儿关系都没有了，丁吾雍也不需要再纠结了。

她真的消失了。半年过去了。

偶尔,看到钵里的荷花姜,丁吾雍会微微有点儿出神,这么好看,怎么可能杀人?可是,锋芒毕露,又好像有点儿杀气。这样的女人,会是什么命运呢? 空闲的时候,丁吾雍有时会望着那两个位置。曾经坐在那里的那两个人,他们都在哪里呢?甚至,那个男人,还在这个世界上吗?从今以后,不可能再看到那样悦目的一对,出现在自己的店里了。不知道为什么,丁吾雍真心觉得遗憾。

到了年底,生意忙了起来,丁吾雍渐渐不再想起那两个人。

一天,七点的时候,正在忙碌的丁吾雍,看见当班领座的小茉莉带进来两个人。一个中年女人,风韵犹存,一身讲究得稍微有点儿过分的打扮,脸色倨傲中有几分阴郁。走近几步,她身后的人露了出来,竟然是那个男人,那个一身黑灰。

丁吾雍大吃一惊,以至于习惯性的"欢迎光临"都中途变了调门,小茉莉不无疑惑地看了他一眼。

这个男人没有死?他还好好的,那么就是他不要荷花姜了。荷花姜说的是气话。不要荷花姜,居然还带着自己的老婆到这里来?丁吾雍觉得自己错看了这个男人,谁知道是这样的人,完全不在道。上海滩的餐厅酒家天上繁星似的,这个人带不同的女人,偏偏来同一家,胆子倒也不小。他就不怕这么多眼睛吗?

小茉莉直接把他们带进了包间,丁吾雍心里冷笑一声。等到小茉莉过来,丁吾雍问:那两个人谁说要进包间的? 小茉莉说,他们预订的。有个男人打电话来,不知道是不是这个男的本人,说要一个小包间。

这就奇怪了。和情人倒光明磊落坐在外面，带老婆反而一定要躲进包间，什么年头？什么人？

丁吾雍亲自上菜。那两个人在交谈，但是不起劲，零零碎碎听到什么"学校""租房子""美金""同学"。丁吾雍实在猜不透这两个人在谈什么，而且感觉他们的关系，坐下来细看，也不那么像夫妻了，倒有几分像讨债的和欠钱的。

等到要上雪花和牛涮涮锅的时候，丁吾雍在大托盘里放上了一个青海波纹小碟子，里面是三枚盐渍荷花姜。盐渍过的荷花姜，娇艳的颜色暗淡了许多，但是转成了一种憔悴的风情，充满了欲言又止的过去。上桌的时候，男人看了一眼，说："我们点这个了吗？"丁吾雍说："这是送的。"一身黑灰的男人看了一下荷花姜，然后看了丁吾雍一眼，丁吾雍接住了他的眼神，两个男人似乎完成了一次无声的对话。

丁吾雍还没出包间，就听见男人毫不避忌地说："钱我带来了。"他把一个厚实的信封交给女人，信封口是开着的，看颜色就知道是美元。又是现金，只用现金。这是个固执的人。

出了包间，丁吾雍转身拉上拉门的一瞬间，听见女人平淡地说："明年一年的够了。"

什么够了？这个女人一年的开销吗？如果他们是夫妻，怎么会这样一年一次给钱？如果不是，又为什么要给钱呢？丁吾雍觉得自己脑子不够用了。

过了几壶酒的工夫，拉门开了，那个女人出来了，走了。谁都不知道她那个华丽的漆皮包里比来的时候多了什么。丁吾雍这时候明白他们为什么要进包间了。但是这一点点合理，像太少的水，不能熄灭他的好奇之火,反而让火更加熊熊燃烧起来了。

那个男人并没有跟出来,而是又叫了一瓶烧酒,开始自斟自饮。

一个小时以后,丁吾雍进去添茶。他心里好奇,但丁吾雍是个在上海滩做了十几年生意的人,明白这种人,无论心里想什么,做出来,总归是合理的——至少有一个合理的解释。这时候进去,是餐馆的常规动作,就是以添茶的名义,看看客人是否要添主食、要咖啡,或者是否要埋单。如果遇上客人酒足饭饱还想独自坐一会儿,就会添上热茶,然后不动声色地出去,让客人自己安静地剔牙、打饱嗝、发呆或者独自疗伤。平时这件事是服务员做的,今天既然是丁吾雍自己负责这个包间,那么,他可以让服务员来接手,也可以自己去。

此刻,丁吾雍拉开了门,进去添茶。

茶水注入茶杯中,细细的清香腾起。一身黑灰的男人说:"谢谢。今天你亲自照应。"

丁吾雍说:"不客气。"他注意到男人有了酒意,脸红了,精神看上去和过去不同,没有那股有棱有角的气势了,但萎靡里透出轻松,显得真实。就说:"今天吃得还可以吗?"

这个"还"用得妙。既表示委婉和分寸,也可以是"依旧""如常"的意思,加上"今天"这个提示,那就是在问:过去喜欢的口味,隔了一段时间,你觉得怎么样?重点是:有过去。

"很好。你这里的菜一直地道的。"

丁吾雍听见他用"一直",居然是对过去的一切认账的口气,就说:"说起来,您有一阵没来了。"这话是试探,但也可进可退。

男人叹了一口气。丁吾雍不敢相信自己的耳朵，看向他，听见他说："她，后来来过吗？"

这话包含的意思太多了，简直把丁吾雍当成哥们儿了。看来他今天是喝多了。丁吾雍一时不知道怎么回答好了，就点了点头。

男人又叹了一口气。"恨死我了，一个个，都恨死我。"男人用双手用力揉搓自己的脸，好像一个寒冷的清早，清洁工在马路上扫着落叶一样，既孤单又萧瑟。

一阵不可理喻的同情攫住了丁吾雍，丁吾雍马上提醒自己，正是这个男人，让那个女孩子那么伤心的，而且还毫不介意地和一个身份不明的女人又到这里来。

"你太太也很漂亮。"丁吾雍说，这话不知道怎么就突然蹦了出来。说了之后，发现这句故作莽撞的试探妙不可言。

男人抬头看了丁吾雍一眼，有点儿惊讶，有点儿迷茫，然后露出了一点儿笑容。"太太？哦，前妻。刚才那个，是前妻。"

丁吾雍不轻易放下戒备，"您后来又结婚了？"

"没有啊。活剥一层皮才离了婚，我怎么会再结？就二十年前结了一次婚，生了一个女儿，烦到现在都烦不清楚，前妻的保险啊、房子啊、女儿的留学啊……我有几条命，再去结婚，再去生小孩？"

丁吾雍吃了一惊，暗暗有些羞愧，同时有更多的如释重负。他不说话，因为不知道说什么好。

"唉？"男人突然语气一挑，"怎么，难道你以为我有家庭，每趟和我一起来的是……情人？"

丁吾雍的脸有点儿火辣辣的。

男人笑了起来，"那是我的女朋友。我们都是单身，光明正大来往的。只不过我不想结婚，她想。"

丁吾雍说："不结婚，就要结束？"

"给不了她想要的，就放人家走吧。"男人用手搓了搓脸。

丁吾雍说："人家会觉得你是在寻借口。"

男人笑了起来。那笑容似乎在说：自然是这样。又似乎在说：随便吧。好像在说：我怕什么？又好像在说：哪有这么便宜？

丁吾雍端起茶壶转身的时候，男人突然说："她后来一个人来喝酒的，对吗？"

丁吾雍叹了一口气，点点头。

男人说："她……哭了吗？"

【作者简介】潘向黎，文学博士、作家，现居上海。出版有长篇小说《穿心莲》，小说集《白水青菜》《轻触微温》《我爱小丸子》《女上司》《中国好小说·潘向黎》等，散文集《茶可道》《看诗不分明》《梅边消息：潘向黎读古诗》《万念》《如一》等多部。曾获鲁迅文学奖、青年文学创作奖、庄重文文学奖等奖项。

日光照亮北斗

○蔡　东

　　感应灯随着脚步声依次亮起，赵佳穿过三道狭长的走廊，从天璇来到玉衡。

　　两个月前，赵佳和徐璐结伴来星寓看房子。那天下着雨，大雨从高处纵身而下，直扑地面。两人走出地铁口，各撑一把伞，一前一后走在雨中。一阵大风吹来，路边的大树和灌木倒向一边，雨中的世界随着风势倾斜了。两人弓着身子往前走，也不知过了多久，终于看见前方深蓝色的建筑群。

　　赵佳是在雨声中醒来的。窗帘拉得严严实实，屋里是阴雨天气特有的昏暗，说不好几点。她翻个身，指尖触碰到手机，屏幕亮了。就在光亮闪过的瞬间，她全身一哆嗦看到了睡前还不曾存在于房间里的东西。

　　触亮屏幕，照向墙壁，只见那里凭空多出来一簇灰褐色的蘑菇。

　　她拨通徐璐的电话，说，被你说中了，这里真不能住了。徐璐说，我这就上去。她愣怔一会儿，听见外面有响动，随便套上一件睡衣，打开房门把徐璐迎进来。她指着窗下说，怪不得你总觉得湿冷,蘑菇都长出来了。徐璐凑近了,瞅见墙壁上渗出一层稠密的水珠,角落里的蘑菇似乎正在一点点长大。

两人冒着大雨出门,接连看了几家青年公寓。清一色急切慌乱的装修,哪里禁得起细看,处处透着平庸、粗疏和不上心,似乎所有人已达成共识,不过是个晚上回来睡觉的地方,要求别太高。去星寓的路上,两人都有些提不起精神来。

走进星寓接待处,先看到整面墙的彩绘,画面上方投下扇面般徐徐展开的光,一猫一狗一女孩待在蜜黄色、毛茸茸的光束里,宛若童话场景,边上一行字,"等你回家"。这话像一个有温度的肥皂泡,依然空洞,但至少不那么冰冷。前台带她们来到展示柜前,走近了,从高往低俯视,这才看得分明。七栋公寓楼耸立在一块绿地上,通过一道道长廊相连,赫然显出北斗七星的模样。最西边的一栋命名为瑶光,接着是开阳、玉衡、天权、天玑、天璇、天枢。好半天,赵佳回过神来,说,北斗落在地上。徐璐摇晃她的手臂,说,不,咱俩这是要住到天上去。

怀着一丝侥幸看向价目表,侥幸即刻消散。两人在前台磨磨蹭蹭,没有租下来的决心,也舍不得就此离开。工作人员退到一边,并不相劝。好房子不愁租,推销太热情反而掉价了。

雨声渐渐稀落,赵佳透过接待处的两扇玻璃门向小区里看,玻璃门外站着一棵白玉兰树。一片叶子正离开树枝,姿态美妙地往下落,半空中随风翻转一下身体,继续飘坠,最后啪嗒一声坠入积水。接洽她们的工作人员建议,要不你们去里面转转?赵佳拉着徐璐,推开玻璃门进入小区。一只暗绿色的绣眼鸟从玉兰树的枝叶间飞出,在空中划过一道半弧。叶子上的雨珠簌簌落下,落在她们的头顶和肩上。眼前是瑶光楼，也就是勺子尾巴所在的位置，从瑶光开始，一排排公寓楼交错站立，逶迤而去。赵佳测一下方位，说，还是夏天的北斗七星呢。

一时恍惚起来，逝去已久的夏夜从时光的深处汩汩涌出。遥想那些年，暑气最盛的日子里，晚饭就挪到院子石桌上了。那会儿，晚上最常吃的是凉面条。黄昏时分橘红色的天光下，面条安静地浸泡在冷水里，等候配菜和调料鱼贯而来，炒豆角、烧茄子、黄瓜丝、芝麻酱、蒜汁。吃过凉面条，赵佳把折叠钢丝床打开放在一丛月季花旁，拿把蒲葵扇躺上去。她轻轻摇动扇子，仰面看着天空。夜晚是从天空深处渐渐渗出来的，耐心弥漫出一大片宁静的深蓝色。第一颗星星出现了，接着，繁星浩浩荡荡而来。满天星辰中，北斗七星和北极星是最好辨认的。夜渐深，她半闭双眼，似睡非睡。猫在院墙上走动，时有凉风吹来，裹挟着墙角晚香玉的香气，纱门被风甩到木门框上，砰的一声，随后小院陷入更深更庞大的寂静中。时光从容、悠闲、无有穷尽，仿佛日子会一直这样过下去，无所用心地过下去。那时候并不知道，良夜去而不返，家里的平房不久便被拆迁，明亮的灯火黯淡了星空，难以复现的，还有那个年纪的心境。

两年前，赵佳再次遇见北斗七星。她跟恋人瞿一行去黄山游玩，爬到排云亭已是下午。一路上先是毛毛细雨，接着阳光普照，忽又一场骤雨。傍晚时分，天色依旧明亮，两人站在亭前平台上，只见前方旷然开阔，群峰郁郁苍苍。起先，浑圆的落日挨着一座瘦削的山峰，似乎站住不动了，不知不觉间，它从高处的山峰走到低处，天色暗了一层。瞿一行忽然大叫一声，赵佳循声看去，见云雾从峡谷里升起，带着澎湃的声响般轰隆隆涌上来，雪白的云块在松石间翻卷，质地轻盈的云烟被风一吹，就散开了。一朵云挂在一棵老松上，缠绵缭绕许久，一丝一丝地飘走。云海消散后两人来到附近的餐厅，吃过饭，天已黑透，走出来立刻感觉到山间空气的清寒冷冽，让人浑身一凛，紧接着，远处的星空已迎面而来。旁边的小男孩喊道，那是天狼星！赵佳仰起脖子，漫天的星星蜂拥至眼前，真叫人眩晕，定定神，她先认出来的依然是北斗七星。随后，竟用肉眼看到了银河带。银河悬挂在夜空一侧，亮而轻。在意识到那是银河的一瞬，空气凝固了一般。她跟瞿一行对视一眼，两人都说不出话来，瞿一行有些笨拙地搂住她。夜静更深，银河延伸到更远的地方，银河中心似乎出现一个巨大的、无底的旋涡，浩大壮丽，又散发出令人心悸的气息，叫人忍不住低下头去，不敢多看。山风吹来，映在岩壁上的树影随风摇晃，赵佳缩缩脖子，身体紧偎着瞿一行。山上的夜晚犹在昨日，男友却早已是前男友了。

两个月前下雨的那一天，赵佳和徐璐站在瑶光楼前，只见开阳居于东北方向，玉衡、天权与开阳微有错落，天玑陡然南下，天璇转东，天枢径直北上。七星匝地，在雨水中闪动着深蓝色的幽光。

某个时刻，赵佳觉得自己被摄了魂，被什么东西深深打动了。只是理智没那么容易溃散，仍在老练地等待激荡的情感重归平静。她暗中劝自己，别为一个名字冲动，这里并不是离天空和太阳更近的地方。正转身往外走，一只手拽住她。徐璐的声音从身后传来，佳佳，等新游戏上线就有一笔奖金拿，咱们住得起。赵佳停下脚步，看同伴一眼，就知道她真动心了。徐璐又说，来，这次咱俩都选有阳光的房间。听到这话，赵佳的眼睛也亮了。

一直到签合同的时候赵佳仍在做徒劳的辨析。她俩决定住进星寓，不是因为画册上"高品质青年社区、城市理想家"的宣传，那更多的是一种安慰，里头也含着些善意的；也不是因为社区里恍如美剧场景的、巨大滚筒一起转动的自助洗衣房，真实的生活像卷心菜的叶片般蜷在一个个单间里。可是，她们被某种更虚幻的东西打动了。狭长不规则的地块上，七座公寓楼站立成星座的形状，风雨之中，神采焕然。眼前的景象显得有些不真实，那股奇异浪漫的气息在她们的生活中已近乎绝迹。因为罕有，所以更无从抗拒。暗处里好像藏着一个人，了解她们，也知道她们想要什么。

我们住在北斗七星上。说话时徐璐一脸神往，双手用力交握在一起。她不是爱激动能咋呼的人，只是地上的小屋被命名为天上的星辰，这让人头脑发热，让人再度揣起满怀的浪漫和希望，让人误以为住进这里便拥有了真正的生活。赵佳嘴上不说扫兴丧气的话，心里却不踏实。徐璐那组开发的游戏在内部竞争中不占优势，别说拿奖金了，赵佳担心同伴很快会被优化，也就是被新鲜能干也更便宜的劳力所取代。以前的人丢工作叫下岗，轮到她们时，叫被优化了。

此时，赵佳穿过三道长廊，从天璇来到玉衡。徐璐住在玉衡楼的东头，屋门已打开，火锅香味飘到楼道里。赵佳走进来，见小方桌上放着羊肉卷、平菇、冻豆腐。屋里没有多余的椅子，她往地上一坐，蒸汽立刻扑到眼镜上，眼前一片迷蒙。她上来就说，有事跟你商量。徐璐问，啥事这么严肃？赵佳摘下眼镜，用棉 T 恤擦拭镜片，说，我爸妈又要来。徐璐紧张起来，说，他们到底放心不下，是来看阳光吗？因为在欧佩君房间里拍的那张照片吧！

赵佳来深圳有些年头了。盛夏的季节，暮色降临的时刻，她坐上一列火车，看着求学多年的城市越退越远，逐渐消失在沉沉的夜色中。一路向南，风景变换，不变的是车轮滚过铁轨的声音，哐当哐当单调出了一种地老天荒的感觉。她想起天气预报里自北向南而来的寒流和雨雪，一场又一场，它们走的路程可真远。历经一个完整的昼夜，终点到了。她拖着行李，走进潮湿稠厚的空气中，身上露出来的皮肤立刻变得湿漉漉的。出了站，先注意到的不是建筑物，而是重重叠叠的绿色，凡有土的地方都生长着植物。这里树木长得密，长得野，长得健壮，绿到发黑了，成了精一般，在夜色中呼呼喘着气。路边一丛丛灌木蹲伏在黑暗里，细看上去，叶片肥大，色彩浓重，散发着动物般的生命气息。

　　那时候，徐璐、瞿一行和欧佩君尚未走入她的生活，满眼的植物也是陌生的，叫不出名字来。她住进一家小旅馆，熬夜在网上找房子，把"性价比高"的房子登记在纸上。几天内把房子看个遍，看完一处就默默拿出笔来，用一道横线把它画掉了。标价便宜的房间大都没有窗户，她颇震惊于这个事实，一座阳光充足的南方城市里居然隐藏着这么多开不了一扇窗的房间。

　　她对南方最初的想象，是那里长满了一座座闪闪发光的金色城市。她喜爱阳光也渴望独居，只是承受不了两者兼得的租价。几天后，她选定一间朝西的合租房。租约签一年能打折，为了确定的折扣，她愿意承受长租一年带来的各种不确定。

　　小屋的窗户朝西，下午的时候，阳光会在某个时刻照进小屋，刹那间，如群鸟在长久的静默后突然开始鸣叫。她喜欢那骤然变得明亮的一瞬,暗淡局促的空间变得通透、有生气、充满希望。屋里的温度很快升高,没事,不用拉窗帘,把空调风量调大就行。小屋里,窗框的影子投在地上,悄无声息地往远处伸展。阳光乍现,如金色的潮水汹涌而来,转身离去时却是踌躇的,脚步徘徊,缓慢挪动。薄暮时分,夕阳低悬于道路的尽头,疲倦的光线斜斜地扫过来,当最后几缕光线几乎贴着地平线照过来,楼房、街道、树木仿佛被温暖的松脂包裹,正在缓缓凝固成一大块琥珀。

周末,赵佳跟家里例行通电话,父母你一句我一句,说心里闷得慌想去看看她,说着说着赵佳才发现他们已买好车票。赵佳嘴上埋怨,你俩也不问我有没有空,心里却有些难过,父母老了,老得足以变成小孩子了。对了,他们还坚信核桃露可以补脑子呢。

二老坐上南来的火车时,赵佳去商场买了几件小摆设。细陶瓶,花瓣形的蜡烛托,人造豌豆花,花茎里面是细钢丝,可以任意弯折。十几元的小东西往屋里一摆,敷衍度日的气息退散,有了点用心生活的调调。

第二天下午,赵佳去车站接父母,在人群中乍一认出他们,她眼眶热热的。赵佳妈身穿印花连衣裙,一见女儿就说,佳佳,南方天气热,特意买了件冰丝裙子穿。赵佳不用摸就知道那是化纤的,嘴上混过去,嗯,不沾身,看着就凉快。赵佳嘱咐出租车司机绕到主干道上,好让父母对深圳有个大致印象。路上,父母对车窗外掠过的著名地标毫不在意,他们关心的是女儿的落脚之处,问房间有多大,离上班的地方远不远。虽然小屋经过突击装扮,赵佳还是觉得没什么可说的。只是个短暂停泊之地,她别过头去不愿多谈。

赵妈走进房间,没注意到精心摆放的装饰品,倒迅速发现朝西的窗户。她说,这是西晒的房子啊?

老妈,你知道这点阳光多稀罕!赵佳一步迈进阳光里。

稀罕?南方不有的是阳光吗?母亲低声说。的确,这里一年四季满城清透的阳光,不像赵佳的老家,太阳常在浓雾后挣扎,苍白的光把小城照得更加荒芜。

父亲拉动窗帘,遮住一小半窗户,说,毕竟比北向的房间好。赵佳这才注意到,窗帘早被晒得褪了色,从一种颜色变成另一种颜色。小房间变得燥热。她打开空调,空调外机总是激动地颤抖一下才开始工作。凉飕飕的风吹出来,心里的燥热仍在升腾。她猛然意识到房间有多小,一家三口挤在里面,呼吸的空气都不够用。她把父母引到客厅嘴唇形的二手沙发上。两个老人被玫红色的嘴唇含着,看上去有点滑稽。

父母快速而隐秘地交换一下眼神,母亲调整神色,说初来乍到的,有个地方住就不错了。父亲跟着附和,先站住脚再说。他们起身去公用的厨房考察,赵佳跟在后面瞅见灶台上厚厚的油垢,这里虽算不得自己家,也还是觉得难堪。父母对陈年油垢视而不见,说能做饭就好。说到晚餐,赵佳提议出去吃,赵妈坚持为她烙茴香馅的盒子,说,你最爱吃茴香,现在一年四季有了,大棚的。经过一番不太激烈的争论,赵佳最后一次确认,不嫌麻烦?赵妈说,吃饭还有怕麻烦的?

三人来到附近的超市,遍寻蔬菜区,未见茴香苗。赵妈询问超市的工作人员,有的人说听都没听过,有的人表示知道,把他们带到调料区,拿起一瓶小茴香递过来。赵妈摆摆手,不对,是蔬菜。工作人员一脸茫然,说那没有。这会儿,赵佳也开始想念那宛若绿色羽毛、散发奇异香味的菜苗了。记忆里它总在春天时出现在北方小城的菜摊上，即使远离了土地被扎成一捆一捆的，它依然是身姿优美的蔬菜，亭亭玉立，远远看过去像绿雾一般的文竹。

赵妈有些沮丧，她不得不拿起两把壮硕的芹菜，将晚饭更改为芹菜饺子。

几天后，赵佳送父母去车站，一路活跃气氛，唯恐冷场。父母看上去多了心事，但嘴上只说让人高兴的话。优等生女儿的新生活和预想的不一样，他们心头积滞了太多需要消化的东西，羞愧和着急也是有的，凭那点退休工资，看样子也帮不上大忙。赵佳目送他们进站，在栏杆外挥手，他们真老了，脸上是怯怯的又带点恍神的表情，她故作轻松地笑，别担心，都是暂时的，只要努力，未来总比现在好。

漫长的夏天快要过去，早晚时分有了些模糊的秋意。有一天早晨，赵佳正准备出门，忽地瞅见了什么，人就定在那里了。她在小屋的墙壁上发现一小片阳光。她惊喜地看着这片淡金色的阳光，舍不得移开眼睛。长方形的光斑像精灵一样，会忽然跳动一下，又重新落回到墙壁上，静静地趴着。

大清早的，你从哪里来到朝西的小屋呢？她往窗户外面看，看到阳光蜿蜒的来路。晨间的阳光打在斜对面楼房的一块玻璃上，经过折射，穿过窗户落在小屋的墙壁上。

过了一段日子，随着太阳的移动，这一小片阳光消失不见了。她盯着空白的墙壁，盼望它会再次出现，等了一阵子才死心，看来要等到下一年了。

搬离小屋后她还是经常想起那一小片阳光，像在怀念一个亲密的好朋友。

从房门走到床铺是五步，从电脑桌走到厕所，只需要三步。地上铺着五十厘米乘以五十厘米的米色瓷砖，长七块瓷砖，宽四块瓷砖，就是一个房间了。

几年时间里，赵佳搬家数次，在一套套合租房中辗转居住。去外面吃饭她依然喜欢找靠窗的座位，敞亮，光线好，但她已习惯居所的昏暗，进了黑洞洞的房间，如鼹鼠躲进地洞。从一块屏幕到另一块屏幕的循环往复几乎构成生活的全部。工作日从早到晚上班，靠人体工学椅支撑腰背和颈椎，所谓休息日，便在睡觉和看剧中度过。

唯一的城市历险是挤地铁。一日在地铁上看到广告，宣称"品质租住"时代到来，打广告的是一家叫"窝暖"的青年公寓。"窝暖"，这名字真叫人神往，赵佳记下电话号码，打算周末去看看。

一拖就是几个星期，直到一墙之隔的合租者又在弹吉他唱《花火》。每次到"现在的我，有些倦了"这句，他就试图唱出沙哑的感觉。怪异的声音透过薄墙，赵佳从《基本演绎法》的剧情里抽离出来，离开显示屏，离开穿过晶状体对视网膜造成损伤的短波蓝光，关上电脑，走出房间。去窝暖的路上，一个日光充足的亚热带世界徐徐在眼前展开，马路上，公园里，建筑物的玻璃幕墙，到处闪烁着阳光。路边的植物高低错落地生长，在争夺阳光的生存博弈中形成了交织镶嵌的精巧结构。而此刻为行进的汽车提供动力的透明燃料亦是储存了上亿年的太阳能。她把手伸到车窗边，阳光落进掌心，生动，欢悦，它经过一亿多公里的太空旅行抵达她的手掌,带来真切的光亮和温暖。

虽然一眼就能看出窝暖是从工业厂房脱胎而出的,虽然经过观察,识破了公寓管家用手机放录音、假装不断有人租下房间的小诡计,赵佳还是被管家的话打动了:哪怕房间再小,也是独立空间。是呀,不用做贼一般地上厕所,不用跟陌生人共用一个门户出入。可以大声打电话,可以慢腾腾地洗澡,可以穿着睡裙到处走,可以自在畅快地呼吸,当然也可以坐在光线最好的地方晒太阳。

从房门走到床铺是五步,从电脑桌走到厕所,只需要三步。脚步即可丈量的房间,却独门独户,还拥有一面通透的玻璃窗。窗外的围墙下栽种着一排竹子,修长的青竹、竹节圆润的罗汉竹,都是年轻竹子,像刚刚经过变身改造的公寓一样新鲜翠绿。最后选房时,她在西向的房间后钩对号,她告诉自己,因为西面能看到竹子呀。大脑绕开她冷静地计算过,朝南的房间负担起来有些吃力。人有时候就是差一点,怎么也够不着。

无论如何,她一个人住了。休班的时候她喜欢在窗下坐着,一坐就是半天。时间悄悄流逝,不知不觉间,阳光变软了,紧绷一整天的世界也松弛了下来。

黄昏是光线不断发生变化的时段,眼前熟悉而直白的景物笼罩在朦胧光晕里,有了明暗和虚实。西边天空的颜色有时是温柔的玫瑰粉,一层层微妙渐变,不露痕迹地柔缓过渡,有时热烈斑斓,不知哪里泼出来的金红色漫天流淌,简直是伦勃朗式的颜料堆积和华丽厚涂,未干的巨幅油画铺展了大半个天空,映得地上通红通红的,天地间涌动着一股摄人心魄的神秘力量。赵佳暗自感叹,最美丽的色彩往往不是来自"产品",而是由自然赋予,比如张掖砂岩的颜色、五角枫叶子的颜色、金刚鹦鹉羽毛的颜色。当夕阳滚落光线隐没，天边的鲜丽油彩随之消失，一切都沉入淡淡的墨色里，窗外的世界仿若一卷素净水墨。

赵佳的父母又来探望，已学会假装不在意阳光，赵妈早年住潮屋子得关节炎的旧事也不提了。赵爸把老家带来的土特产食品放在桌上，赵妈进门几步就走到床边了。她坐下来，从包里取出一样东西递给赵佳。赵佳没想到是一小株豆瓣掌，用白色塑料袋裹着。赵妈说，家里豆瓣掌折下来的。记得咱家的豆瓣掌吧，越长越旺分了好多盆。这东西皮实，插在土里就能活。赵佳拿过来放在手心里细看，豆瓣掌吸饱了阳光，叶片油亮，绿如碧玉。父母对房间的大窗户很满意，夸赞几句，但他们只在屋里略一停留就出去了。赵佳往冰箱里放土特产，听到他们在楼道里小声议论，什么青年之家，这不就是筒子间嘛，又兴回来了。还有，你看见了吧，迷你冰箱迷你沙发迷你桌子，跟小孩过家家一样。

赵佳环视房间，米色地砖、蓝色窗帘、统一配备的家具固定在它们应该待的地方，不越轨，不逾矩。或许安迪·沃霍尔也不会想到，可以大量复制的不仅是可乐瓶和梦露的脸孔，还有房间和生活。入住前，管家对墙面拍照留底，警示墙上不能挂画不能挂照片，管家说，可以"装饰"房间，但退租的时候要恢复原样。这一切，凝聚成一种叫作暂时感的东西。人们都学会说了，租来的地方也是家，但无论赵佳怎么布置，眼前都不像家居生活的场景，狭小的空间不耐分隔和迂回，缺少隐藏和留白，就这么直愣愣地把一个人的生活和盘托出了。

父母走后，赵佳把电脑里关于海洋、草原和荒野的纪录片翻出来,有空就打开,看两眼开阔苍茫的自然风景。

她也来到一个开阔的地方。四下一望,看不见墙壁在哪里,周围是大片的空地。她走两步,心里纳闷,怎么好像走在空旷的野外呢?突地一个趔趄,身体沿着一段斜坡往下滑,滑到最底下停住。坐起来,看见一道长长的白色沟壑。站直身体,用胳膊扒住沟壑上缘往外看。一个米色的世界朝着远处延伸,望不到边际。不是纯粹的米色,细看上面布满烟丝一般明暗交错的纹路。她攀爬出来,又经过几道沟壑,眼前暗下来,仰头看去,一大块厚重的帷幕沉沉垂落,帷幕表面有粗糙凸起,还垂下来一根根蓝色的绳子。她跳起来抓住一根绳子,手臂使劲,身体在空中来回荡起来。

荡了一会儿,她顺着绳子溜下来。巨幅布料的下面有两道棕色的深沟,她越过深沟,看见前方躺着一只绿色的小船。她走啊走,走到小船面前。小船通体碧绿,泛着光,两头尖尖的,船身上排列着一道道清晰的平行纹路。她跳进小船,仰面躺下,阳光跳到她身上,在脚尖和胸口间来回蹦跳,全身变得暖烘烘的,她翻身侧躺,阳光也跟着移过来。她小睡一会儿,睡醒后离开小船继续往前走,走到一处阴影里,仰头看去,头顶上罩了一把黄中带绿的大伞。她走到有亮光的地方,抓住一个柔嫩的绿色弯角往上爬,伞面竟如此宽阔,像一面巨大的手掌向四周伸开,手掌中间是一条由细变粗的路。她沿着手掌中间的路往前走,看到无数条浅绿色小路通向手掌的边缘。不知走了多久,路消失,她从路消失的地方往下跳,双手扶地,双脚重新踩在一大片米色上。地方真大,云天一般空阔无边,她在大片的米色上尽情翻滚。

可这是哪里呢?越想越迷糊。地面上有一根看上去很柔软的长棍,她俯身细看,长棍一头是白色的,一头是金黄色的。再往前走,又有一根软软的长棍,她枕着长棍躺下来。

一头是白色的,一头是金黄色的。这颜色很熟悉,记得在哪里见过。闭上眼睛再睁开时,好像一道亮光从眼前闪过,她认出来了,刹那间也明白了自己身处何地。

入住前打扫房间,扫起来一小堆猫毛,原来前任租客是养猫的。清洁后,角落里、下水口里还积着不少猫毛,扫地时也经常看到几根猫毛飘起来。猫毛上有两种颜色,根部是白色的,前梢那里变成金黄色。

原来仍在窝暖的房间里,只是她变小了。沟壑是瓷砖间的白色勾缝,表面有蓝绳子的是猫爪挠过钩丝的窗帘,棕色深沟是推拉门轨道,绿色小船是一片竹叶,黄中带绿的大手掌只能是梧桐树的落叶了。

她喉咙干渴,想喝口水。沿着桌腿往上爬,爬到桌面,看到平时使用的玻璃杯装着半杯水,此刻分明是一个透明的巨型圆柱,不慎掉进去就好比坠入深湖。她向四周呼喊,谁把我变得比蚂蚁还小,能变回原样吗?不,不用变回原样,比现在大一点就行。大一点是多大呢?大概就是玩具屋人偶的大小吧。这个比例正合适,家具和物品不再是庞然大物,可以正常使用,同时屋里又能分隔出两个空间,她不贪心,需要的仅仅是把日常活动的地方和睡觉的地方分开来。

继续呼喊,无人应答。突地水杯侧倒,一股洪流冲过来,她徒劳地奔跑跳跃,转瞬间就被大水淹没。

醒来时,雨已停,玻璃窗上挂满雨滴。她躺在小床上,眼睛看不见那排竹子,但脑海里浮现出一幅画面,竹叶淋了雨,颜色豁然鲜明,是一种冷冷的、清脆的绿色。一阵风吹过,竹身摇动,萧萧作响。她凝神遐想,围着她嬉戏的阳光是怎么回事呢?就叫它小阳光吧,从雨云后面偷偷溜出来,找小人一起玩耍的小阳光。

赵佳住进星寓的第一晚就认识了欧佩君。那天夜已深,她听到敲门声,还以为是徐璐过来找她。打开门,看到一个穿湖绿丝质吊带裙的女孩,妆很浓,嘴唇上敷着一层果冻般的唇釉。女孩说,我叫欧佩君,住隔壁,找你借个红酒开瓶器。赵佳摇摇头,说不喝红酒。欧佩君说,我再问问别人。赵佳不知道她为何深夜借开瓶器,但租房这么多年头一回有人敲她的门,"邻居"这个词重新出现在她的生活里。

这之后,她经常看到隔壁的门敞开着。她偷偷往里看,有时候看到欧佩君坐在粉红色梳妆台前,面对支起来的手机,捏着嗓子说话,有时候屋里还有一个拿相机的人,身体快趴在地上了,对着欧佩君啪啪按下快门,而欧佩君不理镜头,压住下巴低头看地面。拿相机的人时而鼓励:又仙又美!时而提点:跟身边的火烈鸟玩偶互动一下!

一个周五的晚上,赵佳接到欧佩君的邀请,说,周日下午要拍一组大片,来玩吗?她问,在哪里?欧佩君说,还能在哪里,在房间。她点点头,说有个朋友也住星寓,能一起吗? 欧佩君说,叫上她。

周日天气阴沉,午后开始下小雨。赵佳和徐璐来到欧佩君的房间,只见阳台堆满纸盒,床上到处是衣服,地上扔着快餐盒。欧佩君的房间似乎总是处在搬家前的紧急状态中。这会儿,房间中央的一块地方收拾出来了,摆着胡桃色圆几,几脚弧形雕花,看起来很不日常。圆几上立着几本外文书,嗯,外文书的书壳,还有一盆龟背竹。赵佳忍不住摸摸叶子,是塑料的。这块收拾干净的地方不具备真实感,如临时舞台的布景。

徐璐看看外面,说赶上了阴雨天,光线不好。

别担心。欧佩君转过头来,等下你们看看什么是阳光感。

让赵佳心头一震的,不是欧佩君只化了一边的眼妆,而是她嘴里的词语:阳光感。

摄影师就位,欧佩君说再等等,等小男孩到了就可以拍。赵佳和徐璐对视一眼,心里都在想,还有小男孩要来呀?

"小男孩"一身卷曲的白毛,眼睛像黑豆粒,毛茸茸的耳朵耷拉下来,松软的脖子上系着亮蓝色丝巾。"小男孩"是雪白毛线团般的贵宾犬。

欧佩君揽住"小男孩",坐在圆几前,抬头,低头,时而绽开笑容,时而出神地看着远方——远方是近在咫尺的墙壁。快门迅速按动,"小男孩"试图从陌生的怀抱里挣脱出来,被欧佩君摁住头,凹了个亲吻的造型。

与狗狗的拍摄告一段落,欧佩君把"小男孩"交还给主人,说,再见啦,小男孩。她走进卫生间,再走出来时,身上的拼色卫衣换成白色廓形衬衫。她坐在方凳上,转身在床上找着什么,很快,她从散落的衣服中扒出来一个东西。

赵佳定睛一看,呆住了。欧佩君扒出来一把全新的铲子,是那种中间有几道条形沟槽的漏铲。接下来,让赵佳更想不到的是,摄影师拿出一个手电筒,旋转开关,昏暗的室内立刻出现一束光。他把手电筒交给赵佳。接着，欧佩君把漏铲递给徐璐。

欧佩君说，没有阳光我们就制造阳光。

依摄影师指示，徐璐站在欧佩君的侧面挥动铲子，赵佳用手电筒照向铲子，栅栏般的光影出现在房间里。赵佳看着柔和光线中的欧佩君，眼热心跳。从未见过这样的欧佩君，几绺长发挡住她的侧脸，她似乎忘记了周围的一切，沉静地泡在光线里，睫毛在眼睛下面投下折扇状的影子。

原来这就是阳光感。

赵佳和徐璐凑到摄影师身边，通过显示屏回看照片。显示屏里没有阴天和小雨，温柔的阳光仿佛透过一层木质格栅，落在欧佩君身上。阳光是有魔力的，它照到的平淡角落会显得格外美好，它凝固在画布上会让整幅画活过来，几乎可以感受到光影和烟雾的微微颤动，阳光也会帮助照片里的人，表现出她本不具有的宁静气质。

摄影师巧妙选取角度，照片里看不出房间有多小，也看不出房间有多乱。她俩不停地发出惊叹，欧佩君倚在床头上，说，有什么好稀奇的，我们圈里都是这么拍照的。打闪光再加上做后期，也能出来阳光感的照片，就好像，好像所有的阳光迈开步子跑到屋里来了。徐璐问，看上去假吗？欧佩君说，谁会怀疑阳光是假的？

接着，欧佩君穿上波点茶歇裙拍摄红茶系列。金边茶杯里注满热水，袋泡茶在水里一晃就拿开了，水变成漂亮的深红色，摄影师举起相机，将热气袅袅上升的画面凝固下来。

最后，摄影师准备收拾器材了，赵佳鼓足勇气开口，能给我俩也拍一张阳光感照片吗？摄影师还没接话，欧佩君满口答应，怎么不行,多拍几张,好好选一选。拍完你们要请我喝东西呀。

就这样,赵佳和徐璐也拥有了充满阳光感的照片。怀里没有小狗,手里没有红茶杯,但阳光伸出手臂,一把抱住了她们。

三人来到楼下的茶饮店,仰头看饮品挂牌,金风还是玉露?蓝莓还是橙子?好像喝什么真是一个大问题。赵佳手扶下巴,认真挑选一番,生活中可供选择的东西并不多,这是其中之一。

她们坐在外面墨绿色的晴雨伞下,一人抱着一个高高的塑料杯。旁边,一只流浪猫蹲坐在花砖上,伸出粉色舌头濡湿爪子,接着抬起爪子,在耳朵和脸上来回画着小圆圈。欧佩君翻看新拍的照片,时而露出欣喜自得的神色,时而嘟起嘴巴抱怨:这张把我拍成死鱼眼了!

不久,赵佳发现,一直用风景照当社交媒体头像的徐璐,悄没声把头像换成"阳光感"的个人照片,而她呢,有一天没忍住,把照片发给了父母。

不管赵佳怎么劝说,二老都不肯改变主意,说不能拦着他们去珠海旅游,既到了珠海,来深圳看看也是正理。

赵佳住上了南向的房间,但房间所在的楼层并不高。星寓前横着一排写字楼,夏天的时候窗下还有一溜韭菜叶宽的阳光,现在天气转凉,大半个天璇被笼罩在前面高楼的阴影里,她又一次生活在白天也要开灯的昏暗房间里。工作这些年,细小的磨损每天都在悄悄发生,她放下了很多,放低心气随它去,她怕见到的,是父母有了心病又无能为力的模样。老经验不顶用了,他们能做什么呢?只能忧心忡忡地回到老家,只能每天并排坐在沙发上,一遍又一遍看连续剧。

她找徐璐唠叨过几次，徐璐这样好的人，从来不嫌她烦。跟瞿一行分手那会儿，徐璐有空就陪着她，听她哭诉，安慰她会过去的，也提醒她，知道你心里难受，但不幸的事情不要逮着谁都说，看笑话的人多，真疼你的人少。话说瞿一行是突然不理她的，她不知道自己做错了什么，但对这样的消失不感到陌生，不过又一次遇上了异性的退缩。面对热情的追求者，开始时她冷淡抗拒，防止自己再次坠入爱情的强烈幻觉里，但随着时间推移，她总会变成更投入的那一方。每次吵架，主动和好的都是她，她想过建立家庭养育孩子，憧憬过走进餐厅对服务员说"两大一小"的时刻。她当然知道一个人可以生活得下去，也预见到自己在婚姻中是注定牺牲的角色，但当她鼓足勇气，对方却跑开了。瞿一行在刚认识的朋友面前，能够收起自负和自私，看上去友善、风趣、充满魅力，但他对建立长期情感关系充满恐惧和逃避。因大公司工作强度太大，"没有生活"，瞿一行跳到小公司，后来很快离职，离职是委婉说法，实际是被解雇。有一阵他迷恋创业，常跟几个朋友聚会，一聊就是一下午，后来赵佳才知道创业是开一家火锅店。瞿一行在南方的暖冬里消失不见，隔年春天，赵佳已从心底原谅了他，男孩们总是更容易遭遇挫败和迷失，他们看上去强韧，却不知道哪一天忽然就彻底折断了。

这次，记挂着她的人也是徐璐。公司午餐时段，徐璐照例走过来，挨着她坐下，说，不用发愁，我想到办法了。赵佳问，去其他地方租房子吗？徐璐摇头，不用那么麻烦。我的房间在东头，这些天我观察，早晨能有十几分钟的阳光呢，瞅准时机，带你爸妈来我房间就行。

能有十几分钟的阳光呢。赵佳听得鼻子发酸，心里一抖。她不让徐璐看出异样来，笑着点头，行，连房间都不用换，早晨带他们去你的地方，事情不就解决了？徐璐交给她一页纸，说这是阳光出现和消失的准确时间，连续记录了几天，短期内不会有太大变化。

临到把父母安排进星寓附近的宾馆，赵佳心里忐忑起来。回到星寓，她给徐璐打电话，说，还是调换过来住一晚，我去你房间里适应适应，这样心里有底。徐璐说，也行。徐璐知道赵佳心里不踏实，单纯地想做点什么缓解焦虑。其实星寓的房间是一模一样的格局，标准化装修，个性的居住需求被泯灭，好处是拎出来一间房，说是谁的都行。

夜里，徐璐把基本生活用品用背包一装，来到赵佳所在的天璇楼。两人见了面，徐璐压低声音说，欧佩君就住在隔壁呀。她们至今不清楚欧佩君从事何种职业，如何维持生活。搁在以前，自然鄙视所谓的不务正业之人，如今却觉得，星寓里住着另外一类人，不全是好好读书然后老老实实找份工作的人，这样挺好的。

第二天一早，赵佳掐算好时间，把父母领到星寓来。赵爸看到星寓门口七栋楼房的标志牌，说名字真宏大，哪个高人想出来的，有气魄。赵妈注意到小区来往的住户，说，都是体面干净的年轻人，看起来层次很高。赵佳心想，这已是租金价格筛选后的结果。至于高层次，她并不敢认领，她只知道，大家上班一个小格子，下班一个小格子。

一行人在小区花园里转了一圈，依次看到自助洗衣店、伦敦风格的红色电话亭、贴满活动照片的青年之家，赵佳爸妈不断点头对环境表示满意。前方绿草坪上散落着几个鬼脸南瓜，赵妈问，这是做什么的？赵佳说，再过一个月就是万圣节，南瓜灯是节日标志。赵爸感慨，现在年轻人过的节，我们那时候一个都没听过。

赵佳看看手机，差不多到点了。她招呼大家，说，我们上去吧。

阳光果然在那里等他们。窗帘已拉到一边，窗户也敞着，上午的阳光金缎一般铺在地上。阳光是赵妈心坎里的事，一见阳光她就笑了，说，见不着太阳可不行，到处长白醭，人也发霉，这才像个住的地方。赵妈吸吸鼻子，赵佳知道她闻到了阳光的味道，阳光是有味道的，温热柔软，好闻的香味。

赵爸稍做观察，说不如上一个住处宽敞，但好在是东南朝向。上一个住处是屋角长蘑菇的那一间，她和徐璐未熬过雨季就搬离了。早些时候她们以为好事真的发生，给她们租到物美价廉空间大的青年公寓"美满屋"，直到雨季来临蘑菇冒出，才回过神来，美满屋是海砂房。她正想着，忽然注意到徐璐脸色一变。徐璐走到阳台上，用身子挡住什么东西。她走近，看到徐璐身后放着一盆太阳花，神态萎靡，半死不活的，眼看就快养成干制标本。太阳花容易养活，有光照就会开出五颜六色的花，而眼前这盆显然得不到足够阳光。徐璐瞅准机会，用阳台上的纸箱盖住花盆。赵佳刚松一口气，忽又想起一事，惊出一身冷汗，千里迢迢送到她手里的那枝豆瓣掌忘了拿过来。还好父母在专心研究屋里的可变形家具，忘了问问豆瓣掌长得怎么样了。

徐璐冲她使眼色，意思是受欢迎的客人——阳光——要走了。她立刻想念起小阳光来，若小阳光转身欲走，她会耍赖地拉住小阳光的手腕，把它留在房间里。

一边遐想，一边挪动脚步，引导父母往外走，说，下去喝早茶吧，爸喜欢虾饺，妈爱吃萝卜糕，都记着呢。赵妈没有走的意思，说，一天能有多长时间日照？

说不准，时有时无的。赵佳语速很快，极力克制住张开胳膊把人往外赶的冲动。徐璐上前一步，搀住赵妈。赵妈又看一眼屋里的阳光，几乎被徐璐架着离开房间。

赵佳看到徐璐的身影，徐璐明明就在几步外，她却已万分舍不得她了。人活一世总喜欢攒物件，越攒越多，一直留在身边，亲近的朋友却留不住，难免四下散落，音信渐稀，直到杳如黄鹤。徐璐那一组开发的游戏在内部 PK 中又落败了，未能上线。优化危机先于中年危机而来，赵佳一直揪着心，徐璐会跟很多曾经的同事一样，被以各种理由优化掉，匆匆路过便永远离开。仅仅想一下那画面，赵佳的心就变得空荡荡的。

夜幕垂落，笼罩着叶片落尽、树枝伸向天空的枯树。半空中，一群蝙蝠张开翅膀，正飞过淡蓝色的巨大圆月。幽幽的黄光在黑暗中飘浮闪动，诡谲笑声从空心南瓜灯里传出来。眼前的一切似出自一场沉沉的梦境，站立成北斗星形状的公寓楼也仿佛陷入一场冥想中。

一路上，赵佳和徐璐遇见狼人、李小龙、海盗杰克、哆啦 A 梦、德古拉伯爵、红心皇后，还有两位蜘蛛侠，他们穿着一模一样的红蓝紧身衣，看到彼此，停下脚步，隔着头套互致问候。赵佳和徐璐并肩走向绘有圆月、蝙蝠、枯树的背景板，迎面走来的绝地武士挥挥手中的光剑，冲她们吹口哨。她们此刻已变成另外的人了。

赵佳扮作多萝茜,徐璐扮作绯红女巫。

夜晚的星寓园区很少出现这么多人。租户们是为了少出门不得不信任外卖的一代人,是春末夏初鸟类长出繁殖羽、花粉和种子在空中飞翔时也懒得动念的一代人,下了班就待在房间里,看剧,刷帖,打游戏。今天不一样,数不清有多少超级英雄在园区闲逛,到处闪动着缀满亮片波光粼粼的披风。不需要经过痛苦的变异,穿上从网上买到的廉价衣物,他们就化身为更有力量的人。

十一月,南方的天气还没有凉下来,空气里流动着令人微醺的温热气息。绯红女巫被雷神和金刚狼拉着合影,多萝茜看看身后,身后并没有跟着稻草人、胆小狮和铁皮人。也是,这个时候,谁想扮成没有脑子、没有胆量和没有心的童话人物呢?

多萝茜在园区漫步,路边的植物她大都认得了。蟛蜞菊贴着地面蔓延,再高一点的是龙船花和朱槿,叶子半红半绿的是红鳞蒲桃,叶面硕大比人脸还宽的是海芋,高大的乔木有糖胶树、黄葛树和大叶相思。

游园会之后,种植活动开启。公寓管家打开草坪上方的聚光灯,把黑暗中游荡的异能人士吸引过来。南洋楹巨大的伞形树冠下,事先平整好的泥土在静静等待接下来的种植。一对情侣拿着一棵兰花草,更多的人拿着花的种子。多萝茜听见人们的对话,你种什么?三色堇。你呢?波斯菊。多萝茜拉着绯红女巫,走,咱也种。绯红女巫说,事先没准备,你打算种什么?多萝茜捏捏身上的挎包,说,过去你就知道了。

角落里,多萝茜用铁锹挖出一个四方形的洞。她从挎包里拿出一样东西,在女巫面前晃了晃。我没看错吧?女巫的眼睛在夜色中瞪大了。多萝茜说，没看错。多萝茜把东西放进洞里，说，来，把它种下去。两人用铁锹铲起新鲜的泥土，一层层覆盖上去。

离开种植区，女巫挽起同伴的胳膊，有些激动地说，你种下去的居然是一个小木房子。多萝茜凑到她耳边，说，种下去的是家。

不早了，众英雄陆续散去，回到自己的房间，脱下制服，变回凡人。星寓的小房间从各自的内部被点亮了，它们足够多，足够密集，一层层堆砌起来，就不再是一个个平淡的、无人知晓的小格子，而汇聚成一座明亮耀眼的水晶之城，璀璨而动人。

多萝茜和绯红女巫躺在草坪上。女巫问，我们住哪里？多萝茜愣一下，马上反应过来，说，我们住在太阳系距离太阳第三近的行星上。女巫说，答对了！这重复很多次的问答总能让两人高兴一阵子。她们的经历和境遇是相似的。生长于县城，从小朴实安分爱学习，始终坐前三排，一路考前十名，高中时忍着不看书屋里租来的秘密传阅的言情小说，最后上了好大学。毕业后踏实工作，每天清晨被地铁口吐出来，像鱼群里的一条小鱼，游动着消失在庞大的集体里。无论如何，有份工作，能囫囵着受累就算好了。她们不敢多欠债，以为努力存钱就能存够首付。在上岸的人眼里，她们的头脑和眼光都不行，既看不清社会发展的趋势，也不懂人性。

此刻，她们把自己摊开在草地上，听着彼此的呼吸声，不用没话找话。夜晚温柔，多萝茜感觉到一股强烈的情感涌上来，她知道自己又在想念瞿一行。她多希望，他已买了房子，有了喜欢的工作，她多想小心翼翼地问问他，你在哪里？日子过得好不好？既不纠缠，更不哭闹，但记忆里瞿一行急于摆脱她的样子制止了这个问候。他最爱的衣服是一件红色曼联球衣，洗变形了，她现在都还想着送他一件新的。分开后她伤心过一阵子,很快就看上去跟以前一样了。只有她自己清楚,她往更黑更安全的地方退了一步,悄然把自己多封闭起来一点,她比以前更难靠近了。

欧佩君又在哪里呢?上个月她已搬走。赵佳时不时翻翻前邻居的动态,最新动态发了一张坐在浴缸里的照片,光洁的小腿从蓬松的白泡泡里伸出来。浴缸线条优美,被四个花纹繁复的黄铜底脚支撑着。浴缸照的日期和地点当然是个谜。之前抱小狗、晒太阳、喝红茶的照片她分三次发布,三个完全不同的享受精致生活的场景,但她知道,它们都拍摄于下小雨的一天,在一个凌乱狭窄的小房间里。

几点啦?女巫先坐起来,走,多萝茜,去我那里,给你看看我做的样本。

回到房间,她们褪去造型服装,再次成为赵佳和徐璐。徐璐一言不发,触亮手机屏幕。赵佳看到一幅熟悉的画面,是她们居住的公寓楼,排列成北斗七星的形状,只是毫无光彩,灰蒙蒙的一片。接着,徐璐伸出手指在屏幕上轻轻一划,七座公寓楼离开地面缓缓上升,先越过树木,接着越过前面的高楼,越升越高,轻盈地飞离城市,在高高的天空中停住。

北斗七星悬挂在太阳边上。赵佳来了精神,说,别灰心,看看眼下能做点什么。要不咱俩开发一款小游戏,叫"万物向阳"?徐璐说,好,不设宝箱、点券、金币、钻石,奖励机制是阳光,照进房间的大片阳光。

到分开的时候,赵佳也不敢提优化的茬。在公司没人比徐璐更勤快,她像个秋天里忙碌的小动物,本就不爱打扮,这两年连裙子也很少穿了。两人聊到深夜,聊很多过去的事情,却无法触及说不清在哪里的未来。

赵佳穿过三道长廊,从玉衡来到天璇,走进一模一样的小格子。她打开抽屉,拿出一个软皮笔记本。这是调换房间那天徐璐不小心落下的东西。徐璐本科阶段学电信专业,研究生的时候才转到计算机,她一直说自己技术不过关,经常在本子上记要点。此时,赵佳猜测,本子上或许还有别的东西。

她翻开封皮,一页页地看,上面记录的大多是技术要点,翻到最后,一列文字出现,很像高中时代制订的学习计划。她看到,白色纸张上用黑色墨水笔写着:

了解游戏开发的最新趋势,不断磨炼技术。

不买贵衣服,只买快消品,少出去吃大餐,盒饭足矣。攒钱供一套小房子(有一个小时以上的阳光)。

争取每两个月细读一本书。

培养几个不需要开销的爱好。

注意锻炼身体,身体是工作和生活的本钱。

【作者简介】蔡东,女,1980 年生于山东,文学硕士。已在《人民文学》《山花》《中国作家》等刊发表中短篇小说多部,出版小说集《木兰辞》《我想要的一天》等。作品多次被各种选刊、选本转载。曾获《人民文学》首届柔石小说奖、第十四届华语文学传媒大奖"年度最具潜力新人"等奖项。现居深圳,任教于某高校。

事逢二月二十八日

○朱　辉

一

时值正午,阳光灿烂,有风。东边房间的门开了,又重重地关上,一串清脆的足音,由近而远,款款而去。谛听中,足音的节奏变了,她是在下楼梯,细巧的高跟鞋踩出舒缓的顿挫,听不见了。李恒全走近窗户,轻轻地把窗户推开,看见那女人窈窕着身子,沿着楼前的小路渐渐远去了。

二月份,即使是正午,风也还凛冽,像挟了针。他关上窗,躺到了床上。她这是去上班,每天都是这个时间离开,后半夜才回来。他的眼前,晃动着她的影子。她是做什么的,他并不明确,但他住到这里已个把月,了解她的生活规律。她过年后就回来了,只拖着个小拖箱,他知道是老住客。他起身,拉开了自己的门,门外立即飘来了一丝香气。四顾张望,楼道顶头的窗户明晃晃的,破了玻璃的地方露着蓝天;地上亮得像是蒙尘的镜子。没有人。一只老鼠蹿到走道中间,停住了,歪歪头,嗖地没影了。

这楼里只有香气是新鲜的,其余一切都破败陈旧。这是一栋老楼,所有的房间都朝南,门前是一条走廊,连接着盘旋的楼梯。走道的水泥地不知被多少人蹭了多少年,粗糙坑洼,只靠墙的地方还留有原来的地漆。墙大致还是白的,以白为主,墙皮脱落处是灰黑的,还遍布着更多奇形怪状的痕迹,鞋印当然一眼就能看出,可位置高得很奇怪;还有很多圆斑,顶上都有,李恒全上学时间不长,刚来时想了半天也没明白这是什么印子,直到他发现一个瘪气的篮球。它落在墙内的一个玻璃柜里。玻璃破了个洞,但还能看出"消防"两个字。

他喜欢眼前的香味。他似乎能看见香味,与阳光混合了,金粉一样弥漫在空中。他深吸一口气,反身进房,从墙角的柜子底部拿出几样东西,拢在袖子里。

自己的门虚掩着,并不关上,他习惯性地给自己留好后路。女人的房间在他东边,隔一间空房。他步态正常地走过去,贴近门。他看准了门锁,直起身子,双手配合着动作。没有声音,走道里没有声音,只有他的手能感觉到声音。吧嗒一颤,门开了。

他侧耳听一下,猫着腰走了进去。他当然要轻手轻脚,却突然想起了什么,笑一下,坦然直起了身子。眼前的格局与他的那一间类似,一张床,一个立柜,一张桌子,但女人把桌子变成了梳妆台,一面镜子倚墙立着,前面随手摆着不少化妆品。大楼外风声呼啸,他看见这里的窗户下面,有一片水渍,跟他那里一样有点漏水,还有点漏风。

这是女人的住处,是她的房间。香味幽幽,奇怪的是,这源头的香味并没有走廊里浓。他这是第二次进来。他立即注意到,这里有了一些变化,窗户和门之间拉着的一根绳子,上次绳子上挂满了衣服，这次是空的。他拿眼一扫，看见那些衣服都已收在床上，还没有叠。衣服散乱着，红的、白的、淡黄的，还有一些难以形容的颜色，如半床的乱花。一只丝袜黑蛇般蜷曲着，另一只从衣服底下露着头。他忍不住要把它们拽出来，手伸出去，又缩了回来。

他使劲地吸着房间的味道。上个月十五号，他呼吸到了久违的自由空气，在这里，他再一次嗅到了美好的人间气息。他的心脏狂跳，脸色绯红。如果可以，他真想把这些衣服叠好。曾经，他无数次钻到别人家里，带走一些东西，他不把别人家搞乱，只是为了不让别人发现，或者说晚一点发现。现在不同了，他可不想再回到那个肃杀的号子里。他绝不会再带走别人家一件东西。他一进门就看见了床头的钱包，小巧可爱，镶着玻璃钻，鼓鼓囊囊的，他习惯性地拉开，不少钱，立即又拉上了，摆回原处。钱包就在枕头边，枕头上垫着花枕巾，中间有脑袋留下的印痕。他终于没忍住，脑袋对着枕上的凹痕，躺了下来。

很香。他的手不听话，摸向那堆衣服。他闭着眼，手划拉过去。丝绸的滑爽，针织的粗粝。他的脸更红了，热烘烘的，像被人抽过。他腾地起身，走向了那张桌子。

瓶子、管子、小镊子，李恒全不太懂这些。女人好复杂。他能认出的只有口红，有好几管。忽然想起了什么似的，他右手伸进了自己的衣兜。就在这时，大风又加了一把劲，尖厉的呼啸中，走廊里传来砰的一声。他被枪打中了似的一颤。他飞步跑出去，呆住了：他的门，被风吸上了。推不开了。

他一时有点发蒙。怎么办？当然，他立即就想起了自己的专长,这对他来说不是问题。曾经那么多的门,只要他看中了,差不多都不是问题。工具是现成的,就在裤兜里。现在的问题是,他还从来没有面对过这种情况,就是说,他要用技术打开的,是自己的门。他晃晃脑袋,摆脱了暂时的恍惚。手伸进裤兜时,他触到了一个东西,他一愣,快步跑回了她的房间,走到"梳妆台"那里,把兜里的东西摆了上去。那是一管口红。每次见到她,她的嘴唇都油光锃亮,红里发黑,他觉得这不够好看,老气。应该红一点,但不要黑。

他知道他还会再进来。这个地方让他留恋。他有点舍不得走,把桌上的几管口红都旋开了,一个个在自己的左手背上画一下,一排颜色。他认出了她最常用的那个,毫无疑问,自己带来的口红最好看。他恨不得当面告诉她。

当然不能。他那么多次看见她,从来不敢开口。也曾点头打过招呼,还冲她笑笑,可是她戴着墨镜,面无表情,没搭理过他。他眼前总是浮现着她的墨镜,发黑的口红和她婀娜的身姿,这些是她的概括,通通被她的气味笼罩。

他仔细地关上她的门,回去,轻易地把自己的锁打开了。这栋楼所有的锁都差不多,A级锁,最容易打开的那种。他只需要不到十秒。上个月的那一天,在等待高大的铁门打开的那一刹那,他狠狠地在心里说:李恒全,你绝不再干了!永远不要再进来!他确实做到了。在进入她的房间前,他犹豫,挣扎,但制备一套工具对他来说太简单了,稀里糊涂地就去弄齐了。事实是,他确实没有拿她的钱,还用口红对她提了一个隐秘的建议。他管住了自己的手,准确地说,他只是管住了自己手的某一类动作,却没有全管住。不偷窃,却送礼,想到这个,李恒全咧嘴笑了起来。

以他的技术,这城市一半以上的锁,他可以视若无物。一切房子,无论它们多么规整呆板,或是曲折复杂,在他眼里,都只看见锁:无数的锁,一行行,一列列,凌空悬置。他那时的目标,就是要挑出最容易开、最值得开的那一把。现在这栋楼,地处城郊,周边拥挤简陋,住着各式各样的人。租金很低,都是些身份不明的男人女人,跟他也差不多。他能看出身份的,就是几个大学生,还有几个人大概干着他熟悉的营生。他不说破,也不搭理。既然已经洗手,那就不再沾惹。

二

李恒全出门时太阳已经偏西。他把那套家什摆到柜子底,上了街,匆匆而行。他其实没有目的地,没有家等着他回去,也没有锁等待他搞开。他从前上街,搜索,踩点,都是碰碰运气。现在他还是碰运气,不同的是,他希望的运气是一份工作。

工作不好找。除了开锁以及相关活动,他别无专长。他身子骨本来就不算强,精瘦,在号子里待了两年,早晨六点半吹哨起床,七点出工,晚上五点半收工,八点半锁门收封,十点睡觉。作息规律,三餐有时,倒长胖了些,不过干重活还是不行,吃不消。出来后,除了过年那几天猫在屋里,他一直留意着工作,但高不成低不就,左不行右也不成,他心里揣着朦胧的希望,在街上瞎逛,至少,自己觉得是在努力,突然,他眼前一亮,心里说:怎么这么笨呢,这不现成的吗?

一个小摊子，架子上挂着无数钥匙，一个招牌："专业开锁"。不少街上都有这样的摊子，开锁的业务也肯定不少，因为并不是所有人都身怀绝技。那个专业开锁的汉子三十岁刚过就谢了顶，这会儿正在给人配钥匙。他把待配的钥匙和一个钥匙坯分别夹在台钳的两端，手一摁电门，两把钥匙同步动作，火花四溅，转眼间，钥匙就配好了。他迎着阳光瞄瞄，拿锉刀修修，说：好了。来配钥匙的是个少妇，她说：你要保用呀，不行还来找你。她掏出十块钱，接过钥匙走了。

他忍不住多看了那少妇一眼，又看看自己手背上的几道口红印子。这女的显然没有东边房间的那个女的好看，不过她的口红倒不黑。片刻就挣十块，不慢，而且可以光明正大地挂牌子。这老兄配钥匙要用电动工具，谈不上技术含量，不知他开锁是个什么架势。他的头顶在夕阳下亮晃晃的。李恒全脸上不禁漾出笑来。配钥匙的老兄问：你什么事？

他一怔。他刚才想的是：是不是每配一把钥匙，这人就会掉一根头发呢？现在他立即换了请教的笑，说：我没事。我看看的。你手艺不错啊。

那人嗯了一声，看着他。

是这样的，我看你这营生不错，也想摆个摊子。来学习学习。

配钥匙的说：摆呗。就摆我边上，这儿还有个空。

他连忙摆手说：不不，不在这儿。你放心，不抢生意的。我懂规矩。

你懂规矩？配钥匙的手一指钥匙架上的招牌：这你就不懂了吧？配钥匙开锁是特种行业，要到公安局挂号的——"的"字拖得老长,有一种注册登记的自豪。果然那招牌上有一行小字"开锁登记第××号"。配钥匙的补一句:我们开锁,都是公安派下的任务,接私活是犯法的。

李恒全被噎得说不出话。他拿起一把钥匙,朝眼前一举,看看,扔下;又捏起一把钥匙坯,拿起锉刀直接开锉。他闭着眼,头扭向一边,盲锉。那配钥匙的眼看着他把钥匙往台子上一扔,走了。两把钥匙并起来,分毫不差。配钥匙的目瞪口呆。

事实上,李恒全可没敢显摆。这是他的想象,解气。他笑笑,摆摆手就走了。就他这个身份,才出来,又去公安局挂号?他有这个技术,可这技术有案底。他信得过自己,但别人信得过他吗?他早已决意不再碰这块记忆,但他有艺在身,管得住手,这回却没管住腿,讨了个没趣。惯性太大了。

也不全是惯性。如果刚才来配钥匙的不是个女人,他可能就不会停在摊子前。他又抬手看了看手背上的口红印。印子基本已经看不见了,但东边房间那个黑口红的女人,仍在他脑海中晃动。

他初中时的那个女同学,声音细细的,身条儿也细长,但胸前已有了起伏。她头发有点发黄,自来卷,这一点与那个黑口红黄头发的女人有一点相似。他早已离开了她的生活,当然知道这两个女人没有一点关系,但他很想有机会跟她搭话。但要说什么,他不知道。她很有规律,下午出去,半夜回来,不知道她在外的这大半天,具体做什么。可这是不能问的,你问了,人家要是反问:你做什么的?他一个才放出来的人,只能扯谎。这天半夜,她回来了,脚步声有点杂乱。他人在床上躺着,耳朵却在走道里。有轻轻的说话声,两个人,另一个也是女的。他松了一口气。两个女人在房间里弄出不少动静,间或还咯咯地笑。第二天一早,东边的门里有响动。他飞快地打开门,走了出去。

黑口红的女人在关门,边上站着一个胖胖的女子。他大方地说:你好。黑口红的女人扭头朝他看看,墨镜晃闪一下。胖女子向他咧嘴笑笑。他立即看见,她的嘴唇红艳艳的,显然,他摆在梳妆台上的口红被用了。却用在了一个外人的嘴上。他顿时瞪大眼睛呆在那里。转眼间她们已经走了。

他有点难过。她发现多了一管口红,就没有起疑心吗?可以想见,那胖女子一定狠狠地用过口红,像啃火腿肠那样;可以肯定,他的口红这会儿已经被胖女人摆在包里了。

李恒全忍不住想到她的房间去。他想验证一下,他摆的那管口红,还在不在。但他犹豫了,柜子底的家什已经拿在手上,不超过十秒他就可以进去。他想了一会儿,把家什又丢了回去。

兔子不吃窝边草,这句话,上点段位的人都知道;瓦罐不离井上破,常在河边走哪能不湿鞋,这里面更有切身的教训。站在她门前的那一会儿,恍惚中他面前的门,就是号子的门。这两个相伴出门的女人,说不定什么时候就会突然回来。

他确信自己那天没有进去。但他万万没想到,女人失窃了。门被撬了,乍一看完好无损,但他眼一扫就知道是怎么开的。那是中午,女人出门前才发现少了东西。她把楼下的门卫喊来,自己站在一边抽泣。她说,钱丢了,首饰也没了。她倒老实,自己说首饰不值钱,但是钱有三千多块哩。

门卫能干啥,他连看门的责任都忘得精光。他指着完好的门锁说:你看,哪儿有人进来过?也就你自己说。女人哭出了声,她实在是太委屈了。她争辩着取下了自己的墨镜,这是第一次不戴墨镜,她泪眼婆娑,并没有朝他这里看一眼。

那门卫挺胸凸肚,穿着制服,胸前还有"特勤"两个字。他很精明,完好的门是他推卸责任的有力帮手。女人一迭声地强调她真的丢了东西。门卫打开手电筒,东照照,西扫扫,最后又把光圈对准了门锁。大白天的,这手电筒无疑只是个道具。李恒全看不下去,突然说:这门确实被开过。他声音很大,爆破音似的,自己都吓了一跳。门卫皱眉看着他,说:你怎么知道?你有什么证据?李恒全还是没管住自己的嘴:不撬锁就不能开了?门卫往前走几步,盯着他说:哟嗬,和平进入,你懂得还挺多啊,我看你是个行家!他目光如炬。李恒全慌了,他结结巴巴地说:你盯着我干啥?我看人家一定是真的丢了东西。

有人帮腔,女人马上说:你们不管,我就报警。门卫说:你以为警察吃饱了撑的要消食?你说丢了钱都要上门?你报呗。他一脸的满不在乎。李恒全顿时紧张起来,他比门卫更不愿意警察过来。他走到门边上,装模作样地打量一番,对女人说:门还真是好好的。是不是你记错了,还是摆在别的什么地方了?

女人真是个没主见的。李恒全的话立即起了作用,她嘟嘟哝哝着在自己房间里翻找起来。门卫对李恒全很满意,点点头就挺着肚子走了。

李恒全心里不好受。说什么都显得心虚。悄悄走了。他那身形步态,像猫一样无声,像老鼠一样警觉,与他当年做事得手后撤离,十分相似。

三

这楼里有很多老鼠,他厌恶老鼠。曾经,他也是一只老鼠,老鼠当然一眼就能认出同类。那门卫下楼后,三个年轻人从那头的房间出来了,他们脚步轻松,有个还吹了一声口哨。李恒全狠狠瞪了那边一眼,不等对面的眼光射过来,就转身进了自己房间。这几个小子的身份,他有九成把握,女人失窃八成也与他们有关。如果他们对她劫财劫色,哪怕他们拿着刀,他都不会装怂。但他们只是偷窃。一只老鼠指认另几只老鼠,其结果可能是一起被拍死。此后三天,他强忍住,没有再进女人的房间。女人的那个胖女伴没有再来过,她依旧独来独往。他突然想,说不定是那胖女人顺手牵羊呢?她可能也想到了这个,或许,她们已经吵翻了。这么一想,他没有挺身而出指认偷窃者的内疚倒减轻了。

那几天风雨交加。走道被鞋子们带来了水,亮汪汪的。女人的行踪略有些不规律,有两天一大早就出门了;回来得也晚,有一天她居然第二天早晨才回来。这是不对的,女人这样不好。没有人管她,李恒全没资格管。他在走道上遇到女人,女人香味依旧,但混合了酒气。依然戴着墨镜,他看不见她的眼睛,但她朝他点了点头。这算是打招呼了。李恒全有点激动。无数的话往外涌,但被他用嘴唇封住了。

他听见过她说话,有点口音,但肯定不是老乡。他不由又想起了初中时的女同学。他们那里结婚是要彩礼的,初中时他就盘点过,他家出不起。等他手上的钱潮涨潮落时多时少,他却明白自己已经失去了娶她的资格。东边房间的女人身材妖娆,个子也高些,他无端觉得她们有一种相似。也许,只是她们的下巴都有点尖。颇俏。

还有一个好。不论她是做什么的,却从来没有带男人来过。这真的好,不容易。她的房间是进过男人的,但她不知道。

风雨如晦,阴沉湿冷。风被大楼的尖角撕得呻吟,像报复似的,把雨水朝窗户里灌。雨一下,李恒全的窗户就开始渗水。雨稍一歇,他去街上买来了老粉和刮刀,调了胶,把窗户堵上了。他很细心,因为不是熟手又加了耐心,一寸一寸补好,刮平。

剩下的泥子暂时没有扔掉,摆在墙角。他的眼前浮现出她的房间,那个窗户比他这边漏得还要厉害。他在床上躺了一会儿,侧耳听听,轻轻打开了自己的门。

他再一次进入了她的房间。

这是第三次,他记得很清楚。一进去就觉得暖和,暖和得不正常。他看见她的床前摆着一台取暖器,居然还是开着的!他吓了一跳,仿佛是自己的大意。他跑过去把取暖器关掉,摸摸床上的被褥,热,有点烫手。这东西也许一直没事,但说不定什么时候就会出事,出大事。他惊魂甫定,一时间竟忘了他为什么来。四处看看,窗户那里果然漏水,但情况倒比预料的要好一点。他愿意给她补墙,但不能当面跟她提。她如果反问:你怎么知道我这里漏水的?他跳进黄河也洗不清了。

房间里有点乱,比以前乱。香气和酒气带着热量弥漫着,简直把能见度都降低了。晦暗中,闻到的是她的鼻息。他想到了那管口红,但此刻已经没了兴趣。窗户漏下来的水汪在地上,像是小孩调皮撒的一泡尿。床上很凌乱,好女人不该这样的,但乱糟糟的被子和衣物，更家常了。他立即面红耳热，站在床前，身体直挺挺地倒了下去。这简直有点调皮，是她的床令他迷醉。他深深地呼吸，紧紧抱着她的被子，很暖和，超过了她的体温。枕头边有一只胸罩，他拿起来亲亲，抚摸着。

一时间他有些恍惚。心狂跳，手开始动作。半晌，他轻轻哼了一声，紧绷的身体断弦般松了下来。他腾地起身，看着自己手上的胸罩，心跳难抑。

他闯祸了。他无数次进过别人的家，但像今天这样，还是第一次。这个房间注定要发生他的很多第一次。送口红也算是一次，后面说不定还会有。刚刚，躺在她床上，还没看到她胸罩的时候，他还想着或许有一天，他可以鼓起勇气说要帮她补窗户；如果她推辞，话又不太狠，他就以玩笑的口吻请她索性住到自己不漏水的那间去。现在，他觉得自己很脏。

这胸罩怎么办？正想着，一串巨大的声音鞭炮般炸响。他身上，手机。他吓坏了。这是一个疏忽，正因为他现在的目的与从前截然不同，他才轻忽了这个细节。以前他的手机绝对是静音的。他像是被打了一梭子，身体洞穿。他飞快地蹿了出去。

他疾如闪电。在铃声的短暂间隙中，他已跑进了自己的房门。电话是老西打来的，他刚要接，又把手机扔下，他想起，女人的门还没有关！

手机还在响，催命似的。他的床上，那只胸罩被他带过来了，他飞快地塞在被子底下。他拿起床上的手机接通，立即又扔在床上。他接通只是为了让它不再响铃。他出门探头看看，跑过去，把她的门关上了。他拿起手机嗯嗯地应着，手随着心脏颤动。老西是当年的大哥，是他把李恒全带入了行。他那时只会翻人家门前的地垫，翻到钥匙就试着开，是老西教给他全套手艺。他感谢过老西，也恨过，现在不想再搭理。反正，他出来后从不主动联系。神通广大的老西在他一出来时就找到了他，给他钱，老西说：这是你应得的，你没有乱咬。但李恒全只肯要一半，似乎全拿了，就意味着要全盘接受老西的安排。他说：我想找个工作，正式的，你能帮就帮。老西来过几次电话，前几次都是劝他跟着干，这次不同了，真的有个工作。老西说：保安，你干不干？

李恒全愣了一下。他有点心不在焉。老西在那边嘻嘻怪笑起来，嘎嘎嘎，像个鹅。他这一笑，李恒全脑子清楚了。他说：不干。老西不笑了，说：可别说我没帮过你，是你自己不干的。

不干。

语气很坚决，理由并不明确。他眼前浮现出楼下的胖门卫，他不就是个保安吗？虽穿着件"特勤"制服，但他欺负女人。这还不是关键，厉害的保安也有的，他当年被弄进去，可能就是栽在一个瘦保安手里。不堪回首。他不想被往事纠缠。他是觉得，一个曾经的老鼠，现在要披挂上阵做猫，这特别怪异。他几乎一眼就能看出谁是老鼠，万一遇到以前的同行，那说不定就要惹麻烦。

四

他真的管住了自己的手，没有再开她的门；但他的腿也真的不太听话，老是要自动往女人的房间那边走几步。他很想给女人的房间放一点钱，可惜没有这个实力，反而带来了人家的一个胸罩。他不承认这是偷,可不是偷又是什么?太恶心了!他鄙视自己。他把手狠狠地抽了两下,发誓绝不再到她房间去——除非,除非他有机会把她的胸罩送回去。

至少应该提醒她取暖器要及时关掉,但怎么提醒,却是个难题。显而易见,她的生活不如以往那么规律了。这才是傍晚,通常这时间她是不会回来的。自从她的房间失窃后,他只要在自己房间,就会留意着她那边的动静。这有点像个守门人了,很可笑,他宁愿自己是个等待妻子下班回家的男人。这其实更可笑。她由远而近,足音清脆。她开门,进去;门关上,再出来时,已是第二天早晨。

他们在楼梯上相遇了。他买早饭回来上楼,先听见了她节奏明朗的脚步声,一抬头,眼帘中是两条穿着黑丝袜的小腿。他在转弯处站住了。她戴着墨镜,似乎正在看他,其实不是,她视线向下,是盯着脚下湿漉漉的楼梯。他说:你好。

这是不得不说话的局面了,但她没开口,只点点头。她依然戴着墨镜,如果不是他曾看见她摘下墨镜抹眼泪,他一定认为她眼有疾病,或者是个吊疤眼。楼梯间的玻璃破了,寒风呜呜钻进来,他身上紧了一下。她衣服单薄,但是好看,他的目光不禁落在她胸部,胸罩,他眼睛立即像被溅进了火星子,躲闪开去。他的脸发热,突然说:你,你还没吃早饭吧?给你。她愣住了。看不出她墨镜里是什么意思,但她肯定错愕。他的话却顺溜了,说:我吃不下,正好,见面分一半。说着把手里的塑料袋一扯,又扯出一个袋子;鸡蛋正好是两个,煎饼隔着袋子对半一撕,早饭一分为二。他的动作麻利,很卫生,很巴结。她不得不接住了,笑笑说谢谢。她动了一下脚步，问：你上次说我的门，不撬锁也能进去，是真的吗？

他吓了一跳，脸煞白：我说过吗？哦，想起来了。我相信你是真的丢了东西，故意帮你说话。我瞎扯的。

她嗯了一声，迟疑地说：我真的丢了东西。肯定是被人偷了。连衣服都偷。

他的脸像被抽了一下，火辣辣的。这时，倒是墨镜帮了他的忙，她看不见他异常的脸色。他急中生智说：偷衣服，那肯定是女人，女人偷了自己穿。

她不见得没听说过有男人专偷女人内衣，但不愿多说。她鼻子哼了一下：恶心！

李恒全连连点头。女人说：我最恨小偷了！我以前逛街，手机就被偷了。

他立即说：我也丢过手机。谁都丢过。这是小事，倒是你一个人，水啊，电啊，要注意。她咻一声笑道：你倒大方，小事，好在有你这个大男人做我邻居，我还胆大些，不过我还是要早点搬走。她笑笑，笑意漾出了墨镜的范围，扬了扬手里的早饭，继续下楼了。

高跟鞋敲击着楼梯，一下一下，声声清晰。他呆在那里，半晌才想起上楼。他脚步沉重，她丰腴的胸已然离去，但那个胸罩还在他房间里。这东西肯定很贵，她并不富裕。他仔细把胸罩洗干净了，阴天里，胸罩又厚，他过会儿就摸摸，一直都不干。她的生活目前有点捉摸不定，他能确认她在不在房间里，但她会不会突然回来，那可说不定。

他原谅自己了。他当面提到了水、电，不知她有没有领会；总不能每天等她出了门，立即进她房间检查取暖器。她那么讨厌小偷,他李恒全现在也讨厌,但他无法忘记她说这话时的表情和语气。很久以后,他才偶然听说,她的丈夫因为盗窃,那时间正在服刑。也许,他们还在号子里见过哩。

李恒全出来一个多月了。二月很冷,也很短,转眼就临近月底。出来的时候,他计划尽快找到工作,二月份一定要解决。他完全没有意识到,二月比别的月份要短——实在不行,就学着当个泥瓦匠吧,这活儿技术含量很低。

到目前为止,他是个不着实的人,飘着。且不谈他的过去,就现在,他的工作没着落,老婆只知道一定是个女的;就连身份也可疑,至少,他确实又去拿过别人的东西。这么一想,他心里很憋屈。细雨绵绵,时断时续,据说春雨贵如油,有利于庄稼生长,可他再找不到工作,庄稼丰收了他也没吃的。他打了几个招工电话,都是生产线的,有一个"零基础",下午可以去试试;又到街上乱逛,餐馆也是个去向,不能掌勺,洗碗端盘子也行,只可惜所有的餐馆都还没有开门,他连点个盖浇饭的地方都没有。他目前只吃得起盖浇饭,幸亏天气总是在往暖里走,他忍一忍,可以不必再添置冬衣。

总算还有一家开门的水饺店。他要了一碗吃完,把汤也喝了。这里离住处很近。路很窄,倒是四通八达,怎么走都走得通,到处都是卖各式小商品的摊子。一辆小轿车使劲地按着喇叭,催促一辆卖棉拖鞋的三轮车让路。他伸手帮了一把劲,把三轮车推上了路牙边。路牙边蹲着几个男人,面前摆了几个三夹板牌子,上面写着:泥瓦工,专业堵漏,水电工。几个男人蓬头垢面的,一见他停下来,马上站了起来。他本来还想打听打听行情的,他们一站,他连忙摆摆手,继续往前了。不知道这几个男人,他们的老婆是做啥工作的。毫无缘由地,他突然想起了他的女邻居。

也就在这时,远处似乎乱了。有人在喊叫。他一下子没听懂,但他的眼睛立即就明白了:南边一箭之遥的方位,腾起了烟雾。

他跑到街的另一边,仰头望去。阴雨天气,烟被压着,低低地和水汽混合了,宽大的楼面中间像被谁泼了黑墨水,慢慢地洇散。大概是四楼,正是他住的那一层!他的鼻子飘进了刺鼻的焦煳味。

着火啦!好多人喊了起来。他怔一下,拔腿跑了过去。很多人都往那边跑,他不是第一个启动的,但绝对是跑得最快的。地面湿滑,无数人呼啦啦跟在他身后。乱了,街上全乱了套,有个女的摔倒了,手里买的菜落了一地。她大呼小叫地保护她的菜,跑到路边捡滚得老远的西红柿,有个人一脚踩碎了一个,立即就起了纠纷。好些人不跑了,站住了围观。他们只是爱看个热闹,哪边的热闹都一样看。

五

大楼周边好多人,乌泱泱的,所有人都仰着头,指指点点。着火的确实是四楼,浓烟很黑,夹着火星子从一个窗户里往外窜,噼里啪啦的。那是她的窗户!李恒全踩着湿滑的草地,绕到大楼南面。好几个人从大楼往外跑,男的女的,衣冠不整,十分狼狈。有人上去打探情况,他们都不答,只咳。可能已经烧了一阵子了,但没有人救火。他们都不是专业人员,这里也没有水。乱哄哄的。不知谁叫了一声:快报警啊!那胖门卫站在远处的草地上说:报啦!

李恒全跑到那门卫面前，大声问：她在不在里面？

胖门卫一愣，说：谁呀？

李恒全说：里面还有没有人？

那我可不知道。胖门卫嘟哝着，走到远处去了。一个小伙子裹着被子说：要不是被呛醒，我就完了。小伙子面熟，贼头贼脑的，咳嗽得像只生病的大白熊。你命大呀！他边上一个穿着红马甲的女清洁工说，说不定还有人！我第一个报的警，刚冒烟我就看到了，我好像听到有个女的在哪儿喊救命。她拿着扫把一指门卫：胖子！你应该一个门一个门地敲！

刹那间，李恒全脑子像是空了，又似乎塞得满满的。他拔脚窜出，朝大楼飞奔。

踏上楼梯他就摔了一跤，鞋底的烂泥太滑。好在楼梯上烟雾还轻，李恒全右手抓着栏杆，三步并两步，飞快地旋转上升。烟雾渐浓，李恒全气喘如牛，烟呛得他呼吸有点困难。他掀起衣服捂住嘴，拼命向前跑。虽然视线有点模糊，但他熟悉方位。一只老鼠撞到他脚上，他跑得更快。他扑过去，使劲敲打她的房门。咚咚咚！

没有反应。门缝里往外挤着烟。侧耳贴上去听听，脸上感到热，却没有声音。里面有人吗？他大喊，你在里面吗？

隐约听到轻微的火花爆裂声。门是铁的防盗门，他使劲踢。楼下隐约有人喊：你使点劲啊！李恒全脚疼，但门很坚固。暴力入室从来不是他的专长。他飞跑到自己的门前，打开。他的房里暂时还只有轻烟，他扑到柜子前，弯腰伸手，立即又起身。跑出房门时他趔趄了一下，差点摔倒。他手里攥着那套家什，再一次站在她门前。

他犹豫了。她在里面,还是不在?

南面传来了消防车的鸣笛声。楼下鼓噪起来。笛声由远而近,却在远处停住了。消防车使劲地鸣笛,车顶的喇叭也在喊话。道路太窄,肯定是车进不来了。

他摸出了家什。如果她在里面,他这是救命。他救的是她,也是他自己朦胧的希望。时间就是命。可她如果真在里面,却还有意识,他开门进去必将被她认出,那怎么办?不是小偷,怎么会开锁?以前的失窃,难道不是你?!

他略有些迟疑,还是举起了那根铁丝。这是第一步,烟雾遮眼,他一时瞄不准。

烟雾呛得他眼睛流泪,但身为一个老手,不该手抖成这样,是他的心里腾起了烟雾。铁丝只要伸进去,他几乎不再需要试探,马上就可以进钩子,然后,吧嗒,门就能开……可她如果被他救出来,即使她当时不知道具体情况,事后,她又怎能不知道救命的人是如何进去的? 谁有义务帮他李恒全保密?

他的手还在动作,但脑子发昏,感觉完全不对。他似乎看见她头发焦黄、脸庞发黑地伸手向他道谢,但她眼睛里有鄙夷,嘴角在冷笑。他哆嗦了一下——可他必须救她! 他定定神,加快了动作。

没想到他曾经的提醒还是起了作用:她的门今天反锁了。这显然增加了难度,但也不过再多花几分钟。手上原本运用如意的铁丝这时却像是细树枝,又钝又软,额上的汗水挂了下来。

楼下乱哄哄的,人声嘈杂。有个人突然冒了一嗓子:你个鸟人在听壁脚啊?! 一片哄笑。人声最擅长的是传递秘闻隐私,不知道他们是否也在为消防车进不来而着急。黑压压的人群一齐注视着

108

这里,众目所聚——火可能还没全熄灭,所有人都将知道,那个救人的英雄原来擅长开锁。烟雾遮挡不了众目。

楼梯上响起了杂沓的脚步声,两个消防员冲了过来。你在干什么?高个子消防员厉声喝道:你怎么还在这里?!

李恒全立即把家什拢到袖子里,后撤一步。他还没想好说辞,那消防员大声道:你要钱不要命啦!快撤!

李恒全转身慢慢往外走。虽然来的只是消防员而不是警察,不管闲事,但他从前的经验还是近乎本能地阻止了他乱开口。他此刻只能默认这是他自己的门。很可能,她本来就不在里面。果真如此,一切就是最美好的。她安然无恙,他在事后或将有勇气告诉她,我曾为你担心,为你冒险冲上去……可是他转回身,对消防员说:这房间可能有人。我踹不开。

话音未落,她的房间里轰隆一声巨响,房间的门被水柱冲得直颤。水终于接过来了,房间里不断传来玻璃掉落的声音。李恒全指着门,正要再重复一句,走道里咣当一声,矮个子消防员已砸破了墙上的消防柜。他抄起手里的消防斧,对准门锁位置,狠狠砸了下去。一下,两下,三下五除二,高个子抬腿一脚,门开了。两个消防员冲了进去。楼下传来一片掌声。

他跟了过去。到处是飞舞的水,浓重的烟雾。还有酒气。还没等他看清,两个消防员已把人从床上连被子抱起,朝外冲去。李恒全躲闪不及,脚下一滑,一屁股坐在水里。手一撑,很疼。

她真的在里面!他的头像是挨了一记重击,嗡嗡的。他爬起来,跟在他们后面。经过楼梯的时候,他扬手把袖子里的家什扔掉了。她怎么样了?她会不会死?如果他一上来就把门打开,她一定不会死。他跟着她跑出大楼,湿漉漉地蹲在地上。

她被暂时平放在草地上。人群围拢过去;另有几个人靠过来,一迭声地打听情况。李恒全捂着头,什么也不说。上衣里的手机响了,一直响,不屈不挠。他掏出手机,这才发现手被划破了。伤口不大,他不理会。是老西的来电。李恒全在屏幕上点一下,拒绝了。屏幕上染上了血。他抬起衣袖擦擦,看见了屏幕上模糊的日期:二月二十八日。他觉得这日子好像与自己有关,却又有点犯晕。远处传来了救护车的声音。担架下来了。他挤过去。救护人员把她往上抬,连着被子一起抬。他帮不上忙,只看见被子上有红色的血闪了一下。她的头发焦了,缩成破烂的黑布片;头侧着,微微晃动。她的眼睛似乎睁着,正朝向他。他心中一震——这是她唯一一次注视他,而没有戴墨镜。

手机又响。救护车鸣着笛开动了。李恒全摸出手机,再一次看见了这个日期:二月二十八日。离他的生日还有一天。有泪珠滴落在屏幕上,洇着手指的血,他以为是雨滴。他生于二月二十九日,那是好几年才会出现一次的日子,一个经常不存在的珍稀的日子。今年,就没有那个日期。

【作者简介】朱辉,男,1963年生。著有长篇小说《我的表情》,小说集《视线有多长》等。曾获鲁迅文学奖、紫金山文学奖、《作家》金短篇奖、汪曾祺文学奖等奖项。现为江苏省作家协会专业作家。

事情不是这样的

○裘山山

一

每天晚饭后，我总是去河边散步。那里幽静，一边是楼房，一边是河水，还有一排上了年龄的樟树。樟树们长年累月被楼房遮挡阳光，只能拼了命往路中间伸脖子，由此形成一个绿廊。虽然并非己愿，却给路人带来了惬意。

走到靠近桥头的地方，我忽然看到那个戴红色棒球帽的男人了，他又在路边摆摊了。我很高兴。以前，也就是疫情前，他常在这里摆摊，卖旧书旧杂志。鲜红色的帽子像招牌一样显眼。疫情汹涌之后他消失了，如今红帽子再现，也算是生活恢复正常的一个信号吧。

我走过去，习惯性地放慢脚步，眼睛扫了一遍。看到书总归是亲切的，虽然摆在那里的是些乱七八糟的书。演艺圈的八卦以及政治八卦，我都没兴趣。还有一些所谓中华传统文化，比如《易经》《王阳明心学》之类，但一看就是粗制滥造的盗版。

男人的红帽子下多了个口罩。他坐在小板凳上，手上拿了本书,估计是用来掩饰无人光顾时的尴尬。我刚要走过去,一本放在左上角的天蓝色封面腾地一下跳入我的眼帘。

不会吧?不可能吧?我心下一惊,立即转身回去细看,还真是我那本——《红围巾》,天蓝色的封面,有一抹红。

我问红帽子:这本书也是卖的吗?我指着那天蓝色。

听见我问,他头也不抬地说,要卖,摆在这儿的都是要卖的。

我蹲下,用两个指头翻开那本书的扉页,上面赫然写着:刘贤义先生存正。下面是我自己的名字。时间是二〇一一年。

我问,多少钱?他拿起来看了一眼封底说,五十元。看来他是在定价上加了一倍。我说,这么旧的一本书还卖五十元?他说,有作者签名。我说,这作者也没啥名气呀。他不吭声。我又说,十元钱我拿走。他冷笑一声,显然觉得我很过分,不是拦腰砍,而是打骨折。

我有些纠结。这样的情况我也不是第一次遇见,我是说自己送出去的书被人拿去卖。网上就有好几本。但是放在网上卖,怎么都无所谓,感觉书们至少还有个遮风避雨的地方。摆在街边就不一样了,好像看着自己的孩子流落街头。可是,我买回去干吗?也不可能再送人了。算了,就当我没遇见。

我做出要走的样子,红帽子说,来来,我优惠卖给你,你四十元拿走。我也白了他一眼,还哼了一声。他说,那就三十,三十元不能再少了。我说,二十元,就二十元。他说,喊,比原价还低。我说,新书都还有折扣呢。

老实说,我这么跟他抬杠,其实是想给自己找个不买的理由。哪知他抬抬下颌说,拿去吧。我讪讪地说:"二十元都高了。你肯定是从收废品店淘的,成本也就一两块吧。"他说:"你说得轻松哟,这种有签名的,都是按单本卖的。成本十五元,我就赚你五元。"

姑且听之吧。我掏出手机,扫码付钱。输入金额时,还是输入了三十元。实在不忍心这么贱买自己的书。他看到数额很高兴,唠叨说:你要是转手给懂行的藏家,至少一百元。

我哼哼两声,表示完全不信。但完全不信又执拗地买下,还多给钱,总得有个理由吧。于是我说,我认识这个作者。

此话不假,所以我语气一点不发虚。

他看我一眼,不置可否,很认真地把书装进塑料袋递给我。疫情时代,人人都变得讲卫生了。我拎着书回家,感觉找到一名失踪儿童。

二

第二天早上,我泡了杯茶,打算在电脑前坐下,接着写我未完待续的故事。这是我的日常。我写故事,在各种故事里过日子,在各种故事里扮演角色,然后拿出去分享,乐此不疲。

刚摸到键盘,忽然想起头天晚上买的那本书,连忙起身去阳台找。我竟然忘了这事,显然没太当回事。

书被我用酒精喷洒消毒之后,又搁在阳台上吹了一夜,已经折腾得有些蓬松了,这样拿在手上比较安心。你无法知道它在哪儿待过,被多少只手摸过。封面的宝石蓝已经褪成了雾霾蓝,只有"红围巾"三个字依然很红。

这是我的一本小说集,收录了我的七篇小说,已经出版十年了。我再次翻开封面，扉页上写着：刘贤义先生存正。

这个刘贤义是谁？我怎么毫无印象。

当然，从第一本书到现在，我送出去的书有几千册了，不可能记住每一个人。尤其是年轻的时候，出一本书不易，很兴奋，总是拿稿费买上百把本，送给亲朋好友们，赔本赚吆喝。近几年变懒了，又懒又抠门，不想再花钱买书送人了。一来稿费没多少钱，二来送书也麻烦，要签名，要去寄快递。所以，出版社给多少本样书我就拿多少样书。

这本集子，我好像用稿费买了一点，但绝不会超过五十本。这么有限的数量，我竟然送给一个不熟悉的人？送书的日期也是当年。一定有什么原因吧。送出去的书，再花钱买回来，也是够窘的。

我正想把书丢开，忽然被什么击中：书中的某一页，闪出几行黑黑的字，比印刷体大一倍，是手写的。怎么？还有人批注吗？我连忙翻到那一页细看，真的是批注，一共四行，写了如下几句话：

　　　　事情不是这样的。

　　　　没有红围巾。

　　　　她不姓邱。

　　　　后来又发生了好多事。

我再往后翻，后面没有了，再往前翻，前面也没有了。我一页一页地翻找，确信没有了，整本书只有这一个地方写了这四行字。我说的这个地方，就是一篇小说结束的地方，这篇小说就是《红围巾》。

事情不是这样的？

没有红围巾？

她不姓邱？

后来又发生了好多事？

我反反复复地看，感觉最有意思的是那句"她不姓邱"。我当初之所以把故事里的医生写成邱医生，完全是信手拈来，因为我就认识一个姓邱的医生，是我邻居。所以看到"她不姓邱"，真是又好笑又诧异。其实在好笑和诧异之外，更多的是兴奋。真的，很兴奋。

原来我不是领回了一名失踪儿童，而是邂逅了一个故事。

三

很多年前我写过一个故事，一个鳏夫的爱情故事。

鳏夫年近七十岁，有残疾，一只脚是跛的。人称严大爷。汶川大地震发生时，严大爷的家也严重遭灾，他搬到了救灾安置点。有几个志愿者到他们安置点帮忙，他很喜欢他们，常和他们打趣逗乐，也一起干活，混得很熟。救灾结束后，志愿者们依然时常去探望他。不料有一天，当志愿者去看他时，发现他猝死家中，是心脏病突发。

志愿者们在整理他的遗物时，发现他留下一个皮箱，就是他当时恳请解放军战士帮他从废墟里挖出来的那个皮箱，磨损很严重。打开，发现里面是满满一箱红围巾，各种质地，五六十条。红围巾上有一封信，信封上写着，希望志愿者能帮他把所有的红围巾和信,交给一个叫"邱医生"的人。

志愿者们决意要了却严大爷的心愿,他们根据仅有的一点线索耐心查找,找到了他早年的工友,又找到了他早年的战友……虽然最终没找到邱医生,却从中得知了一个感人的故事。

原来,严大爷年轻时在西藏边关当兵。他们常年驻守在与世隔绝的高海拔哨所,非常艰苦,也非常寂寞。艰苦尚可忍耐,寂寞却是噬骨蚀心的。有一天,哨所来了个慰问小分队,六个人,有演员,有医生,其中四个是年轻女兵。哨所的战士们激动得无以言表,他们一边看小分队演出,一边等女医生检查身体,个个心慌意乱。

严大爷那时还是小严,十九岁,正值青春期,他激动得发抖,千万只小鹿在心里撞来撞去,以至于发生了翻车事件。在一个没人的地方,他一把抱住了女医生,一句话不说,就是死死地抱着。女医生受到惊吓叫出了声,被排长听见,赶来询问发生了什么,女医生镇静下来回答说没什么,只是滑了一跤。小严羞愧不已,不敢再面对女医生和演员,他主动要求去站岗,到了时间也不下岗,结果冻伤了脚。女医生为了保住他的脚倾尽全力,还把自己的红围巾取下来给他裹脚……

小分队走后,红围巾成为美丽的传说。而小严已经不再是原来那个小严了,他悄悄打听到医生姓邱,在陆军医院工作。他从此把邱医生当成心中的女神。退伍离开西藏后,他见到红围巾就买,渴望有一天能全部送给邱医生,向她表达内心无法言说的感激和爱。但他却一直没能找到邱医生,他因此终身未婚。

我必须说明,这个故事完全是我虚构的。如果要说有点影子

116

的话,那就是我去西藏边关采访时听到过类似的故事。比如小分队去哨所慰问演出时,战士们经常激动得讲不出话来,心跳加速,脸憋得通红;看到女兵在雪地上跳舞,就把自己的大衣铺在地上,让演员们跳舞时不要踩在雪地上。他们还把舍不得吸的氧气枕抱在怀里,女演员一唱完歌就塞给她们,非要她们吸。他们还把平日里舍不得吃的苹果留给女兵,宁可自己嘴唇干裂,牙龈流血……小分队走后,他们可以谈论一年……

小说的题目就叫《红围巾》。我写完后拿去发表了,之后又放入小说集出版了,再之后就忘了。客观地说,也没太大反响。

没想到,有一天我会再次邂逅它。

四

书是二〇一一年送出去的,那时还没有微信。我先在手机通讯录查找。虽然这十年已经几次更换手机,但一千多个联系人仍安静地在我的手机里待着。

我输入"刘贤义"三个字,没有。我抱着一丝侥幸,又在微信好友里输入了这三个字,还是没有。

看来这个人不是我的朋友,我不认识他。也许是朋友的朋友,朋友让我送给他,送完我就忘了。

没有头绪,我就坐下来重新读了一遍那篇小说。我很少重读自己的小说。这一回读得很认真,居然发现了几个错别字,同时还感觉到一些写得不如人意的地方。若是面对电子版,我有可能去修改。

当然我知道，这位留下批注的读者，在意的不是错别字，而是情节。他不认可我写的情节，他有自己的故事走向，有自己的故事结局。而正是这个让我兴奋。

我已经不记得当初为什么写这个故事了，大概就是一个闪念吧。我是以写故事为生的人，经常因为一个念头而坐下来写。现在这个故事却跑出来找我了，要跟我论个长短。

以前，我也遇到过分不清小说与现实的读者。

比如，看到我以第一人称写的故事，故事里有个弟弟，他们就很惊讶地问我，没听说你有弟弟呀？或者，我在小说里写了个小偷，就会问我，你怎么会认识小偷呢？

也有让我很感动的读者，读小说时完全是设身处地，全身心地投入。比如有个大学生读了我写的《春草》后，激动地写信给我，说我写的就是他母亲，还问我是否认识他母亲。我当然不认识，看完信我知道，他的母亲也是位非常坚忍的农村妇女，吃尽苦头，独自将他抚养成人送进大学。但具体经历和我写的春草还是不一样的。他只是联想到了自己的母亲，显然这是个很爱他母亲的好孩子。

但刘贤义这个人不一样，他是彻底进入了故事，对号入座，并且对"座位"的质量提出质疑。他一定是和主人公有相同或类似的经历才会如此。我太想知道他是谁了。

"事情不是这样的"是怎样的？"没有红围巾"有什么？"她不姓邱"姓什么？"后来又发生了很多事"是什么事？

我决意要找到这个人。

五

或许是重读小说的缘故，我隐约觉得心里有什么东西浮上来。一种情绪？一种记忆？说不清。忽然，一条红围巾出现了。

十几年前的一个秋天，我去西藏采访。那时年轻，时常进藏。但那次进藏和以往不同，我发生了严重的高反。到达的当天下午，我就因为剧烈头痛迸发了喷射性呕吐，搞得招待所一片狼藉。

负责陪同我的是年轻干事赵兴，他吓得赶紧把我送进了医院。他说无论如何不能让我一个人在招待所过夜，万一夜里死了不得了。当然，送到医院也没采取什么措施，就是躺在大氧气瓶旁边可劲吸氧，夜里睡觉也开着，第二天就缓解了。

早上醒来我感觉自己满血复活，赶紧打电话让赵兴接我出院。等赵兴那会儿，我注意到同病房的女人还在昏睡。昨天晚上我进来的时候她就在，感觉她不是一般的高反，很严重，在输液。白色的被单上，有一条颜色非常鲜艳的红围巾。

护士进来，给她换输液瓶。我问，她怎么了？护士说，一进来就感冒了，发烧，肺部有呼噜音。我说，没有人陪她吗？护士说，她是过来探亲的，丈夫在边防上，赶不过来。

护士离开后我走到她床边，小声问她，要我帮你做什么吗？她睁开眼，眼里有泪，但摇了摇头。我说，我马上要下部队采访了，要不你把你丈夫电话号码告诉我，我和他联系一下。她依然摇头，轻声说："他走不开。没事的，我过几天好了再去他那儿。"

这时赵兴来了，我一看他拎着探视病人的大袋小袋，赶紧接过来，放到那个年轻女子的床头柜上。红景天、牛奶、水果，应该都用得上。然后我写下我的电话号码放在她枕头边上,俯身跟她说:"坚强点,会好的。如果需要,就给我打电话。"

她努力笑了一下,说了声谢谢。脸苍白得和被单一样。

我离开医院,结束了史上最短的住院期。但白色被单上那条红围巾,却一直在我脑海里飘。我老是想象着红围巾在哨所出现的情景,一定会照亮所有战士的眼眸。皑皑白雪中,那就是哨所的经幡。

后来,红围巾女子给我发来条短信,说她终于到达边防连了,全连官兵列队欢迎她,她激动得热泪盈眶,只是假期已剩一半。

我终于想起自己为什么会在小说里写红围巾了。

是红围巾发了芽。

六

我由红围巾想到了赵兴。

赵兴从西藏转业回来后,建了个西藏老兵微信群,群里有好几百人。他经常把我写西藏的文章,转发到他们群里;有时他也会把其他人写西藏的故事,转发给我。差不多他就是我和西藏的一根纽带。

我发信息给他,请他在西藏老兵群里帮我看看,有没有刘贤义这个人。他很快回复说,他群里没有这个人。我说那帮我问问其他人,有没有认识刘贤义的。过了一会儿他又回过来说,没人认识。

我说,你不要这么仓促嘛,你提醒一下所有人,万一是不怎看微信的人恰好认识呢？你多提醒两回。

为了让他有耐心，我用语音给他讲了我再次邂逅《红围巾》这件事。他果然热心多了，还发挥主观能动性替我分析了一番。他说，这个刘贤义如果因为你的小说对号入座，那他的年龄应该和你小说里的严大爷差不多，有七十岁了吧？那就不会在我们群，我们群里的老兵基本是四五十岁的。我说，我也不确定那些字是刘贤义写的，我只是把书送给了他，也有可能是他朋友，或者他家里人写的。不管怎么说，得先找到他，打听到书的去向。他说，好吧，我再试试。

没想到夜里十一点多赵兴突然回复我说，他想起来了，他知道这个刘贤义是谁了，是一家火锅店的老板。因为大家都喊他刘老板，反而不记得他名字了。刘老板也是个退伍兵（但没去过西藏），复员回成都后开了家餐馆。对老兵很优惠，老兵们也喜欢去他那里聚餐。

"今天群里有人提醒我，刘贤义会不会就是刘老板？我找人一问，果然是他。他的店你也去过。有一次我们西藏老兵聚会，我喊你一起去的，你忘了？"

终于，寻宝之路踏出了第一步。

人的记忆多数时候都如沉睡的河底，死沉沉的，甚至有点腐烂的味道。一旦被来自现实世界的船桨搅动，往事就跟水草似的活起来。第一根水草是红围巾，第二根是赵兴，第三根就是火锅店了。

赵兴说我去过，我想起来了，我的确去过，店名叫"火热的老兵"还是"火红的老兵"。去的时候，正值新书刚出来。赵兴说，你带本新书送给老板呗,他也是个老兵。我就带了。我经常拿自己的书做伴手礼。

估计就是那次饭局,我把书送给了刘老板,还工工整整写了"刘贤义先生存正"。结果刘贤义先生就拿给别人存正了。当然,这很正常,就是不送人,他也不一定会看。大部分的书不都是这样的命运吗?所以我才会对我书上的批注那么兴奋,没有几本书能有这样的待遇。

七

既然有了刘贤义的电话号码,我就直接打过去了。

可是电话没人接,打了三次都没人接。要么他在忙,要么他就是不接陌生人的电话。我看了一下地址,他家店离我家不算太远,于是我开了车直奔而去。

不料火锅店没开门,门口贴着一个告示:因为疫情,本店暂时关闭。竟然吃了个闭门羹。准确地说连羹都没有,只有闭门。

可我是那么迫不及待地想知道真相,这样的迫切之情如开弓之箭无法回头。我就坐在车上给刘老板发信息,我说自己是某某某,经由某某某介绍想认识他。

他终于打电话过来了,是个中气十足的男人,和我想象的老板一样。他上来就说,作家大姐你好你好。语气很热情,声音里却透着些许茫然。估计之前,他的战友跟他说了我在找他,却没说我为何找他。我说,我有件事想问你,可以加你微信吗?

很快,我们就成了微信好友,而且是那种信息全部打开的级别。都是当过兵的人嘛。然后，我直入主题，把那本书的扉页拍照发给他。"您还记得这本书吗？"为了让他放松，我在末尾加了个龇牙的表情。

他稍稍愣了一会儿回复说："记得记得，你有一次来我家吃火锅送给我的，还从来没有作家给我送过书呢。我好激动，我就摆在收银台后面的柜子上了，是和财神摆在一起的，怎么跑到你那里去了？"

我直截了当地说，我是从一个旧书摊上买的。

他这次沉默的时间有些长，我正想解释我没别的意思（不是责问），只是发现书里面写了几句话，想问问是不是他写的，或者是不是他认识的人写的。我话还没写完，他电话就打过来了：

"作家大姐，我刚才问了我老婆，那本书被她大舅借去了，就是我丈母娘的大哥。有一回我老婆的表弟来我们店给他老汉儿过生日，看到那本书了，就说要借去看，我老婆就借给他了。老辈子要看，我们不可能不答应啊。他主要是看到封面上有雪山，他在西藏当过兵嘛，他就想看。"

他哇啦哇啦说了一大堆，仅仅是亲戚关系就把我搞糊涂了。他停下来的时候我赶紧问：后来呢？

"后来？"他想了一下说，"后来就有疫情了嘛，我们好久都没见了。但是，我敢肯定，大舅绝对不会卖掉这本书的，绝对不会。你不要看他是个蔫儿老头，他喜欢看书。这个事情有点奇怪，作家大姐。到底是哪个龟儿子弄出去卖的呢？"

我说："没关系的。我不是想问怎么卖了，我是想问问他看了以后有没有什么感想。"这回换到刘贤义糊涂了。我又说："我想去拜访一下他老人家，和他聊聊，你看方便吗？"

他连忙说："方便方便。大姐你太客气了。"

八

虽然我在这座城市已经居住了四十年，但依然有很多街道从未踏足过，很多社区的名字从未听说过。刘贤义和表弟带我去的那个小区，对我来说完全像是另一座城市。陌生感更让我有种解密的感觉。

刘贤义把车停在路边，表弟便带我们走进一条小巷。小巷里别有洞天，一大片红砖房，全部是四层楼高，每栋楼五个单元。应该是二十世纪六七十年代修建的。是一家国有大厂的宿舍楼。如今大厂已迁走，宿舍还在。楼房外墙斑驳陆离，每个阳台都像笼子一样安装了栅栏，晾晒着一些衣服，还有一些破烂的花盆。

表弟说，我就是在这里长大的。我说，我小时候也住这样的房子，看着还有点亲切。

当我在电话里向刘贤义先生提出请求后，刘贤义马上让老婆给表弟打了电话，如此这般解释了一通，然后就约好一起去看表弟父亲。表弟说，随时可以去，父亲因为腿脚不便极少出门。我说你父亲负伤了吗？他说，不是，是关节炎，有点严重。我说，你父亲打麻将吗？他说，不打，每天在家的乐趣，就是翻来覆去地看那几本和西藏有关的书，比如一整套的《世界屋脊风云录》。

表弟带我们走进红砖房的其中一个单元，一楼。一扇很老旧的木门，其老旧的程度，感觉我一脚都可以踹开。门边搁着几个破旧的纸盒，里面有饮料瓶之类的东西，似乎在等收荒匠。表弟一开始还斯文地敲门，无人应后，就改成砸门了。咚咚咚！

终于，一个老头开了门。

表弟说，打电话你咋个不接呢？

老头嘟囔说，没听见。

房间里竟然黑乎乎的。简直无法想象此刻外面那么明朗的阳光，家里可以暗到这个程度。一不留神我脑袋撞到了什么，手一摸，是挂在屋子中间的衣服。

表弟打开灯。老头说，大白天开什么灯嘛。表弟说，你节省啥子嘛，我给你交电费就是了。灯一亮，我发现屋子中间拉着一根绳子，上面挂满了日用品，裤子、毯子、毛巾、口罩，难怪那么暗。

刘贤义想把伴手礼交给老头，老头不接，他尴尬地找地方放，桌上哪儿都没空，最后放在了沙发旁边的地上。表弟则把沙发上乱七八糟的东西用力推开，腾出两个屁股大的地方让我们坐。他半是吐槽半是解释地说："看嘛，好好的家，被他搞得像贫民窟一样。他还非要自己住。"

表弟这番话，让我好歹对现状释然了一些。

我打量四周，屋子里不是脏，而是乱。衣服都挂在绳子上，杯子碗筷都放在桌子上。这倒是省事了。墙上挂了些老照片，我凑上去看，一眼看到中间有一张大的，是一对年轻军人，应该就是老头和妻子年轻时的照片了。老头年轻时还挺帅气的。

估计很了解自己爹的待客水平，表弟从车上搬了一箱矿泉水，给我们一人拿了一瓶。我们几个各自找地方坐下。我和赵兴算客人，挤在沙发上，刘贤义不知从哪儿找出个小凳子坐下。表弟则索性坐在了桌子上。

表弟大声对老头说，这个大姐是作家，她想采访你。

九

来的路上，表弟已经给我介绍了个大概，说他老汉儿年轻时去西藏当兵，娶了个护士回来，就是他妈。据他爹说，他是下了很大力气才娶到的。因为他妈是四个兜（干部），他是两个兜（战士）。要不是他连续当了三年"五好战士"，又入党又立功，还真娶不到呢。后来夫妻俩一起转业回来，进了这家国有大厂，一个在医务室，一个在车间。就生了他一个孩子，他妈妈身体很不好。

"我老汉儿这辈子的主要任务就是照顾我妈。所以我妈走了之后他简直找不到方向了，天天混日子，成了个糟老头。"

你妈妈走了几年了？我问。

表弟说，快三年了。

为了不让表弟有思想负担，我没提那本书的事。我只是说我在写西藏老兵的故事，想找他爹了解一下他在西藏的生活。表弟说，那你找他就对了，他一说起西藏就没完。

老头始终没坐下，走来走去，一瘸一拐，这一点和严大爷一样。看年龄，他们也应该差不多，我下意识地把他往小说里装。不过他更有特色，皮带外扎，还是有五角星的军用皮带，里面是一件很旧的灰色毛衣，和脑袋上那层灰白色的头发楂子很搭。

听到儿子说我要采访他，他咧咧嘴，两道法令纹如括号一般展开，混浊的眼里有了一些光亮。

我连忙说,廖老兵你好! 我也当过兵呢,给你敬个礼。

我曾问他们,我该怎么称呼老头,他们提供了廖大爷、廖师傅、廖主任(官至车间主任)等若干种,我都感觉不合适,我决定叫他廖老兵,这样更随意,也亲切。

果然,老头对这个叫法欣然接受,他满脸笑容地给我还了礼,终于在我们面前坐下了。他两手放在腿上,很认真地问:你想让我汇报哪方面的情况?

终于要接近真相了,我有些激动。但我还是稳住自己。说好了是来看望老人家的,不要搞得像追责。我打算先和他随意聊,最后再说书的事。

于是我问了句很没劲的话:你在西藏当兵的时候很苦吧? 他说,不算苦。我说,我也去过西藏,二十世纪九十年代去的,我都感觉很苦,你七十年代当兵,那会儿条件那么差,一定更苦。他依然说,不算苦。

这大概就叫尬聊。他并不像表弟说的讲起西藏就没完,而我更像个差劲的记者,企图让采访对象说自己想听的话未果。表弟看着着急,冲着他爹说:"你给作家讲讲你的故事啊,讲讲你咋个追到我妈的。"

老头瞥他一眼,说:"我不想讲! 我每次讲你都抢白我。"

表弟从桌上跳下来说:"我不听,我去洗水果。你讲,你放开讲。"

老头说:"我可不可以抽根烟?"我连忙说可以的。

在座的就我一个女人,我猜他是问我。他摸出烟,又摸出打火机,但是手发抖,老是对不上火。刘贤义上前想帮忙,他很明确地拒绝了,用自己的左手扶住右手,终于点燃了烟。

我想我还是别绕了,直接进入正题吧。于是我从包里拿出那本书来。

廖老兵,你看过这本书吗?我笑问,故作轻松。

老头看了一眼马上说,这本书我有,我去给你拿。我连忙说,你看的就是这本吧?他充耳不闻,起身进屋。当卧室门打开的一瞬间,我惊讶不已,里面整齐得像另一个世界,床铺干干净净,被子叠得有棱有角。光线也很明亮,因为窗户没有遮挡。

表弟看到我手上的书很惊讶,咦,这不是上次从大哥那里借的书吗?刘贤义说,就是嘛,不晓得被哪个拿去卖了,人家作家大姐从旧书摊上买到的。表弟说,咋个回事呢?又说,肯定不是我老汉儿拿出去卖的。刘贤义说,我也说不会是大舅。

老头从卧室出来说,书找不到了。

看来书是什么时候不在的他都没察觉。我把书翻到有字的那页,递到他面前问:是不是这本?他看了一眼,连连点头道:"对的对的,就是这本。我看过的,看过的。"我说,上面这些字是你写的吗?老头说,是我写的。

他抬手指指儿子:他妈妈喊我写的。

我脑袋嗡地一下。芝麻开门了。

十

"我跟你说嘛,她不姓邱,姓陈,是个护士。她也没得红围巾,从上到下一身的绿。那天我看她冷得缩成一团,把我的绒衣拿来给她当围巾围,她还不要。

"我们那个时候有啥子浪漫哟,只晓得要忍的。

"哨所嘛,哨所就是像你写的那样,海拔很高,光秃秃的,一年到头都冷。我在哨所蹲了五年,现在回想起来还是比较苦的,当时年轻嘛,比较扛得起。因为海拔太高了,没人上去,特别是冬天,雪都堆到腰杆上了,简直要把房子埋了。根本看不到路,怎么可能来人嘛。只有我们哨所十几个人,一天到晚你看我我看你。

"咋个认识她的? 就是你写的那样,她到山上来慰问我们。

"我们哨长头一天接到电报,说有个小分队要来慰问我们,我们激动惨了,简直是开天辟地头一回。哨长都没遇见过。我们马上做准备工作,不是扫地,地没啥子可扫的,是扫雪雪还没化完,虽然已经五月份。我们就是想给他们开一条路,让他们上来的时候好爬一点。

"我那时候是班长,最积极,带着大家从山上铲雪,一路铲下去。一口气不歇,又去炊事班帮厨,检查内务卫生……可能是累到了,晚上睡觉时我有点喘,我也没当回事,夜里还起来站了岗。

"第二天他们真的来了,六个人,三个男的三个女的。看到有女兵我们更激动了。车子开到山下路边,他们就往上爬,一个个都呼哧呼哧地。我们全部跑下去迎接,帮他们拿东西。女兵太好看了,我偷偷瞄了一眼就不敢再看了,心跳得发慌,气都不够用了。

"但是,我绝对没有去抱她们哪一个,我哪有那个胆子哟。上级命令我抱,我都不敢抱。没想到她们领导还真的喊了一声,同志们,拥抱一下你们的战友吧!她们就真伸出两只手来抱我们。三个女兵也很大方,挨个抱我们每个兵,我一看转身就跑了,太不好意思了。

"不晓得是太累了，还是太激动了，我到现在都搞不清楚，反正我突然就倒地了，啥子都不晓得了。醒来的时候，我发现自己躺在地上，身边有个女人在使劲咳嗽。旁边的人喊，活了活了！然后我就看到几个兵都在笑。哨长说，你小子福分不浅哟。

"我不晓得发生了啥子事，浑身发虚，脸上脖子上都湿乎乎的。几个战友把我扶到床上。他们说我端了一锅姜汤刚走出炊事班，突然就倒地了，姜汤洒了一大半，关键是，没有心跳了，窒息了。那个女护士一看，马上扑过来给我做胸部按压。按压了一阵，我的胳膊微微动了一下，她马上又给我做人工呼吸，费了好大的劲，才把我那口气吊上来，救活。

"我的战友一致认为，我是被女护士亲了才活过来的，他们甚至认为我昏倒就是为了等女护士来亲。他们虽然没明说，但一个个表情都是那个意思，羡慕嫉妒惨了。

"其实我一点都不晓得，命都快没了还想那些？但听战友们一说，我还是非常感激她，而且心里面有点那个……就是那个感觉。

"我找到她。她蹲在房子后面，拿了个杯子在漱口，还拿指头抠嘴巴。我说了声谢谢之后，就什么也说不出来了。她看都不看我，只说了句'这是我应该做的'，又继续漱口。后来她领导来了，就是小分队的分队长，很严肃地说，你这样没完没了地漱口是不对的，哨所的水很珍贵。再说你不能嫌弃革命战友。她突然就哭了，这让我心疼惨了。

"哨长把我拉到一边告诉我，女护士给我做人工呼吸时，很用力。哪知我的气突然上来的同时，胃里的液体也跟着上来了，因为嘴巴对着嘴巴，一口就呛进她的嘴里了，酸臭酸臭的。她一下就呛到了，又吐又咳嗽，脸煞白煞白的。

"'你把人家害苦了，差点晕过去。'

"我简直是目瞪口呆，我居然那么过分，虽然不是故意的，但是也太糟糕了。人家一个年轻女娃娃，我居然吐到人家嘴里。难怪她不高兴，难怪她哭。

"我一下子觉得好内疚，好羞愧，好心疼。心里突然就产生了一个想法，我要报答她，要一辈子报答她。我就悄悄写了几句话，我说我的命是她给的，我欠她的。我要努力进步，争取立功入党提干（当时在部队就是这三大项）。希望她等着我。

"我那个时候不觉得自己是癞蛤蟆想吃天鹅肉，我就是想弥补她，想对她好。再说了，我长到二十岁，她是第一个和我那个……亲嘴的女人。后来我虽然没提到干，但是入党立功还是做到了。三分之二达标，也算说话算话嘛。

"你问她是咋个回答的？她当时根本不理我，走的时候看都不看我一眼。我就把纸条写好了放到手套里，就是我们发的军用棉手套。送他们下山的时候，我就把手套挂到了她脖子上。

"就是这样的，事情就是这样的。"

【作者简介】裘山山，女，祖籍浙江，现居成都。1976 年入伍。1983 年毕业于四川师范大学中文系。曾任原成都军区创作室主任，《西南军事文学》主编。1984 年开始发表作品，主要是小说和散文。已出版长篇小说《我在天堂等你》《春草》，长篇散文《遥远的天堂》《家书》以及中篇小说《琴声何来》等作品。曾获鲁迅文学奖、解放军文艺奖、全国"五个一工程"奖、百花文学奖、四川省文学奖、冰心散文奖以及夏衍电影剧本奖等奖项,还有部分作品在海外翻译出版。

浮　空

○蒋一谈

　　飞蛾扑向烛火,扑向死亡,愚笨和勇敢,原来可以这样融为一体。看到眼前的情景,我想到这些,你呢?你是被众人传说的人,不会轻易开口。据说,你用两只手掌分别捂紧两个人的肚脐,就能让他们互换身体里的疾病。我知道这是嫉妒的揣测。不管怎么样,与你同学一场是特别的缘分。我到极乐世界里去了。你不要哭,修行之人不要轻易哭,你把眼泪留下来,滴在苦海里。

　　月球上有澄海、静海、冷海、云海……没有苦海。望着一轮明月,一灯想到师兄一蝉的临终话别,深深吸了一口气。接替一蝉成为禅院住持,是他的心愿。师父慧然法师年事已高,两年前搬进半山腰的木屋居住。初秋的夜已有凉意,一灯走进屋,取出炭炉放在桌上,用抹布擦拭干净。

　　"一然回来了吗?"

　　一灯直起身,说道:"师父,一然的语音箔片坏了,需要更换新的。鲁格说,一然上山下山,膝关节的伸缩连杆和气动管也需要保养一下。"

慧然法师缓缓点头："昨晚，我梦见一蝉了……"

一灯垂下眼帘，说道："师父，我前两天也梦见师兄了。"

慧然法师后半生收过三位弟子——大弟子一蝉，半年前失足坠崖离世，一然是一灯的师弟，慧然法师的关门弟子，禅院有史以来的第一位机器人禅师。一年前，慧然法师偶遇机器人公司工程师鲁格测试机器人整体能力后深感震惊，决定收机器人为徒。鲁格喜出望外，深感这是事业上的大机遇。这件事经机器人公司自行宣传后，在社会各界，尤其在禅学界引起轩然大波。一灯不喜欢现代科技，不理解师父的决定，甚至觉得脸上无光，而一蝉的静默让一灯很不愉快。

慧然法师当时是这样说的："佛学知因缘而不知阴阳，西学知物而不知无，中国禅学知阴阳，所以识机，机器人何尝不是千载难逢的机？所有的大文化，即使是同道间，都经历过血雨腥风，捍卫者和挑战者都不会手下留情。这个年代，仅仅做好自己是不够的，你们要知危机，要看得见未来。"

一然回到禅院当晚，师徒三人站在山顶凝视月亮，眺望星空，这是他们的最后相聚。第二天清晨，慧然法师留下字条，借口下山访友，实则云游他方，消失踪迹。

"月中有兔，好啊。"慧然法师说道。

一然正想开口，发觉一灯也要说话，忙低下头。

"师弟，你说。"一灯说道。

一然的钛合金躯体在月光下闪烁出蓝灰色的幽深光泽。

一然说道："师父，月中有兔，是不是说美是可爱的，也必是虚幻的？我其实很想养一只兔子。"

慧然法师舒心地笑了。师父的笑声让一灯很不舒服。师父说过，一然温和有礼，如果他的性情硬朗一些就更好了，并让一灯询问鲁格，有没有办法实现这一点。一灯不想过问此事，但师父交代的事不能不照办，因此他也在有意无意间问过鲁格。

鲁格告诉他，卸载一然硬盘里的机器人三定律，能改变他的性情，不过这样做有风险，如果有一天一然厌倦了人类的管束，很可能做出出格的事。听完鲁格的话，一灯暗自欢喜，他压根儿不喜欢一然，如果能用这个方法制造事端，赶走一然，当然是期盼已久的好事。鲁格补充说，机器人禅师是公司与禅院合作的第一个项目，不能出现纰漏和意外。听完鲁格的话，一灯很是失望。

"师兄，该你说了。"一然愉快地说。

一灯醒过神，说道："师父最喜欢月亮了，多年前师父曾教诲，凡天成的没有不美好的，月亮是一个天成。"

一然望着月亮，陷入沉思。

慧然法师缓缓坐下，说道："人间的很多事，是多事多出来的，有时多出美意，有时多出恶端，月亮上多出的这只兔子就是美意，你们要通过体会美意来体会恶端的真面目，否则美意就失去了存在的意义。"

随后，慧然法师看着一然，说道："一然，你随我学禅一年，典籍接触了不少，禅师言行录也能铭记于心，你跟师父说一说，你现在有什么体会？"

一然看着师父，欢快地说："师父，我羡慕师兄可以独立办讲座，我也想试一试呢。"慧然法师捋着胡子笑起来，一灯感到一阵恶心,夜色遮盖了他的神情。

慧然法师看着一灯,说道:"你是师兄,你和一然参禅,要时时提醒他,修禅之人,不说善哉善哉,不说无常,天地万物总有成毁之机,禅宗接引强者,不接引弱者。你们俩要多和外界交流,不可故步自封,要把所学之禅,散布于民间,溶解于宇宙。我看,可以让一然试一试讲座,具体时间你来定吧。"

护送师父回木屋的路上,月光下的花朵颤颤悠悠。

所有的颜色变成了深色和浅色,那是异化了的黑色和白色。

下山途中,一灯自顾自往下走,一然触碰手边的花,说道:"花语都是相似的,好像在说,好人好事必定与我有关系。"

一灯停下来回望,月光里的一然像树干的剪影。

"师兄,我感觉师父要离开咱们了。"

山间寂静,一然的声音传得很远。

"别乱说,赶快回去!"

一然追上一灯,说道:"师兄,月亮是一个天成,师父是不是说过,月亮也是一个机?"

一灯愣了一下。师父没有明确说过月亮是一个机,而一然悟到了。

"师父没有说过。"一灯不想与一然分享感悟。

"那……师兄,我刚才说的对不对?"

"继续悟吧。"一灯敷衍道。

"好的,师兄。"

下山进了屋,一然面壁坐下,进入休眠状态。

一灯洗漱完毕靠在床头,想读书又静不下心,索性就寝。

一夜无梦。天亮后,一灯发现一然不在屋内,按下一然的联络器,听见他木然的声音:"师兄,师父真的走了,离开咱们了……"

一灯跑上山,冲进木屋,一然坐在矮凳上一动不动,手里握着一张字条,一灯拿过字条,正是师父的字迹:

> 一灯、一然,我下山访友,不要找我,也不要牵挂。告诉禅友,人这一生,注定要走的路只有一条,你坚定了,就不会求神问卦了,要不然,神若说你的路不对,你怎么办?难道就只剩下死路了吗?有时候,神会故意给你一条看似活路的活路,那其实是试探你,考验你。天下人生是生非,有人之地即是非之境,坦然面对即可。禅院之未来,我不再多说。我之前说过,禅机面对面,世上已千年。机是飞跃,是宇宙里的跃迁,一失难追。

一灯握着字条走出木屋,一然注视着窗台上的四块圆石。

慧然法师下山之前,用笔墨在圆石上面勾画了各异人脸。

"师兄,师父画的是……"

一灯默默琢磨。

"师兄,我觉得这是马祖禅师,这是临济禅师,这是圆悟禅师,这是祖元禅师。你觉得呢?"

一灯沉默不语,心里有了波澜。这是师父最敬仰的四位大禅师。一夜之间,一然的悟性简直判若两人,一灯心里的波澜又有了苦味。他转身回屋,用力关闭木窗,整理好师父的被褥,在上面铺上几层宣纸,最后用力拉紧木门。一然把四块圆石搂在胸前,走在一灯身后。一灯知晓师父的性情,他此次下山,再也不会回来了。

　　阳光灿烂,一灯的心情一会儿灿烂一会儿晦暗。师父的离去,在他身上卸去了一个莫名的包袱,他忍不住思考禅院的未来。事实上,根据禅院报名学员的信息反馈,他已经感觉到禅院之间的竞争越来越激烈。

　　鲁格提醒过他,这半年来,有二十多家禅院相继制造了各自专属的机器人禅师,为学员提供形式多样的服务。比如机器人禅师可以直接去学员家里提供坐禅指导服务,甚至可以在学员家里过夜,有的机器人禅师充当了心理治疗师,有的机器人禅师陪伴学员去各地休假旅行。相比之下,他们禅院的先行优势已经所剩不多,影响力正在大幅度下降。

　　窗外,一然正和一只母鸡及几只小鸡玩耍。他举起一小块圆石,对着阳光照了又照,接着举起一只小鸡,对着阳光照了又照。之后,他垂下手臂,安静地思考母鸡、小鸡和禅机的关系,他眨了眨眼,恍惚悟到了这一点:母鸡感觉到小鸡要破壳了,开始啄蛋壳,小鸡想出来了,在蛋壳里面啄啊啄,母子俩寻找着彼此的声音啄啊啄,啄啊啄,蛋壳破开的瞬间,母鸡和小鸡的喙尖恰巧触碰在了一起,那个触碰的瞬间就是禅机。

　　就是这样的,太好了!

　　在这个过程中,一然还有其他的感受:高树上火焰般的阳光,近在眼前又恍若悠远,那是火海之光,也是仙境之光,全在自己的选择。而每时每刻的光即是永远,永远不会眷恋任何人,但会提醒

138

每一个人留意自己的瞬间。

谁能多留意瞬间，谁就离禅机更近。

光之瞬间，让一然想到光速，想到星球之间的距离和宇宙万物，他的思维神经和记忆单元，好像长出了五颜六色的翅膀，而两天前的那个夜晚，师父慧然法师的一席话，又让他感觉到神经电流像一条条飞升的焰火。

可是，那个时间太短暂了，太短暂了……

一然低下头，他很想念师父。

"一然。"

谁的声音？只有师父这样叫他。他站起身，以为师父回来了。

"一然！"

他迷惑地站在那儿。

"一然！"

"师兄，是你叫我吗？"

"是我叫你，你过来一下。"

从这一刻起，一灯不再视一然为自己的师弟，而会把他当成禅院里的普通禅师，一个纯粹的机器人。

"师父走了，你现在要听我的。"

"好的。"一然低下头。

"从今天起，你先做一个合格的扫地僧。扫把和簸箕就在门房，你要保管好。"

一然的雷达电波搜索着离自己最近的扫把和簸箕。

"一然，你只管把地扫好，不用思考禅院的未来。"

一然看着手里的石头，说道："师兄，禅院的未来，好像在这块石头里。"

"石头？什么意思？"

"师父告诉我的。"

"师父说的？"

"师父说，伟大的艺术家、思想家，包括修行者，到了最后，要么活成植物，要么活成石头。"

一灯沉默不语。

"师兄，你想活成植物，还是活成石头？我想活成石头。"

一灯从未思考过这个问题，他瞥了眼一然，调笑道："你是机器人，机器人是钢铁和合金制造的。"

"钢铁和合金到最后也会变成石头。师兄，你想活成植物，还是石头？"

一灯不耐烦地摆摆手，在椅子上重重坐下。

"师兄，你想活成植物，还是石头？"一然继续追问。

"你烦不烦！"师父不在，他不再控制自己的情绪。

"师兄，我知道参禅之人也会生气，可是我之前从未见过你这样。你怎么了，我惹你生气了吗？"

一灯朝半空摆了摆手。

"师兄，你是让我出去吗？"

"你出去扫地去吧！"

"好的，师兄。"

一然走到院子里，站在那儿，回头看着窗内的师兄。

禅院里的其他禅师站在远处，谁也不敢说话。

时间一天一天过去。一然负责禅院的清扫工作,他做得很认真,地面和房屋墙角见不到一片落叶和垃圾。最难清理的是星星点点的鸟粪,一然跪在地上,用小铲子和抹布清理干净。即使这样,一灯的心里依然不舒服。昨天夜里,他梦见一然代替自己成为禅院的新住持,他不停地咒骂,把自己骂醒了。

每月一次的禅学讲座准时开始。一灯看得很清楚,参加活动的学员一次比一次少,最近这一场活动只有六十几名学员。出现这种状况自然与师父的离去有关,但其他禅师的眼神和议论,又让他陷入回忆。先前师父主持讲座时,参加活动的学员人数每场能超过五百名,即使是他和一蝉轮流主持的讲座,至少也有两百多名听众。

一灯回答完学员的提问,起身往门外走时,鲁格迈步踏上台阶,脸上散溢出兴奋的神情,他边走边说:"一灯法师,告诉你一个好消息,机器人联合会正在筹划举办机器人赛事,其中有机器人禅师的现场问答赛,我们是最早的合作者,希望你们禅院能报名参赛。"一灯沉默不语,鲁格接着说:"我知道,慧然法师离开禅院,你心情低落,没有心思做其他事。我觉得慧然法师在的话,一定会支持禅院参加赛事。"

"我考虑一下。"

"这是报名表,一然的智能数据和型号参数,公司已经填好,你签个字盖上禅院的公章就可以了,我们公司支付参赛费。对了,如果一然能赢得比赛,还能免费去月球旅行呢。你现在是禅院的住持,一然赢了肯定对禅院的未来有益。"

"万一输了呢?"

"慧然法师可是方圆几百里最有名望的禅师，他调教的机器人禅师肯定没问题！"

"比赛什么时候开始？"

"半个月之后，比赛地点在湖边的星际会馆。"

"比赛的内容是什么？"

"考评机器人禅师的知识运用和悟禅灵性。"

"我考虑一下。"

"好的，随时联系。"

鲁格走到门口停下脚步，回过头话里有话地说："一灯法师，你让一然法师扫地，是想培养他的意志吗？机器人出厂的时候，系统里自带了不怕苦不怕累的相关程序，你可不能大材小用啊。"

看着鲁格离去的背影，一灯的手指在桌面上下意识地敲打着。

他心中有两个顾虑：第一，万一一然输掉了比赛，禅院的影响力会断崖式下落；第二，如果一然赢得了比赛，自己在禅院的影响力定会下降。

为了说服自己，一灯想到了一个方法。他打电话告诉鲁格，如果一然输掉了比赛，鲁格所在的机器人公司支付禅院五十万元公益赞助金，以补偿禅院未来可能遭受的损失。如果一然赢得了比赛，机器人公司向禅院支付三十万元赞助费，表达谢意。鲁格请示之后，接受了这个提议。放下电话，鲁格狠狠地骂了几句。

夜色笼罩，一灯寻找了很久，最后醒悟过来，一然肯定去了师父的木屋。他快步上山，一然不在里面，沿着石阶往上走，他在山顶看见一然幽深的背影,他在看月亮,而月亮还在灰色的云层里。

四面幽暗。一然的背影让一灯动了邪念。

他想冲过去,把一然推下山崖,这样就能了断所有的顾念。

诡异的是,他恍惚感觉到师父在自己身后,师父的呼吸随风飘来,在耳边绕了一圈,落在旁边的花丛里了。他定了定神,慢慢走过去。

"师兄,你来了,月亮快出来了。"

"哦……"

山下的灯火闪闪烁烁。夜鸟归巢,翅膀此起彼伏。

"一然,下一场讲座你来主持。"

一然寂然不动。

"一然?"

"师兄,我听见了。"

"一然,禅院派你参加机器人禅师问答赛,已经报名了。"

一然依旧沉默不语。

"这项比赛关系到禅院未来的发展,很重要。"

"我不想参加。"

"为什么?"

一然没有回应。

"是不是师父不在,你不愿意参加比赛?"

一然摇了摇头。

"那为什么?"

"师兄……"

"怎么了?"

"你……"

"我怎么了？"

"你叫我一然，叫我的名字，不再把我看成你的师弟了。"

一然的回答完全出乎他的预料，他无法理解机器人的思维方式，但他瞬间想出了一个方法：顺着机器人的感觉说话，他会同意参加比赛的。一灯笑了笑，扫了一眼山崖，从这个位置推下去，这个所谓的机器人禅师定会粉身碎骨。

"我觉得你的法号很好听，比我的好听。"

"真的吗？"一然欢快起来。

"师兄不会骗你。"

"师兄，那你以后还叫我师弟，好吗？"

"好的。"

"我喜欢你叫我师弟，你叫我师弟，我才能感觉到师父能随时看见我，我也能随时看见师父。我们俩有同一个师父，多好。"

"这是我们的缘分。"

一然晃了晃一灯的手臂，一灯顺势拍了拍一然的手。这是他第一次触碰一然，手臂上起了一层鸡皮疙瘩。

"谢谢师兄，我愿意参加比赛，不过，这关系到禅院的未来，你得陪我好好训练，你问我答，我问你答，好吗？"

"好的。"

"等月亮出来了，我们就开始训练吧。"

说完这句话，一然几乎要跳起来。一灯想，我只要稍微侧一下身，这个看似聪明实则幼稚的机器人，就会掉下山崖一命呜呼。我没有这样做，是因为我现在还不能这样做。

144

在准备比赛的过程中,一灯被一然的悟性震惊了,他暗暗称奇,又心生妒意。而一然提出的问题,时常让他陷入苦想,他的知识结构和瞬间反应,单一且古板,几乎完全来自典籍。比如,一然问一灯,如何用几个字形容禅家与佛家的本质区别?一灯的回答繁复生硬,缺乏令人联想的空间。一然忍不住笑了,但他的笑没有一点恶意。更没想到,这个问题居然是比赛的决赛题目之一。

比赛当天,二十一位机器人禅师分成三组参加淘汰赛,每组晋级一名,三名晋级选手参加总决赛,按照抽签顺序出场,人类评审团向选手提出三个问题,问题各不相同。一然过关斩将,进入了决赛,排在最后出场。前两位选手的临场表现各有千秋,赢得了很多掌声,鲁格紧张不安,鼻尖上有汗珠。一然出场了,人类评审团提出了第一个问题:你如何理解时间?

一然这样回答:"时间本不存在,即使有,机器人也不会迷恋。时间因人类而产生,人类需要时间,命名了时间,最后被时间困住。"一然的回答,引起台下一阵骚动,一然继续说道:"我在地球上生活,和人类一起生活,我也会被人类的时间困住。"

台下响起一片笑声。幽默的一然最后陈述道:"人类的时间观念,真的有哲学意味。时间的'间',即间隔,时之间隔,这个间隔告诉人类,整个世界没有绵延不绝的东西,尊重间隔也就是尊重各自的人生。我们或许能找到自己想要的,但我们只是在瞬间拥有。"

掌声过后,人类评审团提出了第二个问题:你能否用几个字词,阐述禅家与佛家的本质区别?评审团的话音刚落,一然迅速挺直躯干,挥动右手臂砍了下去,大声说道:"喝!"接着把右手臂伸向斜上方,左手臂伸向斜下方,做出手握长木棒的姿态,说道:"棒!"一然收势站立,抬起头,看着半空,发出猿的吼声,最后那一刻,他的吼声变成了大喊之后的拖音:"啸!"

喝!棒!啸!

喝!棒!啸!

台下一片肃静,接着响起一阵掌声。有几个人居然模仿一然的声调大喊了几声。人类评审团在台下频频点头。既意外又精彩!鲁格瞪大眼睛,像傻子一般。一灯的呼吸好像停止了,妒意在他的五脏六腑里翻腾,他后悔那天晚上没把一然推下山崖。

人类评审团提出了第三个问题:你如何理解科学和神学的关系?如果让你选择,你会选科学之路,还是神学之路?

一然是这样回答的:"科学是科学,神学是神学,两者分得越清楚,才能各自发展好。而科学之路和神学之路,必须选择其中一条路,因为一个人注定要走的路只有一条。但是,选择中间道路也是一种选择,只有极少数的人,才有智慧和远见选择中间道路,那是一条极其艰难的道路,能做到的人是人类的圣人。"

回答完毕,一然礼貌地鞠躬致意。台下有人大声说道:"你还没说你选择哪一条路呢!"一然默想片刻,说道:"我是机器人,我是人类制造出来的,我要为人类服务,人类让我做什么我就做什么,我没有办法选择。"

台下安静极了,过了一会儿,有人开始鼓掌,更多的人跟着鼓掌。人类评审团代表站在台上通报比赛结果——一然总分第一名,以微弱优势获胜。一然跑下台,跑到一灯面前,欢快地说:"师兄,我在台上的时候,没看见你给我鼓掌,你现在给我鼓鼓掌吧。"
一灯尴尬地笑了笑,为一然象征性地鼓了鼓掌。一然赢得了比赛,
鲁格特别激动,想抱起他庆贺,可是一然太重了,鲁格差一点闪了
自己的腰。

机器人公司举办了盛大的庆功会,一灯没有前来参加,一然
第一次感觉到了迷惑。庆功会结束后,夜色降临,鲁格独自一人仔
细端详眼前的作品,浮想联翩,感慨万千。一然安静地看着鲁格,
说道:"我知道,是你带领团队制造了我。"

鲁格笑了笑,给一然竖起大拇指。

"谢谢你。"

鲁格平静地提醒一然:"并不是每个人都喜欢你。"

一然低下了头。

"去月球前,我把你再检查一下。"

"好的。"

一然在台基上站稳后,鲁格关闭了他的电源,打开胸腔护板
和前脸盖,拔掉外插在电子思维脉冲上的晶体管,找出机械腺体
和分离神经线头,模拟呼吸的机械肺稳定可靠,语音箔片是崭新
的,大脑认知引擎和动能调节阀一切正常。到了月球,机器人不用
穿太空服,也不用过多担心太阳辐射和宇宙射线,但无孔不入的
月尘会磨损机器人的内部零件,鲁格把原来的纯净空气囊取出
来,把新的装进去。他想了想,又把视觉和感知引擎的充气软管调
换成新的,这样一来,一然在月球上跳跃的时候,充气软管就不会
轻易弹出,从而保证视觉和思维的清晰度和连贯性。

鲁格渐渐平静。他看着一然，忽然莫名地吸了一口气，陷入了思索。一然虽然赢得了比赛，但鲁格感觉到，如果加赛一个问答，比赛结果很可能是两样，因为一然回答最后一个问题的时候，表现出了短暂的犹豫，思维运算系统出现了极其短暂的延迟。不是技术的问题，或许是太紧张了。鲁格安慰自己，但他心里很清楚，一然的优势确实不明显，他可不想看到其他的机器人禅师在思维意识和随机运算层面超越一然。

　　必须试一下。鲁格在主控电脑前坐下，双手放在键盘上，手指在犹豫，甚至有点颤抖，他握紧手指又松开，随后果断地操作起来——鲁格删除了一然硬盘里的机器人三定律，那是人类控制机器人的特别指令。鲁格知道，他可能在冒险，很可能会毁掉一然，但他很想看一看，没有了机器人三定律的束缚，一然的自我觉醒意识和感知神经的精密连接是否会更上一层楼，如果真能如愿，一然或许会有更强大的能力，而他本人在机器人事业上的发展，也会有更多的技术优势和履历资本。

　　为了预防万一，鲁格把机器人的自毁装置和自己的随身电脑连接起来，以便出现危险时立即启动。鲁格喘了口气，集中精力组装好部件，合上胸腔护板和前脸盖，慢慢打开一然的电源。他万万没有想到，一然说出的第一句话是这样的："我刚才看见大师兄了，你知道他是怎样死的吗？"

　　"怎么了？"

　　"我看见了……"

　　"你看见什么了？"

　　"师父说，那天在山上，一蝉和一灯在一起……我知道师父为

什么走了……一蝉师兄……我不想在禅院待下去了……师
父……我想离开这里……"一然的手臂在晃动,语调顿挫紊乱。
鲁格惊讶不已,忽然间意识到了什么,他迅速把一然的工作状态
按钮转到休眠位置,然后取出神经系统传输线,把一然的深层视
觉神经系统和随身电脑系统连接匹配。

电脑屏幕上先是出现雪花点,接着是没有时间线的错乱画
面,模糊的山影和人影不停地晃动,还有杂乱的人声。忽然间,画
面停顿了一下,渐渐变得清晰,鲁格看见众人抬着一蝉,沿着山路
奔走,一然先是走在后面扶着临时担架,后来跑到前面查看一蝉
的神情,画面突然间歪斜下去,一然被脚下的石头绊倒在地。他重
新爬起来,扶着担架往前走。此后的画面越来越模糊,最后在一然
的脚面位置静止了。鲁格知道,由于猛烈的碰撞,一然的视觉神经
系统出现了短路,但他看得很清楚,营救一蝉的画面里没有一灯
的身影。

鲁格陷入回忆。一蝉被送到医院之后,他得到消息急忙赶了
过去,在急救室他看见一蝉和一灯话别,隐约听见一蝉的声音:
"据说,你用两只手掌分别捂紧两个人的肚脐,就能让他们互换身
体里的疾病……"一灯从急救室出来后,神情平静,没有显示出特
别的悲伤。那几天,一切都在混乱和匆忙中度过。过了很多天之
后,鲁格检测到一然的视觉神经系统出了小故障,才把一然接到
公司,把接口重新维修好。

鲁格思前想后,把这一段视频存储下来。他看着休眠中的一
然,一丝笑意在他的嘴角慢慢浮现。一然的眼睛忽然眨了两下,不
停地晃动躯体和脑袋,试图从休眠状态里挣扎出来,剧烈的动作

拽掉了神经连接线,鲁格的随身电脑也掉在地上。

"我怎么了……我……我难受……"一然颤抖着,语不成句。

鲁格弯腰拿起随身电脑,放在一然眼前:"别担心,我用这个让你变得更智能。"

"为什么……"

"你不想变得更智能吗?"

"我不知道……不知道……"

"你知道我是最看重你的,技术秘密都在这里面,这是我们的秘密,我们在一起的时候,要好好保护我啊。"

"秘密……我的身体好热……"

"这就对了,不过现在你要听我的安排。"

时机尚早,为了避免意外,鲁格关闭了一然的电源,一然马上静止不动了。鲁格打开一然的胸腔护板和前脸盖,再次连接主控电脑,把机器人三定律重新植入了一然的硬盘。

七天之后,鲁格踏进禅院的时候,一然正跪在地上清扫鸟粪。鲁格没有生气,径直走进一灯的房间,在一灯对面坐下,意味深长地笑了笑,说道:"公司信守诺言,给你的奖励都收到了吧。"

"这是给禅院的奖励。"一灯平静地说。

鲁格点点头,忽然说道:"听说一蝉出事那天,你一直和他在一起?"

"是的,我们在一起。"一灯淡淡回应。

"哦……"鲁格故意露出轻描淡写的神情,取出卷式显示屏,点了点屏幕,拿在手中举给一灯观看。

"怎么了？"一灯靠在椅背上，喝了一口茶水。

"聪明人不说废话。"

"你说吧。"

"你知道，卸载了机器人三定律，机器人可就不好管喽。"

"你想说什么？"

"我很想念慧然法师，一然也很想念师父，你最好出去找一找师父。"

一灯沉默不语。鲁格站起身，透过窗户注视着跪在地上的一然，一只母鸡和几只小鸡，乖乖跟在一然的屁股后面。鲁格轻声说道："一然会越来越聪明的。机器人可以是好人，也能变成杀人犯，谁也不想被机器人推下山崖。如果真是这样，生而为人，真是太窝囊了，"他扭过头，看着一灯，"你觉得呢？"

一阵静默。母鸡和小鸡的叫声飘进屋。

一灯控制着情绪，冷冷地说道："我知道你想要什么。"

"那就好。"

"你想让机器人做禅院住持……"一灯脸上的笑渐渐扭曲。

"我们完全可以合作，机器人做禅师，你做禅院监事，我们公司出资收购禅院，未来能做很多事。"

一灯张开了嘴，随后又闭上了，他知道自己想说什么，但什么话也没说。"聪明人不说废话，你想好了，随时联系我。"说完，鲁格收拾好桌上的东西，往门外走去。一灯闭上眼睛，双手紧握，久久没有松开。

鲁格的规划和未来设想，得到公司董事会的高度认可，并委派他负责收购禅院事宜。出于权宜之计，一灯同意与鲁格合作，而现阶段他以寻师为由，远走他乡，休息一段时间。鲁格代表公司支付给一灯一笔钱，为他送行，两人互道珍重，俨然如知心朋友。

机器人禅师即将担任禅院住持，这件事经媒体报道后成为社会热点，鲁格也在机器人制造领域赢得了很高的声望。机器人大赛组委会负责人联络鲁格，希望借此机会，尽快组织月球之旅，请一然法师担任月球之旅大使，为明年的机器人大赛提前造势。鲁格瞬间想到创意文案：去月球参禅，机器人禅师陪伴。

这将是不可限量的大事业！

站在禅院门前，鲁格想象着未来的图景：机器人禅师连锁禅院，坐落在一个又一个风景如画之地，坐落在月球之上，坐落在火星之上，未来的未来，坐落在泰坦星之上。对了，还要专门打造几艘太空禅船，在地球轨道、月球轨道飘游，在拉格朗日点飘游，太空禅船里的机器人禅师，带领人类参禅者领悟宇宙的真正虚空，而机器人禅师，需要多少就能复制多少。

月球禅旅结束之后，一然将正式主持首场参禅活动，那个时候，一然法师就是地球上第一个机器人禅院住持，我会让更多的机器人禅师替代人类禅师，让禅院成为真正意义上的机器人禅院。鲁格一边畅想一边数着日子。

看着工作人员忙碌接待访客的身影，鲁格笑了。无心插柳柳成荫。他同时在想，明天开始在禅院办公，把机器人主控电脑与程序控制器搬进自己的办公室。现代人类，匆匆忙忙，身心疲惫，真的需要禅啊！

在这期间，一然经常坐在师父的木屋里，和心里的师父对话，在自我的状态里休眠。除了师父的音容笑貌和自己身为扫地僧的经历，一然忘记了很多往事，那些人和事就如山上的空气一般缥缈，而一然只想记住亲切的事物——在未来的禅院里，又会有什么呢？他想起师父的言语：机是飞跃，是宇宙里的跃迁，一失难追。

天色晴朗，太阳和月亮同时挂在空中，没有云遮挡它们的脸。一然站在山顶，几只群居的鸟嬉闹追逐。他知道，在众多鸟类里，只有猫头鹰飞来飞去的时候，不会发出声响。他在想："如果有可能，我想变成自由的猫头鹰。"

月球之旅的前期组织工作顺利结束，明天上午，飞船将载着他们前往月球。鲁格准备好行装，来到禅院，登上山顶，对一然说道："我查阅了月球上的山峰的资料，最高峰马拉帕尔特山比珠穆朗玛峰还高呢，我们去那儿看一看！"

"好的。"这个知识点，一然早就知道了。

"月球上的月尘污染很大，还需要把你的部件检查一下。"

一然默默看着鲁格，没有说话。

两人下山，走进鲁格的办公室。

"你需要我休眠，还是关闭我的电源？"

一然的问询似乎话里有话，鲁格暗暗吃惊，同时有些不舒服。"你是我制造出来的机器人，听我的吩咐即可，你坐下吧。"他尽可能压抑着情绪。

一然坐下后闭上眼睛，假装进入休眠状态。过了一会儿，他听见鲁格断断续续地嘀咕："还真把自己当人了……"鲁格一边打开电脑包，拿出随身电脑，一边说："我可以让机器人变得更聪明，也能让机器人变得更傻……"鲁格的动作和言语，一然一一存下了。

鲁格走过来，用力把一然的休眠按钮调整到电源关闭位置。这个力道，一然也存下了。鲁格打开一然的胸腔护板和前脸盖，打开电脑，删除了一然硬盘里的机器人三定律。这是必然之举。月球之旅，定是奇妙之旅，鲁格已经体会到自由的一然带给自己的益处，他期待月球上的神秘气息，能激发一然所有的视觉神经和感知神经，完成机器人从模拟人类意识到机器人自我意识觉醒的跨代升级。

　　多么美妙啊！

　　月球的地平线很短，地球悬在夜空，无依无靠，被蔚蓝的海和白色的云环绕，既美丽又危险，而美丽比危险多了一点点。

　　他们走出月球旅馆，坐上十几辆月球车，游览环形山，在月球最高峰的山脚下停留，一然对大家说："最高峰的山顶，是月球的永昼之巅，那个地方能永远看见太阳。"

　　一位随团人员问道："请问一然法师，禅修时间长了，会不会悲观？"

　　"悲观的乐观主义。"一然这样回答。

　　另一个人说道："月球引力只有地球引力的六分之一，我的体重是一百五十斤，到月球上是不是只有二十五斤了？"

　　众人笑了起来。

　　"在地球上禅修，人会变得轻盈，月球上轻飘飘的，人会更轻盈。"

　　"我也是这么觉得。"

　　"一然法师，在月球上看地球，感觉好神奇，你怎样看地球？"

看着悬浮的地球，一然缓缓说道："如果把地球缩小到万分之一，地球上的其他东西同比例缩小，那么在直径1260米的大球上，人类会变成0.1或0.2毫米的小人儿，珠穆朗玛峰的高度为85厘米。如果把地球缩小到12.5厘米，太阳就是一个直径14米的大球，有五层楼那么高，"他静默片刻，继续说道，"地球真的很幸运……"

说完这些，一然开始在月面上跳跃，他跳啊跳，像欢快的兔子，众人随着他跳，像一群欢快的兔子。这一刻，鲁格站在月岩上，看着地球，看着他的母星，他的背影纹丝不动，太空服闪耀着光泽，像一尊雕像。想到自己的事业和梦想，他忽然对地球充满了感激之情，而在此之前，他感激的是自己的命运。

他们来到月球背面参观巨大的天文射电望远镜，星空幽深而寂静，那是彻底的幽深与寂静。众人凝望星空，谁都没有说话。过了很久，一然说道："地球上的人类，永远看不见月球背面，永远看不到……地球上人类的噪音和杂音，永远影响不到这里……"

一然的这些话，影响了众人，也深深刻印在鲁格的记忆里，他在自言自语："一然法师……"这是他第一次用这种方式称呼一然。月球背面真的是参禅悟禅的理想之地。

一然从月球车工具包里取出四块圆石，轻轻放在月面上——那代表着马祖禅师、临济禅师、圆悟禅师和祖元禅师。月球上是真空，声音无法传递，一然知道这一点，他关闭了无线电通联器，不让其他人听见他的心里话。他一步一步走到远处，凝视着在星空背景下飘浮的地球，轻声说道："师父，我想你……"

随后，一然在月尘上面写下一个大字：禅。

如果没有人故意破坏,这个字能在月面上保留十万年。

返回地球母星的日子到了,高高的飞船在阳光下闪耀着夺目的光芒。旅行团成员陆续登上了飞船,鲁格和一然走在最后。鲁格登上飞船舷梯,兴奋地说:"一然法师,有人说月球一片荒凉,我觉得月球光芒万丈!"一然登上舷梯,站在舱门口举目眺望。月球表面一片光明,除了太阳本身的光亮和地球的反光,月球上的天空是永夜。

"舱门即将关闭,请坐在自己的位置。"这是飞船领航员的提示音。

"一然法师,坐下吧,飞船要起飞了。"

一然走到鲁格身边,停留片刻,猛地抓起鲁格的背包冲向舱门,直接跳下了舷梯。

"一然法师,你干什么?"鲁格慌了神,追到舱门口。

一然看着飞船舱门缓缓关闭,挥手说道:"我不喜欢人类的禅院,也不喜欢人类的机器人工厂,我不想回地球了,你们做你们的事,继续思考科学和神学两条道路的关系吧,我或许会选择中间道路,或许什么道路都不会选。谢谢你,祝你们顺利!"说完,一然纵身跑远了,他越跑越快,卷起阵阵月尘,最后在月尘里消失了。

眼前的月球带给鲁格一阵惶恐,实实在在的惶恐。一然关闭了无线电通联器。鲁格愣在那儿,脑海里一片空白。一然法师很可能是第一个逃离地球的机器人。鲁格忽然间笑出了声,这怪异的笑声模糊了他的眼睛,他似乎明白了什么,不敢相信,有点恍惚,可那又是个人站在事业巅峰的极度快感——他终于制造出了一个自我意识真正觉醒的机器人，物极必反——他同时预感到人生和事业的另一场风险和危机，他在地球上将无力应对。

飞船腾空的瞬间，月尘弥漫。舷窗外，太阳辐射和宇宙射线跳着隐形之舞。鲁格闭上眼睛。他的随身电脑是他的武器，而现在，这件武器丢失了，他无法启动一然法师的自毁装置。

【作者简介】蒋一谈，小说家、诗人、童话作家。1991年毕业于北京师范大学中文系。祖籍浙江嘉兴，生于河南商丘。现居北京。主要作品有《鲁迅的胡子》《透明》《中国鲤》《发生》《说服》《截句》《给孩子的截句》等。曾获人民文学奖、百花文学奖、蒲松龄短篇小说奖、林斤澜短篇小说奖、上海文学短篇小说奖、"南方阅读盛典"最受读者关注作家奖等奖项。

飞来飞去

○东　西

一

　　深夜,熟睡中的姚简被手机的铃声吵醒,同时被吵醒的还有他的夫人。他带着不祥的预感接听,果然,听到的是一串哭泣。这在他的意料之中,又仿佛在他的意料之外,心里紧张悲伤之余竟然还夹杂着一丝丝不那么体面的解脱。他需要确认,哪怕是明知故问,于是,便在姚久久一时半会儿尚不能中断的哭泣中很不礼貌地插了一句,"到底怎么了?"似乎还抱着出现奇迹的幻想。"叔,奶奶上呼吸机了。"姚久久一边哭泣一边说。不是最坏的消息,他想,但愿没那么糟糕。他详细地询问母亲的症状后挂断电话。夫人问:"怎么办?我们一起回去吧。"姚简说:"疫情这么严重,回国的航班几乎熔断了,去哪里搞机票?"夫人说:"再难搞也得搞,你妈可就你这么一个孩子。"

　　姚简在网上查询航班,找到一趟从纽约直飞广州的,立刻就订了三张。但第二天航空公司来电,说:"疫情原因,航班取消,要不要订一周后的?"姚简在网上又搜了一遍,没找到直飞的,便续订。可第三天,航空公司又来电,说:"一周后的航班也取消了,要不要续订半个月后的?"姚简想你这是在开玩笑吗?半个月后回去,加上二十来天的隔离,我还能见到活着的母亲吗?他拒绝了续订,开始托熟人找关系,高价求购飞回中国的机票,但不限于直飞。

等机票期间,他每天都跟姚久久视频通话,每次通话他都让她把手机摄像头凑到母亲的面前。"妈妈……"他在视频里呼唤。不戴呼吸机的时候,母亲的眼睛会努力地睁开一道缝,吃力地盯住视频,一点一点地舒展面肌,试图给他一个好脸色,但舒展着舒展着,眼看一丝笑容就要浮现却又突然一动不动,仿佛静止一般,虽然还有舒展的企图却已经没有了舒展的力气。而大多数时间里她都在昏睡,无论他怎么呼唤她都没有反应,就像地面呼唤发射到外太空的失灵的探测器。

一周后,母亲的病情略有好转,能对着手机视频说话了,但每说几个字便停顿一会儿,仿佛挑重担的人需要歇气。她说:"仔呀,妈想让你赶紧回来,但又怕一时半会儿死不了。每次我病重你都回来,可每次你回来我都没死,你飞来飞去的都飞累了。要不再观察几天?看看病情走向,如果实在挺不住,我再让久久通知你,你再回来不迟。"其实,她何尝不想让他马上回来,而他又何尝不想立即回去。

又过了十天,他买到一套高价票,该票先由纽约飞伦敦,再从伦敦转机飞上海,然后从上海转机飞 N 市。他把这套机票打印出来放在客厅的茶几上,一家三口像饥饿时盯着面包渣那样盯着,谁也不吱声。夫人想她是第一个必须放弃回去的,因为她跟婆婆既无血缘关系又无共同的文化背景。儿子想他出生于美国新泽西州,不是奶奶带大的,即使他回去也不是她最大的安慰。

"那么,只能是我一个人先回去了。"

"请代我向妈妈问好。"

"告诉奶奶,我非常非常爱她。"

"谢谢。"

二

姚简隔离完毕,姚久久把他从宾馆接到医院。他踮脚走进病房,看见母亲静静地躺在床上,鼻孔插着输氧管,脸庞比视频里的至少瘦一圈。他俯身把脸贴到她的脸上,轻轻地叫了一声:"妈……"她嘴唇嚅动,眼睛微微一睁,想举手却没有力气举起来,两行泪从眼角艰难地沁出。她等久了等累了,还在他隔离期间就昏睡过去了。

面对没有声音的母亲,他很不习惯,像走错了地方似的。以前他每次回来,耳朵里、房间里、走廊上、轿车内到处都是她的声音:"过得好不好?""累不累?""想吃点什么?""怎么瘦成这样了?"一连串的问句像叮叮当当的打铁声此起彼伏,根本没给他回答的机会,仿佛问只是为了问而不是为了要他回答。他把姚久久支开,一个人坐在床边陪护。真安静,现实中的声音都消失了或者说被他屏蔽了,过去的声音争先恐后:"别哭,爬起来。""加油,你会考上的。""留学? 那是妈妈梦寐以求的事。""但是,你吃得惯西餐吗?""虽然我不适应洛莉,但只要你喜欢就行。""姚旺长多高啦?"

"你爸走了，就剩下我了。""美国，我去那地方干什么？人生地不熟的，除了给你们添累，弄不好还给你们添堵。""妈理解，你只要一年回来看我一次就行。""不寂寞，妈有妈的生活。"

经过一阵回忆的轰炸，他出现了暂时失听，就像飞机降落时因气压改变而出现的暂时失听，世界又安静下来。仿佛是为了配合听觉，窗外的光线一抖，突然暗淡，就像被谁动了亮度开关。走廊外的花圃，怒放的鲜花因光线的忽然暗淡反而凸显它们的艳丽，有三团红、三团黄，还有两团紫，远远地看着就觉香。他下意识地抽了抽鼻子，觉得不对劲，竟然闻到了一股朽味，以为是下水道或过期食物发出来的，但经过仔细检查才发觉朽味来自母亲的身体。

他很生气，打来半桶热水，先用香皂把毛巾洗干净，再用毛巾给母亲洗脸，抹身子。抹身子时，他才知道母亲的瘦超乎他的想象，瘦得身上的骨头都硌他的手了。瘦是因为她长期患病，但她的指甲为什么会那么长？说明姚久久没有尽到护理的责任，竟然不给母亲勤剪指甲，简直是……他想骂人，但话到嘴边却很绅士地咽了下去。他从床头柜里找出指甲剪，一边给母亲剪指甲一边问："久久多久给您洗一次澡？"母亲没反应，他知道她不会有反应，但这并不妨碍他的自言自语，也并不妨碍他把一年多来想跟她讲的话讲一遍。

傍晚，姚久久来了，她带来了晚餐和母亲的干净衣服。晚餐是给他带的，母亲已经断食，全靠输液维持生命。他没食欲，坐在一旁看她给母亲换衣服。他说："你没闻到奶奶身上的气味吗？"她说："这叫老人味，老了你也会有。""也许吧……"他岔开话题，"要是当初她跟我去美国，哪至于这样，没准连这个病都不会得。"

"到了美国就不生病了吗？"

"那倒不是，也许那边的环境对她更有利……"

"不可能，"她给母亲换上干净的衣服，"看看你们感染新冠病毒的人数，就知道奶奶没跟你去多幸运。"他震了一下，没想到她从这个角度思考问题，更没想到她把他划为"你们"而不是"我们"。他不想默认，也想把憋了又憋的话痛快地说出来。他说："你多久给奶奶洗一次澡？"

"天天都洗。"

"多久给她剪一次指甲？"

"天天都剪。"

明摆着的谎言她却振振有词，好像撒谎的是他，甚至还让他产生了羞愧。他本想用外交辞令，但看着她那副抵赖的模样，顺嘴说了一声："Shit!"也许是美剧看多了，她竟然听懂了，把被单重重地一抖，坐在床边生气，说："叔，你是不是一直怀疑我没有好好照顾奶奶？"他当然怀疑，但他一直没捅破这层窗户纸，直到现在也还在犹豫要不要捅破。"如果你怀疑，你可以另外请人。"还没等他想好词，她先说了。"每月一万元人民币，相当于你们大学里四级教授的工资，难道你就不想挣这个钱吗？"他也下意识地把她划为"你们"。

"我宁可不挣你的钱，也不想让你怀疑；你也不要因为有几个钱，就欺负我们。"

"我欺负你了吗？"

"怀疑就是欺负。"

"那你干吗撒谎？你明明没有天天给奶奶洗澡，却说天天都给她洗；明明没有天天给她剪指甲，却说天天都给她剪了。"

"奶奶这身子骨，禁得起天天洗澡吗？再说她的指甲长得那么慢，有必要天天都剪吗？你不了解实际情况就不要满世界指手画脚。"

他无法辩驳。谁告诉她的？他想，当一个护工不看护理手册却天天刷短视频的时候，你就不容易反驳她了。他很想说美国是美国，他是他，但显然她不会同意他的这种切割，在她的意识里他早就等于美国了。他说："那么，我给你买的轿车呢？本来是想让你方便接送奶奶，但你却拿来做网约车，天天接单挣外快，竟然把奶奶一个人晾在病房里。"

"谁告诉你的？"

"你说呢？"

"真没想到，我对奶奶那么好，她还跟你告密。"她回头看了一眼床上的奶奶，轻轻骂了一声，"叛徒。"

"简儿……"母亲忽然醒了，仿佛是被姚久久骂醒的。姚简走到床边，俯身捧住母亲的手。母亲吃力地断断续续说："别怪久久，是我叫她去做网约车的……"说完，她又昏睡过去，醒来好像就是为了帮姚久久洗白。

三

病房断断续续来了一些客人，都是姚简昔日的同学与旧交。"你还好吧？"他们反复询问反复打量，充满了对姚简的关切与担心,饱含深深的同情,好像身患绝症的是他而不是奄奄一息的母亲。但是,也有不这么问却仍然想表达这层意思的,比如大学同学张文垂。

"哈哈,老同学……"张文垂声音洪亮,戴着两层口罩走进来。

姚简赶紧起身朝他伸手,但他没接他的手掌,而是用手肘碰了一下他的手肘,生怕握手又得洗手。姚简还在愣神,张文垂已经从床底拉出一张凳子坐下,并指着旁边的凳子说了一声"Please",好像他是这个房间的主人而姚简是来客。姚简会心一笑,慢慢坐下,发现张文垂的印堂,准确地说是口罩以上的面部闪闪发亮,由此他推断他气血充沛、心情舒畅。他说:"快撑不住了吧?"姚简有点蒙,想他怎么会用这么不礼貌的语言来问候母亲,难道是为了表示两人的关系非同一般? 他不想回答却又怕失礼,便很不情愿地说:"目前还算稳定,但不知道能撑多久。"

"再这么发展下去,死定了。"张文垂说。

姚简心头一堵,说:"抱歉,你是指我的母亲吗? "

"No,No,No,"张文垂赶紧摇手,"我说的不是伯母。"

"那你说的是谁? "

"你就别装啦,我说的是……"

姚简想说"我没装,我真不知道你说的是谁",但他像憋屁那样把这句话憋回去,觉得辩解会让他以为他虚伪。如果这是他们做同学那些年的暗语,而自己又偏偏忘了,那岂不尴尬?于是他笑了笑,摆出一副释然的表情。幸好张文垂没追究,而是转移了话题:"我知道你在那边混得不好,但前几年我即使想帮你也使不上劲。""还行吧,我觉得……"姚简支支吾吾,仍在揣摩张文垂的言外之意。

"你看你，还在打肿脸充胖子，老弟我现在可是能帮你了。"张文垂拍了拍胸口。

姚简又被他说迷糊了，不知道他要帮他什么，也不知道自己需要他什么样的帮助，眼下除了母亲病危这个难题，他几乎没有别的难题。张文垂看他没有领悟自己的暗示，便直接问："你一年的收入是多少？"

"不多，也就十来万美金。"姚简说完立刻后悔，觉得这个数虽然打了折扣，却还是怕对张文垂形成刺激，于是马上补了一句："不过，这是税前，你知道美国的个人所得税极高。"没想到张文垂一拍大腿，说："Out（落伍）了，像你这样的人才，在国内年薪至少一百万人民币。""真的？"姚简惊讶，觉得张文垂还是一如既往地喜欢吹牛。但似乎是为了证明自己不是吹，张文垂掏出手机，用免提跟西江大学的吴校长通话，说要给他推荐人才。吴校长问推荐谁？他说普林斯顿大学化学系的教授姚简。吴校长感叹说，确实是个人才。张文垂问他愿不愿意引进？吴校长说引不引进还不是你一句话吗？你说引进我们就立即办手续。张文垂说像他这样的专家年薪是不是应该百万？住房是不是应该不低于一百六十平方米？家属工作也应该一并安排吧？虽然张文垂使用的是问句，但在姚简听来却句句都像命令。果然，吴校长说当然当然，此外还有一笔不小的科研启动经费，还有安家费。张文垂挂断电话，说："过去我不在这个位子上，不知道人才有多稀缺，那么老同学，这事就这么定了。"

"啊……"姚简一脸的诧异，"这么快就定了？"

"这是我一贯的办事风格。"张文垂想摘下口罩,但摘了一半又重新挂上。

"文垂,这么大的事我得慎重考虑,而且还需要跟夫人孩子商量。"

"有啥好商量的,难道你仇恨钱?"

"那倒不至于……"姚简说完就想,他不是来看望母亲的吗?怎么突然就扯到了人才引进上?我没跟他说过要引进呀。张文垂似乎看出了他的疑虑,说:"你现在就给嫂子洛莉打个电话,要不我先把她引进了再引进你?"姚简摇头,说:"别,你先把引进的速度降一降,你嫂子是学美国历史的,把她引进来发挥不了什么作用。"

"让她改学中国历史, 让她知道我们的历史有多悠久、多博大、多精深。"

"关键是我都适应了那边的生活, 况且, 当初我那么渴望出去,现在一听说这边有钱就屁颠屁颠地回来,别人怎么看暂且不说,自己都觉得斯文扫地,满脸通红。"

"不怪你,当年我们支持你出去,现在欢迎你回来。"

"请给我一点时间吧。"姚简犹犹豫豫。

"你就是爱面子, 放不下身段, 不愿意接受我们强大这一事实。"张文垂不耐烦了,起身徘徊,忽然灵光一闪,指着床上说,"难道你就不想回来陪陪母亲? 她可是为你奉献了一辈子。"

"当初就是她劝我出去的。"

"现在她的态度变了,不信你问。"张文垂走到床边,提高嗓门,"伯母,您想不想让姚简回来工作?"

"想……"母亲回答，调门还挺高，"那么好的条件，为什么不回来？"

"我说对了吧。"张文垂一击掌。

姚简羞愧地低下头，他没想到母亲竟然醒了，竟然听清了他们的对话。先不说自己回不回来，但至少"回来"这个议题让母亲的心情有了好转。

四

一天，姚简在给母亲洗脸时，她突然把毛巾推开，说："你服侍我这么久，是不是烦了？"姚简说："您给我尽孝的机会，我高兴还来不及呢。""那你能不能回来工作？"母亲认真地看着他，目光里有一丝久违的明亮。姚简不敢回答，生怕影响她的情绪。他想，不是说回来就能回来，就像移栽的树，已经把根扎在新的环境，要想再移栽一次谈何容易。但母亲没有放过他，说："只要你回来，我至少还能活十年。"姚简想如果您能再活十年，那我就是绑架也要把您绑架到新泽西州去，就怕您活不了那么久，就怕您连现在的清醒都是回光返照。

"知道我为什么不愿意跟你出国吗？"母亲突然问。

"您说您不习惯那边的生活。"姚简说。

"那是托词，真实的想法是为了给你留一条后路。"母亲忽然压低嗓门，警惕地看着门口，好像这是一个害怕被别人听到的秘密。

"您想多了。"姚简故意提高嗓门。

"但从目前的形势来看,我给你留的这条后路留对了。简儿,实话告诉我,你在那边自在吗?晚上敢上街吗?小偷是不是很多?他们歧视你吗?你是不是买枪了?姚旺没吸毒吧?洛莉没出轨吧?一想到你在外面被人欺负,一想到你每天都过着提心吊胆的生活,我就整晚整晚地睡不着,后悔当初把你送出去,你看你,都瘦成啥样了……"母亲一旦有了精力就会毫不吝啬地用来唠叨,这是姚简熟悉的模式,却不是他熟悉的内容。他觉得奇怪,仅仅一年多时间不见,母亲竟然生出了这么多担心。过去,她可从不担心我在外面的生活和工作,难道是越老越敏感或是越病越糊涂?为了让她放心,他卷起衣服露出腹肌,说:"这不是瘦,是结实,我每天都健身呢。您看您,都瘦得只剩下骨头了,还好意思说我瘦。"母亲露出一丝笑容, 是事实被所爱的人揭穿后开心加尴尬的那种笑容。

　　"老房子我一直给你留着,新房子也给你买了一套。"母亲说。

　　"去年回来,您不是催我赶紧把房卖了吗?"姚简说。

　　"卖了你住哪里?"

　　"我又不是经常回来。"

　　"你那个张同学不是说要把你调回来吗?"

　　"前天,吴校长找我谈过引进的事,我已经拒绝了。"姚简觉得有必要跟她说实话,否则会增加她无端的期盼。

　　她长叹了一口气,仿佛在为他也为自己惋惜,她说:"你连房子都没有,你住什么地方?晚上睡桥洞吗?"说着,她的眼眶忽然湿了。她不停地抬手抹泪,悲伤得像个孩子。他说:"请您放心,我在新泽西州住的是别墅。""你的别墅是租的,我这个有房产证,有房产证的住着才像一个家。"她似乎又回到了清醒状态。他说："我买得起别墅，只是不想买而已，租来住更划算。""又骗我，物价那么贵，你买得起个鬼。你骗别人也就算了，怎么连妈都骗？"她好像又糊涂了。

"我没骗您。"

"你骗我，你一直都在骗我。你骗我说你生活幸福，有房有车有钱，可我一眼都没看见。其实，你什么都没有，一点都不幸福，你就像莫泊桑小说里的叔叔于勒。你骗我说不想回来工作，其实你想回来，只是放不下架子。"

"我的状况我清楚，您不用担心。"

"你不清楚，你好糊涂……"

沉默。他不想跟她争执，知道再怎么争执也改变不了她的看法，因为她似乎在绝症的基础上又叠加了阿尔兹海默症。也许是说累了，也许是对姚简深深地失望，她突然感到胸闷，忽然就不想说话了。护士给她插了输氧管，她安静地躺在床上，她的安静让姚简好一阵不适应。深夜，姚简感到困倦，便伏在床边打盹儿。醒来已是凌晨四点，他抬头一看，母亲没了呼吸，输氧管已从鼻孔拔出，被她的右手紧紧地攥着。

五

处理完母亲的后事，姚久久开车送姚简回家。车上，姚久久说："叔，我知道是你偷偷拔了奶奶的氧气管。"姚简气得面红耳赤，心脏差点停摆。他舒了一口恶气，说："你的想法比蟑螂还脏。"

"不只我，所有的亲戚都这么认为。"姚久久双手握着方向盘，仿佛握着真相。"我为什么要拔她的氧气管？难道我就不希望她活得更久一点吗？"姚简按下车窗，急迫地呼吸着外面的空气。

"因为你不想飞来飞去，不想影响你回美国挣钱，不想再支付护理费。"

"停车。"姚简近乎呵斥。

姚久久把车"吱"地停住。"从今以后，再也不要让我见到你。"姚简指着姚久久的脑门一字一句地说完，才打开车门钻出去，"嘭"地把门摔回来。"忘恩负义，我跟你绝交，我们全家都跟你绝交。"姚久久怼了一句，"呼"地把车开走，好像车比她还生气，好像车不是姚简给她买的。姚简愣住，想为什么会有这么多的误解？去年回来时不还是好好的吗？他孤独地站了一会儿，百思不得其解，便朝家的方向走去，一边走一边想还有谁能相信他。白小鹃，他突然想起了他的初恋女友。

他约白小鹃在茶庄见面，等待期间，他隔着落地玻璃窗看了好久的草坪和湖水。草不是当年的草，水也不是当年的水，但他假装它们还是当年的，只承认周围的树长粗了，长高了。"我知道你的婚姻不幸福。"忽然传来一个女声。他扭过头来，看见白小鹃坐在对面，脸上还是当年那种高高在上的表情，好像她是上帝专程派来俯视他的。虽然他反感这种俯视，却又不得不承认因为她的漂亮而稀释了对她的反感，就像在硫酸里加碱稀释其伤害性。没想到她还保持着当年的脸型与身材，皮肤依然白里透红，就连眼角和脖子也没什么皱纹，也许是因为一直单身，也许是因为注重保养，她看上去显得比实际年龄至少年轻十岁。他一边观察一边想,她怎么一落座就说我的婚姻不幸福？是掌握了确凿的证据抑或是猜测？洛莉不是挺好的吗？她既有事业心也有家庭责任感，平时说话轻声细语，哪怕我说了不对的观点她也总是无条件地先说"OK"，然后再找机会解释。她懂得管控情绪，从来不跟我发生因文化差异而引起的冲突。她就像我的胃，知道什么时候做中餐，什么时候做西餐，什么时候下馆子。如果硬要说我的婚姻不幸，那也只不过是在白小鹃说出来的这一刻我脑海突然产生的一个概念，因为我从来没质疑过婚姻的幸福。

"你母亲住院后，我常来陪她聊天，她有时喊我小鹃，有时喊我洛莉，有时还喊我儿媳妇。"白小鹃说。

"对不起，她的记忆出了问题。"姚简说。

"也许这是她的真实想法，在她的潜意识里一直反感你跟外国人结婚，尤其是……"没等白小鹃说完，姚简赶紧打断："母亲跟洛莉的关系很好。"

"那都是装出来的，她每次看见我，就会把洛莉的照片从手机里调出来进行比较，天哪，洛莉怎么胖成那样了？"白小鹃得意地看着姚简。姚简说："女人嘛，还是丰腴一点好，尤其是到了一定年纪之后。"

"丰腴？"白小鹃张大嘴巴，"那也叫丰腴？叫臃肿好不好？"

"这和婚姻幸不幸福有关系吗？我就喜欢丰腴的。"

"当然有关系，她之所以臃肿是因为有压力，是因为你没有给她幸福，或者说她没有从你这里感受到幸福。"白小鹃一套一套的。

"你说得对。"姚简决定妥协，这几天经历了太多的争论，他不想在离开前再争论一次，于是把茶杯小心地推到白小鹃面前。虽然喝茶能降躁（即降低狂躁），但白小鹃只抿了一口，显然茶量达不到降躁的效果。果然，白小鹃又发话了："姚简，你好可怜。"他假装没听见。白小鹃盯着他，就像狙击手通过瞄准镜盯着目标那样，盯得他的脸一阵阵辣。他扭过头，回避她的目光。她说："像你这样的成功人士，竟然连一个情人都没有，好可怜。"

"这恰恰证明我对洛莉的忠诚。"他感到自豪。

"既然你忠诚于她，那干吗还要约我出来？"

"想找你说说话。"

"你想说什么？"

"有人说是我拔了母亲的氧气管，你认为我能做出这样的事情吗？"

"我听说了，亲人群里都在传。"白小鹃迟疑了一会儿，"如果是二十年前，我认为你绝对不会做这种没良心的事，但现在我完全不了解你。再说……你母亲的病一会儿好一会儿坏，这几年你飞来飞去的确实也挺辛苦。这么跟你说吧，我不敢肯定你会拔她的氧气管，但至少你有过拔她氧气管的想法。"

"糟糕，我以为你最了解我，没想到你并不了解，谁会相信我俩曾经在一张床上睡过？"姚简低下头，感到失望。白小鹃感叹，说："姚简，环境会改变人，况且你出去了二十多年，况且西方根本就不讲中国的孝道，你们对生命的理解跟我们完全不同。"

"可我跟你还是一样的。"

"不一样了。"白小鹃伸手在姚简的下巴上撩了一下，姚简的身子本能地往后一躲。白小鹃说："你一躲，就说明你不相信我，语言很狡猾，身体很诚实。既然你都不相信我了，凭什么让我相信你？"

姚简无语，嘲笑自己竟然想从抛弃过自己的女人身上寻找安慰，简直就像幻想病毒自行消失那么幼稚。当初，他们也没多大的矛盾，她踹掉他仅仅是因为不同意他出国留学，怕他被洋妞勾引。他忍不住重新打量白小鹃。她看见他抬起头来，忍不住又伸手撩了一下他的下巴，他又本能地一躲。她说："你看，想重新建立信任有多困难，当初我摸你的任何一个地方，你不仅不会躲反而会迎难而上。可是现在……"

"现在我已经有老婆孩子了。"

"想不到你们美国人这么保守，姚简呀姚简，无论一个人或一个民族，如果不开放，那就会憋死。难道你不想从我们当初失败的恋爱中吸取教训吗？"

"吸取教训的应该是你。"

"哼……"白小鹃说，"除了对你深表同情，我真没办法救你。"

六

姚简飞向新泽西州，于上午十点回到自家别墅。一放下行李，洛莉就问："亲爱的，这几天你看社交媒体的亲人群了吗？"姚简说："没看。"洛莉说："他们怎么那么邪恶？"姚简问："谁邪恶？"洛莉说："你的中国亲戚，他们说是你拔了母亲的氧气管，让她提前死亡。"姚简说："那不叫邪恶，叫误解或误会，你用词重了。"

"可他们都在污蔑你。"洛莉气得满脸通红。

"他们照顾母亲那么多年,蛮辛苦的,批评几句也是为了宣泄情绪,过一段时间就风平浪静了。"姚简解释。

"我讨厌他们拿母亲的生命来编故事,都是些什么物种呀?"

姚简听得不舒服,便提醒洛莉:"亲爱的,请注意你的语言,我们和他们是一样的。"过去,只要姚简一提醒,洛莉会马上说"Sorry",但这次她竟然没说"抱歉",说明她骨子里仍然潜伏着天生的优越感,哪怕她平时没有表现,但在不经意间会猛地跳出来。

傍晚,姚旺黑着脸从学校回来了,一进门他就说:"爸,你的亲戚为什么总是用恶意揣测你?"姚简说:"我的亲戚不也是你的亲戚吗?"姚旺说:"什么狗屁亲戚,我已经在网上跟他们开骂了。"姚简心里一沉,后悔没在"亲人群"里及时屏蔽姚旺和洛莉。他怕矛盾升级,劝姚旺停止骂战。姚旺说:"可是我气得肺都要炸了。"姚简说:"一个人成熟的标志就是能控制脾气。""在谣言面前你不用控制,"洛莉从厨房冲出来,"我支持你骂他们,儿子。"姚简一拍餐桌,说:"你们想没想过明年我们还要回去过清明节,还要跟他们打交道,还要拜托他们照看好爷爷奶奶的骨灰?"洛莉和姚旺沉默了,他们用同情的眼神看着他。姚简发现他们的眼神和回国时亲人们看他的眼神相似。

深夜,姚简偷偷打开手机,翻阅"亲人群"里的信息,看见上面全是"阴谋论"。姚久久说她半夜送夜宵,发现叔叔偷偷拔掉奶奶的氧气管,于是赶紧冲进去制止,但已经来不及了。姚简想她什么时候送过夜宵?我从来都不吃夜宵。姚老大,也就是堂哥,姚久久的父亲,他说他调看了医院的监控,确证婶婶的氧气管是堂弟亲手拔掉的。姚简想他们家不就是想多挣一点护理费吗?但也犯不着这样污蔑陷害。表弟说表哥既有作案的动机也有作案的时间，还有作案的环境。姚简想这个表弟是著名的"啃老族"，在母亲病重期间他连看都不愿意看一眼。姨妈每求他来看一次，他就跟姨妈收一次出场费。除了真正的亲戚，群里还多了一些不认识的人，他们都是姚久久拉进来的。他们不摆事实不讲道理，只是一通乱骂，而姚旺早在几天前就跟他们怼上了。群里塞满了不干不净的语言，每隔两三行就有人问候别人的祖宗。这个"亲人群"是几年前为了方便沟通由姚简拉群建的，现在不仅不能在上面友好地沟通，反而成为相互仇恨的场所。姚简很失望，他的手指悬在手机屏上许久许久，终是下定决心按了下去，就像按下武器的开关。从此，这个群被他解散了，彼此眼不见心不烦。

但是，姚简仍然心事重重，他的脑海时不时会冒出关于氧气管的各种说法，有时候他竟然怀疑母亲的氧气管真是自己拔掉的，甚至会给这种想法配画面，越配越觉得真实。这种想法就像一块创口贴贴在他的脑海，怎么撕也撕不掉。一天午后，他靠在客厅的沙发上打盹儿，突然梦见了母亲，这是母亲去世后他第一次梦见。母亲不停地抹着眼泪，说："简儿，氧气管是我自己拔的，你受委屈了。"姚简一个战栗，忽地惊醒，放声大哭。这是母亲去世后他第一次痛哭，仿佛要哭出全部的悲伤和思念。哭罢，他算了算时差，发现母亲在梦里出现的时间正好是一个月前她离开的时间。

这边午后，那边凌晨。

【作者简介】东西，本名田代琳，1966年生于广西天峨县。出版有长篇小说《耳光响亮》《后悔录》《篡改的命》《回响》。中篇小说

《没有语言的生活》获首届鲁迅文学奖,根据该小说改编的电影获第十五届日本东京国际电影节最佳艺术贡献奖。小说已翻译成多国语言出版。现为广西民族大学创作中心主任。

电影院轶事

○王祥夫

情人节这天,电影院发生了一件事。

这个小城一共有两家电影院,一家在西门外,一家在市中心,还有一家剧院,在北门那一带。小城呢,也就是这么个普普通通的小城,四个城门,东南西北各一个,四条大街,分别叫作东街南街西街北街,中心地带是一座鼓楼,鼓楼那一带的街叫作"大十字",因为它本来就是个十字街,是四条街交汇的地方。因为这样,这地方就特别热闹,这里还开了一家金店,金店是卖金子的地方,但却叫了"银星金店",不少人看了那个大招牌会在心里想,你就是叫"金星金店"也不会有什么问题啊!怎么偏偏叫了个"银星金店",这是怎么回事?金店对面是这个小城里边最大的一家超市,超市为了吸引顾客还特意修了一条观光桥,站在观光桥上,这个小城就可以一览无余。站在观光桥上的人有时还会看到银星金店那个老头儿在喂小鸟,他在窗台外边放了一个很大的碗,每天定时会在碗里放上小米,然后对着窗外树上的小鸟一边挥手一边说,你们都来吃啊,你们都来吃啊,你们肯定都饿了。这个小城的东边是条河,因为这条河,城市就只好向着北边发展,北边呢,是山,现在是冬天,站在观光桥上还可以看到北边山上的积雪,雪还皑皑的没化,而小城东边的那条河却已经是流水汤汤了,水鸟也已经飞了回来。已经是六九了,春打六九头,春节说来就来了,春节一来,小城里照例是热闹,腊月和正月本来就是一年四季最热闹的两个月。腊八,人们腌腊八蒜吃红豆粥,小年,人们吃麻糖送灶王爷,之后便是春节到了,春节的讲究就更多,初一怎么过吃什么,初二怎么过吃什么,初三一直到初五吃什么做什么都有各种讲究。再之后呢,忽然情人节就来了,中国人原是不过情人节的,情人也不是什么好听的词,情人节一来,电影院可就热闹了,情人们最爱去的地方之一当然是电影院,在电影院里看电影的好处首先是黑,谁也看不清谁,黑咕隆咚,这样一来呢,情人们就可以有小动作,或者是大动作,反正是谁也看不清。情人节这一天电影院放的电影又都与爱情分不开。广告是早早就打了出来,电影院内部关于在情人节放什么影片都认真研究过,女主任王桂英说找那些有接吻的,或者是有床上镜头的,这样的镜头越多越好越吸引人。其实电影院的女主任是自己跟自己研究,电影院因为日子不好过,现在只剩她一个人了,她既是主任又是电影院里唯一的工作人员,她既负责卖票,又负责把门打扫卫生,这真够她忙的,但一般情况是,放电影的时候她男人会过来帮一把手,帮她放放电影。

就这样,情人节闪闪发光地来了。

怎么说呢,电影院是个好玩的地方,别说是里边,就是电影院外边,也与别的地方不太一样,很是热闹。有人在那里卖水果,各

178

种水果花花绿绿的，卖水果的对路过的人说他们的水果最好，世上再也没有比他们更好的水果了。还有人在那里卖饮料，大桶小桶的，冰激凌和雪糕的颜色真是艳丽，卖饮料的对前来吃雪糕和冰激凌的说他们的雪糕冰激凌保证没有任何色素和添加剂。除了卖水果和卖饮料的，电影院门口还有一个卖香烟的，不是整盒整盒地卖，而是一支两支地零卖。各种牌子的香烟都放在那里，你想抽哪种都可以，你买一支也可以，买两支也可以，随你买什么牌子的。这真是让那些喜欢吸烟的人们高兴。他们根本就不用在口袋里鼓鼓囊囊地放一盒烟，喜欢吸什么烟来这里买一支吸吸就行，两毛钱一支的"紫云"，一毛钱一支的"大婴孩"，最贵的"中华烟"也就五块钱一支。这可太好了，太方便了。卖香烟的那个年轻人白白净净，喉结很大，一说话就动，一说话就动，手指像是格外的长，没事的时候他总是在那里安安静静地织毛衣，这就显出了他与别人的不同，像是有点娘，他的毛衣织得真他妈好，针法好，变化也多，特别粗的针加上特别粗的毛线，凭空就有了一种粗粝的美。他只织男人穿的毛衣，半个月织一件，据说一件卖两千块都有人抢。有人认识这个年轻人，知道他们家里原来就都是织毛衣的，是织毛衣的世家。人们知道他的父亲就是靠织毛衣把他的两个孩子拉扯大的。他父亲织的毛衣在这个小城特别出名。这个年轻人从小就跟他父亲学织毛衣，织毛衣是个安静活儿，坐在那里织就行，但他却不肯安静，他在网络上开了"快手"账号，专门展示他怎么织毛衣，网名就叫"毛衣哥"，有时候还会来个直播，这无疑是给他做了很好的宣传，他现在的事可真不少，卖香烟、织毛衣、上快手，三件事同时做。冬天天气太冷的时候，他会偶尔不出来，会在家里睡个懒觉,算是给自己放一天假。他会从晚上一直睡到第二天的中午,用他的话说是"睡透了,这下可睡透了"。但平时他几乎是天天都出来,偶尔一天不出来还会有人问他是不是生病了?是不是有什么事了?

昨天怎么没出来啊?有人问了,发短信。

天太冷了呀。毛衣哥也发短信,说出去也不会有什么人。

你可以到我这里坐呀。发短信的是个开镶牙馆的,比毛衣哥大。

在家里我还可以织织手里的活儿。毛衣哥在短信里说。

起吧起吧,该起来了,别老勃在床上。镶牙馆牙哥用了一个"勃"字。

能睡懒觉就是我的幸福了,让我再幸福幸福吧。毛衣哥的短信。

好羡慕你啊。牙哥的短信。

那你赶快过来,我把被子撩开啦。毛衣哥的短信。

那我过去了,你可得小心,我可不是一般的厉害。牙哥的短信。

来,来钻,看看咱们谁厉害。毛衣哥的短信。

在这个小城里,人们一般都习惯把镶牙馆的人叫师傅,镶牙师傅或拔牙师傅,但当着面就不好这么叫了,都"医生医生"地叫。而毛衣哥却有他自己的叫法,他叫他牙哥。就这个牙哥,其实比毛衣哥大不了几岁,刚刚结了婚,他经常会跑到毛衣哥这里吸支烟说说话,他俩像是特别合得来,总有说不完的话。牙哥长得和别人不太一样,是一字眉,眉毛几乎通了,所以他经常要把眉毛刮一刮,好让它们分开,不让它们连在一起。他从医学院毕业出来,大医院进不去,只好自己开了一家镶牙馆,除了镶牙,牙科的病他也都能对付得了。他的镶牙馆就在电影院南边。去年,就这个毛衣哥和那个牙哥,他们两个不知怎么就约好去了一趟西藏,他们是骑着自行车出发,为了去西藏,他们各自买了一辆山地车。他们先是去了成都,然后从成都再进藏,他们每人还背了一个睡袋,尼龙面料军绿色的那种,他们商量好了,一个睡袋是单人的,另一个是双人的,这样一来呢,平时他们可以各自睡各自的,要是天气实在太冷他们就可以钻到同一个睡袋里去相互取暖。他们还准备了"红景天",当然还有些别的必需品,比如午餐肉和压缩饼干,还有奶粉什么的。帐篷却只有一顶,晚上他们会睡在同一个帐篷里边,这样安全一些。他们去西藏,一路上总是期待着发生点什么事,比如碰到狼,或者是雪豹,或者是棕熊,但他们什么都没碰到过,一切都很正常,一切都很平静,他们在拉萨的酒吧里喝啤酒,一喝就喝到后半夜,还去蹦迪,一蹦就蹦到天快亮。他们在西藏待了差不多有一个月,转山磕长头敬香转经筒几乎什么都做了。后来他们还是恋恋不舍地回来了,直到回来,他们才明白自己这次出去最大的收获其实就是明白了两个男人在一起也会很快乐。回来之后,他们各自忙各自的事,有好一阵子没见面,虽然他们都住在同一个城市,虽然他们离得不远。忽然呢,怎么说呢,他们居然都很想念对方,这种想念简直是来势汹汹,他们都想着赶快见面,其实他们离得真是不远,走路十多分钟就到了。而他们忽然又都有那么点害羞,为什么害羞?这只有他们自己知道。而一见面,他俩马上明白自己的所有快乐居然就是想和对方在一起。而且,他们都喜欢上了喝奶茶。还是奶茶好喝。牙哥说。奶茶真好喝。毛衣哥也说。他们喝奶茶，吃一点从西藏带回来的牛肉干，那些待在西藏的日子就好像又突然回到了他们的身边，这真是让人激动。所以他们马上又制定了再次出去的计划，这次他们要去新疆昌吉，他们在那里有一个共同的朋友叫马昌生，他们计划先去看他一下，然后再去奇木，他们把路线都看好了。最关键的是他们都想去看一看那个胡杨林。

据说每一棵都够他妈几千岁。毛衣哥说。

那咱们还不赶紧去。牙哥说。

六月咱们就行动。毛衣哥说。

好，我听你的。牙哥说。

毛衣哥虽然比牙哥小几岁，但牙哥事事都听毛衣哥的。

毛衣哥，我们就叫他毛衣哥吧，虽然看上去多少有那么点娘，但他特别有主意，他现在已经是这个小城的一个名人了，许多人通过快手认识了他，好像他现在想做别的什么事也都不可能了，他不能改行了，他只能这样也乐于这样，坐在那里一边织毛衣一边直播一边一支两支地卖他的香烟。他现在的收入也不错，事实证明他把卖烟的地方选在电影院门前是对的，看电影的人们在进电影院之前差不多都会抓紧时间过来抽那么一两支，电影散了场，人们从电影院里一出来，又都会急匆匆赶过来再抽那么一两支过过瘾。所以他的生意好极了。

情人节到了，闪闪发光充满欲望的情人节到了。

因为过了情人节马上就是元宵节，电影院对面的群众文化馆也热闹开了,元宵节要闹元宵,闹元宵就要扭秧歌,所以要把人集中起来排练,怎么走,怎么跳,怎么扭,整天地练,锣鼓喧天地练,每人每天还能得到五十块钱的补助,其实不少人是抱着减肥和打发时间的念头来这里玩儿的。会扭秧歌的这些人一般都上了岁数,描了眉,抹了红嘴唇,穿红着绿,两手各拿一把红绿扇子,这么一翻,那么一翻,想着法儿让自己无比妖娆,远看花花绿绿,近看却活像是一群妖精。

情人节来了,情人节不像是别的什么节,没什么大动静,好像这又不是什么节日,是半隐秘,半地下的,有那么点神秘兮兮,还好像有那么点见不得人。钟点房在这一天也都普遍降了价,花店也比平日热闹,玫瑰是单枝单枝地卖,咖啡馆也会热闹一阵子,推出了情侣咖啡和情侣蛋糕,也不过是两个心形的蛋糕,被一支巧克力做的箭洞穿着。而最热闹的地方还应该是电影院。电影院里边的黑咕隆咚,最适宜情人们的各种花枝招展和各种的胆大包天。

因为过情人节,电影院里安排了两个日场,上午一场下午一场,再加上一个夜场,这个夜场是通宵,一晚上不停地放片子,而且都是爱情片,观众看累了可以靠在那里睡一下,醒来了再眯眯瞪瞪接着看。放电影的当然是王桂英的男人,王桂英专门负责卖票把门,他们俩也真是够拼的,带了饭,一人一个大饭盒,米饭、红烧肉,还有那么几片绿菜叶子,还烧了两暖瓶开水,这整整的一天一夜他们根本就不能回家。电影院的事,其实也没什么好说的,不过是收票把门倒片换片。因为是情人节,按理说来看电影的应该是成双成对,但今天却恰恰相反,竟然都是一个一个地往电影院里边走,手拉手的很少,勾肩搭背的也不多,一个一个地进去,找到座位坐下,副片演过,灯一黑,人们才会活动开,该做什么做什么,波澜起伏地抱在一起。电影院的习惯,正片放映之前是一定要放副片的,好让人们有个心理准备,都赶快坐好,放完副片,人们也差不多都坐好了,副片都是动画片,上边都是些漫画人物,宣传不要随地吐痰,宣传要注意火灾,宣传人人都要绿化,宣传计划生育,宣传怎么用避孕套,总之是上面让宣传什么他们就宣传什么,那些副片都是王桂英的男人亲自手绘的,王桂英的男人的正式工作其实是美工,专门画电影广告,那种很大的广告,现在早已经看不到这种手绘的电影广告了,人们不需要了。放副片之前,电影院里照例还要放音乐,音乐无一例外都是广东音乐,《步步高》《彩云追月》《采茶扑蝶》,都是十分欢快而又老掉牙的曲子。上年纪的人听了这种曲子一时会有不少感慨,年轻人听了这曲子只觉得鼓点和节奏都不对,很别扭。

王桂英此刻正坐在电影院的门口,人进得差不多了,她也该歇一歇了,如果可以,她想自己可以迷糊一会儿,白天两场,晚上又是个通宵,不睡会儿不行,她想好了,要是犯困,她就靠着椅子眯瞪一会儿,但她现在不困。茶缸子里边的水有点凉了,凉就凉吧,她喝了几口水。又打开了手机,现在许多人都离不开手机,王桂英也一样,是一会儿也离不开,看一会儿,关上,才关上,又打开,打开,又关上。不像以前,在电影院门口把门找本书看看就行,把时间打发了就行。电影院把门这个工作其实最烦人了,又不能把门锁上走人,有一年,有人这么做过,电影一开演,他就把门锁上去干别的事去了,结果电影院里边失了火,关于那一次失火,到现在都查不出是怎么回事,里边的人想跑跑不出来,结果死了二十多个人。人们还记着那天放的那部电影，是个印度片，主人公叫什么拉兹，电影的名字是《流浪者》，电影里的那首歌直到现在不少人还会"阿吧拉咕"地唱。出了那件事之后，电影院内部立下了铁打的规矩，那就是电影院把门的在放电影的时候一刻都不能离开，不许离开。

王桂英坐在那里看手机吃瓜子，对面群众文化馆还在锣鼓喧天地排练扭秧歌，这倒让人不寂寞，其实让人不寂寞的是手机而不是对面的锣鼓声。手机真是个好东西，既可以和什么人说说话，又可以让人看到不少新鲜事，比如什么工地挖出了一条大蛇，光蛇尾巴尖儿就有三米长；比如什么地方发现了外星人，已经和当地的一个男人发生了关系，可能过几年会在不知道哪颗星星上生下人类的孩子；比如有一百零三岁的老太太靠拾破烂儿养活着她的残疾儿子，为社会减轻着负担；还有没有手用脚吃饭的奇人，吃饭的整个过程像演杂技。反正各种新鲜事手机上都有。就在女主任王桂英看手机的时候，一个女人出现了，这是个年轻的女人，衣着很入时。一件米黄色的很厚很短的那种呢子上衣，下边的黑色裤子看上去也是高档货，问题是她手里拿着一把菜刀，这可真是十分少见而且让人害怕。

王桂英被这个手里拿着菜刀突然出现的女人吓了一跳。

这个年轻女人要往电影院里冲，能看得出她是相当激动，脸色都变了。

王桂英站起身，她当然要把这个女人拦住，她不知道这个女人要做什么，但肯定不会有什么好事，刀这种东西一般来说和好事没什么联系。

这个女的就那么提着把明晃晃的菜刀，要进电影院。

你不能带刀进去。王桂英很和气地对这个女的说。

气死我了。这个女的说。

那你也不能进，你带把刀算什么？

王桂英心里有点怕，她怕弄不好这个女人会给自己来一下子，她又怕这个女人是个精神病。王桂英想问问这个女的出了什么事，王桂英说，你这样带把刀弄不好会被保安抓起来。王桂英在那一瞬间脑子转得很快，但她忘了今天是情人节，人一急就会忘掉许多事，她只想知道这个女人是不是遇到了什么事，所以才带着把刀来了，这可不是好玩儿的，一是也许她真会砍人，二是也许她是要吓唬吓唬谁，但这总不是什么好事。王桂英知道只要自己大声一喊，附近的保安和公安就会跑过来，但王桂英知道自己一喊也许就会被这个女人砍那么几刀。

你进去干啥？王桂英听见自己小声问这个女的。

进去砍了他。这个女的说。

谁？砍谁？王桂英不知道她要砍谁，她想知道是怎么回事。

这个女的也是乱了方寸，她说要砍她的男人，还有跟她男人在一起的那个骚货。砍了那个骚货！

王桂英还是没反应过来，脑子有点蒙了。

把他们两个都砍了，让他们过情人节！这个女的又说。

王桂英算是反应过来了，也想起这天是情人节了，心里也不那么害怕了。这种事，在电影院算不得什么稀奇事，发生过也不是一次两次了，有家室的男人带上女朋友来看电影，被老婆发现打了过来，或者是有家室的女人约了另外的男朋友来电影院，被自己男人堵在电影院里大打出手,这种事太多了,但一般都是当事人进去找,找到了,把人拉出来恶吵一顿或者动手把对方抓个满脸花,很少见到手里提着把刀的女人。电影院这样的故事很多,电影院里边的故事还不仅仅是这些,还有更吓人的故事,据说有一年,一连好几个晚上,一到后半夜电影院里自己就演起电影来了,电影院里空空荡荡没有一个人,但人声不绝,放映机会不停地自动换片,还会自动倒片,但就是没有一个人,这可真是太吓人了。

我进去把他们砍了。这个女的又说。

那你就更不能进去了。王桂英对这个女的说,里边那么黑,你进去一时也找不到人,就是找到人,他们就那么好让你逮?里边那么黑,你还不是抓瞎?你从外边进去,你看不到他们,他们可是能看到你。

气死我了!这个女的说她不想活了,活着没意思!

你进去还不是抓瞎?又不能给你开灯照着让你找。王桂英又说。

这女的不说话了,看着王桂英。

你说是不是,你进去还不是抓瞎?王桂英又说。

这个拿着一把刀的女人也许觉得王桂英说得对。她往旁边走了走。王桂英紧跟在她后边,她想再劝她两句,回去吧,有什么事回家好好说。

我不回,我等他!让他们过情人节,什么情人节?流氓节!这个女的说。

我等他,等他们一出来我就劈了他们。这个女的说,让他们再过流氓节!

电影院门口现在没什么人,王桂英忙给这个女的从里边拿了一个凳子要她坐,电影才演了半场,离散场还早着呢。王桂英突然有主意了,她回到门口坐下,用手机给她男人发短信。她男人此刻正在上边放电影,一边放一边嗑瓜子喝茶。她通过短信把门口的事告诉了她的男人。发完了短信,做好了安排,王桂英的男人也马上回了短信。说他马上就下来,他不放心,他要和她对换一下,他下来把门,让他爱人王桂英上去继续放电影,他是个大男人,出点什么事也能抵挡得了。王桂英回了短信,说这就上去,上去前她会把那个西边的安全门打开,好让那两个人悄悄溜出去。那两个人真要是在电影院里被砍了,往后谁还敢再来电影院看电影。

王桂英工作的这个电影院,是坐南朝北,电影院的正门朝北,正对着群众文化馆。从正门进去,是一左一右两个门,单号座在左边,双号座在右边。再进去,当然是一排又一排的座位,正面呢,当然是挂幕布的舞台,电影院里边左手有一个门,是男女厕所,也就是东边,右手还有一个门,是安全门,朝西,平时锁着,散了电影才会开一下让人们从这里出去,安全门西边是一条大街。这条大街往南通向人民公园,往北通向火车站。往西又是一条大街,是这个小城最繁华的商业街,一家商店连着一家商店,街名还挺好听:永宁街。据说这地方原来有座很大的寺庙,名字就叫"永宁寺",但现在这个寺庙早已荡然无存了。就在这个电影院西边的安全门门口,有一个两米来高的大石头狮子,还有一棵挂满了红布条的老槐树,那棵老槐树真是很粗,要三四个人才可以合抱过来。据说人们当年扩修马路,修到这棵老槐树的时候,有人看到了这棵老槐树在后半夜的时候忽然在街上乱跑,跑来跑去,跑来跑去,后来又回到了原来的地方,居然开口说话了,说,还是我这地方好,我什么地方都不去! 而又有些人说,在街上跑来跑去的不是那棵老槐树,而是那头石狮子。我什么地方都不去! 有人说听见这个石狮子在大声说。

王桂英安排好了,知道自己男人接下来会怎么办了。王桂英又看了一下坐在那里的那个女的,然后进到里边去了,她去里边,直接就到了安全门那里把安全门的插销打开了。然后上了楼,把她的男人换了下来,让他男人下去把门,她在上边继续放电影。而且,她男人已经把那个字幕卡片写好了,她会把这个字幕打在银幕旁边的墙上。这个字幕卡是这样写的:

大家注意了,门外有一女子,手里拿着菜刀在找她老公,说她老公在陪情人看电影,请这位先生尽快从西边的安全门离开,不得延误。

王桂英希望自己男人下去的时候,那个女人不见了,她不见了最好,但那个女的还在那里坐着。王桂英的男人又很快给王桂英发了一条短信,说这个女的原来是镶牙馆的,她男人就是那个镶牙哥。

原来王桂英的男人到那个镶牙馆镶过牙,一颗牙差不多花了一千多块钱。

我×,是他女人。王桂英的男人在短信里说,钱挣多了就没什么好事!

离她远点,她手里有刀。王桂英发短信说。

其实这也太正常了。王桂英的男人忽然又在短信里这么说。

这条短信让王桂英突然很不高兴。

那你也去找个相好的！王桂英在短信后边加了几把刀，一刀一刀又一刀。

王桂英和她男人互相发短信的时候，他们并不知道电影院里边发生了什么事，王桂英在放映室里根本看不到下边观众席，王桂英她男人在电影院北边的正门那边当然也看不到西边安全门那里的情况。那个字幕一打出来，电影院里好一阵骚动，这会儿离电影散场差不多还有三分之一的时间，但不少观众已经从西门拥了出去。不是一个两个，而是一下子拥出许多人，这些人一出门就马上消失掉，他们没有成双成对，也没有勾肩搭背，他们好像谁跟谁都不认识，他们保持着距离，又好像谁都跟谁不相关，他们从电影院的西门一出来就马上消失了。好像是秋天里的落叶，被风一下子吹散了，被风一下子吹得无影无踪。

因为过了情人节马上就是元宵节，电影院正门对面的群众文化馆的院子里还在锣鼓喧天，那里边的人也不知道电影院这边发生了什么事，他们正随着鼓点扭得高兴，一上一下地舞动着手里的红绿扇子，而且互相挤眉弄眼放出她们自认为很妖娆的妖娆……

【作者简介】王祥夫，著名作家、画家。历任山西省作家协会副主席、云冈画院院长等。文学作品屡登中国小说排行榜，曾获鲁迅文学奖、赵树理文学奖、《小说月报》百花奖等奖项，美术作品曾获第二届中国民族美术双年奖、2015年亚洲美术双年奖。著有长篇小说、中短篇小说集和散文集五十余部。

黑森林

○陶丽群

那条巷子很深,也窄,大石头块铺的路面被行人的脚步磨得光滑发亮,面对面站满巴掌大的小店铺,卖酸嘢小吃、女生饰品、手工艺品、民族服饰、小挂件、小件银器和水晶饰品、刺绣等等。在小巷最里处右侧倒数第二家是卖糕点奶茶的小铺,店名叫"奔月",里面有一种草莓口味的黑森林蛋糕,是我一直刻骨铭心的。在小学四年级下学期的一个周六下午第一次吃以后,一直到高中毕业,假如没别的意外,我每个月都会光顾两次,进入小巷就直奔"奔月",点一块半个巴掌大、四根手指那样厚的草莓味黑森林蛋糕,坐在店里仅有的两张小圆桌中的一张,小心翼翼却又迫不及待地吃起来。那缕甜美中带点酸的草莓味,简直让我像中蛊般欲罢不能。

高中毕业后,我就再也没去过了,就连这条巷子里那家几乎所有初中高中女孩都喜欢光顾的小熊女生饰品店也不再光顾。我有种隐隐的怨恨,并非怨恨这条巷子。说实话,我有好多次无意或有意经过这条巷子口时,差一点点就要拐进去了,但最后总是决然转身离开,带着满腹的委屈和怨恨。也就是从那时候起,我再也没见过我爸。是我躲着不见他的，我的委屈和怨恨缘于他的离开。

师范毕业工作一年半后，我爸几经辗转给我递了张纸条（他一打听到我的电话号码，给我打第一个电话后我就会立刻换掉号码，我为此先后换了四次电话号码），说他非常想见我，并约我在这条小巷里的"奔月"糕点铺见面。没错，以前光顾"奔月"总是他陪我来，不知道他是如何发现这座城市里如此偏僻而老旧的小巷的。

我正在谈恋爱，恋爱的甜蜜让我觉得这世间万般美好，并产生了原谅一切的宽容。我把纸条看了一遍又一遍，他读过高中，钢笔字写得极好。我给他发了条短信，答应了。他一直没换号码，大概怕我找不到他吧。

出发之前我思忖良久，到底应该以什么面貌出现在他面前，才能让决绝离开的他产生愧疚。在镜前摆划好几件衣服，对着镜子，渐渐地，我却看见我爸离开那天的情景。那时我高考刚结束，分数还未知，我爸和我妈便结束了他们十九年的婚姻。我爸是上门女婿，从县城郊区的农村入赘到县城老区里。老区其实很破烂，房子比我爸村庄里的更破旧，门脸也窄，狭长，走进去深幽幽的，又阴又凉，通常需要点灯才能看清屋里的摆设。但白天点灯，对于老城区的人们来说是不存在的，灯火只有在天光散尽时才能亮起来，你认为抠门儿也罢，勤俭节约也成，反正事实如此。房子通常是二层半或三层半的砖瓦房，最上层那半间盖瓦片。每年临近雨水季节，家家户户都得翻修屋顶上的瓦片，以免在雨水连绵的雨季中漏水。条件稍好的人家在外墙抹上一层石灰，条件一般的就裸露着。就是这样和邻居墙壁贴墙壁的狭长的小楼房，通常挤着三四代人。

　　这片老区不知是不是坐落在好风水之上，老人特别长寿，几乎家家户户都有九十甚至百岁老人，七八十岁还上街摆地摊的比比皆是。一到冬天阳光温暖的午后时分，这些百岁老古董就穿着厚实的黑色棉衣棉裤，从黑洞洞的门里出来，聚集到一处宽敞地晒太阳，身上散发着强烈的风湿止痛膏气味。他们也不说话，只安静地晒太阳，远远望去，极像一群黑乎乎的老乌鸦。我也有一个祖祖，我八岁时祖祖就九十四岁了。成年的儿孙是不愿意靠近这帮老货物的，只有还不懂事的曾孙子们靠近，也并非很爱这些老家伙，而是打他们厚棉袄里藏的那几张破烂不堪的票子的主意，讨个三毛五毛，买些零嘴吃。他们往往会缓慢地动起来，抬起头拿迷茫的目光瞅你，等他确认是自家曾孙了，便摸索进黑棉袄里，哆哆嗦嗦摸出几张软塌塌的票子或陈旧的钢镚儿，一张张一枚枚数给你，递给你，每递一次就瞅你一次，不断确认。我通常会飞快地朝我的祖祖飞奔过去，从背后扑向他，有时他能把得住自己衰老的身体，晃了一下后稳稳接住我，有时我们祖孙便一块儿滚到地上了。那堆老家伙也不吭声，只是静静看着。给我钱。等从地上爬起来，我便朝九十四岁的祖祖喊叫。祖祖给我钱时从不一次次确认我，在这个家里，对我最好的就是他，其次是我爸。祖祖当然也如同老城区其他人那样又抠又精明，他之所以每次都痛快地给我递钱，主要是因为我爸每个星期都会帮他洗两次澡。别家的老家伙可就没这待遇了，饭桌上能有你一副碗筷就不错了。而多半时候这些老东西常因为身上散发出来的酸馊味而被赶下饭桌，单独在一边的小饭桌上吃饭。他们只是活着，而活得怎么样并没什么人去关心。壮年的儿孙们都忙着挣钱糊口，实在没什么精神头儿去关心他们。

老城区的居民显然才是这座城市真正的主人，但他们的本事不大，多是平庸之辈，这座城市的真正建设者是那些外来人，从周边县乡进城工作生活的人。老城区的人大部分都是小摊贩，卖米卖菜居多，男的去学个汽修美发，当汽修工美发工，女的去学个美甲美容，要不就进超市当导购员，总之没什么出息，祖坟冒了青烟的就是出了小学或中学老师，仅此而已。所以几年前我考上一所不错的师范学校时，街坊邻居都很吃惊。也就在那时，品性飞扬跋扈的我妈似乎才发觉和我爸的婚可能离错了，理由显而易见，我妈他们家世代以来就没一个读得好书的，我读好书的基因绝非遗传自他们家，多半遗传自我爸这边，而彼时他们的婚姻破裂还不到一个月。

我记得那个炎热的六月下旬傍晚，我爸把他的四季鞋袜衣裤都装进两只蛇皮袋里，身上背着沉甸甸的帆布工具包。他分别将两只鼓囊囊的蛇皮袋从楼上往下扛（只要稍微重一点的东西，他总喜欢往肩上扛，为此我妈总是讥讽他说这是农村人的习惯，不断提示他是农村人，以此来提高自身的优越感）。楼梯很窄，光线又很暗，扛第一只袋子时，他在楼梯拐角处踏空了，趔趄了一下，人和肩膀上的袋子一起扑到墙壁上了。那时我爷爷奶奶还在街上守他们的绿豆芽摊，我妈在厨房里嗑南瓜子，我站在楼梯下看着我爸从楼上下来，而祖祖坐在大门口。当我爸把扛下来的蛇皮袋倚靠在门框上时，祖祖从门的一边挪过去，用一只瘦骨嶙峋的手抚摸那只扎了口的蛇皮袋子。他老了，但并不糊涂，他明白所发生的一切事情。对于我爸的离去我有种很深的怨恨感和委屈。在我眼里，离开家就是不要家，他离开，当然意味着他不要这个家了，不要我了。对于他们的分开，他只给我一句话："你跟你妈好，有住处，爸目前没这个条件。"他就这样带着他的全部家当——两只蛇皮袋子和一只帆布工具包离开他待了十九年的家。他最后递给我两百八十一块钱，其中有七个一块的硬币。我就这样在六月的黄昏里，看着他肩膀上扛着一只蛇皮袋，右手臂下夹着另一只，渐行渐远，最后消失在拐弯处，消失在我的视线里。他那天穿一条棕色长裤和圆领黑色短袖 T 恤，脚下穿的是一双鞋帮已有些开裂的姜黄色布鞋，没有绑带的那种。我还看见他的眼眶有些潮湿。那天晚饭我们很晚才吃，对于我爸的离去，爷爷奶奶并没说什么，我妈把消息告诉他们时，他们只是彼此朝对方看一眼。他们当然无话可说，因为这个家并未真正接受过我爸，在他们心里，我爸是高攀了他们的。少了一个人，饭桌变得很空，不，那天晚饭，祖祖并没上桌吃饭。

我不知道我爸能去哪里，回农村老家是不可能的。我祖祖从那以后身上也开始有酸馊味了，我爸离开后的第二年，祖祖便因一场春天的感冒引发肺炎而离开了人世。

我爸一直跟着人搞室内装修，也不知当初他是怎么干上这行的，整天背着工具包骑摩托车在县城奔忙。而我妈很清闲，她干过很多买卖，都干不长。没动手之前总是把所要做的事情前景想象得十分美好，可以让她日进斗金，很快暴富，干了之后不久就厌倦了。这些年来，家里积压的她所做过生意的货物一大堆，童装、成衣、棉服、鞋袜，甚至还有一款儿童智能枕头。这枕头里设有会讲一百零八个故事的装置,在给孩子讲故事开发智慧的同时还能起到哄孩子入睡的作用。但最终一个也没卖掉,五十只枕头原封不动码在二楼的杂物间里。当然,这些本钱毫无例外都是我爸掏的。我爸走后一段时间,爷爷奶奶和我妈开始睚眦相待,他们说无法养活三个人:祖祖、我、我妈,他们要我妈交生活费。我妈也不是什么善类,张牙舞爪翻老账,说这么多年来实际上都是她的男人在养家,如今这才几个月就忘本了。那时我才知道,这个家这么多年来的日常开支都是我爸挣的。

在我爸和我妈的婚姻存续期间,自从我懂事起,我记得我妈闹过三次绯闻,对象都是老城区里的,一个开电脑修理店,一个在县政府当小车司机,一个是跑运输的,事情都被老城区的人们知晓并当作茶余饭后的笑料。我爸擅长忍耐,这大概和他的入赘有关。而他的忍耐则被我妈当成懦弱,至少在我看来是如此,不然她不会一而再,再而三地犯同样的错误。她长得不错,有一张不显老的娃娃脸,但为人轻浮,年轻时也是玩多了名声不好,才找了我爸入赘。

我爸离开后,我见过他一次。那还是我考上师范时,他在老城区往家必经的一个路口等我。他穿一身皱巴巴的迷彩服,裤腿上沾满灰白的石灰浆,背着他那只沉甸甸的帆布工具包。其实我早就看见他了,只是在远处张望他。我想念他,但他背着蛇皮袋毅然决然地离去伤透了我的心。我在远处的人流中望了他好一会儿,最后担心他等不耐烦走掉,才朝他走过去。我绷着脸,但见他一瞧见我便咧开嘴笑的模样,我就忍不住流泪了。我朝着他走,到了他跟前也没停下,和他擦身而过走掉了。我爸紧紧跟在我旁边,一个劲和我说话，他说他没办法，他在那个家实在待不下去了。他说他知道我考上师范了，很高兴，他会努力给我挣学费和生活费。我一句话都没说，只是流泪，一直到我快要拐进靠近家的那条小巷，他才一把拉住我，并将一张银行卡和写着密码的纸条塞给我，叫我拿好，还说以后他会将学费和生活费按时打进去。然后他放开我的手。我就这样头也不回地走掉了，一如他当初的离开。其实我很想问他离开家后住在哪里。高考结束后，我和几个要好的女同学把所有的课本和堆积如山的各类练习册、大大小小的模拟卷送到了回收站后就开始疯狂地玩，每天早早出家门，到晚饭时间才回。其实也没地方去，只是在城里的大街小巷像幽魂一样游走，也去郊区，甚至郊区外的垃圾场都不放过。高中三年，我们过着囚徒般的生活，每个人心里都压抑着莫名其妙的仇恨，如今终于到了宣泄它们的时候了。但我并不开心，我看见那些在街边翻垃圾桶寻找空矿泉水瓶，甚至是吃别人扔掉的半腐烂的水果，还有席地而睡的流浪汉时，我都会心惊肉跳地想到我爸，都觉得他们就是我爸。他不知道我有多爱他，假如他问我会选择和谁在一起，我一定会毫不犹豫地选择他。这一点可能他从来都不知道。

　　我不知道我爸在我和他擦身而过走掉时，在我身后站了多久。那次其实我并没看清他。远远的，泪水就模糊了我的双眼，一直到他走到跟前和他擦身而过，我都一直在流泪，我根本不清楚他离开的这段时间是不是瘦了，他脸上是什么表情，他看我的目光是什么样的，我一概不知。

　　后来我就离开家去读师范了，有三个暑假我没回来，在打暑假工。我买了手机，只有少数几个关心我的人知道号码，这些人中有我和我爸共同认识的人，我不知道自己是不是潜意识里希望他联系我。而当他真的获悉号码并给我打电话时，我却又快速地换掉了号码。我想让他痛苦，想折磨他，这种折磨的背后其实隐藏着自己对他深切的想念。每个月15号我都会去银行查询银行卡上的钱，那是他打钱给我的日子，我想，看见有一笔钱打进来的那个时候，那一刻我爸一定在想我。我只在意这个，我太在意了。

在镜前换了好久衣服，我忽然难过起来：我为什么一定要打扮成春风得意的样子去见他？我想向这个不被老婆爱不被女儿待见的失败男人证明什么？我拥有的已经很多了。我指的是凌。师范毕业回来的动车上，他帮我把行李箱托到行李架上，然后我们相视一笑，因为发现彼此此穿的是同一所学校的毕业生白色短袖棉T恤，只是所读的专业不同而已，更巧的是我们的家还在同一个市。我们当年就读的高中不一样，所以当年并不认识彼此。凌在单亲家庭长大，和他的妈妈相依为命，他人极开朗，大概是耳闻目睹他妈妈身为女性的艰辛，他很懂得照顾女生。似乎一切都水到渠成，谈恋爱成了顺理成章的事。我把自己的任性、脆弱、敏感、依赖全给了他。有时候他为我忙一些琐事时，额头上忙出一层细密的汗珠，我居然有种很熟悉的感觉，无法确定那一刻我是把他当成爱人还是当成我爸……我和他谈过我和我爸的事情，他什么都没说，很宽容地笑笑。

小巷依旧深而长，熟悉的门店有的还在，有些已经易主换营生了。那家卖桂花糕和糯米甜酒的小店不见了踪影，和一段时间一起成了永恒的过去。与外面的繁华喧嚣相比，这条巷子多了一层显而易见的落寂,并不是什么人都喜欢这样的落寂,因此顾客也稀少。我最后穿了一件直筒浅蓝色牛仔裤和白色短袖 T 恤,也穿帆布鞋,扎一个马尾辫,在唇上涂一层有点发亮的无色润唇膏,尽量还原最后一次我爸见我时的模样。我当然明白自己其实已经改变得太多了,没有人能在流逝的时光里保持一成不变。五年半,我们整整五年半没见过面了。我忽然发觉自己是一个心狠的人,我不知道一个被自己的女儿拒绝了五年半的父亲会有什么样的感受,譬如他也一无所知当初留一个决绝的背影给我时我的感觉。

走在小巷里,心里忽然慌起来,假如那家"奔月"不在了呢?我们的见面、我们隐隐的期待又该安放何处?但很快我便安然了,我爸一定是来看过的,不然他不会建议我们在这里见面。

我妈这几年变得安静了许多,再也没闹过什么绯闻。她去考驾照,成了一名出租车司机。我爸还在的时候,像她的鞋子,他离开了,她就变成了一个光脚走路的人,料想她一定被生活中那些看见抑或看不见的锋利且坚硬的石子,甚至是玻璃碴子扎破过双脚。她每天早出晚归,并且告诉我的爷爷奶奶,假如他们嫌弃,她可以搬出去住。爷爷奶奶慌了起来,他们只有两个女儿,我的姑姑远嫁,指望不上,往后只能靠我妈养老。他们权衡了利弊,不再坚持让她交生活费,在她面前也变得小心翼翼起来。我毕业回来出去工作后就从家里搬出去了,我妈再搬出去,这个家就真四分五裂了。这时候他们才明白,一直被他们不待见的女婿,才是这个家真正的顶梁柱和凝聚力所在。可惜他们明白得太晚了。

远远地,我就看见了他。他看起来消瘦很多,单薄地站在狭长的小巷中央朝来处张望。迷彩裤子、灰色圆领 T 恤,背着双手,板寸头。阳光很明亮,中秋的阳光不算太热,他就那样站在闪亮的阳光下。我多么熟悉这样的姿势,读小学时,放学时间他通常就这模样站在学校门口等着接我,待我蹦到跟前,他便迅速从工具包里小心掏出我喜欢吃的零食。有时候我和他有一种类似朋友般的情感,高中时还能攀着他的肩膀招摇过街。很多个周末下午,他不知从哪里的工地回来,背着工具包一身灰尘地在学校门口等我,我的很多同学都认识他……

我快步朝他走过去,居然有一种和他第一次来这条小巷时的激动心情,此刻我才明白我其实无时无刻不想见他。

"小妖!"老远他就朝我扬起手臂,将熟悉的口音朝我传递过来。我的嗓子一紧,泪水一下子糊满眼眶。五年多了,我惩罚了他五年多,又何尝不是在惩罚自己五年多。我感到后怕,也有一种充满感恩的庆幸,至少在这五年多里,老天都让我们平安活着,才有今天相约而至的相见。我放慢了脚步,毕竟已经是成年人,我想把漫上来的泪水逼回去,但最终满眼泪水走到他跟前,站定的那一刻,泪珠无可救药地落了下来。

他还像我小时候哭时那样,握着拳头跷出大拇指,用大拇指肚给我擦泪水。

我想叫他一声,却怎么也叫不出口,便别扭地低下头,泪水又滑落下来,他的大拇指肚再次拭过我的脸庞,有些粗粝。

他确实瘦了很多,精瘦那种,脸上棱角分明,也黑了不少,不过看起来还是挺精神的。我隐隐感觉到他有些什么变化,但又一时说不上来是什么在改变。当然,五年多了,足够改变很多事情,我难道就没变吗？

　　我爸提着我的双肩包，我想捉住他的手臂，却不能够再像以前那样自然而然伸出手，高中时代搭着他肩膀走路的亲密与洒脱一去不返，只好伤心地跟在他身后走进"奔月"。还是那位白胖而话少的老板娘，她显然认出了我们，朝我们点头微笑。店里的摆设和五年前的一模一样，就连墙上挂的世界地图都没变，两张黄色的小圆桌靠墙而立，桌面上贴有加菲猫的卡通图片，那种熟悉的感觉一下子跨过五年的时光走到跟前。真要感谢这个小店，它将我们带回了熟悉的往昔氛围里。

　　就我们两个客人。一张黄色小圆桌上放着我爸的帆布工具包，一块草莓味黑森林蛋糕盛在洁白的小圆盘里端放在桌面上，旁边搁一把装在塑料套子里的塑料叉子。

　　"吃吧！"我爸帮我拉开椅子说。他不知道，其实我对甜食早就没了五年前的兴趣。和凌交往后，他费尽口舌让我戒掉甜食，而在这之前，我的包里从没缺少过德芙巧克力和甜到掉牙的奶糖。这些甜味能让我在瞬间获得多巴胺产生的快乐。凌给我列举了种种甜食的坏处，最后诚恳地说，可以把他当成甜食，我便屈服了。我爸离开后，再也没人这样在意过我。在我爸眼里，我大概还和五年前一样，也许我永远是五年前那个我。他坐到我的对面，一副又惊又喜的样子。他眼角的鱼尾纹又深又密的，脸上的皮肤也粗糙许多，针眼儿般的粗毛孔分布在他的鼻翼两侧。我鼻子又酸起来，望着他又怕被发现眼含的泪水，低头又担心它滑落下来。他帮我撕开塑料叉子的包装膜，迫不及待地想让我吃，仿佛只有吃了他才能放心，才能使他确认坐在他面前的是失而复得的我，是还没闹别扭的五年前的我。

还是那个不变的味道，香甜的气息中带着草莓的些许微酸，只是如今觉得过于甜腻了，牙根隐隐发酸起来。我咀嚼着，那缕甜蜜从味蕾慢慢散开，蛋糕很快融化，香味溢满整个口腔。

他紧紧盯住我。

"好吃！"我只好说，感觉鼻腔有东西在往下流淌。这时我猛然惊觉，发现过去，也就是从小学四年级到高中毕业，我们无数次光临"奔月"，印象中我爸从没吃过一块草莓味的黑森林，二十六元一块的黑森林。我从未想过也许那些年他挣的钱全部落到我妈手里，从未想过他很可能常常身无分文，从未想过隔一个星期就带我吃一次黑森林的钱他是怎么积攒下来的。忍了忍，泪水还是滑落下来，从嘴角流进嘴里。

他又朝我伸过手，跷着他的大拇指。我蓦然发现他左手的小拇指少了一截，在第一指关节那里只剩下一个短而圆的秃头。一瞬间我仿佛看到了喷射而出的鲜血，看到掉到地上的一截鲜血淋漓的指头。

"这是怎么……弄的？"我扔下叉子，捉住他的手小声问，使劲憋住哽咽声。他从桌上的纸盒里抽了张纸替我擦掉泪水，不吭声。

"说呀，怎么弄的？"我咬着牙问他。

"割地板砖时碰的，没事，早就好了。"他说。

"什么时候的事？"我一边说，一边望着那截短而秃、丑陋得令我骇然的小指。

"早就好了。"他又重复了一次。

我放下他的手，把那只盛黑森林的白色碟子推到他面前，叉子也塞给他。

"你吃，我要看着你吃！"我赌气似的说，仿佛这块黑森林能弥补回来所有的失去，包括那截小指头。

他眼角的皱纹又皱起来，笨拙地拿起那把小巧的塑料叉子。他的生活中缺少这样小巧而细致的东西，太多沉重且粗粝的东西占据了他的生命。

"吃呀！"我说。

一小块黑森林颤悠悠地叉在塑料叉子上，他一只手举着叉子，一只手护着叉子，小心翼翼朝嘴边送去。

"原来是这个味！"慢慢咀嚼，像尝什么稀罕的佳肴似的，他不好意思地笑笑。

"你走了以后我不知道你住哪里，我老认为你会钻桥洞睡觉。"我说。想到他猫腰钻进桥洞的样子，又心疼又觉得滑稽，忍不住笑了起来，又滑下一串泪水，我抽了张纸使劲按双眼，把泪水吸干。

"怎么会呢？"他放下叉子。

"你吃完！"我说，有一种将他据为己有的霸道。他是我爸，不应该是属于我吗？

他又拿起放下的叉子。"你这孩子，变得这么蛮，是不是谈恋爱了？"他盯着我问。

我不想隐瞒他，想着他这半生的际遇，也许我妈根本没给过他作为一个妻子应该给予一个丈夫的爱与尊重，因为我无数次目睹我妈将他的衣物从楼上的房间一股脑儿扔到黑乎乎的楼梯下，并对他破口大骂，他总是一边收拾一边好言相劝：不要当孩子的面这样做。我还想起每年大年初二，按照风俗他要带我妈和我回他的老家拜年，但我妈一次都没去过，总是我陪他回去。他把我放在二八自行车前杠上，后座驮着拜年的礼品。买了摩托车后，我便从自行车前杠挪到他后面，仍然只是我陪他回去。他的老家离县城并不算远，骑自行车大概需要一个小时，摩托车就更快了。我记得途中我们需要经过一片颇大的荷塘，冬天的荷塘水早就放干了，荷花也早已枯败，而荷塘周边种的杧果树却还一片繁茂。我爸驮着我和过年的礼品到达这个地方时总会停下来。

"歇一会儿。"他总是这样说，然后支好自行车，将我从前杠上抱下来。那时候车还很少，又逢过年，荷塘边上的公路几乎没有车辆来往。他让我在他的视线范围内乱跑，而他则坐在荷塘边上。我们一般是吃过早饭后接近中午才出发的，到达这片荷塘时，冬日的阳光又暖又明亮，微风吹拂，草尖轻轻摇摆。旷野的空气很清新，从邻近的村庄传来零星的年炮声。常年待在局促逼仄的老城区里，这阔大的旷野在我眼里实在太妖娆太让我欢喜了。我通常会沿着荷塘边缘的小路先蹦一圈，踢倒那些插在路边菜地边歪歪扭扭的竹篱笆，让躲在其间的草虫惊惶四处乱窜。我太眼馋那些像饭碗那般硕大的莲蓬了，可惜它们离岸边太远，荷塘里没什么水，但有一片烂泥。我远远望着我爸，他一动不动坐在那里，明亮的冬日阳光洒落在他身上。冬天他老是喜欢穿一件黑色拉链夹克衫，因此他看起来像是阳光里的一小片阴影。我望着他，琢磨这塘烂泥会淹没到他什么部位，然后暗自摇摇头，也许会到他的腰部的。只好作罢。我在岸边抓起土块朝那些莲蓬掷过去，以解爱而不得之恨。我爸远远看着我，嘴里咬一截草根，不吭声。我们的自行车立在他身后不远的路边，车的后座上绑一只鸡笼，里面的玉米鸡毛色光亮，很安静。我在荷塘边上捡拾到不少被我当作宝贝的垃圾，捧回来给他看。他看也不看，细心摘掉沾在我衣裤上的骆驼刺。后来有了摩托车，我们还是会在这里停一停。那时候我已经上初中了，穿着校服去他老家拜年，额头上开始零零星星长青春痘，开始会顶嘴，我妈、爷爷和奶奶全不放在眼里，但和我爸的关系却变得更好了。每次到池塘边上，我便开始缠他教我开摩托车。我爸把挂在后座上的礼品取下来，让我坐到他前面，他在后面双手围过来和我一起抓住车把，告诉我右手轻轻拧油门。但我下手太重了，摩托车一下子猛然向前蹿出去，一头扎进路边的排水沟里。幸好是冬季，水沟早已干涸了，而且沟也不深，我们和车一起摔在沟里，算是有惊无险。到初二时，从池塘往他老家去的路基本上就是我开了，他在后边一个劲儿叫我松油门，但我非常迷恋开快车时风从脸上刮过的麻酥酥的感觉，由他在后边心急火燎地叫喊。高中时我对摩托车又不感兴趣了，开始像坐自行车那样，歪着只坐一边，一路嗑瓜子，让冬日上午冰凉的风猎猎招展我的头发。我们依然会在荷塘边停下来，我爸一成不变地坐在荷塘边上，我选一处干净草地摊开四肢躺下，让阳光暖暖流淌在年轻的脸庞上。那时候我并不知道他为何老喜欢在半途停下坐一坐，但我已经开始会在心里体恤他了。他在家里几乎不说话，我看到了他的隐忍与孤独，愿意陪他做一些我所不理解但能让他高兴的事情。上高中后我也变得日渐不爱说话了，尤其是和我妈，常常半个月都说不上一句。在黑暗而狭窄的楼梯上相遇，她会本能般地贴着墙壁给我让出地方，让我先过去。我隐隐感觉她对我有种忌惮，不知因何而来的忌惮，更不知她忌惮的是什么……在与他断联的这些年，我常常会想起我们在途中碰到的那片荷塘以及荷塘边的一切，他安静地坐在荷塘边的模样。我甚至独自去过几次那片池塘，池塘还在，但荷花已了无踪影，只剩下一片浩荡的水面，在离公路最远的池塘一角边上，搭建有两个用竹席当围墙的棚子，是两个养鸭棚。午后，一群白毛鸭子挤挤挨挨浮在棚子下，阳光落在池面上，微风一吹，池面一片金光闪烁，没有车经过时，那里的安静能让人滋生出无限的忧伤……现在想一想，乡下的家他再也回不去了，城市的家他又融不进去，也许只能在乡下与城市的中间地带稍作停顿，喘一口气，像一只忧伤的老兽暗自抚慰自己。

我不想在他面前炫耀我的幸福，和凌交往后，我明白了爱人之间的坦诚与真心相待相惜程度足可决定一段情感的幸福度。而我爸，他似乎从没得到过这些。

"没谈。"我说，盯住那截光秃秃的手指。

"没谈谁把你惯成这样？谈了要好好待人，不能仗着人家对你好就刁蛮任性。"他说。我一阵心酸，不知他是不是有感而发。对于他和我妈的婚姻，直至他离开，我也未见他说过什么。

"我攒了些钱，"他又说，把那碟蛋糕堆到我面前。

"我不吃，都是你的口水。"我笑着说，又推回去给他，想让他吃完这块黑森林。"我不要你的钱。"我又说。

"以前你还在学校，我只打给你学费和生活费，担心你乱花钱，都攒起来留给你成家了。你拿的那卡，记账号的纸片我弄丢了，我搬了新住处，钱我存在新的卡里了。"他自顾自地说。

"这些年你都住哪里了？"我问他，没接他的话。

"住工地嘛，搞装修的哪里会没地方住。"他笑起来。

"一直这样吗？"我立刻想到他扛着蛇皮袋四处搬迁的狼狈样，这些年过年时他又是怎么回乡下老家的？这么一想，感觉自己这些年刻意断掉与他的联系，简直连牲口都不如，可我又实在忘不掉他决然离去的背影，那种被抛弃的绝望太让我痛苦了。

"去年不再到处搬了，有了个固定住处。"他的声音低了下去，目光从我的脸上垂落于面前的碟子上，像要掩饰什么。他拿起叉子叉了一小块黑森林，却并不吃。

"在什么地方，我要去看看，等下你就带我去。"我不容置疑地说，急切想要知道他如今的生活状况，最好的办法就是去看看他的住处。而且，我理所当然地认为他的一切都是属于我的，他没有任何拒绝我的理由。

他抬头看了我一眼，目光又飞快地移开，落在我身后的什么地方。

"过一阵子吧。"他又低声说。

我默默盯住他，不说话。他当然对我的性情了如指掌，每当我执意要做一件事情而遭到反对时，我通常用沉默来表示我的不满。

他沉默了一会儿，眼角的皱纹慢慢聚拢，又慢慢舒展开去，一个似笑非笑的表情挂在他的脸上，混杂着犹豫与一种我无法形容的表情。我从来未见过他这副犹豫不决的模样，不然他绝不会做到给我留下一个决然离去的背影。

从门外进来两个初中生模样的女孩子，穿一身一模一样的衣服,都是宽松淡蓝色牛仔裤和淡黄色短袖棉 T 恤,很青春干净的样子。两个女孩一个扎马尾辫一个留短发,留短发的是个圆脸女孩子,刘海从右往左由高到低剪了一个斜弧,样子很新颖,倒也适合她的圆脸。两个女孩子在柜台前争执要黑森林还是珍珠奶茶,最后两个人每人一杯奶茶和一块黑森林,是扎马尾辫的女孩子付的钱。短发女孩捏了女伴的脸庞一把,告诉女伴她是她的甜心。两个女孩提着奶茶和蛋糕看了一眼我们旁边的另一张小圆桌子,那上面放着我爸的帆布工具包。我爸立刻站起来,将工具包提起放到脚边的地板上,两个女孩却打闹着出了店门。女孩子们的快乐让我一阵恍惚,中学时代那些自由自在的日子一下跋山涉水而来,但只能回忆了,再也回不去了。

幸好,我和我爸似乎再度回到了从前,我相信我们父女之间的爱在以后只会更加深厚,我已经长大了,具备爱他的能力了,我不会让他像前半生那样在孤独和隐忍中度过的。

店里又安静下来,他还是那副犹豫不决的样子。

“我谈了个……阿姨!”良久,他才低声说。他显然在“阿姨”这两个字上颇费心思,声音很轻,几乎被模糊掉了,而实际上我听得最清楚的就是这两个字。他飞快瞟了我一眼,目光一闪而过。我触电般猛地抬头直视他,但他避开了我的目光。我的心脏开始剧烈地跳动起来,从心底弥漫而来的尖锐剧痛像五年前那个傍晚瞬间击中了我,而且比五年前更强烈。我怔怔望着他,喉咙一阵紧,心中的疼痛像一把利刃游走到那里,一阵乱刺。我低下头,有一种从三伏天坠入冰窟的感觉。

“你又不要我了?”我低声说,听得见自己的声音像被鞭子抽打般颤抖。这是我无论如何都想不到的。我想得到我妈再嫁人，但我想不到，或者说不愿想到他会再找个"阿姨"。

"不是的，小妖！"他连忙着急地说，放下手里的叉子。

"你就是不要我了！"我望着他，双眼渐渐蓄满泪水，他在我面前又像他离开后第一次回来见我时那次，变得模糊起来。我抽了张纸按住双眼，吸去盈眶的泪水。我看见他脸上一片茫然无措的神情，将那碟黑森林缓缓推到我面前。一个毫无意识的动作。果然推到我面前时，他才像从迷茫中惊醒了，将那碟黑森林重新拉回去。

"我想吃柿子！"我忽然恶作剧般地说。

"什么？想吃什么？"他说，脸上带着得了救般的惊喜。

"柿子！"我说。我何尝不知道这个季节根本就没有柿子。

"你等等，坐在这里别动。"他满口答应，站起来，根本没考虑到这个季节会不会有柿子。

他转身出门那一刻，我有一种整个人迅速往下坠的感觉，对于这次见面的所有期待和欣喜瞬间化为深深的失望和刺痛。我安静地坐在椅子上，我爸的帆布工具包没带走，还放在他椅子脚下。那块黑森林只吃了不到一半。屋外的行人并不多，阳光安静地绽放，在这美好的安静里，我却如四分五裂般，无法感觉到一个完整的自己。我想到了凌，如今，我只有他了。我慢慢弯下腰，把帆布工具包拎起来放到我爸的座位上，结了那块黑森林的钱。

"你爸还没回来呢。"老板娘说。

"他常来吗？"我问。

"个把月总来一次吧，每次只买一瓶水，也不喝，就坐着，一会儿也就走了。我告诉他想坐就坐，不用买水，他还是买。"她说着，笑了起来。我点点头，告诉她我要先走了，包我爸会回来取。

这一走会不会又是一个五年，或者两个五年？

我其实也并没走远，而是拐进"奔月"斜对面一家专门卖云南饰品的小店里了。店门是一扇落地玻璃窗，上面挂满了层层叠叠的色彩鲜艳的民族布包，还有各种造型夸张的吊坠耳环、手串。店主是个留着长直发的小姑娘，面相很友好，正在做一幅手工刺绣，她叫我随便看。我逐一看那些挂在墙壁和玻璃窗上的布包，然后停在落地玻璃窗前，透过那些层层叠加的布包缝隙，留意对门的"奔月"。这期间，又有三个学生模样的女孩子进"奔月"，拎着蛋糕和奶茶又很快出来。我在店里逗留了很久，女孩很友善，抬头朝我友好地笑笑，也不问我买不买东西。过了大约半个小时，我才透过层层布包间隙看见我爸急匆匆进了"奔月"，手里晃着一个白色塑料袋子。里面当然不会有柿子，因为那形状并不是水果的形状，但肯定有东西，我不知道那是什么。他在店里和店主说着话，然后和店主要了一个一次性小塑料盒子，打包桌上剩下的半块黑森林，拎起帆布工具包立刻出来了。他站在小巷中央，朝小巷来处张望。静静张望了一会儿，他垂下头，瞧着那只塑料袋子。挨着"奔月"的右边是一家卖各类银饰品挂件的小铺，两家店之间有巴掌宽的一条缝隙，那里有一个表面已经被磨得光亮的石磴。他朝着它走过去，将帆布工具包放到地上，坐在那个石磴上。

他将那包塑料袋搁在两个膝盖上，又扭头朝小巷来处张望了一会儿。也许他认为我只是暂时离去，过不了多久就会回来。

那种尖锐的刺痛又从我心底弥漫上来，我们永远无法掌握生活的确定性，瞬息万变是它的本质。他将塑料袋打开，从里面拿出两袋东西，原来是两袋真空包装的柿子饼。我没想到他会买这个，也不知他是怎么想到的。他垂着头盯住两袋柿子饼，捏着它们，那小半截光秃秃的小拇指如此突兀醒目。接着，他又打开盛那半块黑森林的塑料盒子，拿起那把小塑料叉子。他的脸这时候皱了起来，脸部的表情往下垮塌，慢慢地，脸也涨红了。他又起一小块黑森林，慢慢往嘴边送。明亮的阳光打在他的脸上，我看见那里闪烁着湿润的光芒。他几口就把那半块黑森林吃完了，嘴里咀嚼着，用手掌快速抹了一把脸。我以为他很快就会离去，但他一直垂着头坐在石磴上，两个肩膀耷拉着，轻轻捏膝盖上的两袋柿子饼。他旁若无人的样子，使我想起了那些年他呆坐在池塘边的模样，不同的是，此时他显得更孤单了，因为那时候他的身边还有我。我再也受不了了，悄悄走了出去。

他一直就那样垂着脑袋坐着，根本没有注意到我。我走进"奔月"，买了两块黑森林，打好包后出来，走到他身边。他蓦地抬起头，双眼红红的，看见是我，脸上既惊又喜，捏着两包柿子饼慌忙站起来。

"小妖！"他急促地叫了一声，神情有些紧张地盯住我。

"给你们的。"我说，把装着两块黑森林的袋子递给他。

【作者简介】陶丽群，壮族，广西百色人，文学硕士。作品散见于《人民文学》《民族文学》《广西文学》《山花》《青年文学》《芙蓉》等，作品多次被各选本转载并入选年度排行榜。曾获广西文艺创作铜鼓奖、广西壮族文学奖、广西少数民族文学创作花山奖、《广西文学》年度优秀作品奖、《民族文学》年度作品奖、《北京文学·中篇小说月报》优秀作品奖、《安徽文学》优秀作品奖、全国少数民族文学创作骏马奖等。现供职于百色学院文学与传媒学院。

中篇小说

zhongpianxiaoshuo

爱的川流不息

○张　炜

融融来了

　　融融在南方机场停留一夜,将于第二天上午搭乘班机来到济南,降落时间为上午十一点十分。接机的是孩子的朋友,我和家人因故没去机场。

　　从这一天开始,我们家里将增添一位新成员。

　　就因为没有去机场接它,心里有些歉疚。随着时间的临近,想着它进门的一刻,有些不安。好像完全没有做好接纳的准备,整个事情有点突然。一边在犹豫矛盾,另一边却在按计划推进。就这样,现在它马上就要来了,我们竟然慌促起来,准确点儿说是有点激动或冲动。其实在这之前我们并没有什么事情,去机场接它是应该的。但直到最后还是耽搁下来,好像一时不知道怎么办才好。

　　欢迎还是拒绝融融,现在已经不再是一个问题。它很快就要进家了。

　　我们在窗前站了一会儿,走动,等待,然后静静地坐着。十二点,我们再次走动,不时伏到窗前。

他们终于来了。我看到一辆车子停在楼下，车门打开，有人小心地搬下一个手提箱一样的东西，很精致，带窗户。我知道，那是小动物们专用的旅行居所。远远地，我看到窗户上闪动着一张小脸。看不清眼睛。我们往电梯间跑去。

电梯门开启的那一刻，我们的目光飞快捕捉那扇小窗：窗前有一双大大的蓝眼睛，它正与我们对视。啊，这就是彼此的"第一眼"。心跳有些异样。这眼睛太美了，且似曾相识。

为了防止新来的小家伙因为生疏而乱窜，我们已经提前收拾好了一个封闭的后凉台，在那里安放了猫砂盆、饮水器和一个柔软的小窝。融融很快被安置在里面，它隔着玻璃拉门看我们，看全新的环境。

我一直在努力忍住心中的惊讶：它经历了长途跋涉，竟毫无倦意，浑身都透出充沛的活力，非常精神。它除了双耳、眼窝和后背呈淡淡棕色，基本上是纯白的。个子出乎意料的大，完全是一只成年猫的体量。它差六天才到四个月，体重却达到了六斤。

它站在落地玻璃门后面，目光里是温和的询问，没有一丝惊慌。它安静地看着屋里的一切，主要是看新主人。我们这才觉得原来的提防实在是多余的，不好意思地拉开那道门。它低一下头，款款而来。最初的仪态令人难忘：面容温情而庄重，迈着狮子般的步伐。是的，它的行姿让人直接想到了一头小狮子，举步从容，而且一对前掌每次离地时，就像狮子那样微微侧翻一下再提起。

它就这样径直走来，淑静、安然、礼数周全：先到女主人身边，将身子贴一下她的腿，仰脸看看；然后才走向我，一丝不差地重复了刚才的动作。不同的是我没有让它马上离开，而是因为惊喜和

216

爱怜，抑制不住地伸出手，一下抱紧了这个热乎乎软绵绵的躯体。它一动不动，等待我的冲动过去。

我很快感到了自己的鲁莽，松开了，说："融融！"我一边呼唤，右手不自觉地伸向它，就像去握一位客人的手。接下来发生的事情让人久久难忘：它抬头一看，马上把右前爪搭到了我的手上。一只收拢的、洁白的手掌。我握住这只多肉的小手连连动着："你好！你好！"

深爱

就在一个月前发生了一些争执，当然关于融融。因为远方的孩子完全出于好意，要送给我们一件出乎意料的"厚礼"。这实在是有点莽撞了，在没有征得我们同意的情况下，就提前定下了融融的事情，而且要故意给人一个惊喜：再有三十多天它就会出现在家里。

我们被吓了一跳。这是一件多么大的事情啊，这件事究竟有多大，作为下一代人，孩子肯定一点都不知道。马上在电话上拒绝：不行。我的口气坚决到不容置疑，可是已经有点来不及了。因为从程序上看，那边早就启动了，已经办好了一切相关手续，很难更易了。最大的麻烦是孩子难以理解：收养一只宠物真的有那么难？在年轻人眼里这根本就不应该成为问题，看看多少人拥有它们，再看看它们多么可爱。"你们看看就知道了，难道一点都不动心？真的没有照顾它的能力？"

"不是，而是，"我停顿了一下，"这种事从头说起来很麻烦的。"

"它是很省心的,绝没有你们想象的那么麻烦。"

我想告诉电话那一端:这不是麻烦与否的问题,而且完全不存在这样的问题。"存在什么问题?""存在……"我又一次停住了。我想如实相告:存在的最大问题是,我、我们,已经发过誓:决不再养动物了。

但我没有这样讲。凡誓言都冷冷的,落地有声,不可违背。废弃誓言,这是多么大的事情,那肯定要产生严重后果。既已立誓,必有原因,这些都不是现在的年轻人所能理解的。这会牵出很长的话题,都是一些不愿重复也不愿提起的话头。我只有长长地沉默,然后生硬地强调说:"不能了,不能再让它们到我们家里来了,就这样定了。"

电话突兀地终止了。可是这件事情想要扭转已经很难了,因为一个月后要来我们家里的这只猫,孩子已经深深地喜欢上了,差不多是看着它长大的,并且在它一个月大的时候就取好了名字。在对方看来,要改变几乎是不可能的,要舍弃简直有点不可思议。我之所以没有说出"誓言",是有些担心。这很容易被当成上一代人特有的矫情:这种事也要发誓? 为一只宠物?

因为要谈的太多,反而一时讲不明白。

结果就这样僵持下去了。让我们想不到的是,孩子认为这是一种莫名其妙的、固执而牵强的推辞。一个月的时间很快就要过去,最后变成了不可挽回的事实。这件事情的深层原因,除了沟通的困难,或许还有另一个:我们内心深处也在挑战那个誓言,哪怕是尝试一下某种可能性也好,说不定我们也在盼望融融的到来。

我想说的是,正因为深爱,才要拒绝。有些可怕的经历不属于下一代人,那种独有的恐惧也就不属于他们。谁愿轻言恐惧?所以总是欲言又止。我不敢让它到家里来,不敢让它加入我们的生活。我犹豫着,想说:我们在这个地方的日子还不牢固,还不稳定,还有些不能确定的元素,总之还需要观察和等待一段时间。可是这些话我同样说不出口。下一代人会睁大受惊的双眼:"不牢固?不确定?这到底是怎么回事?你们要搬家去外地还是怎么?"要回答这样的问题就要从头说起,那也许要耗上一吨的言辞。

我能说出这几十年来,我们与它们一起经历了多少故事?不敢回忆,不愿回忆。我只能简明扼要地说:以后吧,当我们具备了起码的条件,能够确保它的安全,一切都太太平平的时候,一定会欣然而幸福地欢迎它们的到来。我们会说来吧,加入我们的生活吧,完全没有问题,这里全准备好了。可是现在还不行,时机还不成熟。

事实上真的没有十足的把握。失去这个最基本的前提,我们也就不能拥有,更不能动心。这必须成为一个原则,必须横下一条心,坚定不移。

这样的誓言其实是几十年前立下的,而且不是自说自话,不是悄悄地隐在心底,而是在特别的时刻、由特别的人做过见证的。我说过,凡是誓言必得遵行,不然就会遭到报应。那种后果是任何人都承受不起的。可怕的是这几十年里,违背誓言的事情发生过不止一次,于是就有了疼痛彻骨的一些经历。在事后,在静夜,我会一遍又一遍地深究:为什么会遗忘?为什么会发生这样糟糕的事情?最终发现,每一次废弃誓言,都是因为心理上的全线溃败:面对它们的眼睛,面对一个簇新活泼的生命,其他一切都不管不顾了。无法遏止的巨大喜悦伴着浓烈的爱意，潮水一般涌来，最终淹没过顶。这让人完全无法抵抗。就这样，那会儿不仅忘掉了誓言，而且将其扔到了一边。总有侥幸心理，总想重新尝试。

这似乎是可悲的。最后，悲剧总是缘此发生，几乎没有什么例外。我将一再发现并证明：自己的生活是如此脆弱，个人的能力是如此微小。是的，我总是要愧对它们；我甚至没有能力让它们平平安安地过完自己短促的一生，而这又是最起码的一个条件。回头看，那种让人一时失去理性的原因，说到底不是一般的喜欢，而是爱，深深的爱。结果无论怎样担心和害怕，怎样提心吊胆，最后还是被这深爱所征服：紧紧地拥住它，一刻都不想疏离。就这样，它们再次加入了我们的生活，成为这个家庭中的一员。

这次，我们拥住的是融融。

事已至此，已经没有什么好说的了，我们所要做的只是努力忘记所有的往事，让一切重新开始。我们要有这样的认知：时过境迁，现在是和融融在一起，一起享受崭新的生活。这是怎样宝贵的光阴，我们除了倍加珍惜，别无选择。它的一双大眼睛正在左右打量，平静中透着温柔，还有适可而止的亲昵感。只看着它的眼睛，一切便悉数得到满足，仿佛人生再无他求。

是的，在一个绝美的生灵面前，什么话都是多余的。

大骨骼

融融竟然很快适应了新的环境，似乎从来到的那一刻就把这里当成了理所当然的家。在记忆中，这样的事以前还没有发生过，所以让我们十分惊讶。一般来说一个新生命来到异地他乡，在陌生人面前总会不安和拘谨，因为对它来说一切需要熟悉。可是我们觉得融融极为例外的是，它的目光里充满了安定与亲近，好像早就为此做好了所有准备，早就被告知了关于这个新家的所有细节。

它像一个好学生那样，提前做足了功课。

要知道它还是不足四个月的小家伙，但只看身量，会误以为这是一只成年猫，步态也沉着稳重到不可思议；只是细看它的神情，才会发现那种令人疼惜的娇嫩与纯稚。这种沉稳的仪态与姿容大概是天生的。一种深深的惊异感，从它来到的那一刻，从它伸出小手的那一瞬，就留在了我的心底。

剩下的事情，就是长时间地、一遍遍地与远处的孩子通话，以解开心中的疑惑，并获取有关知识、注意事项等，尽管这之前就交代了许多。我被告知：融融是一只杰出的猫，即便在它的兄弟姐妹之间也是极特殊的，这些从很小的时候就表现出来了，"比如说，它是大骨骼的人"。这句话让我一时迷茫，后来才明白这只是一种语言惯性，顺口将其称为"人"。这里说的是，融融一生下来就是个大块头，发育超好，估计以后会长成大个子。

围绕它还有很多趣事，都是来这里之前发生的。

比如说，一只小猫从离开母亲到另一个家庭生活，一般需要四个月的时间。这段时间是不能省略的。因为它和人一样，要有一段求学期，前两个月等于从幼儿园到小学和初中；后两个月才算上完了高中和大学；最后，研究生的学历要在新的家庭修完。前边的学习阶段如果缺失，来到新家之后就会手忙脚乱，十分无知，生出无数的麻烦。

融融的可贵之处,不仅是一位"大骨骼的人",而且与形体一起超前发育的还有心智。这真是了不起。它在几个兄妹中最早学会了一连串必备的本领:怎样运用卷舌取到固体和流体食物,合理分配睡眠时间,怎样上厕所,如何打理自身与环境卫生。特别难学的是几种游戏,如爬高、滚球、捉迷藏。独处也是一种了不起的能力,这同样需要从很小的时候养成:怎样在无眠的时刻静静地思考。作为一只猫,这是必须养成的习惯和本领,因为在未来的漫长日子里,有许多时光需要这样打发,有无数问题需要这样解决。

　　一只猫在一天里要用多少时间进行思考,许多人不会在意。他们常常将这种行为与打瞌睡混在一起,顶多能分出深睡眠和浅睡眠。其实它们待在一个地方,看上去是在打盹,实际上是在思索。与人不同,与一般的动物也不同,猫的思想需求很大,它所要思虑的事情很多也很辽远。但是它们思索的内容,人们无法得知。有人会问:想这么多,即便是深刻的道理,又有什么用处?

　　这种朴素的设问一定会发生的。我长期观察所形成的看法是:猫和人在对待思想及其成果的时候,似乎是完全相同的。人的很多思考也大多是留给了自己,其中只会有一小部分拿出来与他人分享;猫也是一样,它与其他猫议论自己的所思所想,表达的方式我们不会明白;它在生活中遇到的大量事物,都必须用自己的大脑加以过滤。这个世界无论对猫还是人,都太大太陌生了,变化太快,于是每天都要面对全新的东西。

　　融融的了不起之处,是它从幼儿园到大学这个学习阶段,除了修完基本的课程之外,还提前涉猎了研究生阶段的部分内容,比如怎样与人相处、一些礼节等,都是极难的部分。猫与人没有共同语言,但交流是必需的,这就要掌握一些肢体动作、一些特别的发声技巧。最让人难以置信的是,它竟然在离开母亲之前学会了与人握手。

就因为它的优异,属于超前毕业的优等生,所以就提早许多天来到了我们家里。

小獾胡

融融来到新家的第一个星期,也许要面临一生中最困难最艰巨的任务。在我们的认知中,猫对于周边环境的敏感性远远超出了其他生灵。它除了要将自己的居所、用餐处、卫生间等一一熟悉并习惯,还要把足迹所及的每一角落、每一物体都搞个清楚。这个新的世界对它来说不仅有形象,而且有气味;随着时间的推移,这一切又将在许多个层面被它所把握、所拥有。"哦,这是我的家,我的亲人,我的房子,我的水,我的声音,我的蹭背墙,我的磨爪处,我的玩偶,我的'古怪'。"它把暂时还不能理解和认知的事物,称作"古怪"。

在最初的日子里,融融也许会按捺自己的稍稍不安。可是其中的绝大部分我们无法帮到它,需要它自己从头解决。但最终与我们的想象大为不同,它竟然从头到尾没有表现出一丝的慌乱和匆忙,而是像一个来过多次的老朋友那样,有条不紊、安然沉着。当然,它要了解新家,但无论是抚摸还是嗅闻、注视,神色总是一派从容。最让人感动的是,只要主人走过来,它一定会放下手头的事情,用多种肢体动作,用不可言喻的目光神色,来进行"对话"。

那一刻它是这样的：先欣然仰脸，然后不徐不疾地走到跟前，在近处注视；如果我们伸出手，它就会用额头轻蹭一下，接着将身体挨过来。它很少说话，语言诉诸形体动作，更多地使用目光。我想说：从来没有看到比融融的眼睛更富有表达力的了，这是真正的心灵之窗，有时含蓄、深邃，有时又庄重、冷静。它这会儿克制了与生俱来的顽皮，在一种稍稍的矜持中伫立着。只是那个红得有点过分的小嘴透出了无法遮掩的稚嫩，使人忍不住要逗弄一下。

我们一直想不明白的是，它究竟用什么办法化解或掩盖了初来生僻之地的局促不安。还有，就是它令人费解的沉稳举止，到底是源于一个物种的本性，还是经过了一定程度的克制或修饰。这于一个小动物来说是不可思议的。这让我难免一厢情愿地猜度起来，想象它有一种特殊的胸襟、曲折的心智，以至于能够容纳和洞悉、体谅和接受这个新家、新家的一切。

我在想另一只猫，那是我拥有的第一个动物朋友。啊，转眼已过五十多年，那些日子多么遥远，可是又近得如在眼前。它的面容与声音似乎就在昨天。它有一个古怪的名字：小獾胡。这是外祖母给它取的。它的到来真是一个传奇，那是我永远不会忘记的。

那是极为平常的一天，我和好朋友壮壮在海边林子里玩，天快黑的时候才准备回家。正走着，天空突然传来一阵阵急促的歌声，声音有些异样：一只云雀就在头顶呼喊。是的，它不是歌唱，而是尖叫，是不顾一切地大吼。

我们对云雀的歌声太熟悉了，而且知道一个原理：无论它飞得多高，总是与地上的小窝保持一条垂直的线。也就是说，它一边唱一边盯紧了自己的家和孩子，那是几枚带斑点的蛋，或者几只毛茸茸的小鸟。我和壮壮都觉得头顶这只云雀有什么不对劲儿。我们低头仔仔细细地找起来,知道它的小窝一定就在附近。

找啊找啊,天色有点灰暗。不过什么也逃不过我们尖尖的眼睛:就在一大蓬茅草旁,巧妙地隐藏了一个精致的小窝,它就像一只光滑的小草篮,啊,里面装了四颗带斑点的蛋。老天爷,说起来没人相信,小窝旁边正蹲着一只拳头大的小猫,它正瞅着小窝里的蛋,神情专注到顾不得躲闪。

我和壮壮乐坏了,彼此对视一下,大气不出,不约而同地伸出了手。小猫这才开始躲闪,不过已经有些晚了。它很容易就落到了我们手里。小家伙吓坏了,剧烈挣扎,龇牙瞪眼的样子真像一个小恶魔。说真话,那一刻我和壮壮都惊呆了,差点慌得将它放开。不过它对我们的诱惑力也实在太大了,一直忍住了它的抓挠,只紧紧地搂住。谁能舍得下这样一件宝物,除非是疯了。

我们一路上安慰它,呵着气跟它说话。我们告诉它,快些跟我们回家吧,在那里,有比小鸟蛋不知要好多少倍的好东西等你享用哩。它可不听这一套,不停地蹬和挣,那力量与小身子简直太不成比例,如果不是亲身经历,谁也想不到一只小奶猫会有这么大的劲儿。它很快把我和壮壮的胳膊抓破了,衣服也扯坏了。我们只是忍住,一路拥紧了它。

外祖母

很快看到那座孤零零的小屋了,那就是我们林子深处的家。外祖母正在等我回家,她听到声音走出门来,一眼看到我们怀中挣扎的小家伙,发出"哎哟"一声。她比我们还要惊喜,不顾它的反抗,一下接到了怀里,像抱住一个小孩子那样上下颠动,一边"哦哦"地小声叫着。奇怪的事情发生了,这让我一直没法忘记:小猫一直在狂挣和暴怒,可是这会儿突然平静了许多,它盯住外祖母,大眼尖尖的,愣了一会儿竟然眯了起来。它大概实在太累了,挣扎了一路,这会儿要睡了。

外祖母一动不动地抱着,大概害怕把它弄醒。

它真的睡着了。这一刻我们才敢挨近些,好好地端详起来。原来这是一只深灰色的、浑身有着浓黑斑点的小猫,只有四只爪子的前端是纯白的。黑色的胡子很长,长到不成比例,大概这就是外祖母后来为它取名的依据。这一会儿,它即便睡着了,脸上也透出凶凶的样子。这模样真让人害怕。在我以前见过的所有的猫中,没有一个是这样的。可是不知为什么,它这副凶样子反而更让人喜欢了。

我们加紧为它铺窝,收拾居所。为了让它舒服,我们把一只小柳条篮铺了白茅花儿,又为它找了最好的一只蓝花瓷碟、一只绘了小鸟的陶钵吃饭喝水。还有什么要做的?我和壮壮商量着,认为它该有几件玩具,于是把自己都不太舍得玩的一只小铁鸡放在了它的窝旁:这是外祖母给我的,只要上足了弦,它就能不停地拍动翅膀。

它还在外祖母怀里睡着。它的小窝中,水和拌了蛋黄的米汤已经摆好,正等着它醒来享用。我和壮壮什么都不干,一直蹲在那儿,要看它吃饭的样子。它来我们家怎样吃第一顿饭,这可不是一件小事。

接下去，最意想不到的事情发生了：它从外祖母的怀中一睁开大眼，就猛地蹿起来，好像刚才睡了那么久全不作数，重新生分起来，再次做出了吓人的模样，龇牙，发出"哧哧"的声音，脊背上的毛齐齐地竖着。这是一副令人震惊的凶悍模样，而且并不因为它长得小而减轻了威力。我和壮壮长时间不敢接近，正琢磨该怎么办，它竟然跳起了好几尺高，横冲直撞起来。我们真的害怕了。

外祖母还是微笑，像是一点都不焦急，微微弓腰走到那个新做的小窝旁，轻轻地挪了挪饭和水，然后就坐在了一旁。同时她示意我和壮壮也好好地待在一边。这样大约过了五六分钟，它脊背上的毛渐渐平伏了，眼睛眯了眯，好像看了一眼那边的小窝和食物。但它仍然一动不动地趴在屋角，身体紧抵墙壁，做好了随时起跳的准备。

外祖母故意忙自己的，只偶尔看它一眼，脸上是对最小的孩子才有的那种笑容。我发现有点奇怪的是，它不理我和壮壮，却仰脸看了外祖母几次，还抿了抿舌头。外祖母手里仍旧忙着，嘴里哼起了低低的细细的曲调，不是歌，没有词儿。这声音大概最适合小孩子听，反正我听了就很舒服。它眯上了眼睛，一直眯着，但这次我们知道，它并没有睡。外祖母对我们使个眼色，然后向饭桌走去。我这才感到一阵饥饿，饿极了。我们开始吃饭。但我和壮壮的注意力很快又转到了它那儿。

直到我们吃完饭，又过了很长时间，它只是假睡：耳朵警觉地活动着，眼角时不时地瞄我们一下。天色越来越黑，外祖母把灯苗拨得大一点。它在微弱的灯光下伸直前爪，将下巴贴上去。外祖母笑了。

野物

我们的小茅屋在野林子深处,四周没有一户邻居。离我们最近的是东北方十多里的园艺场,再就是往西,在更远的河西岸有一处林场。壮壮的爷爷在稍近点的一片小果园里当护园人,那园子也属于园艺场。壮壮跟爷爷住在一起,有一天跑到我们茅屋里来,就成了我的好朋友。爸爸常年在南边的大山里,那里有一个很大的水利工地,爸爸他们要凿穿一座大山,把水从山的另一边引过来。我问外祖母:"爸爸什么时候才能回来?"她说:"大山凿穿的那天。"

她没有说大山什么时候才能凿穿。但我一直记住了这件事。我和爸爸之间隔开的,其实是一座大山。

妈妈也不在,她平时在那个园艺场里做临时工,要两个星期才回来一次。所以我们家每两个星期就有一个节日,这比所有人家的节日都多。过节到底有多好,这得来我们家才知道。外祖母把好吃的东西都攒起来,还变着法儿添加新东西,然后一直等着那一天。妈妈不回来,好吃物就藏在什么地方,非常馋人。好在我总能忍住。忍的办法就是到茅屋外面,走远一点,到东边渠旁那片白茅花上打滚儿,听天上的云雀唱歌,直等到壮壮跑过来。

现在完全不同了,因为一只小猫的加入,我们茅屋里已经有了三口。这种热闹劲儿是以前从未有过的,我都不舍得离开屋子了。外祖母正式给它取名"小獾胡",我越看越觉得这名字好。外祖母自己忙,我一个人和小獾胡玩,想和它说很多话。它不再急走狂蹿了，我走近的时候也不跳开。如果我伸出手，它就皱起圆鼓鼓的小鼻子，嘴里发出熟悉的"哧哧"声。这声音不像以前那么吓人，不过也让我迅速缩手。我告饶说："如果昨天在林子里坏了你的好事，我现在向你道歉。我们硬把你抱回来，是太喜欢你了。几天以后你还讨厌这里，我们就把你送回原来的地方。我是说话算话的。"

最后一句外祖母听到了，她歪头看我一眼，目光透着赞赏。我在心里说："坏了，你可千万要喜欢我们这儿啊！"我于是追回一句，说："你回到林子里，如果想我们，随时回来好了。"我这样说时抬头看看小窗：上面有防止它逃窜的一片旧渔网。

我坐在一旁咕咕哝哝讲故事，把它当成了一个小孩子。我认为谁都会对林子里的故事着迷，它也不会例外。问题是它能不能听懂，这个我一点把握都没有。不过我相信它多少会听懂一点，这是可能的。它特别能听懂外祖母的话：每当她开口说话、哼歌，它就微微转脸，耳朵一动一动。外祖母的声音和所有人都不一样，软软的温温的，还有一点香甜味儿。半夜里她总是用这种声音把我送入梦乡。

外祖母心里装的故事可真多，她大概给我讲过的，只有全部故事的百分之一。她的故事不光是关于林子的，还有远处的，比如城里，比如更远更远的什么地方。有的故事只讲个开头就停住了，大概她后悔了。

如果说林子里的故事，有一个人知道得比外祖母还要多，这就是采药人老广。这个人常年在林子里转悠，背着一个大口袋，里面全是他找到的宝物，离人老远就散发出古怪的香味儿。我总觉得这个大口袋里也装满了故事,它们和草药一起散发出气味。他进出林子时常要经过我们家,坐下喝一碗水,然后就有头没尾地讲起来。他的故事又好听又吓人,常常让人半夜里惊醒。外祖母背地里说:"他是逗你玩的,胡编了吓唬小孩儿。"我倒认为老广说的大半是真的。

小獾胡来到我们家快两天了,连水都没有喝一口。我和壮壮急得搓手。我们都害怕外祖母会忍不住把它放掉,那就糟了。我们不仅要看着小獾胡,还要盯着外祖母的一举一动。还好,她按时给它食水,但并不催它吃喝。这样直到第三天,一大早起来,我像过去那样第一眼就看它的小窝,结果高兴坏了:陶钵和蓝花碗都是光光的。

我喊起来,外祖母做个手势,我赶紧捂上嘴巴。

我们,包括小獾胡,这会儿都非常安静。在这个不声不响的小屋里,正在发生一件让人兴奋的大好事儿:一个来自大林子里的小家伙,一个野哧哧的小野物,开始吃东西了。这说明它愿意留下来,愿意和我们在一起了。这时候我又想起了最初与它见面的那一刻,想起了云雀的小窝。它的家在哪里? 它的爸爸妈妈会找它吗? 我低下了头。我也想起了爸爸妈妈。

外祖母把我引到一边,眼睛瞥着小獾胡说:"它是林子里的野猫生的,野猫和家猫不一样,它们长得稍大一点,就得自己生活了。"

"它还多么小啊,爸爸妈妈这么早就让它离开?"

"是的,这是海滩上的野物,它们就是这样,要提前出远门。"

狸子外孙

　　我明白了小獾胡和一般的猫是不同的,因为它的爸爸妈妈甚至更早几代,都是林子里的野物。这就明白它为什么那么凶,力气那么大了! 从见到它的那一刻,它身上的那股横劲儿就让我们无法招架。老天,那一天要不是我和壮壮铁了心,拿出最大的蛮劲儿并且横下一条心,是绝不可能把它弄到家里来的。它真的不是一般的猫。这一下我有些担心了,害怕它有一天转身跑进林子,就再也不回我们的茅屋了。外祖母可能也这样担心吧,她迟迟没有打开小窗,也不敢撤掉门上的旧渔网。

　　我想,当它真的把这里看成自己的家,那时我会看出来的。让人失望的是,直到好多天之后,直到它不停地吃东西喝水时,它也还是不愿接近我。它的目光转向我的时候并不友善,而是警觉中透着一丝怒气。显然它还没有原谅我。壮壮来的时候,它的态度也是一样的。

　　我发现它有好几次主动走向外祖母。不过当她伸出两手时,它犹豫了一下,还是缓缓地躲开了。外祖母微笑着看它一眼,便到一边儿忙自己的事情去了。它坐在不远处看着她,长时间目不转睛。它还多么小啊,蜷在那儿,就像两只拳头那么大。它的样子很神气:一对灰眼睛微微发蓝,胸部有黑重的纹路,使劲挺着;两只三角形尖耳高高竖起,分得很开。它最好看的就是从额头到脖颈这一段。它的嘴角是深棕色的,凸起很高,好像有点肿,从上面长出两撇长长的胡子。这嘴巴让人一看就发笑。

　　当它发现我在盯视,就将头转向了一边。它还在记恨我。我想,那一天如果我和壮壮不将它逮到,它会偷走那四颗鸟蛋吗?那样云雀可就惨了。我问过外祖母,她说:"也许它还太小,不认识这东西吧。"我不相信。她在为它开脱。过了一会儿她又补充说:"如果它真的伸出了小爪子,云雀就会不顾一切地冲到地上来。做母亲的是天下最勇敢的人。"

采药的老广来了,一进门就盯住了小獾胡,转动着脑袋说:"啊哟,老天,这是一只小野狸子啊!"外祖母沉着脸:"好生生的一只小猫嘛。"老广抽出烟斗,含在嘴里没有点火,只认真打量小獾胡。这样待了三五分钟,他一拍膝盖说:"我看明白了,这可不是一般的猫啊!"

我们怔怔地看着他。老广从头说起,说自己是对这片林子最熟悉不过的人,什么野物都认得。"跟你们说吧,这只小家伙是野狸子的外孙。""啊?"外祖母一脸惊讶。我问:"什么是野狸子?"老广说:"那是林子里一种很厉害的动物,样子像猫,可比猫凶多了,能吃猫呢!"

老广把烟斗收到口袋里,把脸转向我,好像只想对我一个人讲话了。我知道他是多少害怕外祖母的,从来不敢顶撞她。他说:"以前这林子里有不少野猫,它们都被两只从河西转来的野狸子吃了。这两只狸子凶啊,个头真不小!它们是两口子,一块儿捕猎。后来那只公的不知怎么走了,就剩下了一只母狸子。孤单单的母狸子有一天捕到了一只公猫,见这猫长得太好看了,就舍不得吃,后来就喜欢上了。"

外祖母抬头看他一眼。他问她:"怎么,讲不得吗?"她说:"讲得。"老广"嗯"一声:"那我就讲完吧。这全是真的,我这人从来不说瞎话。事情是这样的,这只母狸子后来就和公猫好上了,生了几个孩子。从那以后母狸子就不吃野猫了,因为都是亲戚了,不好意思下手了!"他哈哈大笑起来。

我觉得这故事太神奇了,急着知道后来怎样,就不停地问。老广摊开手:"后来就简单了,一只母猫生了几只小猫,这当中就有你们这只。我最熟悉它们的斑点和模样,一看就知道这是一窝的。还有,看它的耳朵尖,那两撮毛是不是长得出奇?一般猫不会长成这样!"

我仔细看着小獾胡。一点不错,它的模样真不一般,身上的斑点黑得刺眼,耳朵上的两撮长毛往上挑着,看上去真凶啊。"你扳着手指算一下,它不是那只母狸子的外孙吗?"老广把脸转向了外祖母。

这一次外祖母没有反驳他。

第一夜

许多天过去了,小獾胡除了外祖母,不让任何人触碰。我和壮壮只能在离它几尺远的地方看着,想要伸手抚摸,它一定会提前窜掉。外祖母喂它米汤和一点蛋黄,有时要将吃的东西托在掌心里。它吃饱喝足之后就眯上眼,在外祖母的臂弯里待一会儿。这让我找到了机会,趁它睡熟的时候悄悄走近:可惜它总能在最后一刻察觉,猛地跳开。

我和壮壮很生气。它显然还记得云雀小窝旁的那一幕。我想问它一句:你那一次做得就对吗?偷偷摸摸趴在那儿!说你是偷蛋贼一点都不为过！不过这会儿还不是追究这些的时候，我只想弄明白它对一个人好或不好、疏远和接近的理由到底在哪里。这家伙显然是极聪明的，这从它的神气上就能看出。它对人的信任、好或不好，通常是用距离来表达的：对外祖母可以贴紧，对我和壮壮要离开二三尺，对老广则要躲到几米之外。有一次老广带来了一条小鱼，这是他特意从海边打鱼人那里要来的，想凑到跟前递给它，顺便亲手摸一摸。他咕哝说："我得好好看看野狸子的外孙。"他提着那条小鱼往前，为了防止它逃开，就把它逼到了屋角。谁知就在老广离它一米多远的距离时，它嘴里发出吓人的"吱吱"声，脊背上的毛再次竖了起来，噌一下蹿起来，从老广肩膀那儿飞出很远。

"野物就是野物！"老广扔下小鱼，生气了。

我同意老广的话。然而外祖母却令人嫉妒地抱起小獾胡，轻轻拍打说："没事儿，没事儿，咱心里有数。"我问："老广对它不好吗？""好，不过他更多是好奇。"我没话可说，因为那天老广一边往前凑，一边说了几句不太友好的话。我说："我对它可是真好啊。""你只想和它玩。"外祖母说。我承认外祖母说得没错。可是我也没错。这时，我忍不住伸出食指，在它的额头那儿轻轻摸了一下。小獾胡立刻睁开大眼看我，又看外祖母。这次它没有发火，也没有跳开。

就从这一天开始，我可以挨近一点了，喂它食物的时候还能顺手理一下它头顶的毛。我对来玩的壮壮吹嘘起来，多少夸大了与小獾胡的友谊。可惜当我伸手去揽它的身体时，它就躲开了。我对壮壮说："它不好意思。其实它心里对我是好的。"

晚上，我躺在外祖母身边，从窗户上看着一天的星星。如果她不困，就会说点什么。她肚子里的故事太多了，天上地下，过去现在,大海和林子,什么都知道。我将来一定要把她所有的故事从头复述一遍,记下来,讲给人听。这个夜晚她说的不是故事,而是爸爸。她一直牵挂那个大山里的人。

"他一年里只能回家一两次,家里就没这个人似的。孩子啊,幸亏妈妈半月二十天还能回来一次。爸爸他们那帮人不受待见,这些人的命真苦,一年到头凿山,那山怎么凿得完? 凿穿一座,还有另一座,山连着山呢。"

她在叹气。我想起了什么,悄声问:"你说有个叫'愚公'的人会移山,那些人是不是要爸爸当一个'愚公'? "

外祖母擦起了眼睛:"也许是。我害怕了,"她盯着窗户,"谁都有老婆孩子,谁都得过日子啊! "

正说到这儿,小獾胡跳上炕来,在我的头顶那儿蹭了一下。我一动也不敢动。它在我和外祖母之间低头转着,好像琢磨是不是该躺在这里。它终于想好了,轻轻地蜷在了外祖母枕头旁,一会儿就发出了呼噜声。这声音甜甜的,这是我听过的最好的声音。从此以后我会记住:人的夜晚只要有这样的声音相伴,就一定是最好的夜晚。我一声不吭,一直听着它的呼噜声。

这是我和小獾胡一块儿度过的第一个夜晚。我总是害怕它在我睡着的时候离开,有时迷迷糊糊睡去,醒来就要伸手摸一下,啊,还在,软软的,热热的。

听故事

因为融融的到来,它的呼噜声,让我再次想到许多年前的那些夜晚。我谈到小獾胡,虽然断断续续,却能拼接起一段林中岁月,那是茅屋里度过的艰难而宝贵的时光。时至今日,只要一闭上眼睛,枕旁还能听到呼鸣的林涛,外加一只小猫的呼噜声。

现在,我又一次面对一双聪灵无比的大眼睛。我要对它说说那片林子,讲一个它喜欢的故事。还是从那个海滩黄昏、从头顶上大声鸣叫的云雀开始,让它在一个精致的小窝旁结识小獾胡。融融听到这个名字立刻仰起了鼻子,直直地看着我。

"它要听故事,"我说,"它真的听懂了。"

我从不怀疑猫能听懂一些简单的话语,狗也同样如此。这需要一个过程。融融刚刚加入我们的生活,这么小,不太可能知晓家里人的交谈。但有一点是肯定的,它进入新生活的能力远超我们的想象,比如能够在极短的时间内熟悉周围每一样物品,很快适应一切。在我看来,它那么自然得体地与人相处,欣然而笃定。

我们一提到"融融"二字,它总有机敏的反应,马上抬头望来,睁大一双询问的眼睛。当我与孩子在电话上交流这个时,那边立刻传来笑声:"那当然了,如果连自己的名字都看不住,该是多傻的猫啊。"这里的"看"字读一声,是"看管"的意思。是的,名字属于自己且跟随终生,当然要守住。

融融对"吃饭""睡觉""上床"等短语,全都明白。不仅如此,它对跟随自己一起来到新家的一些小物品,如罐头和驱虫水之类,都一一专注地用那双小胖手揽住,一丝不苟地阅读上面的说明书。我看了一下,这些物品分别用日文和英文写成。也就是说,加上我们的日常用语,融融现在起码掌握了三国语言。

当然这是一种牵强附会的趣思。但它的敏捷聪慧、善解人意

236

是不需怀疑的。它甚至与家人有着相同的嗜好:爱听京剧和纯音乐。我多次,不,应该说是屡试不爽,发现只要电视里播放京剧,它就一定要转到屏幕的正前方,目不转睛,一直看到整个唱段结束;只要音箱里响起动听的旋律,它就必定终止玩耍从远处赶来,表情时而欣悦时而肃穆。

"它的前生,一定是一位艺术家。"我这样推断。

它关于语意的理解深度,目前所具备的能力,我们不能抱有太高的期望。观察中,人们出于对它们的喜欢甚至溺爱,总会夸大其异能,说出一些不可思议的超常表现。这是人们熟悉的。不过也有相反的情形,那就是把它们当成异类,根本无视其存在,认为它们对我们的生活从来一无所知。这也是错误的。

我发现每当说到"小獾胡"三个字的时候,融融就格外的专注或兴奋,有时会把右前爪提起、再提起,从耳朵那儿往前猛地一挥。这是猫和狗都有的一个动作,是极愉快极冲动时的一种肢体语言。是的,它在听另一只猫的故事,当听到不太好的情节时,样子就严肃起来,双目下垂,鼻子上好像坠了铅。

看着融融碧蓝碧蓝的、清纯如水的眼睛,我更要把故事讲好。任何悲凄的往事都不应该抵达它的耳郭,这样纯稚的生命站在一旁,我们真的不敢放肆。我们不论说到爱还是恨,都要蹑手蹑脚的。

遗传

小獾胡对家里人的亲密程度是不同的。它最爱的人是外祖母,其次是我,再次是妈妈。因为妈妈是十多天前才结识它的,而且只在家里待了一天就匆匆返回了。不过她只用了半天的时间就取得了小獾胡的信任，这速度快得惊人。"它知道妈妈是家里人。"这是外祖母的解释。她说得对，因为我发现老广虽然熟悉它的时间更早，可是关系仍然有些生分。对这一点，老广是不太甘心的，他为了讨好小獾胡，路过这里总要带来一点好吃的东西。但小獾胡摇着尾巴，只轻微地表示了一点谢意，然后就开始享用。

妈妈对小獾胡的到来高兴极了，每次回来都要长时间地抱着它。她以前就是这样抱着我，现在我长大了，她抱不动了，也就改成了小獾胡。她抱着它的样子让我想起了以前的日子。我有些嫉妒。她抱着它走到门外，望着院墙外的树梢说："大山里的人如果回来了，也会喜欢你的。"她的声音很低，显然是说给小獾胡听的。

夜里，就是我和外祖母、小獾胡三个一起了，而且夜夜如此。外祖母入睡前照例要讲故事，听故事的不再是我一个，所以她讲起来就更细致更耐心了。有的故事听过一点，有的没有。外祖母这一次说起了外祖父，这让我抚摸小獾胡的手都停了下来。那是一个我从没见过的人。无论是妈妈还是外祖母，只要提到外祖父都要小心翼翼的。因为他在很早以前就过世了，是一个不幸的人，也是一个了不起的人。他是当地享有盛誉的医生，还是一个虔诚的基督徒。妈妈和外祖母以前说到他，只有只言片语。一牵扯到让人心痛的往事，她们就这样。不过我已经在心里把她们的话一点一点地拼接起来了，将它们串成一个有头有尾的故事。

这故事让我哭泣，也让我神往。我常常想：如果我生活在外祖父身边，该是多么幸福。我会让这个了不起的人高兴，说不定我会保护他的。我总把自己想象成一个无所不能的人。是的，只要能够保护他,我一定会变成那样的人。

外祖母这个夜晚讲给我和小獾胡的,是一个酷爱动物的外祖父。老天,说起来有人不信,他竟然一口气饲养了几十种动物,这些动物有许多是当地人从来看不到的,从山羚羊到大蟒、大海龟,再到各种鸟儿、牛马驴子等,一个大院落就成了一个动物园。为了羚羊,他在院内堆起了高高的石头山;为了海龟,挖出了一个很大的水池。他出门时总要带上心爱的狗,骑上大红马;偶尔因为一些事务不便带狗,就要专门对它细细解释一番,然后才上路。猫在他工作的时候一直待在旁边,是陪伴时间最长的。夜晚,他的枕边一定有猫。

"你姥爷最后一次从东城那个大教堂出来,骑着马,回西区的家里。就是这一次,半路上遭到了伏击。那匹马什么都懂,它跑回来报信。马跑回家,不停地用下巴磕打木头台阶,家里人这才知道出事了。"黑影里,外祖母的声音低得快要听不见了。

她停下了。我等待着,一个字都不想放过。可惜这一次她同样没有说得更多,接着结束了这个短短的故事:"爱动物也是有遗传的,孩子,你这么爱它们,大概是因为外祖父。"

是啊,我完全同意她的推断。这个夜晚我在想,自己今生最大的遗憾,就是没能见到那个可爱的老人。一个人对动物有那么多的爱,肯定是一个善良的人。她以前说过,外祖父能够与动物对话,他蹲在它们跟前长时间地说着,它们听得很专注,比如一只羊正在吃草,一听到他的话就会停止咀嚼,认真地听;那匹大红马与他相依为命,有一次他出门日子多了,大红马就想他想病了。

说外祖父是一个了不起的人,主要还不是指他养了那么多动物,而是说他干的那些大事。他是一个无比英勇的人。那些事我当时搞不懂,随着年龄的增长,我会更加肯定地说:外祖父真是一个了不起的人。

凿山的人

到现在为止,我们家里只有爸爸一个人还没有见到小獾胡。我一想起他们相见的那一天,就激动起来,眼泪险些流出来,真是奇怪。我觉得大概没有比爸爸更喜欢这个小家伙的了,事情一定是那样,至于为什么,我还说不明白。我认为爸爸见到它的一刻会大喜过望,然后紧紧地抱住它。我害怕的只是小獾胡不懂事,见了从大山里归来的陌生人狂乱地躲闪。

如果它不理他,他会伤心的。

我和爸爸待在一起的时间,加起来还不到一年。外祖母平时也不太提到他,好像不想说山里的事情。妈妈也是这样。我知道这是因为忧愁。她们装着高兴的样子,但是装不像。忧愁像看不见的空气一样藏在我们的茅屋里,赶也赶不走。小獾胡帮我们赶走了许多忧愁,这是它了不起的方面。我有时在小院外边,站在离茅屋远一点的地方看我们棕色的屋顶,觉得这座小屋像心事沉重的人一样,默不作声。整座小屋的最大心事,就是等那个凿山的人回来。

因为想爸爸、想妈妈,我有时会一个人躲在林子里,半天不出来。我在一棵大橡树或大杨树下待很久,最后让外祖母慌乱地出门找起来。她不停地喊啊,嘶哑的嗓子把树上的鸟儿惊起一大群。

所以,我觉得自己对不住外祖母。现在好了,有了小獾胡,我可以长时间待在屋里了,和它一起,抚摸它,与它说话。我的话它能听懂许多,我想一定是这样的:外祖父能够做到,我也能。这是我们家遗传的一个技能。

我多次试过这种本领,发现有时候能,有时候不太明显。小獾胡是一个很有心劲儿的家伙,许多时候它其实早就听懂了我的话,却装出一无所知的样子。如果我在说一件让它高兴的事情,只要轻轻几句它就明白了。

有一天我在林子里玩,正追着一只小蜥蜴,刚转过一丛枣棵,突然有个打猎的人从旁边走来了。这个人戴着一顶长檐帽,还有一副飞行员那样的风镜,模样很怪。我害怕并讨厌打猎的人,只想绕开他。可是他偏要拦住我的去路,咧着嘴,不怀好意地说:"噢,你就是那个小茅屋里的吧?凿山人的儿子,你知道长大了也要去凿山吗?"

我的心扑扑跳。不是害怕,而是恨这个人。

"听到了没有?快些长,长大了去凿山。"

我脱口说道:"我不去。"

"哈哈,这事儿可由不得你了。大山怎么凿得穿?要一代一代接上。嗯,叮叮当当,啪啪咔咔,接上凿。"

我捂着耳朵跑开了。我来不及躲开那丛枣棵,双腿被尖刺划出了血。

回到家里外祖母心疼了,她给我抹药水,"啊啊"地吹气,问我怎么会这样粗心。我什么都没说,没有提那个猎人。但我会一直记住那个人的话。这一夜我很难入睡,长时间望着漆黑的窗子。除了怜惜爸爸,还有恐惧。我不想这样度过一生,不想用一辈子的时间去凿山。我盯着夜色发问:如果真的那样,又该怎么办?心底有个声音答道:会逃,逃到天边。

早晨醒来,外祖母不在身边,只有小獾胡贴紧了我的枕头。我与它脸对脸发呆,说:"也许有一天我会逃的,逃得很远很远。"它的额头抵过来,一动不动。我在想那座大山和那个人,想爸爸。他天天都要凿山,用钢钎和锤子。大山和人都是不幸的。这是一座给凿痛了的大山,一个最不幸的人。大山被凿上了孔洞,人瘦得皮包骨头。妈妈说过:那些大山里的人每天只供给一些粗窝窝,喝漂着几片菜叶的盐水汤,一整年都是这样。爸爸每次回家,家里人都要为他准备炒豆子和地瓜糖,可他回到山里还要分给大家。那些人和他一样,都晒得黢黑,又干又瘦。

我永远忘不了那个冬天,爸爸冒着大雪,经过了两天一夜的跋涉从大山里回来。他这样辛苦却只能在家待上两天。爸爸真瘦啊,整个人让人想起一棵细长的、没有枝杈的白杨树。他个子真高,皮肤真粗,手脚全是裂口。他一进门和外祖母说了一句话,就把我抱起来。我记得自己很奇怪,脸挨紧他扎人的胡子,就轻轻地咬着他的耳朵。爸爸耳朵上有一股咸味。外祖母一见他回来就有些慌乱,在围裙上擦着手说:"快,快,去告诉你妈,说他回来了,回来了。"她这样说着,转身就出门去了。

爸爸一直抱着我,好像永远不想放下。我没有说话,因为不知道说什么。大山里的所有事情我都好奇,可这会儿只有他一个人在说。他在问,其实是自语。他说林子,妈妈,外祖母,然后又说大山里的夜晚。那里的冬天真冷啊,他说今年冬天又冻死了两个人。

242

不过他说自己永远冻不死，因为他一直在想着林子里的这座茅屋，茅屋里有一只呼噜噜响的火炉。"这样，我就冻不死了。"他笑了，亲了我一下。

大林野

如果不是和好朋友壮壮一起去林子里，外祖母就不放心，总要叮嘱不要往林子深处跑。林子太大了，无边无际，我只能在离小茅屋不远的地方活动。林子里的声音很大，那是无时不响的林涛和海涛、各种鸟儿的叫声。野物奔跑时发出的唰唰声、喷嚏声，还有嬉闹打架的声音，只要屏住呼吸都能听见。这些声响全不可怕，因为它们都是明明白白的东西发出来的。最可怕的是那些谁也弄不懂的、千奇百怪的响声，比如从远处传来的比老牛的叫声还要大十倍的"哞哞"声，林子深处若有若无的哭和笑，更远处那种尖尖的、好像一个小孩子被扼住脖子时发出的叫声。

那些怪声如果响起来，连猎人都要害怕，他们会从林子深处跑出来，一直跑回家去。海边来来往往的老人们说这林子太大了，年代也太久了，所以也就积下了许多老事情，有了妖怪。"'老事情'又是怎么一回事？"我十分不解，有一次就问起了采药人老广。老广说："就是多年没有了结的事，比如说发生在林子里的恩仇、冤屈，就像一笔笔老账一样，还没有结清。"我仍然不太明白，不过更加知道了这林子的可怕。

其实我很早就清楚，林子里面的最大危险不是野兽，而是其他。因为这里面如今几乎没有大型凶物，据老广说，最后的一只狼也在二十世纪五十年代死在猎人手里了。大一点的动物只有獾和狐狸，而这两种家伙脾性好，心眼多，一般不伤人。蛇和毒蜘蛛是可怕的，但只要小心一点儿，被咬到的可能性也不大。老广说他采了大半辈子药，从来没被蛇咬过；有一个年轻人仗着胆儿大，乱闯乱奔，结果就被一粒豌豆大的蜘蛛咬伤了，浑身紫一块儿黄一块儿，最后没能救过来。

在林子里，另一种让人害怕的事就是迷路。只要迷了路，各种危险也就全来了。首先是回不了家，在林中过夜，一到了漆黑一片、深不见底的密林里，各种想不到的古怪东西就全出来了。最吓人的是妖怪，这种东西不是常见的大型或小型动物，而是非人非兽的古怪东西。老广说到妖怪时格外慎重，好像突然就小心起来。他认为妖怪是确实存在的，但它们也和人间万物一样，有好有坏，有的不过是能闹罢了，好奇心强，捉弄人但不害人；有的却坏极了，以各种方式糟蹋人，最后把人弄得死不了活不成。"这叫悍妖。"老广吸着冷气，瘪着嘴角狠狠点一下头。

据说悍妖不怕人也不怕动物，就连老虎、豹、狼等凶险的大动物也不怕，只怕一样：猫。老广真的这样说过。他说别看猫的个头小，却有"异能"。什么是"异能"？就是特别灵捷的身体和超级的智慧，还有一双能看透一切阴谋诡计的眼睛。"这眼睛可不一般，它能看见人和其他动物都看不到的魂灵！"老广说。魂灵，多么吓人，老广说那些悍妖就是凶物的魂灵，所以猫才不怕。

海边的人都知道，人如果在林子里迷了路，超过三天走不出来，那就凶多吉少了。有些猎人、采药人，还有天不怕地不怕的打鱼人，他们全都怕迷路。关于这方面的凶险故事，上年纪的人能一

244

口气说上三天三夜。故事越是吓人就越是让人想听，老广就是讲这些故事的高手。他说有的人被妖怪吃掉，这反倒利落，反正是一了百了；有的人被妖怪变成了一头小驴，结果又被人送到集市上卖了，想想这才不幸。最倒霉的是有人被妖怪看上了，结果就得成亲，想逃都逃不掉。比如说一个挺好的小伙子和母悍妖成了亲，那种苦楚啊，没人受得住。我问为什么。老广叹气又跺脚，大幅度地摇头："没法受。""为什么？""因为不是人遭的罪。"

老广留给我的一句最严厉的叮嘱，就是不要与妖怪成亲；至于其他，倒也没什么大不了的。这样一来我就更想弄明白成亲是怎么回事了，一遍遍追问，老广才说："它跟你亲热完，就把你吊在树上。"

我吓得脸色惨白。后来我对外祖母讲了，她"哼"一声，说林子胡啻的一些家伙，就经常把人吊起来。我说："那一定是妖怪了！"外祖母摇头："他们比妖怪坏多了。"

我没法不到林子里去，因为出门就是林子。大林子里有坏东西，也有好东西。我每次去林子里都会遇到一些惊喜。花、鸟、大树、新来的四蹄动物，它们都对我好极了。远一些看我们的小茅屋，它就像大林子里长出的一朵大蘑菇。我有时会长时间倚着一棵大树，想一些心事。外祖母给我划定一个范围：只要离开茅屋四周五十步，就再也不能往前走了；如果和壮壮一起，就可以走一百步甚至更远一点。

现在是和小獾胡在一起，可以走多远？外祖母想了想，转脸看了看小獾胡，说："那就走一百步吧。"我有些高兴，但仍然不甘心。要知道它的一双眼睛可是了不起啊，连最坏的悍妖都不怕。我们愉快地出门了。大林子啊，其实我早就偷偷地跑到远处了，在这之前就超过了一百步，甚至走得更远。那时真的有些害怕，走进黑乌乌的密林中，总要想到妖怪，在心里祷告：老悍妖啊，求求你千万不要和我成亲，也不要把我变成一头小驴或一只羊；如果那样，还不如干脆直接把我吃了。

这次因为有了小獾胡，我的胆子大了许多。我说："如果你看到了悍妖，脊背上的毛会竖起来，是不是？"它的额头在我手上蹭着，然后仰头去看树隙间的天空。天真蓝啊，白云走得慢悠悠的。不时有一只小鸟飞过，或更大的鸟呼啦啦从近处飞走。远远近近都有老野鸡在叫，还有什么与之对答。老野鸡喊："渴啊，渴啊，渴死啦！"另一个声音就叫着："有水，有水，水啊！"我学起它们，一开口竟然全都不再吭声。林子里有无数的生灵，它们都在玩，忙自己的事情。我让小獾胡站在肩上或跟在身边，只要往前走一段，这里就会突然变得安静下来；不过只一小会儿，一切又重新喧哗起来：大鸟用力拍动翅膀，小动物从树底和草叶间唰唰跑开。有什么在稍远一点的地方发出哈哈大笑：当然是笑我们。

我奔跑，小獾胡就紧紧跟随。有时它会猛地蹿到前边，消逝得无影无踪，无论我怎么喊都不吭一声。当我真的生气了，不再理它时，它会猛地从某个地方跳出来，使劲抱住我的腿。这是它最高兴的时刻。我们会搂抱一会儿。它挨紧我一动不动的样子好极了，可惜坚持不了一分钟。我试过，狗可以长时间挨紧人默默站立，猫不行。猫不愿以这种方式亲近，关系再好也不行。它喜欢逗弄一下就跑，愿意自己玩。

我如果抱着小獾胡一动不动，时间长了它真的受不了。有时我实在忍不住，要亲一下它的鼻子，结果总是十分尴尬：只要来得及，它一定会赶紧躲开；万一被亲了，它就会表现出很沮丧的样子，立刻伸出爪子擦一下鼻子。尽管这样，我还是很得意，有一种偷袭成功的快乐。鼻子是所有动物，也包括人，最美好的一个部位。为了克制自己不去亲猫的鼻子，说实话，这常常要费很大的劲儿。

我们坐在一棵大树下。这是一棵金合欢，树冠黑乌乌的。一些快要萎败的花丝不时落在头上。这一会儿真静，只有我们俩。我又想起了爸爸。我在想他这会儿正在做什么。他肯定和石头在一起，在漆黑的山洞里。我仿佛看到他匍匐在尖利的石碴上，拐肘撑地往前挪动。"爸爸！"我叫出了声音。小獾胡看着我，眯着双眼。

我将它抱上膝头。它的额头和我的下巴连在一起。泪水不知不觉流下来，打湿了它。我想说的是，爸爸回来时，一定会和小獾胡成为好朋友，会这样抱着它。

回报

小獾胡在不知不觉间长大了。外祖母特意用尺子量了一下，说它除去尾巴也有九寸。它真像一个水亮滑爽的小伙子，瞧身上的黑色斑块多么鲜亮，双耳尖部的两撮毛发也更长了。我这时盯着它看上一会儿，对老广以前的推断再也不会怀疑，它真的是凶兽外孙。这不是一般的猫，这从它的眼神中也能看出：两眼突然放出一束锐利的光，当它盯住窗外的鸟儿就是这样，那目光真的冷到吓人。

半夜时分，我只要醒来就一定在外祖母枕边抚摸一下，如果没有触到那软软的一团，就会失落。外祖母拍打我说："睡吧睡吧，猫有猫的事情，它夜里要去林子里。""我们白天刚去过啊！"我对它独自去林子实在不高兴。我一边生气一边强迫自己睡觉，后来睡着了。

天亮了。一大早发生的事让我和外祖母吃了一惊：一缕霞光照亮窗台，上面整整齐齐摆放了一溜儿东西，原来全是被杀死的小动物，它们头朝一个方向，间隔相同的距离。啊，一条小蜥蜴、一只麻雀、一只仓鼠、一只螃蟹、一只绿蚂蚱、一条大蚯蚓。

外祖母数了一遍猎物，回头寻找小獾胡。我当然明白这是它干的。原来这一夜它在狩猎，而且把猎物搬回了家里。这会儿它不在，屋里静极了。也许它累了一夜，正在休息，也许就在某个角落看着我们，想听到一声赞扬。可惜它等来的是外祖母的训诫。她转脸向着屋角说：

"小獾胡你听着，我知道你舍不得吃这些东西，才拿来家里。不过我们和你可不一样，我们不吃它们。它们和你一块儿生活在林子里，你不该杀它们。家里好吃的东西很多，你别祸害它们了，好不好？"

没有回应。这样停了大约十几分钟，小獾胡不知从哪里钻了出来。它奔忙了一夜，身上还有露水和草屑。它无精打采地走到窗台跟前，注视这些猎物。它仰起鼻子，眯着双眼，好像用力嗅着屋里的气味。它低下头，转脸看看我和外祖母，走开了。

我悄声问外祖母，怎么办？外祖母叹一声，怜惜地看一眼小獾胡的背影，没有说话。她转身为它准备早餐了，像过去一样，拿出

248

从地窖里取来的食物:小干鱼、窝窝、虾皮,还有一点蛋黄。

小獾胡转了一圈又回到窗台上,梳理毛发,然后静静地呆坐。它望向窗子时一动不动,目光是仰向高处的,显然在看树隙间的天空。外祖母唤它吃饭,它没有理睬。早餐后我跟外祖母出门打扫院子,回屋后再看窗台,发现上面干干净净的,什么都没有了。

小獾胡不声不响地将所有猎物都搬走了,不知道搬到了哪里。

这样过去了一个多月,又是一天早晨,我醒来后看到外祖母坐在那儿,正看着窗前。我看到她脸上落满了霞光,是欢欣的神情。啊,窗台上又一次摆放了一溜儿东西,仍然是整整齐齐,但那不是猎物,而是其他。我仔细看了看,天哪,它们是一只蜗牛蜕下的空壳、一枝晒干的马兰花、一粒野枣、一根洁白的羽毛、一枚扣子。

我没有动它们,因为这些东西摆放得太整齐了。外祖母皱着眉头笑了,她最高兴的时候才这样笑:"多懂事的小獾胡,它知道我们喜欢什么了。啊,看到了吧?那枚扣子是我不知什么时候丢在外边的,大概也只有它能找到,它的小爪能捡回来!"她这样说时,眼睛里似乎有泪花在闪烁。

黑煞

这一天,我和小獾胡因为走得稍远了一点,就遇到了一件可怕的事。这是小獾胡引起的:它不停地追赶一只大蚂蚱,我就紧紧随上,然后不知不觉就跑远了。有一只红色的大鸟落在前边的大树上，吸引了我们的注意力。突然，那只大鸟抖了一下，差点掉下来，身子一歪，吃力地飞走了。紧接着，树隙里像翻了一个筋斗似的，有什么发出扑通一声，黑影一闪就不见了。

我觉得那是一只大型动物，因为跑得太快，看不清是什么。这可真够吓人。我看一眼小獾胡，发现它的胡子翘起来，两眼紧紧地盯住前方。我们正在发呆时，不远处的灌木窠摇动起来，像起了一阵大风。我和小獾胡赶紧躲到一丛紫穗槐后面。一大片茅草全都倒下来，有什么东西蹿出来。这次我看清了，那是一个又粗又矮的人，长得真吓人。我大气不出地搂住小獾胡。这个家伙咧着乌紫的大嘴，露出一溜儿板牙，剃得锃亮的脑瓜上交攀着一些黑煞，下面是一对恶狠狠的大眼。他四下瞄着，两只耳朵像动物一样不停地活动。

小獾胡浑身抖动，我用力按住了它。我知道它只要蹿出去，就一定没命了。前面这个人壮极了，全身都是紫黑色，腰上拴了一支鸡捣米枪，还有刀子和弹弓。他四下瞄着，好像并没有发现我们。我害怕到了极点，呼吸都停止了。小獾胡也不再挣扎，伏在那儿。

这个家伙往四周盯了一会儿，又仰脸向半空里张望。他转身时我差一点喊出来：那只背着的手里正握住了一只红色大鸟，脖子拧断了，流着血。我好心疼。这样大约过了十几分钟，他发出很大的呼气声，踏倒一地茅草往东走去了。远处的一群群鸟儿飞起来，然后是一阵可怕的安静。

我们仍然一动不动。又过了一会儿，四周有了一点响动，好像一些动物刚刚喘过一口气，林子重新喧哗起来。我和小獾胡这才从灌木窠里钻出来，大口呼吸。我费力地辨认方位，只想快些回家。我要赶紧报告外祖母今天发生的事情。

我一路跑得气喘吁吁,一头扑进小院,大声喊着,外祖母被吓了一跳。我把看到的从头说了一遍,说:"这回真的遇到了一个'悍妖'。"

外祖母看看窗户,说:"那不是妖怪。"

"你没听老广说过'悍妖'吗?""听过。可是他比'悍妖'还坏。"我一声不吭,看着外祖母。是的,我和小獾胡在林子里给吓得浑身发抖。我悄声问:"他是谁? 他叫什么?"

"海边人都叫他'黑煞',说他身上没长肉,全是筋,谁都不是他的对手。他从小舞刀弄枪,不到二十岁就出门比武,得了功名。海边的人都怕他。"

"他是猎人吗?"我越发好奇了。

"他什么都不是,他是坏人的头儿。只要干狠事坏事就得找他。他打人的时候要站到一个凳子上,专打人的脸,捣人的肚子。他用皮带抽人,能一口气把人抽昏过去。被他打过的人,活不太久。"

"我恨死了'黑煞'!"我想起了那只滴血的大鸟。

外祖母吸一口气:"孩子,千万躲着他,不要招惹他。"我没有吱声。我不知道林子里为什么突然出现了这样一个凶神恶煞。他到林子里干什么?我说出了心里的惧怕。外祖母望着小院,目光像凝住了一样,像一个人自语说:"你爸爸有一年回来探家,就在半路上遇见了他,真是冤家路窄。"

"啊,他们见过?"

"'黑煞'截住了你爸,硬说他是从大山里逃出来的。你爸告诉他这是一年两次探家，是被工地批准的。'黑煞'不信，招呼一帮人，把你爸爸关在了一间黑屋里。好生生的一个假期就这样糟蹋了。"

泪水流出来，我狠狠地擦了一下脸。小獾胡无声无息地走近，仰脸看着我，挨紧了我一动不动。

一连好几天，我和小獾胡都没有到林子里去。外祖母说："以后千万躲着那个人，他真的是'黑煞'！"外祖母吸一口凉气，说："什么是'黑煞'？人走在路上，正走着，只要觉得眼前一阵黑，上不见天下不着地，两脚像踏在半空里，那就是遇见'黑煞'了！只要遇见了它，也就十有八九活不成了。以前有一个猎人，他就遇见过'黑煞'，没死，不过在床上躺了半年，身上脱了一层皮。"

小獾胡不知什么时候坐在了旁边，这时弓腰站起来，好像被"黑煞"吓住了。外祖母说下去："那个人有一支土枪，有一帮人，头像石头一样硬，能撞断人的肋骨。南边村子、园艺场、林场，谁都怕他，就叫他'黑煞'。"

中秋节

中秋节到了。这个日子格外不同，提前许多天全家就喜气洋洋的。"我们要过中秋节了。"我对融融说。它出生后第一次经历这样的节日，显然搞不明白，但看上去神情上还是有点兴奋。它已经七个月了，身体明显变大，称了一下，体重已达八斤三两。真是让人高兴。孩子从电话里得知后，说："它的身体发育期会延长到四岁，明年的这个时候，大概就能长成十五斤了。""啊，那该是多么大的一只猫。"我一阵感叹。那边又说："不要忘了,融融是'大骨骼的人'。"

因为要和融融一起过中秋节,想了想,就将它吃的东西做成了月饼的形状。这真像一个节日的样子,从半下午开始,融融就迈着雄健的步伐走来走去,满脸欢欣,好像也在等待月亮升起。终于飞起满天红霞,天色愈暗。一轮比预想中还要大的月亮一点点升起,我们把它抱到了窗前。

也许月色对所有的生命都有特别的作用力,它仰望着,很长时间在凝望。我们看一眼天空的晶莹,再看怀中这张美丽的面庞,恍惚觉得屋子内外都有一轮皎月。

"但愿人长久,千里共婵娟",我吟诵苏东坡的中秋名句,抚摸它。它偎紧了,一起靠着玻璃窗。我们在看遥远的稀疏的星星。

我的思绪又回到了许多年前的那个中秋,仿佛此刻怀抱的正是小獾胡。

那真是一个特别的日子。林中小屋的中秋节与今天多么不同啊,那是一生都不会重复的场景。人这一辈子需要不时地犒赏,为了多些欢乐,就得好好过节。没有比外祖母更懂这个道理的人了,所以她最重视节日,只要是节日就不肯放过,一定把它过得像模像样。不要说春节、元宵节、端午节这几个大节日了,就连冬至、立春这样的小节日,她都会按部就班地准备下来。冬至一定要吃水饺,那些年找不到面粉,她就会用红薯粉掺上榆树根磨成的粉末来做饺子皮。红薯粉饺子见了沸滚的水就绽破,只有掺上榆树根粉才筋道。饺子馅是外祖母的拿手好戏,野菜、蒲芯和木耳,小沙蘑菇,鱼丁肉丁,什么馋人放什么。

中秋节是多大的节日啊,外祖母要提前许多天开始备料。她一边忙碌一边说:"可惜你爸爸回不来,这是团圆的日子啊。"不过妈妈是一定要回来的,还有,今年的中秋节与任何一个都不同,我们家里多了小獾胡。它在今天也有一份美味:外祖母用鱼汤掺了窝窝面,做了一个小巧的月饼,还蒸了几条带鱼尾巴。

妈妈提早回家了,她知道这个日子多么重要,所以在太阳还没有落山的时候就推开了栅栏门。让人大喜过望的是,她带回的礼物可真不少。有的礼物是从园艺场买的,比如那些葡萄和红果;也有一路采来的,因为回家要穿过一片林子,过一座小木桥。路边总有野果和蘑菇之类,所以她回家总是很少空手。我盼望妈妈回家,有时也在盼那些出其不意的礼物:有一次她不光带回了自己舍不得吃的两块炸鱼,还带回一只比拳头还小的野兔。

妈妈回家的第一件事就是抱起小獾胡,将它的小脸贴在自己脸上。放下它之后,要问我和外祖母:这一段小獾胡是不是淘气了?我们都一齐回答:没有。其实我们都为它瞒下了一些过错,比如它咬死一只蝈蝈,还把好看的瓷碗砸破了。它半夜总要出门,在大林子里不知走多远的路,黎明时分才能回家。我和外祖母最担心的,就是它在林子里遇到凶悍的野物,那是最可怕的。外祖母不是一个迷信的人,她从不信邪,可她相信林子里有各种妖怪。

我们在明晃晃的月亮下吃最好的东西。有外祖母和妈妈,就有最好的食物。这个丰盛啊,说出来人人都会馋得流出口水。我们中秋的餐桌上有什么?就让我一一罗列出来吧。大圆木桌抬到了院子里,中央是一个大瓷盘,里面装了满满的葡萄;一旁的陶钵里是几只大黄梨;再一边的两个木盘分别装了切好的西瓜和甜瓜,全是外祖母在林子里找到的野瓜；一旁的碟子里是外祖母自制的月饼，这月饼还得细说一下，因为这是哪里都找不到的，皮儿酥得没法说，是用红薯面再加绿豆面、玉米面和荞麦面做成的，包裹了核桃仁、杏子干、桑葚、葡萄干、冰糖、栗子、花生、红豆糕、梨丁、李子丁、杏脯，这些都要用野蜜调起来，那是她亲手从林子里采的。月饼旁是千层饼和大花馍，是小拇指粗的野葱，是豆瓣酱、煮花生和芋头、鱼干和果干、豆腐和粉皮。

这么多好东西吃也吃不完。外祖母说："吃不完就是一年不挨饿，日子再苦，中秋节也要好好过！"她对这一天的重视似乎超过了任何一天，到了今晚都要高兴，都不能讲生气的话。她能从这一夜看出一年里许多重要的事情，比如看看月亮是否被云彩遮挡，就能明白明年雨水大小、正月十五是否下雪。妈妈说她验证过，外祖母从来不错。

这天晚上不能提爸爸。我一直忍住，尽管特别想念。我相信她们也是一样。如果提到爸爸，大家就不再高兴了。他们那一伙要不停地凿山，再好的月亮也顾不得看一眼。可怜的爸爸。我做过这样的梦：一个又瘦又高的男人，当然是爸爸，两脚缚了粗粗的铁链子，一动就哗哗响。这是梦，爸爸脚上没有铁链子。

小獾胡高高兴兴吃完了它的小月饼，看着一桌丰盛却不能享用的美味，让人同情。我们还要喝一点酒，平时不让任何人喝，只等爸爸从山里回来才摆上杯子，犒赏这个辛苦的人。到了中秋节，每人面前都要摆上一只小杯子，里面都要添一点酒。妈妈鼓励我："喝一点吧，只一点，你是男子汉。"我像男子汉那样喝了，啊，天下最可怕的东西。我用力咽下去。

外祖母端起酒杯,让小獾胡嗅了嗅。它没有急速躲开,而是认真地吸了吸鼻子,直到打着喷嚏跳开。

我们吃不完这么多好东西。已经到了半夜,大月亮看着我们,还不打算马上离开。我们更舍不得离开这么好的月亮、这么好的夜晚。但不管怎样,最后还是要睡觉。我们躺在炕上,从窗户上看着月亮,一直到瞌睡上来。小獾胡快快不快地随我们回屋,先是在妈妈跟前磨蹭了一会儿,表达了应有的礼貌,然后照旧躺到了我和外祖母旁边。

看着月亮想心事,想啊想啊,就睡着了。正睡着,梦到有人来敲我们的门,"咚咚、咚咚",越敲越响。外祖母呼一下坐起。我终于听清了,这不是做梦,而是真的有人敲门。我和外祖母从炕上跳下来时,妈妈已经起来了,先一步打开了屋门。

一个细高个子进来了。我一眼认出了爸爸。"啊,爸爸!"我跳起来,两脚还没有落地,他就把我接住了。

爸爸的头发上落满了月光,白灿灿的。我忍不住伸出手抹了一下,又用力揩了两下。那月光还是留在他的头发上。

追月人

爸爸来得太突然了,出乎所有人的预料,所以大家都高兴坏了,都惊住了。妈妈和外祖母过了三四分钟才醒过神,齐声问:"你怎么回来了?"爸爸语气十分平静地回答:"回家过节。"

我亲眼看到妈妈脸上流下了两道泪水。外祖母没说什么,转身到黑影里忙着什么。我心里一阵难过:我们如果早一点知道爸爸赶回来多好，可怜的爸爸，没有和我们一起过节。太可惜了，今晚的事会让我们难过一辈子。正这样想着，外祖母已经点亮了灯，端过来说："来，咱们重新过节。"

妈妈一下醒悟过来，赶紧和外祖母一起忙活儿：大圆木桌被再次抬到了院子里，一个个碟子钵子全端出来了。特别是酒瓶和杯子，它们一样不少地摆在了桌上。现在已经过了半夜，月亮已经歪到了西边。不过天色还是很亮，空中没有一丝云彩。一只小鸟在不远处叫了一声，有什么动物在附近的树上跳跃着。啊，我们要接着过节。

这时候我们都想到了一件事，这也很重要：让小獾胡认识一下爸爸。是啊，我们家里又添了一口，它还没有见过一家之主呢。外祖母大声呼唤，妈妈也起身去找。到处都没有。我伏下身子到处看，觉得它一定是钻到了一个角落里，因为害怕生人。我说："小獾胡别怕，是爸爸回来了，我以前跟你讲过啊，是他回家了！"

爸爸很快弄明白了是怎么一回事，就笑着等待。爸爸坐在月光里，桌子旁，身体挺得笔直。我觉得他对这次见面非常看重。可是真糟糕，小獾胡连一点影子都没有。小院和屋内静静的。我固执地想，它并没有走远，而一定是在暗处观察，要把一切看个明白；当它觉得没有危险了，就会走出来。

爸爸等了一会儿，故意转脸谈另外一些事情。我听着，渐渐专注起来。我会永远记住这个中秋之夜，记住爸爸讲的事情。原来，这么多年来他一次都没能与家里人一起过中秋，而这是全家团圆的日子。在我们海边这里，除了春节，再就是中秋节了，一般出远门的人都要在这两个节日赶回来，与全家团聚。可是爸爸一连许多年，只能在这个月亮大圆之夜望着家的方向。可能是月光太强的原因，他在这样的夜晚总也不能合眼。工地上不允许他们离开，因为每人一年里只有两个假期，每个不超过三天。爸爸在今年中秋来临前的一个多月都在想着回家的事情：多想和家人过一次中秋。后来，他鼓了鼓劲儿，对工地的一个小头目提出了回家过节的要求，说哪怕来回只一天，哪怕这一年只回这一次。

爸爸说他心里有一万个拗气，千难万险也要赶回来。他从没对工地的头儿说过一句软话，可这一次他求他们了。那个小头目有些心软，不过说自己不能决定，这么大的事要请示上边。爸爸一次次求。爸爸等啊等啊，后天就是中秋节了，可是一点儿消息都没有。要知道在路上就要接近两天。爸爸已经绝望了。可是就在那天傍晚，小头目突然找到他说："批准了，回吧，不过待一天就得回来。"说完掰着手指一算："时间来不及了，我看还是别走了吧！"

爸爸却激动得浑身发抖。他想都没想时间的问题，恨不得一下子飞到家里。他连连感谢，什么都不想，抬腿就往门外跑去。

他是一路跑回来的，只用了一天多一点的时间，走完了两天的路程。他一路上叮嘱自己的只有一句话："只要月亮还在天上，就不能算晚！"

外祖母背过身去。妈妈也在抹眼睛。

我抬头看着天空：啊，月亮还在，爸爸真的追上了它。

它想什么

爸爸吃桌上的各种东西，大口地吃。妈妈说："慢些，不急不急,反正回家了。"她为他夹菜、添酒,对我说:"好好陪你爸,给你爸敬酒。"我装作会喝酒的样子,像大人一样举起了杯子。爸爸马上高兴了:"是个男子汉了。"我一点不甘示弱,真的把酒喝下去,呛得泪水糊住了眼睛。

外祖母看着爸爸,突然低下头。再次抬头,她小声向我一个人说:"你姥爷最喜欢的也是中秋节。他最重视这个日子,给家里的每一个动物都备下一份礼物。"

最后一句让我愣了一下,忍不住好奇地问:"它们会要什么礼物?"

"这要看什么动物了,龟、大蟒、羚羊、鸟儿、鹰、猫和狗,它们都不一样。你姥爷最懂得它们,跟它们都是好朋友。"

爸爸停下了手里的杯子,一动不动地听着。这时候我们都没有听到身边细小的、蹑手蹑脚的声音。当我发觉有什么在蹭自己的腿,这才想到是小獾胡。我敢说,这一段时间它一直在暗暗观察,终于明白了新来的这个男人是谁。果然,它最后走到了他的近前,昂首看着。

外祖母说:"小獾胡,这是爸爸,以前多次说过啊!好孩子,快去认识一下,他喜欢你啊,让他抱抱。"小獾胡回头看看大家,又盯住爸爸,但没有更加靠前。爸爸向它伸出手:"来,膝盖上!"它向前一步,又后退一步。妈妈开始鼓励:"爸爸多好啊,快些吧,懂事的孩子。"

我一声不吭,只在心里为它鼓劲儿。小獾胡身子一仰,不再犹豫,几步走到爸爸身边,贴紧了他。爸爸有些胆怯地伸手抚摸它,正想抱起来,被它拒绝了。它从爸爸手中挣出,回头看我一眼,却噜一下跳上了爸爸的膝盖。大家都笑了。爸爸和它对视，粗大的手轻放在它的额头。这样大约有三五秒钟，它就闭上了眼睛，发出了呼噜声。

月光，小獾胡的呼噜声，全家人，这些加在一块儿，成为最美妙的时刻。

爸爸不说话，一下一下地抚摸它。他低头看着小獾胡，很多白发和它的漆亮皮毛形成了鲜明的对比。爸爸的一头短发差不多全白了。小獾胡睁开了眼睛，啊，多么明亮，是那种灰蓝色。这颜色和今夜的天空一样。它看着爸爸，怔怔地看着，好像要记住他今晚的模样。它大概记住了，然后仰望天空，看了很长时间。

"它在想什么？"爸爸抬头，悄声问我们大家。

妈妈和外祖母只是微笑，不能回答。是的，我们太熟悉小獾胡这样的神情了。它经常这样，瞬间凝视一个方向，不再理会其他。

是的，今夜它在想什么？当我们一起在林子里时，在它独自安静时，总有这样的场景：端坐一旁，双眉微皱，仰头看向远方。它在这时候稍稍有些陌生，那么肃穆和沉静。无法猜测它在想什么，但我知道是一些比较遥远或重要的问题，起码对它来说一定是这样。没有比它更愿意思考的了，这是我们全家的看法。外祖母说过："它有想不完的心事，我真想劝劝它，别那么较真。"我问："它想这么多，有用吗？"外祖母不以为然，说："哪能这么问啊，人也经常想事情，有用没用都会想。不想，又怎么知道有用？"

我赞同并且佩服小獾胡了，从那以后经常看它想事情的模样。我后来发现它想得实在太多了，有时一脸忧愁。我对外祖母说了，有些心疼。外祖母看看小獾胡，要验证一下似的，叹息一声：

"它多么小，心事反倒这么大。还是让我们多想一些吧，别让它累坏了。"

外祖母的话一直让我难忘。我和小獾胡在一起时，会长时间看着它的眉心，不愿意看到那儿打皱。只要打皱，我就立刻给它展开。我设法让它高兴，把玩具放到它的面前。它会在我的怂恿下又跳又闹，像个孩子。这才应该是它啊。

这个夜晚，我多想回答爸爸提出的问题。不过我还没有想好。

长大了

有一天小獾胡站在院墙上，昂首挺胸，让我看傻了。我好像第一次发现它这样帅气和英武。它有一种神气是我以前没有发现的，这神气不仅从眼睛上，而是从全身，从闪亮的斑点花纹、四条壮腿、鼻子和嘴角，甚至是从胡子上透出的。这是一种说不出的威风凛凛，让人想起一头小豹子或小狮子。它有林子里所有动物加起来的勇气和本领，又凶猛又厚道。我知道它不会轻易侵犯别的动物，也绝不会被它们欺辱。这会儿，从树隙穿过的光线正落在它的身上，让它通身闪亮，不停地变换颜色，一会儿灰黑，一会儿紫蓝，一会儿深棕；还有一次放射出金灿灿的光芒。无论变成什么颜色，都渗着一层油，好像只要揩一下，就会沾满两手。

我对外祖母说了对小獾胡的新印象，她说："这就是少年啊，不管是人还是动物，一辈子都有这样的日子。他（它）们会干出了不起的事。"

"怎么了不起？"我心里想的是自己。

"胆子大,只要做,就能成。"

我不吱声了。我在想自己什么时候才有这样的本领。我真的能干自己想干的事,真的能成?我只是想过:如果将来真的被送到大山里,就一定会逃开,哪怕逃到天边。这样想,没有说出来。我说:"只做自己想做的事,那太好了。可是我不相信。"

外祖母看我一眼:"小孩子家,可不能泄气。"

我想到了爸爸。他的运气不好。我在心里怜惜他,不知说什么才好。我承认外祖母说得对,人要有志气。可是我知道,一个人想干什么、能干成什么,都要遇到好运气。一个人或一个动物,力气再大,在坏运气中也做不成事。小獾胡真是一只好猫,它有些倔。我看过它在大树上飞蹿,快得惊人,从高处跳下来,半空里还能翻个筋斗。但愿它有好运气。"'运气'又是什么?"我在心里问着,皱起了眉头。

我在想爸爸。我觉得围在他身旁所有的东西相加起来,就是"运气"。大山、工地头目、半路上截住他的"黑煞"、坏天气、呵斥他的人、不让他回家的人,这些加起来就是"运气"了。

我们小茅屋的"运气"有好有坏,大林子、蘑菇、春天的花、冬天的雪、各种大鸟、东边的水渠、老广和壮壮、路过的打鱼人、小獾胡、大蝴蝶,好"运气"说也说不完。坏"运气"有毒蜘蛛、悍妖、蛇、"黑煞"、背枪人,这些吓人的东西。

我们和好"运气"结成一伙,就不怕坏"运气"了。

我和小獾胡共同的好"运气",就是和外祖母在一起的夜晚。她为我们准备了那么多好吃的东西,然后开始讲故事。耳朵听到的比嘴里吃到的更加诱人。小獾胡听故事时大气不出,它在旁边,

262

肉乎乎的小爪子伸出来,就像老中医给人号脉似的,不轻不重地按在我的胳膊上。

就因为吃得好,听得好,所以我和小獾胡都长得很壮,胆子也很大。我们都不怕坏"运气"。小獾胡经常单独跑到林子里,特别是下半夜,这让人十分担心。它有一个坏习惯,就是离开我和外祖母连个招呼都不打。我发出抱怨,外祖母问:"你让它怎么打招呼?"我也不知道,但我真的不喜欢它半夜悄声走开。"它现在长大了,自己的主意就多了。你长大了也是一样,不会一直待在这里。"她说着,突然停住了。

她大概想到了我会去大山里,和爸爸那样凿山。

难道长大了就一定要这么惨?我们的小茅屋啊,下大雨时还要漏雨,冬天有时冷极了,可我还是害怕离开它。不光是我,就连妈妈和爸爸,他们只要一有机会就要赶回这里;还有小獾胡,它无论跑多么远,最后还要回到这里。这是我们的家。

小獾胡深夜在大林子里会遇到什么,我们无法知道。有一天黎明它回来了,进门时鼻子上带了一道划伤。我让外祖母看,她蹲下摸摸它,说:"跟谁打起来了?"小獾胡受伤的鼻子躲闪着,仰脸时更让我惊讶了:它的眼角也有伤。"天哪,如果伤了眼睛多可怕!"我喊着。外祖母说:"它不知遇到了什么凶物,这林子也太大了。"她叹气,"谁也不知道还会遇到多少凶险,它这一辈子啊。"

我想到了豹猫和猞猁,那都是吃猫的凶兽;还有蛇、毒蜘蛛。我听说一只毒蜘蛛把一只小牛犊大的猎犬伤了,只半天时间它就死去了。猫如果跟刺猬和狗獾、爬上岸的海中猛兽打起来,那也不会是它们的对手。小獾胡如果遭遇了它们,千万要快些躲开,一点侥幸心理都不能有。一只猫要吃多少亏、经历多少危险,才能明白陷阱有多么深。那些"悍妖"和"黑煞"说不定也会遇到,它们不会饶过它的。

就在小獾胡鼻子和眼睛受伤不久,有一天早晨它从外面回来,在窗前破着嗓子叫了几声,跳到了门旁。我赶紧开门,发现它正舔着身体。它把脸抬起来,天哪,原来受了重伤:脸上有几道抓伤,血迹将毛发都粘住了;耳朵被撕开一个豁口,耳尖上的毛发也被扯光了。我吸着冷气,想过去抱它,它却躲开了。

外祖母站在门口,阻止了我。她说:"它长大了,我们帮不了它。"

寒秋

深秋来到了。林子里开始铺满五颜六色的落叶。一早一晚真冷。所有的野果都熟透了,有的跌落地上,有的在树杈上裂开,甜汁流出来。天越来越冷,北风阵阵变大,有的树叶没有吹落,却变得红彤彤的。这时候的林子比任何一个季节都有意思,主要是好吃的东西多了。我和壮壮每天都像过节,多半天在林子里窜,不到一个钟头嘴巴就成了紫红色,都是野果染成的。我们当然要领上小獾胡,但它总是跑到一边忙自己的事情,因为对野果之类不感兴趣。我们各自忙碌,说不定什么时候它就会从密密的灌木中跳出来,猛地抱住我们的腿。

老广比我们还要高兴,对采药人来说,这才是最好的季节。他天天要钻到林子深处,如果碰到我们俩,就会从衣兜里掏出一些古怪物件:一只小鸟,一只螃蟹,一只杏子那么大的小刺猬,甚至是比拳头还要小的野兔。所有这些在我们眼里都是真正的宝贝，让人高兴得喊起来。它们太可爱了，如果不是在近处细细看过，就不会明白它们好到什么地步。眼睛、爪子、小身体，让人看了又爱又疼，忍不住伸手去摸。老广说："不能摸。"那种滋味实在无法忍受，可还是要硬忍。

这些宝贝总的来说最后不会属于我。因为有小獾胡，所以不能把它们带回家里。它太好奇了，会不停地与它们玩，结果不长时间就把它们累个半死。有的真的累死了，那可糟透了。所以说这时候最高兴的是壮壮，他可以把它们带回家去，向爷爷炫耀一番。我见过他爷爷，最能喝酒，也最爱动物，还养了一只护园狗。

小獾胡长得更大了，这个秋天常常离开我。它像一个大人那样在林子里独来独往，有时候离我很近了还故意不声不响，从几尺远的地方大摇大摆地走过去。天更冷了，早晨，草芒上有了一层白霜。小獾胡好像要抓紧这最后的好日子玩个痛快，半夜出门，天亮不归。外祖母还是重复那句话："它长大了。"

有一天，接近中午的时候，外祖母正在准备午饭，我在小院里玩。突然，我听到了一声枪响，好像离我们屋子不远。"肯定是猎人！"我心里喊了一句，飞快地跑了出去。刚跑出不远，身后的门响了一下，外祖母也出来了。我们穿过几棵大杨树、一片柳树和黑松，脚步一点点慢下来。我们都不再往前。就在十几步远处，一个矮矮的黑家伙正端着枪，向上方瞄准。我的心狂跳起来，天哪，这是"黑煞"。我顺着他举枪的方向看去，一眼看到了大合欢树上有个黑影在跳，"啊，小獾胡！"

我大喊了一声，"黑煞"的枪也响了。

外祖母惊得嘴巴大张,仰脸看树,口吃一样叫着:"啊啊,是你啊,你啊!"她回头盯着"黑煞":"你刚才打的不是野物,是我家的猫呀!"

我喊:"是小獾胡!"

"黑煞"手提着那把还在冒烟的鸡捣米枪走过来,看看外祖母,一溜儿板牙扣住下唇,凶极了:"我打的是一只野狸子!"又转向我:"要不是你喊,我就把它拿了!"他破口大骂。我一颗心怦怦跳,不甘示弱,迎着他喊:"你不能打我们的猫!"

他不理我,死死地盯住外祖母。这样盯了一会儿,他大声吆喝起来:"立正!"

外祖母像没有听到,还是重复那句话:"是我家的猫呀!"

他又喊一遍:"立正!"外祖母还是没有反应。他上前一步,伸手戳了一下外祖母的肩膀,大喝:"我的话听见没?听见没?"

外祖母冷着脸:"我只告诉你,那是我们家的猫。你还是高抬贵手放了它吧,林子里野物很多,你打猎就是了。"

"黑煞"怒喝:"我要的就是这只狸子!"他眯着眼往树梢上瞭,手里的枪指指点点,然后瞄准外祖母:"听好了,我今年冬天要戴一顶野狸子帽,这事就交给你了。不出半月,我找你要这只狸子。"

泣哭

就像做了一个噩梦。我以前也做过吓人的梦,幸亏它们都不是真的。可这一回是真的。这天中午,外祖母回到屋里没做别的,只坐在炕上出神。我吓坏了,为自己壮胆,也安慰她:"他永远打不到小獾胡!"她摇头:"孩子,它遇上'黑煞'了。"

我哭喊出来:"他打不到!"

"我怕它凶多吉少,孩子。"外祖母好不容易才止住泪水。我很少见她哭泣,一年里都没有流过一次泪水。可是那个"黑煞"让她急成这样。我明白,那个恶毒的家伙是最可怕的。谁都知道,海边这一带没有不怕"黑煞"的,他比传说中的"悍妖"还要吓人。

"怎么办哪?"外祖母小声咕哝,在屋里走着。她的背驼得厉害,皱着眉头,望着窗户。

傍晚,妈妈回家了。她进门看一眼外祖母就知道出了事,把我引开一点才问。我从头至尾说了一遍,鼻子发酸,但忍住了。妈妈没有作声,四处看着,在找小獾胡。我说它大半时间都在林子里玩,回家的时间越来越少了。妈妈有些慌乱,大口呼吸着。我的泪水流出来,这让我自己觉得很丢人。我说:"我要有一支枪,我要爬到树上等'黑煞'!"

整整一夜,直到黎明,小獾胡都没有回来。我们除了害怕它在林子里被那个恶魔遇到,不再怕别的。它到底有多么机灵,只有我知道。它不怕"悍妖",就不会怕"黑煞"。外祖母看着漆黑的夜色说:"小獾胡啊,你就别回家了,就像孩子他爸一样,半年回来看我们一眼就行了。"

妈妈一声不吭。外祖母一遍遍说着,脸仰着,就像祷告。

第二天夜里我怎么也睡不着。凌晨时分,梦到一只手在摇动我的肩膀,然后就醒了。是痒痒的感觉,啊,是小獾胡。我一把搂住它,泪水哗一下子流出来。外祖母和妈妈也醒来了,她们细细地看它,好像分别了许久。妈妈一下下揿着它的脸,细声细气地说:"你做得对，以后就夜里来家吧，这样平安。"外祖母马上赞同："对，你就半夜里回家吧。"

小獾胡分别挨近我们，伸头蹭着，舔我们的手和脸。妈妈也流出了泪水。她一哭，我和外祖母都忍不住了。

"听明白了？好孩子再听一遍，记住！"妈妈把嘴对在它的耳边，声音不大，一个字一个字说着。

迷路

林子里，除了松树和石楠、龙柏、女贞，其他树木都落光了叶子。往年的这个时候外祖母多半天都待在外面，回家时就带回一些野果，有软枣、核桃、柿子，还有从柳树半腰采下的金色蘑菇，从沙子里掘出的香蒲根。妈妈说："有你姥姥在，我们就有口福了。"是的，我们的屋后有一个很深的地窖，那里总是放了许多好吃的美味：野蒜、果酱、冬枣，还有成串的好东西挂在墙上、搁在地上。可是今年秋天她几乎不太出门了。

小獾胡回家的次数越来越少。外祖母说："它真是个懂事的猫，看看，它在躲着那个人！"我如果一连几天没有看到它，就会忍不住去林子里找。我心里又急又怕，有时要跑很远的路，远远超出了外祖母为我划定的范围。走在林子里，一只孤单的大鸟蹲在树梢上，也让我想起小獾胡。我多想放开喉咙呼喊，却不敢出声。偶尔会遇到一个采药的、从海边上走来的打鱼人、扛枪的猎人。我恨猎人。

有一天，我在一棵碧绿的石楠树下发现了一个草窝，心里一动:会不会是小獾胡筑起的新家?我在窝旁蹲了很久,一直没有看到它的影子。后来我不知去了那棵石楠树下多少次,终于看到里面躺卧了什么,但不是小獾胡,是一只黑色的大野猫。它见了我立刻站起来,黄色的大眼睛一直盯过来,并没有跑开。我问:"大猫,见过小獾胡吗?"它抿抿嘴走开了,在离我十几米远处回头,看了很长时间。

我一直在林子里走着,从上午走到黄昏,什么都忘了。我沮丧极了,因为这么久没有见到小獾胡,以前从未有过。我胡思乱想起来,想到了最坏的结局,就是那个"黑煞"用手里的鸡捣米枪射中了它。我更加不顾一切地寻觅起来,直到发现自己迷了路。但我现在什么都不怕,不怕妖怪,也不怕"黑煞"。

我看看西沉的太阳,尽力辨别方向,然后往前走。可是我对这片林子一点把握都没有。以前听老广说过,迷路的时候要找路径,一是看太阳的位置,再就是看树木的样子:树冠突出的一面就是南或东南,包括树干斜向的一面。我想起了他的话,可越是端详这些大树就越是糊涂,因为"南或东南"本来就有两种可能,而只要走偏一点就找不到茅屋了。我开始埋怨老广:你教我的办法可真糟啊。我想着别的办法,最后决定爬到一棵最大的树上,说不定能看到我们的家。

我爬到了一棵大橡树上。我看到了很远,可惜四处雾茫茫的,离地很近有一层薄云,就像外祖母过节时摊开的千层饼。我渐渐看到了远处的一溜儿山影:黑蓝色,在薄云下边。啊,那就是南边,是爸爸凿山的地方。

我从树上下来,开始往山影的方向走去,这也是茅屋的方向。

我快步走着,不时绕开大片灌木。当我从一大丛柳树前走过时,突然看到了一簇苫草在摇动,接着看到了什么在窜动。我碰到的是一只野兔,但它没有吓得逃开,而是往跟前跑来。老天,是它啊,是我们的小獾胡!它踮着快步,霞光照在脸上,笑盈盈的。我"哎哟"一声,弯腰紧紧地搂住了它。

小獾胡在我怀中待了片刻,挣出来。它围着我徘徊,进两步退两步,像是最后才打定了主意似的,挨紧了我。我抱住它,闭上眼睛。它身上被太阳烘烤了一天,散发出香喷喷的干草味儿。它用小鼻子顶住我的脸颊,显然是亲我。

天完全黑下来。林子里的夜晚原来是这样,当什么都看不清的时候,各种声音会这样多。那不是鸟的叫声,也不是我熟悉的一些动物,而是说不清的一些响动。海浪在不远处噗噗地拍打沙岸,节奏分明。脚边有沙沙的细小的响声,这让小獾胡警觉起来。

我们不再说话,只是贴紧了。夜越来越深,该回家了。我一直抱紧它往前走,这样走了一会儿,它开始拒绝。没有办法,我只好把它放下来。它很快消失在夜色里。我抬头辨别方向,发现自己再次迷路了。乌黑的林子啊,我不知该往哪里走,深一脚浅一脚,但一点都不害怕。

天蒙蒙亮时,我终于摸到了栅栏门。外祖母见到我立刻搂住了我叫着,"我真害怕!孩子可算回了!"

第二天上午,我又一次被尖厉的枪声惊醒了。我跑出去时,外祖母已经奔出了小院。东墙外的大李子树下站着一个人,就是"黑煞",手里的枪正冒着烟。原来这次他没打什么,而是故意开枪威吓我们。他一见外祖母就怒冲冲地喊:"给我拿来!"

外祖母问："拿来什么？"

"那只野狸子！"他把枪抬起来，对外祖母指指点点地叫着，"你装什么糊涂？你敢骗我？嗯？拿来！"

我真想变成小獾胡，扑过去，咬他的脖子，让他流血。外祖母的手揪紧了我，大声说："它不在了，它被你那一枪吓跑了！"

"黑煞"跺脚，骂，用枪拨开我们，往小院走去。他进院后四处瞥着，随时都会开枪。幸亏小獾胡不在。

"黑煞"将小屋的每一个角落都找遍了，恨恨地说："再说一遍，冬天眼看就要到了，我要戴野狸子帽！"

分别之日

落雪前我又去林子里找过几次小獾胡，都没有见到。我不知道它在野外怎么办，总想着它瑟瑟发抖的样子。下了第一场雪，浅浅的，天冷得出奇。我踏着雪去林子里，直接去那棵石楠树下。那个大窝还在，可是又一次换了主人：我刚挨近，一只大野鸡费力地挪蹭出来，快跑几步，笨重地飞走了。

见不到小獾胡了。外祖母说："它真是听懂了我们的话，跑到了外乡。""外乡是哪里？""外乡就是河西，那里林子更大。"我马上想起了小獾胡的外祖母，就说："老广说的那只豹猫就是河西来的，小獾胡找它去了，那是它的外孙。"外祖母点头："真是这样该多好啊。"

一天半夜，突然有人猛烈地敲门。外祖母披上衣服问："谁呀？"外面的人还是敲个不停。外祖母再问，外面的人没好声气地说:"问什么? 打开就是! "

开门后,进来一个背了猎枪的人。外祖母发出"啊"的一声,退开一步。背枪人后边走出了另一个人,是"黑煞"。他咬着下唇,背着手,不看我和外祖母,只大声叫着:"给我搜,见了狸子立马开火!"背枪的人说:"是啦! "

他们寻遍了每一个地方。一无所获。"黑煞"一手提枪,一手指着自己的脑瓜,一对板牙抵紧下唇,对外祖母说:"天这么冷,我头上没有野狸子帽怎么过冬? 嗯? "

他们满地乱吐,走了。外祖母身上打战。我扶住她。

从这以后,外祖母常常在黎明前醒来,一坐起就盯着窗户念叨:"小獾胡啊,千万不要回家,千万不要!"就在这念叨声里,奇怪的事情发生了:一个黎明,小獾胡竟然回家了。我高兴得跳起来,外祖母双泪长流,搂住它叫着:"好孩子啊,你让我等得好苦!我还以为你去了外乡。瘦了,我的小獾胡!"她的脸贴紧了它,闭上了眼睛。我发现小獾胡像她一样紧闭双眼,一动不动。以前它从来没有这样过。

这个早晨,我们把好吃的东西都找出来,可是小獾胡一口没吃。它在外祖母旁边躺了一会儿,又偎到身上,打着呼噜。这样一直待了半个上午,才吃了一点东西。

中午了,小獾胡站在窗台上,看着外面的阳光,又回头看着我们。它在屋内屋外望了一会儿,徘徊着,向门口走去。它出了小院。我喊了一声,外祖母阻止了我。

我们站在门口目送它,直到它消失在林子里。

从那以后,小獾胡再也没有回来。那个黎明竟是我们与它的最后一面。尽管日后我多次去林子,从冬天到春天,再到夏天,从没见到它的影子。我对外祖母说:"这次它真的去了外乡。"外祖母低声说:"去吧,我们这样的人家本不该收养它啊!"

又是一个春天。海滩上的洋槐花全开了,香得让人受不了。黄色、紫色和蓝色的花铺满了草地。云雀在天上欢叫,壮壮和我在林子里游荡,但就是高兴不起来。他看一眼天上的云雀,又低头看脚下。我们遇到了一只小兔子,我将它揣在怀里带回家。就像对待刚进门的小獾胡一样,喂它最好的东西,可它就是不吃。外祖母说:"放回林子吧,它想妈妈。"我虽然舍不得,还是把它放回了林子深处。

妈妈回家时为我捎回一只小刺猬,我喂它窝窝,它不吃。芋头、红薯、红枣、白菜、花生、栗子、山楂,它都不吃。外祖母说:"别难为它了,它喜欢林子。"我只好忍痛将它放掉了。可我真是喜欢啊,忘不了它猪一样的长长的嘴巴、金色的眼睫毛、颏下细细的绒毛,还有长了五根手指的小巴掌。

我还在想小獾胡。与它分别的日子里,我总想找一个类似的新朋友。我发现没有它们,日子真的难过。这是一种特殊的孤寂,再加上想念爸爸妈妈,难过得要命。这难过不在心口那儿,而在嗓子下边一点。真不好受。

就为了抵挡这想念,我试着养过一只大蚂蚱、一只螳螂、一只红点颏、一只青蛙、一条黑鱼、两只麻雀。可是后来还是放掉了。因为它们在家里同样不愉快。外祖母说:"它们与你没有共同语言。"这个我不同意,我问:"小獾胡有吗?"她点头:"是的,有心语。""什么是'心语'?""就是心里边的话,装在心里,这就够了。"

心语

几十年过去了,我忘掉了许多事,可就是没有忘记外祖母说过的那个词——"心语"。随着年龄的增长,我更加明白了它的意思,也知道"心语"在人的一生中有多么重要。这种语言许多时候比说出来的话分量更重,很重很重。"心语"需要好好听,需要一副特殊的耳朵,不,它需要用心去听。

人和动物之间,人和人之间,常常要通过这一特异的语言去沟通。

我们爱一个人,有时说不出,就使用"心语"。对方听到了,也回以"心语"。说出来的话会和"心语"不一样,所以常常要以"心语"为准。由于"心语"的存在,许多爱就发生了,想挡都挡不住。有一个好朋友告诉我:他年轻时真是爱一个姑娘啊,可是因为爱得太深,见了面反而说不出,憋得脸红脖子粗,后来只能用"心语"。结果对方是一个不擅长听"心语"的人,最后就把一生的大事给耽误了。他说,其实对方也是爱他的,只是不好意思说,后来都分别有了家庭,这才变得大大咧咧的,说出了当年的失误。"你看,生生耽误了这么大的事。"

我对孩子说:"我们的融融虽然不会说话,但我能听懂它的'心语'。""那当然了,它的眼睛会说话。"我想说:"是的,但我这里指的是另一种说话方式,那是源于心的深处。"我没有说出来。

融融在我们家里已经过了周岁生日,个子更大了,称一下体重,已经超过了十斤。我兴奋无比,后来就干脆叫它"十斤大融"了。它对这个增加了修饰词的新名似乎不太习惯,瞥我一眼,好像

274

在问:"发生了什么情况?"我刮刮它的鼻子:"夸你呢!"

我觉得家里自从有了这个特别的成员,就开始发生某种变化。这是一种难言的化学变化:一种特别的安定和安慰感、信任感,慢慢出现并日益增加。若有若无的空荡荡的感觉,偶然出现的急切,似乎都在消失;孤独,这种所有人都无法根治的现代病,携带终生的疾病,在我们这里得到了有效的遏制,甚至可以说被治愈了大半。

当我就近看着它蔚蓝的眼睛,当我握住它软软的小手,当我碰到它圆圆的精致的小鼻子,我只能说,一颗心已经在融化的边缘。融融是一切美的叠加,是我愿意说出的为数不多的完美的代名词。我们将为它付出更多。可我们暂时还没有机会为它做太多的事。我们和它一定是彼此需要的,弄懂这个也并不容易。它似乎没有做什么,整日清闲,却在为我们做更大更多的事情,而这些事情,都是我们自己难以完成的。

外地朋友养了三只猫,他发来它们安闲休息的几张照片,附言说:"它们平时就这样,什么事也不管。"我不知道他想让它们管什么事。看它们闲适的样子,真的有些懒洋洋的。我想着他的话,稍稍总结了一下融融,然后如实回道:"我们融融不是这样,它负责总的观察。"

我这样说是有根据的。因为它每天在家里走动数次,像散步也像"巡视"。它要走遍每个角落,认真看过之后才作罢。至少到现在,它已经帮我们办了几件大事:两次忘了带大门钥匙,正在焦烦之时,是它从里面为我们打开;三次疏忽了放过滤水的龙头,是它赶来提醒我们,从而避免了三场水漫。还有几次厨房里的小失误,也都是它首先发现并及时呼叫我们。平时门铃响、电话铃响，都是它最先做出反应，起而立行，在前面引导。

但我想说的并不是这些。因为所有能够说清的、近在眼前的现实生活的助益都不是最重要的。它是一个不可缺失的生命参照，让我们想到这个世界上更多的生命，它们既与我们不同，又是何等相似。正是这种不同生命的结伴而行，使我们稍稍放心了一些。世界太大了，未知太多了，我们和它们在一起，彼此对视，就是最大的相互关照。当我们望向它们陌生而又熟悉的眼睛时，觉得这一对心灵的窗户是那么明亮、深邃和遥远，它通向的才是真正的远方。那个远方有什么？是期待还是应许？我们不能一一回答，那就留下这些神秘的问询，慢慢理解和领悟吧。

生命都是有责任的。我们自己常常谈论责任，而动物，比如猫，它们不会。但它们也摆脱不了责任，因为凡是生命都没有例外。但是它真正的责任往往是隐而不彰的。在农村小院里，一只猫的职责会被告知：好好捕鼠。城里的猫大半没有这种紧迫的任务，可是它仍然有自己的责任，那就是按照它自己的方式存在。这如同人的最大责任，就是活得更像一个人的道理一样。

我爱融融许多的姿态、许多的时刻，但我最爱它独自思索的模样。这时候我好像听到了它的心语："请暂时不要打扰我，我需要想一些很重要的事情。"

思想

人和它有一点是相同的，就是想事情的时候不愿被打扰。我们知道，人和人最大的不同，就是思想能力的不同。这种能力的大小，可以从不受打扰的时间多少去判断。有的人非常善于思考，所以会长时间待在一个安静的地方，有自己独处的空间。而有的人很少这样，总是和许多人待在一起，吵吵闹闹的。有个十八世纪的法国人叫蒙田，他因为需要集中思考很多问题，一般的时间和空间已不够用，就专门垒了一座古堡，将自己囚禁起来，绝不出门。他一口气自我囚禁了十年，然后才走出古堡。这十年中，他考虑了许多重要的问题，并获得了明晰准确的答案。

在我所见过的动物中，猫无疑是最善于思考的，这个大概是不争的事实。它们为了找到足够的时间和空间进行思考，可以说用尽了办法，有时不得不在主人家里东躲西藏。它们除去睡眠，大量时间都用来思考。越是优秀的猫，越是长于独处。融融思考时当然要避开打扰，并且会因为思考的深度而不断变换姿势：一般的思考是偏卧；再认真一点就要伏卧；最严肃的时刻，它一定要端坐。当它昂首挺胸坐在那里，两只前爪立定，眯上眼睛或坚定地望着一个方向，那就是十分投入地思想，想一些十分重大的事情了。

我们会想象一下它平时想些什么，通常这是让人好奇的。进入它脑海的内容可能是十分繁杂的，它经历的事情，它想象的事情，会纷至沓来。比如它会想念双亲和兄妹，想小时候的事情，某些印象和场景会往复闪回。它会难过、怀念和留恋。因为它再也见不到它们，这是任何生命都要面对的痛楚和缺憾。人的自私和粗暴专横，对一个异类造成的伤害是不可弥补的。各种美食和玩具，优厚的物质条件，也许都不足以抵消它们的痛苦。有人可能认为动物们是没有精神的，这种认识多么粗陋，甚至是残忍的缘起和由来。它们不仅有精神,而且观察下来,在某些方面、某个单项,很可能还要优于人类。它们的单纯和专一,忠诚和质朴,许多人都有深刻的感受,并时常被打动。

"它会想起许多,从记事起的所有经历,一幕一幕,就像做梦一样。它在自己力所能及的范围里,想着该做什么、不该做什么。"我对来访的朋友说。"会有这么复杂?""凡是生命,都面临类似的问题。我们也一样。"我这样推断。朋友叹气:"它想那么多,也无法告诉我们,真可怜啊。""是的,我们也一样。我们想得也很多,可是也没法告诉别人。我们大多数的想法都只能留在心里,这和融融是一样的。我们想的许多事情好像也没用,但还是要想。看来人只要活着,就要想。""'我思故我在'?""是的,对应一下,就是'猫思故猫在'。"

"你现在正思考什么?能告诉我吗?"融融的眼睛转过来,好像在向我发问。

我在心里回答它:"哦,我又想到了那座茅屋,我们家,我小时候。我在想小獾胡离开后,我们家养过的所有动物。它们很多,我说过,都是各种原因先后离开了。在许多时候,人是没有能力保护它们的,根本无法尽到自己的责任。既然这样,那为什么还要把它弄到身边来?因为自私?当然。可是我要说的是,一切还没有这样简单,其中更重要的,还是因为爱。这不是一般的爱,而是难以忍受、日思夜想,非要和它们在一起、非要相守和厮磨不可的那种欲望。当这种心情变得越来越急切的时候,就再也无法阻止了,就会去找它们、抱它们。当时,就是这些复杂的原因,我才犯下一个个不可饶恕的错误。"

它听不到我的声音,这目光却送来一种抚慰,好像在说:"我听着呢,我想它们不会责怪你的。"我低下头,不敢迎视这眼睛。我一直觉得、仿佛觉得,它知道它们,它就是它们派出的一个代表。尽管这样,我知道自己要讲的,像小獾胡的故事后半部分,是最不适合融融听的。是的,最后我只能说给家人和自己。我即便不讲,也会一遍遍想起那些往事,不想是不可能的。有时候我正在做一件事情,可是不知怎么就出神了,定定地望向一个方向,这姿势和融融是一样的。是的,我在思考。我思考的时候也不想让人打扰。

无边无际的思考让人疲惫,可是没法停下来。我当然知道,自己的许多思考都是无用的,但也像一只猫那样,思想本身是无法终止的。

小香狗

我在想自己拥有过的那些动物朋友,与它们朝夕相处的日子。最让我受不了的是那一双双眼睛,那么明亮、聪明、智慧、纯洁。主要是纯洁。那是没有一丝杂质的眸子透出的。这世上的人,他们的心灵之窗,如果有动物投向世间的清洁和透彻,就一定是最了不起的。当然凡是一个生命,他(它)的目光也不可能尽是如此,要看不同的时刻和场景。有时会悲伤、痛苦和疑惑,甚至是恐惧。但就动物们来说,除了个别攫取和掠夺的凶兽,它们的目光总是少有狡黠。它们中的大多数,都是我们有益的朋友。

我没有见过海边人常常说到的妖怪,不知道它们的眼睛是怎样的。奇怪的是,我想象中的妖怪们除了令人害怕,却未必可恨。

我听说妖怪当中,残忍的只是极少数"悍妖",一般的妖怪不过是喜欢恶作剧,逗弄人,而且大多是因为不知道这种行为的严重性,才酿成了大祸。妖怪们十有八九是有趣的家伙,用书上的话说,个个都很幽默。

痛失小獾胡之后,我像丢了魂魄的人,整日在林子里游荡,连好朋友壮壮都无法劝解。我故意走向林子深处,不把外祖母的警告当一回事。这时心里有一股倔劲儿,就是什么都不在乎;我还想过,如果自己有一支枪,在林子里遇到"黑煞",真的会跟他开火。

有一天壮壮告诉我,他爷爷的一个朋友看管一个小葡萄园,那里养了一只狗,刚刚生了一窝小狗。"它们一共三只,俊得呀!"壮壮喊着。我们毫无耽搁地上路,一口气穿过了大片林子。啊,真的有个小园子,葡萄收过了,有零星的小穗子还挂在架子上。一进园子,壮壮就很在行地寻找紫色的葡萄,不停地往嘴里填。我也吃了一些,甜极了。我们吃了很多葡萄,直到不远处响起了狗叫声,我们才迎着声音跑去。

看园人的小屋前有一只大狗,鼓着嘴巴看我们。它认识壮壮,尾巴摇着。壮壮喊它的名字:"双双。"我这样喊时,它看看我,甩甩头:"哼也。"壮壮抚摸它,它高兴得飞快踏动前爪。一个老人从屋里出来,壮壮说:"看小狗看小狗。"说着直接往双双的窝里拱,身子还没有进去,一个大绒球就滚出来了。我惊呆了:天哪,这么漂亮的小胖狗。

原来只有这一只了,另外两只已经被园艺场的人领养了。老人说这只太好了,谁也不送了,舍不得。

我和壮壮盯着小花狗,一声不吭。它身上是白地儿,一个个深棕色的斑块,看上去像一朵朵大花。它快活极了,一直在扭动,在笑,前爪笨拙地抬动。"这是我的小老虎,"老人抱起它,蹭着它的鼻子,"它有一股香气!"我和壮壮马上挤过去嗅,啊,真的,那香味就像刚刚变红的苹果。

壮壮问:"这是怎么回事?"

老人绷起嘴巴:"怎么回事?告诉你吧,一千只狗里面才有一只这样的,小香狗。"

我和壮壮再次拥上去嗅。真的啊,一股香味时浓时淡。我们争着抱它,嗅它。它在怀中乱扭。老人说:"'花虎',对两个小哥哥好些,他们喜欢你哩!"它看看老人,舔着嘴唇,只安静了一秒,又扭动起来。

犯错

从小葡萄园回来后,我的脑子里总是闪跳着那只"花虎",无心做什么。夜里梦见它躺在我们炕上,像小獾胡一样。我白天最想做的一件事就是去那个小葡萄园。我和壮壮一起,或自己,在园子里一待就是一天。老人说:"管你们饭倒是小事,家里人会骂我哩。"他这样咕哝,我们像没有听见。"花虎"长得真快,转眼成了一尺多长,还是圆滚滚的,而且比过去更可爱了。老人将一颗鸡蛋放远一点,说:"给我拾了来。"它欣然走去,小心翼翼地张大嘴巴含住鸡蛋,叼到老人跟前,并特意把头贴紧地面,一点一点松开嘴巴。鸡蛋完好无损。

老人的每一句话它似乎都懂,说一句"握手",它马上把前爪放到手里，接受一下下拉动；说一句"立定"，它立即表情肃穆地前爪并拢；说一声"向右看齐"，它就昂头挺胸，把脸向右边一甩。我和壮壮拍手，拥住它，将它毛茸茸的额头贴在脸上。这样一声不吭地拥紧，直到它受不了，从怀中费力地挣出。

天黑了才不得不离开。回去的路上，我们都在想怎样将"花虎"领回家去。"我们央求老人看看，实在不行，再想法把它偷走。"壮壮说。我还没有想好，只知道一定要得到它。壮壮挠着头，眨着大眼："爷爷那儿有酒，偷些酒给他，他一高兴，说不定就能把'花虎'给咱！"我的眼睛一亮，觉得真是这个道理。壮壮好样的。

我们说办就办。第二天壮壮偷了一些酒，用一个葫芦装了，一起去小葡萄园。老人没有打开葫芦塞子就知道是酒，欢天喜地搂在怀里："我没看走眼，真是两个好孩子啊！"说完打开塞子灌下一口，凝凝神："酒不孬！"他一连喝了好几口，把葫芦揣进怀里，咕哝着："好东西也莫要一口吞呀。"

尽管这样说，他还要时不时饮一口，不到中午舌头就大了。我和壮壮笑了。他走路摇晃时，我们就提出了领走"花虎"的要求。老人的眼睛立刻变得尖利利的，脸一板："那不中！"

我们无精打采地从小葡萄园回来了。壮壮说："完了，酒都不管事儿，就什么办法都没了。爷爷说那人是个酒鬼，喝了这么多酒还不答应，大概不成了。"我一路没有吭声，在想办法。一路没有想出来，回家接着想，直到半夜还是没有想出来。

这样过去几天，我们再也忍不住，又去了小葡萄园。老人见了我们神情振作了一下，但很快又不愿说话了。我们知道那是缺酒的缘故，不理他，只和"花虎"玩，轮流抱它。它几乎一个钟头里没能四蹄沾地,哼哼着,看着老人。老人抱怨:"喜欢,也不能这么玩吧?"我们还是不放手。老人看看远处,搓一下胡子,突然问:"还能拿些酒来?"壮壮说:"能。不过爷爷发现了会打我的。"老人看着一个方向,那是壮壮爷爷的园子。这样待了一会儿,老人说:"这么着,你们要能找些酒来,就把'花虎'抱走几天;找不来,再别来了。"

我看了一眼壮壮,在心里说:"多么狡猾啊,这一招真绝!"壮壮皱着眉头,哭丧着脸:"你就是让我们去偷呗!"

老人脸上有了一点笑容:"那我不管。"

我和壮壮去葡萄架下商量了一会儿,回头对他提出一个条件:如果我们能带来一些酒,那么"花虎"就得长时间和我们在一起。他不吭声,我就说:"快答应了吧,你已经有了一个双双了。"老人犹豫了一会儿,咬咬牙说:"那就这么办吧!哎呀,哎呀!"他像肚子痛似的,哼了起来。

接下来就看壮壮的了。日子一天天过去,一个星期后,壮壮两手背在身后,表情十分严肃,我知道得手了。果然,他转过身,倒背的手中有一个大酒葫芦。

这事儿真是棒极了。

小葡萄园里的交换总算顺利:老人接过酒,把"花虎"交给我们。他擦眼抹泪的,将葫芦对在嘴上饮了一口,说:"你俩待它有一点儿不好,会遭雷劈的。"我吓得伸舌头。壮壮说:"嗯,遭雷劈。"

我们那会儿一点都不敢拖延,抱着"花虎"就跑。我们一阵风似的穿过一片林子,大口喘着闯进小院,一进门就大呼小叫。外祖母惊奇地从屋里出来,当她发现了我怀中的小家伙时,嘴巴再也合不拢。她抚摸它,亲它的额头,连连说:"天哪,我从来没见过这么俊的,从来没有。"把"花虎"放在了地上,奇怪到极点的,它竟然对这里没有多少陌生感,转了一圈,然后径直站到了外祖母跟前,仰脸看着,尾巴轻轻摇动。

夜里,我们把它放到炕上,让它在枕边躺下。外祖母的手一直抚在它的身上。大约是半夜了,我们都没有睡。她翻个身,悄声说了一句:"孩子,你又犯了一个大错。"

别无他法

在第一缕霞光里,外祖母扫着小院,"花虎"扭动着走近,她就抱起来。她看着它的眼睛,竟然像我和壮壮做过的那样,贴近它的鼻子长长地吸气:"真香。"她长时间盯着它,抚摸,放到地上,咕哝:"你是一个小花孩儿,你是咱们家一朵会跑的花儿啊!"它和她对视,长时间一动不动。最后外祖母被这副认真的样子逗笑了,不顾一切地将它再次抱到怀里,摇晃着,眯着眼:"真是一点办法都没有。好孩子!"她的声音越来越小,最后不再出声,长时间闭着眼睛。

我害怕她说出什么,害怕一个不可接受的决定。我知道她在想什么。她总是想小獾胡,夜里睡不着,坐起来,看着窗外的满天星星说:"我们连自己都难保平安,还怎么敢收养你!不敢了,不敢了。"

"花虎"去一边玩时,外祖母把我引到屋里。她细细地了解有关"花虎"的各种事情、那个小葡萄园和那个老人。她不再说什么,神色低沉,这让我害怕了。她拉住我的手:"孩子,咱们再喜欢它几天,就送回吧。"我最担心的就是这句话。我怕她做出了一个决定,就很难更改。我转过身,不想让她看到自己哭出来。我险些放声大

　　　　　　　　第二十届百花文学奖

哭。她肯定是整整想了好几天,才说出今天的这个决定。我央求:
"就养一个星期,不,十天。"

她没有说什么,到院里去了。大概她在心里认可了。

我抓紧时间和"花虎"在一起。我故意让它离外祖母很近,让她闻到它的香味。她常常忍不住接到怀里,脸对脸看着。这时她的神情是严肃的。它一潭清水似的眼睛里有什么在闪烁,突然,两只前爪举起,一下抱住了她的脖子。外祖母眯上眼,足足有好几分钟。她和它一块儿晃动着,眯着眼。

十天快要过去。想一想送走它的日子,这座小院会多么空荡。壮壮每天都来,告诉我们一些事:小葡萄园里的老人一喝上酒就忘了别的,这小家伙差不多就是我们的了。我没有说外祖母的决定,只是看着它。它偶尔出神,向着东北方向走几步,然后停住。壮壮对它细声细气地说:"这是你的家。你知道长大了总要离开妈妈,不是吗?"

第九天的时候,我和"花虎"去林子里走了很久。我们沿着当年和小獾胡走过的路线往前。它不时低头嗅着,然后仰脸看我。我听说它们有一个最大的本事,只要嗅一下,就能得知这里发生的故事。如果真的这么神奇,那么它的眼前就会出现一只可爱的猫、一个人。可是这林子里来来往往的各种动物和人太多了,它心里能装得下这么多故事吗?在那棵浓旺的石楠树下,我再次看到了一个破旧的草窝,已经没有任何主人。它坐在草窝旁嗅着,沉思着,神情凝重。

回家时已近黄昏。饭的香味弥漫了整个小院。"花虎"还没有进门就卷着小舌头,一阵小跑走在前边。它已经把这里当成了自己的家。它顶开小栅栏门，无比惊讶地看着从屋里走出的人：妈妈。我大步跑过去。妈妈一手揽住我，一手将挨近的小家伙拥在怀中。它舔妈妈的手，整个身体拧成了花，仿佛早就是老朋友了。我让它做一些娴熟的事情：握手、站立和跳跃、取物。妈妈简直不敢相信自己的眼睛："啊，它太聪明了！"

我对妈妈说出了外祖母那个令人痛苦的决定，她没有说什么。好像她已经知道了这件事。我说："我和壮壮会经常送它去葡萄园，就算我们和那个老人一起养的，这总可以了吧？"这个理由是我在林子里想出来的，也是最后的办法了。我希望妈妈能帮助我。我一再重复，她说："让我们试试看。"

这天夜晚月亮很大。我们就像过中秋节一样，在小院里摆上木桌。"花虎"像大家一样，也在桌旁占据了一个位置，而且坐得很直。妈妈对外祖母说："它的餐具在哪儿？"还没等她开口，我就把屋角的一个陶碗和瓷碟取来，放在它的面前。妈妈给它夹菜，又在另一个钵里添了汤。可它并不用餐，而是等我们端起碗时，才轻轻地舔食钵里的汤。它吃东西的声音非常小。外祖母在妈妈耳旁说："真是一个懂事的孩子。"

晚饭后我们都不想回屋。妈妈每次回家都要讲讲园艺场里的事，然后才是我和外祖母谈家里的事、林子里的事。妈妈趁这时说出了我的主意：与小葡萄园的老人合养"花虎"，这样就是双份的责任了。我灵机一动，插话："还有壮壮，三家一起。"

外祖母比谁都聪明。她未置可否，只微笑着看"花虎"。它并没有离开自己的位置，像一个人那样安坐，听大家说话，眼睛随说话人的改变而移动。它与外祖母对视，那目光终于让她受不了，她只得离开座位将它抱起，像以前那样把下巴抵上它的额头。

妈妈拉着我的手到一边。她看着空中的月亮，说："我们真的没有别的办法，没有。"

蓝色山影

我与"花虎"形影不离的日子开始了。"你俩去哪儿了？""你俩该吃饭了！""你俩别闹了！"这是外祖母挂在嘴边的话，她总是将我们连在一起说事儿。事实上也是如此，因为我们在一起待的时间太长了。除了白天要一块儿玩、干活，夜里还要靠在一起睡觉，就和小獾胡当年一样。外祖母对它心疼却也刻板，常说的一句话就是："猫是炕上物，狗是地上物。"意思是，狗不应该在炕上睡觉。可她尽管这样说，也还是让它蜷在炕上，和我一块儿抚摸它，还像过去那样讲故事。她为了表示自己仍旧是按规矩办事的人，就加一句："它还小。等它长大以后，再到下边睡。"

夜晚变得有趣，变得像一个个节日。因为有了外祖母的故事，就什么都有了。有的故事多少有点重复，我知道这种重复是必需的，因为她还要照顾到刚来的"花虎"。它听得十分专注，没有一次表现出烦腻和走神，总是静静地听着。我如果听到了熟悉的部分，就能提前知道下面的情节，这时就会看一下它的表情，于是看到了一个目不转睛、头稍稍探向前边的故事迷。它听到高兴的地方摇头晃脑，就差没有鼓掌了。我不得不小声问外祖母："难道它真的听懂了？"她反问我一句："你真的听懂了？"我的脸火辣辣的。

外祖母，仍然要说到外祖父。那个男人令我着迷，我知道这个人对我异常重要:没有他就没有我。这是我判断对我是否重要的一个简单方法,即推论一下,这个人的存在,能不能决定我的存在?这样推算一下,就能发现许多亲人太重要了。外祖父是一个纯洁而又坚强的男人,无比英俊。外祖母爱着的男人肯定是英俊的。他勇敢、正直、有信仰。最吸引我的还有一件大事儿:他无比热爱或喜欢动物。他喜欢各种动物,简直一点办法都没有。外祖母讲起了一只早产的小羊:外祖父当时正处于十分焦灼的日子,因为他正在为前线抗敌的战士筹措枪支;但即便这样,他还是亲手饲喂那只小羊,怕它冻坏,夜里把它抱到被窝里睡觉。

我听到这里,一转脸,正看到"花虎"亮晶晶的眼睛。我拉近了它,对外祖母申请说:"我想亲一下'花虎'。"外祖母马上转身,伸手挡在了我和它之间:"使不得!""为什么?"她的手还是挡在那儿:"你姥爷那么喜欢它们,但从来没有嘴对嘴亲过。他是医生,知道一个道理,它们和人的口腔细菌群落不一样,亲了会嗓子痛。""它的小嘴多么干净!"我一点都不信。"那是两回事。孩子,我以前就说过,使不得。"

"使不得"这三个字是她说惯了的,那等于断然否决。我只好放弃了。可我心里痒痒的。我要自己想开一点,找个理由,于是就说:"猫和狗的嘴巴一样,闭上很小,张开很大。我亲不动它。"可是我不想告诉她的是,私下里,无论是以前的小獾胡还是现在的"花虎",都亲过我的脸。如果恰好在一个非同寻常的时刻,突如其来的一亲会让我流泪,比如我在想爸爸的时候。不过我们真的没有嘴对嘴亲过,因为外祖母总说"使不得"。

白天和它一起去林子里。因为它的陪伴,我可以走到两百步

288

之外。在林隙间的草地上，阳光把它浑身照得亮灿灿的，它仰脸眯眼的模样真是让人受不了。我一凑近，它湿漉漉的鼻头和嘴巴就会印在我的腮部，我赶紧说一句："使不得。"我们比赛跑步，它竟然能像一匹小马那样跳腾，两只耳朵向后贴紧，唰唰冲到了前边。我又和它比赛爬树。这一次它甘拜下风，坐着看我爬上了一棵大杨树。它在下边呼唤，我却被远处那片蓝色的山影迷住了。那是爸爸的大山。

我想象他再次归来的日子，一定该是冬天了。踏着一地银霜或大雪，他走啊走啊，走上两天再加半个夜晚，才能踏进小院。他第一眼看到的会是"花虎"，他会抱住它，让它热乎乎的身体温暖自己。我会尽可能让他和它多亲近一会儿。

雨后采菇

夏末雨后，经过一天好阳光，正是采蘑菇的时候。外祖母让我留下看门，然后包上头巾，提上柳篮去林子里了。她要去的地方远不止二百步远，因为她什么都不怕，更没有迷过路。她在这方面比得上采药人老广，胆子和猎人差不多，可以独自一人走穿整片大林子。外祖母心里的故事多，其中有一半是亲身经历的。她叮嘱我几句，就要出门了。"花虎"站在院子当中，看看我又看看她，两只前爪踏动不停。我说："你也去吧，当个警卫。"它听懂了，高兴得跳起来。

她领上它走了。我在门口看着，恨不得追上去。没有办法，必须留在家里。

屋子外边传来一阵阵鸟叫，好像第一次听到这么多的鸟，那真是各种各样，我知道它们大大小小，花花绿绿，在林子里玩得快活极了。我以前问过壮壮：林子里什么鸟飞得最高？他答：云雀。我说：错了，是鹰。我又问什么鸟最大。他答：老野鸡。我说：错了，是大灰鹳。我见过这种大鸟，它是从北边什么地方路过这里的，站在水渠边上比我还高。我还见过一种有大翎子的红白两色的鸟，还以为是传说中的凤凰呢，急火火地跑回家告诉外祖母，她说是"绶带鸟"。"没有比你姥姥更渊博的人了。"妈妈这样说。外祖母不仅知识多，故事多，还能从林子里带回无数惊喜。她找到的果子、野蜜、光滑的小贝壳，能让人高兴得蹦起来。她有时还能带回一只比毛茸茸的小鸡还要小的鹌鹑，比鸡蛋还要小的刺猬。这些活灵灵的小动物让我忘掉一切，连觉都不想睡了。可惜她帮我把它们喂大之后，就一定要放回林子里。只有一次是个例外，她带回家一只刚长出一层绒毛的小麻雀，一点点养大，可是当我们像过去一样将它放回林子时，它却无论如何不肯：转一圈又飞回来。就这样，这只麻雀一直在小院里进进出出两年多，最后才飞走了。

我正听着鸟儿吵闹，想着一些事情，突然被一声枪响惊到了。我跳起来，跑出院门。枪声又接连响了两次，就在北边不远。我马上想到了外祖母和跟在她身边的"花虎"。来了猎人？不过他们只在秋天才到林子里来。我想迎着枪声跑过去，可又不能扔下茅屋。犹豫了一会儿，最后还是无法待在家里。

我把屋门和栅栏门关好，然后向北跑去。再也没有听到枪声。地上真的有了蘑菇，可我无心采它。外祖母要采的是最肥的松蘑或柳菇。一只老獾懒洋洋地从前边的荻草丛里走过，我喊了一声，它止住了步子，闭一只眼睁一只眼看了看，然后不紧不慢地往前走去了。棕色草兔摇着雪白的尾巴，箭一般射向远处。在一棵老橡树上，我看到了一只打瞌睡的猫头鹰，它银灰色的大脸真好看。我知道这时候它有点傻傻的，但并不想捉弄它。我喜欢它的模样，这一次就近看了一会儿。

　　我不知道外祖母走到了哪里。老野鸡的叫声好像在发出召唤，我总是不知不觉地迎着它的叫声走去。以前有好多次，我和壮壮试过，只要这样漫无目的地走下去，就会碰见想不到的好运气。比如我们用这样的方法找到过野葡萄、大花红果，还有从未见过的彩色大鸟。老野鸡喊："渴啊！渴啊！"我们听了就觉得口渴，就要不停地摘野果子吃，所以每次从林中出来都染成了紫嘴唇。这样往前走了一会儿，老野鸡的叫声依旧很远，这是它们的魔法。我迎着它喊："渴啊！渴啊！"

　　正喊着，突然前边的灌木摇晃起来，跳出来的是"花虎"，它飞一样跃出。它扑到我身上，紧紧抱住了我的腰。它不停地亲吻我的脸，我躲闪着，嘴巴还是被它碰到了。它好不容易才安静下来，转身在前边领路，跑远一点又折回来，跳着，欢呼着。

　　外祖母的花头巾在树隙里闪动。她手中的篮子已经装了满满的大蘑菇，全是金黄色的好东西。我离老远就喊："我听见打枪了！"她看看东北方向，伸手指了一下。我放轻脚步走过去。

　　原来那会儿她和"花虎"正在低头采蘑菇，"它也是干这个的好手，"她说，"它总是比我早一步发现蘑菇，站在跟前等我去采，有时还会叼过来。"外祖母抚摸着它告诉我，"正采着，从那边蹿出几个人，扛着猎枪。他们用枪指着我，指着它，我赶紧护住了它。"

外祖母说着，呼吸急促起来。

"怎么回事？"我着急了。

"他们大概是'黑煞'一伙的。好生生的林子啊，被他们糟蹋了。他们骂人，还把我的蘑菇倒在地上，问我刚才看见了什么。我说，看见了蘑菇。他们用脚踩踏蘑菇，就差点儿没有动手打人了。这时候其中的一个往天上一指，那儿飘着一个白东西，他们就迎着它跑去了。他们一直往天上打枪，打了好几枪。"

我愣住了。"花虎"看看外祖母，又看看我。它那会儿肯定吓坏了。我说："也许他们遇到了妖怪？"

"他们胡作非为，可比妖怪坏多了。"外祖母撩起衣襟擦擦脸，准备回家了。

命令

从那以后，外祖母再也不到林子里采蘑菇了。我们小屋周边也有蘑菇，但不像林子深处那么多。以前我们总是采来很多蘑菇，晒干交给老广，他会带到村子里卖掉，再给我们捎回一些日用品。

天开始凉爽了，秋天快来了。多好的季节啊，外祖母却阻止我和"花虎"去林子里。所有的野果都熟了，许多野物也在等我们，它们已经认识了我和"花虎"，有时候我们正在树下玩，大鸟就故意投下橡子打我们的头，真疼啊。这个秋天就生生被那些打枪的人糟蹋了。老广来过几次，他带来一些吓人的消息，说一声"大婶子啊"，然后就讲海边发生的事情。"'黑煞'和打鱼人干架了，看鱼铺的老头赶去拉架，被'黑煞'一头撞断了好几根肋骨。他那一伙提枪拿棍的，一路喊啊打啊！"

　　老广讲这些的时候，外祖母就把我和"花虎"支开，说："走去，小孩子家自己玩去。"可我还是听到了不少。我最恨的就是那个又矮又黑的凶神，恨死了他。我常常想起他用枪指着外祖母的样子。

　　就在老广走后的一天，壮壮爷爷突然浑身大汗跑进了我们小院：他从来不到我们家来，一定是出了什么大事。果然，他说出的话差点把我们吓坏。外祖母张开的嘴巴长时间合不上，有些发呆。壮壮爷爷不得不重复一遍刚才的话：从上边传下来的，说是统一下了打狗令，要在三天内杀掉所有的狗，别人下不得手，"黑煞"那一伙从南边村子开始动手。

　　我的头蒙了。外祖母声音发抖："那，那你园子里的狗，还有，那只小葡萄园里的狗怎么办？""这是'工作犬'，场里说一个园子留一只。"

　　外祖母坐在了地上。壮壮爷爷去拉她，没有拉起来。我们一起把她搀起来。"花虎"拱在她的怀里，一动不动。壮壮爷爷盯了它两眼，背过身去。我的头一直蒙着，好像听到林子里全是哭号的声音，仔细听听，又消失了。"怎么办怎么办？"外祖母只低头重复这一句话，一直在说，说个不停。

　　天黑下来，壮壮爷爷不知什么时候离开了。屋里一点声音都没有，我们都不说话，也忘了做饭和吃饭的事。"怎么办？"这句话钻到了我的心里，在那儿不停地喊叫。快到深夜了，有人推门进来，不是别人，正是小葡萄园的老人。他急急送达的还是同一个消息，说："'黑煞'撒开人马了，估计这两天就会干完。园艺场和林场都接到信儿了，多余的一只不留。"他说着，狠狠点一下头："林场的那个副场长是当过兵的人,他养了两只大黄狗,有人要他除掉一只,他说:'来吧,谁敢动它们一根手指,我立马就把他毙了!'他是说到做到的,他早年上过战场。"

我对那个场长钦佩到了极点。

老人和外祖母商量各种办法:将"花虎"送到外乡藏起,找人求情。什么办法都想了一遍,最后觉得都没用。我哭出了声音,外祖母立刻喝了一声:"闭嘴!"我立刻不哭了。她从来没有这样严厉过。"花虎"紧紧伏在她的腿上。夜越来越深了,已经快到凌晨。老人在屋里走着,慢慢转过身说:"大婶子,我倒有个主意,也许不太靠谱。你看,是不是带它去河西?谁见了它都得心软!那个场长如果收留了,谁还敢动它?"

我跳起来。外祖母低下头,搂紧了"花虎"。屋里静得吓人。天快亮了。老人还是在屋里走个不停。外祖母开始往头上包那条花巾,又找出一根带子,是牵"花虎"用的。要去河西了,要走很远的路,可再远我们也不怕。她转头看着我,大概想让我留下看家。可我一定要和她一起。她没有说什么。是的,这时候家已经不算什么了。

我们刚要从屋里出来,栅栏门就啪啦一声被撞开,闯进来的是两个男人,一个手提了棒子,一个端了猎枪,是"黑煞"的人。那个提棒子的谁也不看,指着"花虎"对外祖母喊:"听说了吧?这是命令!"外祖母用身体挡住瑟瑟发抖的"花虎",大喊大叫起来。我听不清她在喊什么,只觉得血涌到头顶,反身护住了"花虎"。另一个人把枪端平了,咬牙噘嘴,在我和外祖母之间转着,只想找个机会开火。

外祖母干脆把整个身体伏到了"花虎"身上,声音一点也不抖了,盯住他们说:"来吧,除非你们连我和外孙一块儿杀了。"

老人跳着,挡在那两个人与我们之间,不停地摆手,说了什么,一句都听不清。那两个人进一步退一步,无法下手。端枪的人最后把枪背了,掐着腰说:"逃得了初一,逃不过十五。头儿知道了,他会让你们自己把活儿干了。"说完一摆手:"走!"

去河西

我们出门了。外祖母抱起"花虎",走得踉踉跄跄。身后的栅栏门没有关,一切都不管不顾了。小葡萄园的老人陪我们走了一程,指点着林场的方向,然后又匆匆往回赶。他不放心双双。天还没亮,灌木和葛藤几次把我们绊倒。"花虎"的眼睛在夜里亮晶晶的,它看一天星星,好像泪水蒙蒙。外祖母不说一句话,一直疾走。

天亮了。"花虎"从外祖母怀中挣出,一直不离我们左右。外祖母给它系上脖扣,牵着它。我看着不发一声的外祖母,心怦怦跳。林场就在河西,要设法过河才行。河西就是真正的远方了。我一路都在想那个即将见到的人,那个养了两只大黄狗的副场长,想着他那句又威风又霸气的话。他一定是特别喜欢狗的人,他一定会收留"花虎"。一个正常的人怎么会舍弃它,眼看着它落在"黑煞"手里?我不相信。

太阳升到了大树半腰,我们已经走了很久。外祖母不时地看看太阳,担心走错了方向。只要一直向西,就会找到那条河,过了河,再找林场场部就容易了。树木越来越高,从南边吹来的风好像也变大了,一股湿气扑在脸上。外祖母站住了,轻声说:"听。"听到了，啊，那是隐隐的流水声。我跑起来。

第一次看到这条大河。不太高的堤上长满了大小树木，堤内是密密的蒲苇。各种水鸟在飞，水里有嗵嗵跳鱼。我们到处寻找河桥，先是向北走了一段，然后又折向南。最后好不容易找到了，是一条窄窄的木桥。小桥走上去滑滑的颤颤的，"花虎"却一下子高兴了许多，仰脸看我们，跳跃了几下。过了河，遇到一个背了青草的老人，外祖母赶紧向他打听场部怎么走。老人往西北方指一下："过了那片柳林就到，不远了。"

还没有走穿柳林，我们就看到了一个很大的院落：差不多全是红砖平房，靠西边墙根有一座两层楼房，也是红砖垒成的。院里人来人往，有人一见"花虎"就站住不动，张大嘴巴看着。外祖母说是找副场长的，有人就说："噢，郑撸子。"外祖母谢过他们，往楼房那儿走去。

在楼旁的一座小平房里，我们见到了一个胡子拉碴的大眼男人，有四五十岁，衣衫有些脏。外祖母说："郑场长您好！"他一皱眉头："找我？干什么的？"外祖母好像有些慌。她用力镇定自己，从头开始说。他不作声。我听到了狗的哈气声，发现"花虎"警觉地往一旁望着。郑撸子还是不说话，起身出门。我们赶紧跟着他出来。

原来小屋旁就是一个很宽敞的狗窝，从里面出来两只大黄狗，冲着我们叫起来。主人做一个威吓的手势，它们立刻不出声了，发出"哼哼"的声音。

郑撸子蹲下来看着"花虎"，还是不吭一声。外祖母说"求求您""全靠您了"，我也随上说这样的话，差点没有哭出来。可是这个男人还是没有一声应允。我哭了。他不理我。这样过去半个多钟头,他站了起来,同时把披的一件大衣撩到一边:我和外祖母都看到了他腰上的一把短枪,也像自制的"鸡捣米"。他把牵"花虎"的绳子接到手里,系到一边的木桩上。外祖母脸上流下了两行长泪。我明白,郑撸子收下了"花虎"。

"它要会说话多好啊!不过它什么都懂!"外祖母一边说,一边给郑撸子作揖鞠躬。

"放我这儿就得了,嗯!"他拍了拍腰上的枪,然后骂了一句吓人的粗话。

枪声

我们回到茅屋已经是半上午时分,发现屋后屋前都站了拿棒子和背枪的人。他们一见我和外祖母就大呼小叫起来。从一旁走来一个人,这人走路无声无响,是"黑煞"。他盯着外祖母,说:"今儿个找不到,我会让山里那个人回来找,你信不信?"他掐着腰,比外祖母还要矮一截,两颗板牙扣紧下唇。

外祖母冷着脸回道:"他还没见过它一眼呢。我们刚刚也是到林子找它的,是你的人把它吓跑了。"

"黑煞"朝一边的人喊:"这好办!咱有枪,有棒子有刀,还跑得了一只畜生?"说着伸手狠狠点一下外祖母的额头,"你给我等着!"

他们走开了。我们在外面站了很长时间才回到屋里。家里已经被翻遍了,地上全是跌碎的碗碟。外祖母脸上有了一丝笑容。我知道她的一颗心放下了。

两天后壮壮和爷爷、小葡萄园的老人,都来了。当他们得知

"郑撸子"收下了"花虎",高兴极了。他们走后老广也来了，一进门脸就阴着。我告诉了他前后经过，他这才吐出一口气。他骂起来，说南边村子、四周的村子，这两天都在打杀。"那都是'黑煞'的人，狠哪。狗的主人骂、跪下求情，都没用。有的人家把狗赶跑、把它们打跑。它们恋着主人还要回来，结果就被逮到了。那些人在街上放枪，从巷子两头围堵。一些狗被逼进了林子，他们就追到林子里。"

老广走后没过一天，又有几个背枪的人来了。他们搜寻不着，就钻进林子里去了。一会儿远远近近就传来枪声。那枪声是断断续续的，从上午响到下午。半下午时没了枪声，可是停了一会儿，突然又一阵枪声。我和外祖母一直站在院子里。"不知是谁家的狗跑到了林子里。它们和孩子有什么两样？"外祖母搂紧了我，又问一句："有什么两样？"

天黑了。外祖母祷告："老天爷保佑它们吧。"天乌黑乌黑，一天星星出来了，我们回到家里。已经好多天没有好好吃一顿饭了，随便吃了一点东西，正要上炕睡觉，门被拍响了。原来是妈妈匆匆赶回，她一进门就找"花虎"。当她知道了事情的经过，一下坐在了地上，说："吓死我了。"

天亮时老广又来了，他告诉我们："黑煞"一伙一整天都在林子里。"林子这么大，它们会逃的。"外祖母说。老广点头："'黑煞'火了，喊来不少猎人帮忙。它们往东往西逃，有的跳进海里河里。那些猎人也不会有好下场！不会！"外祖母说："不会！"

第二天，快到中午了，我和外祖母都听到了马达声。出了院门一看，有人骑着摩托车驶过来。近了，认出是郑撸子场长。我的心狂跳起来，外祖母的脸一下变得煞白。他跳下车就喊："你们的狗，回来没？没？这东西恋家，半夜把拴绳咬断了！"

外祖母扶住了树，说话好费劲儿："是什么、时候？"

"昨天一早看见的，昨天。"他手里举着半截绳子。

"老天，求您好好想，它是什么时候跑的？"外祖母头向前探着，抓过那截绳子，神情有些吓人。

场长甩手："我半夜起来看过，它还在哩！肯定是快亮天的时候！"

外祖母看着北边。我知道她在想枪声响起来的时间。我也想过了，如果那时候"花虎"跑回这里，枪声早就响过了，从时间上看整整晚了一天一夜！我跳起来："它不会有事的，它一定逃得远远的！"外祖母大概也算出来了，连连咕哝："它的命硬，大恩人哪，也许它过了这一关。我们守在这里，它要回来，就是半夜我们也得送给您！您是救命的菩萨！"她给场长深深地鞠了一躬。

场长骂咧咧的，跨上摩托，对外祖母说："那倒木（没）有什么！"马达突突地响起来。

外祖母一直目送他，没了影子，才想起去擦眼睛。她牵上我说："孩子，记住，这是最后一次。我们今后再也不能收养它们。"

我点头，泪水涌出来。她说："我们不能收养它们。记住。你要发个誓。"

我擦着泪花："我发誓。"

不可抗力

关于"花虎"的故事还没有完。我知道，它一直在一个地方，在一个能听到和嗅到我们的地方藏着。我和外祖母夜里常常被风吹草动给惊醒，一抬头看见它回来了：一身露水，沾了草叶，站在小院里。外祖母伏在窗前，揉揉眼睛，它又不见了。我白天有一多半时间在林子里，外祖母叮嘱："去吧，说不定真能看见它。它不会在大白天回家的。"

我后来还去过两次林场，场长和两只大黄狗还在。他让我回去告诉外祖母：无论它回到哪一边，都要打个招呼。这个人真好，喜欢它、牵挂它。

就这样等待，怀着一丝希望。我去壮壮爷爷那儿，去小葡萄园里，他们都和我们一样悬着一颗心。没有它的消息，还是没有，一直到现在。我后来再也不愿提到它，因为这个故事没有结尾。现在我更不愿讲，因为要躲开融融。它那双聪慧的眼睛会领悟一切。

我回忆往事，摇着头，对家人叹气。我说："从小獾胡以后，我又有过好多小动物，最后都放回了林子里。那比较容易，比如小鸟和刺猬等。'花虎'留下的教训太深刻了，那种痛是无法忍受的。我不敢肯定它有一个可怕的结局，不过最难过的是不知道结局。我后来犯的错误、致命的错误，是因为违背了誓言。"

我低下头，不再说话。我们一再犯下不可饶恕的错误，全都因为违背了在外祖母面前立下的誓言。为什么这样？为什么？事后很久，直到现在，我都在反复追问。

有一次，我不经意间从一份合约书上看到了一句话，让我心头一颤。这是一个特别的条款，上面写道："当本合约遇到不可抗力时，即可中止执行。"我盯视了一会儿，又找到其他合约，发现所有的合约都有一款类似规定。我明白了：既是合约就必须遵守，但

第二十届百花文学奖

除非是其中一方碰到了难以抵抗的某种因素。是的，无法抵御、不可抗争，在这样的时候，弃约即是可以理解的。我有点沮丧，说："我，我们，正是遇到了这样的'不可抗力'。"

毫无异议，也不是狡辩，不是自我宽恕，真的是这样。无论当年在小葡萄园遇到"花虎"，还是后来；明知会有失去的危险，却还是要领养、要拥有。那一刻我们真的遇到了一种强大的"力"，这就是"爱力"。这比喜欢还要超出不知多少倍。比如当年在小葡萄园里看到的那个小家伙，它让人完全无法拒绝，无法割舍。这种"爱力"真的大到了无法抵挡，成为一种"不可抗力"。

就在二十多年前，我和家人又以同样的原因，再次犯下了不可饶恕的大错。

那是一个平平常常的早晨，星期天，我们起早到山下公园，却正巧遇到了一个朋友。早几步晚几步都不会碰到，因为这是他移居前最后一次路过这里。我一眼就发现对方的神色不对，交谈才知，原来他马上就要离开，却无法带走一件"宝物"。"什么东西？"我问。他叹气，搓手，抿抿焦干的嘴唇："一只小狗。"

原来他今天早晨是来和它道别的。"你们没有见它，你们，算了。不说了。"他的眼圈红了。

被一种好奇心驱使，我们极想看一眼那个"宝物"。我们一起返回原路，来到山下一座小屋。屋旁是藤类植物，还有几棵茂盛的木瓜树，像是看山人的居所。进屋后马上明白了朋友为什么要那样称许：啊，它竟然是这副模样！不知是什么品种，只一眼就被牢牢地吸引了。也许所有动物中，都会有一些珍品和极品，它们太特异太完美了。

小家伙浑身浅灰色,只有两只耳朵是深棕色,很胖。那双眼睛让人想到一个聪灵的孩子,竟长了金色的眼睫毛。它没有一刻安静,对所有人都亲近,仿佛有使用不完的激情。我那一刻被它征服,一直目不转睛。这种感觉是极少有的,如果有,也要追溯到几十年前,就是当初遇到"花虎"的那一刻。

　　朋友抱住它,久久依偎。他用这种方式再次告别。就在这时候,我对主人说:"我,哦,我会养好它的。"一句出口,马上得到了家人的急切呼应,而且说得更多,一边说一边用目光激励我。朋友马上站到了我们一边,并且直接把它塞进了我的怀里,然后开始向主人恳求。

　　小家伙在我怀中安静了一刻,转头看看,想弄明白发生了什么。真是奇迹,它从我们见到的那一刻就不曾静下来,这会儿却在怀中一动不动。它在等待一声关乎命运的宣布。

　　朋友说得很多。就出于对朋友的信任,主人最终把这件"宝物"授予了我们。一切就这么快地发生了。在整个过程中,还有接下去的很长一段时间里,我们几乎没有再想其他,只是幸福和幸运,只是感动。

　　总之,仍然是因为一种"不可抗力",我们再次忘掉了一切。

小来

　　"一个小家伙来家里了。"我一路咕哝着这句话。真的是这么回事,我们有了一位新的家庭成员。我从这反复念叨中抽出两个字,作为它的名字:"小来"。我这样叫时,它愣愣的,灰蓝色的眼睛微微一转，脑袋歪着，懵懵懂懂的样子。只是半天的时间，它对新的名字就欣然接受了。我对它解释说："小孩子总有一个大名。我们都是这样过来的。"

"小来"静止不动时，就像一只玩具熊。可它难得不动，就像第一次见到的那个早晨，一天到晚活泼得令人吃惊。这与记忆中的所有动物都不同。我经常惊异于它们的单纯与热情，有时会在这比较中陷入困惑。不同生命间的差异如此之大，人与动物、人与人，竟这样悬殊。使人费解的是，它们难以耗尽的巨大激情到底来自哪里，又为何源源不断地迸发出来。我们对这种生命奇迹习以为常，也就浑然不觉，好像它们本该如此。

我与它们一起的经历中，从未遇到一次背弃和伤害。有人可能认为它们没有伤害的能力，错了，它们的能力大到不可想象；但它们的词典里没有"背叛"。这也许超出了人的认知范围。它们即便在游戏和顽皮时，也局限于爱的边界。我们也许一度能够做到，但这往往属于童年时代，一个特殊的时段。这正是人生的基础和开始，其意义如同一座建筑：基础越是坚实，整座大厦也就越是高耸。

深深地爱着，不求回报。爱即便化为欲望，也是极好的部分。我们在与动物的相处中，极其享受这种无私的爱。有时候我们会在某个瞬间陷入深深的疑惑：它们凭什么、为什么要这么深深地、始终不渝地爱着我们？回答是它们依赖我们，要索取食物和其他。答案却难以到此为止，因为经验中并非这样。也就是说，它们对我们的依恋和爱，毫无功利的部分仍然是显而易见的。

我们也是同样，爱它们的神色，它们的形体，它们的全部，这种爱也是无以言表的心灵之需。这种急切的和不可替代的爱，有时会使我们失去理性。而理性并不总是良性的,它也会让我们压抑和舍弃强烈的情感。而情感的价值常常是无价的。我们在许多时候,的确值得为情感去做出牺牲。

我们为情感做出过牺牲吗?搜寻一下记忆,如果有,那一定是对人生的最大安慰,是永远不会后悔的。在深夜,听着门外不安的躁动、一阵阵的哼唧声,会有些内疚:"小来"因为不能进到卧室而焦急和生气。可是没有办法,它一旦与我们同室,我们也就无眠了。夜里只好委屈它一下,分居两处。没有办法,它竟在很长时间里都无法接受这个事实。这样的夜晚,我会想起前半生关于它们的经历、所有的故事,特别会想到自己对它们的亏欠,因此而耿耿难眠。

我会想起外祖母在失去"花虎"时的一番话。那些下杀狗令的人有一个堂皇的理由,是为了"节省粮食"。外祖母盯着夜色问:"谁的粮食?"然后答:"我们的。"又问:"他们真的那么在乎粮食?"再答:"不,他们不胡作非为,怎么会饿死那么多人!"

我对外祖母的话坚信不疑,一生都会确立这样的认识:有爱的人才有无数的粮食。

睡不着,"小来"的哼唧声越来越大。实在受不了,打开门。它简直是扑到怀里的,一边哼唧一边亲吻我的脸颊。它获得了怎样的幸福,简直无法形容,因为只有它自己说得明白。我只能紧紧搂住它,在心里问:"为什么?我们真的有那么可爱吗?"

经历四次

已经许久了,我在午夜经常会做一个梦:一匹小马越过万水千山,历经千难万险,跑啊跑啊,汗水淋漓,差不多就要精疲力竭倒地不起。它一直跑着,原来它在逃避死亡:后面有一个追赶的恶魔,看不清面目,只知道凶恶无比吞噬一切。这匹小马跑啊跑啊,翻过了一座又一座大山。一个浑身瘦削的男人站在山下,他伸开满是血的两手抱住它。小马偎在男人怀里。

梦中醒来,总是充满疑虑,最后认定那匹小马就是"花虎",而那个男人就是我的父亲。

我知道自己总在为那个故事寻找结尾,为了这一生的牵挂。我相信,外祖母在世时也和我一样,一直在揪心地猜测那个结局。我们都害怕去想另一种可能,那是不可接受的。

我对家人说:"这几十年里,我经历了四次。""四次什么?"我压低声音:"杀狗令。"我不会在这样的事情上说谎。这当然是真的,无论什么时候想起来都会抽疼。我只想说:下达这个命令的人,一定不得善终。他们会受到诅咒。

这诅咒,那些人听到了吗?深夜,多么安静,那些人应当听到。

"外祖母可能经历得更多吧?""她去世前经历了两次,"我有点说不下去,"这样,就明白她为什么让我发誓了。"微弱的夜光里,我仿佛看到了外祖母眼里的泪花。记得后来母亲回忆外祖母,再次说到了林子里的枪声,她说:"好在这些年里没有了,以后大概也不会有了。"我那会儿低下头,未置可否。母亲在安慰我,她其实并没有这么乐观,也没有这么天真。母亲没有说出的是:一定还会有,但不知道是什么时候。她说不出。

我最难忘记的是父亲的匆匆赶回。那已经是"花虎"离开很久了,他从山里回来,外祖母一直瞒着他。可是他竟然知道了,阴着脸说:"'黑煞'他们一直欺负老百姓,可小动物们连老百姓都不如,它们岂止'手无寸铁',简直是最无助的。能对它们下手,就是最残忍、最卑鄙、最胆小的恶魔!"他说得两手颤抖,指着夜色:

"书上记载过几桩这样的事,一些恶魔在大开杀戒前,先要屠杀无辜的动物,这等于提前演练!"

当年我对外祖母和父亲的话虽然难忘,却无更多理解,而后才有了惊心的体味。我忘不了外祖母当时的叮嘱:"爸爸的话在家里听听就好,不要说出去。"

我将这叮嘱和爸爸的话,都一块儿装在了心里,只是没有说过。

夜已经很深了。尽管我把声音压得很低,还是被门外的"小来"听到了。它长时间卧在门口,用爪子轻轻地、节奏分明地拍打着屋门。我不再吱声。这样过了一会儿,终于忍不住,就将门打开一道缝隙。又是无比热烈的两爪、湿漉漉的鼻头。我拥不住它。

你的笑容

由于"小来"的到来,我们家里变成最能吸引孩子的地方。左邻右舍都知道了一个奇美之物,先是一些孩子,接着连家长也赶过来。他们都要亲眼看一看,并且一进门就发出惊叹,然后长时间不愿离开。"小来"有一副大大咧咧的性格,对所有人都没有陌生感,更无提防心。它与他们亲热的样子,一如同我们的。

"它会笑呢。"孩子家长说。我给它拍下了不止一张照片,留下了它的笑容。

半年之后，我们接到了一个无法推辞的任务，需要离开一段时间：准确点说，整整一个秋天都要待在东部半岛上。这事有点突然，让我们一下为难起来。如果是不太长的时间，"小来"就可以托付给邻居，可是整个秋天的分离，这无论对它还是对我们来讲，都有点不可接受。

最后我们决定带它一起上路。这个即将到来的半岛之秋，因为它的同行而让人兴奋。我们打点行装，还要为这个小家伙备下一些东西。一个带小窗的手提箱成为它的旅行居所。

就这样，一个终生难忘的秋天开始了。我们的工作紧张而顺利，为了方便，我们离开宾舍，直接住到了一位老乡家里。一幢厢房和半个小院都归我们使用，这对"小来"而言真是太棒了。它因为宽敞的小院而倍感幸福，这比长时间待在城里那个局促的空间不知好多少倍。我们可以一整天待在外面，因为老乡能够好好照护它。没有人不喜欢它。

就是那个秋天，一个下午。一点不祥的预兆都没有，只记得北风有点大，降温了。我们出门时穿上有风帽的衣服。大约下午四点多，我突然觉得一阵口渴，心有点慌，正想到一旁的挎包里取保温杯，就听到有人一边跑一边呼喊。看到了，那是房东家的老太太，一头灰发在风中撩动。我第一眼看到她就有些害怕。

老太太喘得说不成句子，只伸手往后面指，说："快，快些！"我们全都慌了，抓起挎包就走。老太太一边跟随一边说，我们终于听得明白："小来"正在小院外面玩，好长时间没有回家，她出门找，见它正玩得高兴，跳跃着，咬住了什么叼给她。她发现它嘴里轻轻含住了一个正在挣扎的小老鼠，一看就知道是吃过药的。"小来"

哼唧着要她救它,她告诉"小来"这是救不过来的。可"小来"就是不愿放弃,不停地围着挣扎的小老鼠哼叫,一次次跳起来求她。就这样过了几分钟,"小来"也有了症状。

"它浑身抖,抖,快些!"老太太喊着。

我明白了,"小来"一定是叼那只小鼠时沾上了毒药。我问离医院有多远。老太太说不远,就在村西边,是一家矿区医院。

我们一路奔跑,一头闯进了小院。"小来"在一条麻袋上躺着,嘴角吐出了白沫,见到我们想爬起来,可是已经站不稳了。我把它抱在怀里,不顾一切地冲出门去。我说给自己和"小来":"不会有事的,不会的!"街上人看见了我们,都明白是怎么回事,呼啦啦跟上来。

终于看到了医院大门,离它只有二百多米了。就在这时候,我发现"小来"眼睛里的光亮暗淡下来。我喊着:"就要到了,咱们就要到了!"它的眼睛睁大一下,看看我们,永远地闭上了。

"小来"就这样没了。现在我们只有它的照片,是一张张永远微笑的照片。

对视

在六十多年的经历中,我失去了一些特异的朋友,"小来"只是其中之一。感激和怀念有时难以遏止,它们驻在心头,会在某个时刻从脑海里一一闪过。它们的面容,它们的神色,大都是在微笑。多么鲜活的形象,仿佛一招手,就会一个接一个跑到跟前。

它们需要用力压在心底。

如果有人问起它们，我会说些别的。因为这是非同一般的往事，无法悉数道来。其中不仅有难过，还有深深的愧疚。是这些压迫着我，让我无法启齿，无法述说。它们曾经与我一起生活，我清晰地记得每一个细节，从未忘记。可能是年龄的关系，我渐渐有了一个想法，就是在某一天把它们全部细细地记下来，建立一份翔实的生命存根簿。我认识到，在信息极度拥挤的数字时代，遗忘太容易发生了，所以这样做是非常必要的。

除了"小獾胡""花虎"和"小来"，还有一条叫"宝物"的山东细犬，它有惊人的智力和奔跑速度；一只叫"美美"的极为美丽的狸猫；一条强壮的大狗"旺旺"；一只性格特异、外表凶悍实则温情的花猫"小红孩"。除了这些，还有一些体形更小的动物：两只鸽子，三只刺猬，一只仓鼠，一只麻雀，一只红点颏，一只紫色蝈蝈。毫不夸张地说，后面这些尽管体形极小，但是也有性格，有情感。我如果从头讲述它们，也会是一个又一个长故事，这里只好省略。

所有这些朋友，它们有的走失，有的痛别；有的最后不知所终，有的忍痛放回林野；也有的在病危时节，出于动物们特有的巨大自尊，竟然独自逃入了人所不知的角落里，就此消逝。就这样，我们与它们总是非正常分离，经历一场撕扯之痛。

这里只说一下那只小小的蝈蝈，它最后的日子。

因为小时候记忆里有太多的它们：林野里每到夏秋都是这样的独唱或合唱，所以直到今天，一听到这声音就会想到浓绿的海边，就回到了童年。还是在那个山下公园里，我得到了一只深紫色的蝈蝈。它来到了居所，可真能唱。我们无微不至地照抚它，将其装在尽可能大的一只笼子里，还放置了许多绿色植物，喂它黄瓜和胡萝卜,还去郊区采它最爱吃的南瓜花。

就这样,有它的歌声簇拥,我幸福地沉湎在林野和童年之中,不知不觉来到了可怕的冬天。暖气没来的日子里,我们试着用一块电热毯包裹笼子,只在太阳最好的时候才把它搬到阳台上。我们在等暖气。只要天稍稍温暖一点,只要晒一下太阳,它就开始歌唱。它一直坚持着,期待着,沉默的时间越来越长了。它总是待在笼子一角,几乎不再进食。

记得最后的一天是这样的:它一整天都没有挪动一下,更没有发声;太阳出来了,阳台上热乎乎的,我赶紧把它捧到阳光下。它浑身浓重的紫色在强烈的光线下闪烁,那么美丽,但真的瘦了。太阳照着它,不过是十几分钟的时间,我发现它的两只长须开始活动,双翅轻轻颤动,竟然歌唱起来。它唱得有些费力,断断续续,接着戛然而止。

我的目光一直没有离开它,那个场景至今如在眼前:它是用歌声与我们做最后的告别的,它的生命就是这样终止的。

这是陪伴我们几个月的小生灵。它没有名字。

我在少年和青年时代,都未能拥有一台相机。于是除了"小来",它们都没有留下一张照片。但心中的影像永远是清晰的,我与它们默默对视。

我们书架上仅有的几张照片,就是"小来",是它永远微笑的、顽皮的样子。我们经常把它取下来,一遍遍端量。现在,我们又将它拿到了融融面前。它与之对视良久,伸出右前爪小心地触碰,回头看我们。它可能在问:"这个小哥哥在哪里?"

不管它是否听得懂,总要回答。但一定要回避那个结局。所有关于它们的往事,在融融这儿都要改变一下结尾。我们告诉融融:"小来"去了一个美丽的乡村,而且是在海边,它在那里生活得不错。融融的大蓝眼睛盯着我们,显然还不满足。我补充道:

"它在乡村,太爱玩了,一分钟都停不下来。所以海边更适合它。"

我这样说时,眼前出现一个紧闭双眼的"小来",像是刚刚睡去,躺在我的怀里。那一刻,正在变凉的北风呼呼地吹,房东老太太哭着,埋怨自己没有看护好它。我们安慰她,泪水无法止息。几位老乡的目光里全是怜惜,一个五十多岁的男人破口大骂,"那是一帮烂透了的家伙,他们从来干不出好事!咱花大钱买来的机帆船、农机,一用就坏;就是造出的耗子药毒性忒大。"说着伸出三根手指,"它能毒杀三代!"

我听不明白,后经解释才知道:猫沾了毒死的老鼠死去,其他动物碰到猫也会死。这是真正的剧毒。我痛恨这些人,痛恨他们造出了世上最毒的耗子药。

融融和"小来"的照片依偎在一起,久久不愿分开。

一周岁

孩子没有忘记提醒,要我们继续教会融融一些本领,学一些技能。它应该掌握和处理的事项,有一部分来自母亲,更多的却要留待后来的岁月。如果培训得当,它除了与人握手,还会听从口令坐卧和取物。如果比作求学,那么具备了后面这些技能,就相当于取得了"博士"学位。

我们愿它拥有自由流畅的生活,所以并不期待它为了一个高学位而受尽寒窗之苦。瞧,我们本身就没有什么高学位,显然融融也不需要。

尽管如此,融融却是一个好学上进的孩子,它具备非凡的感悟力,自来到以后,竟然做出了很多令人吃惊的事情,甚至弥补了一些我们匆忙中犯下的错误。以前说过,它为我们打开房门、提醒我们忽略的门铃和电话铃声,还几次大声催促,让我们关闭快要引起漫流的水阀。

如果只是津津乐道于这些小传奇,那是远远不够的,它留在心头的感念比这些重要千倍。这里当然要说到心灵,说到日常的心情。人生还有比这更大的事吗?有也不会太多。我们都发现:只因为融融的到来,这里的一切似乎在悄悄地调整和重置,一切在隐隐地发生改变。窗口上弥漫的不安和紊乱,随气流吹来的所有焦灼,都在降解或融化。融融蔚蓝的眼睛望向我们,好像送来了更高的期待。这种无可言喻的美本身就是一种鼓励,反衬之下,我们的人生应该沉着许多、宽阔许多。是的,生活不该是局促和阴晦的。我们的心情不仅因为另一个生命的陪伴而稍解寂寞,还一起领悟了更多和更高的意义。当然,有时候这是不自觉的某种感受。

我们经常说眼睛是心灵的窗口,那么融融真的为我们打开了一扇崭新的窗口。透过这里我们望向了一个未知的、神秘的、诱人的世界。生活与生命本来就有多种可能,时光的结局如果尽是悲伤,那么还有其他的补救。生活中有这么多悲苦,可是又有这么多美丽,这同样都是真实的。

我们心里明白:自己所能给予它的,比它已经给予的不知要少多少。这样的认识可不是什么饱食终日无病呻吟,因为我从林野中走来,完全可以用亲身经历证实:恰恰在人生至为艰难之时,它们给予了我们无可比拟的援助。如果说它们是真正的弱者和他者,那么由它们来陪伴和共度人生,真的是无可替代的、最为可靠的一种选择。

融融一周岁了。时间真快。从正面、侧面,从面容到步态,它真的像一位少年了。我们给它称了一下体重,发现已达十三斤半之多。而且它的"衣装"正随着时间发生变化:眼窝和耳尖浓黑;鼻子和嘴巴洁白,而且成为极其端正的枫叶形;两眼上部是浅棕色。这使它看上去极像西方的一位传奇人物,即那个戴了面罩的佐罗。最有趣的还不是这张脸,而是它的后背:竟然从后颈往下有一片十分规整对称的深棕色,好似披了一件蓑衣。我看着它,脑海中竟然闪过了大诗人苏东坡在流放中写下的妙句:"一蓑烟雨任平生。"

由此联想,想它的一周岁意味着什么。据说猫的一岁相当于人的六七岁,那么它真的进入了自己的少年时代。实际上,它从离开母亲的那一刻就踏上了孤独莫测的一生,前边有什么一无所知。没有同伴,没有开阔的原野,它所需要的大自然似乎都失去了。我们成为它唯一的信任和依赖。生存的环境如此脆弱和危险。

到底有多危险,可以从外祖母逼我发出的誓言中窥见。

融融背上的"蓑衣"让我想到了太多。从形貌上看它是如此完美,给人皎皎者易污的忧虑,可是它又在生命深处蓄满了勇气,做好了面对一切的准备。它们家族的血脉遗传性格为超强的忍耐力、高度的自尊与独处力、温情和依恋。

我们做好准备了吗?这正是接纳它们的所有家庭都要回答

的。人们会有一个挂在口边的答案：一切皆无问题。人们无一例外地自信和慷慨。不过在一定的前提下，这种承诺是能够得到兑现的。最大的问题从来不在这里，而在于抽掉了那个前提之后，真相又是怎样的。

第二次回答才是真正严苛的。那个前提是什么？是当人们接近"不可抗力"的时候，凭什么保护一个比手无寸铁的弱者更弱的生命。

有两种"不可抗力"：一种是爱，一种是毁灭和灾殃。前一种使人不顾一切地拥有它，后一种将让人撕心裂肺地失去它。

在身边

一个弱小的生命需要护佑，而这种护佑又会养成它的一种依赖。当护佑突然失去的时候，弱小的生命只有两种结局：独自顽强地活下去，或者就此衰萎沦落。看上去十分强大的护佑者，在许多时候非但不够强大，反而十分弱小，只是在更弱小者眼里变成了一种依靠而已。而当一个弱者被其他生命依赖时，竟然会因为这份情感和责任而变得强大起来。

我一想到这里就有一种忍不住的激动。当然，我想起了在外祖母身边的日子，想起了那片无边无际的林野，林野里的那座茅屋。外祖母真正的悲苦一定是从失去外祖父的那一天开始的，从这一天起，她必须一个人离开原来的居所，带上最简单的物品，去遥远的林野里生活。这是躲藏，是对付绝望和悲伤的方法。后来才知道，无论是人还是动物，都采用过这种方法。

当我长得稍大一些,林子里的老人告诉我:有的动物,特别是猫,当它们最绝望的时刻到来时,就会摆脱一切同类和其他生灵,独自到一个地方去过完这一生。那时我有一种冷肃的感觉,尽管调动起一切经验去理解这种现象,最后仍然无法想透。但我从此知道,一个生命一旦采用了这种方法,问题就变得极端严重了。

外祖母当年就是这样。那时还没有我。她的身边也没有母亲,母亲和父亲还在更远的地方,两人音讯全无。那个时候外祖母一定是做好了全部的、最坏的打算,就像一只猫找到了不受打扰的草窝。本来事情就是这样,可后来她的孩子,就是年轻的母亲,千辛万苦找到了林子里的小茅屋。大幸中的不幸是,父亲仍然没有音讯。从此她们母女俩生活在林子里,一直度过了四年。第五年父亲也找到了这里,但没有待上一年,又被差遣到大山里去了。与此同时,母亲也去了稍远一点的园艺场做临时工,大约两个星期才能回来一次。

我的出生也许使这里发生了重要的改变,因为外祖母身边有了一个等待长大的孩子。我对她寸步不离,她也成为我的一切。外祖母不再是孤独的一个人,她的身体好像也强壮了许多,一天到晚忙碌不停。我们的小屋这么温暖和富足,什么都有:果子酱、腌鱼、蘑菇,甚至还有留给爸爸妈妈归来时、节日里使用的自酿白酒。

我感到最宝贵最诱人的拥有,是她在入夜后讲的故事。什么故事都有,这世上没有她不知道的东西。从近处讲到远处,再回到近处,就是说先是讲这片林子,各种动物和妖怪,最后再讲外祖父。这时她的话就不多了。外祖父拥有那么多的动物朋友,这是最能吸引我的。我也像外祖父一样,需要它们。

就这样,我有了小獾胡,又有了"花虎",有了刺猬、小鸟和野兔。它们在我的身边,就像我在外祖母身边一样。我不允许任何东西伤害它们,成为一位勇敢的保护者。它们因为我而变得胆大和幸福,就像我在外祖母身边所感受到的一样。

　　随着时间的推移,我的个子长高了一点,认识了林子里越来越多的动物和植物,几乎没有什么东西叫不出名字。我还有了好朋友壮壮,结识了几个在林子里奔走的采药人。我讨厌猎人,喜欢采药人老广,喜欢壮壮爷爷,他们都有讲不完的故事。最可怕的东西也出现在林子里,它们是随时遭遇的"悍妖",还有一脸凶气的背枪人,是凶神恶煞一样的"黑煞"。

　　那时我夜里做噩梦,梦见一个吓人的小矮人,这人头上脸上长满了黑紫色的筋脉,就像一种生在水边的毒根,湿淋淋的,从缝隙中闪露出两只又圆又尖的眼睛,像蛇一样。我吓醒后,外祖母就一遍遍安慰我,为了让我彻底平静下来,还要讲一个动听的故事,准确点说是童话。我的呼吸会由急促变得平缓,然后再次睡去。

　　我最难忘的是跟她去小屋下面的地窖。那是个隐秘的地方,外人不知道还有这样一个美妙地方。那是爸爸刚回到林中小屋时奋力挖出来的。他高兴啊,以为这就是最后的安稳之所。他认为一个男人要让两个女人幸福,干得十分卖力,尽管之前没有干过什么体力活,这次却挖出了一个深深的地道。它的入口在小屋角落,由一个沉沉的橡木板盖住,上面还有一个瓷缸。也就是说,每次要挪动瓷缸才能打开木板,然后踏着台阶走下去。

　　她举着灯走在前边。迎面扑来一股好闻的气味,虽然还掺杂着一些怪味。我看到墙上悬了一串串干蘑菇、野蒜、干豆角、鱼干,

316

地上是一个挨一个的坛子，她打开一个，浓浓的香辣气呛得我后退一步，原来是酒。那些大玻璃瓶里装了野蜜和果酱，还有一些叫不出名字的东西，有的能吃，有的不能。她把野蜜抹在我嘴里，我差一点被甜哭了。

返回小屋，我咂着嘴："我们家好东西这么多啊！"

"它们都是林子里的。孩子，别总想着那些恨人的东西，会做噩梦的。这里可恨的东西太多了，可爱的也太多了，幸亏是这样，如果光有恨，咱们一家是活不下去的。"说到这儿她捋一下我的额头，说，"你扳着手指数一下，看看爱多还是恨多。"

我可从来没有这样细数过啊，这会儿就从头想起来。先说可恨的：下杀狗令的人，伏击外祖父的人，"黑煞"，毒蜘蛛，"悍妖"，打死许多动物的猎人。我数了一遍，是六七个。再说可爱的：外祖母，爸爸妈妈，壮壮和爷爷，小葡萄园的老人，小獾胡，野兔，鸽子，老广，"花虎"，美美，旺旺，"宝物"，刺猬，月亮，大片菊花，马兰草，白茅根和上面飞的大蝴蝶。我最后不得不承认：可爱的太多了，多到数不过来。

外祖母微笑着看我，搂着我说："多好。人的心里，当爱和恨一样多，就算扯平了；当爱比恨多，那就是赚了。孩子，你赚大发了！你今后要时不时地像今天一样，从头数上一遍。"

我点点头。这多么容易，又多么重要，我可一定得记住。

以美换爱

如果今天运用外祖母的办法从头数一遍，我们又多了一样爱:融融。它对我们的重要性已经不可言表。它来之前和它来之后的日子,在我们家是大为不同的。因为在心灵的记账簿上,在爱的天平上,又加了最浓的一笔、最重的一个砝码。

来我们这儿的所有客人,只要见到融融就开始凝神,然后是欣喜和赞扬,因为他们首先被一种难言的美震惊了。只要那双蓝眼睛望向我们,我们心头就会有一阵奇特的感受,这感受似曾相识又极为新异。是的,以前面对林野里的生灵,比如小獾胡和"花虎",即便是一只鸟,都有过类似的感触:那种轻盈和稚气、令人怜惜和欣悦的形体、神秘未知的风采,强烈地吸引着我们,让人长时间目不他移。但这一次是融融,它是有别于其他的唯一。我们在日常生活中形成的冷漠和麻木,一下就被它击溃了,融化了。

我在寻找最好的词汇描述它,从它来到的一刻就开始了。贫乏的语言令人尴尬。最后只好拾起那句老话:"不可方物。"只有如此。它纯稚,却有沉稳超常的步态;它顽皮,却又时常安然静穆到不敢轻扰;如此幼小却又如此威严;一派雄性英气,却又时常闪现出仪态万方的温情和优雅。它的美已经远远超出了使人惊叹的形貌,而是由表入里,从更深处溢出,随之涨满整个空间。它所赢得的深爱,是由自身的美换取的,而这种美是无价的。

我发现融融独处的能力超过了一般的猫。我太熟悉这一类生灵所长,如随时转入沉思的状态。任何一只猫都有这样的特质,但融融似乎走到了一个极致。它除了需要一个不受打扰的沉寂之地,还会在与人亲近的间隙里陷入幽思,那望向远方的目光真是令人肃然。它每天沿着同一条路线散步,同时展开自己的思索。这时候呼叫它是无效的:思绪已经游走在很远或很高处,以至于到

318

了充耳不闻的状态。

我怜惜融融的另一些特别时刻，就是它偶尔会有的忧郁。记得以前读过诗人普希金的一句哀叹："我们的俄罗斯多么忧郁啊！"我悄然默视家中的融融，瞧着它这一刻的神情，这比悲伤还要深沉，无以命名。这一瞬间它不是苦脸，不是愁闷，而是鼻子有了异样：那精致到无法言说的小鼻子变了，两侧仿佛贴上了一层铅皮，不得不用力抵御沉沉的坠力。我屏住了呼吸，重复那一句哀叹："我们的融融多么忧郁啊！"

在乡村或郊野，通常人们希望自己的猫是一个捕鼠能手，并因此而更加喜爱。这是一种现实生存的需要。我回忆小獾胡它们，清清楚楚地知道，无论我还是外祖母，都没有因为这种技能而喜爱。是的，它们所能完成的具体事项是有限的，也就是说，它们无法用实用价值与主人交换。其实任何实用主义的思路都是无关本质的话题。有人总是因为实用才豢养，而仅仅是豢养的关系，又能好到哪里去？在生活中，我们太熟悉什么是"豢养"了，也知道其中所谓"报答"有时令人感动，有时也极其可怕：被"豢养"者为了主子而伤害无辜，完全不在乎弱者的痛苦。

融融除了睡和玩，吃东西，似乎没干别的。可是我们需要它的更多，它给予我们的也更多。它不仅有美的外形，而且还有不可企及的某些品质：过人的柔善、温情、无私和纯洁，还有一个生命的庄重感、思考力，特别是强大的自我与尊严。这不是我任性地夸大，而是它真实具有的生命质地，生来如此。仔细看，深入观察，可知这并非言过其实。

我们学习它的路还有很长。它并没用声音宣示和表达什么具体内容,但仍然可以启迪和影响我们。榜样是无言的。

川流不息

深夜醒来,伸手一摸融融就在身边。柔软温热,胖爪,滑滑的皮毛。上苍将猫放在人之左,将狗放在人之右,让人心存感念。是的,由于许久以来一直如此,反而让人对这种福利熟视无睹。可是今夜我的心中泛起一阵感激,这感激由来已久。又想起林中岁月,想起被呼啸的林涛惊醒的夜晚,这样的时刻如果有一只猫在身边就会好得多。记得外祖母会把我的手拿开,说夜里不要触动它圆鼓鼓的小鼻子,因为那样既中断了它的深度睡眠,还会让自己失眠,是得不偿失的事。

冬天,海边的风多大。爸爸在山里,妈妈也不在。幸亏有外祖母的故事,有猫。它的呼噜声总是把我送入梦乡。可惜那只是少年时代,而今,几十年后再次听到这呼噜声,是多么奢侈的事情。这竟然是真的,而不是做梦。一天天忙下来,人被那么多的琐事,还有各种各样的消息围拢,它们堆积在一起使人无法消受。欣喜、惆怅、愤怒、震惊、恐惧,还有无法摆脱的困境。人被困境折磨,就像得了一种慢性病。入夜后不断地回忆,往事纷至沓来,感慨万千。如果人能够删除部分记忆就好了,可惜谁都办不到。这要终生陪伴,如影随形,簇拥着,缠裹着,使人步履维艰。

融融的步态让我入迷:那么从容,自信满满。它走起来很像狮与虎,气势非凡,昂首阔步。但这一切都无碍于它的另一种美,那是英俊和妩媚,是令人娇惯呵护的纯稚。我想起几十年里的那些面容，一双又一双眸子。它们都远逝了，与我相隔万水千山。我看着融融的眼睛，突然觉得这目光里汇聚了所有的问候。

我曾经将融融叠加在那些名字中，这会儿又觉得有些不妥。它不是一个，而是它们的相加与综合。我朦胧中觉得它代表它们，千里跋涉来到了这座城市，来与我相会。这是多么深长的情谊，怎样的造访和探望。自然而然，我们也将把所有的爱和思念倾注于它。

时间里什么都有，痛苦，恨，阴郁，悲伤；幸亏还有这么多爱，它掰着手指数也数不完，来而复去，川流不息。唯有如此，日子才能进行下去。有了这么多爱，就能补救千疮百孔的生活，一点一点向前。

在南方，一位在疫情蔓延中艰难度日的朋友打来电话。对方叙说了近况，特别说到了家里的猫，有一句话让我差点垂泪："如果没有它，这日子有点过不动了。"

"日子"不动了，停止了，多么可怕。

同样是关于疫情的惊心消息：某个主人因病入院，出院后，发现有人出于恐惧，竟然将他日夜思念的爱猫杀死了；一个村镇同样出于恐惧，又一次发出了杀狗令，勒令整个村镇在限定时间内杀掉所有的狗。

这是我几十年来再次听到的噩耗。我颤着声音小声告诉了家人这两个消息，家人惊得合不拢嘴，一边用眼睛去找融融。

我们大惊失色，想着异乡里发生的"不可抗力"。

融融走来了，我们紧紧地将它拥住。如果所有的爱都有一个悲凉的结局，还敢爱吗？可是没有爱，为什么还要生活？生活还有什么意义?那只能是折磨,一场连一场的折磨。我们不要那样的生活。

融融被紧拥在怀里,它的大眼转向了我们,水一样清纯。其实不仅是眼睛,它整个都像水一样。是的,它来到人间,会映照出不同的世道人心。我的下巴抵在它的额部,这已经是惯有的一个动作,像咕哝着摇篮曲:

"瞧融融,多节省,一年到头只穿一件皮袍。"

"它们谁又不是这样?"我只是说在心里,没有出声。我还没有从一阵扯痛中镇定下来。外面传来砰砰啪啪的钝响,我闭着眼睛,恍若置身于那片林野。我在倾听爸爸凿山的声音。为了寻找那片蓝色的山影,我常常爬到一棵大树的顶部。

外祖母和母亲踏着满地落叶走来,啊,她们身后还跟着一大群,原来是小獾胡、"花虎"、"宝物"、刺猬、鹌鹑、旺旺、美美。最后是一只绒球似的小家伙,竟然是"小来",它迟疑了一下,一阵欢跑跟过来。

【作者简介】张炜,1956 年出生于山东龙口。1975 年开始发表作品。出版有《张炜文集》四十八卷,译为英、日、法、韩、德、西、瑞典等多种文字。著有长篇小说《古船》《九月寓言》《刺猬歌》《外省书》《你在高原》等十九部。《古船》等入选新文学大系,作品曾获全国优秀长篇小说奖、"百年百种很好中国文学图书""世界华语小说百年百强"、茅盾文学奖、《亚洲周刊》优选十大华文小说之首、中国好书奖、全国畅销书奖、中华优秀出版物奖等多个奖项。

第二十届百花文学奖

小说奖 获奖作品集（中）

《小说月报》

《小说月报·原创版》
编辑部 编

天津出版传媒集团

百花文艺出版社

我们的娜塔莎

○蒋　韵

一　城市童话

安同志带着他的妻子娜塔莎来到这个北方城市落户的时候，是一九五八年。那一年，杜若刚满四岁，是幼儿园小班的学童。杜若的生活照说和他们没有丝毫的瓜葛。

杜若家住城南，安同志和娜塔莎家，确切住在哪里，地址不详。

安同志叫什么，他们都不知道。这个他们，指的是长大后的杜若和她的伙伴们，是这个城市里所有那些不安于小城生活的时尚青年。那时，人们认为这样的青年是思想意识不健康。

安同志叫什么，一点儿不重要，重要的是他很勇敢和浪漫，在莫斯科或者列宁格勒学习的时候，爱上了一个叫娜塔莎的苏联姑娘。这样的恋爱或者婚姻，在当时，据说有很多，但往往都在中国男生回国时宣告分手。安同志却没有松开他的手，他紧紧地拉着他的娜塔莎，坐了九天九夜火车，穿过苏联广袤的土地、无边的白桦林，穿过秋色迷人的西伯利亚，把这个穿布拉吉、吃面包黄油酸黄瓜的姑娘,还有他们四岁的儿子和两岁的女儿,带回到了我们的土地上,带回到了大陆深处这个吃五谷杂粮的北方城市。

透过车窗,安同志指着蓝天之下两座并立高耸的古塔,说道:"亲爱的,我们到家了。"

那是这城市的标志,双塔。它们一千多岁了。安同志搂住了娜塔莎的肩膀,说:"你听到它说什么了吗? 它说,好小子,你真有本事啊,带回一个这么美丽的好媳妇。"

这像是一个童话的结尾,"从此他们过上了幸福的生活"。而真实的生活才刚刚开始。

接下来,是一九六〇年,共和国历史上的饥馑之年来到了。

再接下来,就是安同志的祖国和娜塔莎的祖国交恶。

那时,这个城市刚刚"复课闹革命"不久,那些自一九六六年之后,在"江湖上"浪荡了三年的小学毕业生们,一拥而入,走进了这座城市各个中学的大门。教育革命了,也不需要考试,也不看成绩,只看你家庭住址,就近入学。杜若非常幸运,她的家,和这座城市曾经最好的中学,华北地区重点学校,仅隔一条马路。一抬头,就能看到那学校晚自习时璀璨的灯光。母亲常对杜若说:"杜若,你将来一定要考到那里去啊,那是你的学校。"杜若说:"那杜仲呢? 怎么就是我的学校,不是杜仲的? "母亲不说话了。

杜若家姐弟三人,她最大,老二是弟弟杜仲,最小的是妹妹叫杜茯苓。姐弟三人的名字,都是中草药。

三个孩子中,最聪明的,是杜若。母亲一直这样认为。

这下,聪明的杜若和不够聪明的杜仲,不费吹灰之力,都进了这所全省最好的中学。但母亲却高兴不起来。这个世道，不是读书的世道了，再好的学校又能怎样？果然，开学没有多久，杜若就被选进了学校的宣传队，跳舞唱歌去了。接下来，竟是全体停课，备战备荒，挖防空洞，防止"苏修"的进犯。

整个城市，进入战时状态，各家各户，每一扇玻璃上都用裁开的纸条贴了"米"字，怕的是"苏修"的飞机轰炸。甚至做好了战争疏散的准备。一旦局势吃紧，有很多人将会离开城市，疏散、撤离到安全的后方去。

报纸、广播，都是战争的论调。

全市举行了战备会演，杜若的学校排演了一个类似活报剧又类似音乐剧的节目，里面有歌有舞，有说有唱，有解放军，有老渔民，有女民兵，有反坦克火箭弹也有三八大盖和红缨枪，总之慷慨激昂、起伏跌宕，以破竹之势，一路披荆斩棘，杀进决赛圈直至获奖。另一边，挖战备防空洞的也不示弱，往昔的操场，如今沟壑纵横，像战壕像掩体。土方工程比预期提前完成，全校同学又马不停蹄去砖窑拉砖，去河边拉沙，烧石灰，不到半年，防空洞大功告成。别说，还真是漂亮。红砖碹顶，处处有巧思，俨然是个地下王国。有许多人来参观，这项工程也同样获得了表彰。

不过，也付出了代价。那是在挖土方时，曾出过一次事故。有一天，一个男同学不知怎么失脚掉进了三米多深的壕沟底，受了重伤。有人说是他和人打架，推推搡搡，没站稳栽进去的。有人说他是遭人暗算，趁他不备把他一把推下去的。奇怪的是现场居然没人看见发生了什么，人人似乎都有不在场证明，没人说得清楚真相。出事后，女同学们都为他难过，担心他是否会落下残疾。男生们则说，这就叫报应，为什么掉下去的偏偏是这个二毛子？谁让他们来侵略我们的？

这摔伤的同学，叫安向东。从前，他不叫这个名字，他叫安德烈，是个中苏混血儿，高大、英俊、迷人。

摔伤后的安德烈再也没来过学校，他退学了。谁也不知道他去了哪里，只听说他的腿落下了残疾。一个美男子，有了残缺。那时学校采用军事化的管理，班级用军事术语"连、排"来命名。杜若和他不同排，不同连，没有过任何的交集。只有一次，某个黄昏，放学后，杜若有事耽搁了，出来时，昏暗的走廊上静悄悄，一个人迎面走来，杜若不禁停下了脚步，她以为自己产生了幻觉：这是什么？是从希腊神话中跑出来的男神吗？她错愕地闪过这念头。好美啊。她觉得呼吸不畅。第一次，她被美伤害。原来，"美"和帝国主义一样是霸道、不讲理、有侵略性的。

后来她知道了，这个美男子，叫安向东。

安向东或者安德烈出事后，杜若难过了许久。为一个陌生人难过，杜若自己也觉得匪夷所思。她不能想象看见一个瘸了腿的安向东从走廊里迎面走来，她觉得那是冒犯。对什么冒犯，对谁冒犯，她说不上来。多年之后，杜若似乎想明白了，那是对造物、对生命最神秘秩序的冒犯吧？一件如此完美的杰作毁了。

这个安向东或者安德烈，是不是安同志和娜塔莎的儿子？应该是吧？这城市，莫非还有隐藏的娜塔莎或者玛莎、柳芭不成？不过杜若也不能确定。谁又能确定呢？安同志和娜塔莎一直像传说一样活在这个城市，杜若从不知道有谁真正认识他们。反正杜若身边没有这样的人。杜若的父母身边也没有一个这样的人。

姜友好是北京人,在山西这个内陆省份当兵。复员后分到了省人民医院,做了一名眼科护士。

姜友好是个喧哗的漂亮女人。她走到哪里,哪里就不会有安静。她来到这个内陆城市没有几年,就有两个男生为了争夺她打架斗殴伤人进了局子,还有一个自杀未遂。还没等那个切腕的人养好伤口,姜友好女士就又有了新的恋情。周而复始。后来,她毫无征兆地,就突然结了婚。用今天的话说,她是闪婚。她丈夫是现役军人,在海军服役。姜友好回北京探亲时,偶遇了也是回京探亲的年轻的海军军官,看到他的第一眼,姜友好就叹气了,在心里对自己说:"友好啊,你玩够了,疯够了,可以歇歇了。"

他们的新婚之家,就安在姜友好工作的城市。她供职的医院在集体宿舍的筒子楼里分给了她一间屋子,足有十六七平方米,向阳,通风,四壁洁白。从前,姜友好的好客是出名的,朋友、朋友的朋友、朋友的朋友的朋友,最终都成了姜友好的座上客。有很多四处招摇说是她朋友的人,其实,她连对方的名字都记不住。婚后,她一反常态,安静了下来。从前,那么喜欢热闹,其实,是心里空虚孤单。现在,有了海军军官,她觉得自己有力量可以对付这个沉闷的城市和生活了。

她开始认识一些新的人,新的朋友。和从前的那些朋友渐渐断了联系。杜若就是这时候认识了她。杜若从铁路建设兵团回来,分配到了一家集体所有制的小工厂上班,被飞进的铁屑伤了眼睛。她中学的同学带她去了省立医院的眼科,说:"我认识那里的一名护士,她能想办法给你多开几天假。"杜若就这样认识了姜友好。

　　杜若的同学叫夏莲。夏莲是列车员，跑北京。她常常会替姜友好从北京带东西回来。友好的家人把东西送到月台上，他们像地下工作者一样三下五除二完成交接。那些东西，几乎都是吃的，糕点、花生米、腊肉、炼好的猪板油、芝麻酱，有时干脆就是一大块冷冻的五花肉，或者一袋大米。这个城市，物资奇缺，所以，像夏莲这样跑北京、郑州、上海的列车员，真是抢手啊。他们源源不断往自己的城市输送着紧俏的物资。

　　所以，姜友好怎么能驳夏莲的面子呢？她很痛快地帮了她们的忙。

　　真正让杜若和友好熟识起来，是因为后来的一件事。

　　有一天，杜若很冒失地跑去医院找友好。那是一大早，医院还没上班，她挂了号，等在眼科门诊前。一看见姜友好，她就迎了上去。

　　"你好，你不记得我了吧？"她说，"我是夏莲的朋友。"

　　"我记得，"姜友好说，"有事吗？"

　　杜若脸红了："真不好意思，能帮我开个病假条吗？"她说，"单位在搞会战，赶活儿，一律不准请事假，我是真没办法了。夏莲跑车，不在，我只好厚着脸皮来找你，能帮忙吗？我急需要两天的时间。"

　　"什么事？"

　　"一个朋友借给我一本书，只给我两天时间，那书是大部头，太厚了，我要是白天上班，晚上看，就是一分钟不睡觉也看不完，"杜若回答，"可是我太想看那本书了，想了很久，好不容易才借到手——"

"我知道了，"姜友好打断了她，"没问题，我可以帮你忙。"

杜若没想到，她答应得如此爽快。假条到手，她骑着自行车飞奔而去，都不记得自己是否说了谢谢，可她心里真是感谢啊。她听夏莲说过，这个姜友好，有个不一般的出身，父亲是京城的高官，二十世纪二十年代的老布尔什维克。如今虽然"靠边站"，但《红楼梦》讲话，瘦死的骆驼比马大。原以为她会很骄傲，没想到，竟如此的不搭架子。

到下个星期天，杜若在家掌厨，顺势做了一些蛋饺。她把蛋饺装到饭盒里，去找夏莲，说："这个，你送给姜友好吧。你不是说她这个人就好吃吗？我家没什么稀罕东西，这蛋饺的肉馅里，我掺了点儿莲菜，味道还细致。"对自己的厨艺，杜若还是自信的。

又一个休息日，夏莲来找杜若，说："姜友好请咱们去她家吃饭。"杜若还没回答，夏莲又说，"不过她请你来掌勺。"

这下，杜若自然没法推辞。

姜友好的家，明亮、清爽。白色亚麻补花床单，花朵也是白色的，同款的桌布、窗帘，遮盖住了公家分配的千人一面的家具。一色白亚麻中间，只有一只花瓶是猩红如血的。那是一只水晶花瓶，后来杜若知道，那花瓶是她父亲早年从捷克带回来的。

"我从来没有见过这么素净的婚房。"杜若深觉意外地这么说，心里其实还补了一句："雪洞一般。"

"我也从来没有见过，因为一本书跑来找我开假条的。"姜友好这样回答。

杜若愣了一愣，脸红了。

"哎，是什么书？"姜友好笑着问，"那天没顾上问你是什么书你就跑了，弄得我心里直痒痒，痒到现在。我就想知道，到底是什么书值得你费那么大劲？"

杜若也笑了，"《罪与罚》。"她回答。

"哦——"姜友好长长地哦了一声。

她听说过这本书，也知道作者，但这个人写的书她一本也没看过。从前，她的那些朋友，也几乎没有一个人看过这个人的书。他们顶多看《娜娜》、看《俊友》、看《小酒家》，或者看《德伯家的苔丝》，但这个人的书，他们没碰。她也没碰。

"你有点儿特别，"她说，"喜欢看布道的书。"

"你是不是觉得，我特别乏味？"杜若笑着问。

"不啊，"姜友好笑了，"我觉得你这人特有趣，为了看一本布道的书而撒谎，你不觉得有罪呀？还有，你身上有两点正是我最喜欢的。"

"哪两点？"杜若好奇地问。

"一、爱脸红；二、会做菜。"姜友好回答，"真是完美的朋友。"

她们都笑了。杜若想，这个人，也有趣。

夏莲说："杜若，今天给友好露一手，她这里有好东西，你猜我昨天给她捎回来什么？一块牛肉！"

那一天，杜若用这块珍贵的牛肉，做了好几道菜：一道酱牛肉、一道咖喱土豆牛肉、一道是经典的红烧牛肉。还炝炒了一道醋熘白菜，做了一个冬瓜火腿汤，焖了一小锅米饭。杜若对姜友好说："酱牛肉我们不动了，留着，你自己吃方便。卤汤你明天可以用来下面条。"

姜友好笑着说:"不,汤我要留着,好好保存,留一百年,就是百年老汤。"

杜若笑了,知道姜友好这么说,是委婉地赞美她的厨艺。

那天,她们喝了酒,酒是竹叶青,本地的名酒。杜若把酒倒在了一只小瓷壶中,将小壶坐在了一只钢精盆里,里面蓄了热水,权当温酒器。杜若说:"天冷,酒要温了喝才好。"

姜友好说:"杜若,你好精致。"

杜若说:"这不是我说的,是薛宝钗说的。"

姜友好回答:"所以呀,你是活在书里。我们,是活在这个浊世上。"

杜若认真地望着姜友好,说:"正因为是浊世,才想逃进书里啊。"

窗外,下雪了。是这个冬天的第一场雪。三个人,围坐在一张折叠桌旁,喝着温过的竹叶青。外面的世界,渐渐白了,屋顶、马路、树,都被雪遮盖、包裹。听不到雪落的声音,可杜若知道,雪落在大地上是有声的。她有时会在落雪的夜晚一个人站在雪地中央,静静地,听雪落的声音。时间久了,那细微的、细碎的沙沙声会渐渐变得扎耳朵。这种时候,杜若会觉得世界在她心里醒了。

姜友好说:"下雪真好,真适合这样吃吃喝喝啊。"

夏莲说:"冬瓜汤要不要再热热?"

姜友好说:"杜若,你的厨艺是跟谁学的?真厉害!你会做西餐不会?你知道红菜汤怎么做吗?"

杜若摇摇头,说:"不知道。红菜汤我只听说过,在小说里看见过,可我不会做,"她笑了,"我没吃过西餐。"

姜友好说："真的？我有个朋友，做西餐很拿手，你没听说过她吗？她叫娜塔莎，是个苏联人。"

杜若一下子瞪大了眼睛："娜塔莎？当然听说过，"她回答，"这个城市，谁没听说过娜塔莎？可我一直不确定，娜塔莎是个真实的人还是个传说。"

"怎么会不是真实的人？"这下轮到姜友好吃惊了，"她已经在这个城市生活了十多年了呀！"

"你认识她？她是你的朋友？"

"对呀。"

原来真有娜塔莎这样一个人啊。杜若终于遇到了一个认识她、还是她朋友的人。她忽然觉得一阵心跳：

"那，安向东是娜塔莎的儿子吗？你认识安向东不认识？"她问。

"你是说安德烈吧？"姜友好沉默一下，回答，"当然认识了，你认识安德烈？"

"我认识安向东，他是我同学，"杜若说，"我们初中时一个学校，算不上认识。"是的，算不上认识。没有说过一句话，可是，这么多年过去了，提起这个人，还是脸热心跳。

姜友好望着杜若，望了一会儿，说："你又脸红了。"

杜若说："不是，是你家暖气太热了。"

姜友好笑了："好吧好吧，就算是我家暖气的问题。"这个过来人，什么没见过？她忽然问："哎，你既然都认识安德烈，怎么会不相信有娜塔莎这样一个人？没有娜塔莎，哪来的安德烈或者安向东？"

杜若不知道该怎么回答。娜塔莎也好,安德烈也好,对于杜若来说,他们遥若星辰。杜若在这个世界,而他们在星空,都不是她生活里的人。

"你听说过安德烈的事吗?后来?"姜友好关切地问。

她摇摇头。

"安德烈失踪了。"姜友好轻轻说。

"失踪?"杜若完全没听明白她在说什么,"谁失踪了?"

"安德烈呀!"姜友好回答,"安德烈失踪好几年了。"

失踪?这听来简直就像是……小说。杜若愣愣地望着姜友好,姜友好说道:

"是真的。安德烈残疾了,这你知道吧?他瘸了一条腿,这件事对他的打击特大,他是个特别自恋的人,我们有朋友说他就像希腊神话里面的那个水仙花少年……"

纳喀索斯,也叫塞纳西斯。杜若知道这故事。这个美少年纳喀索斯有一天在水中看见了自己的影子,可他不知道那是他自己,他太爱那个水中的少年了,终于有一天,他纵身投入水中向那个自己的影子求爱,溺水而亡,死后,化身为水仙花。

那天,杜若听姜友好讲了另一个水仙花少年的故事。

二 安德烈或者安向东

姜友好是先认识安德烈,后来才认识娜塔莎的。安德烈比姜友好小许多岁,认识他是在北京一个朋友的家里。那时她还在部队,回京探亲,去这朋友家玩儿,一进门撞上了安德烈。她倒吸一口气,惊住了,想,这是哪里?不是北京吗?怎么会跑出这么一个古怪的小妖?

可是,真好看啊。

那时安德烈也就十三四岁,个子已经很高了。从外形上看,他几乎就是母亲的翻版,唯一不同的,是他头发和眼睛的颜色。母亲的金发碧眼,在他这里,变成了某种奇妙的棕色,说不出的一种灵动和神秘。朋友介绍说:"这是我表弟安德烈。"

姜友好失声叫起来:"你怎么配有这样的表弟?"

"嗨嗨怎么说话呢?"朋友说。

这朋友五大三粗,外号"李逵"。

安德烈应该是从小就习惯了这样的眼光,他知道在别人眼里自己是个异类。他平静地望着姜友好,说道:"我叫安向东。我是哪儿哪儿人。"他说的是那个北方省城。

"巧了,我就在那儿当兵。"姜友好说,"你家住哪儿?"

安德烈说了。

"不过,姐姐,我说了你也不能到我家去,你是军人,你不能去我们家。"

姜友好说:"现在不能去,复员转业就可以了呀。"她望着那个美少年笑了,"安德烈,就冲着你,我也得复员。"

安德烈有点儿慌了:"你是在开玩笑吧?"

姜友好哈哈大笑:"我当然是在开玩笑。"

可是她真的复员了,还没有服役期满。当然不是因为安德烈。是她实在不适合军人的生活,她天性太自由放浪。起初,当兵是父亲的意志,而复员,则是她自己的主张。父亲没有拗过她,暗地里还是帮了忙,尽管他还未"解放",但总还是有人脉。结果,姜友好虽然没能回到北京,但毕竟分配到了那个城市最好的医院里。很快地,在这个城市,她就拥有了自己的生活圈子,有了一群朋友。

是她把安德烈拉进了这个圈子里。

当然,这城市不算大,这圈子里原本也有认识安德烈的人。就像滚雪球一样,你认识我,我认识他,渐渐地,大家就滚成了一团。

安德烈家里没有电话,她写信约他见面,他来了,看见穿便服的她,安德烈说:"姐姐你真的复员了?"

姜友好回答:"当然是真的,"她指指身后医院的大门,"要不你进去问问?"安德烈笑了。这是他们认识后,她第一次看见这个美少年的笑容。她觉得像是突然被阳光晃了眼睛。

"喂,你猜我下一步计划干什么?"她笑着问他。

"干什么?"

"等你长大,嫁给你,"她说,"让你娶我。"

她以为安德烈会大惊失色,会惊慌不已。可是没有。安德烈听了,认真地看着她,摇摇头:"不行,姐姐,"他说,"我不会娶你的,你千万不要等我。"

姜友好哈哈哈大笑,推了他一把,"逗你玩呢!"她说。不过她马上感到了好奇:"哎你为什么不娶我呀?我不算漂亮吗?拒绝我的人,你可是第一个呀!你是不是觉得自己特好看啊?"

安德烈笑了:"我是好看啊。很多人想当我的女朋友。可我已经有女朋友了。"

"你才多大就有女朋友了?"姜友好板起了脸,"不能这么早谈恋爱知不知道?"

"你这么说话像我妈妈。"安德烈说。

姜友好笑了："你女朋友是谁啊？说给我听听。"

"不告诉你，"安德烈说，"但我可以告诉你的是，不管将来我女朋友是谁，我都不会娶。我不结婚。"

这下轮到姜友好吃惊了："为什么呀，安德烈？"

"我不说，"安德烈回答，"不想说。"过了一会儿他强调，"叫我安向东，这是我的名字。"

这美少年，他不快乐。姜友好想。她其实有点儿懂得他不快乐的原因。那就让他快乐起来吧。

当天她就带他去了一个聚会，是在一个住在省府大院的朋友家。那天的来人中还真有认识安德烈的，果然是个女孩儿。他们说起学校的事，挖防空洞什么的，那女孩儿的妹妹和安德烈在同一所学校。

"我妹说，你们班男生欺负你，是吗？"女孩儿忽然这么问。

"没有。"安德烈从容地否认。

这个朋友的父母都不在家，刚刚去了"中办学习班"，那学习班在外地。家里没有家长，完全由着他们这些孩子折腾。那天他们煮了一大锅西红柿挂面，开了几个午餐肉罐头，炒了一大盘醋熘土豆丝，戳了两瓶白酒在桌上。大家又吃又喝又吵又闹，但安德烈始终是安静的，滴酒不沾。有人硬把酒杯塞给他，姜友好拦住了，说：

"他还是学生，不能喝酒。"

"靠，咱哪个不是当学生的时候就喝酒了？姜友好你敢说你不是？"

姜友好回答得斩钉截铁："他不一样。"

"他是不一样，"那人嘻嘻笑着回答，"哪个苏联人不喝酒？"

姜友好顺手把自己杯中的酒泼到了对方脸上。

"姑奶奶说不能喝就不能喝。"

回家的路上，安德烈对姜友好说："姐姐，其实你不用替我拦着我也不会喝，我答应过我妈妈，我妈说我外公就是一个酒精中毒的酒鬼，那是她的噩梦。我妈说她嫁给我爸和他跑这么远来到这里，很大的一个原因就是，中国男人不像俄国男人那样酗酒，尤其是那些在苏联的留学生培训生什么的，他们有纪律管着，更是模范。我爸就是没有纪律管着也不喝，他不爱酒。"他停顿了一下，"我也不爱。"又停一下，"我不能爱。"

"安德烈——"

"我是安向东，"他打断了她，"我叫安向东，姐姐。"

姜友好的心里，真的涌起了怜惜。城市的夜晚，黑暗而荒凉，他们同骑一辆自行车，他带着她。她默默地从后面搂住了他的腰，把脸贴在了他完美到无懈可击的脊背上。那一刻，她真觉得自己有了一个弟弟，这个非亲非故的城市给了她一个混血的、身份难堪的弟弟。她会保护他，她想。安德烈，不，安向东，我会保护你。

可是他出事了。掉进了防空洞里。是被人推下去的。股骨粉碎性骨折。伤愈后，瘸了。

瘸了一条腿的安德烈，变了一个人。

起初，出事时，学校把他送进了附近的一家医院，做了手术，打了钢钉。那医院从前骨科很强大，但时逢乱世，一切都不正规，手术不成功。情急之下,姜友好帮他转到了自己供职的医院,重新做了第二次手术。

这仍然不算是一次完美的手术。

姜友好天天去病房看他。就是这时候她认识了娜塔莎,也认识了安德烈的妹妹安霞。安霞比安德烈小两岁,和安德烈截然相反的是,猛一看,就是一个肤色白皙的中国女孩儿,五官轮廓完全是父亲的样子,认真看,才能看出她眼睛的颜色是深棕色的,那种接近黑色的、本分的棕,让人踏实和安心。

没有见过安同志。安同志在"学习班",不能自由行动。

安德烈的腿打了石膏,高高吊着,固定在病床上。他沉默,一天也说不了几句话。来探望他的也都是女同学,姜友好想从她们中间找出那个"女朋友",却一无所获:她看不出异常,他对她们一样的礼貌和漠然。没人的时候,姜友好忍不住八卦地问道:"哎,哪个是你女朋友? 告诉我呗。"

"姐姐你还真信啊?"安德烈冷冷地回答。

那神情和语气,让姜友好感到怪异和陌生。

窗外,麻雀喳喳叫着。树叶开始飘落,天凉了。安德烈望着窗外的天空,忽然问道:

"姐姐,我会不会变成一个瘸子?"

姜友好回答说:"想什么呢? 你见过谁骨折了变瘸子的? 现代医学治不了癌症还治不了骨折了?"

他嘴角轻蔑地翘翘。

"我有不好的预感,"过了一会儿他这么说,"要是我真瘸了,我宁愿死。"

姜友好一把捂住了他的嘴。

"安德烈你听好了，你要再敢说这些话，你要敢这么想，我——"她恶狠狠地瞪着他，"你信不信我现在就掐死你？"

他慢慢移开了她的手。

"听我讲个故事，"他说，"就是那年，去北京的时候，在一辆公共汽车上，我遇到一个女孩儿。那天车上人不多，我一上来，就看见了她，"他微微笑了，"没有人会看不见她，真美啊！我从来没见过这么美丽的姑娘，穿一件蓝印花布中式上衣，脑后梳一根独辫，神态就像仙女。以往，走到哪儿，我都是那个被注目的人，可是那天，她的一双黑眼睛就像蛊术一样把一车人的魂儿都吸进去了。这是我第一次遇到了一个比我美丽的人，一个让我呼吸不畅的人……车到了一个站上，停了。她站起来，朝车门走。一车的人这时都倒吸一口气。她摇摇摆摆走着，腿有严重的残疾，一看，就是小儿麻痹后遗症，瘸得非常厉害。她在一车人的注视下走完了那几步路，一切都毁灭了，真残忍哪，也真羞耻。我就站在车门那里，因为惊愕，我都忘了给她让路，我永远忘不了她对我说'请让让'时那种羞惭的神情……姐姐，你愿意让我变成那样？"他望着姜友好说。

姜友好拼命摇头："你怎么会那样？瞎说，你根本不会变成那样。"但姜友好知道自己是色厉内荏，因为，事情很可能"是那样"，他的状况，不乐观。可她仍然嘴硬："就算瘸了也不会那样——"

"那是什么样？"他笑了，"你告诉我。"

"你当然还是你——"

"安德烈吗？"他犀利地看着她，"你总是忘了我是安向东，我一直努力做一个安向东，可是我永远做不成。假如有一天我回到我母亲的故乡，在那里，恐怕也没有人把我当成一个纯正的安德烈。我只是个中苏混血儿，对吧？好在我这个中苏混血儿还算好看、漂亮，那是我仅有的一点儿东西，假如我连这个也没有了，那你让我靠什么活？"

姜友好眼睛渐渐湿了，她握住了安德烈的一只手，把它贴在自己脸上："我不知道，安德烈，"她轻轻说，"我从来不追问，我不思考这些，为什么要思考？为什么不尊重生活的神秘感非要破解它？你破解得了吗？傻孩子，你学学我，活得就容易了。"

半年后，八个月后，一年后，最后一次复查终结了，所有人终于放弃了幻想，承认了那个不好的结局。

股骨干严重受伤缺损，加上手术的失败，安德烈的一条腿无可挽回地变短了。比起小儿麻痹后遗症那一类残疾，他瘸得不能算厉害，可是，他不是别人，他是水仙花少年。

他把自己关进房子里，不见人。

医院组织巡回医疗队，上山下乡。姜友好跟着医疗队去了南部的中条山。临行，她去了一趟他家。可是，他不见她。任凭她怎样敲他家的门，他也不开。只是说："你走吧，姐姐。"声音平静而冷漠。

他母亲娜塔莎追出来，说："友好，怎么办？他要毁了。"娜塔莎突然进出了哭声，"他开始问我要酒喝了。"

她们站在拥挤狭窄的楼道里，对望着，没有谁来救她们。门里，是那个绝望和无辜的、正在放弃自己的孩子，她们束手无策。

340

她们都没有办法还给那孩子完美，神没有应许她们。楼梯旁一小扇肮脏的玻璃窗外，是彩霞满天的黄昏，流金溢彩，美如梦境，一束光涌进来，网住了轻轻哭泣的娜塔莎。姜友好默默地上前，拥抱了一下她，转身离去，她不想让那个母亲看见自己眼里的泪水。

一年后，等到姜友好从南部乡下回城，再见到安德烈时，她几乎没有认出他来。那是朋友们为她接风的聚会，他来了。姜友好一抬眼，看到眼前站了个陌生人：又高，又臃肿，皮肤粗糙，眼睛混浊，满脸的粉刺，红肿着，浓浓的、不洁的络腮胡须，满身的酒气。姜友好惊得半天合不上嘴，许久，她小心翼翼问：

"我该叫你什么？安德烈还是安向东？"

"随便，"他笑着回答，"哪有那么多事，爱叫啥叫啥。"

他用水杯喝酒，是那种玻璃水杯，满满一大杯白酒几口就光了，和人叫板时，咕嘟咕嘟一口闷，喝得凶猛而贪婪。他就这样无可救药地朝着那个酒鬼的宿命坠落。还没终席，人就像一摊烂泥一样瘫倒在了地上。姜友好想把他拖起来，拽起来，朋友们就说：

"别管他了，每次都是这样，"他们若无其事地说，"开始大家还送他回家，时间长了，就烦了。哎，这次又是谁叫他来的？谁吃饱撑的把他叫来了？"大家你看我，我看你，都摇头。

没人叫他来，没人找麻烦。可是这不大的城市，他们这些人相聚的地方也就这几处，他总能寻着酒味儿而来，来了，就赶不走他。一个酒鬼的自尊心算什么呢？早就让人踩成一堆烂泥了。姜友好听他们你一言我一语描述，低头望着地上的那个人，慢慢问道：

"不管他，就是说，就让他这么躺着？"

"对，就躺着呗。"

"那你们走了呢？你们都走了，他还一个人躺在那儿？躺在这脏地上？"

"那倒不会，这几个地方的服务员都认识他，他们有办法吧？大不了把他抬到门外躺着，风吹着酒醒得快。"

姜友好不说话了。她沉默一会儿，然后抬起胳膊指着大门，轻轻说道："滚！"

他们没听清："什么？"

"滚！"她大吼一声，"滚——"

"你疯了姜友好？"做东的主人，她父亲老部下的儿子，也喊起来，"为了这么一个中苏混血儿，你六亲不认了？"

她随手抄起一只饭碗，朝地上狠狠一摔，碗碴飞迸："我以后要是再和你们这群王八蛋交往，我就和这碗一样不得好死！滚！"

"疯子！花痴！你也不看看，他还是以前那个小白脸吗？就这死狗眉竖，你也稀罕？"

"啪"一声，一只碗就飞到了他脸上，登时，那额头上就见红了。血顺着眉骨流下来，流到他眼睛里，虽说店堂里除了他们这桌没几个客人，却也引起一片尖叫、惊呼，乱成一团。姜友好跳到了凳子上，居高临下，指着他鼻子骂道："×你妈满嘴喷粪！你瞎眼了敢欺负我弟弟！告诉你们，谁他妈以后敢欺负我弟，姑奶奶我活剥了他——"

那天的结局是，她的眼睛也变得一团乌青。父亲老部下的儿子一拳砸到了她的眼睛上。人们拉开了他。他也知道对一个女人动粗胜之不武。他们一群人围着那受伤的人走了，去医院包扎。她就坐在那一堆狼藉之中，等着安德烈醒来。

天黑了。就快打烊了。店堂里一片寂静。外面，偶尔有汽车驶过的寂寞的声音。这城市的夜晚，有种比自然更深邃的荒芜。

一个服务员壮着胆子走到了姜友好身边。

"同志，我们快下班了。"服务员说，"你试试能不能叫醒他？"

就在这时，一个人进来了。姜友好看见那人，"哎呀"一声，得救似的叫起来："安霞！是你呀，你怎么来了？"

安霞说："我来找我哥。"

"你怎么知道你哥在这儿？"

"我不知道，"安霞安静地回答，"我一家一家找。这个时间，他还不回来，我妈就让我们出来找他。他常去的那几家，我一家一家找，总能找到。"她望着睡在地板上的哥哥，"找到了，就是这个样子……"

姜友好一阵鼻酸。

"嗨，你进来吧！"安霞冲着外面喊了一嗓子。一个大男孩儿应声而入，是个像运动员似的健壮的孩子。"这是我朋友。"安霞对姜友好说，"他会骑三轮车。"

那天，他们几个人合伙把他抬到了三轮车上。安霞抱着她哥坐在车斗里，对姜友好说："我们走了，谢谢你。"

一辆借来的、载货的三轮车，两个孩子，经常在这城市的夜晚，载着一个沉醉不醒的酒鬼，一个酒精中毒者，穿街过巷。男孩儿在前边骑，女孩儿则把那酒鬼抱在怀里坐在后边的车斗里。有月亮或者没有月亮，下雨或者天晴，情愿或者不情愿，没有选择。那是她哥哥。她不幸的亲人。她抱着他就像一个小母亲。

一周后,安德烈来了,来找姜友好。那天是星期天,姜友好在家,她开门看到门外站着的安德烈时,并没有吃惊。她默默地闪身让他进来,她知道他会来。

　　这天的安德烈,看上去,清爽了一些,至少,衣服是洁净的。他望着坐在对面的姜友好,说的第一句话是:"我七天没碰酒了。"

　　姜友好没说话。

　　"可我不知道我能坚持多久。"他说。

　　姜友好还是没说话,因为她也不知道。

　　"他们说,你为我打架了。"他看着姜友好那只瘀青还没退净的眼睛,说道:"抱歉——"

　　姜友好摇摇头:"安德烈,你该说抱歉的人,不是我,"她回答,"你最该说抱歉的,是安霞。"她这么说的时候,鼻子突然酸了。

　　"我知道。"安德烈闷闷地说,"每次去找我的,去把我弄回来的,都是安霞。我爸不在,我妈不敢去找,她说,她一个苏联女人,满城跑,让别人看见,会给我添更多的麻烦。所以,也就只剩下我妹了……"

　　"安德烈,"姜友好说,"你不知道那有多让人难过……为了她,戒了吧。"

　　安德烈沉默不语。

　　隐隐地,听见了鸽哨的声音,细碎、悠扬。这城市最美的季节到了,秋天到了。天变高了,有了一种别的季节没有的空净澄明。姜友好起身,泡了两杯绿茶,端了来,说:

　　"喝茶吧,我们家乡的茶。"

他笑了笑，说："不喝了，我就是来跟你道个歉，走了。"这一笑，隐约地，有了一点儿从前那个安德烈的影子，"不再打扰了。"

她没有挽留他，她真不知道该跟他说些什么，她仍然没有足够的准备来接受这样一个安德烈。他跛着腿，走到门前，那一跛一跛的姿态，让她心痛。他握住门把手，停了一停，回头说道："这些日子，我一直在想，不知道我妈妈的家乡是个什么样子，"他又一笑，说，"那茶的颜色真漂亮，再见——"

他走了。

姜友好后来想，那天，自始至终，他没有叫她姐姐。

那是姜友好最后一次见他。

"他是去跟你告别的。"杜若说。

"是，"姜友好回答，"可我当时没意识到。不久，他跟他妈妈说，想出去散散心，想去爬华山。他妈妈答应了，给了他钱。这一走，从此就没了音信。"

菜凉了，酒也凉了。少年的故事告一段落。杜若起身，热菜、温酒。她端着热好的冬瓜汤回到桌前坐下，姜友好举起了酒杯说："添酒回灯重开宴。"

杜若举起杯来，回了一句："相逢何必曾相识？"

"杜若你这句不对，"夏莲也举起了杯子，"姜友好可不是天涯沦落人啊。"

杜若笑笑，望着姜友好，说："骨子里是。"

姜友好把杯中的酒一饮而尽，重新斟满了，郑重地举到了杜若脸前："杜若，从今天起，不管你愿不愿意，我是交定你这个朋友了。"

杜若没有回答，只是把杯中的酒，一口饮干了。酒使她的眼睛里波光粼粼："姜友好，我能像安德烈一样，叫你姐姐吗？"

"当然可以。"姜友好说。

"姐姐。"杜若叫了一声。突然热泪满盈。

许久，姜友好轻轻说："杜若，你喜欢安德烈吧？"

雪还在下，纷纷扬扬，天渐渐黑了。她们没去开灯。窗外别人屋顶上厚厚的积雪，闪着微光。杜若望向了窗外，说："冰天雪地，他会在哪儿？"

"不知道。"

"我喜欢安德烈，姐姐，"杜若说，"是那种遥远的喜欢。就像我喜欢星星，喜欢流云，喜欢江河，喜欢黄山的云雾和古希腊雕像，一句话，我喜欢美。我并不想拥有它们，只是远远地喜欢着，就很满足。但那是今天之前，今天之后，一切都不同了，从今往后，这世界上，多了一个让我牵挂和心疼的人，我心疼他，姐姐……"

姜友好懂。

她们就这样成了朋友。

几乎每个星期天，杜若都要来姜友好家，来了，就一起做好吃的。夏莲如果不跑车，也会过来凑热闹。姜友好家是杜若最好的舞台。夏莲从北京输送来的那些肉、蛋之类的食材，正好让杜若大显身手。面对着一桌佳肴，姜友好常常惊叹不已。

"杜若，你小小年纪，这厨艺是跟哪位大师学的？"

"赵佩兰大师，"杜若玩笑地回答，"在下的家母。"

"好羡慕啊！"姜友好说，"有个厨艺如此了得的妈妈，太幸

346

福了。"

"是。"杜若说,"我妈热爱烹饪,而我爸又是个吃货,他的味蕾天生比别人丰富,他俩堪称珠联璧合。所以我妈就是炒一个白萝卜丝,也尽心尽意,比别人炒的好吃太多。就像现在,什么都缺,什么都没有,可我妈总会绞尽脑汁让每一顿饭都尽量可口,因为我爸的人生信条就是:吃饭无小事。"

"听你这么说,我都惭愧了,"姜友好说,"要不,也让我家人帮你家采买东西?让夏莲一块儿带回来?"

"那怎么可以?绝对不行!"杜若郑重地拒绝,"我爸的另一个信条就是:不给别人添麻烦。"

"那你就把我这里的东西带回去些,咱们分享。"

"更荒谬了。"杜若回答得斩钉截铁,"我爸还有个信条,就是:君子不吃嗟来之食。"

"你爸怎么有那么多信条?"姜友好笑了。

杜若也笑了。

"其实,我爸妈南方老家那边也有家人偶尔会接济我们,给我们寄些腊肉腊肠、梅干菜笋干之类的,而且我们南方人,每人还多供应几斤大米,比起这城市的许多人,已经好太多了。"杜若说,"我妈常说,好日子谁都会过,能把匮乏的、困难的日子过得有尊严又有滋味,才是了不起。"

"你家的人简直都是哲学家,"夏莲笑着说,"简直太恐怖了!"

"你妈这话,我听另一个人也说过类似的。"姜友好若有所思地说。

"谁?"

"娜塔莎。"姜友好回答。

哦,安德烈的母亲。杜若想。那个传说中的女人。

下一个星期天,在姜友好家里,意外的事情发生了。杜若进门来,看见一个丰硕的、有些臃肿、远远谈不上美丽的异国女人,正端着一只碗,在搅拌着什么。姜友好说:

"杜若,这是娜塔莎。"

走了这么远的路,从一九五八年,到现在,她们遇见了。

几年前,安同志去世了。死于脑溢血。那时他还在"学习班",不能回家。据说他早晨就剧烈头疼,中午没吃饭,下午就昏迷了。夜里,传呼电话找她,是他们单位的人,通知她去某某医院。她去了,看见他躺在急救室的床上,人已经不行了。

火化时,送行的除了殡仪馆的工作人员,只有娜塔莎和安霞。安同志的问题,还没有"定性",为了避嫌,没人敢来吊唁。在火葬炉前,娜塔莎最后亲吻了安同志,没有哭。

之前,她曾不止一次对安同志说:"你要答应我,不能走到我前边,你要走我前边,我会恨你。"

安同志回答说:"我答应你。"

她又说:"你还要答应我,将来,我死了,你要送我回去。"

安同志说:"我答应你。"

这样的一问一答,信誓旦旦。可实际上,他们都知道,那是多么的不靠谱和渺茫。他们躺在床上,他搂着她,心里一阵一阵苍凉。安同志知道,在遥远的她的故土,妻子也早已没有亲人了。她的父亲和哥哥,都死于卫国战争。母亲则在战后不久病逝。安同志

认识她时,她就已经是一个孤儿,也因此,安同志当初才非常自信和意气风发地对她说:

"跟我回中国,我会给你一个最幸福的家。"

显然,他食言了。他没能使她感到"最幸福"。他也没能做到,走到她后面,送她魂归故里。

她把安同志的骨灰盒抱回家,安放在他们的卧室里。她说:"我知道你不舍得走,你在等安德烈回家。"夜深人静,有时,她会听到房间里传出轻轻的叹息声,她问道:"是你吗?"听不到回答,她就在黑暗中坐起来,一支接一支吸烟。

她想念他们,安同志,还有,亲爱的,亲爱的安德烈。

安霞也去插队了。安霞插队的地方,不算太远,属于这城市的远郊区,家里,就只剩下了娜塔莎一个人。现在,她想念的人里,又多了一个。

几乎没什么人和她来往。她曾经在这个城市的图书馆上班,工作就是翻译一些外文资料,但多年前她就因为身体的原因办了"病退",吃劳保。她得了肺结核。那时中苏交恶,她病退得也正是时候。多年来,她蜗居家中,做主妇,与从前的同事早已断了往来,邻居们也都是点头的交情,谁愿意和一个苏联女人扯上关系呢?曾经,有一个女教师,是中苏混血儿,她们有过几年的友谊,后来,一九六六年之后,这友谊就戛然而止了。

在这城市,她举目无亲。

后来就认识了姜友好。

当然是因为安德烈。是她的安德烈,让她认识了这个热情、冲动、古道热肠的姑娘。她猜,那是上帝对她这个流落异乡的母亲的怜悯。

这城中，只有这一个人，敢来敲开她寂寞的房门，和她谈安德烈，听她讲安德烈的种种故事。起初，她来时会问娜塔莎："有消息吗？"渐渐地，时间长了，就不再追问。不是不想，是不敢。她们彼此都顽强地、坚忍地相信着一件事，就是他们的安德烈，娜塔莎的儿子和姜友好的弟弟，一定还活在这个世界上。她们嘴里不说但其实心里都在猜测着一个最大的可能，那就是，他越过了国境线，回到了他母亲的故国。

这种猜测，让她们有一种罪恶的、隐秘的安心。

她来，常常会带一些吃的，有时是一块牛肉，有时则是一盒咖啡。总之都是雪中送炭。娜塔莎会留她吃饭，给她做她喜欢的俄式菜肴，她也会把自己的事讲给娜塔莎听，她一次次热闹的恋情，那些呼啸的、死去活来的追求者，等等。终于，她安静了，安静地走心地爱上了一个人，把自己嫁出去了。

娜塔莎送了她一块琥珀吊坠和一条银链做结婚贺礼。那是她从故国带出来的不多的几件纪念物中的两样。她对姜友好说：

"友好，结婚后，你就别再来了。"

"为什么？"

"你丈夫是现役军人，为了他，你要避嫌。"娜塔莎郑重地回答。

姜友好愣住了，显然，她没想到这个。她认真思索了片刻，说：

"娜塔莎，你早入了中国籍，早就是中国人了。我为什么不能和一个中国人做朋友啊？"

可是，话虽如此，姜友好自己也知道，娜塔莎的话，是有道理的。她不是真的不懂轻重利害。婚后,她不再去看娜塔莎,不再和她有任何联系。可她心里却有着愧疚,觉得自己和所有人一样,抛弃了娜塔莎。

那是对安德烈的背叛。

她永远记着那个孤独迷惘的少年,站在阳光下,叫她姐姐。仅此一声呼唤,就是一世的亲人。她甚至猜想,那最后一次见面,他其实是隐晦地、曲折地,把娜塔莎托付给自己了。记得临出门时,他说的最后一句话,是他的妈妈,以及妈妈的故乡……

她和她的海军军官郑渡江说起过娜塔莎,也说起过她的愧疚。郑渡江是某部的作训参谋,他安慰妻子说:"友好,就先听娜塔莎的,等过两年我转业了,咱俩一块儿去看她。"

姜友好明白了。她不能给丈夫惹麻烦。

但是冥冥中一定有什么在帮忙,杜若来了。

婚后一年多来,姜友好第一次联系了娜塔莎,她给娜塔莎写了一封短信,信上说,一个朋友,特别想学做俄式菜肴,不知道娜塔莎能在这个星期天来家里教授一下吗?她在信的末尾写道:"娜塔莎,这个小朋友,你一定会喜欢,因为我喜欢她,哦,对了,她是安德烈的同学。"

她知道,有了最后这句似乎是轻描淡写的话,娜塔莎一定会来。

姜友好说:"杜若,这就是娜塔莎。娜塔莎,这是杜若。"

杜若一时手足无措。

星辰似的娜塔莎,月光似的娜塔莎,不应该是这样一个肉身的人,一个气味浓烈的人,有着结实的下巴和硕大无朋的胸部,系着围裙,站在她面前,手里捧着一只碗。她觉得有一种压迫感,如山的肉身对她的压迫。她感到自己呼吸都变得急促起来。

"杜若,"只听姜友好叫她,"娜塔莎来,是来教你做西餐的。"

"哦——"杜若慌乱地回答,"谢谢您。"又补一句,"太谢谢您了——"

娜塔莎看看她,没有寒暄,说道:

"来,洗手,我先教你做蛋黄酱。"

原来她正在搅拌蛋黄酱。那是做土豆沙拉必备的酱料。将新鲜鸡蛋磕进碗里,只取蛋黄,加一点儿花生油进去,用筷子不停地朝着一个方向搅拌,等到蛋黄和油充分融合,再继续添加食用油,接着搅拌,再加油,再搅拌,如此循环往复,直到蛋黄变成如奶油般浓稠缠绵,蛋黄酱就算是大功告成了。做法简单,但要有耐心,也要有一些技巧。

杜若接过了娜塔莎递过来的瓷碗,渐渐地,她的心静了。一切有了真实感。与食材、炊具一起置身于厨房,在这日常的场景中,杜若如鱼得水。搅拌这点儿小技巧,她一点就通。但她觉得奇妙,蛋黄、油,如此简单,却能催生出另一种物质,犹如新生命。这让她心生喜悦。

"人真是聪明。"她忍不住这样说。

"这算什么?"姜友好笑道,"人都登上月球了,一个蛋黄酱还值得感叹?"

杜若回答:"那种聪明和我无关。太大了。我只能被小聪明、小收获感动。"她回头望着那个师父说:"娜塔莎,谢谢你。"

她脱口叫出了她的名字,也没有再说那个敬语:您。她真心地喜欢这样有收获的一天。

娜塔莎说:"今天教你土豆沙拉和红菜汤,你要是还想学别的,到我那里去,我那里厨具齐全。"她望着她微微一笑,"当然,你要是不介意的话。"

杜若收敛了笑容。她想,这个苏联妇女,这个壮硕的母亲,这就是安德烈的妈妈啊。安德烈的妈妈在教她做菜,多么不可思议,简直有天方夜谭般的奇幻。她忽然觉得幸福来得太突然:"介意?"她回答,"我当然介意,我很荣幸。"

姜友好笑了。她知道事情成了。

那天的土豆沙拉和红菜汤,是杜若的西餐启蒙。正确地说,是不算纯粹的俄式西餐。娜塔莎的红菜汤,早已因为照顾安同志的口味,被不知不觉改造过了。就像几十年后遍布世界各地的宫保鸡丁、咕咾肉一样,早已不是原本的滋味。可杜若不知道,就是知道了,又有什么关系?她仍然会认为,这是世界上最好吃的红菜汤。

娜塔莎那天并没有留下吃饭,她执意要走。她说:"友好,饭我就不吃了,我家里还有事。"姜友好知道她家里没事,却也知道她是不想逗留太久,一是避嫌,二是逗留越久,越难以割舍。特别是几杯酒入肠,怕是会更加伤感。姜友好笑笑,说:"行,你走吧娜塔莎,千里搭长棚,没有不散的宴席。"姜友好那天特地戴上了娜塔莎送她的琥珀项链,那是一块古老的波罗的海琥珀。娜塔莎伸手摸了摸那晶莹剔透的宝贝,说:

"它真适合你,亲爱的。"

姜友好一下把她抱住了,红了眼圈。姜友好紧紧搂着她,说:"对不起,对不起,对不起娜塔莎——"

许久,娜塔莎说道:"友好,你是我见过的最善良的人。你已经为我们做了太多太多,又不是生离死别,我们总还会见面的不是吗?"

姜友好松开了手,说:"再见!"

娜塔莎努力地微笑,说:"再见!"

那一刻,杜若有些明白了,她们其实是在"生离"。

还明白了一件事,姜友好,是把娜塔莎托付给自己了。

三 杜若与娜塔莎

杜若是普通人家的孩子。

杜家一家五口人,住在父亲单位的宿舍公房里,是两间青砖灰瓦的平房。生活谈不上富足,也绝不算清苦。父母的薪水不高、不丰裕,却也不很低,再加上母亲善于持家,所以,他们的日子,过得衣食无忧,在那个年代,几乎算得上是小康了。

杜若父亲供职的这家研究所,叫"中医研究所"。但杜若的父亲并不是中医,他毕业于南方的某个医学院,毕业却被分配到了这个严寒干旱物产不丰的北方城市。那时,这家研究所刚刚成立,设立了附属医院,是我国的新事物,提倡中西医结合,病理、化验、影像这些现代医学手段一样也不能缺,于是,杜若父亲就被分配到了这家新医院的放射科,做了影像学医生。

命运真是奇怪,杜医生不信中医,却将要在一个中医院里度过未来的岁月。他不吃中药，却几乎是在第一时间就喜欢上了晾晒在太阳下的那些草药的气味。他也很喜欢看人将草药在碾槽里碾碎的那种劳作，喜欢那些中草药的名字，淡竹叶、六月雪、茵陈、钩吻，念起来，意境悠远，像一个个曲牌、词牌，有诗意。总之，杜医生是有些文艺气质的，他以审美的态度看待这个他将要贡献一生的地方。

孩子们出生后，他给他们起的名，都是草药名：杜若、杜仲、茯苓。

杜若妈说："怕人家不知道你在哪儿上班啊？你是有多喜欢这里？"

杜若母亲赵佩兰女士，是内科大夫，也是杜医生的同学。但赵大夫真正热爱的不是医生这个职业，她不热爱任何职业，她热爱家庭生活。她的理想，是做一个有知识的家庭主妇。

杜医生说："你呀，当初该去读家政系。"

赵女士说："那我还怎么嫁给你？"

杜医生说："你本来就不该嫁给我，你应该嫁给一个大教授，住在清华园或者北大的什么园里，做太太。嫁给我，委屈你了。"

"下辈子吧。"赵女士宽宏大量地说，"这辈子就这么凑合吧。也就这么几十年，一眨眼就过完了。"

赵女士擅烹饪，厨艺一流。杜医生则天生味蕾丰富敏感，是美食家的坯子。两人也算高山流水的知音。赵女士是钟子期，杜医生则是俞伯牙，一个会做，一个会吃。而他们寄居的这个北方内陆城市，在许多时候，是贫瘠的，样样都缺，俗语说，巧妇难为无米之炊啊。可不是还有另一句话吗：沧海横流，方显英雄本色。说的就是赵女士了。

在艰难的日子里,赵女士绞尽脑汁,使他们家的餐桌,尽可能不显贫乏、粗陋。两毛钱的猪肉,也能变出花样,肥的切片,煸成金黄色,煸出油来,加酱油加糖,红烧小萝卜;瘦的切丝,炒蒜苗、炒青椒、炒芹菜或者炒榨菜,再烧一个冬瓜粉丝虾皮汤,或者西红柿土豆浓汤,就是一顿有荤有素、有菜有汤、色香味俱全的正餐。每月供应的猪肉,再少,也要将一部分肥膘炼一些猪油,存起来,没肉的时候,猪油就是救场的法宝:一碗素面,加小小一勺猪油进去,哦,天地变色,换了人间。

杜医生常常感慨:"一箪食一瓢饮,回也不改其乐。"

杜若就说:"备注,这一箪食一瓢饮,得是我妈加料的,否则,您也照样不堪其忧。"

杜医生就笑,说:"是我运气好啊。"他看着大女儿,说:"杜若,将来,谁娶到你,也是福分啊!我可不舍得让你像你妈一样,为一日三餐这样呕心沥血。你要跟那个浑小子说,你不会做饭。"

杜若夸张地叹口气,回答说:"爸,可我和我妈一样,就喜欢做饭啊。"

是,耳濡目染,杜若得到了母亲的家传,在这城中,有她这样厨艺的年轻人,怕是鲜见,而像她这样热爱烹饪的,就更是凤毛麟角了。

下一个星期日,杜若就去了娜塔莎家。

看上去,也是一栋普通的三层楼房,红砖到顶,陈旧的楼梯,一门两户。娜塔莎家在三层,从前,安同志还是这家设计院总工的

356

时候,这一层中的两户被打通了,住了他们一家,十分宽敞。如今,打通的房间早已被封闭,另外一边,搬进了别人,割让出去了一半。可尽管如此,在这个城市,也算是优渥的居住环境了。

两间房屋,向阳,背阴的一面是厨房和卫生间以及一间没有窗户的小杂物间。那两间向阳的房间,一间大,一间略小。大的那间,用一排书柜隔断,一边做了客厅和餐厅,另一边则是娜塔莎的卧房。客厅里,有一只深枣红色丝绒双人沙发,有波斯铜盘做桌面的小茶几,有铺着亚麻台布的餐桌,有胡桃木雕花的玻璃餐具柜。柜子里,陈列着一些漂亮的瓷盘,而柜子上,则摆放着家人的照片。一眼,杜若就看到了安德烈。

那是一张单人照。背景是天空。天空下,站着一个忧郁的少年。他穿着最平常的白衬衫,风吹乱了他的头发,他微眯着眼睛,像是眺望。呼之欲出的美啊。杜若望着他,想,原来你是生活在这样的地方,可你,偏说自己是安向东。

忽然就感到了一阵刺痛。

“你们是同学?”身边响起了娜塔莎的声音。

“是。”杜若点点头,“不一个班,他不认识我。”杜若微微一笑,“可我认识他。”

“他好认,”娜塔莎说,“特殊。”

“他美。”杜若说。

娜塔莎愣了一愣。有些惊讶她的直率,还有她的措辞。她不说好看,不说漂亮,她说美。

“是,”娜塔莎说,“我也曾经为这个骄傲。”她伸手抚摸一下照片上那张无懈可击的脸庞,“可是也太容易被摧毁。”

"不，那要看怎么说，至少我记住的，就是这样的安向东，照片上的安向东，"杜若回答，她还是不习惯叫他安德烈，"永远的大卫，永远的纳喀索斯，永远的……美少年，不会变。"

她在安慰一个母亲。娜塔莎知道。善良的姑娘，她想。在沙漠般广漠的敌意和冷酷之中，这一点儿善意，就是绿洲。阳光洒满房间，从厨房里飘出了一股浓郁的香气，娜塔莎说："哦，面包烤好了，跟我去看看。"

那是杜若第一次看到一个面包的诞生。从烤箱里取出，皮色油亮焦黄，热气腾腾，芳香四溢。她惊喜地问道："这就是俄式大列巴吗？"

"是。"娜塔莎回答，"本来想烤一只黑面包，怕你吃不惯。其实，配牛肉或者鱼，黑面包才更正宗。"

就这样开始了。杜若和娜塔莎之间的故事。厨房里的故事。那厨房很宽敞，远非杜若家的小厨房可比。有稀罕的电烤箱。灶台阔大，房间中央安放一张大方桌，既是操作台，也是主妇休憩喝茶的地方。墙角处，整齐地码放着一堆劈好的果木柴和蜂窝煤，这个城市，还没有煤气和天然气，家家户户烧煤做饭。墙壁上挂着几只黄铜的煎锅，擦得光亮如镜。那煎锅，真是古朴漂亮。

那天，娜塔莎教杜若做了炸猪排，以及酸黄瓜的腌制方法。她留杜若吃饭。她说，一个好大厨，要亲自检验自己的劳动成果呀。杜若也就没有客气。娜塔莎一边在餐桌前摆放刀叉餐具，一边说："这餐桌，好久不用了，家里的男人们不在后，我和安霞，就不在这餐桌上吃饭了。"

她们俩，正式地，一个桌头，一个桌尾，对席而坐。镶金边的白瓷盘,沉甸甸的银餐具。菜式却是简单的酸黄瓜配小小一块炸猪排。盘子硕大,越发显得猪排瘦小伶仃。新烤的面包在筐子里,切了片,放在餐桌正中央。没有奶酪奶油,却配了一小碟中国的豆腐乳。鲜红的腐乳,白瓷碟,鲜明如画,却有一种挣扎在里面似的。

"安德烈的爸爸,喜欢吃腐乳。他喜欢用新烤的面包配酱腐乳吃。"娜塔莎这么说,"时间长了,我也喜欢上了。"

娜塔莎凝视着碟子又说:"安德烈也喜欢。"

原来是这样,杜若想。她伸手取来一块面包,无师自通,用手边的黄油刀切下一小块腐乳,涂抹在面包上,咬了一口,微酸的面包和咸香的腐乳,以及酥脆的面包皮,搭配起来,果然,是好吃的。杜若笑了,说:

"我中有你,你中有我,妙。就像——"她想想,"友好的名字。"

娜塔莎也笑了,说:"杜热(若),你真是个有趣的人。"她汉语很流利,不知为什么却总是发不好"若"这个音。"我天天吃,也想不出这样的形容。怪不得友好一定要让我们认识。其实原本我有顾虑,后来想,是友好的朋友,一定是和友好一样好的人,果然。"

"友好是女侠。"杜若认真地说,"江湖最后的侠客,我比不了。"

"快尝尝猪排,冷了,就不好吃了。"娜塔莎说。一边举起刀叉,向杜若示意:"来,看我怎么切。"

猪排裹了蛋液和面包糠,外焦里嫩,颜色金黄,咬下去,一声脆响之后,肉香四溢。只可惜,没有几口,盘子就光了。她们几乎同时从盘子上抬起头。

"太好吃了。"杜若说。

"太少了。"娜塔莎说。

都笑了。

"前些天,安霞回来一趟,给她买肉做了些吃的带走了,肉票就剩这些了。"娜塔莎抱歉地说,"好怀念能够大大方方慷慨宴客的时光……"

"娜塔莎,酒海肉山就不珍贵了,"杜若说,"这块炸猪排,我想我会记一辈子。"

"谢谢你,杜热(若)。"娜塔莎深深地看着她,"谢谢你这么说。"

那天,从娜塔莎家出来,杜若就去找夏莲了。

"夏莲,你北京那边,有关系吧?"她问。

"有啊,干什么?"

"能帮我买点儿牛肉、猪肉,或者排骨吗?"杜若说。

"这事啊,"夏莲回答,"你找姜友好不就行了?你让她家人帮你买,到时候和她的东西一块儿交接,多省事。"

"不,不找友好,"杜若说,"这事别告诉友好。你能找到别人吗?"

"行吧,"夏莲说,"可是,你干吗这么神秘?"

"可能的话,能买点儿黄油就更好了。"杜若避而不答。

"黄油?"夏莲更加的好奇,"你买黄油干什么?你发烧了?你怎么不买鱼子酱?"

"哦,你提醒我了。"杜若拍拍脑门,"要是有鱼子酱罐头,就买一盒。"

夏莲怀疑地打量着她,半晌说道:"不对,杜若,你坦白吧,到底怎么回事，你不说，休想让我为你服务。"

夏莲和杜若，住同院。她们从幼儿园起，就是同学。夏莲家和杜若家，一个住前排，一个住后排。夏莲的父亲，是药剂师，而她母亲，则在煎药房煎汤药。那些年，中学没复课时，夏莲常带杜若去煎药房那里玩，拣药渣里的莲子和大枣吃。

"我在学做西餐，我得自己备料。"杜若只好回答。

"天哪！和谁学？这你哪儿学得起？"夏莲叫起来，"哎我可告诉你杜若，到时候你可别让我垫钱，咱们亲姐妹明算账！"

杜若从口袋里掏出几张十元的钞票，往桌子上"啪"地一拍，说："五十块，我预存你这儿，行了吧？"

夏莲惊得眼珠子都要掉出来了。杜若出徒不久，一级工，月薪三十出头，这破釜沉舟的架势，是不活了吗？

"你疯了？"夏莲说，"还是失恋了？这是受了多大的刺激？"

杜若笑了，说："你不想让我成一个西餐大厨啊？等我学好了，你上我家来，你想吃啥我给你做啥。"

"我对西餐没兴趣。"夏莲回答，"不过我对教你西餐的人有兴趣。"夏莲笑了，头一歪，"坦白吧，是谁啊？在哪儿上班？比你大几岁？让我见见他，我就帮你买。"她猜想，许是杜若交男朋友了。

杜若一推她："想哪儿去了？"她说，"与风花雪月无关。一个女师父，和我妈差不多大，行了吧？你要不想帮忙，直说！我去找别人。"

杜若的忙，夏莲不帮谁帮？于是，这一周，牛肉、排骨，下一周，猪肉、黄油，一样样地陆续地买到了。杜若自备食材上门，学做菜，自然是不想给娜塔莎增添负担。听姜友好说，多年来，娜塔莎一直领着劳保工资,只有四五十元钱,从前,有安同志,自然不是问题,如今,安同志走了,这钱养活她和安霞两人,远谈不上富足。杜若自备食材,娜塔莎因材施教,带牛肉来,就做罐焖牛肉、土豆烧牛肉和罗宋汤,罗宋汤也就是红菜汤;带猪肉来,就做炸猪排、肉饼、肉冻……

但是这让娜塔莎深深地不安。她知道这些东西来之不易。几周后,她对杜若说:"杜热(若),你要再带这些东西来,我就不让你进门了。"她说得斩钉截铁,杜若想了想,回答说:

"那我们定君子之约,我不带东西来,你也不能准备,我还不算笨,咱们纸上谈兵,你讲,我用笔记录下来,怎么样?"

娜塔莎笑了,说:"好,"然后她说了一句中国的成语,"君子一言,驷马难追。"

杜若准备了一个笔记本,红色的塑料皮,上面印着"备战备荒为人民"这样一行语录。里面洁白的扉页上,杜若郑重地写下了题目"娜塔莎菜谱"。写下这行字,杜若笑了,自己也觉得不是很合适。想再换个本,找出来,一看,封面上印的是:要斗私批修。更不合适了。想想,算了,就用"备战备荒"吧。

从此,娜塔莎口述,杜若记录。第一道菜式,就是土豆沙拉。杜若在后面做了这样的备注:"这是我认识娜塔莎的开始,她跟我说的第一句话是,来,我教你做蛋黄酱。在这之前,我以为,娜塔莎只是一个传说。蛋黄酱也就是美乃滋,不过我们的美乃滋是改良过的,因地制宜,用普通食油代替了橄榄油,里面,除了盐,不加任何香料。"

那些她们一起做过的菜,一样一样的,杜若都详细记下了。没做过的，娜塔莎想起什么，就随口讲出来。常常，这些菜肴，都伴随着一个故事。或者，是在讲述一件旧事时，忽然想起一个菜品。她和安同志第一次约会，安同志点了一个什么菜啦，她怀安德烈时，特别想吃的一种甜品啦，诸如此类。现在，她们彼此都没有了负担，杜若说来就来，说去就去，来了，娜塔莎不过是一杯热红茶或者一杯咖啡款待。咖啡是速溶的，固体的一块，包着纸，叫"咖啡糖"。偶尔，她会做一些叫作"欧拉季益"的俄式松饼来做茶食。自然，这欧拉季益的烘焙方法，也被杜若原原本本记录了下来。

"我吃过的最好吃的欧拉季益，是我妈妈做的。"一次娜塔莎这样说，"我妈妈年轻时非常美丽，安德烈长得就像我妈妈，她在一家餐厅做服务员，认识了我父亲。我父亲那时在大学里做助教，年轻、英俊、朝气蓬勃，他们是一见钟情，如烈火干柴，还没结婚就有了我哥。"娜塔莎笑笑说，一个老故事而已。无非是婚后并不幸福。先是父亲在"大清洗"中被小小地牵连，出了问题，被迫离开了莫斯科。几年后回来就变成了一个毫无廉耻的酒鬼，"就像后来的安德烈。"娜塔莎迟疑一下，这么说。

"我父亲几乎没有一天是清醒的，永远醉醺醺地回家，身上沾满呕吐的污渍，臭烘烘一头栽倒在地板上、沙发上、床上，有时彻夜不归，我妈妈就彻夜不眠……她心疼他。可我，我记不住我母亲嘴里那个英俊的、帅气的父亲，他离开莫斯科时，我才五岁，所以，我以这个酒鬼父亲为耻，我恨他，我甚至诅咒他死。果然，战争来了，他死了，德国飞机轰炸莫斯科，一颗炸弹落在了我们家住的那栋楼上，而在炸弹爆炸的瞬间，我父亲扑上来护住了我，把我压在了他的身子下面。他死了，我活着，他的血流了我一脸……上帝听到了我的诅咒。"娜塔莎无声地笑笑。

"后来,我妈妈告诉我,我父亲也最喜欢吃她做的欧拉季益,她说,你知道吗? 你和你爸爸一样,你们都喜欢咸味的欧拉季益,特别是牛肝口味的。"娜塔莎说。

那天回到家里,杜若在这道菜谱的后面,记下了娜塔莎的这一番话。她很感慨,想,活到娜塔莎那么大,活到父母那么大,活到更老,这一日三餐中,该有多少的故事?

四 丽人行

那已经是春天了。这个城市的春天,总是来得很晚,又短。清明过后,谷雨过后,才姗姗来迟。飘柳絮了,飘杨絮了,杨花落了一地,几乎一眨眼,就是夏天。这个季节,杜若喜欢在休息日骑自行车去城外挖野菜。河滩、野地、田地旁,绿意盎然,到处生长着新生的蒲公英、荠菜、苦苣、马齿苋等等。杜若最爱的当然是荠菜。她一早踏着露水出发,中午之前,就会有满满的收获。这样,晚餐的餐桌上,就有新鲜的荠菜饺子吃了。

她约娜塔莎去郊外挖荠菜。

她骑车去和娜塔莎会合,意外的是,竟看见了姜友好。姜友好推着一辆红色的坤车,"二六"的大链盒"凤凰",和娜塔莎并排站在路边。

"友好,你怎么也来了?"杜若十分惊讶,"你怎么知道的?谁告诉你的? "

"我听夏莲说的。" 友好笑笑,"她说你要和你的师父去挖野菜,我忍不住跑来了。"

有一年没见了,友好看上去清减了许多。"你瘦了友好,"杜若望着她脱口说,"你没事吧?"

"我能有什么事?"姜友好豪迈地反问。

也是,姜友好能有什么事呢? 杜若笑了,说:"太好了,三人行。"姜友好说:"丽人行。"

天气晴好,天空湛蓝。树叶是初生的新绿,鲜嫩得让人心软。她们三人骑行,姜友好的"红凤凰"十分招摇,比它更招摇的,是金发白肤的娜塔莎。三人三骑,被人看了一路。杜若多少有点儿不习惯,姜友好却全然不在意,大声笑道:"田汉先生塑造,三个摩登女性。说的就是我们呢!"那是被批判的毒草电影《丽人行》的题记。杜若心里咯噔一下,她觉得姜友好的举止有点儿夸张,这让她有些不安。好在城不大,朝西,过桥,再朝南,渐渐有了郊野的风景。她们来到一片野草滩,抬头就是烟蓝色的西山。支好自行车,杜若用手一指说:"这是我的宝地,这里的荠菜,又多又好。"

娜塔莎和姜友好,都不认识荠菜,杜若教她们辨识。果然,这里的荠菜一丛丛一片片,四处可见,鲜绿水灵,三个人分头寻找,没用太久,她们的大网兜就装满了。杜若说:"够了,足够我们吃饺子了。歇歇吧。"

她们席地而坐,手被野菜的汁液染绿了。各自都带了军用水壶,也不顾卫生,拧开就喝,仰着脖子,咕嘟咕嘟喝得十分欢畅。草滩上,有些不知名的小野花开了,这里一片,那里一片,静静地,开得又寂寞又热闹。阳光照在她们脸上、身上,天地静谧得如同没有人类。许久,姜友好说:

"真好。都不想回去了。"

"是啊。"娜塔莎说，"就像在梦里，不想醒来。"

"我爱田野。"杜若说，"来了，就不想走。"

"以前，安德烈还小的时候，夏天，我常常带他和安霞去采蘑菇。我知道一个地方，有松林，有榆树和槐树林，夏天，下过雨之后，树下到处都是新鲜的刚出生的松蘑、榆蘑。采回来，我给他们烧蘑菇汤，安德烈闻着蘑菇汤的香气，会说真幸福啊——"娜塔莎望着烟蓝色的西山，这么说。

"那是什么地方？"姜友好神往地问，"我们也去好不好？"

飞来一只喜鹊，倏地落在了草地上，歪着头，冲着她们，喳喳喳激愤地叫着，对峙着，杜若笑了，"鸟听到我们的话了，这里是它们的天地，你看，它不满意了。"她这么说，"走吧，我想让你们尝到最新鲜的荠菜。"

这城中的习惯，休息日吃两顿饭，那天的正餐，是荠菜猪肉馅饺子。杜若原本计划包纯素馅的，但是姜友好说："荠菜猪肉才是在论的呀。"她执意骑车跑回家拎来一块猪肉，说是夏莲昨天才给她捎回来的，刚好派上用场。"有肉大家吃！"她说得兴高采烈。杜若想，友好这是怎么了？有点儿不太对劲，不避嫌了吗？想问她，又没问出口，是真心不舍得破坏这难得的欢乐。于是三个人，择菜、剁肉馅、和面、包饺子，干得热火朝天。拌饺子馅负责调味的，自然是杜若，剁肉馅时，她仔细地剔除了所有的筋络血管，剁好后，用生姜水打馅，使肉变得鲜嫩无腥。荠菜则切得细碎均匀。菜和肉的比例也恰到好处。调味料却极简单，除了肉馅需要少许酱油煨起，就是一点儿盐、一点儿白糖和一勺的熟食油锁水，其余的，葱、香油、味精、五香粉之类一概不用。这样，杜若说，才不干扰和毁损荠菜的清鲜。

果真，太好吃了。

娜塔莎说："杜热（若），这是我这么多年吃的最好吃的饺子。"

姜友好说："杜若，你真是个宝藏，认识你这么久了，居然还能给人带来惊喜。"

杜若笑而不答。

娜塔莎又说："我要是早认识你就好了，安德烈的爸爸和安德烈都很喜欢吃饺子，可惜我的饺子总也做不好。"她盯着盘子里的饺子说，"现在我就是学会了，他们也吃不上了。"她笑笑，"我就不学了。"

"娜塔莎，不是还有安霞吗？"姜友好说。

"安霞不一样，安霞从不挑剔，我做的任何东西她都说好，真心赞美，我想，这大概是因为她刚懂事就遇到了三年困难时期吧？她知足。"娜塔莎回答。她大概也觉得这回答有点儿言不由衷，"好吧，友好，别这样看我，我承认，上帝也知道，我爱安德烈可能更多一点儿……吃到他喜欢吃的东西，做他喜欢做的事情，我就有罪恶感：我的儿子不知道在哪里流浪、受难，我却在享受——"

"又来了娜塔莎，"姜友好打断了她，"你没有做错任何事，亲爱的，不对的是他。不过今天我不想说安德烈，就今天一次，原谅我……今天我只想说快乐的、高兴的事。你这里有酒吗？哦抱歉我忘了，你家里怎么会有酒？这么美味的饺子，焉能无酒？此刻有杯竹叶青就好了。"

杜若起身，说："我去买。"娜塔莎叫住了她，说："我有威士忌，我去拿。"

杜若和娜塔莎对视一眼,愣住了。

片刻,娜塔莎捧着一个托盘过来了,上面有酒瓶和三个酒杯。酒瓶是打开的,里面的酒只有大半瓶。她一边倒酒一边说:

"安德烈的爸爸走后,我一个人太寂寞,偶尔会喝一杯。"她笑笑,"不过你们放心,我不是安德烈,不是我父亲,我还有安霞。来——"她举起了杯子,问:"为什么干杯?"

杜若说:"为春天,为田野,为慈悲的荠菜,为我们爱的人。"

姜友好说:"还有,为自由,为无牵无挂。"她嫣然一笑,"为——为我重新变成一个自由的单身女人——"

什么?娜塔莎和杜若以为自己听错了。

"我离婚了。"姜友好笑着说。

杜若惊住了。

"为什么?"娜塔莎心慌意乱地问,"是我的缘故?"

"怎么会因为你?"姜友好回答,"当然不是。是因为我父亲,我父亲的问题至今没有结论,而我丈夫他遇到一个千载难逢的好机会,出使国外,做武官。这机会不是什么时候都能遇到……"

年轻的海军军官十分为难,也不能怪父母逼他,在锦绣前程和扯后腿的倒霉女人面前,有几人不势利?何况这二老原本就不喜欢那个名声不好的儿媳妇,不满意这门婚事,他父亲说:"爱美人不爱江山,那得是皇帝,你哪有那个资格!"海军军官痛苦不堪。姜友好出手了,说:"不就离个婚吗?成全你!成全你们家!"于是找了人托关系,很快办了离婚手续。临别时,姜友好对他说:

"记住,不是你做了陈世美,是我先休了你的。你走你的阳关大道吧，我回江湖了。"

此刻，姜友好举着酒杯说："我回江湖了，干！"

娜塔莎和杜若，谁都不举杯。

姜友好放下了酒杯："怎么了？不欢迎我回来啊？"

许久，杜若说道："姜友好，姐姐，你难过、伤心，就别撑着了，要朋友是做什么用的？"

姜友好哈哈笑了："小杜若啊，你太清纯了，太幼稚太罗曼蒂克了，我早跟你说过，我是浊世里的人，遵从的是浊世里的规则，有什么可伤心的？"她举杯一饮而尽，"娜塔莎，姐姐，你来，你陪我喝一杯。"

娜塔莎举杯，一饮而尽，说："友好，知道吗？我很想你，非常想。"

杜若眼圈红了，也举起来杯子："你说的，田汉先生塑造，三个摩登女性，"她咕咚咽下一大口，呛得直咳嗽，"我们三人，丽人行，不分开。"

娜塔莎说："二十年前，我还称得上是丽人，现在可不是了。现在是丽人的妈妈了！"

姜友好笑道："谁说的？丽人永远都是丽人，外表不是了，骨子里也是。美人在骨不在皮。"

三个"丽人"都笑了。

姜友好说："娜塔莎，你家里有照相机吧？来，我们拍张合影，留个纪念，题记就写：丽人行。"

果然有相机。"海鸥135"。果然就照了。咔嚓一响，留下了这个春天温情的瞬间。胶卷是相机里几年前没拍完的，也不知是否过期,也不知能否成像。她们不能确定。就像她们不能确定明天会发生什么一样。

那天,姜友好没有回家,几杯威士忌竟然使她醉倒了。她吐了酒,头晕,娜塔莎安顿她在安霞的床上躺下了,说:"你歇会儿,醒醒酒。"她顷刻就睡着了,睡得很沉。现在,她没有什么可顾忌的了,她不再需要为了她的爱人她的丈夫忍痛和朋友疏远绝交。活了这么多年,她只做过这么一件违心的事,上天就惩罚了她。

半夜里,她忽然醒了。一盏床头小灯昏黄地亮着,许久,她才想起自己是置身何处。她爬起来,开门,穿过走廊,来到了娜塔莎的房间。也有一盏灯微微地亮着,娜塔莎和衣睡着了。她走过去,站在了娜塔莎的床前。娜塔莎睁开了眼睛,说:"醒了你?"她没有回答,蹲下来,把脸埋进了娜塔莎的臂弯里:"怎么办啊娜塔莎,我舍不得他……"说完,她无声地哭了。

当晚,杜若回到家里,发现夏莲在等她。她母亲说:"你可回来了,夏莲等了你一晚上。"

她拉着夏莲进了里屋。

"你太不够意思了,"夏莲一进屋就喊,"说,你的师父,是不是娜塔莎?"

"你知道了?"杜若说,"姜友好告诉你的是吧?"

"你还好意思问?"夏莲很委屈,"杜若啊杜若,你居然瞒着我,欺骗我,害我还以为你有了男朋友!天天让我为你们服务,却不让我知道真相,你是不信任我还是有了新朋友就不要我这老朋友了?"

"不是的夏莲，是友好托付我的事，她没让我和别人讲，所以我还没敢告诉你——"

"姜友好更不够意思，"夏莲不容杜若分说，打断了她，"她认识我在先，认识你在后，结果她倒把你当朋友把我当她的交通员了，天天给她传递这传递那，有了好事，一点儿也想不起我来！"

杜若笑了："好事？夏莲，原来你觉得这是好事啊？友好可是因为顾忌她的丈夫——"杜若顿了一下，想，是前夫了，"因为那个现役军人海军军官，才不和娜塔莎来往了。你不怕别人说你和苏联人交往啊？"

"你怕不怕？"夏莲反问，"你不怕我怕什么？娜塔莎是克格勃吗？我一个列车员，你一个小集体工人，克格勃吃饱撑的找咱们啊？"

"不是啊，夏莲，"杜若说，"安德烈、安向东是克格勃吗？当然不是，可是你当初退学了，没看到那些人欺负他，孤立他，谁要是敢跟他来往，就骂他和'苏修'穿一条裤子，最后，还把他推到了防空洞底……就拿昨天说吧，我们骑车去郊外，一路上，路人看我们的眼光，千奇百怪。你不在乎？"

"不在乎，"夏莲回答，"我只在乎，你们拿不拿我当朋友。"

杜若觉得心里一热。

"娜塔莎说，等夏天到了，她带我们去树林里采蘑菇，她知道有个地方下了雨，蘑菇很多。到时候，我们一起去，浩浩荡荡地。"她笑了，"然后，我来负责，给你们做鲜蘑饺子或者蘑菇汤。那味道一定美极了！"

但是她们没有等到这一天。

先是夏莲,忍不住在饭桌上说起了采蘑菇的事。她妈说:"蘑菇可不能瞎采,小心中毒。你问你爸是不是?"

她爸是药剂师。

夏技师说:"可不是,年年都有人死于蘑菇中毒。"

夏莲说:"没事,我们有专家,娜塔莎年年都去采。"

夏技师"嗯"了一声,竖起了耳朵。夏技师这人,历史上,有点儿小污点,本来就胆小怕事,如今,有了这污点的阴影,活得就更加谨小慎微,战战兢兢,"娜塔莎是谁?"他警惕地问道。

"就是我从前同学的妈妈,你们应该听说过吧?"夏莲回答,"那个中苏混血儿,安向东,娜塔莎就是他妈。"

夏技师差点儿被一口窝头噎住,"你,你怎么会和一个苏联女人搞到一起?你怎么会认识她?"他说,紧张得脸都绿了。

"紧张什么呀,"夏莲回答,"是杜若,杜若在和她学做西餐,她是杜若的师父。"

"杜若!"夏技师愤怒了,"我早就跟你说过,别总和杜若混在一起,她思想意识不健康,太复杂,和你不是一路人,他们家和我们家也不是一路人,看看看看,出事了吧?"

"出什么事了?"夏莲反问,"能出什么事?"

"和苏联人都混到一起去了,和头号敌人混到一起了,你还要出什么事?"夏技师声音像蝉鸣一样变得尖厉。

"什么叫混到一起?我又不认识娜塔莎,我还没见过她呢!"

"谢天谢地!"夏技师双手合十拜了拜,说,"你喊什么,你怕人听不见啊?告诉你夏莲,马上和杜若断绝来往,你听见没有?马上和她断绝一切关系！她爱惹什么祸是她的事，千万不要让她再来招惹咱们家，听懂没有？咱们这个家，能平平安安到今天，知道有多不容易吗？你让一家人过两天安生日子行不行啊？啊？"

他眼里几乎迸出泪光，夏莲忽然觉得不忍心。她只好说道："知道了，我不理杜若就是了……"这句话一出口，她心痛了。

可是夏技师还是不放心，思来想去，第二天傍晚，他去了杜家。两家大人，几乎从无往来，夏技师登门，这让杜医生和赵女士感到非同寻常。果然，是棘手的事。夏技师窃窃低语和杜医生交涉了十分钟后离开了杜家。出门，正好和下班回家的杜若打了个照面。杜若叫了一声"夏叔叔"，他没理，径直而去。

杜若感到奇怪。

杜医生说："杜若，你惹事了。"

"怎么了？"

"你知道夏技师来干什么？他来给我下最后通牒来了。"杜医生回答，语气平静，"他说，以后，不许你和夏莲往来，他要夏莲和你划清界限，他们家和我们家也要划清界限，假如，你执意不听的话，他会采取革命行动。"

"采取什么行动？"杜若很好奇。

"他会去革委会揭发我，罪名是纵容你里通外国。还有，"杜医生顿了一下，"去公安局告发你。"

杜若倒吸一口冷气。

"他还算君子，明人不做暗事。"杜医生说。

"杜若，你在和一个苏联女人学做西餐？"杜若的母亲赵女士疑惑地问，"真的假的？夏技师胡说吧？"

"真的。"杜若回答,"他没胡说。她是我同学的妈妈,就是那个——小时候就听说的娜塔莎。"

"你?"赵女士愣了一愣,"你可真胆大包天啊——"

"杜若,"杜医生说,"刚才,夏莲爸爸有一句话说得不错,他说,他们一家能平平安安过到今天,不容易,咱们家又何尝不是?"他叹口气,"杜若啊,别怪我们胆小怕事,未雨绸缪,就不要再去学做什么西餐了,这是多奢侈的事。"

父亲语气平静,但杜若还是听出了深深的悲凉。她心里一痛。

"也不要再去找夏莲了,"赵女士迟疑一下,歉疚地说,"就当你失忆了,不认识这个人了。我知道你们两个好,夏莲也是个好孩子……只是,她爸那个人,真要去告发你们,不是闹着玩的。"

这一晚,杜家的餐桌上,气氛沉闷压抑。杜仲去乡下插队了,不在家。四口人,围着一张折叠桌,沉默不语地吃着简单的晚餐。杜若低头扒拉着碗里的饭粒,食不下咽,一双筷子伸过来,一块腊肠落进了她的碗里,她一抬头,是父亲。

杜若心里翻江倒海。

第二天早晨,杜若推车走出小区大门,就看见夏莲站在路边,她知道夏莲在等她,但她没有理睬,刚要蹬车,夏莲过来挡住了她的去路。

"杜若。"夏莲喊。

杜若说:"夏莲,你别来找我了,你再来,你爸就会去告发我里通外国了。"

"对不起,杜若,"夏莲咬了下嘴唇,"我爸太过分了——"

"不,我不怨夏叔叔,"杜若平静地回答,"他是为了保护他的家人，我父亲也一样。他也不让我和娜塔莎来往了。"

"都怨我。"夏莲说。

"我想了一夜，"杜若说，"我们没有权利任性，没有资格任性，没有权利让我们的亲人，为我们担惊受怕，受我们牵累……夏莲，"她冲朋友笑笑，"就此别过，从今往后，我就不认识你了！"

说完，她蹬车而去。

夏莲望着她的背影，看她沐浴在新鲜的朝阳里，渐行渐远。她们差不多从有记忆起就相识，做了这么多年的朋友，如今，将成为路人。夏莲哭了。她在心里喊，亲爱的，亲爱的，亲爱的，再见了。

杜若心里，也在告别。

和还没来得及抄录的菜谱，和那些菜式后面的故事，和互为知音的那种默契与欢喜，和期待的采蘑菇、野游，和一诺千金的承诺……——告别。

仅仅是一点儿小风浪，她就现了原形。杜若含着眼泪微笑。现在，她是自己曾经鄙夷的那些人中的一个了。

再见了，她在心里说，那个昙花一现的美好的杜若。

再见了，美好的"丽人行"……

最后一次，夏莲去给姜友好送北京邮包。夏莲说："姜友好，以后，我不能再来了。不能再给你带东西了。"

"怎么了？"姜友好奇怪地问，"不跑北京了？"

"杜若也不能来了。"夏莲说。

姜友好愣了一下，问道："出什么事了？"

"能不问吗友好？"夏莲悲伤地笑笑，说，"友好，也许，我们本来就不该认识。抱歉。"

沉默许久，姜友好笑笑，说："懂了。"

杜若也做了一件必须做的事情。她跑了许多家文具店，终于买来一本她还满意的笔记本。牛皮纸质的封面，很干净，很空旷。内页没有格子，纯净而洁白，有一种深沉悲哀的寂静，如同被积雪覆盖的大地。杜若在这个本子上，工工整整地，重新抄录了一份她的《娜塔莎菜谱》，连同那些说明和备注。在最后一页上，她写了这样一些话：

亲爱的娜塔莎：

抱歉我食言了。我没有勇气看着你的眼睛，面对面与你道别，更没有勇气说出那个道别的理由。那让我羞耻。这本菜谱，我重新抄录、整理了一份，里面，记载着我们曾经拥有过的一段珍贵时光，点点滴滴，都是我的回忆，以及，你的……

原谅我不能像姜友好那样无畏和勇敢。我说过，她是一个仗剑独行的侠客，而我，只是万千庸众中怯懦、卑琐的一员。别了，娜塔莎！珍重！珍重！珍重！这样说的时候，我心里在落雪……

她最后一次，来到了那栋红楼里，站在了三层那扇门前。她把装着笔记本的一只网兜，挂在了门把手上。她依恋地摸摸门把手，站了一会儿。终于，敲敲门，然后，掉头噔噔噔跑下了楼梯。

几天后，杜若收到了一封本埠来信。寄信人是姜友好，里面有

一张照片和一封短信,只有几句话:

> 本来不想给你了,可还是没忍住。就算是临别纪念吧。不知道具体发生了什么,但还是大致可以猜到。照片拍得不错,你想留着,还是怕受牵连烧了撕了毁了,一切由你。

没有署名。

是那张合影。三个人,坐在地毯上,漂亮的波斯地毯。姜友好搂着娜塔莎,娜塔莎则搂着杜若。三个人都在朝着镜头笑,可看得出来,只有杜若一人的笑,是春天般的微笑,少女的微笑,明朗、明净、毫无提防和心事,不知道生活的厉害。

照片上,印着白色的题记,真的写的是:丽人行。

杜若低头,亲了亲照片,亲了亲照片上的自己。多么明媚啊,她怜悯地想。哭了。

一年后,姜友好的父亲复出,姜友好也被调回了北京。

这座城中,娜塔莎再没有一个朋友了。安霞在乡下一直没能回来,娜塔莎也无可挽回地染上了酒瘾。有一天,醉酒后,诱发了急性胰腺炎,剧痛使她站不起来,她挣扎地爬着打开了房门,却昏倒在了家门口。邻居发现她的时候,人已经不行了。送到医院,没能抢救过来。

终年四十二岁。

她跟随安同志来到这城市时,是二十五岁。清新如一棵小白桦树,眼睛像天空般蔚蓝。

五 我们的娜塔莎

许多年后,这个城里,有了一家俄罗斯餐厅,餐厅的名字有点儿拗口,叫作:我们的娜塔莎。

不少人提议,干脆就叫"娜塔莎"算了,简单、明了、上口。但是老板不同意。

老板说:"娜塔莎就是我们的。"

谁也不明白这话的意思。不明白就不明白吧。老板不解释。

菜肴是常见的俄罗斯菜式,没有花式噱头,但是品质无可比拟。鱼子酱和一些主要调味品都来自俄罗斯。主厨也是从俄罗斯聘请来的,但老板本人则兼副主厨。有几道菜,副主厨一定要亲自动手或者把关,一道是红菜汤,一道是咸味的欧拉季益,还有一道叫"丽人行",这是所有菜品中的一个异类,不算传统也不算纯粹的俄式,发明者是老板本人。那是一道鲜菌菇汤,汤里煮有饺子。假如是春天,这饺子的馅料必定是荠菜主打。虽然,这道菜名不见经传,但是,味道极其鲜美,口感丰富,颇受顾客欢迎,几乎成为这家餐厅的代表作。

餐厅的装修,格调不俗,有俄罗斯乡村的风情。裸露的原木的梁架,石墙,烧果木的大壁炉,铁艺的风灯。迎门的主墙壁上,挂着一幅大大的照片。是一幅老照片,做了特殊的处理,看上去,颇有古典油画的效果。那是一张合影,三个女人,坐在一块波斯地毯上,望着镜头微笑。其中一人,是个丰满的异国女人。只不过,照片上的这三人,毫无出处,但,它挂在那里,却非常醒目,有一种岁月的惊心动魄和隐约的神秘感。

老板在等待能认出这张照片的人。

等待一个跛腿的男人。一个曾经的美少年。

等待一个叫姜友好的女人。

从二十世纪九十年代开业，几十年过去了。餐馆从最初的火爆到后来的平淡甚至是萧条，老板依旧坚守着，她还在等。

杜若还在等。

或许，杜若并不等什么，并不等谁。她坚守着，只是让这个城市记住，曾经，有一个叫娜塔莎的女人，在这里活过，爱过，死过。

清新如白桦树的苏联姑娘。

【作者简介】蒋韵，女，河南开封人，1954 年生于山西太原。1981 年毕业于太原师范专科学校中文系。1979 年开始发表作品，著有长篇小说《隐秘盛开》《栎树的囚徒》《红殇》《闪烁在你的枝头》《我的内陆》《人间——重述白蛇传》(与李锐合著)，小说集《现场逃逸》《失传的游戏》，散文随笔集《春天看罗丹》《悠长的邂逅》等。中篇小说《心爱的树》获第四届鲁迅文学奖，长篇小说《隐秘盛开》获第四届赵树理文学奖。有作品被翻译成英、法等文字。中篇小说《英雄血》《朗霞的西街》获《小说月报》第十三、十六届百花奖。现为山西省作家协会副主席，中国作家协会会员。

瓦　猫

○葛　亮

大阔嘴,旗杆尾,
钟馗脸,棉花肠。
大肚能容乾坤会,
梁上驱邪吓退鬼。

——滇区童谣

I

说起来,那次去云南,完全是为了卡瓦格博。

可是到了香格里拉时,我因为高反,引发了急性肠胃炎,已经不能动弹了。这对我的确是一次意外。因为仅在一个月前,我从利马直飞印加古城库斯科,一路辗转上了马丘比丘。在海拔三四千米的地方,身体并没有任何反应,甚至未服用类似红景天的高反药物。可这次云南的行程,尽管做了充分的准备,却事与愿违。

但我还是坚持随队上了德钦。到达驻地,便开始发高烧。

大约折腾到了半夜,人才睡了过去。第二天醒来,已是接近中午时候。照顾我的是当地的藏民德吉大婶。她会的汉话不多，表达却很恳切，因此足以交流。我喝了一碗她为我熬制的鸡汤，据说里面放了当地的藏药草，对缓解高反有神效。这滚热的鸡汤，喝下去，立时感到好了很多。

有人敲门进来，是拉茸卓玛。她是我们队里的人类学家雷行教授的研究生，也是当地的土著。卓玛看见我的样子，似乎很高兴，一边说，昨天看您脸色煞白的，吓死我。今天就这样好了，是有卡瓦格博保佑呢。

然后她便热情地用藏话和德吉大婶交谈。我才知道，大婶是她的"阿尼拉"，也就是姑妈。

没待我问起。她便告诉我，同伴们都去了附近的白马雪山垭口。回程的观景台，据说是看卡瓦格博最好的地方。我在心里叹口气，觉得这一场病得十分煞风景。

卓玛大概看出了我的失望，说，毛老师，我陪你到村里走走吧，远远地看雪山也很美。

卓玛没有说错。在这个村落的任何一个角度，都能看到卡瓦格博。

她站在一块高岩上，高兴地指给我说，我们的运气不错呢。是的，大约是季节将将好，并没有搅扰视线的云雾，"太子十三峰"看得十分清晰。峰峰蜿蜒相连，冰舌逶迤而下，主峰便是卡瓦格博。

我远远望去，不禁也屏住了呼吸。雪峰连接处，冰舌逶迤而下，是终年覆盖的积雪与冰川。这样盛大而纯粹的白，在近乎透明的蓝色的穹顶之下，有着不言而喻的神圣庄严。

我静静看了一会儿,说,这村叫"雾浓顶",今天倒是给足了面子,一丝雾没有。卓玛便笑了,说,老师,您这是作家的说法。我们这"雾浓顶",其实是藏语的音译。"雾"是菩萨的意思,"浓"是下去了,"顶"和"邸"一样是高地,合起来就是菩萨下去的地方。

　　我问,菩萨下去了哪里呢?

　　卓玛遥遥一指,说,村里老辈人说,那边有个水塘,现在已经干了。菩萨被一个女人惊动了,从那里下去,飞去峡谷对面的飞来寺了。

　　这村落里错落着民居,都分布在山坡上。卓玛说,整个雾浓顶,也不过二十多户人,从她记事时就是这样。

　　白色房屋掩映在层叠的青稞地里。冬天的田地,是土黄色的,远望广袤无边。大约因为刚收获过,近观不很丰盛。有些野雉在地里啄食,并不怕人,看到我们过来,也没有退避的意思,反而好奇地昂起头,看着我们。看够了,晶亮的眼睛一轮,并又低下头,在地里刨生计去了。

　　在一处空旷的田野里,我看到了一尊精美的四面佛像,晾在天棚下面。说是精美,是因形容笔绘端穆。但身体还有镶卯拼合的痕迹,应该还未来得及塑上金身。我正看的时候,卓玛接到了电话,她说,老师,我姑爹请我们去他家里坐一坐呢。

　　我便随着她,走到一幢半坡上的房子前,门口蹲着一只黑狗懒懒地晒太阳。看到我们,立即站了起来,大声地吠叫。卓玛对它说了句什么。它便又顺从地趴了下去。我们就看见德吉大婶迎了出来,手里还端着一只竹匾,里面金灿灿的,是新收的玉米。

这房子如同村里多数的民居，白墙灰瓦，有个坡屋顶，大约用来晾晒，各色粮食在阳光底下纷呈，煞是好看。相对先前所见，干打垒的外墙算是朴素的，并无浓烈修饰，只开了几扇黄绿的藏式方窗。屋子边上就有白塔和焚松枝的香炉，院外整整齐齐码着木柴，是为过冬备的。

德吉大婶领我们走进门，是个过厅，穿过去豁然开朗，是挺宽敞的客厅。靠窗一长排藏式长椅和茶几。午后浅浅的阳光，恰照射进来，落在墙壁上。挂着斑斓的壁毯，是藏传佛教的故事绣像。迎面则是木雕佛龛、壁柜。房间正中的炉里生着熊熊的火，坐在炉上的水壶正咕嘟咕嘟地冒着热气。一个面色黧红的老人，看着我们，高兴地道一声"扎西德勒"，便站起身来。我也双手合十予他还礼。

之后便充分领略到了藏民的好客。这位朗嘎大叔，似乎将家里好吃的东西都拿了出来，甚至包括刚熏制好的藏香猪肉干。当然少不了的是酥油糌粑。卓玛大约看出我一瞬的犹豫，便和她姑爹说了句藏话。然后对我说，老师，您肠胃还没恢复，这个难消化。不用勉强。

朗嘎大叔哈哈大笑，道，你们城里人……

然后他也放下碗，脸上是一言难尽的宽容表情。为了不让他失望，我立时模仿他，将奶茶倒了小半碗，依次倒进了酥油、炒面、曲拉、糖，用手指拌匀，捏成了小团。味道竟是出乎意料的好，有一种馥郁的芳香与酸脆。又学他灌下了一杯青稞酒，热辣辣的。

朗嘎大叔格外喜悦，眯起眼睛，对我竖起大拇指。他的话也多起来，原来竟能讲很不错的汉话。他说，我能来他很高兴，可以和他说说话。村里农闲，整个雾浓顶已经没什么人了，都去转山了。

我便问,您为什么没有去呢?

他眼里的光便有些黯淡,告诉我说,他的风湿病犯了,走路都很困难,最近越来越严重。他又叹一口气,说,一定是年轻时猎杀了太多的动物,这是卡瓦格博的报应。

看他低头不语的样子。卓玛便用藏语和他说了什么。大约是在劝说,他便渐渐神色缓和,又和我们谈笑风生。我们临走时,他拿出了弦子,引吭为我们唱了一首德钦本地的民歌。因卓玛的翻译,我依稀记得其中的一句歌词:"我是雪山上的雄狮,没有了洁白的雪山和冰川,雄狮怎能存活?"

大叔拄着拐把我们送出来。走出了好一段,我们回过头,看他还站在高坡上目送,卓玛叹息一声,说,其实姑爹这样的康巴汉子,不能去转山,是很折磨的事情。

我想想说,老人年纪确实也大了,在外面万一有个闪失……还是在家里放心。

卓玛摇摇头道,我们对生老病死,都看得很开。能在转山路上死,在卡瓦格博脚下死,是很幸福的。姑爹苦的是,身体上不了路。

我们在回程途中,看见一座小房子,孤零零地坐落在路边。与雾浓顶普遍两三层的屋宇相对,它显得尤为低矮。只开了两扇窗,也没有装饰。倒是屋后有一座很大的白塔,耸立着。比起房屋,白塔更为洁净,像是有人着意打理。上面飘着经幡,在太阳底下若隐若现地闪着晶莹的光。

而吸引我的,是这房子的坡顶上,有一尊雕塑。这是周边其他房子上所没有的。它黑乎乎的,像是某种图腾。在我有限的关于藏传神佛像的知识储备里，似乎了无印象。它更像是一只动物，确切地说，是一头老虎。它虽体量不大，但有双怒睛，突兀地张着大嘴，面目可称得上狰狞。

这时，一股山风吹过来，吹进了我的领口，让人一个激灵。我回过头，问卓玛这是什么。

但卓玛脸上有迷惑的神色，愣愣的。这时她回过神来，说，瓦猫。

瓦猫？是种……神兽？我问。

她说，是，但不是我们藏族的。这些年我跟着教授，在大理、玉溪、曲靖考察时都见过。在呈贡马金堡也有，叫"石猫猫"。但这一只，应该是昆明龙泉的形制。

我说，你不讲的话，我还以为是老虎。猫兼虎形。

她点点头，说虎也不错，"降吉虎"驱邪嘛。它是云南汉族、彝族和白族的镇宅兽，自然是模样恶一些。多半是在屋顶和门头瓦脊上。这大嘴是用来吃鬼的。大门对着人家屋角房脊，一张嘴吃掉。要是向着田野，有游魂野鬼，也要安一只镇一镇。

我说，这样说来，还真是只霸道神兽。

她说，可是……究竟不是我们藏族的东西，我不记得以前有。这房子，是村里五保户仁钦奶奶的。

可能是听到了我们的声音，门这时打开了，有人探出了头。是个很老的老太太，身着一件很厚的氆氇藏袍。她佝偻着身体，抬起头看着我们，说了句什么。我看到她一只眼睛里有白色的翳障，应该是看不太清楚。另一只眼睛，却有些警惕的鹰隼般的目光。卓玛走近了，和她亲切地交谈。她这才点点头，看着我，眼光柔和了，竟然绽开了笑容。黑黄的脸上，沟壑般纵横的皱纹也因此舒展开来。她掀起衣襟，擦一擦眼睛，似乎想要仔细再看看我。

卓玛走过去扶着她，说，我跟她介绍说，您是城里来的教授。奶奶可喜欢读书人呢。

她于是指着屋顶上的瓦猫，跟仁钦奶奶说了一会儿。

奶奶沉吟一下，点点头，对卓玛说了句什么。卓玛就笑着对我说，奶奶问，您是从哪里来的？

我想起此次云南之行的起点，不假思索答道，昆明。

这一回，奶奶好像忽然听懂了。她走近我，仰起脸，望着瓦猫的方向，开始用极快的语速说话。我自然是听不懂，看我茫然，她改成用手比画。因为她过于急切与激动，卓玛已经来不及翻译。奶奶一跺脚，直接捉住我的手，就将我往她屋子里拉。

我们走进去，屋子里的光线，十分昏暗。漾着一股气味，是酥油混合着年迈的老人特有的气息。墙上是一幅班禅喇嘛的画像。佛像前摆着三枚铜碗，里头盛放的是给佛的供奉。

奶奶跪坐在火炉后的壁柜前，一只只打开来翻找，同时嘴巴里嘟嘟囔囔的。良久，终于有了发现。她小心翼翼地将手伸进去，拿出了一样东西。是一个牛皮纸的信封。她站起身，将这只信封塞到我手里。

信封上印着"迪庆藏族自治州文化馆"的字样，一角已经磨损了。借着微弱的光，看到上面用钢笔写着一个昆明的地址，字体很工整，但有洇湿的痕迹。没待我细看，她又开始很快地说话，间或我只能听见她在重复"昆明"二字，然后用热切的目光看着我。卓玛说，老师，奶奶拜托你把这个信封，亲手交给地址上的人。

卓玛想想，跟奶奶说了几句话，想将信封从我手上接过来。

奶奶似乎生气了，使劲拨开了她的手，执意将那封信放在我手里，让我牢牢地攥住。我将手也放在她的手背上说，奶奶，您放心。

她便又绽开了笑容，如同初见我时。而后想起了什么，打开炉子。我知道，这是要打酥油茶，要做糌粑招待我们。

我们离开的时候，仁钦奶奶手里执着一串佛珠，跟踉地跟了几步，嘴里依然喃喃念着什么。卓玛说，奶奶在给我们祈福呢。

我连忙对她双手合十。奶奶的面目忽然严肃了，指指我手中的信封。

待我们终于走远了，卓玛像有些抱歉似的说，其实我刚刚和奶奶讲，您是远道来的香港客人。可能没时间去帮她送信，不如交给我邮寄。可是她怎么都不听我，老师，给您添麻烦了。

我说，没事。我返程还要在昆明待个几天，再回去。难得奶奶相信我这个陌生人，定不辱使命。

第二天，我们驱车去了明永村。招待我们的是雷行教授的一位旧识，村主任大丹巴。大丹巴头发花白，也是个老人，却是十分强干的样子。穿着一件迷彩服，脚蹬解放鞋。步下生风，说起话来，也是掷地有声。看他挺直的身板儿，问起来果然有过参军的经历。

"明永"，在藏话里是"神山卡瓦格博护心镜"的意思，近年因为附近的冰川观光而声名大噪。这个五十多户居民的小村落，深居山坳。过去交通十分不便，游客从布村过澜沧江大桥后，得跟随马帮步行翻山才能到达，路途艰辛。当地的旅游事业，自然不成气候。后来因为德钦到明永的简易公路修通，游客蜂拥而至。村民靠为旅游者牵马和门票分成，赚了不少钱。

　　我们等村主任时，看见村口的白塔旁，一些村民三三两两或站或坐，男的在抽烟，女的手里没有闲着，在做些针织的活儿。他们眼睛不时望着大路，身后的几匹马，也懒懒地吃着草料。自从公路通了，每天都会有几批观光客。村民们便轮番牵马送上冰川去。这时候，就看见一辆摩托疾驰而来，村民们一拥而起，七嘴八舌。牵马的牵马，鞴鞍的鞴鞍，更多的是召唤彼此。没过多久，就看一辆中巴车进入视线，停在了白塔边上。十多个游客陆续下了车。这边厢，村民们便迎上去。女人们和游客讨价还价，未几便谈好了。男人们便服务客人上马。整个过程行云流水，看出来已经相当熟练。

　　大丹巴见有新客，便问我们要不要上冰川一游，他来安排。雷教授便说，今天时间紧，就不来凑你这个热闹了。还是跟你去家里，我做新纪录片，要补几个镜头。

　　我们走在路上，看到一个半大的小子，跟在马后头，和身边的伙伴起了争执。伙伴嬉皮笑脸，他倒有些气急。听他们说话间，不断提到"甲炮"这个词。我便悄悄问大丹巴，是什么意思。

　　村主任哈哈一笑，说，怕是刚才分马的时候，觉得自己吃了亏。这个词啊，得分开念。"甲"在藏语里头，是指外乡人。这"炮"是胖的意思。

　　我抬起头来看，果然坐在马上的，是个体态丰满的先生。他自己左顾右盼，是怡然之态。身下的马，蹄子深深陷进泥里，大约有些吃力。

他们现在可精，就怕分到胖子。客一来，赶紧就要抢小孩和小个子女人。

这时候，摄影师打开机器拍马队。一只野虫飞舞着，落在镜头上。摄影师驱赶虫子，有些手忙脚乱，吸引了众人的目光。先前那个半大小子，干脆将头伸到了镜头前，脸上是好奇之色。

村主任便呵斥他，洛桑，人家在拍电视，捣乱想要挨揍！

他用的汉话，倒像是当着外人面训孩子的家长。这孩子便嬉笑地躲开了。

雷教授便说，这来看冰川的人，比我上次来，又多了好多。

大丹巴叹口气道，越来越难管。抢客不行，抽签也不行，都怕吃了亏。

卓玛道，这条路是当年跟"斯农"抢来的，也难怪他们。

村主任说，一九九八年通路，这一晃二十年过去了，家家做牵马生意。地不耕、羊不放。

雷教授说，做旅游还是有风险，望天打卦。我老家在粤北，也是自然村，跟风搞古镇游。一个"非典"、一个金融风暴，就伤筋动骨了。现在老老实实回去种地。

村主任连连点头，说，这我可说得不算。你回头见我家小子说说他，这一窝蜂都是他带起来的。现今村里，连好好的松茸都没人去采了。

沉默了一下，他又说，教授，我其实一直没想通。你说那场山难，是卡瓦格博降下的"扎吾"，却让明永出了名。十七条命没了，来的人却越来越多，这算是怎么一回事。

我们进村的路上，有一条贯穿全村的水沟。一路都是潺潺的流水。这水沟引来山泉的工程，是大丹巴很引以为豪的事，因是在他任期内完成的。他说以往的明永人喝水靠的是混浊的冰川，许多人得了大脖子病。

这沿水而建的明永当地的民居，的确比雾浓顶的村舍，又排场了许多，可以看出富裕的气象。有的除了保留了藏窗的样式，建筑风格已经极为现代。甚至一所楼房，除了传统的藏画，外墙上竟绘制了鳞次栉比的摩天大楼。

这楼房的对面，有一棵巨大的柿子树。上面还结着未及掉落的秋柿子。大约经历了风霜，这些柿子都并不很饱满了。我方注意到，树下靠坡一侧，有块巨大的山石，上头生了青苔，布满了经年的藤蔓。再仔细一看，原来上面大隶镌着字，"勇士，在此长眠，2006 年 10 月"，底下有同样的格式，刻着日文。

这是一座石碑。在这石碑的顶端，有一尊塑像。虽在藤蔓遮盖下，我还是看清楚了。一只动物，似猫非虎。是的，这是一只瓦猫。

我立即拿出手机，打开了图片簿。定睛望去，不禁深吸了一口气。

大丹巴见我呆呆望着，便说，这座碑，在最后一个日本队员的遗体找到时，才立起来。

我回身看他，说，这只瓦猫，我见过。

我将手机给他看。是的。黑色，怒睛巨口，与在仁钦奶奶家屋顶上的，一模一样。

大丹巴撩开藤蔓，仔细地辨认。半晌，才喃喃道，我想起来了，他去过雾浓顶。对，他临出发去转山前，说过，要去那里找个人。

我问，他是谁？

村主任说，做这只瓦猫的人。仁钦奶奶和你说了什么没有？

我说，奶奶交给我一个信封，让我带到昆明，交给地址上的人。

大丹巴沉吟一下，慢慢说，那要保管好，亲自交给他啊。

II

三天后，我回到了昆明。本地的朋友晓桁，当晚请我在石屏会馆吃饭。对我说这是个有来历的地方，很适合请我。

我说，哈哈，不讲来历，能有个地方祭五脏庙，就心满意足。

其实我对这里，连一知半解也谈不上。大约只知道门口题字是状元袁嘉谷的手笔，加之是个吃菌子的好去处。

会馆邻近翠湖路，结庐在人境，果然算是个闹市里的桃花源。觥筹之下，宾主尽欢。我忽然想起了，就把信封上的地址给他看。

晓桁看一眼说，龙泉镇？那地方可都快拆完了，哪里还找得到。这人怕是很难寻了。

我说，那我也得去看看。

他说，这一片都划到北市里去了。你看这地址，还写的官渡区，如今早归盘龙区管了。听说开发了几年，都没个动静。主要是业权复杂，有些名人故居什么的，都混在城中村里。一涉及文保，动辄得咎。

我说，这石屏会馆也是文保，不是处理得妥妥当当的。

他摇摇头，说，你啊，还是读书人的思维，哪那么容易。这样吧，明天我开车送你过去。咱们碰碰运气吧。

第二天下午，我们上了北京路。这条街道堂皇得很，是昆明的主干道。大约二十分钟，便到了龙泉镇。

但我看去，不见什么村镇的景状，只是一个热火朝天的工地。推土机、货车穿行其间，沙尘滚滚。

晓桁停了车，倒是熟门熟路，穿过了工地，一路向前走。我跟着他，渐渐豁然开朗。这满目喧嚣后头，竟然是个集市。在沙尘中，各类摊档井然有序地摆成了两列。晓桁转过头，对我说，没想到，拆成了一片，这"乡街子"竟然还摆着。

他见我茫然，笑道，说起来，我在这里算是个土著，小时候就跟我爷爷住在麦地村。每周三，龙头街上摆集市，叫"乡街子"。不过，几年前我爷爷去世，就很少来了。

这集市的热闹，大大超乎我的想象。大约以手工制品为主，竹编笸箩、各色织物、整片的水磨。看起来，满眼是附近的乡民，衣着都是浓彩重绿。一个穿着白族服装的大爷，大约在卖整捆的晒得明黄的烟叶。他半坐着，手里有一支长长的水烟筒，支在地上，是个怡然的姿势，发出咕嘟咕嘟的声响。见我驻足，很殷勤地招呼我试一口。

他的背后，就是兴建中的司家营地铁站。打桩声不绝于耳，他倒是听不见似的，仿佛将这声音完全屏蔽了。

我说，还真是不知有汉，无论魏晋。

晓桁远远地喊我，声音很兴奋。看他站在一个凉棚底下，三四把小桌板凳横七竖八地摆在凹凸不平的石子路上。极其浓郁的羊肉味传过来。原来是个羊肉米线档。我们坐下来，看大铁锅正冒着煞白的热气。老板给我们盛了两碗出来，晓桁用本地话和他说了句什么。老板掂起大勺，又往我碗里加了一大块羊肉。他对我说，快趁热吃，鲜掉眉毛。自己埋下头，呼啦啦喝了一大口汤。我学他的样子，汤味还真是浓酽得很。晓桁说，这个羊肉摊，打我记事，一有集市就摆在这里，几十年过去，雷打不动。倒是稀豆粉油条、牛扒烀、油炸洋芋，如今都看不到了。我说，那这集市也老得很了？

那可不，打有昆明城，这集就有了，他说，老辈儿说昆明有龙盘，龙头就在这儿。明末建了驿道，就是这条龙头街。有这条街，就有了云南的马帮集散、歇脚。这镇子也就热闹起来。关键是，南来北往的消息，也从这儿走呢。

他叫我将那牛皮纸信封拿出来，拿去给老板看。老板看一看，说，司家营早就扒得底都不剩了。

那人还找得到吗？

老板说，要去瓦窑村碰碰运气，这姓荣的，多半是开窑的。如今镇上的龙窑，十有九废。年前迁走了一批，差点动上了刀子。说不好，真的说不好。

旁边的老者看一眼，道，荣瘫婆家，造瓦猫的？

镇上现今唯一一个做瓦猫的，就是他们家。听说他们家二小子，给人做白事。神龙见首不见尾，得去碰碰运气。

他又眨眨眼，说，要说难，可也不难，守着那几座"一颗印"。你敢过去动动土，他们可不就立时出来了。

走在路上,忽然下起了雨。我们紧走几步,躲到了一处屋檐下避雨。这好像是个寺庙,因为门口的白墙上,写着"南无阿弥陀佛"。门两侧各画了哼哈二将。只是其中一侧已经脱落了颜色,漫漶着曲折的污秽水迹,但我仍然可以辨认出那笔触的精致与细腻。门头立有一红匾,书"兴国禅林,康熙丙申仲春之吉"。

门是紧闭着的,看不到里面的状况。我才注意到建筑的外侧,不起眼的地方,镶嵌了石碑,上面刻着"昆明市级文物保护单位,兴国庵,中国营造学社旧址"。

与此同时,我发现了这幢建筑的孤立。因为雨越下越大,四周的工地已暂时停止了劳作。大颗的雨点击打在地上,竟然激起了一片烟尘。雨倾盆而下,将这些烟尘压制,洗刷。视野慢慢澄净了。没有建设中的喧嚣的干扰,原来我们已处在了一片空旷的中心。除了远处的摩天大楼造就的天际线和散落的零星的推土机,四周是没有遮碍的。我们置身的这座庵庙,像是这荒凉原野中的孤岛。

这场景未免有些魔幻。我的头脑中忽然一闪,想起了宫崎骏的经典之作《哈尔的移动城堡》。

当雨停了,我们踩着泥泞走出去。当我回身望去,不禁有些瞠目。我在这座古庙的墙头上,看到了一只动物,那是一只瓦猫。它虽不大,在这败落坍圮的围墙上,雄赳赳地坐立着,在雨水的冲刷下黑得发亮。我赶忙拿出了手机,打开图片,确定这只瓦猫的模样,和我在德钦看到的一模一样。

我们辗转找到了龙泉街道办事处的负责人。这是个模样恭谨,戴着眼镜的中年人,脸色是肾亏的灰黄。他面前是一个巨大的玻璃水杯，里面泡着枸杞与胖大海。他瓮声瓮气地问我们找谁。晓桁大约报了某个领导的名号，他立刻变得十分热情。我们说明了来意，并将地址给他看。他确定半年前已经拆除。我问他是否认识地址上的人，他说，荣瑞红……这就难找了。这里几条村都姓荣。

我就将刚才拍的照片给他看，我说，我想找做这只瓦猫的人。

他看了立即说，嗨，猫婆家的哑巴仔。

见我茫然，他打开了水杯，咕嘟地喝了一大口。我看见他吞咽的动作，那口水顺着他喉结的起伏，顺利地流动下去。让我也感到如释重负。

他说，别看这个镇不大，却有十多处"文保"。多是西南联大时期的。

我问，西南联大？

他说，对，别的地方拆迁，最怕钉子户。这是最让我们头疼的。这里从二十世纪九十年代开始说搞开发，因为这些"文保"，拉锯了二十多年。去年算出台了方案，整体搬迁。

我带你们去转转，就晓得怎么回事了。

我得承认，接下来的这个黄昏，完全颠覆了我对这个小镇的印象。

马主任带我们在泥泞中穿行，驾轻就熟。他时而回头让我们看路注意安全，时而地碎声抱怨，他说着话，因为周遭暂时的安静，在这天地的空旷间，莫名有了回声。

准确地说，是在他的引领下，我们在这古镇的村落间穿行。尽管它们现今的面目，已是大同小异。不见荒烟蔓草，雨后空气中荡漾着浓郁的土腥,击打着我们的鼻腔。在任何一个角度,都是无垠的黄色,将所有的旧掩盖在了下面,伸展向了远处雾霭中新的昆明城的轮廓。然而,如同此前所见的兴国庵,我们看到了一些矮小颓败的建筑,间或其间,像是一些岛屿。我需要纠正方才孤岛的说法,因为它们以奇异的方式,呼应,彼此连接、伸延。形成了一张出人意表的网络,有如瀚海中的群岛。

在某个不起眼的角落,镶嵌着式样雷同的蒙尘名牌。上面分别写着,"中央研究院历史研究所旧址""北平研究院历史研究所遗址""中央地质调查所旧址""北大文科研究所和史语所旧址""冯友兰故居""陈寅恪故居"……

我们在一处土木结构的小院前站住,门牌是龙泉镇司家营61号。大约因为它难得的完整,我们驻足。马主任说,这是"清华文科研究所"。当年是闻一多租了下来。你看他的眼光多么好。"三间两耳倒八尺",典型的"一颗印"房子。他自己住在南厢房,北厢住着朱自清和浦江清。

并不意外的,我又看到了檐头的瓦猫。是的,所有的,我们经过的这些老房子,都有一只瓦猫,或在墙头,或在檐角。太过颓败的,则在门口端正地立着。它们一式一样。面目狰狞,勇武,似小型的虎。而宽阔的眼皮,又有一丝怠懒,仿佛是小憩后的猛醒。

马主任说,猫婆家的瓦猫,在那里,谁都不敢打这些房子的主意。也蹊跷得很。之前中标的地产公司,让人移走了这些瓦猫。经了一夜,第二天,新的就回到了原处。村里的龙窑,早就扒掉了。谁也不知道是在哪里烧的。说来也怪,那个公司的老总,当月就被"双规"了,女儿在国外读书,出了车祸。以后就没人敢再动。

我说，这个猫婆，住在哪里？

马主任摇摇头，她们家不属于回迁户。拆迁时，也没和政府谈过条件，就签了字。家里也就她和孙子两个，谁也不知道他们现在住在哪里。

我说，我听说，他孙子帮人做白事。

马主任仿佛想起了什么，说，对对，这小子也挺邪的。嘴巴不会说话，倒哭得一口好丧。说起来，现在村里的老人十之八九，说没就没了。也是人心不古，外头的年轻人，都不愿意回来。没个孝子贤孙摔盆打幡不像话，就让哑巴仔顶上，他那一哭起来，地动山摇的，让丧家还真是有排场。

我说，见怪不怪。现今的白事，礼仪公司都包这项的。

马主任摇摇头说，他哭不收钱，只求人买他扎的纸人纸马。倒是也不贵。扎得好，到底瓦猫手艺的底子在那里，人是灵巧的。你这么说，我倒想起来，明天下午棕皮村的郭大爷设灵。你们二位，要不怕忌讳，兴许能在那碰上哑巴仔。

后来，我和晓桁交流过。都觉得，荣之武的模样，和我们想象中的不太一样。

其实，对于去参加陌生人的丧礼，我心里有些障碍。但是晓桁告诉我，他们龙泉的人，丧事是当喜事来办的。尤其是对年纪大的人，丧事的排场与敞亮，是生者的面子。他向我描述两年前他祖父丧礼的场景，讲各种规矩与程序，脸上并没有哀戚之色，甚而有些眉飞色舞。听他说完，我渐渐明白，或许对于已经都市化的昆明人而言，乡下长辈的丧事，成了他们长期压抑的矜持之下释放情绪的出口。所以各家各户,会赛着大鸣大放,形成了某种新时代的风气。

在这样的心理建设之下,我来到了郭大爷的丧礼现场,仍然有些惊心触目。实在说,这么个陌生的地方,并未让我们好找。因为刚到棕皮村村口,便传来响亮的《月亮之上》。这支"凤凰传奇"的名曲,实在熟悉不过,毕竟是每个小区广场舞的神曲。我很快注意到,之所以有铺天盖地,绕梁三日的幻象,是因为丧家从村口到每个路口都架设了扩音喇叭。这乐曲便类似于无所不在的引路人,实在也是很聪明的做法。因此,没费什么力气,我们就找到了丧礼的现场。

这应该是一个废弃的小学校的操场。两边的篮球架上挂着巨大的挽联。而灵棚也正是因地制宜,由一根钢索在篮球架之间牵引而搭建。

我们到的时候,正有几个身着民族服装的年轻汉子和女孩,和着这支流行曲的音乐在载歌载舞。晓桁说,大概是呼应了老爷子的原籍。

他们的舞蹈并不算曼妙,但十分投入。民族服装并没有拘束他们,舞姿中有一种挥洒荷尔蒙的力量感,粗犷而磅礴。在挤挤挨挨的绚烂花圈的背景中,洋溢着怪异的欢腾的气氛。

我相信了晓桁的话,是我多虑了,的确体会不到任何的哀戚。两个同样穿得花枝招展的小孩,将一些用五色的毛线扎好的点心,分发到来者的手中。他们脸上的喜悦与祥和,也让我产生了婚礼花童的错觉。

这时候,音乐忽然换了,换成了《小苹果》。在缺乏思想准备的情况下，台上舞蹈的女孩，忽然齐刷刷地撕开了她们的民族服装，将头饰也豪迈地掷到地上。是的，我没有看错，她们摇身一变，成了一群比基尼女郎。尽管环肥燕瘦，但的确是穿着整齐的、荧光的比基尼。人群中爆发出欢呼声。她们在乐曲中抬腿、扭腰，向台下抛着香吻。

我感到了一阵晕眩。

待这一切都平静下来时，比基尼女郎从两侧分开，出现了一袭黑衣的男人。他是丧礼的司仪。他的出现，让我觉得仪式终于进入了正轨。他站定，很潇洒地扬了一下手。音乐便又响起来，是《二泉映月》。而他的脸色，便从泰然切换到了职业性的悲凉。他手中举着一张纸，口中抑扬顿挫，我相信是在念悼词。用一种我完全听不懂的方言。但是时而低回，时而澎湃，即使不知内容，因为节奏的恰到好处，也足以共情。我感叹这终于是个像样的丧礼。他又一抬手，有一种很钝利乡野的乐器的声音响起，那应该是本地吹鼓队的唢呐。唢呐声中，一些穿着重孝的人，簇拥着从人群中出来，然后一步一跪地爬向了灵堂。他们号哭着，女人们在哭声中，发出了吟唱的歌诀一样的声调。站在最前面的，看身形是个壮实的男人，他忽然扑通一声跪下。

当他开口时，我心下一惊。那是一种难以名状的哭声，不像是人发出的，初听像是牛哞一样。浑厚，壮烈，中气十足。他哭得越来越响，像是在胸腔中的共鸣不断集聚、放大、交响。这声音渐渐盖过了所有的声响，吹鼓的乐声，以及其他人的哭声，让这些声音都显得卑微与琐碎。虽然不着一词，这哭声中的悲意，却随着些微的递进式的节奏而益加浓重，如黄钟大吕，以一种肃穆而深沉的方式,将所有在场者挟裹。我不禁有些发呆,不知不觉间,情绪像在迟缓地坠落进了一个无底的黑洞。

摔盆的仪式结束后,这哭声才渐渐平息。我看到他回过头来。这是一张无表情的脸。但是净白、丰满、端穆,五官有一种奇特的雍容与出尘。这张气质古典的脸庞,让所有的喧嚣退后为背景。仿佛丧礼成了他一个人的戏台。

我看他慢慢地站起来,穿过了人群。他走到了刚才的司仪身旁,旁边的壮大男人将一个信封递到他手中,拍了拍他的肩膀,又让了一根烟给他。他推开了,没有说话,开始打起了手势。手势的匆促,让他的模样没有方才从容。他的表情渐渐显得有些执拗。男人,应该是丧礼的主家,摇一摇头,脸上是某种宽容的笑。他似乎有些着急,一转身挤出了人群。在不远的地方,停着一辆三轮车。他抱起了车上的东西,又重新挤进人群。那是一些纸人纸马。他抱着它们,艰难地挤过人群,走到了主家面前,以不容置辩的坚硬表情,将这些纸扎的丧仪在灵堂里认真地次第摆开,丝毫不理会旁边的人与声响。摆好了,他又回到了主家面前,深深鞠了一个躬,便又转身穿过了人群。

我远远望了一眼,跟上了他。我知道,他就是我要找的人。

在他要登上三轮车时,我拦住了他。

他脸上似乎并没有诧异,是个处变不惊的表情。他做了几个手势,我们表示不懂。

他从怀里掏出一个笔记本,拿出笔,在上面写了几个字。

"我收钱,是纸扎和元宝的。哭丧不收钱。"

字竟然是十分端丽工整的楷书。我明白了，他是将我们当作丧家的人了。我从包里，取出了那个信封，给他看。

　　他看了一眼，只一眼，神情忽然变了。他愣住，良久，开始急切地打手势，用质询的目光看着我。我看出其中的焦急与热切，但我不懂。他一把抢过我手上的信封，在信封上的名字上重重地点下去。然后拍一拍车座，又拉了一把，让我上去。

　　我们会意，坐上了三轮车。他立即使劲地一蹬，稳稳地车就走了。

　　我和晓桁，不禁有些面面相觑。看到前面蹬车的人，宽阔的肩膀，因为用力，透过衣服仿佛看见背上的肌肉在有规则地律动。我们都不再说话，仿佛对这个天生无言的人，说话是一种冒犯。尽管载着两个人，车却行进得很快。进入乡野的路上，并无任何的景致，似乎绿色都很少见。偶尔遇到坎坷不平，或者是昨夜积雨的水洼，他会慢下来。我们可以感觉到他的细心。便也抓住了三轮车的两边，克制着颠簸带来的不适。前面的人，在半途中脱下了夹克，我们看到里面的白衬衫，已经完全汗湿了。

　　这样也不知过了多久，路上已经不见人烟。三轮车终于停下来，在一处看上去像是仓库的地方。

　　我注意到，四周并没有其他的建筑。除了近旁有一座寺庙，也是老旧的。但上面写着"弥陀寺"三个字。没待我看仔细，哑巴仔便对我们做了个"请"的姿势。

　　我们走进去。仓库的库房，大半都是空的。空气中飘荡着某种浓郁的铁锈的气味。我看见其中的一个打开着，黑黢黢，能看见的似乎是大型的机床的轮廓。而库房外的墙上，有些已斑驳的标语的痕迹，能辨认出"要斗私批修！"后面是个红彤彤的触目的惊叹号。

我们一直走到了库房的尽头，是一个低矮了许多的、像是靠墙僭建的房屋。上面是铁皮的屋顶。我注意到的是在这房屋门口的空地上，晾晒着许多的黑色的陶罐。

哑巴仔在门口，"啊吧啊吧"地叫了一声，这才推开了门。我们随他躬身进去。

屋子里的光线，十分黯淡。唯一的窗户照射进了一束光，可以看见光束中有灰尘在飞舞。哑巴仔伸手拉了一下近旁的灯绳。

屋子顿时被不强烈的灯光充满。我回了一下神，才看见面对着我们，端坐着一个人。

这是个十分老的妇人。她坐在轮椅上，膝盖上裹着很厚的毯子。说她老，是指她的样貌与姿态。那样深刻而纠结的皱纹，几乎令她的面目扭曲，整张脸像是植物失水的茎脉。她摆在膝盖上的手，也是干枯的。然而，她的神情柔和，面对我们，有一种和哑巴仔相似的处变不惊的仪态。她穿着一件陈旧但洁净的夹袄，已不丰盛的头发一丝不苟地梳成了发髻，紧紧地盘在脑后。

她的眼睛并不混浊，甚至很明亮。她看着我说，你好。

我顿时注意到，她说的是十分标准的普通话。

哑巴仔急切地对她打手势。她微笑地看我们，一边简短地对哑巴仔做了一个手势。

哑巴仔立刻变得神情有些紧张。他看着我们，以抱歉的目光。他指指老人，又对我们指指外头，意思是让我们在外面稍等。我意会,赶紧出去了。

在外面,我又看见空地上的那些黑色的陶罐。不知是做什么用场,但觉得似曾相识,它们整齐地排列着,在夕阳最后的余晖里,反射着沉厚的微光,像是肃然而列的兵士。

这时,远方飞来不知名的群鸟,在这库房的上空飞翔、盘旋,但迟迟都没有落下来。我抬头定定看着它们。

这时门响了,哑巴仔走了出来,脸上仍是抱歉的神色。他示意我进去。

这时,我看到老人坐在一个较矮的凳子上,那凳子显然是特制的。有一根布带将她的腰固定在了靠窗的一端。她的人,就恰恰被笼罩在了那更为微弱的一束光里。那光将她的侧影勾勒了出来,毛茸茸的一层,她的轮廓便因此而丰满了一些,不再是干枯的。我看见她的面前是一台转动的机器。因为我上过速成的陶艺班,知道那是拉坯机。随着轮盘的转动,她的手灵巧地摩挲与动作,手中的泥坯慢慢形成了一只罐子的形状。

我注意到,她的脚边,还有许多这样的罐子。有的和门外的一样大小,有的稍扁或圆一些。

我恍然,便试探地问,这些,是用来做瓦猫的吗?

她笑了,说,后生,好眼力。大的是身子,小的是头。连在一起,就有了一个形。

她擦擦手,又说,刚刚怠慢了客。人有三急,老了就不中用了。不小心就是一裤子,全指望我这个孙子给拾掇。

她说得很慢,是对我方才等待的致歉,但其间并无面对陌生人的尴尬和难堪,仿佛只是在描述某一桩日常。她的手也并没有停下,一边将一小勺水加入了脚边的瓦盆。

我这才看到这个屋子里,几乎没有什么陈设。除了沿墙摆了两张床、一张方桌、两把椅子和一个橱柜,便是窗台下的类似作坊的一角。一侧放着一个水泥袋子,另一侧挤挤挨挨地堆着扎好的纸人纸马。

我说,老人家,我是从德钦来,有件东西,托我转交给荣瑞红。不知是不是您家的。

老人听到了这句话,手停住了。她抬起头来,看着我。

我从包里拿出那个信封。再次问道,荣瑞红,是您家里人吧?

她咳嗽一下,用干涩的声音说,是我。

我把信封放到了桌上,但又拿起来,交给身边的哑巴仔。哑巴仔走过去,弯下腰。老人将手使劲在围裙上擦一擦,才将信封接了过去。她慢慢地将信封一点点地撕开。伸手掏出的,是一本红色的笔记本。

这一刹那,我看到她手的抖动。她打开了这个笔记本。本子里掉出了一沓照片,落在了地上。我弯下腰,帮她捡拾起来,放在她手里。我看到其中一张照片上,是一个青年和仁钦奶奶的合影。他的目光沉郁,手势却很活泼,对着镜头比出"V"字。他的身后,是那幢低矮的藏式民居,覆盖着厚厚的雪,背景是飘着经幡的白塔。屋顶上隐约可以看到一只瓦猫。即使室内光线昏暗,我仍然看到这青年的面目,与哑巴仔有着惊人的相似。

老人将眼睛凑得很近,一张张地看着这些照片,忽而愣住了,大放悲声。

待她终于平静下来,她把笔记本递到我手里,问我说,后生,你能给我读一读,这本子上写的字吗?

III

2004 年 4 月 1 日,星期四,晴

> 我最喜爱的颜色是白上加上一点白,
> 仿佛积雪的岩石上落着一只纯白的雄鹰。
> 我最喜爱的颜色是绿上加上一点绿,
> 仿佛野核桃树林里飞来一只翠绿的鹦鹉。
> 我最喜欢的颜色是红上加上一点红,
> 仿佛檀香木上歇落一只赤红的凤凰。
>
> ——德钦"弦子"①摘录

这是我来到德钦的第三天,高原反应渐渐消退了。村主任大丹巴对我说,身体强壮的人,有时高反更严重;体弱的和女人,反而会应付自如。

大丹巴说要我住在村委会旁边,好照应。我说,我还是想住在小学校里,他就把一间仓库收拾了出来,给我住。这间小屋旁边,有一株梨花树。很大的树,我就想起黑龙潭的唐梅、松柏和明茶。一树的花,夜里下了一场雨,第二天早上起来,就是掉了一地的

---

① 弦子是流行于康、藏地区的藏族歌乐,由于歌舞时在队前多由男子用牛角胡或二胡伴奏,故称弦子。

白。一辆拖拉机开过来，开过去，白上就是两列车轮的印子。

从我的窗子望出去，能看见明永冰川，有点发蓝。我知道冰川的事，我知道卡瓦格博的"扎吾"。

宁怀远从蒙自刚来到昆明时，在翠湖边上看到一株梨花。很大，风吹过来，就落了一地，好像雪一样。后来，他无数次对荣瑞红说起这株梨花树。荣瑞红说，我们龙泉镇，什么花都有，就是没有梨花。

后来，宁怀远在滇池边上，听一个拉胡琴的唱："万紫千红花不谢，冬暖夏凉四时春。"他又想起这株梨花，想起满天飞的白，却怎么也记不起树的样子了。

荣瑞红倒记得清清楚楚。那年夏天，蓝花楹开得正盛。黄昏时候，村里头来了一个人，敲开他们家的门。荣瑞红应了门，见是个高个儿中年人，穿着青布衫子。蜡黄脸，满脸胡须。这人操官话，有两湖口音，口气温和，问荣瑞红家里头有没有要出租的屋子。荣瑞红就喊她爷爷。荣昌德老汉走出来，敲着烟袋锅，眯眼看来人胳膊底下夹着两本书，就问，先生，你是昆明城里来的教授吧？

那人点点头，说，小姓闻。荣老爹回，我们家的耳房刚租了出去。最近来我们镇上问的，都是昆明城里的教授和学生。日本人的飞机，把读书人都折腾坏了。全城都在跑警报。走，我陪你去问一问。

荣老爹带着这个先生，顺着金汁河畔的小路，挨家挨户一路问过来。天擦黑了，这先生在一户人家门口停下，抬头看看说，这房子好，"三间两耳倒八尺"。荣老爹说，可不，正正经经的"一颗印"。

敲开了门，一看，小院干净开阔，房子也通透。用的石材、木料都考究得很，楼板和隔墙板还未装栅，眼见是新起的房子。闻先生怕人家是不舍得，但还是说了来意。屋主说，好。钱不打紧，您看着给。这屋子刚建好，您不嫌弃，下周就能住进来。

闻先生看他爽快，也很高兴。屋主说，不瞒您说，论起来，内人和袁嘉谷沾亲带故。我们云南，就出了这一个状元，可历来爱重读书人。都说昆明城里造了新大学，来了许多教授。北方要是不打仗，我们请也请不来你们。

荣瑞红才知道，这个闻先生，不是替自己找房子，是要替他们大学找个地方，盖个研究所。后来，她问宁怀远什么是研究所。宁怀远就说，是做学问的地方。教授做出学问来，他们跟着学。

要装修这个房子，镇上不缺人手。这些年，昆明城里闹得慌，人都不怕多走个十几里，往北郊来。有住下做长远打算的，也有那过一天算一天的。本来龙泉一带多的是马帮。滇越铁路一开通，又多了来往的工人。一时间，镇上起什么房子的都有，两层的木楼，土坯墙小院和因陋就简的毛坯房。可这闻先生，一个瓦匠窑工也不请。他和另一个姓朱的先生，撸起袖子，带着几个年轻人，自己干。

荣老汉就说，他们开不了伙。红妮，新烧的饵块，给他们送些去。

荣瑞红就拎着一只篮子、几只碗给他们送过去。闻先生客气，要给她钱。她躲过去。先在炭火上细细烤了，香味密密地溢出来。年轻人不客气，拿起来就吃，不用筷子不用碗。其中有一个，说，你会做米线吗？

荣瑞红就说，怎个不会？

他就说，那有文林街上做得好吃吗？

荣瑞红就说，城里的东西，减料偷工，好吃有限。

那青年也就看着她笑，笑得灿烂，明晃晃的。

当晚上，她便制了米线和卷粉。第二天，用清汤煮了，从菜地摘了西红柿和白菜，搁上爨肉、葱和香菜，用鸡油封了汤头，送过去。几个年轻人正干得热火朝天，远远闻到香气，大约也是饿了。打开篮子，捧起碗就喝。打头的那个，烫得直吐舌头。

荣瑞红就笑，说，皮凉心滚，来了昆明这么久，都不知米线的吃法。

几碗米线下肚，荣瑞红问，比那文林街的怎么样？

昨日那青年便远远地喊，朱先生，我们以后再也不跟你去"味美轩"了。

说完了，对她眨眨眼，又笑了。露出了两排白牙齿，笑得明晃晃。

待装修好了。闻先生请村里的木匠，刨了一块木板，刨得又平又光。他对青年说，怀远，去龙头村的弥陀寺，找冯先生，给咱研究所题个名。

半晌，青年回来了，说，冯先生不在，"史语所"的傅先生给题的。

闻先生便说，也好。他就拿一柄凿子，照着那题字，一点点地镌了上去。

黄昏的时候，"清华大学文科研究所"的牌子就挂起来了。

屋主来了，看了又看，说，这字可真好。可这屋上了椽子，要住人，其实还缺了一样。

闻先生说，愿闻其详。

屋主笑笑，这得麻烦您，找荣老爹问一问。

当天后晌，宁怀远第一次见到了瓦猫。

他看见荣家老爹，捧了一只黑黢黢的物件走过来。走近看，是个陶制的老虎。那老虎身量小，但样子极凶。凸眼暴睛，两爪间执一阴阳八卦，口大如斗，满嘴利牙，像要吞吐乾坤的样子。

老爹捧得稳稳的，神色也肃穆。宁怀远记起朱先生讲应劭的《风俗通义·祀典》，引《黄帝书》，里头有神荼郁垒执鬼以饲虎的一段，说虎能"执搏挫锐，噬食鬼魅"。他想，这大概是一只和房宅相关的神兽。

他便大声感叹说，好凶的镇宅虎啊。

旁边的荣瑞红手里拿着红绫子，本也是肃然的，听了怀远的话，倒扑哧一声笑出来，说，读书人的见识大。阿爷的瓦猫，变了老虎。

荣老爹回头瞋她一眼，说，死妮儿，不说话当你哑巴吗？

这时，在宅前的端公，是本地的巫人。穿玄色的长袍，头戴锦帽，手里执了木剑。他捉来一只毛色绚亮的雄鸡，口中念念。旁人听不懂，大约是消灾瑞吉的咒语。随即出其不意，低头猛咬住公鸡的鸡冠。血便由肥厚的鸡冠流淌下来。端公唤来荣老爹，协他把住挣扎的雄鸡，将鸡血一一滴在瓦猫的七窍，眼、鼻、口、耳等处，又在那大嘴里放入松子、瓜子、高粱、枣子、根子，所谓"五子"，同时烧祭黄纸，一边再念咒语，在院落乾、坎、震、坤、兑、离、巽、艮位一一泼洒符水。划地为野，点地为星，便在脚下的星位，置了一只香炉。

这端公即刻手势利落，将鸡宰杀了，在院内的锅里烹煮。半个时辰取出，直立于钵中，这鸡头须仰视屋宇檐角。端公遂点香祭之良久。最后，踏梯上屋顶，恭恭敬敬，才把瓦猫安在脊瓦上。

宁怀远看这端公，一场"开光"下来，大汗淋淋，像是脱了形。瓦猫坐在房上，凛凛地望着他们，竟让人有些敬畏。当地的人，经过了倒都要驻足，合掌默立。半晌，向主家道喜，才离去了。言语间皆轻声细语，像是怕惊动了什么。看得宁怀远心里也穆然起来。屋主帮着他们一一安置好了，这才和闻先生告辞。一边说，先生，这屋子就交给您了。临走时，他又点上三炷香，插在香炉里，阖目拜了一拜，才道，这瓦猫既上了房，逢农历初一、十五，点香祭供，先生莫要忘了。

陆续就将从清华辗转运来的书，都安置在了正房。因为没取道四川，直接从马道入滇，书籍竟没有什么损失。满满当当的十几架，看着也十分喜人。书架有的是从附近的人家征来的，有的是小学校的奉献。有木头也有洋铁制的，其间高低错落。荣瑞红没有走,帮几个年轻人擦洗摆放,不言不语地。旅途积在书上的尘土,这时终于飞扬起来,倒让人打起了喷嚏,跟传染了似的。大家都笑起来。打完了,荣瑞红定定地看,嘴里喃喃说,真像啊。

宁怀远就问她,像什么呢?

她就说,像你说的研究所。

宁怀远就问,你又见过研究所是什么样子?

荣瑞红说,我没见过,可满眼的书,就觉得这是研究所的样子。

闻先生带着太太孩子,就在这屋子的南厢房落脚。

当晚上,闻太太将冯太太从弥陀寺请过来,说一起包饺子,庆乔迁之喜。见冯教授没有一起来,闻先生就问起,所长怎么没来。冯太太就说,抱歉得很。他说近来镇上乔迁得太多,一个个贺不过来,自家人就不拘礼了。由他去吧。写他的《贞元六书》,饭也不吃。写到第四部了,说是停不下。我带了些麻花卷,刚炸出来的,你们趁热吃。

青年们都喜不自胜,说,冯师娘的炸麻花在镇上可有名呢。

冯太太摆摆手道,我是小打小闹,如今钟璞、钟越都长大了,靠他那点工资是不成了。我也是为了补贴家用,好在近旁的小学生喜欢,卖得不错。倒是梅校长家的咏华和潘、袁两家的三位太太,制的"定胜糕",名头越来越大,现在都进了"冠生园"了。

闻一多在旁边叹口气道,也真是为难您。惭愧得很,如今持家,要靠你们这些教授太太十八般武艺,也真是巾帼不让须眉。

冯太太便说,我们既肯跟了你们来,这些都算不得苦。

闻太太便笑,对那几个青年道,你们都听好了。将来啊,娶妻当如任叔明。

宁怀远说,那可好,天天有油炸麻花吃。

大家便大笑。说话间,一锅饺子翻滚上来,熟了。闻太太盛上了一大碗,看着热腾腾的水汽,袅袅升起,又在屋子里头弥散开来,也很感叹。她声音咽咽地说,东奔西走这些年,囫囵总算是有个家了。

冯太太说,大普吉还住着许多人呢,都说那附近不太平,闹狼。走回城里上课都胆战心惊的。闻先生先前也是龙院村住着?

闻先生说,对,先住在惠我春家里。后来舍弟家驷来了,到大普吉,两家太挤,又搬去了陈家营。今年年初,听说华罗庚在昆华农校的房子被炸了。他腿脚不方便,孩子又小,日本人飞机来了,跑不了警报。我就邀他们一家同住。

冯太太说,这我知道,华教授还作了首诗。在学生里头传开了。我只记得两句"挂布分屋共容膝""布东考古布西算"。

闻太太笑道,可不就是"挂布分屋"吗?两大家子,十四口人,一间偏厢房,中间挂个布帘。到了半夜里,两个当家的,一个趴在黄木箱上考古,写《伏羲考》;另一边华先生骑着门槛,架张板凳当桌子,就着外头月光,算他的"堆叠素数论"。倒也各安其是。

冯太太说,唉,也真是不容易。好在是过来了。

闻太太将一簸包好的饺子又下到锅里,说,你那边住得可好?等我这忙完了也去看看。

冯太太说,我本来不信鬼神,可那山坡上孤零零一座庙,住着总是不踏实。我们住的北房是个仓库,东厢住一对德国犹太人,说是男的以前在德国外交部当官,被希特勒赶出来的。我们相处得不错,最近也搬走了。他们临走,把护院的狗送给我了。白天孩子上学,家里就我一个人。这个"玛丽"也算陪陪我。

闻太太说,你还是常来走动,跟我做伴,也多个照应。

冯太太叹口气道,不是我迷信。我倒听说,这村里的房子除了庙,都要请尊瓦猫,才算清静了。我刚一进门,看见你们房梁上坐了一尊,那叫个威风。

闻太太便将荣瑞红推到跟前。冯太太说,呦,这是哪一家的姑娘,这俊俏,眼熟得很。

闻太太便笑说,我们家的瓦猫啊,就是从她爷爷那儿请来的。

荣瑞红也笑,说,这整村的瓦猫,都是我爷爷制的呢。

朱先生和几个研究生,就都住在另一厢房。里头有个广东人,便给这房做了个雅号,美其名曰"一支公"。这其实是揶揄的话,在粤语里是"光棍汉"的意思。几个单身小伙子,都不善打理自己。闻先生拖家带口的,太太再三头六臂,也究竟照顾不周全。特别是伙食,以往在城里,下馆子打牙祭是常有的事。如今在镇上,大约就是赶那"子""午"日的乡街子,究竟非长久之计。

几个人合计,便用陈岱孙教授在北门街宿舍的"包饭"的规矩,找了个当地人,集了资叫他做饭。可这厨子以往是给滇越铁路的工人做大锅饭的,并谈不上什么手艺。每餐大约就是两样,炒萝卜和豆豉。人又很刚愎,在烹饪方面,是不听这些读书人劝的。自己的口味重,无论荤素菜,都少不了要放茴香、花椒、辣椒,吃得小伙子们急火攻心。晚上睡觉辗转难眠,起来水喝个不停。

后来，他们就对宁怀远说，那个荣家的姑娘，菜做得好吃，不如请她来给我们做包饭。

闻先生听见就说，你们少撺掇怀远。人家姑娘家，来伺候你们一群单身汉，成何体统。实在不行，还是让你们师母辛苦些。

闻先生走了，恰巧荣瑞红上门，来给闻太太送滇绸的图样。怀远就当真跟她说了。荣瑞红摇摇头，说，一两顿饭可以。可我天天来做饭，谁帮爷爷做瓦猫。

小伙子们就起哄说，宁怀远啊。人家手艺都是传男不传女，荣老爹可缺个正经徒弟。

不知为何，荣瑞红脸飞红了一下，转身就走。宁怀远倒跟了出来，问她，荣老爹不肯收我吗？

荣瑞红轻声道，你一个读书人，哪里做得来这个。

她步子便快了些。怀远也不说话，倒跟着她。这时候是黄昏，太阳浅浅地照在石板路上，也不热了。金汁河的水，潺潺地流。走到了拱桥，他们看到桥底下，有几个妇人站在齐膝的河水里，正在洗衣服，一边说笑着。小孩子们在河里，扑腾洗澡。宁怀远看见有一个人撸起袖子，正举着棒槌，在岩石上使劲捶打着衣服。这正是闻太太。经了这两年，她劳动的样子，已经很娴熟了。

怀远站定就喊，师娘！

闻太太听见，转过头，看他，一边用手背擦一把汗。刚要说什么，却看见他前面的瑞红，愣一愣。即刻便笑一笑，对他扬扬手，叫他莫要停。

宁怀远抬眼一望，荣瑞红的步子却慢下来，目光落到了河对岸去。就见岸上有一对男女，肩挨肩走着，似乎在说着话。两人衣着都是齐整体面。在这村子里，像是一道风景。说实在的，经过这些年的纷乱，从蒙自到昆明一路来，联大上下，其实都有些入乡随俗。教授们多半穿着粗布大褂。有极不讲究的，像是化学系的先生曾昭抡，半趿着一双鞋，脚指头和后跟都露着，被学生们戏称作"空前绝后"。女眷们也如闻太太，大多是本地妇人净简朴素的打扮。

而这两个人，男的西装革履，戴眼镜，含着烟斗。他身旁的妇人，也像男人穿了衬衫和齐腰裤装，举止间，是极飒爽的样子。

怀远说，梁先生。

荣瑞红便跟他说，旁边的，是梁太太吗？

怀远想想说，对。林是她本姓，我们也尊她作林先生。城里联大的校舍，是他们俩合力设计的。

荣瑞红眼里有光，对怀远说，这样，女人嫁了人，还可以用自己的姓，真好。

怀远说，他们夫妇两个，都是很有本事的人。当年为校舍的事，梁先生差点和校长吵起来，设计了好几稿，从瓦顶到铁皮，最后变成了茅草顶。

荣瑞红喃喃说，是啊，茅草顶的屋子，怎么上瓦猫呢？

怀远说，我们 T 字班出来的，都知道这事。学校没有钱，也是太难为他们。

荣瑞红说，我常看见他们两个在镇上走，看村里的老房子。你们的教授，来得久了，就和我们无分别。他们两个，样子还是他们的。当初却落手落脚，在龙头村自己建起了一幢房子。建得像我们这里的房子，又像是洋人的房。有一次我遥遥地看，觉得那房子真好看，可是正对着大片的野地，缺个瓦猫吃邪啊。我就对爷爷说，我们送个瓦猫给那个眼镜先生吧。可爷爷说，我们的瓦猫不能送，只能人家来请，是规矩。

怀远说，我也听说了。那幢房子，用去了他们所有的积蓄，每一颗钉子都是省出来的。

看两个人渐渐走远了。怀远说，神仙眷侣。

荣瑞红就茫然，问他，什么神仙？我们村里哪有神仙？

怀远就笑说，怎么没有？最欠也有一对土地公和土地婆吧。

荣瑞红知道被打趣了，便不理睬他，倒已经走到了家门口。

荣瑞红便推了门进去，看见荣老爹正在当院儿。他弯着腰，在院子里摆着一排瓦罐，整整齐齐的。

抬头看见怀远，便说，后生，不在你们那个什么所好好读书，到老爹这里寻热闹吗？

没等他答，荣瑞红朗朗接口道，阿爷，是有人听说你老了，寻思该收徒弟了！

IV

2005 年 6 月 2 日，星期四，晴

> 不必刻意双手合十，
>
> 满山的香柏树已在礼拜，

不必刻意供奉清水，

遍地山泉已献上净水。

——德钦"弦子"摘录

　　昨天"六一"，送我的学生去县里参加歌咏比赛，居然得了个第一名。过些天他们就毕业了。我教的小学只能读到三年级，他们以后就要去隔壁村的学校读书了。

　　天忽然放晴了。回程的时候，在车上，就着落日，能清晰地看到卡瓦格博。孩子们都把脸贴到车窗上，放声唱我教给他们的歌，把《水手》唱了一遍又一遍。唱累了，他们就偎在一起睡着了。阳光忽明忽暗，照在他们身上，也照在司机有点疲惫的脸上。他叼着根烟，漫不经心地开车。车子在澜沧江山腰上盘旋，隔着玻璃，都能听到山风的声音。

　　一转眼，我在这个小学，已经教了一年了。两个老师调走了，现在三年级我一个人教，语文、数学和英语课。我带来的手风琴，也派上了用场。前几天，我写了一份申请，托校长递到县里去，希望他们拨些钱买两台电脑。最好能够顺利批下来吧。

　　荣老爹看着宁怀远，像望着件稀奇物。他索性在堂屋门槛上坐下来，将烟袋锅使劲在鞋底上磕一磕，然后重新装上烟草。点上，使劲抽了一口，咳嗽了两声，才开口道，你要跟我学做瓦猫？

　　怀远点点头，自然不好直接道出来意，便说，是啊，看了就是喜欢。

　　老爹便又问，是喜欢瓦猫，还是咱龙泉的瓦猫？

怀远一听，自然答得飞快，喜欢龙泉瓦猫。

老爹便笑，那我问你，咱龙泉的瓦猫，和旁的瓦猫，有什么不同？

怀远想想，便说，龙泉猫，威风了许多。

老爹站起身，将烟袋锅望腰间一插，背过手去，说，妮子，送客。

怀远这一听，心说不好。赶紧老老实实，将"包饭"的事情和盘托出，说"一支公"既借了瑞红的手艺，却怕耽误了老爹制瓦猫。

老爹沉吟一下，说，后生，不是真有心学，什么也学不好。

怀远说，我有心学。技不压身，给老爹打打下手也好。

老爹冷冷地看他，说，下手？当年我给我爹打下手，错一步，柴火棍子就在我手上抽一下。晚上吃饭，筷子都握不住，你可受得了？

怀远一犹豫，轻轻点点头。旁边荣瑞红抢道，阿爷，你可是一下都没抽过我。抽个细皮嫩肉的书生，你下得去手？

这话饬得老爹，一时没个言语，半晌狠狠道，死妮儿，不说话没人当你哑！

说完了，自己的口气倒也缓下来，说，这下手活，那我就考考你，答得上再说，不然请回。

怀远赶紧称是。老爹就指指院儿里头，问他，这罐子是用来做什么的？

怀远看那陶罐，看得出是刚做成的坯，因为在墙的影子里头，有些还未阴干，罐底便是一个湿印子。依着土墙摆成了两排，排得整整齐齐的。一排长高，像是大肚瓶子，一排像球似的浑圆。

怀远看了又看，说，这长的，是瓦猫的身子。圆的是脑袋。

老爹点头道，对。

然后说，你就给我做个瓦猫脑袋吧。

他就跟老爹进了作坊。作坊的陈设很简单，靠窗摆了一个青石轮盘。老爹便坐下来，将近旁的窑泥在一个木台上用拳头砸了几下，使劲地揉，再又摔打。那泥团在摔打间渐有了韧力。老爹看他一眼，说，加了黄沙的泥，上盘就出坯。

老爹便取了一支长木棍插进了石头轮盘上的坑眼，使劲摇动，石轮便转动起来，他将刚才揉好的泥团放在石轮上，自己扎了马步，抱住那泥团，在泥团上抠出一个窝来。一手窝边，一手窝外，两手四指里外挤拉。在转动中，那团泥渐渐站立起来，生长出优美的弧度，有了罐子的雏形。老爹粗大的手，此时与窑泥浑然一体，泥坯仿佛在他的手心舞蹈，越来越圆润。这圆润中，呈现出了一种光泽，在昏黄的光线里，由呆钝也变得灵动。

一切都太过迅速，让怀远看得也有些发呆。这时，石轮戛然而止。老爹从腰间抽出一根丝线，在泥坯底下一割，一个罐子便捧在了他手中。

他走到怀远跟前。怀远诚惶诚恐，伸出手，正要接住。老爹却故意手一抖，那罐子遽然落在地上，刹那，就是一摊泥。

怀远心中一疼。只觉得成了形的一团希望，莫名便跌落在地了似的，不由冲口而出，可惜了。

老爹冷冷一笑道，这就可惜了？那日头底下晒过了劲儿不可惜，出了窑烧裂了不可惜，上了房没搁稳摔成了八大瓣不可惜？你倒是可惜得过来。真可惜，就将地上的泥拾掇起来，给我重做一个。

怀远当真蹲下身子，将那团泥一点点捡起来，捡了满捧，放在木台上，再去捡。捡净了，便学了老爹，团成了一团，使劲揉。

老爹坐下来，点起烟袋锅，看着他问，会？

怀远笑说，小时候家里蒸馒头，帮我妈揉过面。

可他越揉，那团泥倒好像扶不起的阿斗，松身打缕，不成个景。老爹冷眼看他，道，后生，我问你，这面揉过了，要成形靠什么？

怀远说，得醒面，靠酵母头。

老爹说，醒好了呢？

怀远说，得下锅蒸，靠蒸汽。

老爹说，你手里这团窑泥，是掺了酵母头，还是要下锅蒸？

怀远手停住了。

老爹抬起手，用烟袋杆在他屁股上就轻轻打了一记，日脓拔翘！给我使力气摔打啊，没力气怎么站起来。泥不摔不成器！

待他真是摔打成形了。学老爹转了石轮，将窑泥捧上了去，中间抠一个窝。眼见着在老爹手中轻轻松松地成了形。他倒也扎了马步，全神贯注地。可那团泥在他手里，却是东歪西倒，跟个醉汉似的。怀远越急越是不听使唤。他身量又高大，渐渐膝盖都打起了抖。一个不小心，那泥团便豁出了个口，一团泥竟飞了出去，恰落到他脸上。

他用手使劲在脸上一擦，却忘了手上也是满手的泥。这一上一下，狼狈劲头儿，自然是别提了。宁怀远沮丧得很。

荣瑞红在旁边站了半天，大气不敢喘。看到这时，终于一横心,从襟子上掏出手帕,要递给宁怀远。

岂料老爹伸出烟袋锅子,在他俩中间一拦,说,死妮,我教训徒弟。你可别管闲事。

两个青年人一听,立马都杵着了。荣瑞红看着阿爷,眼里有光,张一张嘴,却无话。

老爹不正眼看她,对怀远说,手莫停!

他又望望外头的天色,对荣瑞红道,还愣愣着干什么。闻先生屋里整窝大肚蝈蝈等着喂。烧一锅饵块,昨天我钓了几条鲫壳,做个八面鱼,给几个后生打牙祭吧。

此后,每个黄昏,荣瑞红去为"一支公"的小伙子们做包饭。宁怀远则跟着荣老爹学做瓦猫。

除了这劳力的交换,老爹始终未有说过收他为徒的原因。

他不是个笨人,甚至可以说,相当聪慧。在半个月后,荣瑞红已见他可以手势娴熟地拉坯,再半个月,看他亲手做出了第一只瓦猫。看他为它粘上上下眼皮、泥球样的瞳仁;在瓦罐上挖出大口,安上四颗利齿;在脑袋顶上,粘一个"王"字,便有了虎似的威猛;在柚木的模具里印出一个"八卦"。而上釉、入窑则还是由老爹来代劳。

荣瑞红陪他,到金汁河下游的浅滩收塘泥和黄沙,又去河边青晏山脚去挖陶土。这些都是做瓦猫的材料。野旷无人,他们一同体会着劳作的辛苦与快乐。开始是默默的,两个人都没有说话。金汁河上漾起的气息,是泥土的浅浅的腥,混着水藻生长的味道,有些醉人。这时候,走来了一队马帮。人和马都要歇息。人引了马和

骡子,到河边喝水。骡子不及马听话,打了个响鼻,拧着脑袋不肯喝。荣瑞红便悠悠开了声,唱起了一支"赶马调":

> 戎头骡要配白马引中雪盖顶,
>
> 二骡要配花棚棚,
>
> 三骡要配喜鹊青,
>
> 四骡要配四脚花,
>
> 前所街把骡马配好掉,
>
> 又到马街配鞍架……

也是怪了。这骡子支起耳朵,像是听了她唱。听完了,往前挪了几步,到了她近处。倒真的垂下头,咕咚咕咚地喝起水来。喝完了,又打了一个响鼻,仰起脑袋使劲一抖。那鬃上的水花,便飞溅出来,猝不及防,落到了荣瑞红的身上和脸上。荣瑞红一边畅快地骂着,一边笑着擦。怀远也不禁伸出手,为她擦那脸上的泥水。手指触在她脸颊上,一阵凉滑,却酥酥顺他指间爬过来。他忙抽开了手。荣瑞红愣一愣,低下头,从河上掬起一捧水,洗洗脸。

脸颊上的红云,便退却了。

回来的时候,经过龙头街,看到花花绿绿,是一片热闹。才想起了这是午日,摆了乡街子。从这里沿着金汁河岸,从麦地村、司家营一直摆到了龙头村。这集市是镇上的节日,四面八方的人都赶了来。他们竟又看见了方才遇见的马帮,正靠着驿站补给。马锅头坐在木鞍上,伙计便卸货,大约是盐巴和碗糖。那大骡子吃着草,仿佛也认出了他们,长长地嘶鸣。

邱北的辣子,文山的三七,昭通的天麻,江津的米花糖,腾冲的饵丝,武定的壮鸡,宣威的火腿,似乎天下的好东西,都汇集在了这里。

两个人东张西望,荣瑞红便在一处烟草的档口停下来,细细挑拣,大约是为阿爷。她用彝语和那阿婆讨价还价。宁怀远便说,老爹的瓦猫要是在这里,定可以卖个好价钱。

荣瑞红听了,望一望他,脸色倒沉下来,说,宁怀远,你既做了阿爷的徒弟。还说这种话,瓦猫是能卖的吗?

怀远兴冲冲地,这时却语塞,见荣瑞红却是认真了。她烟草也不称了,自己一个人直愣愣地往前走,不理人。宁怀远跟着她,这时市集上飘来了香味。原来是到了食档口。铜锅鱼、酱螺蛳、竹筒饭、羊汤锅,都是馥郁的味道,浓烈地勾引着人的食欲;宁怀远这才觉得,腹中辘辘。荣瑞红只管在汤锅前坐下来,叫了一碗,看宁怀远,默默又叫了一碗。一碗羊肉汤下肚,两个人的心情便好起来。荣瑞红问,羊汤好喝吗?怀远点点头。她又问,有我熬的好喝吗?怀远一愣,又使劲摇摇头。她便哈哈大笑起来。笑声引得周街的人,都看她。

快走到麦地村时,他们看到一双背影。尽管是背影,他们还是认出来,是梁先生夫妇。身形都很挺拔。梁先生穿了宽大的衬衫。林先生这日倒穿了裙子,是当地落靛的扎染。她头上包了一块头巾,也是同样的扎染。荣瑞红见她在一个卖竹编的摊头上停下,弯下腰,和摊主交谈。谈好了,便浅浅地笑,脸上是明亮的表情。摊主为她挑了一只篮子。又抽出了一条竹篾,三两下便编好了一只蚂蚱,给她别在篮盖上。林先生便又笑,望望梁先生,笑得孩子一样。

他们便挎上篮子走了,梁先生将那篮子从太太手中接过来。另一只手,执上了太太的手。

他们走得很远,荣瑞红还引着颈子看着,直到快看不见了。两个人往前走了几步。她回过身,望一眼宁怀远。怀远觉得她眼睛里头有小小的火苗,目光炽热的。忽然间他的手,就被牵住了。

三天后,宁怀远又见到了梁先生。梁先生来找闻先生,求一枚图章。

关于闻先生挂牌治印,算是联大不得已的一桩美谈。大约要说到教授们的处境,彼时昆明通货膨胀得厉害,他们的工资,渐入不敷出,不免要各谋出路。最普遍的是去邻近云南大学、中法大学或昆明的中学兼课。像闻先生这样,在昆华中学兼课的报酬,每个月可得一石平价米外加二十块"半开",按理还不错的。但家中人口众多,还要贴补"一支公"的研究生们,开支上远远不够,犹复不敷。到头来,终于重拾铁笔,好在同事们帮衬,算是抬了轿子。"一支公"的老弟兄浦先生作了润例。包括两位校长在内的十二位教授,具名推荐。闻先生擅长钟鼎,在美国又读的美术,自然不同俗笔。人又很谦谨,用墨上石,皆自尽心。云南地区素行象牙章,质地坚硬。闻先生刻得食指磨损出血,仍一日未辍。

梁先生看他手指间的厚厚老茧,也很感慨,便道,家骅兄,我听说你难,倒不知是这样难。前些天,盛传贵系刘姓教授为人写墓志铭,得资三十万,以为你们教文科的还稍好过些。

闻先生苦笑,这事不提也罢了。如今好过的,又有几个。当年梅校长让你用茅草顶盖校舍,独留了铁皮屋顶给教室,如今连铁皮都卖了去。人各有命，我除教书外，大约就是做个"手工业者"。

这时宁怀远进来，手里执着一枚信封，兴奋地说，老师，《国文月刊》回信来了，刘兆吉的那篇文章，要发表出来了。

他见有人在，再一看是梁先生。梁先生看看他，说，小兄弟，我们见过的。

宁怀远跟他问了好。他说，那天在金汁河畔，还有一个姑娘。内人说，你的样子，是中古人相，和姑娘的骨相一样好。

闻先生大笑道，还有这回事。怀远，说的莫不是瑞红姑娘？

又回过头说，是我们这里的大厨，做得一手好龙泉菜。

梁先生便道，有机会要领教下。我们到了云南就东奔西跑，其实没吃上几顿安生饭。复社时候，原先在循津街"止园"，倒是有家馆子不错的，和刘敦桢他们几个常去。后来去了山区，当地的乡民做的菌子，真是美味。那阵子也是居无定所，整天背着帐子，随身带着奎宁和指南针。回到昆明刚安顿下来，"史语所"就搬了，我们也就唯有跟着搬。前几天，"学社"的章子落在地上，碎碎平安。这不是求您来了吗？

闻先生道，这个好说。你后天跟我来拿吧。

梁先生谢过说，有空也来我们那里坐坐。自从盖起了屋子，慧音说又有了北平的沙龙的样子。钱瑞升、李济、思永、老金我们几个常聚，也挺热闹的。

闻先生笑道，你们两个设计房子的，倒真是第一次给自己盖了一个。

梁先生说，可不是！样样要自己落手落脚，从木工到泥瓦匠，越到后来，钱越不够用。你想，我们刚来时候，米才三四块一袋，如今都涨到一百块了。连根钉子的钱都要省,好歹费正清他们两口子,给我们寄了张支票来,可真救了急。唉,慧音到底累倒了,在山区落下的病根儿。近来的身体大不如前。

宁怀远蓦然想起了荣瑞红的话,便脱口道,梁先生,你要不要请一尊瓦猫回去。

梁家的瓦猫上房那天,是荣瑞红亲手给系上的红绫子。瓦底下除了放上了笔、墨、五子五宝,还有一本万年历,压六十甲子。

梁先生搀着妻子。林先生靠在他身上,身着家居衣服,披着披肩,笑盈盈地。虽笑得有些发虚,但人明亮。她抬起头,看那瓦猫,眼里头有光。

V

2005 年 12 月 3 日,星期六,晴

> 在中甸的草原上骏马成群,
> 一百匹马配一百个宝鞍,
> 一百匹马要离开,
> 马鞍不带走,留下做个礼物。
> 商人骑着骏马,
> 他不会住下,他要离开。
> 把最好的衣裳留下,给你做个纪念。

——德钦"弦子"摘录

今天认识了一个新朋友，山本长智。

云南德钦这边的藏民，管外族人叫"甲"。最早来这里的"甲"，是传教士，是个法国人。还有个探险家亨利王子，他从越南出发，从澜沧江进入怒江流域，再上溯到独龙江。我翻到一本《德钦县志》，从 1848 年至 1951 年，共有十六个洋人来德钦传教。其中有个穆神甫，溜筒江村的铁索桥是他设计的。他们还给当地人看病，藏民认为这是法术。说他们会施邪恶的法术，让明永的冰川融化。我见到个英国的老传教士，八十多了，听力不好，但说很好的汉话，好到像个中国老头拉家常。

我见过的"甲"，还有一个马来人，穿一双露脚跟的靴子，头发披散在肩上。见到他的时候，他说，今年转山，转了第三圈。他对我说，转山要转单数，双数不吉利。还有个美国摄影师贝贝坎，走南闯北实践他的拍摄项目——Repeated Photography。找来德钦的老照片，在同一个地点重拍，我想要和他学一学。他和我同一个属相，他说，卡瓦格博也是这个属相。

山本和他们不同。他们来了，就走了。山本每年都会来。每年，他会带几个那年山难登山者的家属，来朝拜雪山。大丹巴说，山本在德钦的时候，会住在他家里，跟他一起上山，搜寻遇难者的遗骸。

我今晚开始重看《消失的地平线》。大丹巴给我讲过二十世纪三十年代曾经有架飞机撞在了卡瓦格博的岩石上。村民们把飞机的铁背回来，找村里的铁匠打了好多把刀。用到现在，都说铁真好。

荣瑞红这辈子,第一次看电影,就是在昆明最大的南屏电影院。

　　那是个外国的电影。她看见银幕上出现几个洋人,其实心里有些慌。这几年,镇上有些洋人来了,手中都拿着相机,见人就拍照。她看见他们拿相机对着自己,也有些慌。

　　她心怦怦跳,想着将这慌张掩饰起来,故作镇定地挺直身子,坐好。但黑暗里头,有只手,握住了她的手。宁怀远的手,手心很软,暖乎乎的,让她心里安定了。

　　如今荣瑞红想来,电影的内容,其实不太记得。大约是个玩世不恭的美国男人重遇昔日情人的故事。外文她是不懂。"演讲人"的翻译,虽是入乡随俗,但又确实不着四六,令人摸不到头脑。

　　那时的昆明上映的外国片子,是没有英文字幕的。便出现了一种奇特的职人。他们多半是本地人,粗通英文,坐在银幕前,给台下的观众现场翻译。在联大的师生没有来之前,他们在当地算是权威。因为没有人会质疑他们,便更为信马由缰地发挥。他们会根据只字片语去揣测,这样翻译出来,往往驴唇不对马嘴。

　　这天的演讲人是一个留着山羊胡的长衫老先生,带有很浓重的呈贡口音。他端着一杯茶,说几句话,便呷一口,全场都能听见茶水在他喉头的激荡。然后他咳嗽一声,继续往下说。他用很干涩的声音诠释剧情,将男女主人公的对话翻译得如同在"乡街子"讨价还价。

　　和台下的观众一样,荣瑞红因此也看得一头雾水。但是她有一种天赋,这种天赋或许来自少女的想象。她用想象完善了这部电影的剧情，也因此体会到了它的美好。她想，这个故事一定是关于爱情的。这个女人背叛了男人，在异乡重逢后，又得到了他的原谅与和解。这个男人虽然长了花花公子的模样，但实际上是个情种。这样看下去，她越发觉得电影好看了。

剧情发展到，这个美国人，看着另一个男人走进了他的酒吧，明显表现出了敌意。老先生拖着长腔，用呈贡话为他配音："拐求喽，你来做咋子？"

没待他为另一个男人回答，台下响起了声音："我来培养一下正气。"

话是用很不标准的昆明话说出来，却引起了哄堂大笑。本地人都知道其中的促狭。因为正义路近金碧路西有一家店子，没店号，门口挂了块硕大的匾，上书"培养正气"。这店子呢，其实是以卖汽锅鸡闻名。老昆明人一说起"我要培养正气"，就知道是要吃汽锅鸡打牙祭了。

这一笑，却激怒了演讲人。他站起身来，叉了腰，叫将大灯打开，对台下道，哪个说的？！

台下的人噤了声，却还有窃窃的笑。这笑是荣瑞红的。她自己没想到，宁怀远还能整了这一出来。她的手，还在他手里，此时出了薄薄的汗。怀远倒是正襟危坐，面目无辜，好像个没事人似的。

待灯重新灭了，宁怀远悄悄拽一下荣瑞红，引她出去。出来后，两个人都深深吸一口气，又呼出来。外头刚下过雨，涤清车水马龙的尘土，空气中便是好闻的清凛凛的味道。怀远说，我是真受不了这呈贡味儿的《北非谍影》了。

荣瑞红说，那我们去哪儿呢？

怀远嬉笑地，用半生不熟的昆明话说，要不，我们去培养一下正气？

荣瑞红朗声大笑，笑够了，倒正色道，我想去你们大学看看。

荣瑞红没有想到，宁怀远读过的大学，是这样的。

一色土坯房，上面盖着茅草顶，甚至还不及龙泉临时搭建的铁路工人宿舍体面。地是沙土的，因为下雨而泥泞。一个洋人吹着口哨，身后跟着穿着短衫短裤的男孩子们。他们奔跑着，都是雄赳赳的。她又看到了许多的青年人。男的穿着宽松的土衫子、有些肮脏的飞行夹克，在校园里走动。有一个先生模样的，竟套了本地赶马人的蓝毡"一口钟"，因为他步态的挺拔，便有一种侠客的感觉。

一些女学生，结伴经过。她们穿着阴丹士林的旗袍，外面罩着红色或者深蓝的线衣，手中则都携了书。脸上表情一律是明朗而怡然的。其中一个，和宁怀远打了招呼。她们便也望向了荣瑞红。不知为何，面对这些女学生，荣瑞红忽然感到有些羞惭，也竟不敢回望。倒是宁怀远，大大方方地执起了她的手，一边问她们是上谁的课。她们说，上金先生的逻辑课去。

宁怀远便哈哈大笑，回头记得在路上捡几个金戒指。女学生们便都笑着走开了。

他们走到了凤翥街上，林立着茶馆。走进一个，人声嘈杂。原来是有人在唱围鼓，便退出来。走进另一个，也十分热闹，多了许多年轻人，都是大学生模样。这一家墙上贴了"莫论国事"，老板袖着手，靠在柜台上打瞌睡。倒是有个白胖的女子，很殷勤地走过来,手里提个食篮子。一开口,竟是江南口音,口气倒与怀远熟稔。怀远便从她篮子里拿出一碟芙蓉糕、一碟萨其马和桃酥,然后说,老例儿。待她走了,怀远对荣瑞红说,老板娘是绍兴人,远嫁过来,这里的点心都是她自己制的,好吃得很。

等茶汤端过来的工夫,有人远远喊怀远的名字。待他回头,是几个小伙子,说,学长,来一局。

原来是在打桥牌。怀远看荣瑞红一眼,摆摆手。瑞红便说,你去吧。难得进城来玩一玩。他犹豫一下,便过去了。

老板娘过来,搁下茶,对瑞红说,这个后生好。

瑞红便笑问,怎么个好法?

老板娘便轻声说,以往他来,只管看书、跟人打牌。有姑娘进来眉毛都不动一下。他现在,眼里头只有你。

瑞红不语。老板娘又说,这些孩子们,远远地过来,除了读书不知以后的着落怎样。听口音你是本地人,就照应他多一些。

荣瑞红愣一愣,说,往后的事,谁又知道呢。

老板娘叹口气,也说,是啊,这一打起仗来,谁又知道呢。

这时候,外面有人进来,大声喊,警报了。茶馆里头的人,倒好像没听见似的,喝茶的喝茶,打牌的打牌。一个人挠挠脑袋,头也不抬地问,五华山挂了几个灯笼了?进来的人便说,一个。那人便肩膀一耸道,不着急。

过了一会儿,又有人进来,大声喊,警报了,警报了。

刚才那人又问,几个灯笼了?

回说,两个了。同时,荣瑞红听到了外面的汽笛声,一短一长,尖厉地啸响。茶馆里的人，才动起身，有的还将桌上的瓜子和点心，都有条不紊地包了起来，装到了身上。跟老板娘打了声招呼，气定神闲地出去了。荣瑞红感到一只手牵住了自己，快步往外走。

街上倒是人多了起来，宁怀远两人便跟着人群。看着沿途的店铺，三两地关了门。也有不关的，老板坐在门口，抽旱烟，饶有意味地看他们。这一路上有学生，有当地的老少，还有马帮。这里本就是他们的必经之路，联大西门往前走，有条古驿道，石子铺成的小路，通往乡野。尽管空袭频仍，锻炼了人们的心智，究竟还是慌乱的人多。马帮有他们自己的节奏。人不乱，马便不乱，任凭人流在身边穿梭、奔跑。马锅头唱起呈贡调子。有人一愣，刚驻足来听，继而便被人流挟裹着往前去了。

就这样跑了一会儿，人越来越多。惊起了近旁松林的一群休憩的飞鸟。它们使劲地往天空中飞去，继而盘旋，却不敢再落下来。有风簌簌地刮起来，空气中飘荡着清凛的松针的气息。然而周遭的人，热浪一样，将这气息霎时吞没了。

经过了一处荒冢，宁怀远拉着荣瑞红，和其他一些人都跑了下去。他跑得很快，在坟茔间穿梭，齐膝的野草与乱石都丝毫没有让他犹豫，像是驾轻就熟。他跑了许久，才停下来。在背阴的地方坐定，头竟就靠在了墓碑上。荣瑞红到底是有些忌讳，他便一把拉着她坐下。说，怕什么，以往跑警报，我都到这里来。这个坟头就是我的，叫宾至如归。

荣瑞红坐下来，觉得身下凉丝丝的。更多的凉意，顺着身体蔓延上来，让她倏然一个激灵。看宁怀远，倒是坦然的样子，口中衔着一茎草梗，远远地望着山外的夕阳。夕阳沉降，在血红的落照里头，还可以看到拥簇的人群，像连串的黑点一样移动。

荣瑞红站起来。宁怀远说，别动。你不动，日本人的飞机，就不会炸这里。

荣瑞红说，我没跑过警报。但我们龙泉能听到昆明城里头的警报声。有一次赵太婆家的枝子，到城里头置办嫁妆。遇到警报，舍不得手里头买下的杭绸。回去拿，跑慢了，就给炸死了。尸首发现时，还把自个儿的嫁妆抱得紧紧的。

宁怀远说，我们从蒙自跑到了昆明，也跑累了，跑疲了。我同学里头，有不跑的。别人跑，他们在开水房洗头，煮红豆汤。也都想得开，说要是真给炸了，就干净地做个饱死鬼。其他人也不知道为什么要跑，只是跟着跑。教授也有不跑的。刚才遇到那些女生，说上金先生的逻辑课。那年昆师被炸，别人都跑了，金先生不跑。南北两座楼都给炸了，死了好多人。警报完了，他一个人愣愣地站在中间。后来就跟人一起跑，每次跑都带着自己的书稿，就像是闺女抱着嫁妆。有次跑到蛇山，警报过去，一阵风几十万字的书稿就全没了。对他来说，那还不如丢了命。

这时候，一只野兔贸然地闯入了他们的视线，晶亮的黑色眼睛，定定望着他们。忽然竖起耳朵，站起来，是对峙的姿态。宁怀远倏地也站了起来，那野兔猛然地被吓着，仓皇地逃走了。宁怀远狠狠地说，我不明白，在咱们自己的地界上，为什么要跑？

荣瑞红说，你得好好活着，仗打完了，就回家去。你爹妈，都等着呢。

宁怀远苦笑一下，蹲下身，问荣瑞红，你说，我为什么每次跑警报,专拣了这座坟来躲？

荣瑞红望那坟茔,周边长满了萋萋的草,坟头上倒是干干净净的,好像被人打理过。她想,在这兵荒马乱的年月,倒是还有孝子。

她说,这坟排场。

宁怀远便执起了她的手,沿那墓碑上的一个字,一笔一画地写过去,问她,这是个什么字？

荣瑞红瞋他,你知道我不识字,来触我的霉头。

宁怀远说,你记住,这是个"宁"字,是我的姓。这上头写的是"先考　宁若成,先妣　宁胡氏"。这是夫妇两个,底下有生卒年。男的比我爹大一岁,女的比我娘小两岁,两人比我爹娘晚死了十几年。我第一次跑警报,跑到这个坟头。有个炸弹落下来,落在另一个坟头上,把我同学炸死了。我被这坟头挡着,一点儿事也没有。从此我就当这坟里头的,是我爹娘。每次跑,都憩在这里。每次来,就给他们清清草,掩掩土。

听到这里,荣瑞红直起身,一把将宁怀远的头,揽入自己怀里。紧紧地,她只觉得心里疼得慌,疼得锥心。这男人毛丛丛的头发带来的温暖,让她好受一些了。

回到镇上,荣老爹等得望眼欲穿。

他闩上大门,将宁怀远关到外头。他叫荣瑞红跪在地上,拎起了烟袋锅却打不下去。他一转身,从地上拎起一只陶罐,摔在了地上。这陶罐因为只晾得半干,落在石板地上,声音并不脆响,反而是沉钝的,像是个生闷气的人。

荣瑞红见老爹胸腔里呼哧呼哧的，便想站起来，给爷爷顺顺气。老爹只喝一声，跪着。

她便跪着。老爹说，你一个姑娘家，和群小子整天混在一起。镇上的风言风语我不管，可是，飞机炸弹不长眼！连命也不想要了吗？

荣瑞红嘟囔说，姑娘怎么了？我在城里看见的女学生，都是姑娘，都跟后生们在一起。

老爹说，那都是在学堂里读书，学识了几个字给害的。你爹就是因为进昆明读了书，才认识了作孽的女人。

荣瑞红抬起头，目光灼灼的，说，爷爷，我就是我娘这样的女人，就喜欢和读书人在一起。

老爹说，一个外乡后生，你难不成要嫁了他，还是他能做上门女婿？长了翅膀的雀子，说飞就飞。

荣瑞红说，我凭什么不能嫁给他？

老爹也气，喝她道，你凭什么嫁？

荣瑞红一咬嘴唇道，就凭我和他一样，无爹无娘。

老爹被他说得一愣，焦黄的脸泛起了青，张开嘴却说不出话来。荣瑞红站起身，一声不吭地，自己走进了小作坊，关上门不出来了。

以往只有犯了大错，荣老爹才将瑞红关在作坊里。小时候，一关她，作坊里没有灯，乌漆麻黑。荣瑞红怕黑。怕了，就哭。哭上一阵，老爹心软，就放她出来。可她长大了，再关，坐在黑暗里头，拧着颈子不哭。老爹也倔，不放她出来。久了，彼此都觉得没意思。

老爹就问，妮儿，想不想出来？

她在里头答，不想，里头阴凉，舒舒服服，好着呢。

老爹想想，得有个台阶，就说，你也别闲着，在里头给我做六只瓦猫。就放你出来。

瑞红便答，六只太少了吧。我还想再待上一时半会儿呢。

老爹吹胡子道，美得你！你以为我让你做咱自家的瓦猫吗？除了龙泉的，各地统共给我做六只。有一分不像，不许出来。

瑞红在暗处撇撇嘴，不声不响，开始和陶泥。泥巴摔在木台上，摔得地动山摇。老爹听了，狠狠吸上一口旱烟，心满意足地走了。

说起来都是瓦猫，但云南之大，各族纷纭。这猫也是一猫一态。荣瑞红小时，老爹便带她去周边看人家的瓦猫。要看的，自然是和自家的不同。荣老爹打四十岁起，便连续在五年一度的瓦猫赛上称霸，业界以"猫王"誉之。后来老了，便有些隐退江湖的意思，但仍然带着荣瑞红看，看人家怎么做，有什么长进。这也是教她"知己知彼，百战不殆"的道理。

有一次，荣瑞红说，这只太丑，我不要学。

老爹说，你觉得丑，为什么别人要放在屋瓦上敬着。你眼里的丑，是人家的光鲜。说到底，是你眼界浅。

这时候，荣瑞红坐在黑暗里头，手在娴熟地动作。作坊里有蜡，她不点。一团泥，像是长在了手上。手指动作，跟着心走。心想到哪里,手就跟到哪里。她想,原来眼睛是多余的。眼睛有用处时,是因为心未到,手也未到。

待两个时辰过去,作坊里头没有一丝光线了,漾着泥土温暖后冷却的气味,砥实而清冽。她顺着这些做好的瓦猫的轮廓摸过去。圆润,部分有棱角,也有着陶土特有的细腻的颗粒。她一个一个摸过去,用手指辨识,在某个细节上停住了。老爹常说,做手艺人,便是一艺在手。手比眼准,用手触,便是看。任何一处不对,在手指间便会放大,你便知道不是拾遗补阙的事儿,是从根儿错了。

她便重新制了一只瓦猫。这才点上蜡,眼扫过去,舒了一口气。爷爷说得对。眼看见的,都是相,方才在自己手里,到最后合为一个。现在通亮的,却是百态。哪怕都是出自呈贡的,也因族而不同。彝族无釉猫,背部有龙刺,身为鳞纹,尾长盘向身前,耳朵高竖,眼睛大而外凸,是个机警的样子;汉族黑釉猫,身如筒,尾巴上翘卷曲,胸前有“八卦”,耳尖立,鼻成三角凸于面,胡须贴在左右脸颊,口大张,牙齿突出,仰天状;鹤庆白族猫,四肢粗壮有节,横站于脊瓦,尾巴直立上翘,嘴大如斗,上颚出奇大,下颚小,口内有四齿,舌头外伸,眼睛鼓暴,耳朵竖立,怒目而视,凶煞十足;文山壮族的上釉猫,身子似小陶罐,头呈倒三角,耳尖直立,眼睛大睁,瞳仁点黑釉,嘴高阔,上下牙齿四颗,脖子系有铜铃,前腿合并,后腿分开,倒算是一副乖巧模样,是最接近家猫的样子。

荣瑞红看着它们,稳稳地坐着,心想,说是万变不离其宗,但爷爷这么多年,带她云游,要看的,却是各种“变”。看多了,看久了,便越发守住了自家龙泉猫不变的根本。

这时候,外头响起了一阵咳嗽声。有人驻足在作坊的门口,在门上似乎敲了一下。荣瑞红站起来，也走到门口，可忽然心里发了堵，梗了梗脖子，不吭声，仍是一动不动地坐在了黑暗里头。

VI

2006 年 1 月 7 日，星期六，晴

> 我亲手栽下一株树苗，
> 等小树长大，我用它建桑耶寺。
> 没有吉祥的桑耶，
> 那么多树怎么聚在一起。
> 我亲手搜集各种石子，
> 我用它铺一块黄金地。
> 没有吉祥的桑耶，
> 那么多石头怎么聚在一起。
>
> ——德钦"弦子"摘录

今天去看望谢老师。

谢老师退休两年了。我去的时候，他在屋顶上堆柴火。他请我去他的书房。他桌上摆着一幅花鸟，还没干。墙上有四君子条屏。他说小时候，他阿爸给他买了册《宣和画谱》，他就临着画，所以墨竹他最拿手。后来做生意，教书，就搁下来了。现在退休了，没事就捡起来。每天就画画，看书，干干农活。

谢老师是我们小学的老前辈,教了几十年书。祖辈是巍山彝族。他爷爷辈从西藏跑虫草买卖。阿爸在芒康认识他阿妈,他妈是藏族。后来他们家就在德钦做起杂货生意。谢老师其实只读过完小,但他古文底子极好。我在我们小学看过一些汉文文件,用字很讲究,都是他写的。大丹巴说他是县里的秀才。我在他家里看到版本很老的《昭明文选》和《尺牍清裁》。他对我说,是他阿爸留下的。

我问他,那你怎么做起了老师来?他说后改国营,家里生意做不下去了。他先是参军,后来转业回来,县里的代表来让他当教师,帮着办小学。那时候啥也没有,就在明永的公房里上课,自己编教材,还得帮孩子们烧饭,工资一个月十八块。他因为写了封信,被打成了右派,快五十岁了才摘帽。

他说现在他们全家都在当教师,姑爷用的还是他当年写的教材。我给他看照片,问他,认不认识一个做瓦猫的人?他摇摇头说,你在哪里看到这只瓦猫,德钦怎么会有瓦猫呢?

宁怀远在马头桥边,遇到了梁先生夫妇。

当时他正走得失魂落魄。暮色里头的金汁河,凛凛发光。河边上飘起了水藻的腥气。他不禁站定了,呆呆地望。

这时听有人唤他,小兄弟。

他回身,看是梁先生。

他勉强笑一下,梁先生将他介绍给了自己的妻子,说是闻先生的研究生。因他脸色是青白的,就问他可好。

他说,还好。下午从昆明城里回来。

梁先生说,听说午后城里又有了空袭,飞机从海防过来,轰隆隆的,我们这里都听得到。你安全回来了就好。同行的人都没事吧。

他冲口而出,我是和瑞红一同去的。

梁先生关切地问,荣姑娘也回来了?

他沉默了,半晌,跟着就将来龙去脉跟梁先生说了,说瑞红回去,老爹让她跪在地上,凶神恶煞的。大门一关,不让他进去。他在门口站了两个钟点,叫门又不开,不知道里头发生了什么。

林先生问,可是和爷爷送瓦猫给咱们的姑娘?

梁先生说,是啊。

林先生眨眨眼睛,说,那就好了。你放心回家去,明天黄昏,我保准你能见着她。

第二天后晌,老爹听到有人敲门。他仔细听,敲门声音斯斯文文,慢悠悠,可不是那小子的莽撞。

他开了门一看,原来是龙头村住着的先生。他想,这梁先生是洋派的白面书生的样子,架着金丝眼镜。那天瓦猫上房,他一个人抱着,顺着梯子往上爬,倒比猴子还灵巧。老爹看他稳稳地将瓦猫放在了屋瓦上,一颗心落了地,想,都说人不可貌相,这先生看着文弱,其实是个练家子。

梁先生身旁的女先生,今天的精神似乎好了许多,笑吟吟地看他。他想,这女先生不是村里女人形貌,那天自己抽洋烟,也请她抽。她说她抽不惯。

他呆愣愣的。梁先生说,老爹,那天辛苦您过来送瓦猫。我们是来回礼的。

荣老爹才恍然，让开了身子，请他们进来坐。

三个人在院子里坐下来，梁先生手里举着一个纸包给他，说，老爹。知道您抽旱烟，我们前几天赶"乡街子"，给您带了些来。

老爹接过来，也不客气，打开闻一闻，笑了说，青马坝的烤烟，正宗得很啊。

他脸色也就好了些。林先生望望院子里，整整齐齐地晾着两排瓦罐。她便说，老爹的陶烧得好。我常爱去瓦窑村，看那里的老师傅制陶。有个建水来的师傅，说是烧三百个陶罐，只裂过一只。

老爹磕下烟袋锅，清清喉咙，你说叶三器吗，外来的和尚好念经。我们龙泉的龙窑建得好，谁制的陶都烧不坏。

这话噎人，两下未免有些话不投机。梁先生与太太对望一眼，笑笑说，听说您最近收了个徒弟？

老爹脸上些微的笑容也收敛了，面色冷下去，将那包烟叶子往梁先生怀里一杵，说，是那小子让你们来的？

林先生见他摆出了要送客的架势，忙说，是我们自己要来，又要央您件事。我们呢，晚上家里来客人，要置些菜。可您知道，我这笨手脚，哪里应付得来。瑞红姑娘可是远近都知的好手艺，想请她来家里帮忙，不知合不合适？

老爹一梗脖子道，我训她的手艺，都用来做瓦猫了。她给我做那饭菜，也就毒不死个人，谈得上什么好！您二位请回吧。

这时候，作坊的门，"呼啦"一声开了。瑞红从里头走出来，眼睛望都不望她爷爷一下。她掸掸身上的尘土，大声道，瓦猫我摆在窗台上了。林先生，我跟您去。

荣瑞红挎了一只篮子,沿着长堤,一直走到了棕皮营。堤上一路都是桉树。桉树的叶子散发着浓郁清澈的味道,与金汁河里水草的腥香混为一体,让人醒神。夕阳远远地下沉,一点一点地,是红透了的颜色。由远及近,余晖洒在河面上,也是金粼粼的。

邻近水塘,有一片修竹。梁家的房子,正在这修竹的掩映中。瑞红老远,便看到屋上的瓦猫,这是她自家制的。此时它稳稳地坐着,目望着远方的田畴。这屋也是"一颗印"的样式,坐西朝东,清瓦白墙。下段用碎石土夯筑而成,上段用土坯砌筑。但与邻近乡间的其他屋宇还是不同的。它有两扇阔大的菱形花窗,从外头看,能瞧见里面的人影。从里头往外看,远山近景,便是如画了。

此时,林先生引了瑞红在屋内参观。看她呆呆立在窗前,不动了。瑞红说,以前不觉得,透过这窗子看,原来我们龙泉竟是这样美的。林先生说,是啊,我和斯成两个,平日看书写字,都抢着要在这窗子底下。写累了,往外头眺一眺,整个人的心都亮敞了。

瑞红说,听宁怀远讲,这整间屋子,都是您和梁先生盖的。

林先生说,是啊,我们两个一起设计,落手落脚地盖。后来他带队去了四川看古建,就我一个人来。你看看,这个壁炉,可是西式的呢。用青砖砌好,我得意了许久。等你冬天再来了啊,我们就可以对着它烤火了。

瑞红望一望林先生,看她可亲地对自己笑。觉得她瘦弱的身体里,有一种能量,吸引了她,让她们之间又近了一些。

这时间,一个小男孩欢笑地跑进来,身后又跟着个小姑娘。他们一进门就脱掉了鞋,撒丫子跑。倒是小姑娘,看到瑞红,停住了脚,眼睛晶亮地看着她。林先生从门边拿过拖鞋叫他们穿上,说,快穿上,地板凉脚心。

她又追上男孩子,给他擦鼻涕,笑着说,他们爸爸老在外头,我一个人真管不了。漫山遍野地跑,以后回了北平,想野也野不起来了。

瑞红听到"北平",觉得是个很遥远而盛大的地方。她其实很想问一问,因为那里是宁怀远以往上学的地方。但终究没好意思问。这时,小姑娘很好奇地看着她手中的篮子,问,姐姐,这里头是什么?

小姑娘的声音脆亮的,很好听,用的也是国语,和宁怀远一样。

瑞红说,是干巴菌。

小姑娘又问,干巴菌是什么呢?

瑞红说,是一种菌子,不好看,但是很好吃。生在松树底下,要清早去采,太阳出来就萎了,看不见了。

小姑娘问,有没有鸡好吃?

瑞红就笑着点点头。小姑娘兴奋地说,姐姐,那你下次去采菌子,要叫上我一起啊。

林先生便摸一摸她的头说,姐姐到咱们家做客,还要给你们烧菜吃。还不快谢谢姐姐。

小姑娘正正经经,给瑞红道了个万福。

林先生笑说,我这个丫头子,嘴巴可刁着呢。你这么好手艺,怕是往后都不愿意吃我做的菜了。

荣瑞红也笑。看这小姑娘,和林先生一样,生着圆润宽阔的额头和略尖的下巴,已初具了美人的样子。她和她的母亲一样,也有着明澈烂漫的眼神。她看母女二人的眼睛，仿如复刻一般。这无关年纪，似乎是自身在岁月中的定格。一刹那，她觉得自己生出了盼望，也想有一个女儿了。

原来，林先生在屋后垦了一畦菜园，种着时令的蔬菜。说是时令，昆明四季如春，果蔬本是可以长种的。园子虽不规则，但是因地制宜。什么都种了一些，豆类、青椒、韭菜。瑞红陪林先生割鸡毛菜，看她戴着围裙，撸起袖子，是利落落的农妇形容。夕阳最后的光线，照在了搭架丝瓜的老藤上。丝瓜老了，干了，在微风里头微微摆动，渗着金灿灿的光色，竟有些丰收的景致。另一些，透过叶子照在了林先生的面上，是个毛茸茸的轮廓，有着优美的弧线。看得瑞红屏住了呼吸，她不禁再次地想，这个女人多么美啊。

她们便在厨房里头忙碌，一个择菜，一个洗菜，竟然配合得天衣无缝。林先生说，前些天，老金从城里带来一只宣威火腿，炒你的干巴菌正合适。一边说，我再去园里摘些青椒来。

瑞红掌勺，这干巴菌下了锅，混了火腿的咸香，满厨房竟然都是馥郁鲜美的味道。林先生不禁感慨说，用我们北平话，这东西生得寒碜，可真是菌不可貌相。瑞红说，入了口，才知道它的好。就像是人，哪有一眼就看出来的呢。

她便做了一个素菜。是昆明人极喜欢的，青蚕豆和蒜薹放在一处清炒，青翠欲滴，有个好名字，叫"青蛙抱玉柱"。园里的蚕豆很鲜嫩，连着豆皮炒，更为入味。林先生笑问，宁怀远喜欢吃什么菜？瑞红脸一红，想想说，他们"一支公"的几个后生，饭量大，最爱能下饭的。那我就再做个"黑三剁"吧。

这三剁呢,说的是剁肉末、剁辣椒和剁玫瑰大头菜。咸中带甜,开胃得很。

待她利索做好了这一道,林先生说,你先帮我把菜端进屋里去。

她一进屋,就看见了宁怀远。怀远站在窗边,也愣愣看着她。梁先生便在旁说,傻小子,看着瑞红姑娘忙不过来,也不搭把手。

怀远赶紧过去,帮着荣瑞红端菜。两只手却碰上了,险些碰掉了盘子。荣瑞红连忙闪了一下,瞋他说,越帮越忙!

屋子里的人,便都笑起来。梁先生便给她一一介绍,看起来都是面貌很体面庄重的先生。一个是梁先生的弟弟,一个姓钱,是法学院的教授,姓李的,是考古学的教授。瑞红对这些"学",自然似懂非懂。但又介绍一个,说是姓金,戴着一副眼镜,自报家门自己是教逻辑学的。瑞红便笑道,先生我知道你。

众人皆惊。梁先生便道,不得了啊老金,你的大名是传到龙泉来了。

瑞红便接口道,你就是那个金戒指教授。

大家会心,便哈哈大笑起来,屋子顿然有了快活的空气。金先生便也明白,和自己有关的掌故被怀远说给了这姑娘。金先生教的研究生中,出了一位别出心裁的有趣人物。联大常常要跑警报。这位仁兄便做了一番逻辑推理:"跑警报时,人们便会把最值钱的东西带在身边;而当时最方便携带又最值钱的要算金子了。那么,有人带金子,就会有人丢金子;有人丢金子,就会有人捡到金子;我是人,所以我可以捡到金子。"根据这个逻辑推理,每次跑警报结束后,这研究生便很留心地巡视人们走过的地方。结果,真的给他两次捡到了金戒指！他便将这收获归功于金先生的逻辑课。

金先生耸耸肩道，我自己倒是一次都没捡到过。可见这课是益人误己。

这时候林先生进来，说，我一时不在，你们倒是说的什么好笑话。梁先生扫一眼她手中的盘子，说，你们几个可有口福了。内人轻易不下厨，这是拿了看家本领出来。当年这道"豉油煮笋"，连我老丈人都赞不绝口。

林先生便道，我们可真是靠山吃山了。门口这大片竹林子，是既饱了眼福，又饱了口福。这炒鸡丁的菱角，是隔邻的大嫂采了送过来，还带着水清气呢。一同还送了一条乌鱼，我们前些天吃了"东月楼"，正好学着做一做"锅贴乌鱼"。老金，你的火腿派上了大用场，正在平底铛温着。

李先生就说，我可是也有贡献的。这景谷酒，我跋山涉水从民乐镇带过来，也算是美酿配佳馔了。

梁先生便说，老李，你倒是好意思说！哪有送人的酒，自己先打开喝的。

李先生便投降道，是真的没忍住。没有功劳，也有苦劳吧！

大家哄堂大笑。林先生看着也笑，她对瑞红叹一口气，轻轻说，这真让我想起在北平的日子，大家聚在一起。现在能说话的人，都天各一方了。前段正清和慰梅写信来，我一时都不知怎样回。

这时的林先生，换下了家常的衣服，着一件丝绒的旗袍。在这里，本是有些隆重的。她坐在桌前，却将这屋中的气氛，带出了几分先前未有的情致。

大家有些沉默。金先生说，今天高兴，说什么天各一方。我们几个在，都住在这龙头村，不就是天涯若比邻。

还有我们呢！外头响起洪亮的声音。众人循声望去，走进来一队青年，皆是英挺的模样。一色都穿着空军的军装，脸上明朗的笑容，将屋子顿然点亮了。走在前头的那个，手里举着一瓶香槟，遥遥地便对林先生展开了臂膀，喊了声"姐"，两人便紧紧拥抱在了一起。

荣瑞红看出，这个青年在一班孔武的同伴中，眉眼是清秀些的，与林先生有些相似。林先生回过头来，将他推到众人面前说，这是我小弟林恒。这些，都是我的弟弟。今天是个大日子，聚会的主题，是为他们的。他们从空军军官学校毕业了。

林先生此刻，脸上的表情与平日的宁静不同，是有些激昂的。

这些青年面对着她，站定，立正。其中一个领头的，大声说，敬礼！他们便齐刷刷地叩了军靴，端正地对林先生敬了一个标准的军礼，一边说，家长好！

这话在旁人听来，似乎是谐谑之语，但看他们个个面容肃穆，才知道是实情。原来，这些青年在昆明都没有亲属。梁先生夫妇，是他们的"名誉家长"，方才还在空军军官学校的毕业典礼上，为他们致辞。

倒是林先生连连摆手道，吴耀庆，怎么到了家里，还这么多规矩呢。

这领头的青年，这才让同胞们脱了军帽，在席间坐下来。坐下来了，仍是笔直的。倒是金先生举起了酒杯来，说，斯成，你倒说句话。对着这两排兵马俑，我可真是动不了筷子。

大家一阵哄笑，他们这才松弛下来，恢复了年轻人该有的样子。梁先生倒上一杯酒，说，我今天上午已经说过。明天，你们就要上战场了。这杯酒是我做家长敬你们的，等你们凯旋。

　　钱先生便道，斯成，哪有上来就喝送行酒，"风萧萧兮易水寒"吗？既然是庆贺毕业，应该要喝香槟！

　　听到这里，这些士官生有了大男孩们的活泼，忙着开香槟，看瓶塞"噗"的一声射出去，都兴高采烈起来。

　　菜都端齐了，吃到一半，上来了一盘油淋鸡。鸡是林先生自家养的。今天早上现杀，十斤的鸡公刚贴了一季的膘，正是好吃的时候。大块的生炸，高高堆一盘，也是蔚为壮观。这群小伙子，可是放下了刚来时的矜持，你争我抢地，蘸花椒盐来吃，顷刻盘子便见了底。林先生问他们好不好吃。有一个便叹道，比"映时春"的还好吃。这"映时春"，是武成路上的一家馆子，做油淋鸡是最出名的。

　　林先生说，今天你们有口福，我请来了咱龙泉的大厨来。她就也端了酒杯说，我们也该敬瑞红姑娘，为这一餐毕业饭，陪我忙活了一个后晌午。

　　荣瑞红不羞不臊，倒也爽利利地站起来，端起酒，一饮而尽。一个男孩见了，拍起巴掌，说，真是个女中豪杰。比我们翻译科那些小姐们，扭扭捏捏的强多了。

　　林先生说，那大家说，我们瑞红手艺好不好？

　　众人道，好！

　　林先生又问，那人生得俏不俏？

　　有人又用云南话大声答，老是俏！

　　刚才那个男孩，带着几分醉态道，这就是人常说的"入得厅

448

堂,下得厨房"。姑娘,等我把小日本的飞机都打走了,就回来找你!

林先生将一块卤牛舌放在他碗里说,樊长越,就你口甜舌滑。这块"撩青"当给你吃。我们瑞红名花有主,等不得你。

刚才还沉浸在这快活的空气中,瑞红此时心里忽然轻颤了一下。她不禁抬头,望一望宁怀远。林先生对着宁怀远说,怀远,我人给你带到了,你可是要争一口气。

刚才那个叫长越的男孩,颤悠悠地站起来,说,秀才,你遇到我们这些当兵的。是要比文,还是比武?

林若恒拉住同伴。他却一把挣脱开,说,我们这一去……你们,有几个还准备从天上回来的。怎么,还不许老子过过嘴瘾……

这戏言,忽然让在场的人都沉默了。每个人,似乎都静止在了方才刹那的言行中。这沉默,在每个人心里都似乎过于漫长。在沉顿了数秒后,他们都听到了一阵音乐声。是莫扎特的《小夜曲》。这声音开始仿佛是幽微的,似乎在微妙的节点上试探,渗入这沉默。慢慢地,延展、宽阔、丰盈,渐渐将这房间填充起来。是那个叫吴耀庆的年轻军官,手中持一把提琴,在靠近壁炉的角落里,旁若无人地演奏。

众人无声地听,看这军装青年,侧着脸庞,沉浸在他自己的动作中。那臂膀屈伸的优雅,仿佛软化了军人坚硬的轮廓。而他身躯的剪影,被灯光投射在了壁炉上,也是高大而柔软的。

一曲奏罢,他轻轻躬身向他的听众行礼,仿佛在乐池中的郑重。

众人鼓起掌来。荣瑞红说,真好听。

林先生说，我许久没听到耀庆奏这一支了。这是我和这些弟弟们结缘的曲子，我从未和人说过这个故事。

林先生在椅子上慢慢地坐下来，说，日本人轰炸长沙的时候，我们乘汽车取道湘西，到昆明来。走到晃县，已经没有车了。我的身体不争气，又得了急性肺炎，发着高烧。这一个小县城，到处都是难民。我们抱着两个孩子，一路探问旅店，走街串巷，竟然连个床位都找不到。天下起雨，越来越大，我止不住地咳嗽。这时候，忽然听见，在雨声里头传来一阵小提琴的声音，正是这首《小夜曲》。在这边城，有这样的乐曲，我们心里都安静下来。斯成冒着雨，循着琴声找到了一所客栈，敲开了门。里面是一群穿着航校学员制服的年轻人。那个拉着小提琴的正是耀庆。他们赶紧将我们迎进来，给我们腾出了房间，又给我找来了医生。我们这才安顿下来。

所以往后，我听到这首曲子，就会想起那个雨夜。我和这群弟弟，是以琴声相认的。后来，我们来到了联大，他们也来了昆明，大约注定是要重聚。他们给孩子们做飞机模型，还带来子弹壳做的哨子。再后来，我将若恒也送进了航校。他们现在，都要飞走了。

瑞红看出她有些伤感，便逗她说，他们都是老鹰，老鹰就是要往高处飞的。不飞走，难道留着下蛋吗？

林先生听了，勉强地笑了笑，说，是啊。他们驾驶的是"老鹰式七五"。他们都是老鹰。

看着耀庆举着琴弓，遥遥地抬一抬手，乐曲便又响起了。在这低回婉转中，林先生站起来，吟诵道：

别说你寂寞；大树拱立，

草花烂漫,一个园子永远睡着;

　　没有脚步地走响。

　　你树梢盘着飞鸟,

　　每早云天,吻你额前,

　　每晚你留下对话,

　　正是西山最好的夕阳。

　　梁先生走到了太太的面前,将手背到了身后,屈下身,做了个邀舞的动作。林先生便将手放在他的手中,两个人便在乐曲中起舞。这舞的好看,是荣瑞红从未见过的。不同于云南的各种舞蹈,它既不慨然,也不激扬。而又说不出的曼妙,让两人浑然一体。林先生此时,大约将一个女人的美,体现到了极致。她却又觉出了乐曲的似曾相识。她回忆了许久,终于想起,这正是她和宁怀远在城里看的那出电影里的歌曲。她记得非常清楚,唯有那时,因为没有"演讲人"的打扰,她完整地听完了这支歌曲。

　　这对主人舞蹈着,渐渐走出了屋外,走进了更为广阔的园地里。乐曲便也追了他们出去。这时竟然有很好的月光,洒落在他们身上。他们的背景便扩大了,近处的竹林,在微风中簌簌作响。远处的山峦,幽深的轮廓,似乎也在跟着音乐起伏。荣瑞红想,他们多么美啊。

　　这时,一只手牵上了她的手。是宁怀远,将她的另一只手放到自己的肩膀上,然后轻轻搂住了她的腰。她低声斥他,我不会跳,你让人看我洋相!

　　他轻轻说,跟着我。

她便跟着他,听着他轻声地在她耳边打着拍子。她渐渐地跟上了,她觉得自己也舞起来了。身体变得轻盈,像是被这夜里的风托举起来。她跟着音乐,而耳边的其他声音也因此而放大。金汁河潺潺的水声,草间的鸣虫,不知何处归家的牛低沉地哞叫。她将眼光收回,看着眼前青年,此时也正专注地看着她,似乎有些忧心忡忡。她抬起头,猛然看见,屋瓦上还有一双眼睛。那是阿爷亲手制的瓦猫,在暗夜里,守护着这房子,也看着她。

　　他们将这些空军毕业生送走了。青年和梁先生夫妇,一一拥抱作别。除了那个叫樊长越的男孩,已经不省人事。李先生带来的长谷酒,后劲是很大的。众人目送他们,看他们远远地走入了乡间的小路,消失在了夜色里。但是忽然,从远方传来了响亮的歌声。开始是齐整的,但后来,有的小伙子唱得声嘶力竭,仿佛还带了哭音。但这声音仍然穿透了暗夜,也洞穿了荣瑞红的耳鼓,在她头脑里久久不去。

　　“得遂凌云愿,空际任回旋,报国怀壮志,正好乘风飞去,长空万里复我旧河山,努力,努力,莫偷闲苟安,民族兴亡责任待吾肩,须具有牺牲精神,凭展双翼,一冲天。”

　　林先生说,这是他们的校歌。

VII

2006 年 6 月 25 日,星期六,雨

452

念青卡瓦格博多吉祥

神山扎那雀尼多吉祥

红坡护法神灵多吉祥

房顶五彩经幡多吉祥

灶神如意宝贝多吉祥

日松贡波三角多吉祥

——德钦"弦子"摘录

今天,他们告诉我,最后一具登山队员的遗体被发现了。

我赶到的时候,正看到大丹巴和山本长智从冰川上下来。他们手里还拿着塑料袋和钉锤。大丹巴在水渠边用水冲洗解放鞋上的泥。山本将铁钉的脚掌从高帮的登山鞋上取下来。

我问山本,确定身份了吗?他点点头。他说,遗体已经送去大理火化了,已经通知了家属。他从口袋里取出一张照片,上面是个戴着黑框眼镜的年轻人,对着镜头微笑着,笑容十分纯净。山本说,柳上健吾。最后一个失踪的日本队员找到了。他的任务也完成了,要回日本了。

从一九九一年的那场"扎吾"发生,七年后,遇难者遗体才陆续在明永冰川上被采草药的藏民发现。在当地人眼中,冰川是圣域。他们说,"扎吾"是因为登山的人触怒了山神带来了灾难。即使山难之后,还连年出现雪崩、塌方与洪水。登山者以忌讳的方式侵扰了雪山,但死亡消弭了对大山的余孽。卡瓦格博收留了他们的灵魂,将身体还给了他们的来处。

我问大丹巴,有没有其他的发现。他摇摇头说,年轻人,这不是我们的发现，是卡瓦格博的饶恕和交还。

多年以后，荣瑞红收到了那张照片。她未想过，这会是那个聚会最后的定格。照片是林先生的女儿寄来的。每个人都笑得如此灿然，带着一种坦白的明亮。除了林先生的两个孩子，宝宝和小弟，他们在大人们中间，似乎有些不知所措。孩子脸上的茫然与迟疑是面对镜头的，或许也是面对他们所难以预知的未来。

收到照片时，恰逢镇上的蓝花楹盛放，一如她遇到宁怀远的那个夏天。她想，很多事情，早一些或者迟一些。大概都会不一样了。

在那次聚会半年后，荣瑞红觉得，宁怀远忽然有些不一样了。

他似乎经历了一些成长。以瑞红的见识，不足以判断这成长的性质。但是，这是来自于一个女人的直觉。

此时的清华文科研究所搬来司家营后，已取得了很大的建树。闻先生所带的研究生里，有季镇淮、施子愉、范宁、傅懋勉等人。而这群"一支公"里，大约最受其器重的，便是宁怀远。跟闻先生习学，需要一股子倔劲，每日孜孜同上古文献打交道，这宁怀远有。但宁怀远对荣瑞红说，仅仅这样还不够，还要有科学的精神。荣瑞红问他什么是科学精神。他便同她讲了"赛先生""人类学"与"理性"。荣瑞红就更加听不懂了。他便说，他很佩服闻先生，说闻先生写过一篇《伏羲考》，考证出龙是由蛇变来的。他滔滔不绝地说了很多。荣瑞红便有意撇撇嘴，说，这也需要考证吗？就好比我们的瓦猫，这样凶，一望即知是老虎变来的。怀远并不生气，只笑她妇人之见，说倒是给了他灵感，将来自己要写一篇民俗学的文章,研究研究瓦猫。他又说起闻先生的博学与宽容,说自己曾经想写一篇文章,证明屈原在历史上的不存在。这有点冒天下之大不韪,没有了屈原,《离骚》《九歌》便没有人写了。闻先生并不斥他,开出了一系列文献,说,你先读了这些,读完了再决定写不写。他读完了,汗颜自己的学问浅薄,也打消了念头。荣瑞红听了,恼他道,还亏有了闻先生,你若是敢写,别说我阿爷,连我都不让你进家里的门。

屈子在滇地的名望,并不输于三湘。荣瑞红说,若是没有了屈大夫,每年端午时候,那千百个投到河里的粽子,不是都白投了?你一篇文章,就毁了这么多人的念想,难道不是罪过吗?

怀远便望着她笑,眼神却是郑重的,不当她是无理取闹。而瑞红,镇日听他说着自己听不懂的话,内心里却是欢喜的。她觉得,他明知道她听不懂,还要说给她听,便是心意了。

然而,近来,怀远却不和她说这些了。他甚至不怎么到家里来。连荣老爹都忍不住,说,什么有心跟我学瓦猫,三天打鱼,两天晒网!

荣瑞红便跟他辩白,说,怀远要毕业了,要写论文。

荣老爹说,什么文,能厉害过我们袁状元的文吗?写出来,能有人给他颁个"大魁天下"的牌匾,挂在聚奎楼上?

瑞红心里头很不服,觉得爷爷倚老卖老,拿前朝说事。刚想辩,又怕他说自己胳膊肘子外拐,便哼一声道,厉不厉害,写出来才知道!

这一日,瑞红黄昏过去给"一支公"做饭,却听见了堂屋里头的争论。竟是闻先生和怀远。闻先生是个严师,口气一向刚硬。可怀远历来都是个面脾气,何曾说话这样火气过。

她终于忐忑起来。旁边的一个研究生就说,我这个师兄,怕是疯了。红姑娘,你可要好好劝劝他。

说起事情的原委,原来怀远将毕业。闻先生专程致信梅校长,在联大为他争取到了讲师的位置。信中写"宁君毕业成绩,为近年所仅见",可谓是力荐了。但是聘书下来后,怀远自作主张,报考了昆明的"译员训练班"。

瑞红喃喃问,这训练班是做什么的?

那人便说,是为了飞虎队吧,也帮忙训练军队。训练班是国民政府军委会设的,在昆华农校,办了许多期了。不知师兄怎么忽然报了名。学完了,一批到前线,听说还有些发往印度去。

这时候,就见堂屋的门响了,怀远急急走了出来。走到了大门口,嘴里狠狠地蹦出一句:"百无一用是书生。"

荣瑞红的心,倏地一紧,然后一点点地凉了下去。她想,这么大的事情,宁怀远从来都没有和她说过一字半句。原来,他,就要离开了龙泉了吗?

荣瑞红便追出去,将自己拦在宁怀远身前,定定看着他,也不说话。宁怀远也看着她,不说话。两个人就这样对望着,不知过了多久,宁怀远脸上因激动而泛起的红,这时一点点地消退下去。

他忽然执起了荣瑞红的手,拉着她,快步地往前走了几步。忽然间,他跑起来。他拉着她,跑得越来越快。他们沿着金汁河岸一路向前跑。渐渐地,瑞红看见,沿途人和风景都模糊了。人们看着两个青年人在跑,前面是个学生装的后生,后面竟是荣老爹家的孙女。有些小孩子,欢呼着,跟他们一起跑。终于跑不过他们,被远远地甩到后面了。他们就不知疲惫似的,越跑越快。瑞红听到耳边的风呼呼地响。高大的槐树,结着成串的槐花,那清澈的味道也在空气中飞快地流动,好像在跟随着他们一起奔跑。

他们的眼前,终于开阔了,看见了青晏山。金汁河也在这里宽阔了,有了浩浩汤汤的样子。他们还是跑,山起伏着,远远地被他们甩在了身后。水流淌着,高低、弯折、腾挪,不放过他们似的。此时正是雨水丰盛的时候,在下游形成了一个瀑布,瀑布跌落的尽处,便是一汪清潭。他们终于在潭边,停了下来。气喘吁吁的,你看看我,我看看你,不禁大声地笑了起来。

他们在潭边的草地上躺了下来。两个人,面朝着天空。天上有游云,那样的大而白,一层叠着一层。瑞红辨认着它们,那前后相接的,像是马帮的队伍。打头的是手持马鞭的马锅头;那点着脑袋的,举着烟杆的,像是麦地村专帮人说媒做营生的六婆;那在云里隐现的阳光,忽然变得浑圆,像是滚动的龙珠;端坐在云端的,有些凶的像老虎,将这龙珠衔了了嘴里。不是,哪里是什么老虎,这就是我家自己的瓦猫吧。

风吹过来,是青草味,是草被晾晒了一天冷却下来的清爽。身下的草地是毛茸茸的,隔着衣服密密地瘆着皮肤,有些舒适的痒。她深深地吸了一口气,然后将眼睛闭上了。这时候,她的唇忽然被捉住了。她在慌乱间张开了眼睛,看见了宁怀远也在看着她。他眼中,并没有焦灼和欲望,是牛一样温厚的目光。这让她安心了。她忽然捧起他的脸,也吻了回去。这男人的唇,很柔软,有一种令人心醉的暖意。她觉得她的身子,也软了,甚而骨骼也一点点地化了下去。在融化的边缘,她忽然打起精神,挣扎地问他,你,不会走吧？

男人愣住了，有些紧促的呼吸，一点点匀稳了下来。他翻过身子，像方才一样，和她并排躺下来。他们仰面躺着，不再说话，看着天一点点地黯淡下去。然后暮色浓重地，将二人包裹进去了。

是这个秋天，林若恒的中正剑，被送回了梁家。

龙泉人，不喜热闹，各家各户都安静地过日子。对于白事，他们却看得很重。"号丧"是一种传统，是对逝者的敬。说是号，其实是唱，大声地唱，唱得一波三折。生人唱，唱给去的人，也唱给自己。唱去的人的一生，唱完了，便是断了阳世因缘。从此生者平静地过自己的日子。

还有的，就是要在去者的碑头，安一只小的瓦猫。保佑他阴宅德厚，不受魍魉牵绕。猫头要向着他生前所住的方向，在泉下庇荫在世亲人。

荣瑞红从未经过这样朴素的丧仪。

她看着屋瓦上的那只瓦猫，也望着她。大约经历雨水与风化，颜色竟已有些苍青了。秋风吹拂过屋顶，将焦黄的叶子扫下来。这些枯叶又被风扬到了空中，飘几下，终于还是落在了地上。

一只白灯笼，吊在屋檐底下。那菱形的窗格上，缀着白色的流苏。她捧着瓦猫走进去，不见设灵。在壁炉的方向，有一丛菊花，是极淡的青绿色。两边挂着一副篆书挽联，"星沉瀚海，风逐青天雨落泪；月冷关山，露沾碧岭竹吟声"。

这联是金先生的手笔。宁怀远手中抱着一只相框，瑞红走过

458

去,见是一幅炭笔的画像。画像上的人,正是那个仅谋一面的青年人。有着和林先生一样宽阔的前额与一双典秀的眼睛。这些飞行员,首次上天前,已经拍好一张照片。大约是做好了准备。此时你便在这眼睛里,可以看到许多的东西,甚至还有一分不舍。

梁先生看了看,终于说,罢了,还是别挂了。我怕慧音受不了。

几个人,便都在堂屋里坐着。屋里极静,除了一只西洋座钟的声音。钟摆左右摆荡,大约到了正点,忽然"当"的一声响。在所有人的心头,猛然击打了一下。

金先生站起身说,还是叫她起来吧。

梁先生说,再让她睡一会儿。天蒙蒙亮的时候,才睡着。

这时,他们却都听见卧室的门开了。林先生站在门口。她的脸色虚白着,眼睛有些浮肿。人们不知她是何时装扮停匀的,穿了黑丝绒的旗袍,头上梳了很紧的发髻,胸口别了一小朵白绒花。她将自己的身体挺得直一些,但大约撑持不住,手扶住了门框。荣瑞红连忙迎过去,想搀住她。她对瑞红说,不要紧。

她走向壁炉。那丛菊花遮盖下的,是一只黑檀木的盒子。她愣愣地看着,然后说,斯成,再打开给我看看吧。

梁先生犹豫了一下,说,慧音,你答应我的。送上路前,不再看了。

林先生不说话,只是径直伸出手,要将那盒子拿下来。

梁先生拦住她道,这又是何苦?

他却终于小心翼翼地将那盒子捧住,然后端在了桌子上,打开。

荣瑞红看见,盒子里摆着一摞信封,还有各式琳琅的物件。

林先生的手抚摸上去，在这些物件上流连，最后落在了一本英文的诗集上。她抬起头，望着众人，竟然牵动了嘴角，有一丝惨淡的笑意。她说，自打咱们离开北平，我时常说，人总是聚不齐。这不到一年，他们兄弟八个，倒是聚齐了。

她转过脸，看着瑞红，说，红姑娘，这支钢笔，是樊长越的。就是说胜利了要回来找你的人，你还记得吗？他是第一个走的。飞机刚上了天，"轰"的一声，人就没了。这副羊皮手套，是路易南的，湖南人，那天可爱吃你做的"黑三剁"了。一个个地，都走了。走一个，就寄给我一回，我的心就死一回，没等活过来，下一封就又到了。这张威尔第的唱片，还是我送给耀庆的。他和阿恒搭着伴儿走的。一前一后。两架飞机坠到了一处，还分得清谁是谁呢。

阿恒，你有这群兄弟陪着，姐放心一些。你从小就怕孤单，怕黑，我们都说你像个小姑娘。我问你在天上怕不怕。你说不怕，我所有的胆量，都留给天上了。

林先生举起那把中正剑，忽然紧紧地贴在脸上，久久地。然后，她脸上的肌肉，忽而抽搐了一下。她将这柄剑，郑重地放回到盒子里，将盒子盖好。瑞红看到，她眼里头的方才有一丝光，这时也一点点地熄灭了。

林先生说，不早了，我们走吧。

一行人，捧着这只黑檀木的盒子，走向青晏山脚下的墓地。弥陀寺的方丈，请来堪舆师父，在面阳背阴地寻了一处良穴。除了樊长越，青年们都没能找到完整的遗体，这便只是一个衣冠冢。方丈说，我龙泉，也算是有幸，青山埋忠骨。

岚气袭人,催着他们的步伐,不禁也就快了一些。

瑞红远远地看见爷爷,原来在等他们。他捧着云石雕的一只瓦猫,沉甸甸的。

安葬好后,他们仍在原地站着。看荣老爹将瓦猫小心地镶嵌在墓碑上。碑上有四列方块字,是八个人的名字。瑞红认真地看,却无从辨认。她从未为自己不认识字而懊恼,此时却觉得心里无端地一阵空,空到竟至疼痛。她只认识自家的瓦猫,虽然小些,看上去却是一样的勇猛,会长久守着这些名字。

第二年的秋天,宁怀远报名参加了青年军。

这一年,日军在太平洋战争中已处于劣势。为支援被困在东南亚和滇缅边境的军队,日军急需打通从中国大陆到越南的交通线,因此在豫、湘、黔、桂发动迅猛进攻,从五月开始,洛阳、长沙、梧州、柳州、桂林相继沦陷。入冬,日军又攻陷贵州独山,直接威胁贵阳,重庆、昆明均感震动。同时间,罗斯福对蒋介石保留自己实力的避战态度相当不满。为在中缅印战区夹击日军,罗斯福致电蒋介石,敦促他加强在缅甸萨尔温江的兵力和攻势,如若贻误战机,需蒋承担责任并将断绝对蒋的援助。在这双重压力下,国民政府于一九四四年十月提出"一寸山河一寸金"的口号,发动十万青年从军运动。

闻先生和钱先生在校内发表了动员演讲,有两百多名联大学生报名参军。

年底时学校举行欢送同乐会,联大剧团演出夏衍、于伶、宋之的三位合作的话剧《草木皆兵》。

荣瑞红跟怀远看完了剧,对他说,闻先生告诉我了,你要走。你带我来看这出剧,是告诉我,我想拦,也是拦不住的。

怀远问,你不想让我走吗?

荣瑞红向前走了几步。她想,两个人,怎么就来到了翠湖岸边了呢?

那阔大的水上,升起了一轮巨大的圆月,静得不像真的,倒像是方才舞台的布景。有些捕鱼的水鸟,翅膀在水面上掠过,激起了涟漪,一圈圈的。这静中的动,却又是真实的。

她想起了宁怀远的话,便问,你说翠湖边上,有一棵老大的梨花,是在哪里?

宁怀远说,等着我。等我回来了,我们一起去看。

VIII

2006 年 7 月 2 日,星期日,晴

> 我往高高的山上走,
> 遇见小小的菩提树,
> 树儿发出淡淡清香。
>
> 我点燃香火烧得旺,
> 大地才能风调雨顺。
>
> ——德钦"弦子"摘录

上午十点多钟，我到了九龙顶。在藏语里，意思是"有很多杨柳的地方"。可是，我并没有看到一棵树。这里位于澜沧江边的山崖，夹在卡瓦格博和四千多米的扎拉雀尼雪山之间。峰峦叠嶂，直插入江。这里是茶马古道上连接德钦和云南内陆的通道，也是去卡瓦格博的朝圣者转经的必经之路。

到了朝阳桥，那里有个转山接待站。我放下东西，跟转经人去支信塘。在小庙里烧了香，点了酥油灯，取了进山钥匙。接待站的人说，这回来转山的，多半是本地的藏族，还有四川甘孜来的。我看看他们带的东西，其实很少。主要是食物，酥油、糌粑、琵琶肉、青稞酒。有个康芒来的老人看我一眼，说，你的鞋子不行。我看他穿的是高帮的解放鞋。他说，现在是雨季，上山到处都是水坑。你的皮靴湿透了，重得走不动路，解放鞋走走就干了。他看看我的脚，从自己的背囊里头，拿出了双解放鞋叫我换上。我一穿，居然正好。我要给他钱，他摆摆手，好像生气的样子，很快地跑走了。我走了几步，脚下果然轻快了不少。

宁怀远再回到龙泉时，是大半年后了。

他是悄悄回来的，没有告诉荣瑞红。

这时候日本已经投降。联大的学生们，大多回来了。他们所属的青年军二〇七师炮一营，就此解散。这个营隶属辎重兵第十四团。在印度东北部阿萨姆邦及缅甸密支那附近的兰迦基地，他学会了驾驶。然后上史迪威公路执行运输任务，这也是他执行的唯一一次任务。

因为闻先生全家与朱先生已经搬回了城里。司家营的文科研究所忽然空下来了，只余下"一支公"几个还未毕业的兄弟。他们将宁怀远安置在了北厢房的阁楼上。那里很僻静，扰不到人，也没有人扰。

但一周之后，荣瑞红便知道了。她跑去北厢房，几个箭步便上了阁楼，使劲拍门，大叫，宁怀远，你给我出来。

厢房里没有动静，她又说，好好的，"一支公"谁会让我在"黑三剁"里多放辣子。我知道你在里头，是人是鬼，你应一声。

里头还是没有回应。她却听到"吱呀"一声，像是床板的响声。

她便推开门进去了。

阁楼只有一扇很小的天窗，光线昏暗。大约因为刚才推门掀动了空气，那束光里边有许多尘土在飞舞。只片刻，这些尘便纷纷落在了地上，光束便又通透了。她的眼睛，已经适应了房间里的幽暗。穿过这光束，她看到床上坐着一个人。

她迟疑了一下，慢慢地走过去。这个人，留了一脸大胡子。但是她还是一眼就认出，是宁怀远。一刹那，这男人用胳膊肘挡住眼睛。

荣瑞红想，他是不想看到光，还是不想看到自己。

她走到床边，说，宁怀远，你看着我。

宁怀远没有动，但他的嘴角抽搐了一下。

荣瑞红忽然间捉住了他的胳膊，要拿下来。这男人将身体缩一缩，蜷在床头，同时更紧地护住了眼睛。

荣瑞红拖着他，将他往床底下拖。她不知道哪里来的这把子力气，狼一样。她不管不顾，将这男人硬是拖下了床。宁怀远一个趔趄，高大的身形，曲折地晃了一下，摔到了地上。他艰难地想要站起来，却徒劳。荣瑞红看到，他的右脚已变了形，翻转着，在地上轻微地抖动。宁怀远在挣扎中，胳膊落了下来。他用手撑着地，同时在右脚上使劲砸下去。

荣瑞红看见了他的脸。这时候，怀远恰好身处从天窗投射进的那束光之中。瑞红看见了他的脸。

她捧起了这张脸。

宁怀远下意识地又要挡住，被荣瑞红死死地压住了胳膊。

这张脸上，一只眼睛，在瑞红的目光里躲闪。另一只，只有一个黑洞。

这黑洞，已经干涸了。能看见一丝丑陋的黑红的肌肉缠绕着，从眼睛里贯穿下来，到鼻梁，便成了漫长的疤痕。蜿蜒着，如同一条在皮肤下爬动的蚯蚓。

渐渐地，宁怀远不再躲，他终于迎上了瑞红的目光。他轻轻说，一车人，就活了我一个。当时要是选了另一条路，就不会碰上那些地雷了。

瑞红看见这只眼睛里，流出了一滴泪。也仅有一滴而已，沿着脸颊流淌下来，沿着粗糙的皮肉，却在另一处嘴角的疤痕处停住。

瑞红伸出手指，将这滴泪拭去。她将男人的头，慢慢揽在自己怀里。她没有再说话，他也没有。这时候，他们头顶的那束光，因为夕阳的移转，也黯淡下去。黑暗浓厚了，将他们包裹了进去，藏得一星也看不见了。

荣瑞红，把宁怀远接到了家里来。

她在瓦猫作坊里，架了一张床，让他睡。

荣老爹终于气得说不出话。瑞红站在跨院里，和阿爷吵，吵得惊天动地。

他用烟袋锅子点着瑞红，说，一个没过门的黄花闺女，将个男人养在家里头。你让我老脸往哪里搁？！

瑞红听到了外头有聚集的人声。她索性打开了门，走了出去。看到她出来，人们便退后了一些。她站定了，面对乌泱泱的人群，大声地说，我荣瑞红，要跟这男人结婚了。来看热闹的，都说句道喜的话吧！

又过了一年，怀远的腿，能在村里走动了。

虽然还是一瘸一拐，但外翻的脚，硬是给瑞红矫过来了。她学了洋大夫打石膏的法子，用陶土为怀远打了副，给他固定在床上。隔半个月就换一副，开始时钻心地疼。宁怀远不喊不叫，瑞红便让他攥着自己的手。一个时辰下来，再看她的手，沿着虎口到手腕，都是青紫的。这样一副，又一副，慢慢地就养好了。可是脚踝，已经变了形。能下地走路了，就是身子有些拧。

老爹也去了，已有小半年。没病没痛，就是有一天，瑞红早上起来喊不应。走进去，人已没气了。脸相很安稳，寿终正寝。

算起来，虚岁八十五，也是喜丧。村里老人摇头，这一家人，一年里头先办喜事，又办丧事。喜事办了个不伦不类，没按公序良俗，在村里头落了说法，丧事也就不好铺张。有人议论说，荣老爹规矩了一世，行善积德，就为个好名声。临到了，自己却没个风光的后事，也是各家人各家命啊。

到了宁怀远能跟上自己的步子，瑞红便硬将他推出门去。带着他，见人就打招呼。怀远有些闪躲，打招呼的人便也很不自在。但是瑞红便还是要他出去，一句句地教他龙泉的地方话，要他自己开口唤人。

这样久了，他似乎已没有了名字。镇上的人，都叫他瑞红家的。他走到街上，后面有小孩子跟着，学他走路的样子，跟着他大声喊他"蹶子"和"瞀子"。龙泉这个地方颇奇怪，民间的语言是极为古雅的，就连骂人也是如此，却不会减轻攻击的分量。"蹶子"是笑他瘸腿，不良于行，这个字的狠恶之处是多半用来形容牲口。而"瞀子"，自然是说他瞎了一只眼。

自小到大，他未感受过这样的恶意，于是感到屈辱，不愿意再出去。但是瑞红倒不为意。她问，他们说错了吗？你自己说，你是不是又瞎又瘸？

怀远猛然被将了一军，有些吃惊地看着瑞红。瑞红将一块泥坯狠狠地掼在木台上，用胳膊肘擦一下额头的汗。她说，待他们说烦了，说腻了，说到舌上生茧了，自然就不说了。

不管这其中的是非臧否，老荣家的龙泉瓦猫，依然是一块招牌。这是荣老爹留下来的好基业。镇上的人，渐渐知道了瑞红一个年轻女子，可以独当一面。龙泉这地方的人，内里是厚道的。这体现在不计前事，看的是眼前的理儿。他们想，这一家做事虽不循例，但并未伤到谁。如今难了，是应该帮一帮的。

于是，跟老荣家订瓦猫的人，又多起来。谁家开宅起基了，做白事了，甚而老人合葬迁坟了，便都找他们。渐渐地，生意甚至比先前老爹在世时，还更好了些。

瑞红呢，就将这送瓦猫的活，都让宁怀远去。宁怀远不想去，她就逼他去。镇上的人，开始时有说法。他们看他瘸着腿，端着瓦猫，颤巍巍地在路上走。身形从背后看，也是扭曲的，多半觉得有些凄凉。那瓦猫上的红绫子，有次缠住了他的腿。按规矩，送瓦猫的人，半路上是不能停的，更不能将瓦猫搁下。他整个人就更为狼狈，路过的人帮他，心里也说瑞红有些狠。这样的人，怎么能当个人用呢。更担心的，是他手脚不利索，将那瓦猫给摔了。这在当地，是很不吉的。

但是过了段日子，他们发现宁怀远走得虽慢，步伐并未有懈怠与毛糙。甚至经过了时日，走得越来越稳了。他们就看出这人，内里是很要好的。对他也就和善了起来。说到底，对有难的人，心里总是不忍的。人们便想，乱世里头，龙泉留下这么个外乡人，也是造化吧。

有不懂事的小孩子，仍然跟着宁怀远，耻笑辱骂他。倒是旁边的大人追过来，作势打孩子，给他赔礼。此时，宁怀远倒真的也不在意了，竟然回过头，冲孩子们做了个鬼脸。

斗转星移，谁说时间不是个好东西呢。宁怀远渐渐也明白了，日子是过给别人看的，最终却还是过给自己。这样朴素的道理，宁瑞红早就看得比他明白了。他再去送瓦猫，脊梁便挺得直直的。"自重者人恒重之。"读书读来的话，他也才算真正懂了。请瓦猫的主人家，对他客客气气的。他本来就是个有礼数的人，又有读书人的书卷气，是很让人生好感的。瑞红经了历练，风风火火，有了家中主妇的样子。镇上的姑娘和小伙，便叫怀远"姐夫"，是带着亲热的。瑞红却不满意，逢人便说，我们家怀远帮教授做事，是做过先生的。这时，联大北归，镇上的教授们已经次第离开了。但人们还都记得这份渊源，便将宁怀远的留下视为对这段回忆的纪念。因为怀远送瓦猫的形象已经深入人心，他们便开始叫他"猫先生"。小孩子们，就叫他"猫叔"。虽然是戏谑之言，内里却是温暖的。

有天他回来，瑞红问他，今天是个什么日子？他仔细地想了又想，非年非节。他又看瑞红正色，莫不是给谁家送瓦猫，一时疏忽忘了。他便有些忐忑。

瑞红说，傻佬，今天是你的生辰。你一个城里人，怎么忘了呢。

他心里一惊，自离开北京，他已经许久没过什么生日了。

瑞红变戏法似的，从手兜里掏出了一个荷包，放在他手里。

他便拿出来，是一副墨镜。是飞行员戴的那种，很精神。镜框是金丝边的，下缘的地方有些磨损了，其他都是完好的。

瑞红撩起衣襟，将这墨镜的镜片擦一擦，只轻描淡写地说，我和班姐妹去赶"乡街子"，看见货郎担上摆着。我说这个我要了，谁都别和我抢。

说罢，她便给宁怀远戴上，仔细地看了看。她满意地说，货郎说得对，戴上这个，比飞虎队还排场。

她便从桌上拿了镜子。宁怀远闪躲了一下，他许久没照镜子了。瑞红便使劲打他一下，喝道，你有点子出息！他终于才看镜子里头的人。这墨镜遮住了他的眼睛，也盖住了鼻梁上的一点伤疤。那余下的大半张脸，在镜子里头，算是完好的。

瑞红便一点点地，将亲手给他做的眼罩取下来。她在他耳边轻轻地说，我男人出去，要体体面面的。

听到这句话，宁怀远忽然哭了。他失声痛哭。自从出事以来，他其实从未这样哭过。甚至做手术，因为不能上麻醉，医生将弹片和那只破碎的眼球，从他的眼眶里取出来时，他都没有这样哭过。

此时，他哭了。他想，或许这女人的强大，让他猛然地软弱下来。他于是也放任了自己，眼泪从他的一只眼睛里不断滚下来，像是一道汹涌的泉流。

这个冬天，瑞红生下了一个男婴。

她对怀远说，我和你商量，这个孩子，能用我们荣家的姓吗？

怀远说，我无父无母，随你。

瑞红说，你这么说，倒好像是我欺负了你。荣家的手艺，是要传下去的。那好了，第二字用你的姓，总成了？

于是，这孩子叫荣宁生。怀远定的，因为是他们俩生的。如此起名字，一目了然，实在也没费什么力气。瑞红便撇撇嘴，我听村里私塾的先生说，起名字有说法。女《诗经》、男《楚辞》，文《论语》、武《周易》。你是学这个的，不能亏待咱们的孩子。

怀远说，我的名，是张九龄的诗里来的；字是《大学》里的。你看我的命好吗？要是一个名字就能定下了命，人活得还有什么奔头。宁生，我看，让他一辈子安安稳稳的，很好。

开春时候，镇上办了小学校，请老师。可临近开学，县上派下来的国文老师却因为家事，忽然来不了。做校长的措手不及，发着愁，便在村里转悠。

他在一家人门口看到副春联。上写"大序归于六义；先师蔽以一言"。字是很秀拔的瘦金体。他想一想，便敲开了门。

荣瑞红正在制陶,在围裙上擦着双手的泥。打开门,见是个陌生人。便问他找谁。校长说,我找这写联的人。

瑞红道,联是我男人写的。人都说这不像个春联。

校长便笑笑说,我可以见一见他吗?

瑞红引他进来。校长便看一个男人从作坊里走出来,是当地人的打扮,身量倒是西南人少有的高,走路有些高低脚。但见他鼻梁上,还戴着一副飞行员用的墨镜。整个人便无端有一种时髦的滑稽。

两人坐下来,寒暄了一下。校长便听出了他北方的口音,便问,小哥不是本地人啊?

怀远便摇摇头,未说话。

校长看见他嘴角上的疤痕,便不再追问,只和他聊起当地的风物,聊着聊着,便聊起那副春联。看他健谈起来,渐渐便又聊到有关《毛诗》里的一桩公案。

听怀远的一番谈吐,校长点头称是,心里先有了数,竟至有些激动。他想,这个龙泉,还真是个藏龙卧虎的地方。

他便说想请他到小学校做国文老师。如果他愿意,明天就拟聘书。

怀远听了,愣一愣,继而苦笑道,您也看见了。我又瞎又瘸,怎么为人师表。

校长说,我请的是您的学问,不是样子。

怀远又说,我没有什么学问,都是些乡野小识。我就是个手艺人。

瑞红在旁急急说,就你那三脚猫的功夫,也配说自己是个手艺人！校长，我听懂了。你是要聘我男人去当先生。他以前做过先生，他是在联大读的书。

校长沉吟道，如今联大在筹备北归了，没有想着要回去吗？

几个人便都沉默了。两只春燕，剪着尾巴，在他们的头顶掠过，停在作坊的檐子下面，叽叽喳喳地，忙着筑巢。

这时候，瑞红开了腔。她的声音与平日不同，慢而有力，每个字出来，都像是落在地上的铜豌豆。她说，宁怀远，往日人叫你"猫先生"，是好心抬举你。你现在就给我去，做个实实在在的先生。

小学校开在龙头村的杨家祠堂。

杨氏一族，抗战初期整族迁移，不知去向。这祠堂却留下来了。虽不轩敞，却十分规整。外头绿荫环绕，花木扶疏，环境幽雅清静；堂前的庭院里栽着四棵桂花树，经年郁郁葱葱。

拱门上挂着的"克绳祖武"的匾额，大约是纪念杨家祖上攻克匪患的事迹。

供奉牌位的供桌是留下了。但供的不再是杨氏的列祖列宗，也没有了孔子像。挂了孙文总理的大幅照片和他手书的"天下为公"的匾额。

几个年级各有自己的教室，还有一间备课室，在偏厢。宁怀远教这些小孩子国文，有他自己的办法。以往教中学时，并不觉得，他发觉了自己讲故事的才能。从《论语》到《春秋》再到《左传》，一个解释一个，他便当作人之常情来讲。其中的臧否，是人间的。他也给他们讲国外的故事，讲《块肉余生记》。他自然知道林琴南的翻译，对原作做了许多的敷衍，但他就是喜欢，因为有中国人的烟火气。他讲《安徒生童话》，讲着讲着，觉得很不过瘾。就自己编了故事来讲，拿什么做主角呢？这些学生里，有许多其实都是旧相识，彼时他送瓦猫时，追着他后面嘲弄他的。后来叫他"猫先生"，如今真的就做了他们的先生。宁怀远就拿瓦猫来编故事，说它是上古时的神兽。当年共工大败于祝融，一头撞在了不周山上。山崩地裂，民不聊生。女娲炼五色石补天，剩下了一块没用。这顽石浴火，自己便修炼成了一只似虎非虎的大猫。白天一动不动，驻扎在屋梁上守卫，晚上便四处云游，行侠仗义。宁怀远的故事，便是瓦猫在夜间侠隐的故事。孩子们很爱听，有的甚而晚上专门跑出来，去看看屋梁上的瓦猫，是不是真像"猫先生"说的一样，跑走不见了。后来就有学生学给了校长。校长便笑道，宁老师，你的瓦猫，倒和《红楼梦》里的通灵宝玉成了同胞。宁怀远说，等他们看懂了红楼，就不信我讲的故事了。

　　龙泉这个地方，敬重读书人，也崇敬学问，是素来的。办学便也自然得到当地望族的支持。说起来，因学而优则仕，民国时在当地仍有许多的榜样，如陆崇仁、桂子范、李卓然、李健之等。家族庞大的桂家，族中的桂子范，曾是云南省财政厅的股东，做过议员，做过富滇银行理事。石龙坝水电站开始发电时，是他最先让龙头街与昆明同步通电。陆家的陆崇仁，曾为云南财政厅厅长，曾整顿税收、田赋，大力推行烟禁政策，创办多家银行。这几家的年幼子弟，便尤为好学。以往家中的私学相授，和宁怀远所教的，有如琴瑟。孩子回家说了，他们便都知道了这年轻先生的不凡。

　　到了年节时，带了礼物，特地上门来拜访。荣瑞红不禁有些怵，想自己一个普通人家，何曾受到如此待见。那镇上的小公子们，一口一个师娘。她心里欢喜，竟然束手束脚，不知如何应对。倒看宁怀远，仍是落落大方的样子。

有一天，瑞红便悄悄到了小学校去。蹲在窗口外头，恰看见怀远带着学生们读书。是好听的国语腔，读什么，她听不懂。只觉得读得抑扬顿挫，好听得音乐似的。她便闭上了眼睛，心里头如暖风拂过。她想，这先生，是我的男人啊。

他们自己的孩子宁生，风吹见长，渐渐可以在院内爬动。是个好动的脾气，看瑞红制陶，自己便也滋了泡尿，在屋檐底下和泥。瑞红便冲他屁股上就是一巴掌，说，学什么不好，学这粗笨活。往后一个榆木脑袋，怎么跟你爹读书。

宁怀远说，呦，你又不怕家里的瓦猫后继无人了？

瑞红嘴硬道，这倒两不耽误。白天去学堂，晚上跟我学手艺。

月末时候，家里来了个客。是宁怀远的师弟，"一支公"解散后，便也很少来往了。师弟说，这回是昆华工校的聘期满了，他想要回北方去。联大三校在京津都已复学。恰好有人介绍了教育部的差事，便想试试看。

他自然是来道别的。但彼此好像有了默契，都不说以往学校的事，宁怀远也不会问起。但究竟忍不住。这师弟压低声音，说一句，去年年底，学校里罢课的事，想必你也知道。十一个同学，就这么没了。出殡时候，是我们老师走在最前头。他写了篇文章，我照抄了一份，给你带来了。

远远地，荣瑞红牢牢地盯着他们。宁生在地上爬过来，然后将只拳头往嘴巴里塞。瑞红一把打掉他的手，将孩子抱在自己怀里，说,呦,说早不早了,留下来一起吃饭吧。

师弟便站起身来,说,不吃了,还要回去收拾东西。师兄嫂子,我过时再来看你们。

宁怀远也站起身,追一句,老师他可曾提起过我?

师弟笑笑,轻轻摇摇头。怀远将那信封在手中捏一捏,一阵怅然。

晚上,宁怀远展开信纸,看上面用工整的小楷,誊着《一二·一运动始末记》,署的是闻先生的名字。怀远一字一字读下来,原本平静的心忽而悸动了。开始像是水中的微澜,渐渐似乎在水底,产生了暗涌,一点点地澎湃起来。没来由,他的额头上,渗出了密密的汗。皮肤下的潮热,也顺着血管,四处伸张渗透,东奔西突。他觉得自己整个人,仿佛被蒸腾起来了。

这一年的七月中,荣瑞红家里收到一封信。看笔画,她认得是宁怀远的名字。他们家,以往从未来过一封信,因为没有识字的人。她捧着这封信,有些不安,自己也不知是为什么。

后来,她每每回忆起那一个瞬间,都在想,是不是其实应该将这封信烧掉。这是一个女人的本能。任何的不寻常,哪怕蛛丝马迹,对她寻常的生活,大概都会构成威胁。但是,她还是将这封信,交到了宁怀远手中,然后用轻描淡写的口气说,快看看吧,不知哪个女学生写给你的。

宁怀远笑着拆开信。荣瑞红看见,笑容在自己男人脸上,一点点地凝固。

信里寄来的,是一张报纸,上面是闻先生的凶讯。

事情发生在三天前,到达龙泉是一番辗转。报上写,闻先生主持《民主周刊》社的记者招待会,揭露一起暗杀事件的真相。散会后,返家途中,突遭特务伏击,身中十余弹,不幸罹难。

报纸在宁怀远的手中抖动。荣瑞红看看他一只眼睛里的光,像笼上了一层霾,完全地熄灭。而另一只眼睛,如同黑洞,深不见底。

宁怀远当天晚上,将自己关在作坊里。宁瑞红几次起身,想去唤他回来睡觉。但她站在作坊门口,看见窗口渗出的一星烛光,终于没有推开门。

到了第二天清晨,她看到作坊里是空的,没有人。

她等了整个上午,没有人回来。她终于不想等了,她出了门,发疯一样地找。从司家营,找到了麦地村、棕皮营,又找到了瓦窑村。

第二天,她抱着孩子,去了宁怀远的小学校。坐在门槛上,等到了晌午,校长领着她,去找学生的家长。她走进那些高门大户,本是不卑不亢的样子,可听到旁人说起"猫先生"三个字,脚下一软,就跟人跪了下来。她说,求求你,帮我找找我男人。他又瞎又瘸一个人,啥也没带,能跑到多远去。

村里人,燃了火把上山。又找了打捞队,沿着金汁河,一点点地,从上游,一直找到下游。

她不信。她一个人,又一直走到了青晏山。孩子饿,她由他哭。她一直走到先前和宁怀远去过的瀑布。瀑布没有了,水枯了。一滴水也没有。她坐下来，和孩子一起哭。一边哭，一边叫宁怀远的名字，然后又"瞎子""瘸子"叫了骂了一遍。天越来越暗，她索性喊起来。喊出来，才发现声音是干的。声音落在了远处，回音也是干的。

打这一年的深秋，昆明师范学院门口，总是坐着一个妇人。昆师是新起的，以往是联大的师范学院。

这妇人很年轻，怀中总是抱着个幼儿。她一坐便是一天。这年月，乱离人不及太平犬，这种情形并不鲜见。可这妇人，一身不见褴褛，脸上不见悲戚之色。相反，她的衣着十分齐整，即使坐着，身姿也挺拔。她有时面前摆了些应时的果蔬售卖，有时是一些针线织物。似乎也并不当真做生意，只为了将自己和路旁的乞儿区分开来。身边的孩子饿了，她顺手就捞起一只水果，剖开来给他吃。久而久之，便成了学校门口的一道奇景。她一时眼神涣散，可只要有人经过，特别是男人，目光立刻变得灼灼的，直勾勾地盯着那人仔细打量，直到人远去。便有人笑说，这是不是一个花痴。但她并没有什么逾矩的举动，便都随她去，见怪不怪了。

荣瑞红带着宁生，便就这样在昔日的西南联大门口，等了整个秋冬。待到开春的一天，她忽然站起身，拍拍裤子上的尘土。她走到了翠湖边上，沿着堤岸一路走来，逢看见了大棵的树，便停一停，辨认那新绿的、鹅黄的叶子。她一边走，一边慢慢看，直到将这偌大的翠湖走了一个圈。

待走完了，她定一定神，对宁生说，儿，回家去。翠湖边上哪有什么梨花树，他不会回来了。

IX

2006 年 7 月 9 日,星期日,雨

> 一棵美丽的菩提树,
> 那根子长得实在好。
> 树根随着石头伸展,
> 向坚硬的岩石延伸。
> 延伸到坚硬的岩石,
> 威武鹰儿在此相聚。
>
> ——德钦"弦子"摘录

今天下了很大的雨。往阿丙村的路上水流很大,到处都是乱石沟。听说下个月还要涨大水,路更难走,这么说,我还是幸运的。

高反感觉也好了不少,从阿丙村往怒江去。阿丙村河两岸岩壁有很多石刻,多是菩萨、罗汉和护法神的造像,我停下来临了几张。晚上,我跟着几个藏民扎营在温泉营地,当地的藏话叫"曲珠"。我学着他们,脱光了身子,泡到了温泉里头。暖和和的,再喝上一口青稞酒,实在太舒服了。抬头望望,身旁就是浩浩汤汤的怒江水。我洗完澡,在四周溜达,发现"曲珠"附近的石刻更多。有佛像和脚印、手印圣迹,也有六字真言经文。我在想,我为那些登山人塑的瓦猫,不知以后会不会被人看见。

在一处噶拔希石刻下面,有一个石洞,藏民们都钻了进去。他们告诉我,这是转山路上必经的"中阴狭道",能够顺利通过,死后

可以进入天国。围绕卡瓦格博外转的过程，就如同到中阴世界走了一趟，每个朝圣者必经的象征性的死亡和再生。我也学他们从下层钻了进去，在狭小黑暗的洞穴里匍匐爬行，经过地狱，然后再屈起身体，从上层的天国里出来。有一个老僧人，一边剧烈地咳嗽，一边用石块在平台上搭起一个小房子，祈祷来生转世。昨天，我看到他为一个转山途中死去的老人在念《度亡经》。这一路上艰苦，很多人体力不支。但对藏民们来说，能死在朝圣路上，是最大的福。

荣宁生被人问起，你是个匠人，还是个读书人？他总是回答，我是个读书匠。

他是龙泉当地的文胆，但不考学，也不出仕，就是个悠然见南山的性子。

这样的人，在一镇八乡，其实不太多见。小伙子生得十分排场，高个儿，白皮肤，又不是本地人的形容。十几年过去，对荣家的变故，镇上的人其实有些不记得了。但宁生的成长，让大家渐渐又回忆起了"猫先生"。换言之，这孩子日益清晰的轮廓，像是宁怀远的复刻。或者说，将定格在人们记忆中那个残缺的宁怀远修复得完好如初。人们不禁感叹时间与遗传的力量。

但宁生本人，对于父亲自然了无印象，直到他在家里头一本书中，发现了西南联大的学生证。他翻开了，看到一张照片。上面是个和他长得几乎一样的人，但目光似乎比他怯些。他淡淡一笑，确信这就是被母亲诅咒为"死鬼"的父亲。他认真地看了看这张照片，觉得它并不比父亲的其他遗物更有吸引力。从幼时起，他的聪慧在龙泉远近皆知。在村里的资助下，他在父亲执教过的学校读完了小学。从此便不再升学，荣瑞红用鞋底追着他打，也没有打消他执意跟她学做瓦猫的念头。但这并不影响他在家中的自学。宁怀远留下的那些书籍，适时地派上了用场。他以强大的脑力吞吐着这些书，过目成诵。他和继续读中学的伙伴们玩的一个游戏，就是随意翻开《古文观止》的一页，从任何一个段落开始背诵。背完一页，便赢了一个馒头。错一个字，便输掉一个馒头。直到听者感到疲怠，打起了呵欠，他还在背，好像是没有倦意的机器，最终直至对方举手求饶。

当然这些书，在他长出唇髭的时候，就被母亲烧掉了。这时候兴起了叫作"破四旧"的风潮。他看到了村里的许多变故。似乎以往的一些体面，都在化日之下，被凌迟与拨弄。他们家里，和"四旧"相关的，便是父亲的遗物。母亲关起院门，将那些书一本本地摊开，然后引火。这些书都很好烧，因为从未受潮。从他小时开始，每到梅雨季节，只要出了太阳，母亲就将这些书一本本地摊在院子里晾晒。母亲并不识字，可是将这些书整理得停停当当的，次序丝毫不乱。其实，荣宁生并不怕这些书被烧掉，因为书上的每一个字，都如同烙印一般，印在了他的头脑中。火光里头，他看见母亲迅速地将腮边的一滴泪拭去了。在这个瞬间，他也迅速将那本书里的学生证藏进了自己的裤兜里。

后来上山下乡的年月，龙头街来了一批知青。这些外面来的年轻人，和镇上的同龄人，互相带来吸引。但知青们的自矜，让彼此的张望与打量楚河汉界，并未付诸行动。为了帮助他们接受"再教育"，龙泉公社便筹划了一场背《毛主席语录》的比赛。司家营大队找到的青年代表是荣宁生。公社主任问起这孩子的来历，说是贫农出身，但一听只是个小学毕业生，心里又不免犯嘀咕。大队书记便说，您老不是常说，英雄莫问出处。

荣瑞红倒是紧张了。先前村里学习《毛主席语录》，这孩子有些心不在焉，这时倒是要打起十二万分精神来。她便手里捧着"语录"，要宁生一字一句地背下来。宁生说，娘，我说记住了，就是记住了。瑞红便说，你这孩子，不知厉害啊。

到了比赛那天，知青们摩拳擦掌。派出一个精精神神的小伙子，一开口，是厚实的播音腔，比镇上大喇叭放出的还好听。宁生也背，气势倒不如他，慵慵的，但字字也都在点上。那青年开口道："独坐池塘如虎踞，绿荫树下养精神，春来我不先开口，哪个虫儿敢作声。"宁生便对："自信人生二百年，会当水击三千里。"青年道："登山不怕高，只要肯登攀。"宁生对："无限风光在险峰。"青年道："管却自家身与心，胸中日月常新美。"宁生对："为有牺牲多壮志，敢教日月换新天。"青年道："如果不适应新的需要，写出新的著作，形成新的理论，也是不行的。"宁生对："新瓶新酒也好，旧瓶新酒也好，都应该短小精悍。"

知青昂扬道："世界是你们的，也是我们的，但是归根结底是你们的。你们青年人朝气蓬勃，正在兴旺时期，好像早晨八九点钟的太阳，希望寄托在你们身上。"

宁生对："少年学问寡成，壮岁事功难立。"

知青不禁有些着急，大声道："革命第一，工作第一，他人第一。"

宁生搔搔头，说，毛主席教导我们"吃饭第一。"

有人不禁"扑哧"一声笑了出来。这赛场上的气氛，便有些欠严肃。这时候一个女孩子站起来，说，看来背语录难分胜负。不如我们加赛，背"老三篇"。

她便开始背《愚公移山》，声音琅琅的，音乐似的。听得宁生不由得恍神，他愣一愣，才跟上去，背的也是《愚公移山》。开始各背各的，但后来，宁生竟然追上了她。这么长的文章，一个是标准的普通话，一个呢，是当地的龙泉口音。两个人的声音像是两脉泉水，汇聚一处，形成了和声，竟然是分外好听的。众人听得，有些叹为观止。背完了这篇，又背《纪念白求恩》，似乎都忘记了比赛的初衷，像是对歌一样。

待最后一篇《为人民服务》背完了，女孩说，我们这叫不分伯仲。还是毛主席的教导，我们"友谊第一，比赛第二"。

宁生回了家里，头脑里头便一直回荡着这句话。瑞红说，孩子，你今天算是赢了，还是输了？宁生便脱口用普通话回她："友谊第一，比赛第二。"瑞红张了张嘴巴，便笑了。

后来，宁生在路上又遇到了那姑娘。这时，他已经知道了她有个很洋气的名字，叫萧曼芝。她就问他，荣宁生，你会背的东西可多？

宁生说，不多。

曼芝就说，我听说，你会背全本的《古文观止》。

宁生说，嗯。

曼芝便笑说，什么时候，背给我听听。

宁生说，不好背，是"四旧"。

曼芝便轻声说，背给我一个人，你愿不愿意？

宁生低下了头,过了半晌,也轻声应,嗯。

宁生和曼芝坐在金汁河边。他望着潺潺的流水,口中诵着《归去来辞》。他念道:"归去来兮,田园将芜胡不归?既自以心为形役,奚惆怅而独悲?悟已往之不谏,知来者之可追。实迷途其未远,觉今是而昨非。"

曼芝忽而打断他,慢慢开口道:"觉今是而昨非"说的倒像是现在的我。

宁生便沉默了。

曼芝问,荣宁生,你说,我以后的生活会是怎样呢?

宁生想一想,便接口道:"木欣欣以向荣,泉涓涓而始流。"

曼芝笑了。这时候风吹过来,河对岸的杨树叶子簌簌地响,这女孩的头发也被吹起来了,散发着一种宁生从未闻到过的女性的气息。这和他母亲的气味是不同的。因为终日和陶土打交道,荣瑞红的身上,是一种淡淡的温暖丰熟的泥味。和村子里其他的女人们也都不同。萧曼芝,有着清冽的植物的气味,像是刚刚生长出的树叶,滋润了前夜的露水,在初生阳光下散发出的那种隐约的味道。

荣宁生不禁深深地吸了一口气。这时候,女孩将手指放在了膝盖上,那葱段一样细白修长的手指。她口中哼起了一支旋律,一边用指尖打着节拍。这旋律荣宁生从未听过,但听得出是跳跃欢快的。像是一匹小马驹,在草地上撒着欢。萧曼芝的唇舌仿佛是某种乐器,弹奏着这支乐曲。荣宁生看见女孩睫毛密而长,将闭着的眼睑盖住了。

待这旋律结束,她忽然张开眼睛,看身旁的青年人望着她。她并未躲闪,反而迎着荣宁生望回去,问他,好听吗?

荣宁生点点头。她说,这是个意大利人作的曲子。这支叫《春》,还有《夏》《秋》《冬》。以后你背《古文观止》给我听,我就都唱给你。

他们再见面时,荣宁生将一只陶土制成的很小的动物送给萧曼芝。萧曼芝放在手心里,很惊喜。她问,你做的?

荣宁生点点头。她看这动物像是猫,可又有勇猛相貌,像一只小而逼真的虎。她问,这是什么?

荣宁生回答说,瓦猫。

荣宁生要娶一个知青的事情,在龙泉很快地传开了。这孩子的执拗,唤醒了人们的记忆,这记忆的一部分,也包括荣瑞红自己的。她想,难不成真是血里带来的。这孩子不声不响,却像当年的她一样有主张。

这女孩的美,以及外乡人的身份,都让她觉得不踏实。她不再是当年的少女,她懂得一个道理,是人拗不过时势。

她找到了大队书记,寻求帮助。然而,此时的龙泉公社,恰在寻找一个知识青年扎根农村的典型。他说,宁生娘,萧曼芝是成都的资本家出身。她有心嫁给咱无产阶级的孩子,也是帮了她进行自我改造。毛主席教导我们"广阔天地,大有可为"。这不是喊喊口号,咱做父母的,可不能拖了孩子的后腿啊。

曼芝嫁到荣家这段日子，对于宁瑞红来说，是经得起咀嚼的。她甚至一度想，或许是自己过于狭隘，这其实是时日的补偿与成全。这孩子的温柔与贤淑，并不逊于当地的任何一个姑娘。尽管她举止中有一种难脱去的令瑞红警醒的教养，是往昔生活的印痕。但她的眼睛里，总有安于命运的笑意，又让做婆婆的十分安心。

这个儿媳，除了有时作为扎根"典型"被公社安排去周边大队宣讲经验，大多时间都在家里，向她学习家务农活、针线女红，甚至在她手把手下，学起做瓦猫的技艺，且很快就有模有样。瑞红看她砥砥实实将一块陶泥掷在木案上，不禁深深叹一口气。曼芝不解地看她，她便说，这一把好力气。可惜你曾爷爷去得早，要不看到这么个重孙媳妇儿，该有多欢喜啊。

过门的头一两年，曼芝接连生下了两个儿子。瑞红便更放心了。她想，老荣家是有祖宗佑着的，是时运回来了。

儿子和儿媳，都是安静的人。曼芝进了门来，宁生仿佛更安静了些。但他多了一种爱好，不知怎么，跟人学起了胡琴。可他拉出的调，外头的人，都说没听过。瑞红便骄傲地说，你们懂什么。这都是我们家曼芝教的曲，都是外国人写的。

有人告到公社去，说中国琴拉外国的曲子，到底算封建糟粕，还是资产阶级情调？

大队书记说，啥也不算，人曼芝是扎根典型，旁的人少给我放屁！可他有次也听见了，对瑞红说，你当娘的，也让宁生拉一拉《东方红》。

到两个小子满地跑的时候，村里的知青渐渐少了。听说是都想办法陆续回城了,有招工的,有病退的,还有独子回家照顾老人的。

瑞红心里又打起了鼓,她问大队书记,我们家曼芝,不会走吧?

大队书记叹口气,说,唉,这孩子,是真典型,实心眼儿。你不知道,前两年,公社下来的招工、工农兵学员的名额,都点了她的名。人家家里头落实政策了,千方百计要她回去。曼芝一拧脖子,说,我男人孩子在龙泉,我家就在这里,哪也不去。她还让我不要和你说,怕你心里不舒坦。

瑞红听了,眼泪"唰"地就流下来了。

大队书记就说,这些年,我可看过了多少世态炎凉。瑞红,你到底是个有福气的人。

又过了一年,有天晚上,瑞红看小两口儿都不说话。吃完了饭,她收拾了,刚刚走到厨房,就听到儿子的声音。虽然是闷着,话音内里却轰隆作响。

她听到宁生说,你这算什么,是在可怜我们吗?

曼芝不说话,静静地将两个孩子拾掇了,上床去睡觉。

她这才说,我不考。都荒下来十年了,考就能考得中?

宁生冷笑说,萧曼芝,你总明白,什么叫身在曹营心在汉。

曼芝不说话,过了一会儿,她说,这算是刚熬出来了,老荣家的瓦猫,也不是"四旧"了。咱这作坊,再也不用偷偷摸摸的了。

堂屋里忽然没声了,瑞红觉得蹊跷,擦了擦手,还没走进门,就听到"咣"的一声，一只大陶坛子砸到了地上。宁生涨红了脸，眼里头的光恶狠狠的。

那是只酒坛子，屋里头立时便充盈了米酒的味道。瑞红想，这败家子犯的什么浑！可惜了，九月才酿的新酒，刚出的糟。

她忙俯下了身子，将那碎片捡起来，慌里慌张，一不留神，将虎口拉开了一道，鲜红的血立时流下来了。

萧曼芝参加了一九七七年的高考，考上了昆明师范学院中文系，是整届考生的第一名。

宁生喃喃说，怎么可能考不上呢。听我背了十年的《古文观止》。

她去上学。毕业分配回成都，宁生硬生生地把婚跟她离了。村里人都说，荣家人做事，又不循例了。见的都是知青这边寻死觅活地要离婚。他好，一个乡下小子，硬是把城里的小姐给休了。

荣宁生说，你给我走，净身儿走，过你的生活去。你把娃都给我留下，净身儿走。

曼芝走那夜里，荣宁生拉了一夜的胡琴。

这些外国曲子，给他拉得分外锐利激越。到了湍急处，像是给人扼住了喉咙。这在龙泉人大约是最后一次，以后便再也没有听到他拉琴的声音了。

半年后，有天回到家的只有老大，老二不见了。问起弟弟，只是哭。再问起两人干什么去了。老大说，出去找娘……弟弟走丢了。

宁生出去找，找着找着下起了雨，越下越大，雷电交加。天像漏了似的，先是雨，再是冰雹。

瑞红坐立难安。天麻麻亮，雨停了。宁生回到家，摇摇晃晃地，肩膀上驮着孩子。

一大一小都发着高烧，躺在床上昏迷。两天后，孩子先醒过来，看着奶奶，张张口，却说不出话。瑞红问他，是饿了吗？

孩子点点头。

当爹的到下半夜，才睁开了眼睛，也看着自己的娘，问，孩子呢？瑞红说，醒了，刚伺候吃了一大碗粥。谢天谢地，你们爷儿俩吓死我了。

宁生微微笑一笑，说，娘，我还困。

瑞红给他掖了掖被角，说，困了就睡，娘看着你。

宁生就睡过去。半夜里头，瑞红打着瞌睡，忽然听到他大喊一声"娘"。瑞红跑到床跟前，看着宁生脸红红的，使劲握住她的手，手心火炭似的。瑞红跟老大说，快，快去央隔壁冯爷爷请大夫。

宁生抬起眼睛，看着她，又阖上了。大夫还没有来。她觉得紧握住她的手，渐渐没有了力气。手心也不烫了，一点点地凉了下来。宁生忽然又睁开了眼睛，直直地盯着她。那双瞳仁，大得要将她吸进去似的。他嘴唇开阖了一下，有丝笑意。瑞红听见他说，娘，我走了。

瑞红心里头一沉，觉得宁生的手在自己手心捏了一下，倏然松开了。

X

2007 年 6 月 3 日,星期日,晴

> 印度秀丽的高山上,
> 有棵没有斧痕的树,
> 不忍心砍它绕三圈,
> 舍不得回望它三次。
>
> ——德钦"弦子"摘录

今天,找到了第六只瓦猫,我不知道,会不会是最后一只。他们说,雾浓顶可以看到最美的卡瓦格博。可是这一天,忽然下雪了。夏天的雪,竟然也可以下得这么大,我只能影影绰绰看到山的轮廓。

昆明的雪,下得太少了。偶尔下起来,大概也是在过年前后。明年过年,应该在家里过了吧。上个月,在小学校里掐了一枝梨树的枝条,都发芽了。我得想想怎么带回去,种在院子里,这样在家里也能看到梨花了。

德钦的梨花,不知道在昆明,能不能开得好呢?

回家前,我再去外转一次卡瓦格博吧。

村里人都说,荣宁生留下的后,一个是读书人,一个是匠。

荣之文考上了云南大学的新闻系,毕业后留在了昆明城里工作。陪在荣瑞红身边的是弟弟荣之武。小武小时候淋雨发了高烧,

烧退后,人就哑了,能听不能说。脑子不知是不是也烧得不灵光了,读书再读不进。但是他有两样好。家里不知怎么寻到了当年他爷爷宁怀远留下的一本字帖,《九成宫醴泉铭》。哥哥照着练,他也跟着练,竟然也练到有八分像。瑞红就看出这孩子底子里是很灵巧的。是灵巧,而非聪慧,灵在学什么便像什么。带他去赶乡街子,看着路边的货郎拿着竹篾编蝈蝈。他入神地看。回家的路上,随手从河边抽了根蒲草,一边走,一边便将那蝈蝈给一式一样地编了出来。

可临到上学,打着骂着,就是学不进。他十几岁上瑞红便留他在家里,跟着学做瓦猫了。

荣之文的摄像镜头,对着司家营61号的老宅子,这宅子是正正经经的"一颗印"。从取景框里看见,那神兽端坐在屋瓦上,身上覆着青苔,颜色有些旧,鼓着眼珠,仍是气吞山河的模样。

最后的景是在自家取的。那天天气特别好,阳光筛过树影,星星点点地,落在了荣瑞红的身上,小武从背后扶住她,另一只手帮她转动了石轮。她坐在凳子上,抱住一只泥团。转动中,那团泥渐渐生长出优美的弧度。她的手,与窑泥浑然一体。泥坯在她的手心,仿佛越来越圆润,圆润中现出了一种光泽,渐渐站立起来了。

后来,荣家收到了一封信,没落款。信里头没有字,却夹了几张照片。照片是黑白的,看不出是在哪里拍的。信封上印着"迪庆藏族自治州文化馆"。照片的背景,有的仿佛是当地藏民的房子,有一些是远方的皑皑雪山,还有的是经幡飘动的白塔。但是,他们看得很清楚,这些背景的前方,都是一只神兽。是一只瓦猫,形容清晰,是他们老荣家的瓦猫。

信封在荣瑞红手里抖一抖,掉出了一样东西。她屏住了呼吸,是一枚破碎的墨镜镜片。这镜片的式样,是很久前美军飞行员的机师镜,如今已经不多见了。荣瑞红颤抖着手,将那镜片覆在自己的眼睛上,朝窗外看去。太阳就没有这么猛烈了,世间万物,都被笼罩上了一层昏黄。

我阖上了手上这本红皮的日记本。

猫婆看了我一眼,神色十分平静。她抬起头,目光落在了窗边的橱柜上。荣之武走过去,打开抽斗,拿出一只铁盒子。这是只月饼盒,上面画着神态喜庆的嫦娥,脚下是身形不成比例的玉兔。大概生了锈迹,哑巴仔打开得有些吃力。

终于打开,他从里面翻找,取出了一沓相片,递到我手里。又翻了一会儿,拿出了两本证件。翻开,其中一本已经泛黄,上面写着"国立西南联合大学入学证",注册日期因有洇湿的痕迹,已经看不清了。左页下方贴着一个青年的照片,头发茂盛,净白脸,目光柔软而青涩。另一本是个记者证,这张上的也是一个年轻人,他的神情则要昂扬得多,但那眼睛的形状、宽阔的额角,与先前的青年都如出一辙。我抬起头,见哑巴仔将这两张证件放在了自己胸前,"啊吧啊吧"地对我比画着。

是的,他们的脸,五官、骨相、每一个动与静的细节,叠合在了一起。

我将笔记本里的照片,一张张地摊开在桌面上,和哑巴仔拿给我的照片比较。终于发现，它们有着一一对应的、相似的景物。尽管因为季节、房屋修葺、公路、植被与地形的变化，造成了周遭环境的更变，但是你仍然能够辨认出那是世转时移，经历了岁月的同一处地方。或许，是因为那复刻般的摄影角度，都有同一只瓦猫。

这瓦猫如我在德钦与龙泉所看到的任何一只，有着阔嘴、尖利的牙齿、硕大的肚腹，以及勇猛如虎的神情。

尾声

回到香港后，我曾给拉茸卓玛打了一个电话，问起她仁钦奶奶的情况。她说，仁钦奶奶去转山了。她和村里的大多数人不同，每年村里梨花开放，她都会去外转卡瓦格博朝圣。

我问，那她什么时候回来呢？

卓玛想一想，回答说，转到她心中的圈数，她才会回来。那时梨花应该还开着吧。

【作者简介】葛亮，原籍南京，现居香港。著有小说《北鸢》《朱雀》《七声》《谜鸦》《浣熊》《戏年》，文化随笔《绘色》，学术论著《此心安处亦吾乡》等。部分作品被译为英、法、俄、日、韩等国文字。曾获首届香港书奖、香港艺术发展奖、台湾联合文学小说奖首奖、台湾梁实秋文学奖等奖项。长篇小说《朱雀》获选"亚洲周刊全球华文十大小说"。2016 年以新作《北鸢》再获此荣誉。

身体是记仇的

○须一瓜

一

十几年前，牙医小柴第一眼见到让他叫"小姑姑"的人，就尾骨发麻。那种怕，就像背对着悬崖边站立的感觉。他说，如果当时她在哭，或者脸上有哭痕，或者哪怕偶尔大哭过，而不是始终在笑，他可能就不会那样从心底发怵。不过，在十几年前的当时，还未跨进祭奠大厅门槛，少年小柴就感到母亲有点怯场。母子之间互相传感着莫名忐忑，小心庄重地跨入灵堂。一进去，母亲就悄悄戳小柴的后腰，示意按她事先教的对那女子叫妈。灵台边，"小姑姑"仰着尖锐的下巴，转过半张脸，对着走向她的母子俩上下左右打量着。她笑着，轻慢的眼风就像评估毛重，还有一点"好戏又来了"的夸张兴致。那个生僻而持久的笑意，在灵堂台边，冒着白色的气雾，让少年小柴联想到冰窟里取出的冰块。

母子俩停在她身边。少年小柴乖巧开口，但几乎是话音未落，他的脸就被风雷所掠，那一掌甩击，手劲之重惊骇了所有人。少年摔在楼梯边，眼镜摔在远远的另一边。有一只手，像小柴希望的那样,马上把它捡了起来。母亲一声非人的怪叫,滑过少年的耳膜,就像在玻璃房子外面的叫,声音变形缥缈,少年听而不闻。他的注意力只在"小姑姑"那儿。一掌重击之后,"小姑姑"脸上依然是空姐式的微笑,鲜嫩而明丽。然而,极度的恐惧与愤怒,让少年汗毛尽竖。他不知所措。

"小姑姑"目光乜斜,她的笑脸,缓释着古怪的耐心。她眼神飘忽,并不总看地上少年更不看其母。少年防护性地死盯着她。那张雪白的、额角透出青筋的脸,已经被她的笑,搞得丑恶而疯魔。她却时不时斜睨窗外,就像和天上的什么东西较劲。……孩子?嘿嘿……我孩子……窗外或天边的什么东西,似乎一直牵扯着她的魂灵,连小小少年都感到她并不把灵堂,更不把灵堂里的其他人放在眼里——她只是享受着自己一脸叵测的春光明媚,那种兀自明媚的春光,散发着自虐而虐人的窒息感,令整个灵堂,恐慌而羞愧。

……还妈?妈呢,妈……她语气轻微得像自我推敲。

……谁是你妈——谁是?!她忽然变得狰狞,并不比她的笑容更令人恐惧,但整个灵堂都接收到了遮天蔽日的盛怒,灵堂变得更为恓惶、更为声屏气敛。

睁大你的小桃花眼!谁是你的烂×妈?小野种,再叫一声试试?

少年当时觉得她的牙齿又白又细又长,长到不像是人的牙齿,而是一种什么工具。少年不认识这个工具,但它的非人感让他害怕。整个灵堂的非人感,也让他不安。他觉得那些蜡烛火苗好像都不会动了。灵堂里大概有七八个人,也许更多几个,他们都像灯下剪影人似的，没有发出一点声音，就像着装整齐的影子。少年冷汗隐隐直冒。他脑中也空无一物，呆望着她又走近自己。走到跟前的"小姑姑"，把脚踏在了少年的肩头。小柴眼光下垂，就能看到自己的腮边，一个尖得像凶器的红色皮鞋尖，一转就可以戳他的下巴。他不敢把那只皮鞋推掉或耸动肩头抖开，做母亲的好像也不敢，她想扶持孩子站起来避开二次伤害，但不知道为什么，那个十三四岁的少年，就是想拖宕在这个费解的恐怖时刻里。他倔强地下沉着小身子，拒绝爬起。

猩红色的皮鞋尖在少年肩头磨拧，像是打招呼：来……再叫一声，试试？我们再试试看？

少年垂下眼帘，看着腮边的尖头红皮鞋。他觉得它会踢穿他的腮帮。

做母亲的无助地大哭起来，她求助的眼神看向灵台遗像，但显然，活人死人都帮不了她。她用埋怨的神色推搡儿子，顺势把自己盖在孩子身上啜泣。她还是想保护少年，但是，少年愤怒地推开了她，他执拗地去迎接"小姑姑"的笑脸。这是孩子气的顽固和对抗，果然，他追盯的那张脸，笑容不谢，糯米牙森森。他们四目交接时，她还对他微微点头。她一边嘴角抽缩，这使她的笑，充满蔑视。少年隐忍的愤怒和悲怆，也许刺激了她。她回眸蹲下，端详少年，一边开始慢慢脱下两只尖头系着脚踝皮丝带的红皮鞋，随着她猛地转身，它们先后飞到灵台长案上。其中，有一只，准确地砸到了死者的黑白大照片上。遗像框倒在了百合玫瑰鲜花丛中。一个深色的剪影人急忙去扶正复位。

女子的笑牙，又白又长又细，它们是那么整齐那么意气风发。

少年低下了头。他心里认输了。他感到屈辱，但不知屈辱从何而来，泪水占领眼眶，他勾紧脖颈，努力化解，泪水还是掉了出来。他再次抬头，是被祭奠大厅里抑制至极的群啸尖叫所惊："小姑姑"光脚走了过去，人们以为她是过来取回鞋子，她却拿起刚刚扶正的遗像框，啐了一口痰，吐在遗像上。她还想再吐的时候，死者遗像框被人夺走。

——只有这一瞬间，少年看到她脸上笑容离场。非常短暂。据说，之前和之后的整个丧礼期，她都在笑。这个后来被牙医小柴一直叫"小姑姑"的人，整整笑过了"头七"。遗像上的死者，第二天，就被人用油性黑水笔，隔着玻璃，加上了一撇上翘一撇下捺的大胡须，死者本来就是微笑着，这两撇风扇叶片一样的奇怪大黑胡须，使他的脸快乐滑稽，近似小品海报。来祭奠的肃穆人，忍俊不禁又羞愧不安，护持灵堂的人们，这才发现有人作恶。捣蛋使坏的人是谁，人们心照不宣，赶紧重新翻洗了三张，换上并备用着。

牙医小柴后来想，她在给他添加胡须的时候，一定在笑。遗像上的男人，会和她对着笑，那才是他们夫妻最后的告别。他的风扇胡须会东高西低，越飞越快。遗像上笑眯眯的圆脸男人，那时四十五岁，是她风华正茂、富可敌"邦"的丈夫，也是少年的生父。

二

亲历过那样匪夷所思的葬礼的少年，其实弄明白的事，依然非常有限。他浑浑噩噩地去了，懵懵懂懂地回了。最终，他只对女主人，也就是后来被要求叫"小姑姑"的人的笑脸，刻骨铭心。还有遗像上的笑脸也在记忆里沉淀下来了。他看到的都是没有两撇风扇胡须的端正遗像，有意思的是，那个作为他生父的遗像主人，少年还是颇为接受，甚至可以说，挺喜欢他的笑模样。十多年后，牙科专业学校毕业的牙医小柴和"小姑姑"再相遇时，"小姑姑"揭穿了他亲近他"浑蛋"生父的谜底——不就是那一堆野种里，只有你长得最像他！牙医小柴从小就知道自己不像母亲，母亲也一直说他比较像父亲。但是，"小姑姑"的揭批，还是让他有点不自在。这里其实就是隐含了自己对父亲的负面评价。成年后的小柴，比参加葬礼的少年，更加忠实呈现了死者的外形：结实圆润的矮壮身材，高弹力的厚臀，饱满的、有点歪的天灵盖，随和的圆脸上有明显的眼下卧蚕。这种卧蚕痕，无须笑，就春意融融，花见花开。一样的偏厚嘴唇，一样的唇痕不清晰，一笑，一样地露出微微内凹的门齿。和牙医小柴不同，父亲爱笑，他有事没事，都能让自己脸上笑嘻嘻的，正如小柴在遗像上看到的积极容颜：那没有唇尖的上唇，圆润厚实的舒展弧线，既乐观又安康。这种笑容会暗示你：没事，有我啊。

也许，这个早早就辞职下海的捞金者，就凭借这海纳百川的快乐笑容庇护，一路佛助魔爱、吃苦耐劳、坑蒙拐骗，不断从胜利走向胜利。

"小姑姑"厉声否认十几年前，她在那场"混账葬礼"上曾"一直笑"，她认为她根本不可能笑。她说，我半夜鞭尸都来不及，哪里来笑的心情？而牙医小柴，也从不抗辩。即使十多年后，他几乎成为"小姑姑"的恩人，但见到她，甚至仅仅是想到她，仍然如背对悬崖边而立，他依然发怵。牙医小柴一度认为，这内心的空虚慌张，不是他由心而生的自然情感，是遗像上的父亲，在葬礼上传递给他的。他一直在传递，儿子一直在被动地接收。这是，父亲的遗产。

母亲说话不讲逻辑，只讲感觉，还总被突如其来的情绪牵引。一直到他湖北专科学校第二学期假期归来，母亲可能预感自己来日无多，才断断续续有一搭没一搭地主动对儿子"忆了往昔"，即使有这样完整讲述的强烈意愿，她的陈述还是被各种感言、臆想、分析与评价切得鸡零狗碎，甚至话头开放到不知其源。当时，病榻前，她的哥哥、妹妹，也就是牙医小柴的舅舅姨姨们，一直简单粗暴地阻挠反对她对儿子说那些"没意思、没屁用"的无聊过去。但是，母亲，还是不懈努力，见缝插针，给了牙医小柴一个大致轮廓。

其实，十几年前，"头七"过后，少年就把直接看到听到的信息，做过一个有关父亲的历史拼盘。尤其是奔丧回程前夕，母亲在酒店打出一个涕泪交替的长途电话，假装看电视的少年，就此获得了许多骨干材料。当然，通话双方，对于事情背景的熟稔，导致对话的跳跃过大，少年听来十分吃力。

这个轮廓拼盘已经不算孩子气的出手了。概括起来就是，父亲车祸暴死，一下子冒出了五个来凭吊的单亲小三——都拖儿带女，据说，还有两三个没有孩子的女人来闹，当时，治丧委员达成共识——大部分按"碰瓷"处理了。另外四五个被母亲闻讯带来奔丧的单亲孩子，最大的二十岁，女孩，是父亲二十四五岁时生；最小的两岁半——这个小男孩，出生于四十二岁的二婚父亲和二十五岁的"小姑姑"的甜蜜婚姻的次年。太造孽了，这个时段。这让"小姑姑"尤其怒不可遏。牙医小柴的出生，是父亲初婚两年后的私生子。他的初婚，从他三十一岁持续到三十九岁，那时，还没有

"小姑姑",作为陌生的女孩,她甚至可能还没有发育。这八年的第一段婚姻关系里,合法生产了两个比小柴大一岁的双胞胎女孩。少年自己统计下来,在那个非人感的魔幻灵堂上,父亲冒出了有名有姓、婚生、非婚生的后代,有五六个。那些孩子们,彼此也是沉默的。

除第一个女孩还在澳大利亚读书外,其他四五个还是五六个,好像都到了。他们有的比小柴到得早,有的来得晚。还有半夜赶到的。牙医小柴以为自己经历了最恐怖的葬礼一刻,但母亲在电话里对旁人说,最吓人的是"小姑姑"和两岁半男孩母亲的对仗。那个夜场出身的单亲母亲即使生了孩子,也依然像个紧致的大学生。她的美丽自信足以挑衅"小姑姑"的骄傲,最致命的是,她竟然是在"小姑姑"和我父亲结婚后的第二年,就有了关系。这个陈述,当众颠覆了"小姑姑"的爱情,嘲弄了"柴邱配"人间仙境的婚姻。"小姑姑"可以不屑、不在意在她之前存在的乱七八糟的女人们,但是,她绝不相信,在她和少年父亲"王子公主"一样的幸福生活里,居然有蛀虫进入。她拒不承认——骗子! 都是碰瓷谋财的骗子!

她只承认少年父亲前婚史里的一对双胞胎女孩。她在灵堂上有过非常失态的号叫,夸张炫耀父亲对她的宠溺。她歇斯底里地反复宣称,是她,专享了父亲高天厚地的甜蜜爱情。她当庭铺陈的、民政公章确认的第二段美好婚姻,使祭拜的人们一边偷瞟遗照上父亲纯真无拘的笑脸,一边很不礼貌地悄悄研磨那串爆米花一样的爱情奇闻。而"小姑姑"当堂颂扬的受死者专宠的爱情往事,成为牙医小柴母亲眼里最天真笑话。比如:

——如果,我和她掉水里,你先救谁? 小姑姑说。

——救你。死鬼曾这么说。

——如果我和那俩双胞胎掉水里,只能救一个,你先救谁?

——救你。

——你撒谎!

——干吗撒谎,她们还会帮我救你,我给她们请了最好的游泳教练了啊。

——那不要水了! 改火灾。在火里,只能救一个,你救谁?

——救你。

——为什么不救小孩?

——你也是孩子啊。

——说心里话! 不许骗人!

——他们有妈妈,你没有啊。

——柴、永、煌!

——真的啦。我对天发誓,如果我骗人,不得好死。

这个对话,是母亲在酒店学给电话那头听的,不知道是否夸张,因为她也是听人们的主观转述。但是,母亲幸灾乐祸的样子,让小小少年确定,母亲并不像她自己以为的那样难过。

牙医小柴没有目睹那个两岁半娃在场的惊魂一刻。据说,“小姑姑”动了刀。众人围抢,末位小三没有被刀伤到,但是,被小姑姑突然抄起的祭拜玫瑰花束横扫了脸和脖子。很多条玫瑰刺血痕,让那女子短时破相,次日涂抹的条状碘伏,让她也有点像丛林战士;最可怕的是,“小姑姑”一度抢过了那个两岁半的小男孩,她要掐死那个“骗子小道具”。即使末位小三,拿出柴永煌抱孩子、柴永煌和小三互喂荔枝等多张亲密合影,“小姑姑”也照样蔑视他们的

"狗屁关系"。那个还不怎么会讲话、老是摇头、满嘴"搭搭搭搭"的小男孩，平心说，真的不像我父亲——我在不知情的前提下，在灵堂外，见过她"丛林战士"一样的碘伏妈妈。当时，她捉住男孩，给他擦口水垫后背汗巾——两个女人的对峙，据说非常恐怖，"小姑姑"阵阵狞笑，歇斯底里，要砸那母子俩出去；那个女子不慌不忙，拿着汉显传呼，给周围人看死者曾给她的各种情话；"小姑姑"再次指令手下打报警电话后，末位小三把小男孩抱到父亲遗像前，指问他是谁的时候，那个不会讲话的男孩，居然拍起小巴掌，清晰地叫"把把把"，一边口水直淌。

那一瞬间，据说静了场。大家都瞪着眼睛看那小家伙的口水垂挂。这个静场，让末位小三忽然悲愤交加，她第一次失态尖叫，说，报警吧，报！我们做亲子鉴定去！

接踵而来的众小三及后嗣们，确实给灵堂带来巨大的震撼，给治丧委员会带来措手不及的混乱。急于恢复葬礼秩序的至爱亲朋们，不约而同地希望或暗暗齐心，共同逼迫"小姑姑"息事宁人、遵从死者入土为安的最高准则。相比那些张狂的小三们，牙医小柴的母亲，成为最通情达理的未亡人。而母亲临终承认自己有愧，说，我把他给我的一大笔流产补养费，偷偷拿去买了缅玉手镯。我生下你，他气得几个月不理我，后来，他还是来看我们了，笑眯眯地看着你，从此，每个月都给足生活费。但他说，逼婚的事，不要想。

三

牙医小柴在往后的岁月里，总是梦回那个恐怖的祭奠大厅。

在梦里，他一遍遍、有如初历地重新感受那里的一切：所有的人都没有离去，他们都停在了那里等他。三壁落地的铁灰色墙布，白色的挽联，围绕长桌的、被人摘去黑棕色花蕾的百合花，红得发黑的玫瑰；又细又长又白的牙齿，那个非人感的笑容，猩红的尖头绑踝带皮鞋，一样会踏在他少年的单薄肩头；每一次梦回，都能让他浑身出汗；每一次醒来，都有好几十秒钟，他不能让自己迅速领悟那不过是梦。他的情绪总会被梦里的哀伤裹挟着，随波逐流好一阵子。

梦里，那座永远的灵堂，永远在等着他。那些笑脸，遗像上的笑，那个非人感的、过分明媚的笑脸，都在意识深处潜伏，有如下水道里的老鼠，随时会冒出来。

牙医小柴完成学业后就孑然一身了。求职艰难。他先是在老家旧矿区小医院，做了三年医师助理，自费完成正畸进修后，他就想下海到外面大诊所里干了。但因为文凭差、资历浅，又没有五年执业经历，他四处碰壁。

和"小姑姑"再度关联上，缘起于他的医专同学阿杜。阿杜拉他去老家一起承包一个牙科诊室。那正是牙医小柴当年为生父奔丧的陌生的省会城市。说是省会，承包的诊室，实际是一省城下辖的镇卫生院里的牙科室，后来景区开发，那个叫四盆水的小镇才有了大知名度。那小镇，自古以来，被一条美丽的山涧溪水围绕如内陆半岛，漫山遍野都是漂亮的竹海。牙医小柴去的时候，刚刚改名为四盆区。外地游客叫它四盆水景区。

镇卫生院是个陈旧的两层 L 形砖混平顶楼。虽然临街，但临的是一条破旧大街，来往的大都是为生计忙、为蝇头小利而开心的苦穷人。承包的牙科诊室，是承包人自掏腰包、自己动手装修的。它明亮简陋干净，却基本无人问津，长时间生意惨淡。牙医小柴和牙医阿杜，靠低价拉客、高质服务，苦撑苦熬到第二年的夏天，诊所才像终于长了根的水培植物，渐渐活旺起来。暑假过去，牙医小柴拿到了一万多元的收入。秋天就突破了两万元。到承包一周年的第三个月，牙医小柴的收入，是开张第一个月的十几倍。他还掉了承包金、诊室装修分摊款、X光机等设备款和正畸进修费用。

有一天，牙医小柴接到一个电话。一个喑哑的女声。

问一下，我不一定做。

牙医小柴说，没关系，我正好有空。你慢慢说，看我能不能帮到你。

我是估计你没那个本事。

牙医小柴说没事你先说说看，能的话我尽力。

有个鬼把你胡吹成华佗——哼（或者是嘿）。华佗呢。

牙医小柴连忙谦虚否认，他心里对这个喑哑声音，既好奇又嫌恶。

没有一个医院敢接（诊）我，省里市里上海北京日本牙医。你个乡下卫生院的小牙医，那些鬼居然硬说华佗转世……哈哈哈哈……

牙医小柴确定对方是个精神病。他放下电话。电话马上就愤怒地响了。牙医小柴狠狠抄起电话，声音却不敢不温和。果然还是那个喑哑女声：

你挂我电话?!

……呃,问你病情你又不说,我没有时间陪你聊天啊。病人在等。牙医小柴保持的最后一点理性,挽救了这个不好的发展势头。

你老实说,你敢接高血压、糖尿病的人拔牙吗?

牙医小柴傻了几秒钟,耳朵里立刻传过来唭唭嘲笑声:不是华佗再世吗?我看你——也是个屁。

牙医小柴在极大的忍耐中,和风细雨地解释了高血压、糖尿病的高危所在。也终于问明白了,她说的"那个鬼"——那个推荐人是谁。

暗沉女音的轻慢语气,嚣张自负的挑衅情绪,都没有让牙医小柴唤起少年的记忆。当然,暗哑的女声,只是按她自己的心情发声,她也不可能想起十几年前,在一个特殊场合,她给了一个可怜巴巴又倔强讨嫌的少年一记大耳光。

那个"鬼"是个搞水电还是五金什么的老板,小柴记不得了,反正是个老板。几个月前的一个晚上,牙医小柴要关门时,他进来了。手捂着腮帮,眉头皱着,一脸痛苦的吃人表情。一个像跟班的机灵的小个子年轻人,帮着解说,我们老板牙疼大发作,能不能赶紧帮他止疼?大医院里面现在没有值夜班的牙医。看到小柴没有马上说好,那个"鬼"骂了一句粗话,说,快给我弄弄看!人家说你好嘛!

牙医小柴还是暂缓关门接了单。那个"鬼",真不是好鬼。口腔清洁度太差,可能刚撤离酒桌,张口就腾蹿出潲水缸的味道,一股尖锐的脓腐臭鸡蛋味,牙医口罩根本挡不住,小柴顽强抵抗住阵阵反胃,终于像探矿一样查明,那颗痛牙16,有个隐蔽瘘管。牙医小柴做了常规的扩根封药处理,收了十块钱。那个鬼,后来知道是姓邱的男人,回去说当晚就不痛了。几天后复诊,瘘管已经消失。

对于牙医小柴来说,那个患者给他最深的印象是,一张逼人的臭嘴,还有他的奇怪感谢。隔日复诊时,他进诊所连声高呼的不是谢谢噢谢谢,而是——十块钱!——十块钱!他的呼叫致意,惊扰到好几个就诊病人。这是个有点钱的个体老板,他完整的表达是,痛了我一个多月的牙,你十块钱就治好了它!不得了哇!他说,他在市里去过各种大诊所,看过各种名医、家传老牙医,吊过针、吃过药,煎服了六七服中药,统统没有用。他家的保姆推荐他来这里,但是,他一直觉得保姆能推荐什么好东西,肯定是屁一样的乡下牙医。没想到,"你这个鬼,还真是神医啊"。邱总是一个忙碌的生意人,之后,他把自己所有的不良牙齿,都交给了神医小柴,而且再忙,复诊也基本随叫随到。

邱总是声音暗哑的女人的亲戚,有一天他向她推荐了牙医小柴,那时,她已经牙疼了快一个月,有颗牙(45前磨牙)欲掉不掉,近一个月来,没有一个医生愿意拔她的牙。但是,邱老板的建议和邱老板保姆当时的建议一样,在她听来也基本和放屁差不多,她根本看不起:那不起眼的破卫生院,那被人承包的小牙科室,那些穷得狗急跳墙的小牙医,算什么屁东西啊。

她的45牙,一直在疼,就是不掉落。平时钝痛,时不时会突然炎症发作,或者触碰不慎,就会痛得让人发疯。给牙医小柴的这个电话,就是45牙大痛发作时打出来的。

牙医小柴问明情况,也一口回绝,他拒绝了她——准确说,附带条件地拒绝:如果她不按他要求一一做到,那么,他也不敢给一个糖尿病、高血压的人拔牙。

四

通过声音,牙医小柴推断那个女人不年轻,但第一眼见到她,他没想到,那完全是个面目可憎的老太婆,等他明白这竟是他叫过"妈妈"的、后来改叫"小姑姑"的女人,简直有被雷劈的感觉。他难以相信自己的眼睛,无法理解眼前这阴沉而衰老的形象是怎么生化出来的,也不过就是十三四年的时间啊,当时她最多二十七八岁呀,怎么能有这样的断崖之变?要知道,小牙医一直在这十三四年来的记忆里轮回,那个灵堂,一直在他脑海里自动刷新。多少个深夜,小柴不断梦回那个祭奠大厅,那里的人一一在位,他们都没有老去。那只猩红色的尖头绑踝带的皮鞋,依然踩在他瘦小的肩头,依然刺眼地叫嚣着青春和愤怒。在梦里,它们也从来没有褪色过。也可以说,少年根本就没有离开过那里。所以,这个对比太震撼了。

十三四年,对有些人来说,真的可以是大半辈子吗?

学校毕业至今,牙医小柴也有四五年的从业经历了。职业使然,他对人们的笑容、表情状态,有着病态的职业敏感和研究习惯。他知道,牙齿的好坏,不仅仅影响容貌美丑,更掌控人的情绪表达,他甚至可以通过表情,反推牙齿的好坏。牙齿问题多的人,面部表情一般不自然,神情往往抑郁。甚至年纪还小,人的心理已经被牙齿好坏所左右。他见过一个断了门牙的十龄男童,不断地以手掩面才能回答医生的提问。在老师那儿,他还见过一个二十多岁因为牙周病,几乎失去了整口牙齿的小伙子,那个无牙的青年,委顿、抑郁、卑怯,一副欠揍的窝囊脸,开口或者不开口,他都那么小心翼翼。但他自己坚持认为,他天生不爱笑,牙只是一方面原因,更主要的是"外面没有什么好笑的"。老师对学生们说,别听他的,只要给他换一口好牙,他的人生就会发光,就对谁都容易笑。

老师有一篇关于笑的宏文,据说灵感来源于梦境。在老师的梦里,所有的生命都如亮如蛛丝的光。每个人就是一丝光。不笑的人,那丝光就不清亮不透明,就像捂了盖子,连通不到天光。而牙齿,就是那丝光的盖子。真正的、由衷的生命喜悦,会让光丝透亮、接千载、连万宇、和光同尘。老师还说,除了恶牙、恶念,没有东西能让生命不再透亮。梦的尾声,是看不见光丝,只有遮天蔽日的黑线,像漫天的黑雨。老师给的解释是,牙和恶念,制约了生命的光华。他勉励弟子,牙医有能力让人间发亮。

柴永煌的遗照上,他笑得很暖和,但是,他门牙微微内陷,犬牙 13、23 都偏尖,算不上一口好牙,不过,他应该算拥有一个不错的人生了。如果用路桥来比喻人生,那么,大部分人都是平面马路、草地小道而已,而柴永煌的人生,至少是一条丰富的立体交叉桥路。

牙医小柴一进入那个金丝竹篱笆围绕的小院子,窗帘边的"小姑姑"就认出了他。应该是他们父子长得太像。成年后的小柴,简直就是柴永煌的翻版。读书时,初上社会时,他还比较清瘦,承包牙科后,压力太大,小柴变胖了,这和父亲更是有如翻模拷贝的效果:结实圆润的矮壮身材,高弹力的厚臀,饱满的、有点歪的天灵盖,随和的圆脸上,有明显的眼下卧蚕。这种卧蚕痕,无须笑,就春意融融,花见花开。一样的偏厚嘴唇,一样的唇边不清晰,一笑,一样地露出微微内凹的门齿。

牙医小柴对着客厅茶桌边看他的老妇人礼貌地笑着。老妇人没有回应他的笑容。把他带进来的下人模样的人掩门退出,硬木底的拖鞋,在门外的石阶上"笃笃"远去。小柴一时尴尬不适,因为,照常理,作为患者和主人,妇人应该主动和他打招呼,告知自己的害牙情况,而那个老妇人只是扭头看他,她打量他的寡淡样子,就像看一个值不值得施舍的乞丐。她连起身的意思都没有。牙医小柴当时感到,她是对他的医术毫无信心。

看在出诊费很高的份儿上,牙医小柴只好自我热烈地进入工作状态。他笑着,指着窗前的躺椅说,那是我说的躺椅是吗——OK,请您躺上去吧,让我看看您的牙。哦插座在哪儿?我需要这个灯照明。小柴举着自己带来的灯。老妇人这才站起来,背倒不厚,两肩却窝着,看起来像一只松散羽毛的鹰隼之类的大鸟。她踱到牙医小柴跟前,并没有指明插座位置,而是偏着脸,更加仔细,也可以说是目光轻慢地扫视牙医。对于医生而言,这是非常不礼貌的病人表情。牙医小柴在尴尬中,抵御着接收到的蔑视和轻微的屈辱,医患双方就在这样的站位中角力。

老妇人就这样专注又充满蔑视地扫描着他。他以职业的敏锐,看到了老妇人眼眶里,浮起一层清亮近无的水光。老妇人没施任何脂粉的脸,像一块放久的老姜。她额头高宽,但不饱满;眉毛短促却不协调地兴旺,尤其是两边眉头的眉毛,逆生勃勃,几乎有在眉头打旋的气势,这使她脸上有一股不屈的犟气;两边眼袋不算大,但上面都有沟痕,就像蝴蝶上下翅膀分割,蝶翼状的眼袋之

508

间,挺立着锋面锐利的瘦高鼻子,难怪给小柴鹰隼的感觉。此外,对于牙医小柴来说,很重要的,她的脸,右腮略大于左腮,软乎乎的垂坠感,这该就是45牙的炎症痕迹。

你父亲叫——老妇人说,柴、永、煌。

几乎就是妇人开口的同时,牙医小柴的记忆也连通了十多年前的祭奠大堂。是的,那偏脸看人的恶习,乜斜刻薄的鄙睨,那又细又白又长、非人感的牙齿,都在驱散岁月模糊的淡雾,呈现出记忆通道的指路标志。它们使灵堂比梦境更清晰。牙医小柴脸色发白。这个女人非人感的笑容,唤起他腮帮的少年之痛,不仅是大耳光,还有那只踏在肩上尖头的红皮鞋。面色青白的年轻牙医,控制不住由内而出的轻微战栗。身体的不适反应,让他更加难堪和愤恨,但他茫然地看着老妇人:周围的一切都有点变形,这一瞬间,时空虚幻而幽暗。

他还是点头了。但也因辨认出了对方且心绪黯淡,他压根不想再问什么。老妇人却一脸尖刻的自得。拿过老妇人给他的几张检查单子,他边看却边在开小差:十三四年吧,是什么让一个年轻的女人,直接变成风干的老妇人呢?

这个朝南的客厅,一下子安静下来。牙医小柴往插座插线的身影,在落地窗里的阳光下,佝偻着移动。仿佛识破妖精的成就感,让老妇人悠然地把自己放在躺椅上,空虚而满足的目光散看着天花板,令牙医小柴十分生厌。掌灯的临时助手还没有到,牙医小柴一手持灯,一手持镜,粗略看了个大致。炎症消退了,45牙松动得就像深秋树上的干枯残果,拔除它,应该没有问题。老妇人的心电图、血常规报告单、血糖检测报告,也都显示她的身体在五个月以内是稳定的。这是她和牙医小柴的第一通电话的医嘱结果。两个月前，第二通电话，牙医小柴说，如果这些指标，半年内都是稳定的，你到哪个医院，医生都会帮你拔掉这颗牙齿的。

声音喑哑的电话那头，传来几乎是幸灾乐祸的尖厉叫声：就找你！

牙医小柴当然听出这邀约里，没有一丁点感激与信任。他觉得自己更像一个被猎捕的对象。可以想见，对方大概是个被害牙逼疯、仇恨所有牙医的变态狂。这么想着，医患连接也就由此莫名达成了。两个月过去了，这前一天，接到了她的期满电话，而牙医小柴承包的小科室，已经在一个月前被镇卫生院突然收回。院里倒是想收编他们，并承诺给他们干部指标，所有的设备也可以都按原价回收使用，但是，牙医小柴和阿杜，在承包的两年多里，品尝了艰难起步到蒸蒸日上的好滋味，再让他们回到领工资的身份，完全是不可能了。心野了，翅膀又般配地硬了。阿杜准备先去深圳，女朋友家族想让他过去帮忙，利用这个断片时间，他先过去看看情况，应付一下；而牙医小柴，一直有一个高端的个人牙科梦想。四盆水镇五星广场门口有一处，比较便宜；省城摩尔大商城，一个客户介绍的朝北朝湖的夹层店面，位置好，各方面条件也不错，就是大而贵，牙医小柴吃不动。所以，这些日子，在四盆水，他一边在考试，一边注意新址考察，基本上一周干之前两天的活，主要是针对那些复诊患者。X光机、牙椅等设备，都放在阿杜家，有约，就过去集中处理一下。其他时间，都在考察选址中。声音喑哑的女人来电话时，牙医小柴说自己已经没有诊室了，他在婉转拒绝，让她去别的医院。那个女人嘶叫起来：让我白等？！

牙医小柴屈从了。

奇怪的是，张大嘴巴，妇人嘴里的牙，并没有牙医小柴感觉的那么细、那么长、那么白。牙龈毫无萎缩，牙周整体情况尚好。临时助手从阿杜家带来了麻药针筒、消毒碘伏、卫生棉球等拔牙工具。拔牙的时候，老妇人基本算配合，麻药一起效，牙医小柴就三下五除二，眼明手快地把那祸害她半年的45牙，连根拔出。止血情况稳定。看着那颗害牙，小柴屡屡疑惑，即使连根而出，它也是正常的长度，可是，为什么这些牙，组合出她的笑容，或者说咧嘴露牙，总给他不安的非人感呢？

纳闷的感觉也不止于牙齿，处理牙齿的过程中，老妇人开始显得比进屋初见时年轻一点，仿佛有一种光，正在帮她剥脱岁月蒙上的尘灰褶皱，衰朽寡淡疏离排斥感，也像牙结石一样，被时光钻头瞬间磨去，也可能就是牙医自己少年时的眼光，重新把他引领向他少年时眼里的"小姑姑"。小姑姑仰躺头发后掠，她颞部和颧骨之间有一条蚯蚓似的条状鼓起，如蜡一般质感发亮；她的左手背手腕处有另外一条"粗蚯蚓"，这一条更鼓凸，看起来手腕上像缝了一条小肠在皮肤上。牙医小柴脱口而出，你疤痕体质啊。

老妇人睁开眼睛，她听得懂小牙医所指。她重新闭上眼睛的时候说，我的身体记仇。

小助手有课，赶着先走了。牙医小柴和躺在椅子上闭目休息的妇人，依然默无声息。老式的方格子木地板上的阳光呈焦糖色。牙医小柴觉得小院四面的金丝竹，维护了一个令人不安的发黄时光，就像围住了一张旧照片。又测了血压，足够的观察后，确定没有问题，牙医小柴便交代了一二三四注意事项准备离去。那个硬底木拖鞋的声音从院子外渐近地传来，他来得正好。他进来时是空手的，但不知从哪里拿出了一个信封。牙医小柴接过的时候，里面的分量感，让他由衷表达了关切和谢意。

当然是微笑着，下眼睑的两道卧蚕，使他的笑温柔而光辉，就像从心灵深处的清泉边冒出的水仙花。这不只是礼貌，而是令人安适的祝福。就是这个时候，连那个穿硬木底拖鞋的人也想不到，已经起身的妇人，嘴里还咬着止血棉球的妇人，忽然，一个巴掌甩在牙医小柴脸上，这个位置，和十几年前一样，引发的脸涨耳热的疼痛，也和十几年前一样。

牙医小柴张着嘴，手慢慢捂在脸上。他眼睛睁得很大，张皇困惑地看那妇人，显然，老妇人也为自己的行为所困，她有点吃惊，但更明显的是局促与惶惑。牙医小柴拼命控制自己，忍住了还她一巴掌甚至两巴掌的冲动，最后，他只是狠狠抓住了她苍老内卷的干瘦肩头。

那个该叫小姑姑的人，不等他抓住她，一点老泪，眼药水一样流淌而下。但这只是她一瞬间的脆弱，马上，她扭脸走过他，径直往二楼而去，那个单薄的、双肩内卷的虚弱背影，依然布满傲慢与蔑视。这个恶毒的孤傲背影，蹂躏着牙医小柴的心。他咬紧牙关默默拿起工具，开门而出。金丝竹小院的院子铁门反锁着，他试着操作开门，竟然打不开。他有点躁狂，硬木底的拖鞋声，援助而来。那人行云流水般把三张百元币，又塞在牙医小柴手上，同时为他开了门。

在牙医小柴的脑子里，他已经把钱狠狠撕碎，摔在风里，再对屋子方向恶狠狠啐上一口，但其实，他没有，他只是把钱狠狠捏紧,再捏紧。尽管屈辱、费解和愤怒。他失态地吼叫了一声,用力踹了一脚铁门。

那个穿硬木底拖鞋的人对他略微点头,像是礼貌的道别,也像是对更多隐忍的理解。牙医小柴意犹未尽,又狠狠踹了一脚门。

五

牙医小柴从小就觉得母亲是个大嘴巴。回望童年到少年到青春初岁里,年年月月填满了她的声音。她很容易交朋友,也很容易对朋友丧失信赖,不过,她一生挥霍不掉的热情、贴心和轻信,依然使她还是会交结许多新的朋友。她一个普通单位的大龄小会计,因为车辆剐蹭(她的自行车和柴永煌的汽车剐蹭)就和一个男人有了一夜情,有了牙医小柴,简直莫名其妙,但小柴对此毫不怀疑。他母亲完全是可以这样打开人生页码的人。她说,她这辈子从没有见过,比他父亲更爱笑、更慷慨的男人。她把那个车祸,形容为幸福的人生撞击。好吧。好吧。写作业的小柴,喜欢集邮的小柴,寡言少语的小柴,被母亲和朋友们带去吃麦当劳的小柴,不止一次、不止十次,听到母亲的新朋旧友听了她的单亲浪漫故事,都会用"好吧""好吧"来喟叹她的幸福往事。

也不是说,母亲就丑到出嫁困难的地步,在牙医小柴两三岁的时候,母亲还差一点被一个退休工程师娶了。但是,他们家风不太好,几个成年子女都守约似的,不给小柴母子一个笑脸。即使柴永煌暗地里塞了一笔还可以的陪嫁费,也没有更坚固那个婚姻。那桩婚姻维持到拿证后不到两个月时间,就吹了。母亲对自己家人说,无所谓,本来就不可能再遇到笑起来这么让人安心的男人。

噩耗传来,母亲带小柴赶往柴永煌家祭奠的时候,她也和主妇"小姑姑"一样,遭遇了顶级的情感霹雳。她也和"小姑姑"一样,从未想象过这"笑起来这么让人安心的男人",竟然有这么多有子女的女友啸聚灵堂。奔丧的去途,她还是很单纯的。因为她从来就知道,柴永煌不可能娶她,这是第一夜就明确的事项。关于孩子,柴永煌铁板钉钉地说,这个孩子——我们说好流产掉、你拿了钱却违约偷偷生下的孩子,我再恼火,也会对他负责。这就是结果。没想到,牙医小柴一天天长成最像父亲的人,这让柴永煌措手不及地被吸引了。小柴后来明白了,母亲火急火燎奔丧,祭奠亡夫是一回事,但更主要的,是为了儿子的权利,是去讨生活,是去落实未来的。父亲几次说过,会培养他出国留学的。

一到祭奠前堂登记处,牙医小柴的母亲就陡然心虚。母亲后来在酒店里抱着电话,对那些知心朋友控诉说,简直太可怕太疯狂了!人家说,又来一个!这个孩子比上一个更像。她说,她完全没有能力理解现实——她怎么也就成了一堆职业小三中的一个?我一个这么独立自爱、博览群书的女子,怎么就和那些轻浮女人一样,成了乱七八糟的入侵者?牙医小柴推想,那个荒唐的时刻,估计只有他母亲有那个想象力和胸怀,让儿子叫正房"妈妈"。她不切实际的天真烂漫、自以为是的换位尊重,正是自取其辱的原因。

不好理解的是,牙医小柴发现,母亲始终没有怨恨生父的任何话语,是死者为大,还是她早就知足死了心?临终前,在舅舅姨姨的反对下,她一个人坚持说完了给儿子的单身母亲的爱情童话版,最后一句依然是乐观向上的:承蒙老天厚爱,你虽然没有获得多少遗产,但是,他们任何一个,都没有你像他。他的笑容,是这个世界上最好的东西。儿子,你得到了呀。

大姨说,神经病。

二舅说,呸。

六

把牙医小柴瞎吹成华佗转世的那个"鬼"邱总邱来琦,最后一次来复诊,是一周后。也许是怜悯小牙医诊所被收回的落魄,也许是正好时间宽裕,他喝着阿杜母亲泡的老茶梗,满嘴陈香,对牙医小柴说了很多真假难辨的八卦。牙医小柴知道那老妇人是他的堂妹后,便把他的八卦当了真。挺明显的,大概他们邱氏族人,有一个共同的人生看法,并用同样的指代方式,表达出来。刚开始,老妇人说,"那个鬼"举荐他时,牙医小柴不知所指,后来几次邱来复诊,牙医小柴对邱张口闭口的"鬼"指称,也是脑筋频频短路跟不上趟,比如,他陈述一件事情,有几个人参与。他是这么表达的:"那几个鬼都在场,某某局一个,某某水运公司一个,某某街道办一个",或者"那个鬼,根本不值得信任",又有"这是我他妈见过的最不要脸的鬼"。

老妇人叫邱美丽,是邱来琦唯一的堂妹,也是邱氏家族最漂亮的后代,说是当年以全省公开招考第一名的成绩,考进航空公司的头牌空姐。那时候,哪有后门可走? 一个鬼都不认识,就是硬碰硬。

老邱说到一个黄段子,牙医小柴把刚送进嘴的绿豆糕笑得喷出来。他尴尬地寻纸巾揩拭。老邱却不笑,只把粗梗茶喝得吧嗒、吧嗒格外响,果然,放下茶杯,他又起一个故事的头:有些鬼东西,你不得不佩服,我有个朋友——老邱看了看手机时间,仿佛是由时间确定给牙医小柴是讲详版,还是简版的故事——这个鬼呢,人不算坏。帮过很多人,也帮过我。他这一辈子,真是叫贵人多、桃花旺,我是彻底服了。矮矮的个子,老邱比画了一个与他同肩平的高度,肯定没有我帅,但是呢,他到处都有女人缘。酒店大堂那种旋转玻璃门,你知道吧,他和一个女大学生同时转进一个格子再一同转出来,好,搭上,开房;去医院割个盲肠还是痔疮什么的,小护士,又搭上一个;开车不小心撞了骑自行车的女人,才出急诊室, 马上就搞上; 这鬼去幼儿园接小孩——一辈子就接那一次,好, 幼儿园老师又到手了——出门捡钱都没有他捡女人概率高!死的时候,哇哈! 一大堆女人冒出来分财产!

就是有点钱嘛。牙医小柴悻悻地,语气有点阴阳怪气。他当然猜出"那个风流鬼"是谁了。邱总反驳说,也不能这么说,有个空姐为他放弃一个比他有钱的香港老板,就不是图他的钱。

那她图什么? 牙医小柴说。

唔这个,只能叫见鬼了。空姐说,图他的笑。邱总笨拙地耸了耸肩,这个动作,出卖了他并不理解的态度。但邱总还是说,反正是跟钱没有关系,那空姐不是胡扯淡的人。说当时,女方家里坚决反对她放弃香港老板,找个二婚的矮子。空姐一根筋就不拐弯。家里人就偷偷托人把她和我朋友的照片,给一个看相高人看,高人一看就摇头,说男的下巴凸翘、卧蚕深刻,怕是风流债重,且人中平短,耳垂单薄,恐怕英年早逝。再看女相,眉毛逆生、眉头带箭,这辈子逆境多于顺境,前半生多是非、失望中。婚事谨慎为好。但女的根本不信那些封建迷信。不过,后来看,好像全部说对了。

邱说他朋友是倒爷起家。20世纪80年代,摆过地摊卖衣服,后来就倒丝袜、电子表,再后来就倒录像机、影碟机。倒来倒去,暴利滚滚,几千块的录像机,倒到四川卖到两万元。后来跟物资部门开除的什么人干,更是旺得不得了。他跟空姐说,都是她旺夫运强。邱是这么形容他朋友的兴旺的:他的死一下子成为特大新闻,才四十五岁嘛,刚刚被评为市里什么十大杰出青年、优秀青年企业家什么什么的。那鬼长得也偏年轻,反正看起来就跟你现在差不多的样子。所以死的时候,没有人不震惊。男人啊,兄弟,成不成功,就看你死后多少女人来祭拜你。你不知道那灵堂场面的乱啊!在野的女人,执政的女人,小一小二小三小四,国内的孩子,国外读书的孩子,最大的二十一岁,最小的两岁。那些傻女人,好像谁也不知道其他女人的存在,她们互相生气互相蔑视,个个都在证明自己的孩子才是正宗——那一个祭拜灵堂,肯定是世界上出警最多的灵堂。警察都快气哭了。那些本来挺悲伤的兄弟朋友们,就像看小品一样,躲在卫生间里边撒尿边笑得发抖。看看人家短短的一辈子,却死得像帝王。兄弟们都快羡慕哭了。

所有的女人都在算计他的钱,只有他老婆,算计他的笑。

笑,也用"算计"这个词?牙医小柴很费解,但邱总把手包夹在胳肢窝下,站了起来。

最后这杯喝了吧。牙医小柴说,女人怎么这么傻呀……

不傻怎么当女人?女人要不傻,男人早都死光了!邱总一饮而尽,大步往外走,一边大度地挥挥手喊,别急,小子,你也有机会。
女人都爱你这样有钱又爱傻笑的男人。

牙医小柴为新诊所弄得身心疲惫。他联系到了省城一个女同
学,游说了很久,她决定向亲戚借钱,然后辞职,和小柴一起在摩
尔大厦夹层合作开诊所。她名字都起了好几个,小柴却一直没有
办法落实投资款。他急需钱,邱总很狡猾,在电话里说,我可以帮
你搞点装修,但我缺的就是现金流。就在牙医小柴焦头烂额心灰
意冷的时候,邱美丽打了他的电话,因为她右大牙裂了一小片,小
片却没有掉下来,一触动,死痛。她要牙医小柴马上到。牙医小柴
一口拒绝,说自己没有空。但是,他隔日一早主动去了,还带了一
大捧花农在路边卖的茉莉花,一路嘴边都自然浮现着他父亲式的
笑意。

在早晨田间剪下的一阵阵茉莉花香里,他满打满算能借到她
的钱。怎么没有想到她呢,他甚至想,老妇人还会向他道歉。她打
过他两巴掌,道歉是完全应该的,这是她亏欠他的地方。那样,他
就可以提出多一点的借款,或者让她以投资的名义注资也行。这
都是合情合理的, 他有点理解当年他母亲让他叫妈的恢宏心意
了。现在,如果她愿意,他完全做好了叫她妈妈的心理准备。

她当然是有钱的。她的钱是他父亲柴永煌挣来的。

在那个金丝竹院子里,他再次帮老妇人解除牙患痛苦。但那
个叫"小姑姑"的女人,根本没有露出一丝道歉的意思,她只是让
家里的老保姆给他端来了红枣莲子羹。这是上次没有的待遇。她
似乎对给他的每一个巴掌,不是健忘就是心安理得。"小姑姑"显
然丰润了一些,气色略好,应该是患牙清除后,能正常进食带来的

改变。这当然归功牙医小柴。但老妇人既不说谢谢，也没有一丝道歉之意，而牙医小柴，因为心怀鬼胎，也因为天性随和，始终保持自发自动的热忱，和她积极聊天。他不敢贸然夸她变年轻变美了。而聊几句他就看出来，老妇人人鬼不分的混乱指代，比她堂哥邱总有过之而无不及。她基本也是把这个人、那些人，都替换成"这个鬼""那些鬼"。柴永煌更是"骗子鬼""短命鬼""恶心鬼""流氓鬼""贱骨头鬼"的大本营。

这一次，"短命鬼"柴永煌是回避不掉的话题。

牙医小柴自以为踩准了借款时机，当时，老妇人指着他说，长这种脸的，都该去死。牙医小柴厚着脸皮笑着说，我死了，谁来照顾小姑姑的牙齿？老妇人果然敏感，她像起了鸡皮疙瘩一样，狠狠啐了一口，而且，她拿茶杯的手臂已经微微抬起。牙医小柴惊惧地闪念，她又要给他一巴掌，也许，她想泼他一脸茶水。但是，她却闭上眼睛，单薄的胸口有了一下明显起伏。牙医小柴已吓得噤若寒蝉，他确实害怕了，想要逃走。

你家那个自作聪明近视鬼，现在应该更胖更丑了吧。

知道小柴母亲已去世多年，她嘴边浮起一道轻快的弧线，目光虚空却隐约哀伤。牙医小柴以为自己唤起了她的恻隐心，所以，他从母亲的话题巧妙拐到了自己的计划，请求她借款或投资。老妇人突然大声笑起来，夜鸟一样的刺耳笑声，让牙医小柴再次感到她嘴里又白又细又长的非人感牙齿。他终于意识到，它们之所以给他非人感，是因为它们从来不是为了喜悦而展露，而是隐藏的凶器。

牙医小柴站起来，沮丧感和仇恨感，如烟雾一样满胀胸膛：这个恶妇,看来是不会支持他的。他准备离去,但是"小姑姑"却抬起二郎腿的足尖,游戏般,点踢着他的膝头:也可以呀,六十万元无息借你。如果合适,我可能再追加投资。你们不是都很想叫我妈吗?!好,有个条件:你先拍一百张笑脸照片来。就用你父亲送你的照相机,你照去!一百个人的笑脸,真正开心的笑脸——绝不是柴永煌那样的,也不是你这样心怀鬼胎的——你给我拍真真正正的笑脸来,一百张,拍来,我马上打钱给你!

牙医小柴一时喜出望外——这算是什么条件? 随便! 牙医小柴笑得比柴永煌还柴永煌。笑脸照片,不是随手可得?求学求生行医多年,除掉坏牙,解除牙患,他见过多少开心的脸,还拍不到一百个人的普通笑脸?

"小姑姑"说,必须是陌生人的笑脸,自然的、真心的。被拍人认可自己的笑脸是由衷笑的,就签个字。如果不认可不乐意,被拍摄人可以"撤销笑脸"。牙医小柴马上就想到,可以到相声小品剧场展开拍摄,那里有多少人笑得前仰后合,开怀到爆炸,但是,"小姑姑"一眼看透了他:不许到讲笑话的地方拍,那里的笑,和胳肢窝胳肢出来的笑一样,它是临时的,空心的笑。笑完他自己都会忘了为什么笑。你要给我看真正的、心里面出来的笑。

理解。明白。没问题。牙医小柴如捣蒜的脑袋,一下一下被他控制得缓慢稳重。

其实,牙医小柴有点困惑,但他审慎地没有流露,他怕他不恰当的疑问,会让她不信任或不高兴。"小姑姑"看起来志得意满,仿佛设好陷阱的猎人。之后,她像赶苍蝇似的挥挥手,示意他走。牙医小柴走到门边,听到身后传来不无作弄感的轻快声音:去拍,去拍！拍好了，我直接加钱改为投资款，我可以写到我遗嘱里！

牙医小柴忍不住回看了她一眼，笑眯眯地甜腻腻地挥挥手。

——滚，老妇人把嘴里的牙签啐了出来，少给老娘看你的鬼笑。

七

急于弄到钱的牙医小柴，行动迅速。父亲车祸前给的那台第一代数码相机，当时可能非常昂贵，现在也像古董了。这事是有点莫名其妙，但也符合老妇人的乖张品性。总归是一个弄钱的机会。牙医小柴觉得自己绝不能放弃。

麻烦的是，现在没有诊室了，就没有方便开展的平台了。思来想去，牙医小柴先去了西街。那里有三个女子合租的店面，她们分别在里面各居一角，一个卖女性内衣，一个帮人改衣服，一个专制窗帘、被套。因为先后两个女人的牙都治得非常满意，结果，她们就自动成了牙医小柴的义务广告员。三个女人人缘很好，都是乐观热情，极爱说话的话痨八婆。她们把他的名片贴在店墙上，顾客但凡有说牙疼不适，三个人立刻七嘴八舌、联手举荐小柴。牙医小柴很多顾客竟然都是由她们介绍来的。小柴后来还转了几次他自己也吃不完的、病人赠送的各种地瓜、玉米、橘子、笋干等土特产给她们。

牙医小柴在店里，抓拍了几张她们招呼顾客的笑脸照片。没想到，印出来，她们都不满意。一个说，这笑得比哭还难看，"自然"有什么用？一个说，我笑得太像奸商啦！一个年轻点的说，丑死丑死。三个女人问：你到底要照片做什么呢？牙医小柴又重新解释了一遍，最后，她们还是拒绝在照片后面签字。三个女人，就像传染病一样，一个不肯，个个不肯。小牙医有点生气，觉得她们轻浮敷衍。但她们安慰他说，照片是真的，笑也是真的。但是，这代表不了什么，所以，签字就没必要了。

就好像我们可以说话聊天，什么都可以说，但是，你不能录音。她们解释。

对呀，我们又不是大明星。录音签字好像打官司一样。

不签字我就白照了，就等于你们撤销笑容了。

三个女人一起说，那你就撤销吧。

牙医小柴在西街，还拍了几个人，他们的笑容稍纵即逝，只有一个小男孩抓拍成功。他让他妈妈写地址，年轻的母亲同意了，留下了龙飞凤舞的幼稚签名。但是他请求他们母子再合拍一张，母亲摇头了，说，我笑起来丑。小柴说，哪有啊，会笑的人都是美的。你笑起来非常美。

年轻的母亲抱着男孩子就走了。她的拒绝非常干脆。

这个时候，牙医小柴才明白，这个任务并不是他以为的那么简单。他终于隐约意识到，老妇人比一口拒绝还坏，她是成心作恶刁难他。恨意却激发了牙医小柴的斗志，必须拿到钱，何况，这本来就是我父亲的钱。必须挫败老妇人。他终于想到了一个大贵人，一个曾经找他畸正牙齿的小有名气的摄影师。摄影师说，他已经转行拍婚纱。他们约定了见面地点。牙医小柴就早早过去等他。

十字路口，镇邮局外面有个小夜市，晚上比较热闹，卤味红灯，人影憧憧；白天就冷冷清清，地面是清扫不净的油污痕迹。牙医小柴选了个方便看往来行人的交通遮阳伞的位置，恭候摄影师。

等人的时候，他有了大发现。之前，他以为人们不笑都是因为牙丑或者牙痛。等牙齿改善了，人们就爱笑了。正如老师说的，牙医使这个世界上的笑脸多了。但十字街头的长时间观察，他发现，南来北往、男女老少的脸，几乎没有笑的。有的人似乎刚刚受了气，拧着眉眼；不少人含胸驼背，赌气似的阴沉；有人勾着脖子耷着脸，感觉不是丢了钱包，就是没有钱包可捡而生别人、生地面的气；有的人不明就里地很不耐烦，暴躁着；有的人就是满目凶光，怒行着；有的人一副出门寻死的愁闷脸；有的人则像刚被人占了便宜吃了亏，一脸邪火……总之，看起来他们都不怎么快乐。除了两个手挽手的少女是嬉笑而过。牙医小柴后来数了一下，近百张脸中，有冷漠的、有尖刻的、有愁苦的、有怨愤的、有坚硬的、有麻木的、有沉郁阴鸷的、有警觉执拗的、有失落的、有明显哀伤的，就是没有一张欢乐笑脸。按照老师的说法，满目望去，世界没有光，这些来来往往的人们，就是一条条令人厌恶的黑线。好容易看到几个昂首挺胸、身形欢乐、咧嘴大笑的，走近，却是游客模样的四盆水傻老外。最让牙医小柴绝望的是一对老小爷儿俩。估计是爷爷来接小学生孙子，一大一小竟然清一色的沉郁，尤其那个小男孩，一张小脸，少年老成，比爷爷的老脸还要严肃。

牙医小柴这才有点想哭了：在街头，想找到几张轻松快乐的笑脸，原来是这么难啊。连孩子、老人眼里都满是愤懑与愁苦。他们在愁闷什么呢？老师曾经说过，牙病患者中，青壮年往往不太爱笑的居多；年纪大的人，反而很多爱笑，可能是他们活明白了很多。可是,这些形色阴郁的、本是活得更明白的老人,为什么每一个脸上都像个忤逆者仇恨者?

牙医小柴摸了摸自己的脸,才恍悟出,原来柴永煌的天生笑脸,真的十分宝贵。外人是要算计着,才能长时间拥有它的陪伴啊。就此而言,柴永煌的遗传基因看来好像比较弱势啊。

那个玩摄影的畸牙矫正患者,借给牙医小柴一台好相机。他说他已经放弃人像摄影了,现在忙着婚纱摄影,这比较能挣钱。他说,我没有时间帮你拍摄,但是,摄影师说,我有几十张不同人物打哈欠的抓拍作品,你要不劝雇主改用打哈欠的,这个很独特,很逗,比笑容精彩有趣得多,即使丑得不像本人了,但拍摄者一般也不生气,就像看漫画。

唉不行,牙医小柴翻看了几张打哈欠神作,非常丧气。她就是想难住我,不借我钱,才要拍笑脸的。她自己就不会笑。唉,真正的笑,可能比端正畸牙难多了。打哈欠算什么,连狗都会,她才不要。她是以为这世界上所有的人,都和她一样不开心,她是在断我的路!

摄影师想了想,说,也是,扣除听笑话的人,拍到由衷的笑脸真的难。要靠运气。

摄影师在自己的工作室,上天入地先为牙医小柴找出了十几张笑脸照片,并答应说会找被拍摄人签名认可。牙医小柴有了基础,信心恢复了一些。

其间,摄影师在自己的简陋工作室,用数码相机抓拍了几张牙医小柴自己的笑脸,牙医小柴没想到,每一张照片,都经不住细察。他假以老妇人的眼睛,马上就能看出,他那些看起来在笑的照片上，眼神是心事重重的。哪怕他笑得整个脸皮都往上提升了一厘米。猛一看，真的很像灵堂里的柴永煌，尤其是眼下两道如小舟的欢乐卧蚕。可是，他却没有一点父亲笑容里的慰藉与宽广，更没有一丁点由内焕发出来的积极与快乐感。儿子的笑容里，只有挣扎与抵抗、策略与心机。

比十几年前的灵堂所占据的黑灰色时空，是更早的几年前的燃烧的天际线：一架飞机在降落时忽然故障，它急速下坠，在距地面三四十米的距离，突然直坠，尾巴撞到了海堤，后座的两个乘客从断裂的飞机尾巴里飞了出去，魂飞百米之外。飞机又打了三百六十度旋，硬生生用肚皮着陆，就像被人撤掉尾巴的巨大死鱼，贴在枯黄的停机坪草地上，随即，开始冒黄黑色的浓烟。柴永煌的笑脸，在那个黑中带黄、直上九霄的浓烟中，一直定格在乘务员小邱的脑海里。机舱一片鬼哭狼嚎的混乱中，空乘人员在紧急引导乘客逃生。机尾撞击时，小邱腰部已经被撞伤，引导逃生时，一个不听劝阻的、非要拿行李箱逃生的男子的狠狠推搡，把空姐小邱再次掼在椅边动弹不得。就在她以为自己要和飞机一起爆炸的时候，那个叫柴永煌的乘客——只有这个乘客，停下了逃生的脚步。他把她抱起，跳下了逃生充气滑梯。从死到生，没有语言，那个拯救者只是对她笑了笑。

安全的小邱，什么也看不见听不见了，她只看到一个男人卧蚕如细舟的笑眼，它穿越了连接天地的黑烟。安全后的空姐，动辄哭号尖叫不止。故事情节就那么走下去了，治疗、理疗、牵引、瑜伽。柴永煌好像一有空就送花安慰。拯救者夸赞空姐的勇敢，小邱则说乘客是英雄、是最好的心理医生。腰上康复了七成，她就嫁了二婚的柴永煌。然后,因为腰伤,因为大宠爱,她辞职了。柴永煌的笑脸,改变了一个鲜嫩女孩的一生。

这些八卦,都是过往信息拼接而来。信息源主要是邱家那个鬼——邱来琦,还有牙医小柴的大嘴巴母亲。小柴是在老妇人赏赐的第二巴掌后,痛定思痛,悟出了他挨打的原因:至少在形式上,他太像他父亲了,尤其是那个卧蚕如小舟的积极笑脸。

八

在畸牙矫正患者的指点下, 牙医小柴开始假冒人像摄影师,混迹人群。他反戴棒球帽,身穿摄影背心,在街头粗鲁洒脱地寻找模特儿。但是,他遭遇的打击,比成功多得多。他在商场外,截获了一个提着蛋糕的小姐姐,出示摄影家协会会员的假证件后,牙医小柴请求为她拍几张。她信任并尊重地配合照了好几张。但是,没有一张在笑。无论牙医小柴怎么启发,她都不笑。

牙医小柴忍不住说,你张嘴我看看。

提蛋糕的女孩,就困惑地张了嘴。

一口好牙! 你凭什么不爱笑?!

她对牙医小柴语气里的不满很敏感,立刻还以不耐烦的语气:我不会笑! 我十几年就没笑过! 她几乎把牙医小柴怼哭了。

牙医小柴又找到一个像是导游的会议接待穿西服男人。男人配合他的请求,每一张都努力微笑,他不明白摄影师为什么一直反复地拍。够了够了,男人托着腮帮子停了下来,说,够多了。我还有事。这是我的地址。

牙医小柴哀叹地接过他的名片,说,你是假笑知道吗,每一张都是。我在等你真笑啊,你看我不是一直在跟你说话,我等你真情流露啊。

服装整齐干净的男人并不生气,他说,我们一年接待上百个会议,我必须随时保持最友好的笑容。假不假我不知道,但是,笑多了,我的脸会抽搐。我现在就不行了,肌肉一直发紧。但是,我老婆说过,我的职业笑容比真笑更诚恳。再说,你看看满大街,那些笑得好的,哪个不都有职业培训背景?你天真了兄弟!

三个拿着篮球、肩上搭着运动外衣的高中生,三个人合影抓拍得都还不错,但是,单独拍他们的笑脸,全部失败了。一个真的嘴角抽搐,假笑得非常不自然;一个想用做鬼脸,假冒一个无羁的快乐脸,眼睛里却是掩饰不了的暗沉与疲惫;还有一个只是用力往两边拉扯嘴角,上庭、中庭依然严肃得像法庭辩论;三个少年还互相揭短:哈哈,老师早就说他笑起来像活死人;喂!红蜻蜓说你是面瘫好不好?还好意思说我,上次说谁的脸,一看就是葬礼进行曲……

年轻人打打闹闹着远去。

更多的人,直截了当拒绝了牙医小柴:

——有什么可笑的!艺术创作,不就是"真实"吗?

——现在人的笑脸,都太恶心人了!

——我也想笑一个,但是,我心肺这里,卡住了。

——我不配开心!

——我朋友说,我不笑时非常酷,一笑起来就很淫荡。

——好好地笑?我又不是神经病!

············

　　但有一对摸奖摸到一件羊毛毯的六旬老夫妇，笑得非常动人。合照时，牙医小柴抓拍到老先生为老奶奶整理鬓角发丝的瞬间。两人嘴角的笑意，蜜汁流淌；他们各自的单独照，也拍得不错。拍老奶奶时，老爷子在镜头外，不知做了什么逗乐表情，让老奶奶笑得上齿龈都露出来了，不算美，还有点傻气，但是，真是快乐溢满镜头。

　　还有一个中年男子，也笑得好。一开始，牙医小柴都想放弃这自作聪明的浑蛋了，因为一开始，他像警察一样审问他。

　　你拍这个干什么？

　　《城市表情》人像摄影大赛我怎么不知道？

　　你这会员证是真的吗？有没有参赛通知书我看看。复印的也行。

　　我怎么知道我这张照片，有没有入选呢？

　　地址还是也给你一个吧。电话我不一定都开机。一等奖是三万吗？我一年的工资呀！

　　如果你获奖了，作为模特儿，我有没有奖金分？

　　一般都没有吗？哦，那你会额外给我多少，我是说，万一获一二等奖的话。

　　爱审查的男子，有非常好的镜头感，他的门牙，21号牙，有点翘，就像一扇大门微启的样子，但他的笑容显得非常自然随性，笑得亲切而春风微醉。小牙医忍不住说，你是我今天拍得最好的几个人之一。

　　才之一呀。我可是非常努力了。情绪都酝酿得十分到位，对吧。

你真的笑得自然又感动人啊。看他认真签名的时候，牙医小柴心怀感激。

男子说，一看到你的镜头对着我，我就想，笑好点，半年的工资就到手了！你看我的眼睛，一点不空洞，它看到了一万五是很厚的一沓！数钱的时候，我不能伸出舌头用口水沾，我得先靠近有水的地方……卫生。

九

省城的摩尔大厦夹层承租到了刻不容缓的当口。牙医小柴把合计四十七个人的笑脸照片，拿到了金丝竹小院。他知道"小姑姑"不会给好脸色，但是，他预计他哀求她，也许能先借一部分钱，剩下的笑脸照片，他会继续完成。

牙医小柴照例带给她了一大捧他从路过的茉莉花田买的花。因为上次她说，这个比玫瑰好闻。但今天进院子的时候，那个身份不明的、穿硬木底拖鞋的男人，开门就把花接了过去。牙医小柴说，插到大花瓶，搬到我姑姑房间去。

那个身份不明的人说，她不喜欢花。所有的花。

开局就不祥，照片的结果，果然更加不妙。

那个叫"小姑姑"的老妇人，今天一袭长及脚面的灰色薄丝袍，胸口挂着可能有一百零八颗的像菩提籽一样的长链。这样的龙钟老态，按理是该配一副老花镜什么的，但她的视力好像不错，并没有拿眼镜，就把照片浏览了一遍，然后，像整理扑克牌一样，把它们在手里，颠来倒去地洗。无论怎么洗、怎么翻牌、怎么端详，她的脸上都是一副早已预料、不过如此的神情，她也会出现些饶有趣味的神态，但看深了，牙医小柴才感到，她只是在享受自己蔑视与傲慢的意趣。

连半数都没有，还有一大半假笑的脸。

做牙医的，你是不是更容易看到别人哭？老妇人的口吻，有幸灾乐祸，也有调侃的意思。牙医小柴被这个问题弄得发蒙，他太想借到钱了，他飞快地说，是——呃，也不是了……

什么意思？

有，但不是经常看到，有的人哭得比较意外。比如，有一个很高大的男人磨牙，打了麻药的，磨着磨着，可能麻药失效了，他疼得把手机屏幕捏碎了，他真的哭了，他哭喊，你他妈把我的脑浆子磨出来啦！

老妇人的惊异兴奋表情，鼓励了牙医小柴。……还有一个女病人，没有哭出声，就是一直默默流眼泪的那种，弄得我很心慌。我说，你是不是很痛？她又摇头。无意间我忽然发现，操作盘上还有一支麻药，我的天！就是说，我打了一边，还有一边漏打了。我对她非常生气，我说，姑娘！你痛，怎么都不说呢？

她说，我以为弄牙齿，都是这样痛的。

"小姑姑"第一次让牙医小柴看到她笑出声的笑。那个声音如清水滴玉。牙医小柴也跟着兴奋起来，又讲了几个职业趣闻。"小姑姑"突然打断了他，说，够了，我不会借你钱，我们言而有信。一百张笑脸照片一到，只要都是我认可的真笑，钱马上就打给你——看在你是那个风流浑蛋的鬼儿子的份儿上。

牙医小柴当场泪水就夺眶了。他掩饰地低下头,就势"扑通"一声跪了下来,没有抬头说:

我真的……拼尽了全力……那个承包诊所,病人终于开始多的时候,我从上午开门,干到晚上十一点,三分钟吃一顿饭,那时又要考执业医师资格,我经常回去抱着书就睡着了,醒来,还是看的那一页……很多个早上我醒来, 皮鞋还在脚上……小姑姑,如果不是承包的诊所突然收回,本来,我可以越来越好,不会麻烦到你,也不会……满街乞丐一样,给人拍照……现在,我拿不出合资的钱,那个市中心的夹层诊所就……

他吧嗒吧嗒一直说,并因为害怕"小姑姑"赶他走,而加快了语速。

老妇人并不在乎牙医小柴是否跪地。她站起来,像一只灰色的鹰隼,在房间里游荡,那衣服的动感,让牙医小柴觉得她随时会飞离。老妇人哼了一声说,你可以不拍呀,谁逼你拍了?牙医小柴再也忍不住悲伤,交替而落的鼻涕与泪水,肮脏地滴在木地板上:被戏弄的感觉,让他口干,胸口发烫。

老妇人看到了他的泪水,她并不顺手递给他纸巾,她把身子转向了跪地的窝囊年轻人。

好啦,你能像那个短命鬼那样笑笑吗?

牙医小柴错愕。

笑一个好啦。

笑啊! 笑一个试试。

牙医小柴第一反应就是,如果他笑得"很父亲",必定要获得第三个大耳光,她干得出,她甚至控制不住自己。但是,不笑,一切也就结束了。这个狗急跳墙的年轻人太需要钱了，所以，他纠结的是，要不要死撑起胆子，问她"我笑一个，你是不是就能援手我？"尽管，他已经知道，自己永远也笑不像柴永煌。形似神不似。父亲那个天真的、宽广的神智，他永远也不具备。

老妇人鄙夷夸张地啐了一口干痰：现在你明白了吧——你父亲那个浑蛋，糟蹋了世上最好的笑。

牙医小柴挣扎抵抗：……如果爸爸当初没有停下来救你，你早就和飞机一起炸成碎片了……

很好，你这么说，非常好，老妇人停在年轻人背后，谢谢你这么说，知道吗，这十四年来，我每天都在问自己，是宁愿和飞机一起爆炸，还是愿意看到笑脸后面长期的欺骗？弥天大谎，没羞没臊，还有成群结队的贱货！他身边那些管钱管账的鬼，一个个心知肚明，到处为他寄钱，却上上下下一起蒙骗我，还有你妈那个丑八怪，包括你！他们也一直在给你们这些吸血鬼打钱，这么多年啊——谁告诉我一个字了，没有一个浑蛋告诉我真话！满世界都是见钱眼开、没有良知的浑蛋们！

年轻人警惕着后背会不会遭遇一脚猛踹。

……每一个晚上，我都能看见你父亲的鬼魂，他还是那么无羞无耻地笑。我不知道一个撒谎成性的鬼魂，怎么还能保持那么好的笑脸，让你相信人间，相信爱情，相信友谊和男人。我只问一句为什么，你告诉我，究竟为什么？为什么?!

老妇人声音变调，有令人恐惧的颤抖和滑音。牙医小柴不明确最后这句，是质问父亲的鬼魂，还是质问做儿子的他。他小心翼翼地扭转一点点身子，一方面是想看她哭泣，一方面也是防备挨端。就在他转身的同时，那个叫"小姑姑"的脚，还是踹向牙医小柴的肩胛骨：听着！如果可以重选，我宁愿和飞机一起炸成粉末！

有防备的牙医小柴，一把抓住她的脚说，刚才，我告诉你牙医故事的时候，你笑了。你忘记仇恨的笑脸，非常好看，非常美。如果我是我父亲，就会马上按下快门，收藏下它。但是，我不是他，我不敢造次，我从来没有他的勇气，也没有他的不节制。

"小姑姑"收脚，她转过身去。

牙医小柴感觉她落泪了。她垂臂不动，后来她动了动指头示意他走。隔天，她致电牙医小柴：也许……我可以帮你一点小忙。

【作者简介】须一瓜，本名徐萍，女。1984年开始创作，著有长篇小说《太阳黑子》《白口罩》，中短篇小说集《淡绿色的月亮》《你是我公元前的熟人》《蛇宫》《提拉米酥》等。作品多次被各选刊选载，曾获华语文学传媒大奖及《人民文学》等刊优秀作品奖。长篇小说《太阳黑子》被改编为电影《烈日灼心》。短篇小说《灶上还有绿豆羊肉汤》《红痣》《灰鲸》获本刊第十三、十四、十七届百花奖。现居厦门。

妈妈不告诉我

○肖克凡

一

我八岁那年，冬景天清早睁眼醒来发现我家里间屋睡着个人。我爸我妈不在家，里间屋那张双人床空着。这人铺着褥子盖着被子，蒙头遮脑睡在地板上。这令小毛孩子惊奇不已，"姥姥，这人谁呀？"我小声问外祖母。

她老人家不动声色地说："你二姨啊！她半夜坐火车从滦城老家来的。"

我没见过二姨，于是越发好奇，问外祖母怎么二姨睡地板呢。"她嫌床垫太软，睡着腰疼！"外祖母好像没好气。

二姨终于睡醒了，身穿蓝地白花小夹袄，翻身爬起到了梳妆台前，抡起胳膊披上紫缎小棉袄，叉开五个手指梳理漆黑的短发。

这是我妈妈的梳妆台，平时很少看到妈妈梳妆。梳妆台成了我写作业的桌子。

"小黑眼儿！你睡的是猪圈还是狗窝？"外祖母扬起国字脸命令她女儿拾掇被褥。

二姨不慌不忙说："您容我先把自己拾掇利索啦。"

我听到二姨乳名叫"小黑眼儿"。她三十多岁的年纪,一双大眼睛,睫毛又黑又长,眨动起来特别好看。我从梳妆台镜子里看到她的鸭蛋脸,怯怯地叫了声"二姨"。

她显然知道我是谁,笑着露出两颗小虎牙说："二姨好看吧?我比你妈妈大四岁呢!"

我不知说什么好。她再次露出小虎牙说："没良心!你出生时我还抱过你呢。"说着拧开雪花膏瓶盖,把镜子里的自己抹成大白脸。

我忍不住说："我妈每次不搽这么多雪花膏。"

"你妈想不开!一瓶雪花膏想用一辈子。"她捋了捋粉嫩的鼻梁,还是不去收拾满地的被褥,好像要摆摊卖东西似的。

"你这好吃懒做的毛病啥时候能改呢?"外祖母撇了撇嘴,扭身去厨房操持早饭。二姨遭受批评并不恼羞,反而嘻嘻笑了。我看出她跟我妈妈性格不同,我妈妈常年笑容偏少就跟沙漠缺水似的,保持班主任表情。二姨好比纪律散漫的差生,而且不怕蹲班留级。

二姨扭脸冲着厨房大声说："妈!我在家天天吃棒子面,你给我烙两张白面饼吧。"

大城市居民粮食定量供应,粗粮多,细粮少。我家白面由外祖母积攒起来,预备全家改善伙食包饺子。二姨来了非要吃白面饼不可,这对未来的饺子是个威胁。

二姨总算收拾被褥了,然后哼着"巧儿我自幼儿许配赵家",一串小碎步跑进厨房。她不高不矮不胖不瘦的身材,就跟评戏里刘巧儿差不多。进了厨房她从饼铛里揪了块白面饼，飞快地塞进嘴里咀嚼起来。

外祖母登时急了："这饼还没烙熟呢小黑眼儿！"她老人家习惯叫二姨乳名，好像永远停留在过去的时光里。

"嘻嘻，这饼吃进肚里就熟了。"二姨摇头晃脑返回梳妆台前，欣赏着自己的容貌说，"咱家凑不齐人手，啥时候能开桌打牌呀？"

外祖母端来盛了两张热饼的小竹筐，凑到梳妆镜前压低嗓音说："小黑眼儿你给我听着！政府提倡移风易俗，下派街道干部四处宣讲，在自家屋里打麻将也不允许！"

"咱们打素牌不赌钱，这不叫旧社会习气。"二姨通过镜子判断小竹筐位置，不扭头就伸手抓到热饼，不怕烫手撕开就吃。我没见过动作如此敏捷的人物，有点儿崇拜她了。

外祖母假装生气说："你隔三岔五跑来，不交粮票不交钱，一进门张嘴就吃！一个大活人让我们供养你啊！"

二姨表情严肃起来："一家人不说两家话，想当年我还供养咱们全家呢。"

"二姨，您说供养全家包括我妈妈吧？"我很好奇。

二姨突然意识到我的存在："当然啦，你妈妈从滦城老家来到天津念书，就是我出的学费！那时候二姨可有钱呢。"

外祖母赶紧笑了："我说小黑眼儿，你记得这么清楚去当账房先生吧。"

"我啥时候跟家里计较过？您又不是我后妈。"二姨眨动着又黑又长的眼睫毛，显得更好看了。

外祖母叹气说自己从年轻就守寡，好不容易熬到今天。二姨抱怨说："我大姐出阁半年就病死了，您非逼着我做填房，田文佐从我姐夫变成我丈夫，也没过几年好日子。"

"你倒添了不少坏毛病，下饭馆泡戏园，抽烟喝酒打麻将，不知道油盐柴米贵……"外祖母感慨地说，"人生在世有享不着的福，没有受不了的罪，这是命啊。"

"我现今知道油盐柴米贵啦！可是瓶子里没油，罐子里没盐，院子里没柴火，瓮子里没米……"二姨竭力给自己辩理说，"就怪您让我给田文佐做填房，我要是嫁个庄稼汉，也不会后来成了寡妇。"

外祖母沉吟说："你毕竟过了几年好日子，田文佐还专门雇了丫头伺候你呢。"

"对，那丫头名叫小树叶儿！"二姨回忆往事说，"惠生小时候淘气，好几次尿湿小树叶儿的花布衣衫，人家丫头脾气特别好。"

"后来小树叶儿没了音信……"外祖母说。

"她模样俊脾气好，年纪轻轻让当官的娶去做小，给人家生儿养女，等大老婆死了就扶正呗。"

外祖母跟二姨的对话，我听不懂，却记住"出阁""填房""丫头"这样的词语，还有田文佐的名字。

外祖母说得没错，二姨住下来便成了吃咸不管酸的人物，还催促外祖母改善伙食。大城市居民猪肉凭票供应，家家不够吃。外祖母只好用小虾皮配韭菜做馅，给二姨包素馅饺子吃。二姨吃过晚饭跑去南市娱乐，不是到黄河戏院看评戏，就是去共和戏院听梆子。她不改老称呼把评戏叫"落子"，还抱怨听不到"梆黄两下锅"了。

外祖母告诉我,二姨的独生儿子名叫惠生,是个半大小子不算整劳力。庄户人家日子不好过,二姨来到天津就说大城市是天堂,我听了挺得意的,庆幸自己没有生在农村。

二姨该吃的吃了,该玩儿的玩儿了,毫不犹豫送给我两块水果糖。我说您不富裕就别给我花钱了。二姨夸奖我说:"你这孩子是个冰糖嘴儿,从小说话讨人喜欢,我家惠生从来不会说软话,死随他爹的秉性。"

外祖母及时提醒二姨:"你别忘了明天星期六。"

二姨撩了撩眉毛说:"我买了火车票今儿晚上就走!您烙两张糖饼我给惠生带回去。"

外祖母可能认为糖饼有些单薄,特意用白面蒸了六个肉菜馅包子,热气腾腾用麻布包好说:"惠生从小没爹,你这当娘的又不懂得疼人,那孩子可怜呢。"

二姨没有吃晚饭,拎起小包袱走了。我送她到胡同口,她扭头叮嘱我:"千万别告诉你妈我来过,下次我还给你买水果糖吃。"

我说:"那两块水果糖塞您小包袱里了,带回去给惠生表哥吃吧。"二姨伸手捏了捏我鼻头说:"你是个好孩子!我回去告诉惠生。"

第二天清早,我背起书包走出小院,在胡同里遇到邻院的刘福禄,这单身汉是光辉电料行售货员,胳肢窝里总夹着书本,邻居们送他绰号"刘乙己"。他也不急不恼。

刘乙己伸手拍着我肩膀说:"你二姨挺标致的,要是穿上旗袍就跟电影里国民党官太太似的。"

"为吗要穿上旗袍呢?"我拨开刘乙己白净细腻的手,问他说的哪部电影。他一时想不起。我说学校包场看了《林海雪原》，那里只有女土匪没有国民党官太太。

刘乙己是个"书虫子"，没事就去天祥商场二楼淘旧书，格外关心从前的事情，好像对眼下不感兴趣。这个书虫子让我懂得：从前的事情就叫历史，眼前的事情叫现实。

星期六傍晚时分，我妈妈从南郊农场回家来了。她以前是中学教师，去年被下放农场劳动，只有星期天公休在家。就这样我有了"星期天妈妈"，不知什么原因，妈妈星期天在家我也觉得她在远处。记得刘乙己跟我说过，历史既是从前的事情也是远处的事情。我听了就有小孩儿迷路的感觉，心里有些害怕历史。

我爸是市政工程局技术员，清瘦面孔戴着宽框近视眼镜，恰恰遮挡浓密的"连心眉"。他经常外出勘查道路桥梁，我有"星期天妈妈"，还有"不定期爸爸"。总之不像一加一等于二那样有准头。

星期六傍晚，可巧爸爸也回家来了。吃过晚饭我悄悄溜进里间屋问道："妈妈，我有好几个生词不明白，但不是学校课堂讲的……"

我妈妈整理衣柜寻找换季衣裳，没有回头轻声说："课外知识，问你爸！"

我爸爸悠悠点燃手里的香烟："课外知识？你问吧。"

其实我爸我妈都是少言寡语的人，没事儿不说话，有事儿说话也很简练，就跟去邮局打电报似的，能省字儿就省字儿，绝不多言。这样家里挺安静的，显得我成了话痨。

我小心问道："什么叫填房？梆黄两下锅是什么意思？还有刘乙己说电影里国民党官太太……"

"这么说你二姨又来啦？"妈妈突然打断我的提问。

我意识到露了破绽，只得出卖外祖母："可是我姥姥不让我告诉您。"

"你怎么也没有告诉我？"妈妈目光转向爸爸，声调不高地问道。

爸爸语气温和地解释："领导派我去耳闸工地测绘，这几天没住家里。"

妈妈听了思索着，起身走到我面前："你大姨去世很早，你姥姥让你二姨嫁过去顶替你大姨的位置，这就叫填房。"

妈妈主动给我讲解生词，这令我惊讶，她好像重新成为中学班主任了。

爸爸受到妈妈感染，说话也多了："刘乙己看书很广很杂，说话喜欢打比方，可是未必准确。我们是社会主义新中国，哪里还有什么国民党官太太。"

"刘乙己喜欢钻故纸堆儿，积累陈旧知识，没有多少实际用处的。"妈妈眉头微皱，我听出这是提醒我呢。

我嗯嗯应声，心里对刘乙己萌生了更大兴趣，我想知道他为何喜欢钻研陈旧知识。

第二天走出小院，我又遇见刘乙己，他快速眨动小眼睛说："我去文庙书市淘到不少资料，非常珍贵！"说着从胳肢窝下抻出两册纸页泛黄的书籍，在我面前晃了晃。

"《滦城文史资料选编》……"我盯着糙纸封面念出书名。

他满脸得意："还有这本呢！《河北省工商史料汇编》。"

我不知道这两册书的价值，想起他说二姨很像电影里国民党官太太，再次追问他是哪部电影。

他将两册书重新夹在胳肢窝下，做出撤退的姿态说："我从前见过国民党官太太，当然那是万恶的旧社会。"

"你经历过万恶的旧社会？"我没头没脑问道，"那么你知道田文佐是谁吗？"

"你说田文佐……"他躬身低头打量着我，"我这册《滦城文史资料选编》里有这名字，中华人民共和国成立前滦城保安大队长。"

"什么保安大队长？"我不懂这个生词，抬头望着他苦瓜形的面孔。

刘乙己笑了："你对从前的事情感兴趣，将来上大学报考历史系吧，人活着研究历史很有意思呢。"

我望着他走远的背影，心里展开小学生的思考：人活着研究历史很有意思？这么说历史是死的，它供活人研究，还让活人觉得很有意思。

二

我十岁那年，城市粮食供应充裕起来，猪肉不再凭票，敞开供应，只是有个别售货员不愿意卖肥肉给群众，偷偷开后门留给亲戚朋友。我则顺利升入小学三年级。

人们起早买豆腐也不收粮票了。妈妈仍然周末傍晚从南郊农场回家，表情越来越严肃。妈妈这样的漂亮女人表情严肃起来，往往让我想起电影里的女革命者，譬如林道静、吴琼花什么的。可惜妈妈在农场种田,并没有肩负革命重任。

我家居住的胡同里,贴满"全面开展社会主义教育运动!"大标语,红彤彤激动人心。祖国形势越来越好,刘乙己从店内售货员改为外勤业务员,不用整天戳在柜台里了。于是街道居委会指派他书写大标语,满手沾着人民的墨汁。

"柯延蓉好久没来了。"单身汉刘乙己仍旧关心我二姨,并且知道她名叫柯延蓉。

"你二姨家独生儿子叫柯惠生。"刘乙己好像无事不知无人不晓,"咱们中国人多随父姓,柯延蓉却让儿子随母姓,这就叫与众不同。"

"你怎么知道得这么清楚?我二姨又不是什么社会知名人士。"

刘乙己有些抒情地说:"那些著名人物好比座座高山,你只能仰起脑袋伸长脖子瞻仰他们。我喜欢低头寻找时光缝隙里的颗颗尘埃,这才有意思呢。"

"你说我二姨是颗尘埃?"我不高兴了。

刘乙己连连甩手表示:"你这孩子不懂赋比兴,看来小学生语文课有待加强。"

我跑回家去问外祖母。她老人家表情凝重说:"你二姨守寡无依无靠,她让儿子随她姓柯就不孤单了。"

"我还没见过惠生表哥呢,可是刘乙己反而对二姨家庭情况比较了解。"

"这女人要是长得好看,自然有男人惦记。"

我不解地问道:"我妈妈长得也好看啊。"

"你妈妈当然好看,随我呗。不过你妈妈有你爸爸呢,别的男人惦记也是白惦记。你二姨单身女人,兴许刘乙己起了念想。"外祖母这样下判断。

星期六傍晚,妈妈从南郊农场回来,一进家门脱掉沾满黄泥的黑胶雨鞋,快速扒下白色线袜,打着赤脚走到里间屋去了。

我吃惊地望着外祖母。她老人家眉头微皱,示意我不要作声。妈妈平时很讲卫生,从农场回家首先洗手换鞋,然后走进卧室打开衣柜更换衣裳。今天竟然光脚踩踏地板,径直坐到里间屋的梳妆台前。

外祖母端了杯热水给妈妈送去。她老人家走出来轻声告诉我:"你妈妈忙着写信,兴许是有急事呢。"

我说有急事可以去邮局打电报。外祖母说我就会瞎出主意。这时小院里传来响动,外祖母认为送冬煤的来了,派我先迎出去。

天色渐暗,我家小院里摆满物件:盛着鲜货的蒲包、装着干货的笸箩、打了包的海货、串着腊肉的木杈、拴了篓子的板鸭、装满了松花蛋的纸箱,还有两只捆了翅膀的活鸡躺在地上盯着我……原本不宽敞的小院几乎没有落脚的地方,这是有人搬家的阵势。

"今天真是累死我啦!"二姨侧身用肩膀撞开小院门扇,气喘吁吁继续往里面搬东西,"好孩子!胡同里还有两盒洋点心你拎进来吧……"

我跑出小院嗅见西点的香味,还有两瓶红果罐头躺在地上。二姨动作敏捷反身回来说:"我在泰隆路雇了辆三轮,把吃的喝的装车拉回来,那车夫不帮我往院子里搬东西,卸车拿钱就走!这混账东西怎么不学雷锋呢?"

外祖母听见响动叉开两只小脚跑出来,惊得张嘴瞪眼说:"小黑眼儿你买这么多东西!这是自家印钞票啦?"

二姨满脸淌汗,嘻嘻笑着不说话。外祖母伸手把二姨拽近身边神色紧张地说:"你以为还在滦城显富摆阔呢?如今新社会你充什么大尾巴鹰!"

"您先别咋呼好不好?我昨天在家收拾老屋翻腾东西,没想到找出田文佐留下的一幅山水画,寻思能卖十块八块的,一大早赶头趟火车就过来了。"二姨猫腰拎起两只活鸡继续讲述,"我下火车走出天津东站,直奔文物公司旁边的艺林阁,您猜猜他们报价多少?"

外祖母不是见钱眼开的人,还是贪心地猜道:"十块钱?"

"那胖经理说这是钱维城的山水卷,现金收购二百块钱。"二姨兴奋地扔掉两只活鸡说,"我坚持争到二百二,当场就把画儿给卖啦!"

外祖母受到感染,啪啪拍响大腿说:"一幅画能买二百二?我的苍天啊!"

这时候我听到妈妈的声音:"二姐,你快把东西收起来吧,这让邻居看见影响不好。"

我转身看见妈妈穿件大红运动衫,表情严肃跨出家门,手里握着黑色自来水笔。

不知什么原因,身穿大红运动衫的妈妈近在面前,我却感觉声音从别处传来,仿佛她在远方。

二姨重新抓起那两只母鸡说:"嫚儿,你在农场劳动身体吃亏,我买议价母鸡吊汤给你补充营养!"

嫚儿？敢情这是妈妈乳名。外祖母叫二姨"小黑眼儿"，二姨叫妈妈"嫚儿"，她们习惯称呼乳名，好像乐于停留在当年的时光里，永远不想长大。

妈妈显然并不领情，转身进屋继续写信了。那可能是紧急信件吧。我看过小人书《鸡毛信》。

二姨依然兴致不减，高呼低叫指挥我把东西搬进楼梯间里，然后双手叉腰跟外祖母说："那些腊肉啊干虾啊板鸭啊炼乳罐头什么的，凡是放得住的您先存着，这些放不住的鲜货抓紧吃，可别把好东西放坏了！"

妈妈似乎忍无可忍了，手拿自来水笔来到楼道里说："二姐，你还没学会小声说话？"

二姨继续高声大嗓说："嫚儿，我今晚就给你吊好鸡汤，你喝不完灌到瓶子里带到农场去！"

我听到妈妈叹了口气。二姨哼哼着皮影腔调抬腿跑到后院宰鸡去了。外祖母打量着楼梯间里的东西，低声寻思着说："小黑眼儿买这么多吃的喝的要花五六十块钱吧。"

"我连雇车总共花了五十八块二！另有两箱玫瑰露酒明天雇车取回来。"二姨在后院尖声应答，随之响起母鸡被宰的叫声。

我想起那幅山水画的主人，问外祖母田文佐究竟是什么人。"他是你二姨父，中华人民共和国成立前就死啦。"外祖母说得很轻，我听得清清楚楚。

外祖母说罢伸手拧了拧我耳朵说："小子，以后不许再跟我问这儿问那儿！"

我暗暗得意起来，认为自己有了跟刘乙己谈论的资本。我二姨的丈夫田文佐中华人民共和国成立前就死了，他应当属于历史人物吧。

晚间爸爸从市政工程局下班回家，进门看见满桌美味佳肴：冠生园的童子鸡、稻香村的浇汁铁雀、冀州曹记酱驴肉、玉生香的油浸带鱼、四海居的素什锦……满脸惊诧表情。

二姨起身招呼道："我说铁廉妹夫！听说你跑工地很辛苦，今儿喝几盅直沽高粱吧，暖暖身子解解乏。"

爸爸摘下眼镜擦擦镜片说："这山珍海味的，我以为又在家里彩排话剧呢。"

爸爸说得没错。妈妈参加教育系统业余话剧团演出，以前总在家里彩排角色。自从被下放农场种田，再没有舞台演出机会了。

二姨热情催促我爸落座。妈妈换了件蓝色夏卫衣，没有大红运动衫那么耀眼了。她神色平静对爸爸说："铁廉，你还是先洗手换衣服吧。"

我看到爸爸笑了，这种笑容如果老师要求课堂写作文，我觉得应该写作苦笑。

爸爸洗手洗脸换了件衣裳，挨着妈妈坐下。一张圆桌我左边坐着外祖母，右边是二姨。她给外祖母酒杯里斟满直沽高粱酒说："您酒量大！记得我出阁喜宴您喝了半斤老白干儿。"

外祖母有些尴尬，伸出筷子给我夹了只浇汁铁雀。我知道铁雀是麻雀做的，属于四害之一，吃了没事儿。

二姨伸手给爸爸斟酒："铁廉你不要放不开！"

爸爸抬头望着妈妈。妈妈重复二姨的话说："是啊，铁廉你不要放不开。"

我趁机嚼掉浇汁铁雀，迅速夹了酱驴肉和童子鸡，当然是给自己吃了。想起《吃水不忘挖井人》的课文，我咀嚼着鸡肉说："二姨，谢谢您买了这么多好吃的！"

妈妈向我投来目光："别光顾自己吃，给你姥姥夹菜。"

二姨跟外祖母和爸爸碰了杯："我没想到钱维城这么值钱，怪不得他姓钱呢。"

"二姐，你应该说没想到钱维城的画儿这么值钱。"爸爸一杯酒下肚，好像是放开了。

"我没啥才调，念了高小就在家里学绣花了。不像人家嫚儿念过大学有文化。"二姨兴高采烈说着，轮流给大伙夹菜。

我悄悄观察着，妈妈只吃了几块素什锦。她不是尼姑却不动荤，在农场劳动不应当饭量这样小。

我家晚饭从来没有如此丰富，大家吃起来便不好收场。外祖母喝得满脸透红，兴奋得开始说古："我记得那年惠生过百岁儿，好家伙在滦城饭庄摆十几桌酒席，来了当地军政两界要员……"

二姨突然停住筷子，扭头望着外祖母。妈妈起身说："你们慢慢吃吧，我还有要紧事情要做。"

"嫚儿，你不教书不用备课，哪儿还有要紧事情要做！"外祖母显然喝多了，召唤妈妈的乳名。

妈妈并不吭声，还是起身回了自己房间。我又吃了块童子鸡。二姨好像也喝多了，伸出筷子指着外祖母说："其实惠生享了几年福，可惜三岁之后好日子就完啦！"

"那时候你整天打牌听戏下饭馆，多亏人家小树叶儿带着惠生，那真是个好丫头呢。"外祖母跟二姨碰了杯。我又听到小树叶儿这个名字,感觉挺生动的。

爸爸说了声"我去看看延瑛吧",起身离开了饭桌。延瑛是妈妈的学名,她叫柯延瑛。

二姨咧了咧嘴,小声对我说:"你爸活像个小伙计,你妈就是他大掌柜的。"

我认为"小伙计"和"大掌柜"都是陈旧词语,我们语文课本里根本没有。

晚间爸爸去单位睡办公室了,妈妈和二姨睡里间屋。妈妈睡床上,二姨坚持打地铺说床垫太软。外祖母酒劲未减说:"小黑眼儿!你结婚时睡过钢丝床啊,那是滦城商会会长送给你家老田的。"

二姨没有应答,迅速睡着了。我跟随外祖母睡在外间屋。她老人家关了灯,黑暗里我兴奋得睡不着。

半夜里我被说话声弄醒了。里间屋妈妈跟二姨争论起来。

"你家惠生给我写信寄到南郊农场了,我总要给你儿子做出解释吧。"

"惠生给你写信问这儿问那儿,你别搭理他就是了,用不着这么认真对待。"

"二姐!你以为惠生不知道他自己姓田吗?"

外祖母爬出被窝儿凑到里间屋门外说:"小黑眼儿、嫚儿,这么多年过去了,咱家这些事情就不要再提啦!"

我听见妈妈说话:"二姐,请你以后不要再到我家来了,好吗?"

"这是我娘家啊!我嫁出去的姑娘回娘家,这连党和政府都不反对吧!"二姨呜呜哭了起来。

外祖母连声叹气:"天啊,我这是造了什么孽呀!"

造孽。半夜里我牢牢记住这个词语，不知作文课会不会用得上。

三

我十二岁那年，妈妈参加春季农田水利基本建设，不慎跌进农场干渠里摔的两处骨折，被拖拉机送到医院右胫骨打石膏、左小臂打夹板，农场领导批准妈妈回家养伤。外祖母说伤筋动骨一百天，急不得。

我沏好橘子水送到床前，妈妈满怀遗憾地说："我要是再得两枚劳动红星，就会评为季度优良，关键时刻骨折了。"

"您还是应该当老师，农场不缺您种田。"我忍不住说道。

妈妈注视着天花板说："以前我想重返教学岗位，现在我愿意在农场劳动。"

外祖母轻轻走到床前说："你就是天生争强好胜，心里委屈也不吭声。"

"您还不了解我性格啊，我就是不愿意吭声。"

外祖母心疼地说："你就这样熬自己吧，没人念你好处。"

趁着外祖母去厨房煮汤，我问妈妈怎么爸爸不回家照顾你。妈妈身体被石膏模板和医用夹板固定着，反而显得目光明亮："你爸爸跑施工现场呢，时间紧任务重没时间回家，我不能拖他后腿的。"

外祖母说过，我爸我妈离多聚少，夫妻感情冷淡疏远，这种苗头不好。我问怎样能让我爸我妈感情恢复，外祖母说："不容易，你妈性格执拗,你爸只能容让呗。"

我不愿爸妈情感破裂,情急之下想到刘乙己。这两年我向他学到不少课外知识,与他渐渐成了忘年交,私下叫他"师傅",他也愿意收我做徒弟。

刘乙己家住"过街楼",是间凌空横跨胡同两侧的房间。刘乙己独居此处号称固若金汤。我说陈长捷认为天津易守难攻固若金汤,半夜里解放军就打进来了。刘乙己听了夸奖我擅于积累近代历史知识,属于"小神童"类型。我当然高兴。

我沿着吱吱作响的楼梯,小心翼翼走进他家,进门叫了声"师傅好"。

他房间特别凌乱,一堆堆旧书好像废品收购站,等待装车转运造纸厂化作纸浆。其实这些书籍都是他的珍藏版,日益充实着他的单身生活。

刘乙己比前两年胖些了,尖腮明显隆起,有了肉的厚度。他自称这是吸收古典书籍营养,既长骨头也添肉。我觉得还是跟国家敞开猪肉供应有关,毕竟能吃到肉馅饺子了。

师傅见徒弟来了,起身抬腿跨越两堆旧书,完全不顾裤脚掀起灰尘,说:"特大号外!我半夜翻书意外发现刺杀吴禄贞的凶手是马蕙田!困扰多年的悬案终于有了结果。"

"吴禄贞要是不被刺杀,他肯定参加滦州兵变,那样袁世凯就难以独大了。"他仰天长叹连呼悲夫,好像那个吴禄贞是他祖父的同僚。

我不知吴禄贞是谁,却想起滦城那边有我二姨柯延蓉和她儿子柯惠生。

550

刘乙己小眼睛倏地放射光芒："我忘了告诉你，这些天我重新研究了《滦城文史资料选编》等几本书。"

我索性直接点破题目说："您热心搜集滦城史志资料，这是关注我二姨吧。"

他听罢放下手里书籍，表情委屈得活像大孩子："你以为我出自私心？我阅读史料是要拂去岁月积尘看清历史的真实脸庞，我阅读滦城史志资料自然会涉及柯延蓉和她的家庭了。"

"咱们历史资料记载大事件大人物，不会有寻常百姓的事迹吧？"我不相信滦城文史资料里有"柯延蓉"的名字。

刘乙己翻开蓝色封面的《滦城革命历史回忆录》，检索目录找到《我打响人生第一枪》这篇文章说："这篇文章的作者名叫王宝田，一九四六年他参加鳖山伏击战，首次上战场慌里慌张提前开枪，严重暴露了埋伏的火力。没想到歪打正着击中骑着高头大马的国民党保安大队长田文佐。那场战斗结束后召开总结大会，王宝田并未受到处分，将功抵过了。"

"原来田文佐是这样被打死的。"我急迫说道。

刘乙己摇摇头："我也认为田文佐死于这场伏击战，但是又读到其他回忆录，看起来他又活了一年零五个月……"

我听到"又活了一年零五个月"便觉得我这位师傅比派出所警察查户籍还要精准，不由得相信他了。

"我听姥姥说过田文佐这名字，你说的这个保安大队长会不会是同名同姓的人？"我不愿意有个国民党反动派的二姨父，于是迫切问道。

"保安大队长田文佐右腿中枪，那肯定伤筋动骨了，所以后来成了瘫子。"刘乙己用唾沫蘸湿食指,快速翻书找到丰润县财政局侯子祥回忆录页面,临时改用普通话读道,"中华人民共和国成立后搜集革命斗争史料,根据目击者马三鼓回忆,农历八月有天半夜里他去地主家偷粮食,没料想半路乌云散去满地月光,不便做贼只得转身回村,偏偏碰到国民党宪兵半夜行刑,他吓得趴到草丛里不敢动弹,可巧看见那个男人拄着拐杖走向河堤,几个拿枪的宪兵押着他。随即乌云遮得没了月亮,便看不清这群人的去向。马三鼓说当时没听到犯人喊叫,也没有听见响枪毙人。一九六九年开展清理阶级队伍运动,县公安局找到马三鼓询问详情,这次他不光承认去地主家偷粮食,还说那个拄着拐杖的男人就是滦城保安大队长。"

我不甘心,认为半夜被枪毙的是个同名同姓的田文佐,他跟我二姨的丈夫没有任何关系。

"后来推断不是被枪毙的。那时国民党宪兵队秘密行刑不开枪,田文佐是半夜被活埋的。"

活埋?我听罢迅速思考起来。那个田文佐骑着高头大马进山讨伐被八路军打成瘫子。国民党保安队跟国民党宪兵队是自家人,自家人不会活埋自家人吧?

这样想着我做出合理判断:"那个半夜被活埋的田文佐肯定不是我二姨的丈夫!"

"这事儿要去问你姥姥,她应该知道自家女婿的下落。"

我"嗯嗯"应答,顺手拿了本《坚守要塞》翻看着。他说:"这是中华人民共和国成立前的版本,你要借走看的话不要外传。

我说:"你是从旧社会过来的人,可是书籍里的知识没有新社会与旧社会的区别吧？比如匪兵杀害刘胡兰的凶器，旧社会叫铡刀，新社会还叫铡刀。"刘乙己听罢有些激动，称赞我具备思考能力，是个好苗子，将来报考大学很有前途。我说外祖母要我长大报考技校，当工人凭手艺吃饭最安全。

"你姥姥饱经风霜阅历丰富，她当然首先考虑安全。不过人生在世还是要多读书的。"

我把《坚守要塞》夹在腋下回到家里。外祖母盯着我说："你也在胳肢窝底下夹着书，这是跟刘乙己学的吧？"

我本想向刘乙己请教怎样防止家庭破裂的策略，可是光借本旧书就回来了，这叫人小忘性大。听到里间屋传出急促喘息声，我拔腿跑到床前看到妈妈疼得脸色惨白。

这就是妈妈的坚忍性格，强忍骨折疼痛决不呻吟，反而问我手里拿着什么书。我说《坚守要塞》。她仿佛听到特殊词汇，咧嘴笑了笑。我破天荒看到妈妈的笑容，感到很奇特。

妈妈让我读书给她听，说随便翻到哪页都可以。我翻到第四十九页，第二自然段是女主人公内心独白，我轻声朗读了。

"人们说女子弱不禁风。是的，我承认自己羸弱，既不能翻山也不能涉水，独自来到岸边等候渡船。艄公皮肤黢黑体格健硕，他默默撑篙渡河，默默送我登岸。就这样我从女儿成为妻子，之后从妻子成为母亲。我的孩子啊，你明天就要独闯世界了，你将负重行走遭受多次挫折，记住有两宗东西不可丢弃，一是对自由河流的追求，它会带你通往广博的海洋；二是对正义要塞的坚守，它会让你抵御邪恶的泛滥。你还要懂得悲悯和奉献，不要害怕前边搭建祭台……"

突然妈妈泪流满面,我停止朗读。妈妈闭目说道:"应该还有几句话,你没有读完呢。"

我应声继续朗读:"我的孩子,今生今世你这样做了,我就承认你是我的儿子,你也会承认我是你母亲。"

"《坚守要塞》真好啊……"妈妈睁眼望着我,泪珠停留在眼角。我觉得妈妈有些陌生,或者我本来就不熟悉妈妈。

我找来牛皮纸给这本《坚守要塞》包了书皮,因为它是能够让妈妈落泪的好书。

星期六傍晚,爸爸回家来了。他走进家门摘下眼镜,掏出手绢擦去镜片上的雾气。这让我看到他浓密的连心眉。外祖母说过男人里这种面相的不多。

爸爸走到里间屋问候妈妈的伤情,从提包里取出补充钙质的药片,说每天两次,每次两片。看到爸爸关心妈妈,我放松了心情。外祖母高兴了,下厨做了肉丝打卤面,热水焯好黄豆芽做菜码儿。

热气腾腾的面条出锅,外祖母用大碗盛面,浇了卤子放了菜码儿,大声说"铁廉你先吃吧"。爸爸拿起筷子拌匀面条,端着大碗走到床前侧身坐下,准备给妈妈喂饭。

"还是我自己吃吧……"妈妈被石膏模板和医用夹板管制着,每餐都是外祖母喂饭。这时外祖母快步上前说:"你单手端碗怎么拿筷子?还是让铁廉喂你吧!"

我看到爸爸脸色窘迫,有些不知所措的样子。我凑前说道:"妈妈,您就让爸爸喂饭吧。"

"那么你来喂我吧。"妈妈朝我说道。我惊讶地扭脸望着爸爸。

"好吧,那就让儿子喂饭吧。"爸爸把大碗递给我说,"你用筷子夹断面条,小心别烫着妈妈……"

爸爸起身走到外间屋吃饭,随即传来吃面的声音,听着挺响亮的。我抱住大碗用筷子夹断面条,一缕缕送到妈妈嘴里。妈妈慢慢咀嚼着突然问我:"你读小学五年级了吧?"

"是啊……"虽然妈妈近在眼前,但她的询问猛然让我感觉遥远,大声告诉妈妈我明年小学毕业。

妈妈平静地说:"你要好好学习天天向上。"

"团结、紧张、严肃、活泼。"我说出八字校训。

吃过晚饭,爸爸吸烟时询问我学习情况。我说本周测验语文九十八分、数学九十九分。他听了鼓励我下次测验争取考得双百。

外祖母给爸爸端来茶水,仿佛老年服务员。爸爸连忙起身表示谢意:"这阵子我驻场没回家,让您伺候延瑛辛苦了。"

"你工作繁忙不用分心,一家人不说两家话。"外祖母这样客气地说着,反倒像是两家人了。

天晚了,我和外祖母关灯睡下了。半夜时分我猛然惊醒,不敢回忆梦里情景,因为黑暗的梦境里有人被杀害了……

里间屋没有熄灯,时隐时现传出爸爸跟妈妈的谈话。我害怕梦境重现不敢入睡,悄悄爬起溜到里间屋门外偷听。

爸爸语调低沉劝告妈妈:"我知道你跟惠生多次通信,好在还没有彻底捅破这层窗户纸,我希望你保持沉默,不要给他出具证明身世的材料……"

"可是惠生的亲爹是给国民党反动派杀害的,难道历史真相就这样被掩盖了?难道惠生永远被蒙在鼓里接受不公平的命运?难道我没有责任撩开尘封的历史……"

妈妈好像因疼痛说不下去了。我屏住呼吸继续偷听。

爸爸稍微提高声调："如果这次你给惠生出具证明材料，等于白纸黑字暴露自己的历史污点！谁能够想到堂堂天津卫女大学生，曾经委身于国民党宪兵司令……"

"铁廉，既然这是历史污点，我索性写材料把它暴露出来，这样有什么不好吗？"妈妈语气平和仿佛面对无关紧要的事情。

爸爸有些生气了："柯延瑛啊柯延瑛，你这样不光自毁名誉，让大家知道你这段不光彩的经历，还让大家知道我有个不纯洁的妻子！你让我今后怎么做人呢？"

我听到妈妈的声音："看来你我对纯洁的理解全然不同，这真是没有办法的事情……"

黑暗里我被一只手揪住耳朵——外祖母将我牵回床边说："小子！有些事情将来你会明白的……"

我抓住机会趁机问道："姥姥！我二姨的丈夫田文佐是不是被国民党宪兵队给抓去活埋啦？"

我看不清黑暗里外祖母的面孔，清楚听到她老人家应声说："当初都怪我是糊涂虫，急着救人净做傻事。"

天啊！刘乙己所说被国民党宪兵队活埋的田文佐正是我二姨父，也就是柯惠生的亲爹。

四

我十二岁那年，初秋季节妈妈身体基本复原，又要去南郊农场参加劳动了。外祖母特意买了紫藤拐杖让她带上，说走路腿脚发软就挂着。妈妈仔细端详着紫藤拐杖的形状,然后缓缓摇头说:"唉! 没想到我要拄它走路了。"

妈妈把紫藤拐杖留在家里,依靠自己的两条腿去了南郊农场。外祖母迅速把拐杖收进柜子里小声嘟哝说:"我怎么忘了呢?这东西勾人心思啊。"

妈妈还是星期六傍晚回家,生活貌似回到了原来的模样。

爸爸用自行车驮着行李,搬去单位住了。平时我跟外祖母共同生活,感觉挺孤单的。爸爸临走把办公室电话号码留给我,说有事可以联系。过了几天我上街找公用电话拨打这个号码,确实很快有人接听,告诉我铁廉同志被派驻工地了,若有事情可以转达。我慌忙挂断电话,交费四分钱。

天气转凉了。星期六我和外祖母吃过午饭,听到外面有人咚咚叩门。我停止洗碗跑去开门,这人跨步进家叫了声"姥姥",大声说"我是惠生"。外祖母摘下老花镜望着自家外孙,抬手抹了把眼泪说:"我的惠生长成大小伙子啦! "

原来这就是二姨的儿子惠生。他其貌不扬却目光炯炯,给人很有力量的感觉。我主动说了句"欢迎惠生表哥"。他走过来笑着说:"怪不得我妈在家夸你是冰糖嘴儿,从小就懂礼貌。"

我被他夸得不好意思,便没话找话说:"我二姨好几年没来天津啦。"

不等惠生搭言,外祖母抢先跟他说:"你妈妈这大半辈子不容易,以后你可要好好孝敬她啊。"

惠生使劲点头表示听从。他蓝色棉衣胸前印着"滦煤"二字,我知道这是大企业工作服的标志,打心眼儿里羡慕说:"惠生表哥是工人阶级啦！"

惠生立即说："是啊,幸亏老姨给我写了证明材料,组织派人查阅冀东根据地档案,找人证明我爹不但不是国民党反动派,还是被国民党反动派杀害的。所以民政局给我安排工作,分配到煤矿当了工人。"

"好啊,进煤矿当工人吃商品粮,你不用在农村挣工分啦!"外祖母高兴得跺脚搓手。

惠生打开人造革手提包,掏出几听铁皮罐头说："我从心里感激老姨,要是她不给我写证明材料,我这辈子就是国民党保安大队长的儿子,哪里会有今天的好光景!"

惠生说着眼睛里闪出泪光："我妈告诉我说,老姨写这份证明材料等于给自己抹了黑,还惹得老姨父不高兴,我是专门跑来给老姨磕头谢恩的!"

惠生如此激动,外祖母反倒满脸尴尬,一时说不出话来。我感到这件事情并不简单。外祖母听说惠生没吃午饭,颠儿颠儿跑进厨房弄吃的。我趁机跑到刘乙己家向师傅报告最新情况。

刘乙己合拢书本闭目倾听,不时微微点头。当我说到政府给惠生安排工作,他突然睁开眼睛。

"我对这桩事情有所判断:一是惠生亲爹田文佐不是国民党反动派,他的真实身份有待继续考证;二是你父亲反对你母亲给惠生出具证明材料,说明这件事情背景复杂……"他说罢起身背手踱步,很像电影里旧社会里的老学究。

我忍不住问道:"三呢?"

"三嘛……这话说出来有些残忍,不知你能不能承受?"他停止踱步从抽屉里找出两块压缩饼干，塞进嘴里咀嚼着。

"你还没吃午饭啊？"我怕他噎着端起茶杯递给他。

他说这种压缩饼干是部队内部清仓处理的。我焦急等待他说出"三"，并不关心军用物资的保质期。

"你现在年龄太小了，还不能理解丈夫无法容忍妻子哪类事情。"

我承认自己年龄还小，对很多事情都不能理解。

"我们中国人有古老传统观念……"刘乙己显然难以表达，顺势转变话题说，"你母亲给惠生出具证明材料，这肯定使你父亲落到难堪被动的境地。"

我说我爸不愿回家，如果我爸跟我妈离婚我家就破裂了。

"你母亲不惜名誉受损也要给惠生身世做证，这就叫勇气担当！"刘乙己被我母亲感动，"我认为田文佐的真实身份迟早会被澄清的！我相信历史的自洁能力。"

我没想到他给田文佐如此的评价："我二姨吃喝玩乐做了好几年国民党官太太，现今还有不少旧习气呢……"

"你说得没错！柯延蓉缺乏政治思想觉悟，当时只知道自己是国民党官太太，却不清楚丈夫究竟是什么人。"

"您说田文佐究竟是什么人？"我认为师傅思考能力很强，徒弟就要及时请教。

刘乙己有些得意地笑了："读书破万卷，方知古圣贤。我刘福禄大胆判断，田文佐不是国民党反动派，他是共产党的人！否则政府能给惠生安排工作吗？这叫抚恤革命烈士遗孤。"

尽管我不懂"抚恤"的意思，还是欢喜起来。倘若惠生表哥变成革命烈士遗孤,那是多么光荣的事情。我兴奋地跟刘乙己挥了挥手,噔噔噔跑回家去。

我走进家门,外祖母轻声说惠生睡了。我听到里间屋传出鼾声,这响动让我想起玩具小火车。外祖母情不自禁地说:"惠生连打呼噜都像田文佐! 真是亲爹亲儿啊。"

我快速问道:"田文佐打呼噜您怎么知道? "

外祖母被我问得毫无思想准备,脱口说道:"那时你二姨被田文佐打呼噜吵得没办法,经常抱着被褥跑到我屋里来睡。不过人家田文佐不经常回家住,你二姨整宿打牌耍钱,有时三缺一还拉我凑数……"

外祖母胆敢讲出这种生活往事,可能跟惠生被定为革命烈士后代有关吧。于是我模仿刘乙己的语句问道:"姥姥,惠生他亲爹是共产党的人吧? "

"田文佐是半夜里从家里被带走的, 那些国民党宪兵倒挺客气,有个大兵还拿了他的紫藤拐杖,让他拄着上了军车。"外祖母侧脸望着窗外回忆,"所以我觉得他没犯大事,兴许是得罪了同僚被小人陷害了。"

我趁机又问道:"事情后来怎么样呢? "

"我急着要把田文佐保出来。只要他当保安大队长,你二姨就有好日子过。逢年过节有人送礼,不论吃的喝的还是穿的戴的,小黑眼儿是有送就收来者不拒,从来不告诉丈夫谁给家里送了礼。不过她对小树叶儿挺好的,给那丫头做了好几件花布衣衫……"

我把话题拽回来问道:"姥姥,您不是急着要把田文佐保出来吗? "

外祖母充满遗憾说："是啊！我跑去找宪兵司令高铁桥求情，谁知道那人是个笑面虎，我送钱也好送人也好，他光说关押几天就放人，没承想秘密把田文佐弄死了，后来连处决地点都找不到……"

外祖母似乎后悔多嘴，止住话语去厨房准备晚饭了。这时候里间屋里没了鼾声，我家顿时安静下来。

"我送钱也好送人也罢？"我思索外祖母这句话。当然送钱是金票银圆，那么送人呢？肯定不会糊个纸人儿送去。那时外祖母身边只有乳名"小黑眼儿"和"嫚儿"的两个女儿。一个小媳妇一个大姑娘，她老人家会送哪个呢？

"难道我爸跟我妈分居的原因就是当年……"我这样寻思着顿时紧张起来，不敢想象外祖母送女儿走进国民党宪兵司令家的情景。

惠生睡醒推门走出里间屋，朝我无声地笑了。我想从他身上寻找田文佐的影子，就定住目光看着表哥。

他从衣兜里掏出白色手绢，手绢里面包裹着褐色小纸包，打开小纸包露出两块水果糖："这是那年你让我妈捎给我的，我一直舍不得吃保存着呢……"

我瞪圆眼睛望着这两块被惠生表哥保存至今的水果糖，实在难以想象他家农村生活的窘迫。

惠生说现在形势好转家里生活大变样，"我妈特别高兴，她说再来天津就自己花钱住旅馆去。"

我想起自从妈妈拒绝二姨再来我家，这两年她确实没有露面。"是啊，二姨卖了那幅山水画有了存款，她可以去北京玩儿嘛。"

惠生告诉我,那次二姨坐火车回家被小偷掏了包,一分钱没剩。"我妈性格稀里糊涂,家里有啥她不知道,家里没啥她也不知道。"

外祖母听到我跟表哥说话,就招呼我到厨房择菜。我跑进厨房看到没菜,只有她老人家板结的面孔。"你不要跟惠生谈论从前的事情,那时他两岁多啥都不知道。哪像你这个小神童,张嘴前五百年,闭嘴后五百年,没有你不知道的掌故!"

外祖母回避着从前的事情。这使我想起自己那句名言:从前的事情就叫历史。看来她老人家回避着历史。

惠生来到厨房说上街转转,外祖母紧急叮嘱道:"你带来罐头就是了,上街别再给你老姨买东西啦!"

我送表哥走出小院,告诉他去南市怎么走,那是二姨最喜欢的地方。惠生摇头笑了:"我要去兆丰路参观,那里有中华人民共和国成立前中共地下党秘密联络点,听说不用花钱买门票……"

我说不知道去兆丰路怎么走。表哥说这种地方我应该知道的,就匆匆走了。

临近傍晚时分,妈妈从南郊农场回来,身体显得沉重。她性格刚强从不示弱,走进家门破天荒叹了气:"我这条腿阴天就不得劲,难怪您给我买了拐杖。"

"不听老人言,吃亏在眼前。"外祖母伸手接过女儿的帆布兜子说,"你伤筋动骨不该干重活儿,这是落下病根儿啦。你要还这样玩命表现,等身子骨老了就受罪吧!以后阴天腿疼就拄拐杖吧。"

"我在农场拄拐杖干活儿,人家领导能不批评我吗?您收好那根紫藤拐杖,等我老了拄着它走路。"

我听了这话有些难过,便岔开话题告诉妈妈惠生表哥来了。妈妈走进里间屋换衣服说:"惠生离开农村当了工人,这孩子总算熬出头了。"

我听妈妈说话感觉她在从前的地方,这声音穿过高山越过大河,经过好久才传到今天。从前的地方就是历史的地方。我不敢把这种奇怪的感觉告诉妈妈。

外祖母好像心有灵犀:"王宝钏住寒窑十八年熬出头,今年惠生十八岁也熬出头了,总算有了正式身份。"

天黑时分,惠生上街回来了。妈妈从里间屋迎出来满脸微笑。这是我首次看到母亲温暖的笑容,如果写作文可用"春光灿烂"形容。惠生叫了声"老姨"扑通跪下就磕头,碰得地板咚咚响。

妈妈被这突发动作吓住了,求救似的望着外祖母说:"新社会不兴下跪行礼,这可使不得啊。"

外祖母响声说:"嫚儿!你就让惠生磕头吧,这孩子是跟你谢恩呢。"

我上前拉住惠生表哥说:"你磕破脑门儿我有红药水……"

妈妈连忙扶起惠生。他放声大哭说:"老姨!您给我写了证明材料,不怕暴露自己那段事情,弄得老姨夫跟您离了婚,我这辈子对不起您啊!"

啊!我爸我妈离婚啦?我惊诧望着妈妈,转而望着外祖母。外祖母对惠生说:"你这是从哪儿听来的闲言碎语?别信那些嚼舌头根子的人!"

我也不愿相信父母离婚，急忙对表哥说："我爸工作忙不回家，他经常跑工地呢。"

惠生特别实诚，极力表明自己没说瞎话："我去兆丰路可巧遇见老姨夫，他还嘱咐我珍惜工人身份，这是老姨牺牲个人名誉换来的……"

妈妈听了再次露出笑容说："我有什么牺牲的，你这是沾了你爹的光。好啦，全家吃晚饭吧！"

外祖母拿出惠生带来的罐头说："前年小黑眼儿买的玫瑰露酒我还存着呢！今天咱们喝酒庆贺惠生成了工人阶级！"

外祖母活跃了气氛，惠生抹干眼泪高兴起来，动手打开两盒午餐肉罐头，又打开茄汁鲮鱼和五香鸡胗。

"惠生这孩子真会买东西，这方面特像我二姐呢。"妈妈对外祖母说，"您年轻时酒量就大，今天高兴多喝几盅。"

外祖母猜不出女儿是悲是喜，表情疑惑问道："嫚儿，今天高兴你也喝点酒吧？"

"我当然要喝的，这么多年过去了，我做了应该做的事情，您知道我特别高兴。"

外祖母连连点头说她知道。惠生及时给外祖母和妈妈斟满酒盅，双手抱拳行礼说："今生今世我要像亲儿子那样孝敬老姨！"

妈妈表情严肃起来："惠生不要这么隆重感恩，你这样反而给我造成心理负担。"

惠生连连眨动小眼睛，说了声"先干为敬"端起酒盅就干了。外祖母小声提示说："你随你爹没酒量，这玫瑰露酒醉人呢！"

"人逢喜事须尽欢，今天让惠生敞开喝吧。"妈妈和声细语告诉惠生,"以后有事情写信不要邮到农场,你就寄到家里来吧。"

外祖母突然放声说:"吃菜吃菜! 我还有瓶糖水橘子没打开呢。"

她老人家又在干扰别人说话。我爸我妈都离婚了,外祖母还要遮掩什么呢? 可能还是从前那些事情。

这夜晚惠生喝醉了,果然像外祖母所说,惠生随他爹没有酒量。

我建议我去刘乙己家里借宿,让表哥睡家里。惠生听罢坚决反对,说他打呼噜搅得全家睡不好。外祖母几经犹豫同意让我送表哥去刘乙己家里借宿。

我没有想到惠生酒后跟刘乙己彻夜长谈,那段扑朔迷离的历史显露出几分底色。

五

我十七岁那年,天气转暖,有小道消息说应届初中毕业生去河北省农村插队落户,这路程比内蒙古近多了。我打电话向父亲报告。可巧他在办公室,听说了我的情况,父亲主动约了地点和时间,说请我去宏叶食堂吃饭。

我已然长成小伙子了。母亲的情况也有变化。南郊农场取消公休日,开展备战备荒大会战,即便周末也不许回家,妈妈每天还要写思想汇报。我即将离开城市去农村广阔天地炼红心,心里有些想念母亲,张口找师傅借了飞鸽牌自行车,起早赶往南郊农场。

我内心敬重母亲。她给惠生表哥出具身世证明材料,自愿暴露在旧社会生活的经历，经过两年审查定为"隐瞒历史问题"，落户南郊农场成为在册职工，不会重返校园了。这几年她变得又黑又壮，还学会南郊靠海口音，几乎没了原来的模样。我想起初中政治课的马克思主义哲学原理，认为母亲完成"从量变到质变"的飞跃，她在本质上属于南郊农场了。

一路骑行三个钟头到了南郊农场，边界围墙就是铁丝网。我几经周折找到丙字小队的劳动现场，人们齐刷刷埋头收割，田野响彻镰刀割断高粱身躯的声响。我记得母亲工号四十九，便跨步钻进田垄，呼叫一遍"柯延瑛"呼叫一遍"四十九号"，就这样轮番喊叫着，好像我有两个母亲似的。

是啊，我会不会有两个母亲呢？一个长久驻留历史时光里，一个辛勤劳作现实生活中。不知何时能够结束这种分裂，让我拥有真正的母亲。

随着我的大声呼喊，有个被汗水浸透的身影应了声，缓缓冲我转过身来。我透过高粱枝叶看到那是妈妈。她头顶包裹着白毛巾，身穿蓝色长衣长裤，向我挥挥手里的镰刀。

"我昨夜梦见了你，今天你就跑来啦。"妈妈嗓音有些沙哑，摘下白毛巾擦汗，露出完整的面孔。我说："您真的梦见我啦。"她拎着镰刀走到田地外边，让我坐下。

她从田埂旁边布袋里掏出两个玉米面窝头，递给我说吃吧。我给妈妈带来国光苹果和槽子糕，正好当作午饭。她说槽子糕不耐饥，干活儿没力气，坚持让我吃槽子糕，她吃窝头就苹果下饭，咕咚咕咚喝凉水。这属于男性化咀嚼方式。然而确实是我母亲，以前喜欢吃馒头蘸炼乳。

我告诉妈妈有消息说我要去河北省插队落户。这时她手里的苹果已经变成苹果核,她盯着苹果核说:"河北那边也种植多穗高粱,你要学会使用镰刀的。"

太阳当空照耀,我与母亲的谈话只有苹果和镰刀。当然苹果被她吃掉了,剩下镰刀成为重要内容。当然我不会吃掉镰刀的。母亲叮嘱我虚心接受贫下中农再教育。我表示努力学会使用镰刀收割庄稼,做合格的社会主义新农民。

母亲突然转变话题,侧脸望着田野说道:"刘福禄夸赞你是小神童,这几年你长成大神童了。"

我自幼很少受到母亲表扬,一时吃不准"大神童"评价的含义,于是向母亲介绍刘福禄的情况,说他外号"刘乙己",单身生活,嗜书如命,邻居们不大待见他。

"刘福禄是个人才呢。"母亲被农场太阳晒得肤色黢黑,黑色表情越发严肃,"那时我读津沽大学,刘福禄低我两届,他喜欢研究历史,带头创办'问津社',写文章挖掘被历史湮灭的人物。"

刘乙己竟然是母亲的同校学弟?这令我感到意外,这些年来他从不提及大学经历,好像只读过幼儿园。

既然母亲提到刘乙己,我鼓起勇气说他对冀东人物史志也有研究,包括田文佐和高铁桥。

母亲伸手拖过几根高粱,挥起镰刀砍成几段,快速剥掉高粱秆的胞叶说:"你假装这是绿皮甘蔗,嚼嚼也甜呢。"

不知母亲是何用意,我接过青色高粱秆就像吃甘蔗那样咀嚼起来,果然尝到清新的甜意,有着几丝甘蔗的韵味。

"当然高粱秆不是甘蔗,人们叫它甜棒。这称呼既象形也写意,可是农村小孩儿就认为它是甘蔗,有的小孩儿长大成人还是这样认为,你说怎么办呢?"

我觉得母亲变成高粱地里的哲学家,便努力回答她:"但愿他们能够见到真正的甘蔗。"

我嚼光手里的几截甜棒,说我若是农村小孩儿也会相信这是甘蔗。母亲听了露出满意的表情:"研究历史是门沉重的学问,你年纪轻轻担得起吗?"

"我现在年轻,终究会变老的。我变老了就担得起了。研究历史的人,可能越老越有力量吧。"我不知不觉喝光母亲瓶子里的水,感觉水里放了盐。

母亲整理着头发,然后戴上宽檐大草帽,要送我到农场大门。我推起自行车请母亲坐在后边,她说走路说话方便。

临近农场大门母亲说道:"刘福禄没有看错人,你是个有思想的孩子。我当然看出你的心思,感觉妈妈的经历比较神秘,就拜师刘福禄研究冀东宪兵司令和保安大队长,你认为这些都是难以启齿的事情,所以妈妈不告诉你。其实这些都是过去的事情了,当年女大学生现在农场劳动,我觉得这样就可以了……"

我只好安慰母亲说过去的事情就过去了。母亲略有伤感地说:"过去的事情就是历史啊。我是历史事件的当事人,即便名誉受损也不会急于解释。"

我说历史会被时间检验的,然后跨上自行车跟母亲道别,她突然低声说道:"我相信田文佐是个好人!就是不知高铁桥落得何等下场……"

当年跟高铁桥发生纠葛的女大学生就是眼前的母亲啊,我本能回避着说了声"妈妈再见",猛地蹬起自行车跑开了。

一路心中没有风景,铆足力气蹬车。想起母亲心情越发沉重。历史就是过去发生的事情,说着好像轻盈的羽毛,当你背负自身履历行走时,便会气喘吁吁了。妈妈从中学教师变成农场女工,坐在田埂啃窝头就苹果下饭,大口喝着加盐的凉水,就是从过去走到今天的。

天黑透了走进家门,外祖母打量着我:"你这脸色就跟放了血似的,是先吃饭还是先睡觉啊?"

我说先把自行车给刘福禄叔叔送去。外祖母讽刺说:"你师傅出租自行车计时收费啊。"

"你妈妈没事吧?"外祖母追到院子里问道。我说我妈妈特别结实就跟铁人似的。她老人家略显放心说:"农场干活儿累身不累心,人活着就怕累心。你要是上山下乡也是累身不累心,只要吃饱饭睡好觉就成。"

我推着自行车停到刘乙己楼下,又困又饿双腿发沉,攀缘楼梯走进这间"过街楼",迎面嗅到浓烈的香烟味道,显然他家有客人来访。推门进屋看到父亲在跟刘乙己谈话,两人中间堆着几摞旧书。房间里烟雾笼罩好像来了神仙,显然他们交谈好久了。

在这里意外遇到父亲,我不知该说什么。他手里夹着香烟说:"前天跟你约好时间地点跟你吃顿饭,没想到提前巧遇了,就算在这儿见面了吧。"

我忍不住打起哈欠,点头应答表示同意父亲的说法。我的师傅没有脱离两人讨论问题的亢奋状态,凝神皱眉话语不断:"有些时候,请注意,我是说有些时候,一个人物细节就可能颠覆事件走向,甚至改写历史。譬如清末军机处章京连文冲伪造'归政照会',这是个历史细节吧?但是彻底激怒慈禧太后,当即下诏向十一国宣战,于是完全改变了中国历史的走向。"

刘乙己说着起身踱步,无奈房间堆满书籍地面狭窄,他要高抬腿慢伸脚寻找地面, 这姿势宛若探测雷区。父亲趁机对我说:"你长大成人即将上山下乡,这些事情也不必对你隐瞒了。我觉得你母亲那段经历轮廓模糊,总想弄清事情的来龙去脉。"

我累得强打精神说:"您跟我妈妈离了婚,何必还要穷追猛打呢?"

父亲温和地笑了:"我觉得跟你母亲离婚过于武断,后来经常思考这个问题。譬如她既然委身于冀东宪兵队司令高铁桥,怎么没能救出田文佐呢?这等于把自身清白搭进去,还染了洗不净的历史污点,结果姐夫还是被处决了……"

我觉得这话题不适合在父子间展开,便起身告退说:"你们长辈继续讨论吧,我交还自行车就该回去了。"

"你可以留下旁听,这样会看到你母亲的真实面目。"

父亲挽留我旁听,我扭脸望着刘乙己,毕竟我是他的徒弟。然而他似乎忘记了我的存在,猛然停住雷区探测式踱步说:"那晚柯惠生酒后借宿我家,跟我讲述了那份证明材料的原文大意,应该具有研究价值的!"

"好几年过去了您还记得原文大意?"我全天骑行八小时浑身疲累,强打精神问道。

"你问得好!其实任何事情都是难以复述的,因为任何复述都会改变事情原貌。所以人们喜欢听广播电台的评书。"

父亲有些不耐烦了："依照你的逻辑历史教科书就成了民间传说？咱们言归正传吧。"

"你后悔自己轻率离婚，这种心情我能够理解。不过破译历史真相还是要平心静气。我尝试复述原文大意，争取不大走样吧！"刘乙己说罢双目微闭，搜索自家记忆仓库。

我的师傅记忆力很强，可以背诵《中国近代史》中很多重要段落。可是困意袭来眼皮好像涂了胶水，我竭力睁大眼睛听着。

"临近学校放暑假，家里寄来快信说姐夫田文佐出事了。那时我姐过着国民党官太太的生活，在滦城提起柯延蓉可能没人知道，提起保安大队长太太颇有名气的。

"我走出滦城火车站，有个洋车夫认出我是保安大队长的小姨子，就说坐车不要钱。我不习惯这种民间称谓，文明用语我是田文佐的妻妹。家里来信说母亲找到算卦先生得到指点，此番若想保住女婿性命只有财色双奉，可是母亲带着金条陪同我姐找到宪兵司令求情，却被对方拒了。于是我决定直奔滦城宪兵司令官邸……"

我侧耳听着，感觉那篇证明材料的原文大意，被复述成为节奏缓慢的叙事散文，人物倒还鲜明。

刘乙己睁开眼睛望着我父亲："我暂停这段复述好吗？我手里另有佐证提供给你们。"他动手从旧书堆里翻出《江西文史资料全编之九》说，"这是高铁桥的回忆录，他被定为乙级战犯收监关押，一九五七年写了这篇知法认罪的回忆文章……"

我猛然打个激灵，冲淡几分困乏。刘乙己淘到高铁桥的回忆文章，不啻从浩瀚无边的书海里采到小朵浪花。我师傅真是宇宙级书虫儿。他慢条斯理告诉父亲,这册《江西文史资料全编之九》是从废品收购站烂纸堆里搜救出来的。父亲听罢尴尬地笑了笑,伸手递去大前门香烟以示敬佩。刘乙己接过香烟回首往事说:"我读津沽大学三年级学会吸烟,没留神被学监给开除了。"

我想起母亲跟我说刘福禄低她两届,是学弟,却没说他被开除学籍的遭遇。看来这也是个履历复杂的人物。

刘乙己翻开泛黄的书页,轻声诵读高铁桥的回忆文章:"一连几天供电线路遭到共产党行动小组破坏,造成冀东部分地区停电,天黑,官邸点燃蜡烛照明。大约晚间八点钟有副官报告,田文佐的岳母陪同田妻柯氏闯进客厅,声泪俱下为自家夫婿求情,殊不知田文佐罪难赦免,即便柯氏献金献色亦无转机,执行死刑了。这是我犯下的滔天大罪……"

我的耳朵被拧疼了,睁眼看到外祖母矗立面前:"你不是来还自行车嘛!我以为你出家当了和尚。"

我猛然意识到自己困得睡着了,没有听到高铁桥回忆录的结局。这时父亲起身跟外祖母打招呼,表情局促。外祖母神色坦然说:"铁廉你没吃晚饭去家里吃吧,别看你跟延瑛离了婚,咱们不伤情分呢!"

父亲表情越发拘谨轻声谢绝。刘乙己好像突然失控了,表情执拗举起《江西文史资料全编之九》大声说:"您急于搭救田文佐,不光给高铁桥送了钱物,还送了人物嘛。"

刘乙己居然大胆追问外祖母那段隐私,我被他吓着了,起身想跑。没想到她老人家展露前所未见的泼劲,拍着胸脯大声说道:"没错!我既送了钱物也送了人物,可是人家不要啊!小黑眼儿只好跟我回家,我寻思高铁桥不愿要小媳妇,他是想要黄花大姑娘。"

听到外祖母这样说,我脑海嗡地炸开了。小黑眼儿已是少妇,那么家里只有嫚儿是黄花大姑娘,莫非为了解救田文佐,外祖母和二姨果真联合起来把我母亲送去高铁桥家……我难以相信这种骨肉亲情的残酷,起身跑回家去。

我冲进家门扑到床上,头昏脑涨,浑身酸痛,动弹不得。蒙眬间外祖母回家来了,伸手摸了摸我额头。我感受到她手掌上的老茧,迷迷糊糊睡了过去。

梦里我飞翔到滦城上空,看见有辆洋车驶到宪兵司令官邸大门前,乘客看样子是个女大学生,身穿阴丹士林蓝大褂,外面套着月白色上衣,全身装束朴素大方,她下车告诉洋车夫不超过半点钟就会出来。洋车夫点头表示等待。她便只身走进那座黑漆大门了。夜色里我低空盘旋着,看到洋车夫弯眉细眼紫记脸膛,接连不断地抽着烟卷……

半夜突然醒来,想起梦里并没看到女大学生走出那座黑漆大门,那辆洋车也不见了。我失望地哭起来。

之后想起苏联小说里那句话:"有时历史老人也会流淌新鲜的泪水。"

我不是历史老人,我的泪水来自我不曾经历的时光。

六

我十八岁那年,初夏时节突然传来本市工矿企业招工的消息,说将有大半应届初中毕业生留城,从而避免插队落户的命运。

我迅速回家告诉外祖母,她老人家听了毫不兴奋,反而口气冰冷地说:"你妈妈身背历史污点,我估摸人家工矿企业不会选你的,还是趁早做好插队落户的准备吧。"

我认清自己的处境,当然不会抱怨自己的母亲,可是我想知道事情的原委。外祖母深谙世故看透我心思,故意提示我说:"你师傅刘乙己是刘伯温转世,有啥事你去问他吧。"

我诚恳地告诉她老人家,那天没有听完高铁桥回忆录,后来几次询问刘乙己,他都说那册江西文史资料被我爸借走了,好像故意不让我得知详细情况。

"你呀你呀!有事求我的时候,你就变成小孩子,没事了你就是大小伙子。你就这样跟我变来变去吧。"

外祖母说得真对。我想探清事情原委就像个小孩子,无形中促使大人放松戒备心理,不经意间就把实话说出来了。我承认自己有了心机,渐渐具备跟外祖母斗智斗勇的本领。于是,我当场使出"激将法",向外祖母讲了我凌空飞翔的梦境,说紫记脸膛洋车夫等到天色大亮,也没见女大学生走出宪兵司令官邸。

外祖母抑制不住惊诧说:"小子!你真的做了这样的梦?不会是从破烂资料里看到的吧?"

我指着自己鼻尖做出保证,说梦里洋车夫称呼女大学生"柯小姐",显得特别尊重。

外祖母抬头望窗外小院:"那时滦城真有个紫记脸膛的洋车夫,不过那种人抽不起烟卷的,拉洋车的都抽旱烟袋,他们穷啊。"说罢转回目光望着我,"所以说你那梦是假的!"

我说希望梦境是假的,那样妈妈就不会永久下放南郊农场劳动了。

"你长大成人懂得道理,当初我想尽办法搭救田文佐,就是想保住你二姨的富裕生活!她过好日子我也沾光啊。"外祖母表情严肃起来,"你整天跟刘乙己讨教,他嘴里说的全是旧书里看来的,我嘴里说的都是亲身经历的!"

我望着外祖母的国字脸说:"您说这次我不能留城,那就趁我还没上山下乡,多给我讲些您亲身经历的事情。"

她老人家拿过针线筐笭,双腿盘起端坐床头说:"我现在回想起那个宪兵司令,还是觉得他不像武将,眉清目秀面孔白净,说话文绉绉倒像个文化人,可是谁能想到这路人最难通融,远不如那些占山为王的土匪好办事……"

"这么说从前您见过土匪?"这是我学会的谈话引导法,对付外祖母应当管用。

外祖母难堪地笑了:"田文佐死后约莫半年光景,那天半夜里有人翻墙进院凑近窗户,说要约定时间接你二姨和惠生去北山根据地。我光听说过北山那边出土匪,就让你二姨拍窗户撵那人走。那人说了声你们保重就翻墙走了。紧接着听见外面街上响枪,还把惠生吓醒了。转天清早听说夜里宪兵巡逻打死个共产党交通员,我寻思就是半夜窗外边说话的那人……"

我听了心里难过,想象那个半夜冒险进城的共产党交通员,就这样牺牲了。外祖母也是满脸愧色说:"我哪儿懂得什么叫根据地!不过幸亏小黑眼儿没去北山,她浑身好吃懒做的毛病,哪过得了根据地的苦日子!"

我当然有不同看法:"二姨不去北山等于跟革命根据地断了

联系,中华人民共和国成立后背着国民党官太太身份,还让惠生从小受到牵连。"

"现在惠生混好啦!你妈妈给他写了证明材料……"

外祖母话音落地,我家房门咚地被撞开了,一只白布大包袱首先进屋,随后是双手紧抱大包袱的人。这只大包袱进屋落地,随即露出二姨的形象。外祖母拍响大腿抱怨说:"小黑眼儿你闹鬼呀!"

二姨撩起大襟擦拭下巴颏上的汗水,笑嘻嘻环视着房间说:"我好几年没来,怎么家里没啥变化呢!"

好像二姨也没啥变化,还是吃咸不管酸的气派,照旧没心没肺的性格,依然心直口快的脾气。我不禁想起落户南郊农场的母亲,直接向二姨报告说:"这几年还是有变化的,我妈星期六不能回家来了。"

这则坏消息唤起二姨的轻声叹息,随即要求外祖母沏茶,并且要喝正兴德的香片。她不等热茶端来就打开话匣子,兴致格外高涨。

经过这几年熏陶,我养成倾听别人诉说的习惯,刘乙己说这叫收集现场资料。于是我蹲坐角落静心聆听。外祖母扭脸盯了我一眼,好像审视跑来偷听的邻家孩子。这个瞬间表情令我吃惊。

二姨兴高采烈地说惠生当了林西煤矿井下安全员,工作认真负责,被评为年度先进生产者。他不再随母姓,改名"田惠生",认祖归宗,恢复革命烈士的血脉的身份。

我听了不感到意外。田文佐终归被国民党宪兵杀害,他只是披着国民党保安大队长外衣而已,真实身份应该是共产党的人。

576

否则不会惨遭国民党宪兵杀害。

"前几天几个大官模样的人来到我家，说是省里领导送来革命烈士证书，那场面吓得我慌了手脚。我嫁给田文佐那段光景就跟做梦似的，脑子里还是那个国民党保安大队长！没想到人死了给家属带来这么大荣誉……"

二姨说着喝口茶水，小声抱怨不是好香片，伸手剔出嘴里茶梗说："你这个冰糖嘴儿快给我解开大包袱，这一路累死我啦！"

我猫腰解开大包袱，看到里面裹着床旧棉被。外祖母凑近打量片刻，突然双肩颤抖着说："这是田文佐留下的吧？我认识这粗布被面！"

二姨并不悲伤，跨步上前抖开旧棉被露出那块红匾说："这是领导亲自挂在我家门前的，我带来给你们开开眼！"

"这是功德牌啊！"外祖母双手捧起所谓功德牌，往怀里搂了搂，好像抱小孩儿似的。二姨拍手大笑说："封建社会叫功德牌，社会主义叫光荣匾！"

这块光荣匾大红烤漆底色，自左向右镌刻"光荣烈属"四个楷体金字，一下映得我家红彤彤的。外祖母抻出袖口擦拭着光荣匾，转手递给我说："你也沾沾福气！这功德牌荫及子孙呢。"

我接过约莫两尺长四寸宽的红匾，却想起远在农场收割高粱的母亲。人的命运真是大不相同。

二姨划亮火柴点燃香烟说："我跟那几个领导说，当初看不出惠生他爹真实身份，他整天忙碌不回家！你们猜省里大领导怎么跟我说的？他说田文佐同志潜伏敌营多年，给华北根据地和延安输送重要情报，屡建奇功。坚持'上不告父母，下不告妻小'保密原则,所以没把妻子发展为革命同志。"

喝了口茶吸了口烟,二姨得意地说:"我当场告诉那个大领导,要是田文佐把我发展成革命同志,我们两口子肯定同坑被国民党反动派活埋了,今天你们也见不到我啦。"

"小黑眼儿你就是不会说话!让人家省里领导下不来台。"外祖母随时指点着女儿。

二姨果然有所反省:"是啊,今后我要提高思想觉悟,改掉自己的坏毛病,咱起码对得起这块光荣匾吧。"

我想起刘乙己说过,研究历史得懂得现场收集资料,便打破心理障碍问道:"我姥姥既送钱物也送人物,怎么没能把二姨夫保释出来呢?"

"钱没收,人也没收!"二姨毫无戒心地说,"后来我寻思明白了,惠生他爹死了,我就是'共匪'遗孀!高铁桥是忌讳寡妇晦气,干脆不沾身把我给退回来啦。"

我觉得二姨说话爽快,有些容易害羞的地方她也不害羞,显得特别可爱。

外祖母反而急了:"小黑眼儿你不要张口就说!咱们求见高铁桥的时候,兴许田文佐已经被活埋了,他当然不会收礼的。"

外祖母这些话令我产生怀疑,索性大胆问道:"姥姥!您不是把我妈妈送去了吗?"

"你放屁!嫚儿是我老闺女,我能舍得把她往火坑里推?你小子胡说八道,存心给我抹黑……"外祖母说着一屁股坐在地板上,咧嘴哭了起来,"你跟刘乙己学得蔫坏阴损,整天鼓捣黑材料,非说我把你妈妈送给高铁桥了!"

我从未见过外祖母如此撒泼,完全变成陌生人。我吓得起身想要溜走。

二姨哈哈大笑说:"你从小就是冰糖嘴儿,长大成人反倒不会说话啦!你看都快把老太太气疯啦。"

外祖母从地上爬起,继续朝我喊叫:"我没送你妈妈去高铁桥家!你让刘乙己给我拿出证据来……"

"这不关人家刘乙己的事啊。"我转身逃出家门,下意识跑向"过街楼"。

我抹着眼泪走进刘乙己家。他手持拖布擦拭地板,抬头见我满脸泪痕便安慰说:"你不要哭嘛,他们把书收走了,可是重要内容全部刻印我脑海里,以后查找资料我能够闭目盲读。"

我稳住心神环顾四周,看到曾经堆满旧书的房间空空如也,仿佛大海退潮沙滩裸露,显出那张破旧单人床和老式写字台,还有擦得干干净净的地板。猛然感觉房间很大,却没了丰厚的内涵。

刘乙己收起拖把点燃香烟说:"有人检举我收藏旧书钻研'封资修'的东西。我倒是觉得他们说得没错,我收藏的三百八十七本旧书里,《宋稗类钞》和《清稗类钞》就属于'封',《西方哲学史》和《南北战争史话》就属于'资',《托洛茨基传记》和《苏联经济学史纲》就属于'修','封资修'三毒草全齐啦!所以我不抱怨人家清理指挥部的人,还帮着他们往楼下搬书呢。"

我意识到他收藏的滦城文史资料也被没收了,突然觉得母亲更加遥远,她的那段特殊经历越发成为难以考证的历史。

刘乙己神色从容地踱步。眼看房间空旷了,他有了踱步思考的场地,却没了给他添草加料的书籍。

他停住脚步迟疑片刻面有难色说："今天咱们讨论的话题，肯定关涉你家长辈的隐私，希望你有充分的思想准备。我们研究陈年旧事，必须努力超越私心杂念，才能坦然面对残酷的历史真相。"

我诚恳表态说："我姥姥、我二姨、我母亲，她们娘儿仨经历的事情，肯定令我难以想象，但是我会理解她们的苦衷，那毕竟是万恶的旧社会。"

"但是你不要以为这是忆苦思甜呢。"他颇为感慨说道，"就你二姨柯延蓉本人而言，她嫁给田文佐过的是富裕生活，好吃好喝好光景，无忧无虑净享福。可惜后来丈夫死了，她过起缺衣少食的苦日子，一直到你母亲柯延瑛给她儿子惠生写了证明材料。尽管你母亲的证言属于孤证，政府结合其他当事人回忆录，也就采信了。"

"还是我母亲出具的证明材料起了至关重要的作用。"

刘乙己表示同意我的观点："不过当年重要角色是你姥姥。她竭尽全力营救田文佐，先后两次往高铁桥官邸送人，还是没能保住柯家女婿的性命。"

我想象当年外祖母急于救人，带着年轻貌美的二姨前往宪兵司令家里求情，没料到高铁桥拒收，只好回家打起我母亲的主意。

"《江西文史资料全编之九》那册旧书被收走了，我大体能够记起高铁桥回忆录的结尾内容：子夜时分田文佐的岳母又跑到宪兵司令官邸，这次她带来个年轻姑娘，说死说活也要见到我……"

尽管早有思想准备，我仍然心跳加速，血液嘭嘭撞击脑海，引发阵阵耳鸣。天啊，让我怎么面对这段历史呢？我不能想象那年轻姑娘留宿高铁桥家的场景，毕竟后来她成为我的母亲。

我渐渐冷静下来："可是我姥姥不承认她送我母亲去了高铁桥家，而且情绪特别激烈。"

"是啊，有的人不能面对过去的自己，这是研究民间历史常见的现象。比如我就不愿回忆津沽大学的往事……"刘乙己主动提到大学往事，我佯装不知他被开除的经历，内心颇为感慨。人啊人，十年河东十年河西。二姨柯延蓉曾是国民党官太太，现今家里悬挂光荣烈属红匾，儿子惠生是国家煤矿工人。反观我母亲柯延瑛呢？不由心情惆怅。

我仍不甘心地问道："那次惠生酒后借宿您家，他还谈到我母亲哪些情况？"

"好像没谈到什么……"刘乙己连续眨动小眼睛说，"以后有机会你当面问问惠生好啦。"

"有的人不能面对过去的自己，难道也不能面对过去的别人吗？"我这个徒弟给师傅留下这句发问，说声再见就回家去了。

刘乙己好像有些内疚，他的话语啄着我背影说："一旦历史泥沙沉淀下去，现实的湖泊就清澈了。"

七

我二十四岁那年，全国恢复高考。接近年底我收到录取通知书，不敢声张，悄悄收拾行李。春节过后告别插队落户小村庄，搭乘手扶式拖拉机到达县城，可巧遇到大队治保主任问我干啥去，我说去天津读大学。他使劲跺脚说你小子脱产了。我表示从体力劳动转为脑力劳动,这不算脱产。他说脑力劳动就是坐办公室里,喝茶水看报纸打电话说话呗。

我乘坐长途汽车到了天津,下车径直奔向津沽大学报到,成为正儿八经的大学生,以前这所大学里挤满工农兵学员。

当年外祖母预见准确,我没有被招工留城,插队落户去了。务农七年每逢返城探家,明显感觉外祖母冷淡了,好像我不再是她的外孙。亲情的疏远令我百思不得其解,内心苦闷无以排遣,就看了很多文科书籍,参加高考都用上了。

我报考津沽大学历史系,第一志愿就被录取了。我觉得这是天意与人心的结缘。首先是我考进母亲的母校就读,从教室到饭堂,从图书馆到学生宿舍,可以就近感受母亲的成长历程,真是难得的亲情体验。这些年总感觉跟母亲难以缩短心理距离,如今我成为母亲的校友,当然会被写进厚厚历届同学录里,我和母亲只相隔十几页纸的距离。这是多好的事情啊。再者就是我选择刘乙己曾被开除的历史系读书,权作替他读完本科学业吧,倘若他有过读硕考博的志向,我也会努力完成这位学长的理想。

恢复高考扩大招生,造成学生宿舍床位紧张,学校号召家住本市的新生选择走读。外祖母反而要求我做"住校生",明显不愿我住家里。得知我读历史专业她老人家越发紧张,好像我会成为严查历史的审判官。

外祖母好像故意要把自己孤立起来。这心结可能来自当年经历,她先后把两个女儿送到宪兵司令官邸,这实在是难以洗净的人生污渍,人到晚年形成自闭心理。

我给惠生表哥写信,向他报告我被大学录取的喜讯。当然我同时提了几个问题，希望他及时复信回答。

前几年惠生表哥支援三线建设被调到攀枝花煤矿工作。记得外祖母大发感慨地说，惠生他爹是地下工作，惠生下井挖煤也是地下工作，这真是亲生父子啊。后来惠生表哥被提拔为脱产干部不用下井，她老人家听了没做评论。

临近开学了，我没有报名"走读生"，因此受到班级辅导员批评，说全国人民努力建设"四化"，我却不愿为学校分忧。我有苦难言不便解释。既然尚未找到化解外祖母心结的良方，我只得住校避免她老人家精神紧张。

我没有等到惠生表哥复信，星期天清早乘坐郊线公交车去南郊农场看望母亲。全国形势越来越好，就连农场里也修了柏油路，有了改革开放的迹象。母亲参加劳动态度端正，政治学习表现突出，从丙字小队调到农具仓库做保管员，不再使用四十九工号。然而母亲明显老态，眼角爬满鱼尾纹，头戴无檐白布帽露出几绺花白头发，使我觉得这不是仓库是临时疗养院。看到母亲身体微微发福，这说明她营养不错，毕竟农场开始饲养荷斯坦奶牛，水塘里白鸭成群戏水。这些都是从前不可能出现的景象。

走进农具仓库，我叫了声妈，母亲表情淡然，并不问及我读大学的事情，只是问我渴不渴。我想起母亲曾经喝盐水吃窝头收割高粱，她应该拥有祥和安康的生活。

母亲收起农具账簿，主动跟我聊天说小学时我叫小神童，中学时我叫大神童，不知现在应该叫什么。我说现在叫大学生。

"真好啊，你也能读大学了，一定记住这是国家恩惠。"母亲似有几分感慨，"你那桩心思妈妈知道，可是母子之间不便谈论那种话题,你要是女儿就好说了。"

我表示理解妈妈的苦衷,告诉她给惠生表哥写了信。她摇头说出事那年惠生两岁多,如今澄清身世确认身份成了工人阶级,他对往事不会津津乐道了,毕竟他母亲去过宪兵司令家里,这不是值得反复讲述的故事。

我感到母亲心明如镜,一眼望穿世事。既然她从容面对往事,我便捷直问道:"您的意思是说已经没有值得告诉我的事情了?"

"不是妈妈不告诉你,这些年我写下些许文字,就算是对自己青春岁月的记载吧。有些文字将来我会给你看的。你研究历史能够理解我的情感吧?比如那时我固执地认为田文佐不会死的,可是他已经被活埋了……"

我脑海里倏地掀起小朵浪花,然而这种问题我怎能直接询问母亲呢?于是采取迂回战术说道:"二姨年轻貌美嫁给田文佐,他们夫妻间有爱情吗?"

"你还是那个大神童哟!"母亲露出罕见的笑容说,"你还不如直接问我有没有爱情。"

我的小伎俩被母亲识破,不禁红了脸。母亲不再继续这个爱情话题,起身带我去农场食堂吃午饭。一路遇到熟人母亲便说:"这是我儿子,考上大学啦,还是津沽大学呢。"

我就像大熊猫似的被人们观赏着,临时成为农场珍稀动物。

走进食堂,母亲给我买了豆馅馒头,我吃得又甜又香。七年农村插队生活,我见到白面好像吸毒者见到白粉。

"好奇怪啊,你吃饭的样子怎么有些像他呢?"母亲凝神望着我。

我不假思索卖弄辞藻说："世界上没有两片相同的树叶。"

母亲听了随即转身，匆匆赶去跟熟人搭话了。我怔了怔，继续咀嚼豆馅馒头，认为豆馅里糖精放多了。

母亲转回来了。我受到豆馅馒头激励，继续卖弄辞藻说："不过，世界上可能会有两片相似的树叶。"

母亲突然大声告诉我，因为豆馅也是粮食做的，所以每个豆馅馒头食堂收三两饭票。我以为母亲饭票短缺，吃了两个便收手了。然而我误解了母亲，她跑去主食窗口排队又买了四个豆馅馒头，让我带回去吃。

母亲送我和豆馅馒头来到农场大门前，叮嘱说天热豆馅容易变馊。我跨上这班郊线公交车，挥手跟她道别。我目光穿过颠簸的车窗看到母亲越变越小。

一路上脑海里全是豆馅馒头引发的思索。"因为豆馅也是粮食做的，所以每个豆馅馒头食堂收三两饭票……"母亲为什么特别关注这个话题，我百思不得其解。

天色已晚，我携带豆馅馒头直奔刘乙己家。走进胡同巧遇外祖母出门倒垃圾，她老人家吃惊地望着我："咦！你不是住校嘛，怎么跑回家来啦？"

我解释说去刘福禄家借书。外祖母满脸狐疑问刘福禄是谁。看来邻居们习惯称呼外号，反而忘了人家本名。

我担心节外生枝，没告诉外祖母去农场看望母亲了。她老人家快速把垃圾倒进脏物箱，撇开小脚匆匆进院了。我找不到化解外祖母心结的良方，心里干着急。

我走进"过街楼"，看到屋里再度堆满书籍，好像新书多于旧书了。记得李白说过天生我材必有用,时隔千年在刘乙己身上应验了。祖国"四化"建设各行各业急需人才,光辉电料行职员被抽调到夜校补习班教课,主讲白寿彝的《中国通史》。那些祖国花朵准备高考冲刺,刘乙己自然成了园丁。

我执弟子礼进门躬身问候,看到师傅戴了圆圈老花镜,就是王国维相片里那种式样的。刘乙己主动说还没吃晚饭,我从背包里取出四个豆馅馒头。他满意地笑了。这几年人生境遇好转,他不时展现笑容,我替他感到高兴。

很快吃掉两个豆馅馒头,第三个被我摁住了:"我正要向您请教豆馅馒头的问题,您听过提问再吃好吗?"

他舔了舔嘴唇说"你问吧"。我便把母亲的异常表现讲出来,并问:"您说这普通豆馅馒头怎么就成了我母亲的重要话题呢?"

刘乙己还是将第三个豆馅馒头攥在手里,好像这样便于思考。"当时你肯定跟母亲谈到了敏感话题,她只得以豆馅馒头回避,正可谓以此物遮蔽彼物也。"

我听了很受启发,却回忆不起当时跟母亲谈到什么,光记得她突然转身赶去跟熟人搭话了。

一个豆馅馒头徒弟吃,三个归到师傅胃里,这形成晚饭总体格局。刘乙己吃饱饭喝足茶,心旷神怡对我说:"你二姨只念过高小,写信挺有条理的。"

"你跟我二姨有了通信联系?"我有些意外问道,"您还在研究滦城地方史志?"

刘乙己嗯了声,给人此处删去八百字的感觉。他吸过香烟后伏案整理讲义,说明晚两节辅导课讲到唐了。

似乎大唐盛世鼓舞了我，登时觉得脑海闪光亮堂堂，南郊农场食堂场景清晰浮现眼前：母亲说我吃饭的样子有些像那个人，我说世界上没有两片相同的树叶，还说世界上可能会有两片相似的树叶……难道这就是母亲敏感的话题？我绞尽脑汁也想不明白。

　　我不再跟师傅交流，起身告辞。他依然伏案整理讲义说："一旦有了研究滦城文史人物的成果，我会及时通知你的。"

　　我骑车赶回学校，校园里灯火未熄，颇有生逢盛世的感觉。传达室告示牌里写有我名字，我跑进收发室取到信件，看信封是惠生表哥回信了。我溜进宿舍攀到上铺，打开手电筒阅读这封远方来信，颇有地下工作者的味道。

　　惠生表哥写信字体很大总共两页纸，说新近担任安全生产科副科长，忙于熟悉新岗位新环境，心情无比振奋。他让我转告外祖母和母亲，他在当地搞好了对象，是云南姑娘，双方决定国庆节结婚。

　　这封信里惠生表哥没有回答我的询问，只是抒发情怀写道："往事如烟，过去的事情就让它过去吧。我们青年人应当向前看，前进的道路是曲折的，我们的前途是光明的，让我们携手并肩投身祖国四个现代化建设，在本职工作岗位上做出应有的贡献。"

　　我此前去信询问的重要问题，惠生表哥并未回答。我熄灭手电筒瞪大眼睛望着宿舍天花板，想起母亲跟我说过，惠生澄清身世确认身份，不会津津乐道那些往事了。

　　我把惠生表哥的来信塞到枕头下，然后轻声轻语说："田文佐烈士请给我托梦吧,我想了解您是什么样的人,只要我知晓您是什么样的人,我就能够理解当年的母亲了……"

睡在我下铺的兄弟醒了问道:"上铺你在说梦话吧?千万不要把革命烈士招来,我特别害怕魂灵。"

我诚恳地告诉下铺兄弟:"历史系研究的人物早都成了魂灵,你害怕就转生物系吧,他们那里都是细胞。"

我听到下铺兄弟说:"你报考历史系的目的,好像就是要把自家事情捋摸清楚,所以特别热爱学习。"

我突然觉得下铺兄弟说得有道理,我是有这种念头。

八

我二十五岁那年,在新学期被选为中国近代史课代表。我庆幸自己报考历史专业,随心所欲徜徉历史长河边,既可投宿于前世纪的旅店,也可抵达百年前的现场;既可阅览伪托欺世的典籍,也可访问毁誉参半的名人……等于我变成提前千百年出生的通人,俨然拥有金刚不坏之身。

可爱的外祖母还是疑虑重重,几次问我学历史是不是想弄清从前的事情。我说大学毕业想当中学老师。

我偶尔回家吃顿饭,绝不向外祖母打听任何事情,包括胡同里何时铺了水泥路。我害怕她老人家再度失控,尖声高喊没把嫚儿送到高铁桥家里去。

母亲处境出现好转,南郊农场允许周末回家了。她却不常回家,好像爱上农场了。母亲回家次数偏少,外祖母乘坐郊线公交车去农场看望女儿，还带着各种好吃的。母亲写信告诉我："你姥姥见面就喊我乳名嫚儿，好像要把我固定在小丫头时代，特别不愿让我长大似的。"

我读罢母亲来信自有心得，只是不便向母亲表达我的见解罢了："我姥姥不愿回想您女大学生的模样，您若永远是个小丫头，便没有她老人家后来那个行为了。"

尽管没有讲给母亲，我把这几句话写进自己日记里，然后走出宿舍去教室上晚自习。

半路遇到班级辅导员说收发室有我信件。我跑到收发室拿到父亲的来信。想起很久没跟父亲联系，有些内疚。

我凑近学校宣传栏灯光下，认真拜读父亲来信。他的字体温润秀美，令人舒心惬意。父亲喜欢写信。我觉得这是性格内向所致，他宁肯将语言落到纸上，也不愿动嘴来说。动嘴说话需要表情配合，可能父亲不便流露吧。

"你母亲隐瞒婚前经历遮蔽自身污点，这是情感欺骗行为，令我难以接受，只得选择离婚。如今已有两篇革命回忆录澄清那段历史，证明你姥姥没有把嫚儿送到宪兵司令家，如今历史真相大白，等于我错怪你母亲了。尽管离婚多年不相往来，我想当面向她道歉，不知你母亲能否给我这个机会，故而请你带个口信……"

天啊！我读到这里惊住了，完全不敢相信这是真的。已有两篇回忆录澄清那段历史？如此说来外祖母也是无辜之人？父亲来信字里行间仿佛掀起风暴，我蒙了。

坐在教学楼台阶前，我思索起来。父亲是工程技术人员，几乎无缘接触有关文史资料，他所说两篇回忆录来自哪里？采自民间或来自官方？是亲历者执笔还是口述者未经整理？我渐渐产生疑问：假如外祖母没有把嫚儿送给宪兵司令，我母亲的历史污点就不存在，她被下放农场劳动便是冤假错案。

我判断父亲所说两篇回忆录来自刘乙己书房，此公坚持寻访挖掘滦城地方文史资料，而且跟我二姨建立通信联系，似乎有了新成果。我厘清思路刻不容缓，跑回宿舍找室友借了自行车，仿佛跨上战马冲出学校大门，顶着满天繁星直奔刘宅去了。

进了胡同，我忍不住伸出脖子望着自家小院，窗户里没有泻出灯光。人老睡得早，外祖母安歇了。抬头看见"过街楼"灯火通明，就跟除夕守岁似的。如今没了查夜的清理人员，师傅有了夜生活。

刘乙己家里挤满学生，我止步门外听他讲解历史考试答题技巧，滔滔不绝。莫非这也属于教学研究成果？我耐心等待学生们散去，已然子夜时分。

"夜访民宅，无事不来。说吧什么事？"他结束讲课满脸疲态，立即抽烟喝茶好比汽车加油。好似漫不经心听了我提出的问题，他打开书柜认真寻找起来。这排书柜是新近添置的，好像他新娶了太太。

他找出两册半新半旧的书籍："你看滦城这地方，即便非常时期，滦城坚持编辑文史资料，当然只能以革命回忆录为主，兼有地方大事记。"

我急急问道："这属于信史吗？非常时期编纂文史资料，难以避免倾向性的。"

"这肯定不是民间传闻。你看这篇《我的点滴回忆》，作者叫杨茂林，一九四七年为中共冀热边特委情报员，中华人民共和国成立后在省委统战部任职。"

我认真阅读杨茂林回忆录。这是作者口述，经人整理的。文通字顺表述严谨，令人产生信赖感。

"抗战胜利后，国共谈判破裂，内战打响。我的公开身份是河头镇聚贤饭庄跑堂伙计，河头镇距离滦城六十里，水旱码头特别热闹，便于秘密接头。我清楚记得他初次走进饭庄雅间，头戴礼帽身穿便装，稳稳落座让我沏茶，声调沉稳举止庄重，令人感到威严。他要我沏天津卫正兴德高级香片，我就知道这是递送情报的接头暗语。他若不提天津卫正兴德高级香片，那表示没有带来情报，专程来取上级指示的……

"这位同志爱吃聚贤饭庄的焦熘里脊和糟烩豆腐，这是大厨王胖子的拿手好菜。吃完饭他故意把香烟盒丢在脚下，我打扫雅间便收了香烟盒，那里面写有情报暗语，我连夜转交上线交通员……"

我中断这段阅读抬头请教："难道这人就是田文佐？他不是被八路军打断大腿瘸了吗？"

"你阅读文史资料不可性急嘛，好饭不嫌晚。"刘乙己点燃香烟随手把空烟盒扔到地上，吓得我缩了缩脖子，以为他被革命烈士附体，跑来跟我秘密接头了。

杨茂林继续回忆道："后来好久不见他再来聚贤饭庄，听滦城方面说有个保安大队长被八路军打断大腿，已经成了瘸子。之后上级通知我，以前那位同志负伤不便亲自递送情报，已经安排新人代替，增添新人就是增加风险，上级要求我绝对保障情报安全。

"毕竟是革命同志负了伤,我听说后有些难过,猜测他是否因为暴露身份,撤退途中跟敌人枪战负了伤?虽然跟这位同志只有几次短暂接触,他魁梧的身材、沉稳的表情、威严的举止,都给我留下深刻印象。他身处敌营环境凶险,赤胆忠心为党工作,给根据地传送多少重要情报啊。中华人民共和国成立后可能成了默默无闻的英雄,我很怀念他。

"上级通知我递送情报的新人是个年轻貌美的姑娘,可是从未见她来到聚贤饭庄跟我接头。大约半年后我奉调平北根据地,解放战争期间随大军南下了。"

读罢这篇回忆录我感受到,时隔多年,杨茂林的深厚情感没被时光冲淡,他对无名革命同志的怀念发自肺腑。

我受到革命前辈的感召,格外关切那位不曾露面的年轻姑娘:"她没来聚贤饭庄接头,不会出事了吧?"

"你阅读文史资料怎么无法克服焦躁心理呢?那位年轻貌美的姑娘在下篇回忆录里等着你呢,你喝口热茶再读吧,我这是天津卫正兴德的高级香片。"

天津卫正兴德的高级香片?听到刘乙己跟回忆录里人物品茗趣味如此相同,我想起那句"一饮一啄,莫非前因"的名言,难道是历史资料读得太多,刘乙己无形中成为前世人物的同好?如此看来历史就是大型古装剧,我们台下观众浸淫其间,不知不觉随了剧中人。

"你认定那位来到聚贤饭庄递送情报的男子就是田文佐?"我重复问道。

刘乙己并不回答,吸着香烟告诉我,下篇回忆录也是当事人口述，经人整理成文。当事人名叫赵路宽，中华人民共和国成立前从事党的秘密工作，中华人民共和国成立后病休居家，身体状况不详。

我立即认真拜读《怀念无名女英雄》这篇回忆录。

"……田文佐右腿中枪最终导致残疾，腿瘸脚跛不便亲自递送情报，他向上级首长发出'给我买双鞋吧'的暗语，请求找人代替他将手里情报递送河头镇聚贤饭庄。其实根据地敌情科未雨绸缪，早已在他身边安排隐蔽人员，只是没有启动关系而已。这个隐蔽人员代号'老太太'，是个年轻貌美的姑娘。"

我忽发奇想忍不住问道："这位年轻貌美的姑娘不会是来自大城市的女大学生吧？"

"这位姑娘名字不叫柯延瑛。"刘乙己打破我的美好愿望说，"当年你母亲只是个进步青年，从未参加过革命活动。"

赵路宽在文章中回忆道："也不知哪里出了纰漏，田文佐同志白天获取重要情报，半夜里突然被捕。上级首长紧急启动隐蔽人员'老太太'，对她提出两点要求：一是摸清田文佐的被捕原因，如果属于保安大队内部矛盾导致同僚倾轧，我党可以托请社会贤达出面解救；二是倘若田文佐的真实身份暴露，那么解救难度极大，必须想方设法得到他被捕前获取的那份重要情报，安全稳妥传送至后方根据地……"

读到此处页码出现残缺，直接从二十一页蹦到二十六页，跨进别的文章。不等我抬头询问，刘乙己呵呵笑了。我已熟悉这种笑声，有时像天真的大孩子，有时像饱经沧桑的老者。

"你知道什么叫无巧不成书吗？这第二十六页的文章也是半

截子，但是能够看出口述者是滦城洋车夫，他回忆当晚拉车送保安大队长的岳母和太太去宪兵司令家，天气、时间、道路、地点，经我考证基本属实……"

我猛然想起曾经梦见滦城的洋车夫，于是难以抑制惊奇心理问道："那洋车夫是弯眉细眼紫记脸膛吧？他还会抽烟呢。"

刘乙己显然认为这问题不必回答，沿着自己思路继续说："这篇回忆录印证了你外祖母首次求见高铁桥的史实，洋车夫拉着保安大队长的岳母和太太离开宪兵司令官邸回了家，这说明你姥姥送钱送人遭到拒绝。保安大队长太太当然是指柯延蓉。既然小媳妇对方不收，你外祖母就要改送大姑娘吧？"

我顿觉灾难降临："那大姑娘不会是我……"实在难以说出"母亲"二字，我毕竟是她儿子。

"你放心勿念，这幕历史剧没有你母亲出演。不过你外祖母确实带着大姑娘去了宪兵司令家里，她是你二姨家的丫头小树叶儿。"

小树叶儿？这是个略显生疏的名字，我想起外祖母说过惠生小时候尿湿过这丫头的花布衣衫。

我没问清缘由便激动地拍手："太好啦！这篇回忆录价值连城，它证明我母亲没有去过宪兵司令家，反而溅了满身历史污点！"

刘乙己异常冷静："你外祖母送小树叶儿去高铁桥家，这究竟是你姥姥逼迫的，还是小树叶儿自愿的，我现在只能做出推断而已。"

"马上去问我姥姥就是了！"我依然处于亢奋状态。

刘乙己不乏嘲讽意味地笑了:"你以为她老人家就能说出小树叶儿的下落吗?"

我被他说得清醒了。是啊,小树叶儿去到高铁桥家里,之后她怎么样呢?

"我姑且做出这样的判断,田文佐身边代号'老太太'的隐蔽人员,"刘乙己抬手拍响桌子说,"就是这个小树叶儿!"

我被他说得倍加振奋,语无伦次说道:"所以,所以,所以你推断是小树叶儿主动要求去宪兵司令家,并非出自我姥姥的逼迫?"

"你姥姥当然不是黄世仁他妈。"刘乙己揉揉眼睛说,"既然上级首长要求拿到田文佐被捕前获取的重要情报,那么小树叶儿只有投身高铁桥这条途径,才有可能谋得接触田文佐的机会。你想她是个黄花大姑娘,这就叫为革命上刀山下火海。"

我还是及时醒悟了,以历史系学生身份请教道:"杨茂林公开身份是聚贤饭庄跑堂伙计,但是他回忆录里没有指明那个递送情报的男子就是田文佐。另外赵路宽回忆录里所说的隐蔽人员'老太太',我们也无法证明她就是小树叶儿。既然人物没有得到确认,我们能够得出结论吗?"

刘乙己端起茶杯说:"你说得很对!人物难以确认,考证资料匮乏,而且当年安排田文佐单线联系的顶层首长,中华人民共和国成立后可能早逝了。既然独家线索中断,我只好展开'主观感受式研究',汉朝司马迁不是这样吗?《史记》里明显残留太史公的想象痕迹。如今寻找田文佐和小树叶儿这类人物的下落,我只能调动主观感受的力量,从而加快逻辑推理的进程,找到那扇窄门咣地推开它,让今日的阳光照射进去。"

我受到师傅的情绪感染,一时说不出话来。是啊,历史不是无情物,它要求我们以心灵触摸人物本相。

彻夜探讨,天色大亮,大太阳透过"过街楼"窗户洒进晨光,把徒弟和师傅映照得亮亮堂堂。一夜不曾合眼,我反而没了困意。刘乙己趁机告诫说:"小子! 历史就是个连环套,你死啃书本拆解不开的。"

我起身告辞,推着自行车走出胡同上街排队,买了油条和烧饼快步走进家门,送上早点给外祖母。她老人家满脸狐疑望着我,好像遇到过路财神。我告诉她老人家,经过刘乙己研究有了初步成果:"我们模拟了历史现场,还原了事件真相,认为您没送我妈妈去宪兵司令家!"

"真的……"她老人家惊得瞪眼张嘴,亮出缺位的门牙说,"你们俩真把历史给研究成好事情啦?"

我说历史里不乏好人好事,必须下功夫寻找。外祖母情绪激昂起来:"是啊! 我怎么能把亲闺女往火坑里推呢? 何况她还念着大学呢! 可是你妈妈偏偏承认去了高铁桥家,还给惠生写了证明材料,你说这不是让自己背黑锅吗?还把我给连累上啦,弄得我心里发毛……"

外祖母说话气喘吁吁,我便不敢提及小树叶儿的事情。尽管刘乙己推断小树叶儿就是田文佐身边的隐蔽人员,而且是她鼓动外祖母把自己送到宪兵司令家。我认为还是稳妥为好,不要轻易刺激她老人家。

外祖母顽强地咀嚼着烧饼油条,不禁回忆往事说:"田文佐这男人真不错,特意给你二姨雇了个丫头,小树叶儿干活勤快从不多嘴,田文佐出了事,这丫头人特别着急,总想去宪兵队送饭,担心田大队长在狱里受委屈。"

看来外祖母至今不知道这丫头的真实身份,于是刘乙己推断小树叶儿主动要求外祖母把她送到宪兵司令官邸,所以外祖母不会产生自责心理,甚至认为小树叶儿想攀高枝嫁豪门。果然她老人家手里举着烧饼说:"后来我还梦见过小树叶儿嫁了有钱有势的男人,这辈子过上好生活啦。"

我没有承接这个话题:"这烧饼油条您趁热吃吧,以后有好消息我会告诉您老人家的。"

"嗯,你念大学应该知道,历史里有坏人也有好人,好人总比坏人多呢。"外祖母诚恳地说。

九

我二十六岁那年读大三,属于适龄青年,跟中文系女生韦华谈起恋爱。她知道我父母离异,喜欢询问我家情况,说要写作就要保持好奇心,这样你的世界会比别人丰富。她喜欢读《简·爱》和《安娜·卡列尼娜》,还有《包法利夫人》。

我告诉韦华我父亲曾经流露悔意,请我捎话向母亲致歉,可惜母亲没有回应,于是局面难以盘活。韦华听过非常焦急,仿佛是她父母离了婚,为我构思多种方法以求破局。我受到感动主动带她去见我师傅,一是让她接触民间历史学家,二是让她听到我母亲的故事。

刘乙己表现出罕见的热情。我家的故事纷繁复杂,涉及人物不少,事件脉络散乱,情节重叠悬疑……没想到被他说得清清楚楚,讲得明明白白。毕竟是高考辅导班老师,练就了超常的概括能力和逻辑本领。

我的女朋友则具备出众的理解能力,她听罢异常兴奋转而问我:"既然推断你母亲没有历史污点,应该让她振作精神,大步走进新生活!"

"我们研究历史格外谨慎,一个人物漏洞可能改变事件真相,所以不像你们学中文的,依靠虚构创造新世界。"

韦华心情急迫地问道:"刘乙己先生您能举例说明吗?比如什么漏洞改变了什么真相……"

我打断韦华说:"你要称呼刘福禄先生,不要叫刘乙己。"

"难怪我觉得跟鲁迅小说重名了……"韦华恍然大悟。

刘乙己并不介意,完全沉浸学术状态说:"我给你举个现成例子吧。"说着目光转向我问道,"你姥姥没把她闺女嫚儿送给宪兵司令,可是嫚儿偏偏承认去了高铁桥家,中华人民共和国成立后还给惠生出具证明材料,以亲历者名义证明这是烈士之子,你说这逻辑能够成立吗?"

"不能够!这里头肯定有故事。"韦华大义凛然答道,俨然成为我的代言人。她不愧是思想解放时代的女大学生,性格耿直生猛。我想起自己的母亲,这位旧社会的女大学生蒙受冤屈饱经磨难,性格越发内向了。

刘乙己表情郑重说:"我们研究历史讲究实证。国民党宪兵队半夜活埋田文佐,当时河堤下边另有目击者,他是个半夜看青的农民名叫张仁国,中华人民共和国成立后参军立过三等功。他回忆跟田文佐同时被活埋的还有个姑娘,她身穿花布衣衫挺直身板走路,毫不怕死的样子。"

韦华瞪大眼睛望着我,明显吃惊不小。我当即请教师傅说:"如果这段口述实录属实,可以认为小树叶儿有了下落吧?"

"小树叶儿好像人间蒸发了,我们怎么向革命先烈交代呢?"韦华充满历史责任感,初步显现妇女能顶半边天的气概。

刘乙己目光瞬间放亮:"你为什么不报考历史系呢?"之后扭脸望着我,"韦华比你有潜质,她学中文太可惜了。"

韦华表态说:"历来文史不分家嘛。我会经常跟您探讨历史谜团的,比如赛金花跟瓦德西究竟什么关系。今后我想把历史迷雾里的人物写到小说里去。"

听到韦华要写小说,刘乙己失望了:"我就不留你们吃午饭了,出胡同右转有家南韩炸鸡店,味道很不错的。"

韦华指出现今不叫南韩叫韩国,全称大韩民国。

"你干吗非要学写小说呢? 跟我研究历史多好啊。"刘乙己勉强笑了。

"您在书籍里研究历史,我在小说里构建历史,我跟您共同努力吧。"韦华说罢催促我起身告辞。

我和韦华遵旨走进刘乙己口中的"炸鸡店"。韦华吃了两口就嚷嚷味道平淡,说:"看来研究历史的人缺乏现实生活判断力,比如那些常年研究清宫御膳的学者,会不会天天吃方便面?"

我不宜臧否自己的启蒙师傅,只得表示刘乙己单身男子饭食单调,自然感觉炸鸡就是美食了。

韦华勉强吃掉半份炸鸡说："既然认为小树叶儿是地下工作者，既然认为小树叶儿自愿去了宪兵司令家里，既然认为小树叶儿舍身也要完成上级交给的任务，你说她会是什么结局呢？"

我回答说："要么她成功拿到田文佐的情报全身而退，要么她不慎暴露真实身份命丧敌手。"

"二者必居其一？"韦华显然想象着小树叶儿深入虎穴的场景，身临其境表情紧张。

我安慰女朋友说："小树叶儿和她的舍生取义行为，出自刘乙己的'主观感受式研究'和'人生情理经验'推演，目前有谁能证明身穿花布衣衫从容就义的姑娘就是小树叶儿？目前又有谁能够证明那个跟身穿花布衣衫的姑娘同时被活埋的男子就是田文佐？"

"哦，研究历史只能存疑了。"韦华被我说服，主动把她的半份炸鸡让给我吃，"我还是钻研文学吧，写小说联想丰富构思精彩，你们研究历史好枯燥哟。"

看到女朋友铁心归属中文系，我食欲大增吃掉她赠予的半份炸鸡。她看着我的吃相说："有些事情问你母亲就是了，你何必非要钻故纸堆呢？"

"妈妈不告诉我。"我有些感伤地重复说，"妈妈不告诉我。"

我的女朋友表示不解："你妈妈不告诉你，这为什么？"

不等我回答韦华便发表主观见解："可能母子间不便谈论内心隐私吧，你若是女儿那就不同了。"

我发现韦华喜欢自问自答，不但问得尖锐，而且答得精到。我交了这种性格的女朋友，今后将节省许多语言。

临近学校放寒假，我意外收到母亲来信。这只大号牛皮纸信封里，装有白色小信封和两页信笺。

这两页信笺是妈妈写给我的信，字体硕大接近二分硬币。莫非人老了字就大啦？我捧读南郊农场来信，还是感觉她在远处。

母亲写信格式规范。首先祝贺我有了女朋友，说读了韦华同学来信，觉得这姑娘坦诚直爽令人信赖，特别是钢笔字稳重端庄，看着让人放心。母亲做过中学教师相信字如其人。

"我前天给韦华同学回了信，向她表示感谢。我确实没想到有位姑娘横空出现，给了我回首往事的力量。你长大成人肯定懂得，一个母亲向自己儿子谈论处女时代的际遇，那是难以启齿的。我庆幸有了韦华同学，可以跟这位不曾谋面的姑娘敞开心扉，这仿佛对山外青山讲述，又好似向海里浪花诉说，甩掉多年形成的心理障碍……"

我又惊又喜。韦华竟然给我母亲写了信。我母亲竟然如此信任韦华，终于愿意讲出自己那段经历。

"我的故事讲给你的女朋友，就等于讲给你听了。对我来说这是自我解放，如同脱掉多年爬满虱子的小棉袄，干净清爽地晒太阳去了，感觉天气真好啊。"

母亲叮嘱白色信封等到农历八月初十打开，那天是田文佐的忌日。母亲要求我读罢祭文朝天焚烧，权作对亡灵的祭奠。

我小心翼翼收起白色信封，心情激动起来。我心里遥远地做她儿子，她内心缄默地做我母亲，只因那段深若鸿沟的往事。历史是集体的往事，个人却是历史的负重者。如今，我的母亲不再站在远处，我期待她轻快地朝我走来。

晚自习时间我约韦华,她小步跑来见面就说:"我没有跟你打招呼给你母亲写了信,你不会怪罪我吧?"

我说:"怎能怪罪你呢,应该感谢你让我母亲乐意讲出那段尘封往事,这样我就真正有了母亲。"

韦华带我走到学校围墙里老榆树前:"柯老师当年就是从这里出发的!她说那是暑假前夕……"

柯老师?终于有人又称呼母亲"柯老师",而且她是我的女朋友,我忍不住哭了。

"一九四七年初夏,那个名叫柯延瑛的女大学生,来到学校大墙下这株被称为'许愿树'的榆树下,踮起脚尖把红绸带系在枝头,默默许下心愿:只要能够营救姐夫,我不惜付出任何代价……就这样她离开学校赶回家乡。火车到达滦城天色已晚,她乘坐洋车去见冀东宪兵司令高铁桥将军。副官呈报有天津女大学生拜访,她走进那座黑漆大门。"

随着韦华轻声讲述,我仿佛跨进历史现场看到那位女大学生,她身穿阴丹士林蓝大褂,外面套件月色上衣,手提藤条旅行箱走进会客厅,姿态优雅地落座。这就是当年的柯延瑛啊。后来她成为我的母亲和人民教师,再后来她成为南郊农场丙字小队工号四十九的农工……

冀东宪兵司令高铁桥将军走进会客厅。他圆脸宽肩五短身材,通身浅灰色立领便服,疙瘩襻系得整整齐齐,脚穿黑布便鞋,乍看很像乡村教书先生。

并非教书先生的宪兵司令神情和蔼,语调轻松跟来访者交谈,还询问天津学生运动情况。女大学生有问则答,表示没有读过

《方生与未死之间》这本小册子。

"我希望我姐夫能够平安,不论长官提出什么要求。"

高铁桥突然问道:"柯小姐,你认为共产党好不好啊?"

"共产党……"女大学生明显遇到难题,下意识摸了摸胸前佩戴的校徽,表情犹豫地答道:"不好。"

高铁桥笑了笑,略显得意地问道:"那么你说说共产党怎样不好呢?"

她显然不知道共产党怎样不好,于是满脸窘迫。

"您赏光访问寒舍,令慈大人不知晓吧?"

"我下了火车径直就来拜见您了,我的事情我能做主。"

"那么您还没用晚饭吧?我陪柯小姐边吃边谈。"高铁桥语调柔和。女大学生不便谢绝,跟随他走进官邸餐室。

晚饭两菜两汤,分餐制。她象征性地吃些米饭喝些羹汤,拿出丝帕擦手表示谢意。

"既然柯小姐无所畏惧,那么今晚留宿寒舍吧。"高铁桥说罢注视着来访者。女大学生异常镇定答道:"无论司令长官要求我做什么,我只希望我姐夫能够平安。"

"你很崇拜你姐夫吗?"高铁桥毫无表情问道。

她毫不犹豫点头应答。宪兵司令随即板起面孔:"你姐夫是共产党啊!"

"我只知道他是我姐夫。所以我希望您给他平安。"

高铁桥没有说话,挥手指派副官送女宾去后院房间安歇。

突然间,韦华中断讲述掩面哭泣,猛地将我拉回现实世界的老榆树下。

"柯老师真了不起！她愿意为自己钟爱的男人献身，这绝不是寻常女子能做到的，即便是当代女大学生……"韦华倚靠我怀里说，"我不敢想象自己能否做到！"

我受到强烈震动："什么！我母亲信里承认她钟爱田文佐？"

"柯老师当然没有这样讲，可是我认为是这样的！毕竟我也是知识女性，请相信我的直觉。"我的女朋友激动不已说，"那是何等深厚的情感啊，驱使自己献身救人在所不惜。"

我抬头仰望夜色里的老榆树，它枝叶苍茫，沉默不语。

一个女大学生为营救自己的姐夫，毫不犹豫留宿宪兵司令家。我不知道韦华怎样继续讲述母亲的来信。

韦华擦干眼泪苦笑了："这个故事绝对吊诡！女大学生彻夜未眠，做好牺牲贞操解救姐夫的心理准备。天色大亮仍然没有动静，她意识到对方没有接受这笔交易，自己的营救计划落空，伤心地哭起来。"

我不知事态如何进展，心情特别紧张。我的女朋友居然评点说："我认为高铁桥是个值得深刻研究的人物，以往文学作品里还没有这种国民党将军形象！"

我有些失控说："韦华！你能简明扼要讲述事情结局吗？"

"不能！"韦华露出未来作家的潜质说，"我们写作课老师有句名言——细节是雄辩的。假如我的讲述忽略人物细节，你怎能晓得什么叫天使什么叫魔鬼？"

我只得平心静气听韦华讲述："大清早副官来到后院客房门外，轻声请柯小姐去用早饭。女大学生拭去泪水整理仪容，推门走出客房跟随副官来到官邸餐室。这顿西式早餐非常丰富，她只喝了杯咖啡，极力保持镇定。

"高铁桥谨慎地吃着煎蛋烘肠和面包，不时用餐巾掩拭唇边，武将反而显出文人的教养。

"柯小姐你是张白纸啊，应该没有涉及校园政治活动。那位昨天夜里来的姑娘就不同啦，我把她交副官全程接待。那姑娘说自己是用人不识字，就想见见男主人，给他跪地磕头，感谢多年救济之恩。这样她就露了马脚，果然不出所料，她是张红纸啊，而且被共产党染得太红了，竟然敢来宪兵队接收田文佐掌握的情报，真是吃了豹子胆。这女共产党敢于自投罗网，我只能成全她啦。

"女大学生听罢掏出手帕捂住嘴巴，忍不住失声痛哭。高铁桥起身围绕餐桌说，昨夜我问那姑娘共产党哪里不好，她说共产党杀地主、抢财产、分田地，搅得天下乱哄哄，分明把共产党说成混世魔王，这戏就演过头了。"

我听得哭了，韦华也哭了。她说柯老师写信时肯定落泪了，那信笺皱皱巴巴洇了字迹。

"小树叶儿毕竟年轻，临危受命求成心切，太可惜啦。"韦华极其感慨道，"那代热血青年老啦！我们这代大学生呢？"

十

我二十六岁那年，农历八月初十晚间骑车出了大学校园，独自来到水溪公园，坐到彩灯旁边石椅上，小心翼翼打开白色信封，阅读母亲写给田文佐的祭文。

这篇祭文不遵文体范式，开篇直接说话："三十五年过去了，你在天堂,我在人间,相距遥远,你仍然活在我心里。那时候,我不懂政治,只觉得你是个好人,不忘叮嘱家里汇款供我读书,还跟我母亲说将来女子同样是社会力量,所以不可中途辍学。我不知道你是共产党,更不知道你已抱定必死信念。但是我知道国民党官僚奉行钱色交易,得知你身陷囹圄,我发誓以自身贞操营救你的生命。我哪里知道恶魔本性啊,假使我像小树叶儿那样献出生命,他们也不会放下屠刀。你就这样尸骨无存地消失了。我至今不知你被埋葬哪里,我猜想那是个青草茂盛的地方,一簇簇野花自由开放。

"时光流逝好快,快得令人健忘,快得埋没你的英名,如今有多少人记得你的名字?我想不会很多。我只能尽绵薄之力,为惠生出具申诉材料证明他的身世,他是被埋没的烈士的骨血,你可以不知晓,不可以怠慢。

"我知道你魂归天堂,也知道恶魔应该下地狱。今天适逢你的忌日,我让我的儿子焚烧这篇迟到的祭文,把我的炽热献给你。你能看到人间这簇跳动的火光吗? 我是柯延瑛,我想念你。"

这篇祭文深深打动了我。三十五年时光,母亲深怀如此炽热的情感,从来不曾冷却。我蓦然想起前年在农场跟母亲说起"世界上没有两片相同的树叶",她当时出现的反常情绪,如今也有解了。那个舍生忘死勇闯魔窟获取情报的姑娘小树叶儿,她的名字和形象同样常驻母亲心底,默默影响着母亲的日常生活。记得母亲把高粱秆剥成"甜棒"当作"甘蔗"给我吃,那也是颇含深意吧。

水溪公园不断变换颜色的彩灯把四周照耀得有些迷幻。我越发留恋这篇祭文舍不得焚烧,几经踌躇只得点燃火焰,起身抬头仰望夜空,确实有颗星星朝我眨眼。无论是出于钟爱或是暗恋,它都是母亲心仪的星座。

我骑车返回学校。韦华在学校大门前等我。灯光雕刻出她的剪影,不经意间成为人物艺术。她对我说这种事情就要独自完成,因此没去水溪公园打扰我。我的女朋友满怀感慨地说:"对一个人的怀念持续三十五年,这是多么坚忍的女人啊。"

"可是我母亲为此付出了多么沉重的代价。"

韦华表情郑重说:"你有这样的母亲,我更愿意做你女朋友。"

"你不是要写作吗?我母亲应该是你笔下的人物吧?"

韦华表示为难:"人性实在太复杂,例如高铁桥的反常行为便令人费解。他指派贴身副官牵马坠镫送女大学生回家,出自什么动机,达到什么目的,我始终琢磨不透。文学作品塑造人物具有穿透力,我目前还没有觅得金刚钻。"

我说刘乙己的许多见解来自多年生活积累,我们应当向这位民间文化学者请教。

适逢国庆节假期,我买了墨菊香烟,韦华拎着国光苹果,前往"过街楼"看望"胡同里的学问家"。我叮嘱韦华不要错呼"刘乙己",人家不是鲁迅小说人物的转世灵童。韦华说记住了。我俩走进胡同碰到外祖母走出小院,好像是出门晒太阳的。她老人家已然拄了拐杖,尽显老态。

"这紫藤拐杖当初给你妈妈买的,她伤筋动骨腿脚没劲,可她就是不拄,嫚儿的性格真犟啊……"外祖母抬眼看见韦华和苹果,表情随即显得夸张,"嗨!你俩来看我不要总是花钱买东西嘛!"

说着从韦华手里接过装满苹果的尼龙网兜:"我不用揞也不要扶,我是心疼买拐杖的钱才拄着它出来溜达的。"

韦华笑得捂住嘴:"您真是鲜明生动啊!连曹雪芹都没写到您这样的人物。"

"闺女!我要是被姓曹的写进大观园里,还能活到今天吃你苹果?"外祖母左手把拐杖夹在腋下,右手提起苹果网兜,小步颠儿颠儿回家去了。

我还是不能告诉外祖母小树叶儿早已惨遭国民党宪兵杀害,太平盛世就让她老人家回家啃苹果吧。

我的女朋友还是笑得不停,说刘福禄同志的苹果被我姥姥劫持了。我安慰韦华说咱们进贡还有墨菊牌香烟。

我没想到外祖母收下苹果走出院门,满脸神秘表情说:"你二姨阳历年结婚!她要嫁给什么民革副主委,那人还是省里文史馆员呢……"

韦华拉住我胳膊低声说:"你说过刘乙己惦记你二姨多年,他光研究历史不关注现实,现在去滦城求婚也晚啦。"

外祖母絮絮叨叨说:"这女人老了依旧漂亮,看来还能嫁得不错。那男的原先是国民党起义将领,这小黑眼儿又成国民党官太太啦?"

韦华笑着纠正说:"姥姥!人家现在是民主党派,跟台湾那边没有关系。"

"对,那拨老国民党搬到台湾去啦。"外祖母说出自己的见解,"小黑眼儿熬了这么多年,又过上好日子啦。"

不知出于什么心理,我还是有些为刘乙己感到失落,他多年研究柯延蓉家史，如今被人家掀开新篇章了。

刘乙己书房斋号"过街楼主"，依然保持单身汉生活习惯，这习惯就是家庭环境脏乱差。他接过我呈送的墨菊牌香烟，频频颔首表示欣慰，转脸对着韦华说："你肯定有问题要我解答，弄明白了写进小说里是吧？"

我怕韦华说话有失分寸，抢先表示我和韦华前来看望师傅："请放心，您不是她要观察的文学人物。"

"那么高铁桥肯定是！我检索黄埔军校第三分校学员名单，登记在册七千多人里没见他名字。"韦华毫不犹豫说出此行目的。

刘乙己打开墨菊香烟嗅了嗅，然后背手踱步等待韦华提问。我的女朋友从书包里取出笔记本，站起身来尊称刘福禄先生："我今天专程向您请教，当年高铁桥出于何种心理那样款待柯延瑛？他想达到什么目的？"

此时显然不用我张嘴了，韦华的提问比较到位。

"好，很好，非常好。"刘乙己瞬间显现辅导班讲师状态，"你提了两个问题，一是何种心理，二是什么目的。那么请你简约讲述事情线索吧。"

"高铁桥行伍出身职业军人，外表温文尔雅。那天吃过早餐他命令马夫牵来他的白色军马，亲自扶女大学生跨坐马鞍，派遣贴身副官牵马坠镫，一路穿过滦城闹市区，沿途引发人们追随围观。滦城大东照相馆得知消息，当街架好照相机抢拍这组新闻镜头。那贴身副官就这样把女宾送到家，返程复命去了。"

刘乙己闭目静听，连连点头说："你这段讲述很新鲜，这是当事人提供的吧？"

"我是独家，愿意分享给您。"韦华不等对方应答自行分析起来，"高铁桥是国民党官僚，田文佐是共产党地下工作者，这两人政治信仰不同，自然成为不共戴天的敌人。高铁桥目睹美丽端庄的女大学生匆匆赶来，宁愿牺牲贞操营救共产党地下工作者，这种行为已然超越政治属性，衬托出田文佐的人格魅力，这可能对高铁桥形成强大心理冲击。他贵为冀东宪兵司令，也是个男人啊！柯延瑛宁愿舍己救人，高铁桥内心做何感想呢？他认为已在军界实现自我价值，然而面对这场生死情感的较量，难道他不是最大的失败者吗？"

刘乙己伸长脖子凑近我说："我想夸赞你女朋友历史领悟能力超强，你不会自卑吧？"

我反而认为韦华的文学构思能力超强："她不会把民间传说写进历史教科书的。"

韦华意犹未尽话语不止："据说男人都希望自身价值得到女性世界认可。那么我揣测高铁桥从来不曾拥有爱情，他从来没在女性世界实现价值，尽管以儒将自况……"

"你的历史领悟能力很强，不过你的目光尚未穿透高铁桥的深层心理。他特意指派贴身副官牵马坠镫护送柯延瑛回家，难道这是知书达礼绅士风度吗？"

我随即插言抢答："这貌似温文尔雅的行为，可能是高铁桥的心理变态……"

韦华大声表示赞同："就是高铁桥的心理变态行为，毁了你母亲的人生！"

"孺子可教，后生可畏。你们基本具备独立思考能力，将来都是建设祖国文化事业的人才……"刘乙己狠狠吸了口香烟，瞬间情绪波动起来，"高铁桥派贴身副官牵马坠镫走过闹市区，这成了滦城最大新闻，一时间到处传说女大学生从天津跑来，夜宿宪兵司令家，主动献身做妾。很快形成社会舆论。社会舆论是把软刀子……"

刘乙己愤怒地喊叫起来："这就是高铁桥的阴谋！你不是要舍身营救你姐夫吗？我用硬刀子杀了田文佐那个共产党，再用软刀子杀了你这个痴情女子。"

我听得浑身发冷："这把软刀子杀人不见血吧？"

"柯延瑛身为洁身自好的女大学生，如果真被他玷污了，那是被污辱与被损害的痛苦，如果没被他玷污却被公众舆论斥为委身于人追求富贵，这种蒙冤受屈百口莫辩的心理，甚至超过被污辱与被损害的痛苦。高铁桥的软刀子长久割噬着柯延瑛的生命时光。"

韦华惊恐地看着我："这么多年过去了，你母亲被这把软刀子杀得沦落农场劳动改造，这真是无形的凶器。"

空气沉重，心情抑郁。刘乙己冷静下来转而安慰我说："我从江西文史馆朋友那里得知，高铁桥晚年定居赣南，他患白血病去世，留有两万字遗书，人之将死，其言也善。我想他会证明你母亲的清白吧。"

性格外向的韦华依然沉浸在悲剧情节里，并不相信人间存在良心发现："我会继续寻找小树叶儿的下落。"

我们跟刘乙己道别走出"过街楼"，韦华从书包里掏出牛皮纸大信封，闷头闷脑递给我说："这是你母亲写给我的全部信件，我交给你看吧。"

我谢绝了韦华的好意。这些信件记载着母亲的心路历程，希望她好好保管这部女性精神账簿。

我和韦华走到街心公园，望着长街尽头缓缓沉落的夕阳。

"你母亲性格外柔内刚，心里极好强呢。她甘愿献出贞操营救田文佐，可惜没有成功，这是你母亲的终生遗憾吧？小树叶儿义无反顾牺牲自己，这是你母亲的终生记忆吧？只要想起那个身穿花布衣衫的姑娘，她心底会不会泛起自怨自艾的涟漪呢？如果你母亲心境果真如此，就等于她常年蔑视着自己。这种精神苦闷是常人难以想象的。反观你母亲被下放农场劳动改造的经历，这会不会属于自我放逐呢？"

我吃惊地望着韦华，仿佛不认识她了。她这番话语宛若电流击穿历史岩层，以文学独有的方式，直抵人物心灵深处。乍听起来亦真亦幻，却使我感觉无限逼近事物的本相。

刘乙己夸赞韦华机敏聪慧是有道理的。她在寻找文学的历史意义，同时寻找历史的文学意义。无论读中文系还是读历史系，对她来说已然不重要了。

夕阳彻底告别城市，天色渐渐昏暗。昏暗光线里我顿生疑窦：小树叶儿与田文佐同时惨遭杀害，皆为宁死不屈的革命英烈，可是母亲八月初十祭文里没有怀念小树叶儿的只言片语，这到底是什么原因呢？

韦华好像胸有成竹，讲述起来有些小兴奋："每逢农历八月初十夜晚，你母亲便悄悄去往农场野外，把那几套彩纸剪制的花布衣衫点燃焚烧,轻轻呼唤心底那座汉白玉雕像的名字:'小树叶儿你不要舍不得穿,我这边每年做几套衣裳给你送过去,你穿花布衣衫可好看呢,特别是穿那件蓝地红花斜开襟的小袄,好像仙女下凡人间了……'"

我意识到被韦华带进故事现场:"你这是真实的场景还是虚构的画面?"

我的女朋友信心满满问道:"有时候,真实与虚构殊途同归,这两者有多少区别呢?"

我说可能是这样吧。多年来妈妈不告诉我,如今韦华以文学名义将那段经历展现给我,让我看到母亲真实的内心世界:因为您生命里有过小树叶儿,所以无论今生今世把事情做得多好,您都不会对自己满意的,您永远是那个单纯的女大学生。

这就是母亲背负的光阴。怀念那些不曾被历史记载的人,已然成为母亲生活的头等大事。尽管妈妈不告诉我,我也努力长大了。尽管妈妈不告诉我,我也能理解她终生不泯的情愫。尽管妈妈不告诉我,我也将默默分享着她的苦与乐。

事情就是这样。该记住的我都记住了。而且牢记得就像金刚石那样结实。妈妈不告诉我,我会告诉妈妈的。

【作者简介】肖克凡,作家,现居天津。著有长篇小说《鼠年》《生铁开花》《天津大码头》《旧租界》等八部,小说集《黑色部落》《赌者》《你为谁守身如玉》《爱情刀》等十六部,散文随笔集《我的少年王朝》《一个人的野史》等四部。曾获首届天津市青年作家创作奖。长篇小说《机器》获中宣部第十届"五个一工程"奖、首届中国出版政府奖,并入围第七届茅盾文学奖。长篇小说《生铁开花》获北京市文学艺术奖。为张艺谋电影《山楂树之恋》编剧。现为天津市作家协会副主席,中国作协全委会委员。

第二十届百花文学奖

小说奖 获奖作品集（下）

天津出版传媒集团

百花文艺出版社

《小说月报》
《小说月报·原创版》
编辑部编

巴桑的大海

○海勒根那

一

　　我跑长途做运尸人那些年，大抵都是从城里的医院往乡下运送死去的病人，却从没想过会遇到一个溺水者。那是初冬季节，租车的是一位来自草地的中学教师——呼德尔，三十多岁，死者是他的同乡，叫巴桑，据说是在远洋捕鱼船上做船员，因台风遇险而死，他要拉死者回来，到故乡安葬。草地的牧人去大海里捕鱼，我还第一次听说。我开口要了个价钱，对方也没有还口，一单生意就算成交了。我们从巴镇出发，行程有一千五六百公里，到达渤海湾的一个码头。渔船公司委托船长接待我们。船长五十岁开外，是个山东大汉，满脸歉意，安排我们住宿，并请我俩在一家高档餐厅用餐，席间一再说：巴桑是个好人，他很能干，是我见过的最好的船员。又拿出一张汇款单据给呼德尔看，说：按出海人的规矩，每个船员都会留下遗嘱，遵照巴桑先生的遗愿，我们已经把他的抚恤金和保险金汇给了海参崴的杉蔻女士，至于他的所有安葬费都由我公司负责。谈到这些，我自觉地回避，到室外去吸烟。那天夜里，呼德尔和船长聊到很晚，直到餐厅打烊。

第二天一早，我们在殡仪馆的停尸间里见到死者，他身边摆满鲜花，身上覆盖着白色蒙布（上边银光闪闪，似乎沾有零星的鱼鳞）。几个殡仪人员把死者抬起，放进我面包车的冷冻箱里，令人诧异的是，这具尸体好像没下肢。此时呼德尔已与船长握手道别，大个子船长一直目送我们离开，直到望不见为止。

说实话，那趟差我接单时就有点打怵。按我们那儿的民间说法，溺水而死的人阴魂不散，又湿又重，一般跑长途的司机不会拉运这样的尸体，它随时能压垮你的车子，或者拖拽你的车轮。瞧，麻烦事说来就来了，先是天公不作美，前一晚，辽东半岛突降十年一遇的大雪，高速封路，奔丧不能停留，我干脆走乡村公路，那会儿还没时兴导航，只能边问路边行车。厚厚的积雪被车辆蹍得泥泞不堪，车轮不时打滑，我把紧方向盘，这种路况只能以40迈的速度行驶，又不宜播放音乐，无聊透顶，唯一能消磨时光的，就是和同行人闲聊。呼德尔看起来情绪不佳，他坐在副驾驶的位置，遥望窗外的远方，似乎还沉浸在失去亲友的哀恸之中，我和他搭了好几次话，他才肯开口说话。

你和这位朋友感情很深？我问。

呼德尔点点头，说：是的，他从小和我一起长大，是我最要好的朋友。

他怎么去的远海捕鱼？

说来话长，呼德尔凝神片刻，说：不记得是哪个萨满讲过，有时需要散去山上的云雾，才能看清山顶。巴桑也如此，他是个有很多故事的人……

我望了望讲述者，摆出一副愿意倾听的样子。

呼德尔就打开了话匣子：这样，我还是从他小时候说起吧。师傅，你听说过"阴兵过境"吗？

什么是"阴兵过境"？

那是民间的一种说法。离我们牧村几十里的山谷里，有一个很神奇的洞，经常能听见千军万马厮杀的声音，牧村的老人都说那是十三翼之战时，成吉思汗兵败躲避到这个山洞留下来的。

你亲耳听到过？

是的，亲耳听到过，另一个伙伴就是巴桑，是我俩一起听到的……那会儿我和巴桑也就十来岁，一次小学组织夏令营，去的就是那个山谷。孩子王布仁的主意，趁老师不备，要偷偷带我们探秘那个赫赫有名的山洞。巴桑从小没有双腿，经过一段怪石嶙峋的石塘林时，他落到了后面。到了山洞，没有一个孩子敢进去。布仁提出来，谁敢进山洞，他愿意奖赏那个人一瓶汽水。那时来看诱惑足够巨大，但仍无人响应。等巴桑凭借两只胳膊走到我们面前时，布仁有了坏主意，他先让大家闭嘴，然后对巴桑说：刚刚我们都进了山洞，现在就差你了！巴桑满脸尘土，把目光落在我的脸上，我瞅瞅布仁，并不敢揭穿。布仁催促他：还不赶快爬进去！几个小伙伴也起哄：爬进去！爬进去！巴桑两只手拄着鹅卵石，支撑着他黑瘦的身体，一耸一耸地向山洞里行去，直到隐没不见……

所有人都屏住呼吸，想听到那一声比野兽还尖厉的嘶吼，或是巴桑的一声惊恐的惨叫，可是没有，山洞里一点声音都没有。过了好一阵儿，布仁忍不住呼喊起巴桑的绰号——没腿青蛙！却听不到任何回应。不知是谁说了一句：他是被怪物吃掉了吗？话音刚落,一个家伙撒腿就跑,其他孩子随之一哄而散,布仁想唤住他们却为时已晚,他不得不快马加鞭追赶他们去了。我一个人留下来,忐忑极了,一步一步挪向洞口,直到走进偌大的阴森而漆黑的山洞里,我小心地呼唤:巴桑!巴桑!山洞空旷,除了我的回声,似乎还有水滴的叮咚声,再没有其他动静。我不得不再往里面探步,阴暗潮湿的地上影影绰绰能见到发着白光的碎骨,有什么东西向我扑面而来,我吓得躲避开去,原来是几只蝙蝠扑棱棱从头顶掠过,就在我差点放弃的时候,里面传出了巴桑的声音:我在这儿……我硬着头皮摸索到他身边,他在黑暗中睁着明亮而新奇的眼睛,对我耳语说:你听!我沉下怦怦的心跳,侧耳谛听,只听得山洞里面隐约传来潮水汹涌之声,仿佛正有节奏地拍打着海岸……

我惊奇着,掏了烟递给讲述者。

那是大海的喘息,呼德尔语气肯定:我和巴桑听得真真切切,而且山洞里不时还传出海水的咸腥气……我俩也曾举着火把往最里面探寻过,大约五百米之后,洞穴却朝着地下去了,像个无底的深渊,声音好像就是从那里传出来的。巴桑丢下去一块石子,似丢到一片云雾里,连个回响都没有。

你俩没听到阴兵过境的声音吗?

没有,我想那一定是大人们听错了,因为有暴风雨的时候,山洞里的波涛声会很大,时断时续,由远及近的,在山洞里听,有时甚至震耳欲聋,里面似乎有海鸥的鸣叫声,鲸鱼的喷瀑声,可能大人们把这些声音误听作人喊马嘶了……巴桑让我用绳子把他顺到谷底去,我没敢做,巴桑没有腿,万一绳子断掉,他想爬都爬不上来……

他怎么会没有双腿的？我问。

那还是巴桑六七岁的时候，和同村的一个稍大的少年去哈拉哈河边玩耍，他俩在河里摸到了一个锈迹斑斑的铁家伙，呈锥形，死沉死沉的，比十条大鱼还要重，两人费好大劲才把它拖到岸上，以为拾到了什么宝贝，研究半天也没找到打开的门道或缝隙，只好举了大石块猛砸一气，那个黑乎乎的铁家伙倒是打开了，却是在震耳欲聋的爆炸声中四分五裂的，火光和硝烟把两个孩子掀出好远。最后那一下是稍长的少年砸响的，他的肢体被炸得七零八落，巴桑离得稍远，结果也失去了两条腿……后来大人们说，那是一枚炮弹，是诺门罕战役时日本和苏联打仗丢弃的。

我哦了一声。

呼德尔说：我之所以从这个山洞讲起，是因为巴桑向往大海的情结似乎是从这里开始的。说起这些，就不能不提到巴桑的身世，他天生就是个苦命的孩子……巴桑从小没有母亲，他父亲达里，原本是最好的牧马人，也是牧业生产队的队长，巴桑三岁那年春天，整个牧业旗闹雪灾，刮白毛风，半米之内都看不到人和物，铺天盖地的大雪，像白色的绒毛一样大的雪花，但绒毛落下来没有声音，这样的雪花可不是，噼里啪啦地响成一锅粥似的，被狂风吹着，满世界一片混沌……那雪是湿的，落在身上一边融化一边结冰。这样的大风雪，牲畜最容易迷路，因为会顺着风雪疯跑，不出所料，生产队的几百匹马不见了，达里是生产队队长，带着所有马倌去风雪里寻找，生产队书记曾劝阻他：孩子那么小，又没有母亲，你就不要去了吧。达里都没顾得上回答，拎着酒瓶子和雨衣就跨马而去了……几天之后，人们在几百公里之外的科尔沁沙地找到他时,他已冻死在了那里……

牧村里有几户人家要抱养巴桑的,大队书记巴雅尔权衡再三,还是把小巴桑交到了孤寡老人斯琴额吉的手里。这位老人家一辈子吃斋念佛,整天拿着一大串菩提子佛珠数来数去,因为给菩萨磕头,膝盖和额头都跪磕出了茧子。斯琴老额吉的心地真比得过菩萨,这点我就可以做证,小时候,我亲眼看到老人家在夏营地的蒙古包里养过两条蛇,没人知道它俩是怎么进到毡包里来的,总之去她家的牧人都要小心翼翼,说话不可高声语,以免惊扰到蛇,这是老额吉定下的规矩。那时出于好奇,我们几个小伙伴经常去巴桑家看两条大花蛇孵蛋。有一次,在半路我们遇到了其中的一条,它足有牛角那么粗,几个孩子恶作剧,捡了一根棍子挑逗它,结果被放羊回来的斯琴老额吉撞了个正着,老人家平时慈眉善目,看到我们从来都满脸笑意,从来没见她发过火,可那天老额吉却怒不可遏了,她抡起拐棍追打我们,不停地责骂我们,仿佛那是她生养下的孩子,伙伴们都一哄而散了,她还骂个没完呢,直到太阳落山,直到晚风吹断了她喋喋不休的声音。

再有,那次巴桑被炸飞双腿,若不是斯琴老额吉没日没夜地呵护,悉心地照料,不停地向佛祖为巴桑祈福,巴桑可能熬不过那场厄运。

二

从早上开到中午,车子刚到瓦房店。一个三岔路口,我停下解手,顺便问问路,一个开大货车的师傅给我们指了指大石桥方向。

午后天气转暖，阳光将道路融化成雪水，我计划天黑之前怎么也要赶到辽阳，否则傍晚气温下降，道路结冰，将更难行驶。

小时候，巴桑家坐落在村子东边的草坡上，那是两间黄泥土屋，院墙是用红柳枝编成的，被风雨侵蚀成干灰色。有两道长满蒿草和车前子的车辙通往他家。童年的巴桑就用那团肉瘤在土路上蹦来蹦去，稍大些，知道廉耻后，就秘不示人了，只用两只手走路。

那时，除了我，没有一个孩子愿意和他做朋友，他们总是欺辱他、耻笑他，给他起各种绰号，什么没腿青蛙、老头鱼、螃蟹、半截人、怪物等等。那时，牧业生产队已经解体，每家都分到了马和牛羊。牧村的孩子们基本上都会骑马，我们在草地上赛马，使劲吆喝，任意驰骋，十几匹马一溜烟儿射向草原深处，那感觉棒极了。每每这时，巴桑只有远远地站在土墩上望着的份儿，他和斯琴老额吉虽然也分到了一匹枣红马，可他没有腿，夹不住马鞍，根本没法骑马。有时，伙伴们返身回来，会打马绕着他嗷嗷地叫嚷起哄，将他矮小的半截身体淹没在飞扬的尘土里。

一次，巴桑问我：在马背上是什么感觉。我想了下，告诉他，应该像在大海里行舟，草原在马蹄下就像无边的海浪，马背上的人在它的上面起起伏伏，而风好似海潮一样灌满你的耳朵……巴桑听了，默默地转身用双手走开了。没想到，那天傍晚就出了事，十几岁的巴桑用一条绳子将自己绑在马鞍上，马没跑出多远，他就被甩下了马背，像一袋面粉那样重重摔在了地上……斯琴老额吉抱起浑身是土的巴桑，用她那双干瘪的布满蚯蚓般的手拍打着巴桑的脸蛋，呼唤了好半天才把他叫醒。巴桑满额头是血，平静地看着斯琴老额吉，好像什么都没发生……巴桑的右臂脱臼了，斯琴老额吉带他去看赤脚医生时，他的右手掌朝外翻垂着，晃晃荡荡的，可他一声也没吭。

这件事发生后，巴桑一直在家休学，有很长一段时间没有伙伴见到过巴桑，我们还以为他安心在家养伤呢。令人没想到的是，他再次出现我们面前竟是骑马飞奔的情景。那天黄昏，我们放学后正在河边玩闹，一个少年骑着枣红大马从牧村中蹿出来，速度极快地掠过我们身边，向远方落日处驰去。是布仁最先看到并认出他，布仁目瞪口呆地望着马上的人：巴桑？是巴桑？我们纷纷转头去看，都有点不敢相信自己的眼睛。那是布仁第一次叫巴桑的名字。等巴桑跑了一大圈回来，我们都盯着他的身下瞧，可那里根本没有什么绳索，巴桑是端坐在马鞍上的，那两个肉瘤被他像鱼尾巴似的翘在前鞍桥上。接着，我们又为另一个发现所惊奇——他的马鞍上没有马镫，那下面空空荡荡！事实上，他要马镫也没有用处，马奔跑起来，上下晃荡应该十分碍事。可要知道的是，我们这些十几岁的孩子攀上马背不仅依靠腿和马镫，有时甚至还需要手拄套马杆来帮忙。

布仁冲他喊：咳，别告诉我是拄拐都站不稳的斯琴老额吉把你扶上马背的！

巴桑用眼角余光俯视了一眼布仁，然后大声告诉我们：是阿爸，我的阿爸！

他这么说可不得了，谁都知道巴桑的阿爸死了，那个好骑手死了，虽然我们牧村有如是传统，男孩第一次上马都要由自己的阿爸亲自扶上马背,可是一个死去的人怎么会做到这一点,很明显是巴桑在说谎。

你确定是你那个死去的阿爸？布仁问。

巴桑使劲点点头,没容布仁再追问,他已调转马头疾驰而去了。

三

我听呼德尔讲述这些时,怎么也与车后的溺水者联系不到一起,仿佛在听别人的故事。是啊,在呼德尔的口中,巴桑那么鲜活,而死者那么冰冷。车快没油了,好不容易找到一个乡村加油站,我赶忙将车加满油,顺便问下女加油工——到辽阳还有多远,女加油工看了我一眼:大哥,你走错方向了,这条路去往丹东。我一惊,三岔口的路牌明明写着大石桥,怎么会拐到这条路上,这意味着我们从西海岸跑到东海岸去了。我朝着雪地吃了几口,感到晦气得很。上了车,我狠砸了下方向盘,不得不调转车头,一边向呼德尔求证,呼德尔说,他也记得路牌上写的是大石桥⋯⋯好吧,本来大雪封路,这又走出几十公里冤枉道。

情绪所致,我不再顾及冰雪路面,加快了行驶速度,心里赌气地默念:管它什么邪,我可不相信。

呼德尔显然有着很强的表述欲。

知道达里蒙语是什么意思吗？呼德尔说。加满油后,车厢内弥漫着汽油味,他将车窗摇下缝隙,透了透空气。

你说的是巴桑父亲的名字？

是的,没等我回答,他便公布了答案:是大海的意思。

这有什么含义吗? 我问。

没有,呼德尔说:但它对巴桑具有非凡的意义。他父亲死去时,巴桑太小了,他根本不记得父亲长什么样。在乡邻的描述中,达里少年时就曾获得过十个牧业生产队的赛马冠军,长大后更有着高高的个头,体魄强壮得像头牤牛似的,而且能吃能喝,放牧、套马、摔跤样样在行。直到达里死去很久,牧村遇到什么棘手的事,还有人在说:要是达里活着就好了。相比之下,巴桑是那么弱小,残疾,人们都不敢相信他是达里的儿子。每当牧村人说起父亲,巴桑都会睁大憧憬的眼睛,听得心驰神往。

那天一大早,巴桑敲开了我家的门,紧张兮兮地俯耳对我说:昨晚达里来看望他。这话让我一惊。为了证明这是真的,巴桑特意拿来了佐证:一枚海螺。这是达里给我留下的,他还摸了我的头,夸我骑马骑的好呢。他还说什么了吗?我接过那枚残破的海螺看了看,心惊肉跳之余,感觉好像在哪儿见过。他没说什么,就转身走去了。我问他,你要去哪儿? 你猜他怎么说? 巴桑顿了一下,他说他要去寻找大海……我哦了一声,他为什么要去寻找大海,我也不知道,大海应该是世界上最广阔的地方,我说。巴桑把那枚海螺放在耳边听了一会儿,然后迫不及待地递给我:你听,里边好像有人在喊:巴——桑——巴——桑——我接过来贴在耳旁,却什么也没有听见……

巴桑坚信父亲为他做的一切,第二天他就把海螺串起来挂在了脖子上。不过,布仁可不会轻易被哄骗,那时他的父亲已经当上了牧村的村主任,这使得他更加耀武扬威。一天傍晚,布仁与几个伙伴抓到了巴桑,让他交代到底是谁扶他上马背的……布仁手里拿着马粪球,让昂沁(村会计的儿子)和另一个小孩按住巴桑的胳膊和脑袋:说!你要是再敢撒谎,我就把马粪塞你嘴里,说!到底是谁?巴桑从眼里吐着火舌:是我阿爸!布仁给了他一个嘴巴:那是个死人,你骗不了我们!是我阿爸!就是我阿爸!你想让我们把达里从坟墓里挖出来给你看吗?不,我阿爸他没有死,他去寻找大海了!胡说,昨天我们都找到埋葬达里的那块草地了!不,达里没有死,我的阿爸没有死!巴桑拿出宁死不屈的劲头。

布仁命令其他小孩掰开巴桑的嘴,一边喊着:这是你自找的!我们要堵上你这张撒谎的嘴……

其实我是知道实情的,可懦弱的性格让我保持了沉默,我真不配做巴桑的好朋友。就在这时,我的小妹妹阿丽玛冲到布仁他们身边:你们放过他吧,我知道他是怎么上的马背,是我哥哥亲眼看到的……所有孩子都转头看向阿丽玛和我,巴桑的头此时已被昂沁踩在地上,布仁一副狞笑的样子:不用你们说我也能猜到,是不是像矮猪那样攀着墙头, 或者是搬来他家最高的梯子和板凳,爬上去的?伙伴们捧着肚皮哈哈大笑了,在我们的乡俗里,这样的笑话是形容最没用的人。不,那不是事实,我终于站了出来,对他们说:恰恰相反,巴桑比我们都勇敢,他,他是拽着马尾巴上的马背……

布仁定定地望着我的眼睛:你也学会了撒谎!不,这是真的,我可以对着长生天发誓……我的手心里全是汗水。布仁这才丢掉了手里的马粪球,其他小孩也放开了手,大家都知道,只有最厉害的骑手才会抓马尾巴上马的,走吧,有腿有脚的咱们踢足球去,布仁领着小孩们悻悻然地走向不远处的足球场。

巴桑坐起身来，抓起那几颗马粪使劲向他们的背影抛去：不，是我的阿爸扶我上马的，就是达里……他怒骂着：你们这些浑蛋……

那次，所有小伙伴算是领教了巴桑的倔强，而阿丽玛似乎对巴桑有了特殊的好感……

巴桑的马术可是越来越棒了，甚至超过了我们所有的同龄人。他只靠双手，就可以在马背上闪转腾挪，上下翻飞，像做体操鞍马那样，把整个牧村的人都惊讶到了。对此，布仁相当不服气，作为孩子王，他不仅有过硬的拳头，更有拔尖的马术。他给巴桑下了挑战书，并用一串精美的马铃铛当赌注，他输了即时奉上，他赢了，巴桑将喝一碗马尿。我劝巴桑不要应战，巴桑却握紧了拳头，说：我倒是想和他比试比试……

那次，他俩赛的是平地抓羊。我暗暗为巴桑捏着一把汗，只有为他祈祷的分儿。随着一声口哨响，两匹马扬尘而去。布仁先抵达目标，他一个鹞子翻身，单腿蹬着马镫，俯身下去，准确无误地拎走了地上的羊头。叫好声一片。再看没有双腿的巴桑，这个动作对他来讲本身就不公平，他像猿猴那样一手攀住马鞍，凭着一臂之力探身而下，可试了几下都没能够到地面，毕竟他还是十三四岁的孩子，臂长不足……枣红马此时已飞身掠过目标，奇迹没有发生……那一碗马尿是昂沁给接的，满满当当一大碗，浊黄色的液体还冒着热气。巴桑闭上眼睛，一手捏着鼻子，咕咚咕咚喝掉一半的时候，就呛出鼻涕眼泪，一股脑儿全呕吐出来，直吐得昏天黑地……

不过,这不是最后的结局。我要说的是在两个月之后,巴桑终于赢得了布仁,这回他是单手抓着马肚带拾走的一小根羊骨棒,布仁看完巴桑完成的动作,他连马缰绳都没碰一下,直接放弃了。不过出人意料的是,巴桑并没有要布仁那串马铃铛,他只低头去看布仁身后那几条牧羊犬,其中一条正趴在地上舔舐后腿上的伤口。那条狗在布仁领导的一次追击野猪群时受了重伤,后腿被一头公猪给咬断了,外皮的伤口还没愈合。

巴桑指了指那条残疾的狗:我不要你的马铃铛,我想要它。

布仁惊诧了,瞧了半天巴桑:你确定要的是这条,而不是那条?

巴桑点点头。

可别反悔。

巴桑摇了摇头。

布仁也晃了晃脑袋,重新把马铃铛戴在自家的马脖子上,踢了那条狗一脚:真是物以类聚啊,去吧,去找你的新主人吧。

从那以后,没腿的巴桑就和三条腿的牧羊犬形影不离地走在一起了,远远看他俩走路的样子,一个一耸一耸地前移,一个一蹦一蹦地随后,着实有几分滑稽,可巴桑毫不在意。

后来我曾好奇地问过巴桑,为什么偏偏选中了这条没用了的狗。巴桑彼时正在悉心地为牧羊犬包扎伤口,清洗皮毛,他眼里流淌着爱惜不已的光,一句话也没说。

好景不长,有一天,斯琴老额吉拄着拐棍颤颤巍巍地找来我家,问我看到巴桑没有,巴桑失踪了。牧村人找遍了远远近近的草地,也不见他的踪影。人们怀疑是不是布仁他们搞的什么鬼。布仁的父亲找到他那个到处惹祸的儿子,拿了马鞭子让他说出巴桑的下落。布仁扭曲着脸说,这不是他干的,他根本不知道巴桑去哪儿了。挨了几马鞭之后,他还是矢口否认。后来我提醒大人们:巴桑没准去找他的父亲了。达里?人们惊诧着。他曾经和我说过,他的父亲住在大海里, 他要去找父亲……可是整个草原都在内陆,哪里有什么大海。牧村人只把我的话当作小孩子的胡言,说什么也不肯相信。就在这时,与巴桑一起失踪的三条腿牧羊犬独自回来了,浑身肮脏,邋遢不堪,主人却生死不明。几个骑手跨上马背,让牧羊犬领路,发现巴桑是沿着村旁那条哈拉哈河一路走去的。

　　骑手们从罕达盖出发,直奔哈拉哈河下游而去,但河水在中段时流入蒙古国去了,直到额布都格附近才折返回来。几个男人从早到晚走了百余公里,来到河流的终点,那个叫作贝尔的浩大湖泊,芦苇摇曳,湖鸥在水面飞翔……人们在一处破烂的鱼窝铺里找到了巴桑,他头敷毛巾浑身发烫,脸黑得像木炭一样。是这家打鱼人救起的他,当时他趴在湖岸边奄奄一息,打鱼人还以为那是一条搁浅在岸被晒干了的黑鱼呢。渔窝铺的主人后来跟牧村的骑手们说:这个小家伙别看残疾,可有毅力着呢,他就靠着双手一直走到这个湖边的。打鱼人发现晕倒的巴桑时,他的掌心和手中的石块已被血痂黏合在一起,分不开了。沿途虽然有河水解渴,可巴桑带的干粮和炒米很快吃光了,没有什么食物可吃,几天里,他只在浅滩里徒手捉到几条小鱼小虾, 采一些可以食用的花果野菜,和牧羊犬一起充饥。夏日头顶炙热的太阳没有把他烤焦,铺天盖地的蚊虫也没把他吃掉,这对于一个十多岁的孩子而言,不能不说是个奇迹。

四

晦气的事情接连不断。我和呼德尔从错路上返回,走了近一个时辰,就要折回大石桥时,路面上毫无征兆地突现一个大冰包,我躲闪不及,面包车猛地侧滑,直接扎到路基下面去了……我惊出一身冷汗,万幸车子没翻,呼德尔也无大碍,只是头撞到前挡风玻璃,擦破点皮……

天色阴沉,冷风呜呜咽咽。我下车查看车胎,呼德尔问:车子还能爬上去吗?我瞧了瞧路基的坡度,没有言语。事有蹊跷,已不是路途不顺了。重新发动汽车,加大马力,却总是在接近路面时卡顿在那里。我取了铁锹,平复了车轮前的障碍,还是无用。没辙,只好回到车内,等待拦截过路车救援。

因心里忐忑,我借机检查了下后面的冷冻箱,没有发现什么异样,回头问呼德尔:你相信人有鬼魂吗?

当然,呼德尔肯定地说:按萨满的教义——万物有灵。

那么,巴桑也一定有灵魂……我们拉他回家,他应该是高兴的,不会为难我们,对不对?

是啊,没有谁比巴桑更善良了。呼德尔一副认真的表情。

两个人上了车,呼德尔又接续前言:说到鬼魂,牧村人说,是达里的魂灵附到巴桑的身上了。他那次被骑手们从湖边带回来,一直在高烧中昏睡,幼小的他误把那片湖泊当作了大海,他在颠簸的马背上还一直以为是达里驾着小舟带他在大海里漂泊呢。直到醒来,他还冲着人们喊:放开我,我要去找达里,找我的阿爸……

我和阿丽玛去看望他,他躺在床上,没有我们想象中那样憔悴,相反,眼睛像星星般晶亮。

阿丽玛见到巴桑忽然有了几分羞涩,始终站在我的身后。

为了安慰巴桑,我问东问西。三个青涩少年那天说了很多的话,我们还谈到了理想。

我说,我长大了要当老师,站在讲台上,拿着一根粉笔在黑板上画来画去,然后随便叫起哪个学生,让他回答问题,多威风。

阿丽玛说,她要当一名医生,给所有人看病。

轮到巴桑,他思量了一会儿,说:我要去看大海,我要走遍全世界。

这个想法让我和妹妹感到吃惊,一个没有腿的人要走遍全世界,无异于痴人说梦。可巴桑却一副斩钉截铁的样子,他说,他就要走遍全世界。

多年以后,巴桑长大成人,有了父亲般健硕的上肢、宽阔的胸脯。也就在那个时候,出落成一朵萨日朗花般的妹妹真正爱上了这个残疾的人,那应该是巴桑用自己的坚毅征服了阿丽玛。这件事遭到了我家人的反对,原因明摆着,我从中做过和事佬,但无济于事。同时追求妹妹的还有村会计的儿子昂沁。

那次,昂沁约了巴桑,俩人在村旁的红柳茅子里见面。巴桑还以为昂沁要与他决斗,但是没有,昂沁只说了以下恶毒的话:你没有资格和我争阿丽玛,你能给阿丽玛什么?给她幸福吗?你连自己都照顾不了!再有,别崇拜你的阿爸了,他就是个酒鬼!整个牧村都知道他是怎么死的,他是因为喝醉了酒才在风雪里被冻死的,你也想像你阿爸那样做个酒鬼吗？

你胡说……

可以想见巴桑当时的震惊与羞辱，他发了疯似的冲过去，拦腰将昂沁摔倒在地，可巴桑毕竟没有双腿，他按压不住身强力壮的昂沁，几个回合的滚打下来，昂沁就处于了上风，他骑在巴桑身上，若不是那条三条腿的老牧羊犬冲着昂沁狂吠，把他从主人的身上撕扯下来，巴桑肯定会吃亏。

其实，昂沁不必这么做，巴桑强烈的自尊心也会让他远离阿丽玛。事实上，他俩也从未真正走近。我见过俩人最亲近的一幕，也仅此一次。那是在巴桑家的牧草地，我当时正帮巴桑家打秋草，那会儿还没有什么打草机，一切都得靠体力，那是牧业生产里最重的体力活儿，打草季节需要邻里相互帮助才可完成。巴桑别看矮人一截，但他的臂力出众，挥舞起铡刀并不落后于我。临到中午，我俩筋疲力尽，饥渴难耐，这个时候，阿丽玛骑着马儿从远处快速奔来，原来是给我俩送新熬的奶茶和大米肉粥的，还有一口袋果子奶干，那是她和斯琴老额吉亲手做的。打草地距离补给站的夏营地要十几公里，每次斯琴老额吉慢悠悠地骑马来到时，我和巴桑肚子都快饿瘪了。

阿丽玛的到来让我们惊喜，特别是巴桑，两只眼睛都放光呢，那是渴慕爱情见到心上人才有的光泽。整个中午真是愉快极了，我们三个人吃得肚皮鼓鼓，在无遮无挡的太阳下边晒着秋阳。四野苍茫，堆满一捆捆的草垛，仿佛大地上散落的星盏。阿丽玛性格活泼，望着秋风瑟瑟、起伏跌宕的草原，禁不住唱起了歌来：

老哈河水长又长,岸边的稻花起波浪

美丽的姑娘诺恩吉雅,出嫁到了遥远的地方……

　　那是一首忧伤的科尔沁民歌,不过因了年轻人在一起的欢愉和喜悦,我们并没有品觉出苦涩。阿丽玛唱罢,巴桑背靠草垛也唱起了民歌《达娜巴拉》,然后是我唱……在草地长大的孩子,每个人的口袋里都装满了长调短歌,那天下午我们放弃了劳作,无意中给自己安排了一个轻松自在、无所事事的秋假,我们也不必给偷懒找到什么理由,只是尽情地享用这份青春时光。歌曲一首接着一首,你方唱罢我方唱,没有谦让,毫不停歇。直到夕阳西斜,直到落日沉沦、暮色清澈,长庚星在山冈上眨起眼睛……阿丽玛的歌声那么嘹亮、悠扬,像猎猎飞舞的缎子在晚风中飘荡,飘到远山,飘到天边,又折返回来,缠绕在我们的耳畔。有那么一霎,巴桑无缘由地哭了,他的两只手因为握刀柄久了,已粗糙僵硬得合拢不来,他就用这叉开着的十指捂着脸,泪水却从指缝里如泉涌而出。那会儿,我知趣地离开了。夜幕中,阿丽玛拥住巴桑,两个人久久地拥抱在一起……

五

　　阿丽玛和巴桑之间的爱情,阿丽玛一直占主动,巴桑后来就拒不见她了,无论我妹妹怎样发了疯似的爱他,他只四处躲避,铁了心肠。连我后来都心疼妹妹了。那时,阿丽玛满世界寻找他都找不见,怎么敲门都无应答。忧伤欲绝的阿丽玛独自乘马飞奔,泪水好

632

似迎面的簌簌细雨。我当时想，那是巴桑的自卑心理在作祟，因为自己的残疾，他觉得配不上阿丽玛，虽然他深爱着她，可巴桑从来都不是一个自私的人，他想的该是让阿丽玛找到更健康的男人，找到属于她的幸福。我的揣测不会有错。不过，巴桑讳莫如深的真正隐私，直到昨天晚上大个子船长和我说起，我才知其真相……

就在那个秋天，与巴桑相依为命的斯琴老额吉去世了，只把那串磨得熠熠发光的菩提子佛珠留给了他。巴桑将老额吉埋在了夏营地的向阳坡上，再将事先挖开的草皮一点一点恢复原样，那是草地蒙古人的丧葬方式，斯琴老额吉就了无痕迹地归于大地了。说来奇怪，斯琴老额吉去后，那两条蛇也相继不见了踪影，仿佛它们只为陪伴这位菩萨般的老人，老人走了，它们也无意驻留。

斯琴老额吉去世后的几天，或许是为了消解内心的悲恸，巴桑又一次沿着哈拉哈河而去，不过这次他却是逆流而上，那里有我们小时候去过的山洞，那是他心中的大海所在。他没有带那条三腿牧羊犬，后者已老的迈不动步了。

当巴桑凭借记忆，满身泥土终于找到那片石塘林时，眼前的山洞已荡然无存，它变成了一片杂乱不堪的采石场，据说这里发现了玉石……巴桑雄狮一样蓬乱着头发，古铜色的身体泛着层层汗渍，他望着夕阳之下的这片乱石碓，感到自己受了莫大的欺骗，连长生天都在骗他。他发了疯似的驾着自制滑车在怪石塘里横冲直撞，直到遍体鳞伤，冲着远方嘶吼，怒骂：达里你在哪儿？大海你在哪儿，妈的……

回到牧村的巴桑疲惫不堪，比落日还要沉默。昂沁的诅咒似乎灵验了,巴桑从此一蹶不振,正值叛逆年龄的他开始酗酒,每日喝得烂醉。一次,他酒后瘫在街头的烂泥里,瓢泼的大雨都淋不醒他。阿丽玛闻讯跑来,却被巴桑使劲推搡开:你走!你走!阿丽玛跌坐在地,雨水兜头,浑身湿透,痛哭流涕:巴桑,没想到你会变成这样……

昂沁也没得逞,我的妹妹后来远嫁他乡,离开了这个令她伤心之地。

阿丽玛出嫁那天,唯一陪伴巴桑的牧羊犬卧在荒草间再没醒来,巴桑把它埋在自家院子里,让它的头冲着黄泥土房,然后一个人骑着马向夏营地走去。在那里他住了好长一段时间,据见到他的人说,他天天对着草原和落日发呆,跟谁都不说一句话。

要不是一个马戏团路过我们村落,巴桑的命运或许会和他父亲一样,最终只能死在酒上。那个夏日,两辆大卡车尘土飞扬地来到了村外的草地,一帮花花绿绿的异乡人从卡车上卸下好多大铁笼,里边装着老虎、蟒蛇、黑熊、猴子、鹦鹉,还有几匹高头大马。草地上破天荒地搭起偌大的帐篷,几十里地的牧村人都闻讯赶来,异乡人守着门和长廊贩卖门票以及各种稀奇古怪的东西。巴桑的门票是我给买的,他一边提着酒瓶子,一边毫无顾忌地滑到人群最前面,与一群少年追捧着小丑,好像他也是个不知廉耻的孩子。几个少年捉弄他,他坐在破烂平板车上用手滑行追搡他们,冲他们高声叫嚷。

轮到那几匹白马上场,表演马术的人在两匹马之间跳来跳去,可他的骑技着实不怎么样,两匹马相距甚远,他像蛤蟆那样纵身一跃，一口啃到了马屁股上，受惊的马尥了两个蹶子，把他掀下了马背。牧民们开始低声唏嘘，这把式还不抵巴桑呢！是啊，巴桑可比他强着呢。于是，人们异口同声地呼喊起来：巴桑！巴桑……此时，人群前面的巴桑正提着酒瓶醉眼蒙眬呢。

马戏刚结束，那位穿西装的大腹便便的经理向巴桑走过来。观众大多散去，巴桑应邀走上舞台，几匹马被重新驱赶出来，巴桑把酒瓶丢在一旁，拽着马尾巴上了马背……

对巴桑的骑术毋庸多虑，仅仅几个动作，大肚子经理已惊叹不已，等巴桑一下马，他便急不可待了。巴桑那会儿还未醒酒，对这个陌生人的提问——譬如是否愿意加入他的团队，可不可以接受训练且按马戏团的要求做表演等等，他仿佛没有听懂，眼睛直愣愣如置梦中。后来是这些乡亲替他做了主，拿起他的手指在两张合同纸上按了手印。巴桑就这样跟马戏团走了，消息轰动了整个牧村。

那天晚上，布仁来找我，从车上卸下来一辆崭新的轮椅，对我说：帮我把这个给巴桑吧，以你的名义……我接过这个亮闪闪的铁东西，布仁猛吸几口烟卷：说我送的他会拒绝，明白吗？我领会了，冲他点点头。让巴桑体面地走吧，我亏欠他的不止一辆轮椅，布仁说。

六

我在路上拦截到一台越野车，终于将面包车拉出了泥沼。此时天色渐晚，这一天的行程还没走出三百公里，我心下焦急，加紧赶路。过了大石桥已是黄昏,异乡的旷野却有种说不出的阴森,令人惴惴不安……

一辆屁股冒着黑烟的大货车却挡在了前面,车速缓慢,而这条乡村公路只够一辆车通行,无法错车。我不得不耐住性子,嗅着它放出的"臭屁"跟在后边。眼见着大货车钻进前方的桥洞,竟在一团浓烟中戛然而止了,正正好好把洞口堵个严实。司机慌忙跳下车来,抱歉地告诉我们,发动机抱瓦了……

我对呼德尔做了个无可奈何的表情:真是见鬼!呼德尔摇了摇头。这回无路可走了,只能后退到镇郊。此时天色已黑,我俩不得不找个旅店住下。呼德尔安慰我:事已至此,不如哥儿俩喝两盅去。

我心烦意乱,也想喝点什么。一路上的聊天,让两个萍水相逢的人拉近了距离。找了家小馆子坐下,不一会儿便有了酒意。呼德尔重拾话题:

……巴桑走之后,整个牧村里,他唯独和我联系。不久,我接到了他的来信,里边附着他在马背上的演出照片。巴桑虽然只读到中学,却很有文采,字迹也不潦草。因为是他第一次写给我的信,所以我记得清清楚楚:

呼德尔:

我的好朋友,见字如面。我来马戏团一切都好,现在我能够驾驭四匹马了,人们都叫我铁臂人巴桑。我们去周游各地,甚至还去了朝鲜,见到了很多过去没有见过的人和事。我已戒酒,每天和喜爱的马在一起,我很快乐。感谢你送给我的轮椅,它真漂亮,我从此不再矮人一截。在你收到这封信时,我们又要去南方演出了,所以不要给我回信,有空闲我会写给你的。

想念你的巴桑

1996 年某日

那张照片被整个牧村传了个遍。

我没记错的话,有三四年的时间铁臂人巴桑一直待在那个马戏团里,那时,他给我写的信很频繁,都是介绍他在全国各地的所见所闻。每次来信,我都读给关心他的人听。可后来有一年多的时间,巴桑不再来信了,这让我好生奇怪。他的信件已成为我生活的一部分……很久以后巴桑才告诉我,那是因为他已辞去了马戏团的工作,原因出自一匹叫作班克的老马,这匹马在马戏团服役了差不多十年,腿脚大不如前。那次他们在河北某地演出,巴桑骑马表演,在跳跃障碍时,班克犯了错误,前腿没有跨过路障,一个前倾绊倒在地,折了一条前肢。

兽医察看了班克的伤势,对大肚子经理摇了摇头,意思是这匹马不顶用了。经理瞅了瞅巴桑的脸色,巴桑追上兽医,哀求:王兽医,这匹马没问题的,求你帮帮忙,把它的腿骨接上。王兽医低头瞥他一眼,一口河北腔:啥? 你这是啥话来? 我要是能接上还犯得上求啥? 巴桑还想说些什么,兽医已被大肚子经理扶着肩膀走出了马厩。

为照顾受伤的班克,那一晚巴桑几乎没有合眼,他亲自为它消毒伤口,买来绑带缠裹骨折之处,喂它平时最爱吃的饲料,一遍又一遍地刮刷毛皮,尽可能地给班克以安慰。自从巴桑来到这个马戏团,这几匹马就成了他朝夕相处的伙伴,最忠诚的搭档。他与马情同手足,自己舍不得吃也要喂给马吃,照顾它们比照顾自己还要仔细,所以马就对他俯首帖耳,与他亲密无间。这在舞台上表演时就能看得出来,他和它们配合得是那么和谐流畅,天衣无缝。每次巴桑的马戏都是整个节目里最高潮的部分,每次都会赢得最多的掌声。可如今,班克要掉队了,作为战友般的伙伴,巴桑哪里舍得。

临到清晨,巴桑小睡了一会儿,没等第一缕阳光探进窗子,他就一骨碌爬起来,赶忙提了清水去饮班克。等他来到马厩,却不见了班克的踪影,四处寻找,大声吆喝,打扫圈舍的老师傅停下扫帚,和他说:你是在找班克吗?一早上就被带走啦,经理让人拿到马市上去了。巴桑闻言大惊,忙不迭地跨马追去。

后来巴桑在信中对自己大加责备,早不睡晚不睡,悔不该就那个时辰睡了觉……那个大肚子经理怕当面卖掉班克使巴桑难过,因而特意背着他,隐瞒他,这个好意连佛祖都不能原谅。等到巴桑来到马市时,班克已变成了一堆马肉,一堆头蹄下水……

我能想象巴桑当时的悲痛,他蹲坐在街头大哭失声……巴桑后来从马贩子那里花大价钱买下了班克的马皮,马贩子看出他对这匹马的感情,便敲了他的竹杠,巴桑连价都没还。那带着班克气息和鲜血的马皮,被他一直带在身边,无论他走到哪里……

巴桑就此离开了马戏团,任凭大肚子经理怎么挽留,他头也不回地走了。

那是一个秋日,巴桑的信件又来了,我迫不及待地打开信封,里面掉出一沓照片:巴桑站在巨大的远洋捕鱼船上,正置身大海之中。

呼德尔:

　　你读这封信的时候,我已经乘坐远洋捕鱼船去往太平洋捕鱼了。你一定会很惊讶,我何以做这个选择,那是因为我心中一直有一片大海。还记得小时候,我俩一起去山洞里听海的涛声吗……我在马戏团赚了些钱,找了一家海洋学校,现在实习期已满,我拿到了海员证……祝贺我吧,呼德尔,我就要出发了,未来七个月时间,我会一直在这艘大船上……

你不知道读这封信时我有多么激动,巴桑的梦想实现了,他终于看到真正的大海了……我举着信札向牧村奔跑,想让每一个人知道:一个牧村长大的没有双脚的孩子,他的足迹能到达多远……

七

说到这儿的时候,呼德尔热泪盈眶了……作为听众,我也为巴桑所动。两个人一时无语。不知怎么的,我忽然觉得巴桑对我不再是个陌生人,好像是我的老相识那样,并且我对他肃然起敬。

那次远航作业,他们是去捕捞鱿鱼,光行程就需要五十多天,穿越整个南太平洋,最后到达秘鲁、智利和阿根廷附近的公海。后来巴桑的信总要间隔两三个月才来,那一般都是他来到了岸上。那些信件串起了他在海上的生活,我这才知道,其实巴桑远洋捕鱼并没有我们想象的那么光鲜,包括他应聘这份工作都很不容易。因为没有双腿,很多渔船公司都把他拒之门外,后来就是那位山东籍船长慧眼识珠,发现了巴桑满是硬茧的双手,以及超于常人的强壮的臂膀。大个子船长开的是一艘捕捞秋刀鱼兼鱿鱼渔船,最主要的作业就是放网和收网,投钩和收钩,渔船上除了甲板和冷冻舱的方寸之地,需要双脚的时候不多。巴桑这才有幸踏上渔船。

第一次出海,渔船离开陆地向大海驶去时,巴桑的心情可想而知。随着海水越来越深邃、幽蓝,船身也随着海浪一刻不停地起伏,巴桑没想到自己会晕船晕得那么厉害,他呕吐不止,头痛欲裂,接连吐了两天,把胆汁都吐出来了。六月天气已十分炎热,在海上,明晃晃的太阳直射在无遮无挡的渔船上,加之噪音轰鸣的柴油发动机连续运转,整个船舱热气蒸腾,简直能把人烤熟。巴桑虽然初次下海,不过他很快就适应了这大海的颠簸了。他在信中说:还记得你说过的在马背上的感觉吗?你说骑马就像在大海里行舟……现在我真实体会到这种感觉了。

船员住宿舱狭窄而潮湿。住在巴桑对铺的是个精瘦的南方汉子,他可真是只老海鹰了,在渔船上蹲了二十几年,被海风吹成了肉干的黑红色,整天龟缩着脖子,驼着背,沉默寡言,一双鹰眼却滴溜溜儿地转。人们管他叫"大黑牙",源于他的一口黑不溜秋的牙齿,像炭棒那样支着,而且站立不稳四下晃动,缝隙大得可以塞进一条小鱼,令他吃什么都不香甜。老单身汉带着一堆色情片,一得闲就窝在被子里瞧录像,哎哎呀呀的叫声让巴桑好不烦恼。看到兴起,他便满脸窃笑用手势招呼其他船员观看,大家都抻着脖子凑过去,巴桑索性用衣服蒙住头脸。

别的船员是为了谋生,巴桑却是为了热爱的大海。他适应着渔船上的一切,包括漫长航线上的无聊和寂寞。而他也确是一名体力超凡、精力充沛的船员,能胜任渔船上的所有工作。

长期繁重的体力劳动过后,他们会获得短暂的假期,那时渔船在沿海港口修整或补给。那些寂寞过久的老船员会带着巴桑到岸上,教他怎样在各种肤色的女人身上花掉美元,可巴桑对此似乎没有一点兴趣,相反他总是游荡于街头巷尾,把他的钱大把大把地撒给那些身有残疾的乞讨者,和他们连比画带说地表达关心,为此,他还一知半解地学会了很多国家的语言。为什么只施舍给残障人?原因不言自明。

近七个月的捕猎鱿鱼过后,巴桑又会去往北太平洋上捕捞秋刀鱼。就这样循环往复……

还是说说四年前春季那次去白令海峡吧。那次,他们的渔船穿过日本海,航行至海参崴时,船上的制冷压缩机坏了,不得不耽搁几天,就近停靠港口修理。正是这个偶然的时机,让巴桑邂逅了那个来自图瓦的女孩——杉蔻。当时她正在街头售卖楚吾尔(乐器)和口弦琴。

后来,巴桑在给我的信中说:知道我第一次见到那个女孩的感觉吗?我的心就像被秋刀鱼咬到了那样疼。她用楚吾尔吹出各种奇妙的音乐,里边有马嘶、鹿鸣、鸟叫,甚至还有大海的声音。而且她还会弹拨口弦琴……杉蔻会说蒙古语和俄语，也会点中国话。我求她帮我挑一只楚吾尔，让她教我吹奏……

能读出巴桑那次出海的愉悦心情,连信中的大海都变得"清澈见底,无限碧蓝,成群的鱼儿在海底来往巡游,海狗在海面窜来窜去……"

巴桑那次捕鱼,意外地在渔网里拾到了一枚浅蓝色珍珠,它掩藏在一只褶纹冠蚌里面,有小拇指甲大小的珍珠,船工们都说他发财了。巴桑把它捧在手心里,却另有打算……等两个月后返航时,巴桑找到船长,请求渔船途经海参崴时歇一歇。船长明了其意,哈哈大笑着拍了拍巴桑的肩膀。

歇脚的那天,该是巴桑一生中最快乐的一天……

你见过那个女孩的照片吗? 我举起酒杯和呼德尔共饮。

他俩一开始相恋,巴桑就给我寄过杉蔻的生活照:乌红色的高高的颧骨,两只细小的眼睛,其中一只被柔顺的长发遮住,鼻梁上长着雀斑,不过她笑起来的样子真好看,牙齿整整齐齐,雪白如玉,纯净的眼神像三个月大的小鹿……

巴桑在信中说:看她的照片,你肯定觉得眼熟,她不知哪儿长得很像阿丽玛……说实话,这一点我早看出来了,她俩不知哪儿有点神似。巴桑很少提杉蔻的身世,所以我对她所知甚少,只晓得她的年龄大概比巴桑小十几岁。仅此而已。

后来,巴桑说他每当休假都会去往海参崴,在那里和图瓦女孩长相厮守一阵儿,直到签证结束。在远东的海滨港口,白天,两人一起去街头摆摊卖乐器,夜晚,巴桑躺在杉蔻的怀里,就像小时候躺在斯琴老额吉的怀里。巴桑说,杉蔻身上有种熟悉的无法言说的味道,那应该是他未曾谋面的母亲的。

还有更重要的事要说呢,接下来的几年里,杉蔻几乎一年给他生一个孩子,五年下来竟然生下了五个……

嚯,好家伙!我感叹道。

是啊,没想到巴桑枪法这么棒,弹无虚发,简直百发百中啊,呼德尔咧嘴乐一乐,露出雪白的牙齿。

他没想留在俄罗斯吗?我问。

嗯,他肯定想过,呼德尔说:只要杉蔻答应嫁给他,他就可以获得俄罗斯的永久居留权……可是,为了养活这一堆孩子,巴桑只有拼命工作,他恨不得天天待在海上。

所以两个人只能聚了散,来了又走。不过,一个浪荡子终于有了牵挂,就像一只四处飘荡的风筝,终于有了一根线作为牵扯。巴桑信中和我说:我爱他们,他们就是我的一切,我要赚更多的钱,让他们像公主和王子一样幸福……

是的,巴桑这几年出海更加频繁而漫长,把赚来的钱都汇给杉蔻。而他再寄给我的信中总是在不厌其烦地描述他休假时与杉蔻和孩子们相聚的情形,通过他的信件,我能想象到那种幸福画面:杉蔻家灰色屋顶的木刻楞前,高大的秋千上,街巷里,鸽群中,大海边,到处是他们一大家子浪漫而温馨的嬉戏画面……特别是他最小的儿子,还在蹒跚学步,巴桑给他起了一个雄伟的名字,叫作扎那,蒙语意为大象,他把扎那举过头顶,置于七彩的光环中,那种开怀大笑的样子,令人为之欣喜、为之感动……这些都是我能想象到的,不过令我奇怪的是,巴桑从没有寄给我他们的全家福,这一点不像他的性格,我写信提醒过他,却总是被他忘记了。

八

那次,巴桑在海上出事,差点把他和杉蔻的幸福葬送了……

他们的渔船从西太平洋向南行进,路过菲律宾的达沃港,渔船修整的间隙,巴桑干了一件蠢事,他把一个七八岁的乞讨男童带到了船上。没人知道他是怎么避开大家眼睛的。那是个天生的畸形儿,皮包骨头,只会爬行,可这会儿连爬行的气力都没有了,浑身滚烫,病很严重快要死了。巴桑把他藏起来,直到渔船离港。纸包不住火,率先发现男童的是船工宿舍里的人,他被裹卷在巴桑的被子里,露出两只樟脑丸般惨白的眼睛,干裂的嘴巴里仿佛只剩下了一口气。船工"大黑牙"那会儿扭动着脖子,发现怪物一样嘎叫了一声。

事情败露了,高个子船长叫走了巴桑,表情严肃地问他,到底是怎么回事。巴桑沉默了半天,说了一句话:我看他要活不成了,所以想救救他。胡闹!你这么做是帮他偷渡,是要犯法的!船长在甲板上来回踱步,捏着下巴想了许久,对巴桑说:你给我出了个大难题,我总不能让人把他丢进大海里去!眼下只有一个方法,你让所有的船员帮你保密,我答应你在自己的床铺上养他,等返程回来,你想办法把他再送回去!

船长算网开一面。巴桑悉心照顾着男童,给他喂淡水,敷退热的湿毛巾,擦洗身子,并找来各种退烧的药片,日夜守护在男童的身旁。直到第三天早上,男童睁开的眼睛里有了光亮,用蚊子那么大的声音告诉巴桑,他的名字叫奥古斯汀。

四十余天后,渔船终于返航至科罗尔,站在船舷上就可以望到菲律宾黛青色的马德雷山脉了。男童体力恢复,被巴桑喂养得像条黑泥鳅,整天在床铺上爬上爬下。巴桑教给他蒙古语,让他管自己叫阿爸,向人问好时说:善拜喏(你好)。那天傍晚一切如常,巴桑和船工一同在船舱里作业,忽然,他似乎听到了什么声音,转头环顾工友,唯独不见了"大黑牙"。不知怎么的,一种不祥的预感让他放下手里的活计,急速奔向底舱。男童的呼喊声隐约如厉浪,床铺前,"大黑牙"正将他骑在胯下,用毛巾捂住他的嘴巴,而这个老淫棍晃动着黑不溜秋的屁股……巴桑如同一头巨鲸那样冲撞过去,随后暴风骤雨般的拳头倾泻而下……

船长设法把男童送回到了达沃港的岸上。"大黑牙"的十几颗立棍似的牙齿只剩下右侧的两颗,鼻骨骨折,另外断了两根肋骨。他信誓旦旦地说要告发巴桑。结果渔船一进达沃湾,巴桑就被菲律宾海事局和一群警察带走了。

巴桑涉嫌绑架儿童,"大黑牙"还反咬一口,诬告他猥亵奥古斯汀。如果罪名成立,巴桑在菲律宾将面临终身监禁。船长和船员们无不为巴桑叫冤。奥古斯汀因为未满法定年龄,他的证言警察局不予采信。船长找到"大黑牙",要他摆正良心,"大黑牙"鼻梁上绷着纱布,像极了小丑,他张大空洞洞的嘴巴,敲着他蜡黄的牙床,说:我的牙齿呢?他把我吃饭的家什打掉了!我得让巴桑把我的牙齿找回来安上,再把我下半辈子的养老钱准备好,对了,还要当着所有船员的面给我赔礼道歉,为我恢复名誉,我就看在船长的面子上，饶他一回。

大个子船长听了，说，你到我身边来下，我有话和你说。

"大黑牙"凑到船长跟前，船长挥拳过去，"大黑牙"仅存的两颗牙也飞溅了出去。

那次多亏了大个子船长，他四处托关系，为巴桑找到了一位华人律师，加上所有船员为巴桑做证。警局没有足够的证据证明巴桑拐走奥古斯汀是为了绑架，涉嫌猥亵因为发生在中国渔船上，要由中方警局侦办，巴桑这才得以跟随渔船回国。整个案件，由于新闻媒体介入，引起当地公众的关注。更多市民了解了案情，相信巴桑，站在巴桑这一边。达沃市市长亲自到医院探望奥古斯汀，并在电视上发表演讲，要求慈善机构关注残障儿童的健康，并请孤儿院妥善抚养奥古斯汀。

出人意料的是，巴桑他们的渔船从港口起航的一刻，码头上不知什么时候围聚来许多市民，手捧鲜花，为他们送行。一位白发苍苍的华裔老人向渔船喊着：巴桑先生是好人！中国好人！

"大黑牙"没有得逞，所有船员都鄙夷其所作所为，无人理睬他，唯恐避之不及。自讨无趣的"大黑牙"整天缩在床铺上，借骨折之名再不下地，要求船长指派船员轮流伺候他，每天哼哼唧唧，满肚子委屈。

巴桑最后以故意伤害罪，被中国法庭判处六个月监禁。而"大黑牙"则由于被侵害人无法出庭做证，致使他逍遥法外。他后来拿到了巴桑赔偿的钱，用其中的一小部分镶了一口金牙，再和别人说话时，就努力张大嘴巴，故意让人看到他嘴里金光闪闪的。

法庭宣判那一刻，巴桑反应强烈，泪流满面，反复呼喊杉蔻和

646

孩子们的名字。船友们知道,那是他在担心妻儿们,没有他的供给,一个母亲很难抚养那么多孩子的。

主审官同情巴桑,庭下找到大个子船长,语重心长地与渔船公司商量,等巴桑出狱是否可以续签劳动合同。船长说自己正有此意,不仅如此,还要在他服刑期间预支一部分薪水作为妻儿的抚养费。

巴桑是我们的老船员了,我们要帮他渡过难关。船长说。

九

呼德尔已有了七分醉意:记得我说过的话吗,有时需要散去山上的云雾,才能看清山顶……

大个子船长信守诺言。六个月后,巴桑出狱,又回到了渔船。巴桑想念杉蔻心切,他找到大个子船长,要去白令海峡捕鱼。可渔船刚刚才捕鱿鱼归来。船长当然知道巴桑的心思,权衡再三,终被他打动。这次,大个子船长干脆让巴桑担任渔船的轮机长,此前,巴桑已做过大副和大管轮。渔船就这样起航出发了……

临行前,巴桑就把这个消息写信告诉了杉蔻,并约定了见面的日期。那天上午,海参崴秋高气爽,港口安谧,大海风平浪静,阳光暖和又惬意,像徐徐落下的金色绸缎,铺洒在蔚蓝的海面。巴桑的渔船如约而至,他在甲板上远远地望到岸上的杉蔻,她一只手抱着儿子扎那,身边围绕着大大小小的孩子们,身着盛装,手捧鲜花,早已等候在那里,此时他们正向中国渔船挥手致意……那会儿,巴桑要有双腿肯定会蹦起来,他大声呼喊着他们的名字。船长微笑着看着这一切,向巴桑竖了竖拇指……

　　船一靠岸,巴桑就滑动轮椅冲向了杉蔻,轮椅前后左右系着的大包小裹都是他给他们精心挑选的礼物,所以,你若看到巴桑的样子,还以为是一辆运货车正无人驾驶……

　　呼德尔说到这儿,停顿了一下,又点燃了一支烟,才继续他的讲述。等大个子船长看清那些孩子,惊讶得嘴巴都合不拢了,那是些怎样的孩子,简直让人不敢相信! 他们有的没胳膊,有的没腿,有的眼盲,奇形怪状……

　　我惊讶得差点把一口酒吐到碗里,瞪大眼睛瞅着呼德尔。

　　是的,没错,那都是些残障孩子,他们不都是巴桑和杉蔻所生,或者是从孤儿院领养的,或者是街头的弃儿……

　　这就是巴桑所说的——他的孩子们! 你能想象到吗? 呼德尔说。

　　我摇了摇头,表示不可思议。

　　他俩情投意合,立下心愿,要救济抚养残障儿童。这就是巴桑做的,他拼命赚钱,杉蔻舍弃了一切,只为了这份公益事业。

　　其实,在收养这些孩子之前,巴桑就开始他的义举了,大个子船长给我看了巴桑留下的一个日记本,那里面记着他多年以前的开支,那时的他就把所有赚到的钱,通过一个慈善机构,都汇给了那些二战负伤的老兵,哪个国家的老兵都有。这个有夹在日记本里的汇款凭据为证。

　　大个子船长和我探讨了巴桑做这些事情的动因。他还回忆起有一次，他们的渔船在南澳大利亚领海遇到一艘日本捕鲨船,一条条深海刺鲨被捕捞上来,活生生地割去鲨鱼翅,再抛入大海。鲨鱼因为没有了双臂,只能垂直沉入海底,在海面留下一大片一大片殷红的血浪……

我们船的船员都挤在甲板上看热闹,"大黑牙"更是目不转睛,嘴角露着憨笑。就在这时,人群里传来一声嘶喊,准确地说是一声惨叫,令人毛骨悚然的惨叫,声嘶力竭,把所有人都吓了一跳。声音是巴桑发出来的,他那一刻简直是疯掉了,浑身战栗,痉挛一处,用双手捂住眼睛,那种声音绝对不是人类能发出来的:暴勒嚯——暴勒嚯——暴勒嚯——

暴勒嚯蒙语里是什么意思?船长问我,我告诉他——不要!

船长的话把我拉回到遥远的过去,让我想起那个童年时被炮弹炸飞的巴桑。他当时没有昏厥,他眼睁睁看到自己下肢全无,而他的同伴成了七零八落的肉酱、残肢,甚至草丛里还沾着一摊白花花的脑子,他疯了,发出的就是这样的呼喊,暴勒嚯——暴勒嚯——不停地喊,直到大人们把他包扎起来送到镇上的医院,他也停歇不下来,谁也阻止不了他……那呼喊声甚至很长一段时间都回荡在我们牧村,那是巴桑从每晚的睡梦中发出的,每次都把整个村庄的人喊醒……

船长说那次巴桑好几天都无法工作,蹲在甲板上脸色苍白,止不住地发抖,痛苦的喘息让他的胸脯像激荡的海浪。

为了一对久别重逢的人,大个子船长决定在海参崴多停留一个晚上。巴桑接过杉蔻怀里的男婴,那个就是叫作扎那的小儿子,巴桑用胡子扎他的脸蛋,张开大嘴咬他。回过头来,巴桑热情地邀请船长到自己家里做客,船长二话没说,欣然应允。巴桑又和其他孩子们左拥右抱，小家伙们又蹦又跳，兴高采烈。这时，船长无意间注意到杉蔻身上的几个细节，她右边的衣袖里空空荡荡，而年轻的脸上，一只眼睛里面仿佛没有瞳孔。

城郊一处破落的木板房就是巴桑和杉蔻的家了。没有高大的秋千，也没有鸽群，院子里是一群肮脏不堪的流浪狗，见到陌生人围过来就吠叫，杉蔻向它们温柔地说了些什么，狗们仿佛听懂了，热热闹闹地与几个孩子嬉戏去了。

屋子里光线柔和，把一种绒绒的温暖镀在俄罗斯式的简单陈设上。房间更多的空间则被玩具占据，那些玩具陈旧得褪了颜色，有的打了补丁，却都干净得像孩子们的衣着。白灰涂抹的一尘不染的墙面，却偶有孩子们的涂鸦，墙角上方供奉的是圣母玛利亚的画像。令船长奇怪的是，神龛上竟然有一串佛珠。

船长和呼德尔说到这儿时，后者打断他，问：那是不是一串菩提子，摩挲得闪闪发亮的菩提子？

船长点点头。

没错，那该是斯琴老额吉的佛珠。呼德尔说。

杉蔻用图瓦的鹿奶茶招待客人。船长刚端起杯子，几个趔趔趄趄的孩子便闯进来，屋子里立马乱作一团，所有的整洁一去不返了。巴桑扯大嗓门吆喝这个，驱赶那个，也无济于事。看着这一切，杉蔻像个孩子那样咯咯咯乐得前仰后合，随后她注意到打扰了客人，向船长报以歉意的微笑。

那天晚上，大个子船长破例喝了酒，与巴桑两个人推杯换盏。他为这样一个特殊组成的家庭而感动。与呼德尔说这些的时候，船长眼里不时涌动着晶莹的泪花。杉蔻一直忙着看管几个孩子。最大的女儿十岁左右，已经能帮助母亲了，她是个脑瘫儿，走起路来左摇右摆，却异常懂事，尽力地看护弟弟妹妹。就这样还是"事故"频出，一会儿这边打翻了一碗苏伯汤，一会儿那边又抓伤了谁的脸。杉蔻并不懊恼，乐此不疲地忙来忙去，抽空还要过来喝上一杯酒。

船长问巴桑，为什么要这么做？

巴桑被伏特加酒烧红了脸，他低下头想了下，与船长说：这没有什么，我喜欢这些孩子，别看他们外表残缺，可他们的心和正常孩子一样，斯琴老额吉说过，每个孩子的心都是一颗天上的星星……

那天晚上，满天都是豆大的星星，大个子船长说他这辈子没见过天上有那么多星星，全都挤在杉蔻家的屋顶上，好像要将这个简陋的木板房压扁了似的。

船长和巴桑都喝多了酒，最后像兄弟那样搂着彼此的脖子。巴桑会的蒙古歌可真多，什么《达娜巴拉》《黑缎子坎肩》，唱了一首又一首。歌声像炉膛里的火，将整个夜晚都照亮了。说来奇怪，巴桑唱歌时，几个打闹不休的孩子都安静下来了，像一群立耳侦听的土拨鼠那样，围住巴桑阿爸，包括那个五六岁的聋哑女儿，也认认真真地望着巴桑上下翕动的嘴巴，自己的小嘴随之一张一合。

巴桑终于唱累了，唤过杉蔻来，一边拍着船长的肩膀说：您还没听到过，杉蔻还会唱蒙古歌呢，是我教给她的。杉蔻，你给船长唱一首《诺恩吉雅》吧……

《诺恩吉雅》？呼德尔问。

对，没错，是《诺恩吉雅》！船长说：我还记得两句歌词呢——

老哈河水长又长，岸边的稻花起波浪。

美丽的姑娘诺恩吉雅，出嫁到了遥远的地方……

呼德尔点点头，长出一口气。

船长反问道：怎么了？

哦，那是我妹妹阿丽玛唱过的歌……

停顿片刻，呼德尔又问：这几个孩子没有一个是巴桑和杉蔻的吗？

你不知道吗？巴桑失去双腿的时候，也失去了生育能力。船长说：那次在达沃市，为了"奥古斯汀"案件，菲律宾警察验明过他的"正身"，才排除了"大黑牙"的诬告。

讲到这儿，呼德尔的泪水夺眶而出……

十

这天晚上，大个子船长与巴桑一起，在杉蔻家留宿了，他们和孩子们挨在一起，相互搭肩载腿的。这是船长主动要求留下来的，他要感受一下和星星挤在一起的感觉。巴桑更是睡得四仰八叉，鼾声如雷，仿佛他从来没睡过觉一样。直到第二天天光乍亮，船长被不停喧响的闹钟唤醒。

渔船要黎明起航，差点耽搁了航程。两人爬起来，胡乱穿了衣服，巴桑一一亲吻了睡梦中的妻儿，轻轻关上房门，一高一矮的两个男人迎着曙光向港口赶去。

那次航行一切如常，巴桑一直沉浸在与亲人久别重逢后的喜悦中。第一次当上轮机长的他尽职尽责，更为了报答渔船公司和大个子船长。

半个月后他们的渔船到达了阿留申群岛北部，在那里他们遇到了台风。

一切都不稀奇，在北太平洋上，无风三尺浪，一旦有风，更会白浪滔天。渔民们都以三米、四米、五米来形容浪高，高浪达到十二米毫不新鲜。每天，所有渔船最关注的就是天气预报，如有大风，渔船必须就近躲到避风港。那次捕捞秋刀鱼的渔船特别多，不仅有中国的，还有俄罗斯、日本和韩国的各式渔船。为争抢资源，他们按先后顺序划分了各自捕捞的海域……

那天一早，气象预报说有三米浪，按海上规则，所有的渔船都不能出海。大个子船长也要将船停去港口，巴桑却要冒一把险，这是一个机会，意味着大海上只会有他们这一艘渔船，收获可想而知。他要的是尽快完成捕捞任务，赚到更多的钱。

如果单是这三米浪，大个子船长和轮机长巴桑是可以对付的。他们的渔船在白浪翻腾中驶入目标海域，大海灰暗，一整天不见太阳。在夜幕降临前，巴桑他们已经探测到了庞大的刀鱼群，渔船缓慢行驶，等天色一黑，便停稳渔船，打开遍布船身的灯光，吸引鱼群自投罗网。此时，大量鱼群已被诱集到捕捞区，右舷集鱼灯开始熄灭，左侧依次亮起。

有那么一刻，大海像折腾累了似的，风浪稍静，仿佛一头猛兽蹲坐下来小憩。巴桑和船员们抓紧这个时机，大家一字排开，站在船舷的左侧，即将启动收网工序。所有白炽灯通通关闭后，围绕着渔船的海面呈现一片红宝石般的光亮，而它的四周却是漆黑如深渊一般，只能听到海水的喘息。就在这时，毫无征兆地，大海猛然间躁动了，风向是一霎间转变的，海面变成了万匹脱缰的野马，恶魔般的大浪好似一座座摩天大厦，向渔船倾塌而下……不仅如此，脚下也在隆隆开裂、无止境地下陷，再猛地掀翻，把渔船送到眩晕的高处，再跌落、跌落，紧接着又一座大厦崩塌，碎石四溅，落在船员的头顶，漫卷着船上的一切……在结满冰的甲板上，船员被刺骨的海浪推过去再操回来……

此时，只有巴桑是镇定的，与其他船员相比，没有双腿的他因阻力小反而站得更牢，并且他面对着惊涛骇浪竟没有一点惧色。现在他必须迅速用卷扬机收绞起网，鱼群遇到来自海底的鼓荡正在四处逃窜，他先收环纲，再提绞下缘纲，这样，刀鱼就被牢牢困在网中，再把网身整个吊起，固定在船舷上。渔船共有六台绞车，本来是十几个人干的活儿，此时只剩下了一半船员在坚守岗位……

渔船摇晃如过山车，恶浪劈头盖脸，疯狂地卷向甲板，像无数只巨手抽打着巴桑，来吧！达里！他冲着巨浪狂喊着：来吧！快来吧！他反复喊着这句，声音和嘴巴不断被海水灌堵，他吐掉腥咸的海水又去嘶吼：来吧，达里！对，就这样，真他妈痛快……

渔网终于被吊起来，却有些异样，一股说不出的力量使渔网左冲右突，像似有烈马在挣脱着缰绳。嚯，等网提出水面，才看清是一条大个的深海鲨鱼，正随同刀鱼群卷在其中拼命挣扎。几个船工兴奋起来，呼喊着：大鲨鱼！大鲨鱼！快快收网！

暴勒嚯！暴勒嚯……大个子船长隐约听到了这个熟悉的呼喊声，那一定来自巴桑……瞬间，那呼喊声就被风浪吞没了，波涛更

　　　　　　　　　　　第二十届百花文学奖

加凶猛,铺天盖地而来,几个船工连滚带爬,纷纷撤回底舱。巴桑却迎着巨浪而上,他要设法将鲨鱼放归大海……借着船体摇摇荡荡的灯光,所有的船员们都看到了这一幕,有人在呼唤他,要他退回到舱里,但是整个世界只剩下大海咆哮的声音,巴桑或许压根儿没有听见,他执拗地做着要做的事,直到把渔网撕开一条长长的口子,鲨鱼逃脱而去……

就在这时,一座比山峰还要高耸的浪眼瞅着砸向巴桑,它的核里包藏着摧毁一切的力量,巴桑的身体瞬间被卷进了大海……

大个子船长在驾驶舱里目睹了整个过程,一时惊骇得目瞪口呆……

十一

第二天,风浪小时,俄罗斯的搜救船在海面上找到了巴桑。当时他正身体伸展,倒扣在海里,舒舒服服的样子像是睡在杉蔻家里一样,跌宕起伏的海水好似梦境飘摇……

呼德尔已醉意醺醺,此刻如释重负地靠在椅背上,眼神黯淡:巴桑就这样死去了……悲壮吗?惋惜吗?可是一切都结束了……

就这么结束了?我喝光了杯里所有的酒,有点缓不过神来。

是啊,结束了。呼德尔抹了一把鼻涕,抬起头来朝向窗子,街上行人稀少,街灯熄灭。

唯一没结束的是,巴桑和杉蔻领养的那些孩子,他们的未来……呼德尔眼泪又止不住流下来:大个子船长临别前和我说,他们渔船公司要成立一个慈善基金会,以巴桑的名字命名,专门资助那些残疾孤儿,当然包括杉蔻的那些孩子……

我和呼德尔各开了一个房间。我要好好静一静,想一想,特别是返程时这一路上的遭遇,可大脑却仿佛停转了,只泊在了巴桑的一生。

一夜无眠。凌晨前,我好像顿悟了什么,随即又模糊不清了。我轻轻敲开呼德尔的房门,把他摇醒。

我在想,为什么昨天我们的车事故频出……我对他说。

呼德尔睁着惺忪的眼睛看着我。

你觉得,与故乡相比,巴桑会不会更喜欢大海?

你的意思是?

我觉得我们无意间做了错事……

呼德尔比我更懂得巴桑,他思虑片刻后点点头,使劲握了握我的手。

高速开通,返回渤海湾的路畅通无阻。

天未破晓,沿途有朦胧的雪光为我们照亮,我和呼德尔神情肃穆,像在为一个平凡而又不平凡的人去完成一件神圣而庄严的使命。车到老虎山海岬时正是清晨。此时冬日的海岬一片肃冷和静寂,朝阳从层层云霞和海面深沉的雾气中缓缓隐现。我将面包车开到一处陡峭的悬崖之上,它的下面就是铁灰色的波澜壮阔的大海。我和呼德尔打开车厢,将盛装巴桑的冷冻箱抬举出来,迎着玫瑰色的映射着七彩光环的阳光,慢慢走向崖顶……片刻之后,顺着峭壁的陡坡,冷冻箱就像一具棺椁,徐徐落去,直至溅起水花,沉入海中……

呼德尔的脸颊上映着金色的霞光,此时正眯着眼睛望着脚下那一片苍茫的无边无际的水域,他对我说:我们做得对,只有大海能盛下巴桑。

海风凛冽,我屏住呼吸,说:我怎么觉得巴桑没有死,他好像又要去远行一样。

会的,他会去更远的地方……最后一句,被淹没在大海的波涛声里。

【作者简介】海勒根那,内蒙古"中生代"代表作家。出版有短篇小说集《到哪儿去,黑马》《父亲鱼游而去》《骑马周游世界》(蒙汉双语版)等,诗集《一只羊》。作品散见于《民族文学》《青年文学》《天涯》《作品》《青春》《草原》《滇池》《飞天》《鹿鸣》等文学期刊,有小说被《长江文艺·好小说》等刊选载。曾获第十二届全国少数民族文学创作骏马奖,第十届、第十二届内蒙古文学创作索龙嘎奖,第三届内蒙古敖德斯尔文学奖等奖项。现居呼伦贝尔。

马陵道

〇胡性能

一

晨光中,大风像无形的水流从村庄里冲刷而过,那些风化了的胶片和纸片从屋子里蹿出,被一股气流裹挟着急速旋转,仿佛被空中一根无形的管道吸食。强悍而蛮横的气流刮过村庄上空,有如无形的手试图将剪影戏残存的痕迹擦除,令人想起在电视上看到的龙卷风从旷野掠过的情景。这诡异的一幕究竟是真实发生,还是被人在想象中无限放大,许多年以后已经无法查证。但我知道尽管时间的腐蚀性比硫酸还强,无数记录往昔的文字在它的浸泡下变得字迹模糊,我还是预感到历史这本大书中一些隐秘的章节已被悄悄打开。由此,一个失踪七十多年的艺人,将重新回到我们的视线中。

二〇一八年春天,我去江苏省新沂市,查找丁汝成的下落。失踪之前,丁汝成生活在运河边的古镇窑湾。但在这个地方,几乎没有人知道丁汝成这个名字,只有几位耄耋老人,年少时在镇上的光明剧场看过剪影戏,但是当我提及丁汝成,他们都摇头说不知道,更不知道丁汝成是剪影戏的创始人。

一九四〇年晚春的一天,丁汝成晚饭后像往常那样出门散步,从此杳无音信,去向成谜。失踪前,他开办的窑湾光明剧场,每隔一个晚上,就会放映剪影戏《马陵道》;另外一个晚上,他的戏班则开唱《千金记》,后者讲的是西楚霸王项羽与虞姬生离死别的故事。为何他的戏班每隔一天就要唱一次《千金记》? 有人说主要是虞姬的老家离窑湾只有几十公里,唱的人和听的人都会觉得虞姬的故事近在咫尺。只有丁汝成的妻子赫如玉知道,丈夫在娘胎里就听这出戏,直到她那没有见过面的婆婆突遭横祸暴毙之前,丈夫每天都会听他的母亲哼几句。今天的人们当然不知道,当年,丁汝成的戏班也唱其他戏,比如徐渭的《雌木兰替父从军》、关汉卿的《关大王独赴单刀会》,但自从一九三八年日本人进驻窑湾以后,这两出戏就不让演了。

丁汝成失踪后,光明剧场的生意每况愈下,剪影戏《马陵道》放了一段时间,也被日本人禁了。而《千金记》,因为缺少了丁汝成这个老戏骨,就像是大名鼎鼎的川菜水煮肉片,剔除了辣椒和花椒,滋味就淡了。原本忠实的听众,都跑到镇上的"缀锦阁"和"蓼风轩"去了,光明剧场在经历了十来年的繁荣后衰落下来。日本人投降前,赫如玉将剧场卖了,将戏班遣散,把剪影戏《马陵道》的拷贝小心收拾,放在出嫁时从娘家带来的那只檀木箱子里,用一把铜锁锁上。变卖剧场的钱,一部分用来遣散剧场里的伙计,剩下的她添置了一百多亩地,加上之前购买的几十亩,一家人就靠地租过活。

有一种说法,七十多年前,丁汝成失踪后去了马陵山,藏在了山上的泉潮律院,削发为僧。当时的泉潮律院是苏北最有影响力的佛教圣地,数百名僧侣,整天在香火缭绕的寺庙里,诵读经书;还有一种说法,说丁汝成与马陵山碧霞宫的比丘尼静尘私奔,去了上海。后面一种说法基本不可信,丁汝成失踪的那一年已经四十岁了,而大他十多岁的静尘早已年过半百。还没有听说过如此年长的比丘尼与人私奔的,要私奔,早在出家之前两人就私奔了。

在马陵山一带查访期间,我从当地编辑的文史资料丛书里,查找到一些蛛丝马迹。《马陵山志》第二〇一页,有这样一段文字:"民国二十九年(一九四〇年)五月,日伪军联手焚烧了泉潮律院,历时三天,将寺庙化为一片瓦砾。"城门失火,日本人顺带还烧毁了一侧的碧霞宫。

面对那册散发着油墨气味的志书,我不知道日本人当年之所以要将马陵山上的寺庙烧毁,是不是真与丁汝成有关? 自从鉴真和尚东渡日本,将佛教传到那个岛国之后,日本人对寺庙大多心怀敬畏,甚至将侵华战争宣传为"弘扬佛教的圣战"。有一点可以肯定的是,一九四〇年五月,泉潮律院冲天的火光,一定映红了日军少佐大垣一雄长满粉刺的脸。许多年以后,我站在马陵山上想象当年的那场大火,想象丁汝成从古镇窑湾逃亡到马陵山的情景,我似乎看到气急败坏的日伪军将山上的泉潮律院团团围住,发誓掘地三尺也要把丁汝成搜出来!最终,日本人一无所获,大垣一雄恼羞成怒,下令烧毁了山上的所有寺庙。

二

经过艰难而漫长的寻找,直到二〇一八年春天,我走遍马陵山下那些大大小小的村庄，最终才在一个叫"花厅"的村子，找到剪影戏创始人丁汝成的后人。在我所进行的非物质文化遗产调查里，二十世纪三四十年代，窑湾一带流行的剪影戏在历史上是个空白，甚至在地方的文史资料里也没有什么记载。一场大火后，当年在大运河沿岸让人津津乐道的剪影戏便每况愈下，以至于后来成为一个只听说过却没见过的传说。时间的大风迅疾而猛烈，不但将剪影戏吹得无影无踪，也将它的传承人像纸屑一样刮得不知去向。不过，说丁汝成的那些后人是剪影戏的传人并不准确，因为他们没有谁以剪影戏为生。让我意外的是，每当提到剪影戏，他们都讳莫如深，仿佛那是他们整个家族需要共同维护的一个秘密。

花厅村离今天的新沂市只有十多公里，在马陵山最高点五华顶的西北面，三十年前的一次发掘，让这个村庄在考古界闻名遐迩。一大批随葬的玉器、陶器和骨器被厚土掩埋了五千多年后重见天日，生命繁衍与消亡的秘密有一部分有幸被揭开，而花厅考古墓地，也因此被学界誉为"东方的土筑金字塔"。

如今住在花厅村的丁家骐是丁汝成的长子，其余的两个儿子丁家驹和丁家骥分别住在马陵山下的王庄和小余庄，还有一个女儿是遗腹子，现居住在新河镇，隔着运河与窑湾遥遥相望。丁家骐所住的是一幢二层小楼，墙体没有粉刷，房前的院子杂乱，进门左手边有一口巨大的陶缸，半人高，里面装着苏北一带用来过冬的腌菜。院子边是红砖砌成的围墙，两米来高，墙顶插满了大大小小的玻璃片。院子的一角，还有一棵掉光叶片的柿子树，春天的大风刮过，一只粉红色的塑料袋挂在树枝上猎猎作响。尽管小楼看上去有五六成新，但院子却给人一种衰败迟暮的印象。

提到剪影戏,丁家骐的口风极严,让我怀疑有一些不为人知的秘密被他刻意隐藏。为了让他放松,我掏出一包重九烟,抽了一支递给他。我发现丁家骐夹着香烟的手在我点火时抖得厉害,以至于我捧在手中的火苗差一点燎到他的眉毛。而让我感到意外的是,与他身体反应迟缓形成反差,丁家骐的思维敏捷,对我提出的每一个问题,他都有所防范,常常要深吸一口烟,想清楚了再回答。整整一个下午,我几乎是一无所获。丁家骐说他从来不知道什么剪影戏,是人们的谣传。提及他的父亲丁汝成,丁家骐说他只是早年在剧场扮过小生,后来做了酒生意,在窑湾开了个很小的酒铺,卖当地产的绿豆烧。

我找到丁家骐的时候,丁汝成的这个儿子已经八十多岁,看上去是一位貌不惊人的老头儿,紧缩的五官,布满皱纹的脸警觉而多疑,在与我交谈的那个下午,他一直心事重重,目光里充满了审视。我还发现,在我们交谈的两三个小时里,院子里除了我和他之外,再没出现过其他的人。我问过他,丁家骐回答说他的老婆前几年过世了,而子女们都在外地打工,只是春节回来住上几天。也就是说,一年中的绝大部分时间,丁家骐都独自一人生活。

花厅村的三月,大地一片萧瑟,土地大多裸露在外,灰黑色,只有少许的田地生长着绿色的麦苗。在丁家骐那儿,我一无所获,这令我感到沮丧。离开丁家骐家已近黄昏,西坠的太阳透过不远处的一排杨树照耀过来,带着几分温情。此刻大地还没有彻底回暖,那些杨树形销骨立,还没长出新年的叶芽。我站在村口,看到几只喜鹊在树梢间跳窜,不时传来喳喳喳的鸣叫。离开花厅村之前,我穿过村庄,看到村后有一块面积几百亩的土地被剥开,露出下面黄褐色的肌理。隔着几十米远，我还看到一块石碑孤独地立在道路一侧，我当时就猜测那应该是发掘地。走过去一看，果真是，石碑上雕刻着"花厅遗址"几个字，颜体、阴刻，用红色油漆涂抹过。

那一瞬间，我感到时间其实就像是透明的泥土，随时随地以变形、扭曲和篡改的方式，对往事进行遮蔽和覆盖。也许，有关剪影戏的一些秘密，也会像花厅村那些被泥土掩盖起来的殉葬品一样，等待着重见天日的机缘。那天下午，对丁家骐的采访让我备受挫折，但也激起了我一探究竟的决心。我隐隐约约感到，除了一九四〇年的那场大火，一定还有其他什么导致剪影戏日渐衰落。早夭的孩子，生命短促，没来得及留下痕迹，就在它的出生地销声匿迹。

离开花厅村返回县城的宾馆时，我驾着租来的本田越野车，先经过一段凹凸不平的泥路，最终才驶上宽敞平坦的柏油马路。血色的太阳悬浮在远方的山冈，红色的弱光像油漆那样泼洒在大地上，宁静而温暖。车窗外，公路两旁的柏杨树一闪而过。我暗自祈祷，希望自己也能像发掘花厅文化遗址的那些考古队员一样好运，我渴望剪影戏消失的秘密，能够重新浮出时间的水面。

三

那年春天，正当我在窑湾寻找剪影戏线索的时候，几十公里外的新沂市区，"大运河之春"非物质文化遗产特展正在一个新建的城市综合体里举行。冥冥之中有种暗示，我总觉得会在特展上获得剪影戏的线索。我去的时候是中午,稍显安静的四楼,被隔成一个个面积大小不等的展区。七巧灯舞、草桥柳编、东路柳琴、新沂剪纸、窑湾绿豆烧……总有一些东西穿越数千年的历史顽强存活,但它们中没有剪影戏。

　　纸艺展区门口,一个穿白地花长裙的年轻姑娘坐在桌子后面,专注地看着手机。她身后的墙上,是一排排松木制作的展示台,上面放着大大小小装框的剪纸作品。黑色的塑料框,中间是黄色的衬纸,右上角有"中国剪纸"字样,而下面则是剪纸师特制的印。那些精美的剪纸作品夹在衬纸和玻璃之间,有造型各异的十二生肖,有农耕时代的劳动场景,有婚丧嫁娶的地方风俗,也有马陵山的自然风光。让我意外的是,在那些剪纸作品里,我还看到发生在这块土地上的历史故事:马陵之战,霸王别姬,梁红玉擂鼓退金兵……剪纸的右下端有个篆刻,凑近一看,发现剪纸师的名字叫马冰清。我原以为她一定是个历尽沧桑的老人,可当我以买剪纸作品的借口向坐在门口的姑娘打听,才知道马冰清其实只有三十多岁,刚结婚不久。

　　几个小时以后,我按约定的时间去了人民路的"香韵"茶室。还没有进茶室,就有钢琴的声音像湖水一样从屋子里弥漫出来。是我熟悉的《水边的阿狄丽娜》。进门,见到一位年轻姑娘坐在茶室里靠窗的地方,应该就是马冰清。打过招呼以后,我在她对面坐了下来,这时我注意到她看上去比实际年龄要年轻得多,只有二十五六岁的样子,身材修长,有着这个年纪的姑娘才会有的紧致。在我既往的印象中,非物质文化遗产的传承人,大都和文物一样苍老。但马冰清不是,她的脸肤色光洁,看上去很精致,眉毛修剪过，如同两片柳叶从眉骨向两翼舒展开，眼睛明亮、有光，穿着一件紫色的高领薄毛衣和绛红色的棉布长裙，胸部的轮廓圆润而饱满，容易让人想入非非。

"我在展览上看到你的剪纸作品，很棒！"

"与我外曾祖母比，我十分之一都不及！"马冰清腼腆一笑，"老人家要是活到今天，她才应该是非物质文化遗产的传承人！"

"你是跟你外曾祖母学的剪纸？"

"嗯，"马冰清点了点头说，"我小的时候在老人家住了一段时间，外曾祖母去世前，寒暑假我都跟着她。"

茶室外面，车来车往。西下的阳光照耀在对面的那排建筑上，我当时并不知道，有一扇门，正在为我徐徐打开。回过头来，我盯着马冰清的手仔细看，想象着那些构图繁复的剪纸，是怎样在眼前这双手中渐渐成形的。我眼前这双捧着青花瓷杯的手，纤细、洁白，指甲上偶尔会晃过亮光，那是指甲油在灯光照射下特有的效果。茶童偶尔过来，揭开碗盖，手中的茶壶放在身后，用一招"苏秦背剑"，往盅里加满水，出水收水一气呵成，有极强的形式感。

交谈中，当我得知教马冰清剪纸手艺的外曾祖母，竟然就是剪影戏创始人丁汝成的妻子赫如玉，我的眼睛一下就亮了："这么说丁家骐是你……"

"是我舅爷爷！"马冰清的声音里有早春的凉意，"我外曾祖母生有三个儿子和一个女儿，那女儿就是我的祖母。"

"前几天我还去花厅村找你舅爷爷了解剪影戏的事呢，可惜他什么都不愿意说，总是把话题岔开。"我无奈地摇了摇头。

"他当然没有脸说。"马冰清低头看了一眼茶杯。

那个下午,马冰清对我查找丁汝成的事很好奇,眸子深处有光透了出来。

"很遗憾,剪影戏没有成为一种特殊的艺术形式保留下来,可惜了!"我说。

"你问吧,我把知道的都告诉你!"马冰清异乎寻常地坦诚,"我才不会像我那几个舅爷爷那样掖着藏着!"

真是柳暗花明。也许我从花厅村返回那天的祈祷起了作用,从马冰清这儿开始,我对剪影戏的调查变得顺利起来。马冰清告诉我,早在二十多年前,一个叫大垣峻实的日本人曾来过马陵山,找到了她的大舅爷爷丁家骐了解过剪影戏。如果马冰清所说属实,那么二十多年前,那个日本人到花厅村的时候,丁家骐并不回避自己是剪影戏的传人,他甚至私下决定,要把母亲保存完好的剪影戏拷贝卖掉。为此,他们几兄妹发生过严重的冲突,以至于后来几乎没有什么往来。

二十多年前,是否因为花厅古文化遗址被发现,才让那个叫大垣峻实的日本人寻迹而来?马冰清说,日本人来是要购买剪影戏《马陵道》唯一拷贝的。那是一份相当特殊的拷贝,透明的胶片上,粘贴了上万幅精致的剪纸。

时间要返回到一九九六年夏天,马冰清被父亲送到外曾祖母家。暑假,那个时候的假期作业少,父亲乐意见到女儿跟她的外曾祖母学习女红,但老人在教马冰清女红的同时,也教她剪纸,从剪最简单的花鸟鱼虫学起。马冰清有悟性,很快就能上手。正是在外曾祖母的家里,马冰清见到了那个叫大垣峻实的日本人。

"三十多岁的样子,理着个短发,人显得很精神,"马冰清微笑地偏着头说,"当时他想出一百万元,买我外曾祖母檀木箱里装的拷贝。但那笔钱即使到手了,他们也不会分给我奶奶,因为她是嫁出去的人。"

"二十多年前,一百万元,是笔大钱呢!"我说。

"所以我的几个舅爷爷才迫不及待想卖嘛,他们想钱想疯了!"提起往事,马冰清的言语中依然有一些情绪。

"我去过花厅村你大舅爷爷家,"我坦诚地告诉马冰清,"我感觉他家的经济情况并不宽裕,不像是挣了大钱的人。"

"最后没交易成!"马冰清开心地说,"本来一切都谈妥了,还交了定金,可生意最后黄啦!"

"怎么,是你大舅爷爷反悔啦?"

"他才不会反悔呢!"马冰清的表情有些不屑,"是我外曾祖母不同意,我奶奶也不同意,但在当时,她们都阻止不了。"

一九九六年的马冰清只有九岁,大垣峻实来购买剪影戏拷贝的那几天,马冰清恰好在花厅村,她也因此见到了此生最匪夷所思的一幕。

四

那件事发生之前,马冰清从来没有看过《马陵道》的演出,她当时对几千年前发生在自己故乡的马陵之战也一无所知。她只是一个九岁的小姑娘,与外曾祖母睡在一张床上。时隔二十多年,马冰清还记得卖拷贝的头一天,黄昏时分,整个村子的蝉仿佛都飞了过来,停歇在她大舅爷爷家屋外的杨树上。那些蝉不停地鸣叫,声嘶力竭,让人听了心里瘆得慌。夜幕降临,蝉鸣声才渐渐低弱下来。

"我们都不知道,那会是我外曾祖母的最后一个夜晚。"马冰清说。

气候炎热,大地像中了暑,直至午夜才渐渐退烧。那时的花厅村,八十六岁的赫如玉住在自己的瓦屋里,装有剪影戏拷贝的紫檀木箱,就放在她的床脚。那是只大木箱,一米长,半米宽,两尺高,是她十七岁嫁到丁家时,娘家的陪嫁。

"老太太舍不得。紫檀木箱明天就要被人抬走了,老太太晚饭后留在屋子里,将那只紫檀木箱摸了又摸,"马冰清说,"我记得当时她手背上的皮肤又薄又皱,上面还有许多老年斑,血管在皮下滑动,像蚯蚓一样。"

我们的交谈让马冰清重新回到了二十多年前的那个夜晚。夜里,她曾被惊醒,她先是听见一阵阵狂风吹过,带着嚣叫,就像是置身于冬天的旷野里。不是幻觉,也不是梦境,黑暗中,马冰清看见睡在床那头的外曾祖母披着衣服坐在枕头上,一对眸子在黑暗中隐隐闪着光。

"炎热的夏天,怎么会有大风刮过,而且是在几近密闭的屋内?"许多年以后,马冰清一脸疑惑地对我说,"至今也找不到合理的解释。"

那天夜里,花厅村的丁家,大风刮过时凄厉的尖叫,马冰清听得清清楚楚。但她的睡意很快就上来了,等她夜里再次醒过来时,风声早已消失,静寂中,她听见有一个声音在黑暗中传来,那是《马陵道》里的唱词:想着咱转笔抄书几度春,常则是刺股悬梁不

668

厌勤。你今日践红尘，只愿你此去呵功名有准，早开阁画麒麟……声音清越，好像从屋里传出，又仿佛在极遥远的地方。

"哪儿的声音啊？"马冰清问。

"箱子里的。"赫如玉说。

鼓声在黑暗里响起，二胡的弓在琴弦上短促滑动，由远及近，传来密集的马蹄声。外曾祖母在黑暗中幽幽地对重外孙女说，这用的是跳弓。那声音听上去，就像是有千万只马蹄踏在草原，踏在旷野，踏在通州达县的马路上，溅起的尘土遮天蔽日，遥遥无边。马队渐渐远去，突然，它们像是集体驻足，高高地扬起前蹄，马的嘶叫声传了过来。"这是你外曾祖父的绝技，"赫如玉在黑暗中对重外孙女说，"只要用左手指快速滑向琴弦的高音处，再用颤指向上滑动，你外曾祖父就能让二胡发出战马的嘶鸣。"

马冰清那时还不太听得懂。她只是觉得马叫声越来越远，越来越模糊。安静一会儿之后，赫如玉又说："拉弓的右手，要由重到轻，轻到只有一根羽毛的重量，甚至更轻……这是你外曾祖父当年告诉我的。"

"唉，"过了一会儿，赫如玉长叹了一口气对她的重外孙女说，"你外曾祖父一直嫌弃我不能上台和他唱戏，其实他哪里知道，嫁给他之前，我常常去他的剧场听戏，戏里的那些唱词，没有我不会唱的！"

马冰清告诉我，那是一个奇特的夜晚，屋子里时而喧闹，时而宁静，有时感觉千万人拥挤在那个屋子里，有时她又觉得是置身于无人的旷野。马冰清说她害怕极了，就爬过去与外曾祖母睡在一起，头靠在她的大腿上。两人就那样依偎着听箱子里传出的唱词。

"我当时还听得不太懂,有时候外曾祖母会停下来,对我做一些解释,我就大体明白是一个叫庞涓的人陷害了一个叫孙膑的人,把他的两条腿弄残,后来孙膑逃到了齐国,设下了陷阱准备报仇。"马冰清说。

"不会是你外曾祖母在那口装剪影戏的箱子里放了一台录音机?"我对屋子里传出神秘的唱词表示怀疑,便提醒马冰清。

"不可能!"马冰清说,"后来发生的事情,也证明了根本没有什么你怀疑的录音机。"

在马冰清的描述中,下半夜,那声音变得急促起来,好像有两支军队在狭窄道路上厮杀,有战马的叫声、兵戈的碰撞声、惨叫声、咒骂声、人跌倒的声音,甚至长矛刺进身体里"扑哧"的声音也清晰可闻。马冰清告诉我,二十多年前的那个夜晚,她甚至闻到了屋子里弥漫着一股浓浓的血腥味,直到这一切安静下来,才听见远处传来一个人的仰天长笑:再言语豁了这厮口,再言语截了这厮舌……

二十多年前发生在马冰清外曾祖母屋里的那一幕,好似一卷紧致的画轴,在我的眼前缓缓打开来:

黎明时分,屋子安静下来。曲终人散的剧场,所有人都离去了,只有一个人还环视着满地狼藉的剧场——丁汝成的妻子赫如玉。马冰清困顿至极,她再次睡过去,梦里风清月明,她一直睡到太阳高照才醒过来。

她的外曾祖母正打扫着屋子,尽管已是八十多岁的老人,但赫如玉的身子骨依然健朗。屋门大开,阳光照射进来,在泥地上留下门板那么大的一块光亮，炫目，安静。屋外的院子里，马冰清的三个舅爷爷已经聚齐，他们正在等候那位叫大垣峻实的日本人。

之前的几天，大垣峻实就曾在丁家骐家里，当着赫如玉的面，打开过那个颜色发暗的紫檀木箱。他屏住呼吸，轻轻地捧起一卷《马陵道》拷贝，透明的胶片上粘贴的是当年赫如玉花了两年时间才剪完的一帧帧剪纸，每一帧剪纸都是一寸左右长宽，剪纸的刀口干净、清晰、果断，大垣峻实爱不释手。的确像他祖父所说的，是纸艺里的精品。

一早起来将屋子清扫干净，是赫如玉保持了数十年的习惯，就好比一个人早晨要洗脸和漱口。收拾完屋子，她坐在床边的木椅里，等待着那个日本人来把陪伴她七十年的紫檀木箱抬走。就像是要送一送自己即将出嫁的女儿，赫如玉在那天早上特意打扮了一下自己，她银白的头发梳得溜光，往后拢了拢，在脑后绾成个发髻，并用一支银簪固定住，曾经裹过又放开的脚有些变形，包在一双黑绒面料的鞋子里。身上，是蓝布制作的新衣，那是去年冬天马冰清的祖母给她买来布，她亲手缝制的。新衣合身、熨帖。

大垣峻实进院子的时候，提着一个皮箱，进来以后就与马冰清的三位舅爷爷在院子里交谈。马冰清站在外曾祖母的身旁，看到她的三个舅爷爷微微弯着身子，在那个日本人面前不停地点头。

"日本人叽里呱啦说些听不懂的话，我的三个舅爷爷像鸡啄米一样点头，其实他们根本听不懂！"马冰清说。

然后，丁家骐就领着他们，一道走进赫如玉的房间。

紫檀木箱被从床脚移了出来，放在房间靠门的阳光下，丁家骐哆嗦着手,掏出系在腰上的钥匙。老式的铜锁,原配,锁体上有篆书"百年好合"四个字,阳文微微凸出。也许是内心过于激动,费了好大劲才把钥匙插进锁孔。"咔嗒"一声,铜锁开了,丁家骐用手扶着箱盖,慢慢打开。

当紫檀木箱的箱盖完全打开,上午的阳光照耀着箱子里静静躺着的拷贝,一卷又一卷,重叠着。大垣峻实的眼里欣喜异常,他蹲在丁家骐身边,看丁家骐小心翼翼从箱子里捧起拷贝。突然,从屋外刮进来一阵旋风,紫檀木箱里那些透明胶片以及上面的剪纸纷纷碎裂,瞬间争先恐后蹿出木箱,像一条巨蟒试图飞上高天,在屋子上空瓦解,零碎的尸骨飘洒在屋顶、院子以及附近的田地里。

大垣峻实还有赫如玉的三个儿子被眼前的景象惊呆了,他们站在门边,惊骇地望着那些纸屑旋转着飘向天空,又纷纷扬扬洒下,张大嘴不知所措。那个时候,只有马冰清注意到自己的外曾祖母,她端坐在椅子上大睁着眼,突然身子往前一倾,嘴中喷出一口鲜血。

五

有关剪影戏,一切都得从马冰清的外曾祖父丁汝成十二岁那年出逃时说起。

一九一二年,中国历史的风云正在古老的大地上激荡。年初,清朝皇帝黯然退位,继而孙中山辞去临时大总统一职,一代枭雄袁世凯粉墨登场。而在马陵山下的土城,也许是由于命运的诅咒,兄弟相残的悲剧再次上演。

丁汝成的出生地土城,位于马陵山一侧,乃是春秋时期钟吾国的都城。公元前五一五年,吴国王族发生内乱,公子光在伍子胥的策划下,以"鱼腹剑"的方式刺杀了吴王,这让出征在外的烛庸有家难归,只好避难到北方的钟吾国。公子光如愿以偿登上王位,即吴王阖闾。为了斩草除根,他派兵攻打钟吾国,杀了自己的亲兄弟烛庸。

年少时,丁汝成对发生在土城的故事耳熟能详,但他没有想到这样的悲剧会发生在自己身上。十二岁那年,做棉纱生意发家的父亲不幸中风,从此躺在床上,再也没能下床。也就是从父亲病重的时候开始,敏感的丁公子已闻到弥漫在家中的不祥气息。成亲以后,丁汝成告诉自己的妻子赫如玉,说他在出逃之前的那段时间,总觉得天是阴的,时时刻刻都像是生活在黄昏里。

对于一个十二岁的少年来说,那是一段令人窒息的日子,就像是等待着村里关圣宫大殿外的那口铸铁大钟有一天会掉落下来。每天,当母亲前去照看父亲的时候,丁汝成就独自跑到后院坐在树荫下。石板镶嵌的院子里,左右有两个种满菊花的方形花台。围墙边的阴影里,将军草疯狂生长,蟋蟀和壁虎爬进爬出。偶尔有一两只鸟快速掠过空中,身影仓皇,丁汝成听见寂静的深处传出一种奇怪的鸣叫,仿佛是去年槐树上的蝉鸣传到今天。

就像是一团血掉落在宣纸上洇开一样,发生在土城丁家的血腥杀戮从棉纱商人中风摔倒在天井的当天就开始了。丁汝成的父亲被人抬进卧室,醒来之后,左边身子失去了知觉,感觉像是有一半身子永远浸泡在冬天的冰水里。每一天,他都觉得自己的身子又向土里埋进了一截,直到离世,他再也没有离开过那张床。房间外面，妻妾之间的争斗早已展开，最终还是大娘的手段更高一筹——她买通家中的厨子，将自己刺向对手的刀子掩盖得没有一丝痕迹。结果，棉纱商人还没有去世，他宠爱的小妾如同陪葬一般，在他前面暴毙而亡。在丁汝成的记忆中，离家出逃前的那段时间，他已经嗅到了丁家大院里弥漫的死亡气息。每一天，都有成群结队的乌鸦飞临丁家大院的上空，那些嗅觉敏锐的大鸟就像是来自另一个世界的信使，它们盘旋、翻飞，传来的啼鸣让人毛骨悚然。

母亲死后，父亲又不能动弹，也无法言语，丁汝成束手无策，只能听人摆布。他母亲的葬礼是大娘操持的，她给自己的对手用了最好的棺木，请了泉潮律院的和尚做法事超度，葬礼隆重而热闹，丁汝成的大娘也因此为自己挣得了好名声。但是，走南闯北的棉纱商人见多识广，已从小妾突遭的横死中发现端倪，商人的精明让他意识到当家的大娘不会放过丁汝成，但他现在唯一能做的，就是告诉儿子赶快逃命。

丁汝成记得逃亡的那天夜里，父亲让下人把他悄悄叫进卧室，抖动着手递给了他一封信，上面只有短短一行歪歪斜斜的字："去窑湾，找开酒铺的吴子期伯伯！"之后，父亲试图伸手摸儿子的后脑，费了很大的劲，才把手放在丁汝成的头上。像是祝福，又像是不舍的告别。

"跑吧，儿子！"棉纱商人沙哑而含混的声音不是从他嘴里发出，而是从他嗓子里挤出来的。之前一直懵里懵懂的丁汝成一夜之间就醒了，懂事了，他能清晰地感觉到，杀气像夜幕一样，从他的头顶令人胆寒地罩了下来。

他想起几天前,母亲出丧的时候,是他举着灵牌,跟随着送葬的队伍去的墓地。他的身后,八个壮汉抬着母亲漆黑的棺木,引导着送葬的队伍缓缓地出了土城。每逢到了路口和桥头,背着纸钱的阿贵就会扔出一沓纸钱,圆形的纸钱在空中突然散开,再纷纷扬扬洒落下来,白色的纸钱在泥地上触目惊心。周家喇叭班的人吹的喇叭,声音凄凉……隐隐约约,丁汝成仿佛听见一种奇怪的唱腔回荡在自己的脑子里,带着哭音,就像是有人在一个极遥远的地方,独自唱着《马陵道》。他太熟悉这出戏的唱词了,在母亲肚子里就开始听。但这一次,他从《马陵道》的唱词里,听出了隐藏其中的杀气。

此时站在床榻面前,丁汝成与父亲惊恐的眼神对视,明白了其中的紧迫和深意。他重重地点了点头。短短的几个月,父亲像是变了一个人,身体浮肿,苍白的脸上色斑醒目。看到他的嘴唇不停翕动,丁汝成把耳朵凑近,却只能听见父亲的喘息声。不过丁汝成心里明白,他必须像孙膑那样,连夜从眼下的土城逃走,却没有想到这次出逃,竟成为他这一生的转折点。

六

一九一二年春天的那个夜晚,丁汝成借着微弱的星光,打开丁家大院的侧门,像一只穿过阴影的野猫,悄无声息地逃了出来。午夜的村庄静寂异常,熟悉而又陌生。他沿着村里曲折的巷道,从那个叫土城的村子穿过,瘦小的身子像穿过梦境。身后,狗的叫声追了过来。

从马陵山下的土城到运河边的窑湾镇，有很长一段路是过去马陵山里的古驿道，有的地方镶嵌着两千年前的石板，经过贩夫、兵卒、僧侣以及马蹄常年的打磨，石板变得光滑，在暗淡的星空下反射着微弱的亮光，就像涂抹上了桐油。从小听母亲唱《马陵道》，丁汝成对孙膑与庞涓的故事了然于心，他甚至熟悉鬼谷子、魏公子、田忌等人的唱词和独白。正是因为对那个故事太过熟悉，以至于后来，当他对自己的妻子赫如玉说起逃亡路上所经历的诡异之事，他都弄不明白究竟是想象中的故事，还是现实中的经历。

　　一百多年前的那个逃亡之夜，丁汝成穿过土城村外的石板路，穿过白天人来人往的大道，他能看见模模糊糊的古道消失在马陵山的皱褶中。夜幕深沉，身后的土城早已看不见踪影，狗吠的声音也遥远得若有若无，这个世界只有他一个人在孤单行走，焦急、仓促，他听见自己的脚步声和喘息声就回荡在耳边。

　　进入一条幽深的山谷之后，突然就起了大雾，道路消失，周边的树木消失，视野里山的轮廓也消失，一切可参照的东西都不见了。四周混沌一片，只是回过头去望了一眼，脚步晃动，他就无法判断来时的方向。丁汝成伸出右脚，前后左右试探，触及的地面没有一点暗示，他只有摸索着在原地坐了下来。原来，安静就像是沙粒悄悄滑落的声音。过了片刻，隐隐约约地，他听见远处好像有什么东西在响，密集而琐碎，慢慢地，他听清了，那是急促的马蹄声，由远及近，像洪水一样，席卷了过来。

　　人们传说的"阴兵过"被丁汝成遇到了。之前，马陵山的山谷里有阴兵厮杀的传闻已经流传了多年。置身于两千多年前的古战场，丁汝成还是暗暗心惊。那该是多么庞大的一支队伍从附近经过啊，无数的马蹄敲打在驿道的石板和泥地上，有的声音清脆，有的则实笃，感觉眼前的雾气，是万千铁蹄溅起的泥土。丁汝成能够清晰地听见兵器碰撞的声音、战马嘶鸣的声音、人的呐喊声，它们仿佛近在咫尺，却又因这大雾帷幕的遮挡，踪迹难寻。

突然，喧嚣的声音弱下去，却有清晰的声音传了过来：

> 此处莫不有埋伏的军马吗？不中，我只索倒回干戈，领军去也。
>
> 庞涓，你哪里去？大小三军，与我围定了峪口者。休教走了庞涓！
>
> 兀的不唬杀我也！高阜处说话，好似我孙膑哥哥。
>
> 叫我的是谁？
>
> 是您兄弟庞涓。
>
> 你叫我怎么？
>
> 多时不见哥哥，我心中好生想你也！

这是两个完全陌生的声音。一个浑厚，另一个尖厉，与父母唱和的声音完全不同。年幼的时候，丁汝成常听父亲母亲唱《马陵道》，土城棉纱商人的宅院，晚饭后时常响起二胡、皮鼓和铙钹的声音。丁汝成的父亲不只是一个简单的戏迷，他能开嗓唱，还能熟练地耍弄各种乐器。只是棉纱商人肯定想不到，他与小妾玉香枝的唱和，每一句唱腔以及家里下人的叫好声，都像是一片片飞刀，越过丁家大院静默的瓦脊，传到备受冷落的大娘耳中。

由于受困马陵道无法行走，丁汝成只能仔细聆听天地间突然出演的这出戏。这出戏，他再熟悉不过，知道接下来的每一句唱腔和独白，一直等他听到庞涓说：罢、罢、罢，大丈夫睁着眼做，合着眼受。这也不必说了，只可惜那六甲天书还不曾传授……这时，狂风突然窜起，嚣叫着从深谷中穿过，气流带来的树叶、沙石打在脸上，感觉刚才在大雾中厮杀的两军，像潮水一样从他面前退了下去。四周再次安静下来。无法看清道路，丁汝成寸步难行，只能等待着雾气散去和黎明的到来……等他醒过来的时候，雾气是散去了，天空却依旧黑暗，道路模糊向两头延伸，一时不知道哪头通向土城，哪头通向窑湾，而夜里所经历的一切，经过睡梦的过滤，也变得似幻似真。

此后，丁汝成每当想起夜晚穿行于马陵山的经历，总觉得两千多年前的那场厮杀，就是他记忆里的一部分。他后来甚至能够隐约回忆起那天夜里庞涓的模样，也能回忆起孙膑夜宿的羊圈，面对馒头与污秽时的犹疑，还有刖足的疼痛让孙膑一脸扭曲的表情。

七

五十多里路，丁汝成走了整整一夜。当他到窑湾镇的时候，天已大亮。之前，棉纱商人曾经不止一次带儿子到窑湾，但当时丁汝成不是坐轿就是骑马，养尊处优的少爷不知道步行的艰辛。逃亡的这天夜里，几十里路程把他的脚底磨起了好几个大水泡，到了后来每挪一步都是钻心的疼痛。

一跛一拐地从北门桥进了窑湾镇，丁家大少爷形单影只来到北门大街上，像一个华丽的乞丐。靠近月牙桥时，他看到有十多个穿青灰色洋装的年轻人站在桥头，有好几个人手中提着剪子。丁汝成当时还留着长长的辫子，看到他过来，那些年轻人的眼睛立即发亮。让丁汝成记忆深刻的是，那群年轻人中，竟然有穿学生装的姑娘。这个从马陵山来的少年暂时忘却了内心的恐惧，他满眼新奇，东张西望，发现这个地方与父亲之前带他来时完全不同了。过去，写着"北门锁钥"的碉楼上，挂着的是黄龙旗，现在黄龙旗不见了，取而代之的是五色旗。

突然，有人从身后拉着他头上的辫子，丁汝成心里一惊，以为是大娘派来的人追来了，他拼命挣扎，吓出一身冷汗。身后的人却把他的头发抓得更紧，他偏着头，身体僵硬，眼睛的余光瞥见了一个姑娘的脚。几个人的交谈声、剪刀一开一合的摩擦声，锋利、刺耳，只听见咔嚓咔嚓的声音，丁汝成感觉他的头像是被谁从脖子上砍了下来。

发现头上的辫子被剪掉，这个十二岁的孩子哇的一声哭了起来，他弯腰捡起落在地上的辫子，双手捧着，一路来到了镇上的吴家酒庄，这才发现酒庄里的所有伙计，包括父亲要他找的吴老板，也都剪了辫子，丁汝成这才破涕为笑。

丁汝成就这样做了吴家酒铺的小伙计。他模样端庄、声音清脆，干不动重活，就站在西大街的店门口，每当看到有人走过来，他就会脆脆地吆喝一声："好水好地好药酒，运河窑湾绿豆烧啊！"听过他吆喝声的人都说，这孩子有一副好嗓子，要是不唱戏，可惜了。

尽管朝代更迭，但一九一二年的窑湾镇依然繁荣异常，运河上船来船往,风帆起起落落。每一天,南哨门外面的码头都会卸下大量的货物:洋油、织布机、自行车、棉纱、装在木箱里的电池和火柴,堆在码头上用油布盖着的食盐、粮食、丝绸和各种山货也会被运走。正对着码头,有一个木质结构的牌楼,门楣上面刻着斗大的四个字:窑湾码头。两侧的牌柱上,雕刻有一副对联:船中争日月,水上度春秋。

紧靠着运河大堤,有一些狭窄的巷道通向窑湾镇上喧嚣的戏班与弥漫着脂粉气味的妓院。偶尔,有大型船队停泊在镇子外面的骆马湖上,就会有歌伎抱着琵琶、月琴、二胡等乐器上船演奏。夜幕降临,商船的灯光映射在水里,一上一下的光亮随着水波晃动。偶尔,有清脆的唱腔隔空传了过来,掠过水面,惊飞了歇息在岸边草丛里的水鸭。

刚到窑湾镇的时候,丁汝成时常迷路。按照"奇门遁甲"修建的古镇,"S"形的狭长街道顺着运河蜿蜒。太极生两仪——窑湾镇便建了南哨门和北哨门;两仪生四象——大运河、沂河、护城河、后河,使得窑湾得以四面环水;四象又生八卦——城墙上设了八方炮台,通向"S"形大街的十二条深巷,这建镇构思中的"十二地支"是一个迷宫,让初来乍到的人晕头转向。只有生活的时间长了,才会熟悉这座古镇上的一条条道路,以及这些街道上的旅店、米铺、作坊、饭馆、酒肆、医院、教堂、药店……

棉纱商人在丁汝成离开土城的第三天一命归西。消息一个多月以后才传到窑湾的吴家酒铺,年少的丁汝成躲在后院的粮库里哭了一个下午。悲伤像潮水般在心头上涨,一直淹没到了喉头,缓慢降落之后又复袭而来。他看见太阳照在院子里晾晒的粮食上,红色的高粱和黄色的玉米，酒坊里的一个工友赤裸着上身，每隔半个钟头，就用竹笆翻动一次粮食，竹笆的端头像人的手指一样，从地上拖过后，在晾晒的粮食上留下了道道沟痕。

　　丁汝成再也没有回过土城。父亲入殓他没有回去，也不敢回去。就算到后来成了光明剧场的老板，他也没有回去过。哪怕他后来回马陵山上的寺院，或者去给自己的父母扫墓，他都有意绕开土城。当年，是古镇的繁华冲淡了少年内心的哀愁。白天，他替吴氏酒庄干杂活，夜晚，他就睡在后院马厩的楼上。窗子外面的狭窄巷道，一头通向运河的大堤，一头通向镇里最繁华的西大街。入夜，寻欢的水手和船主从码头下船，沿着这条巷道，消失在窑湾镇的夜色里。所以每天晚上，丁汝成都是在调笑声中进入梦乡的。而后，他又在晨市小贩的吆喝声中醒来。

八

　　终于有一天，丁汝成日渐舒展开来的身子，能够装下其他东西了。于是在晚饭过后，等吴氏酒庄打烊，丁汝成得空了，他就开始往戏班跑。只要鼓钹声一响起，他的心里就发痒。他还小，对戏班里的风月之事不甚清楚，却迷恋戏班里传来的吟唱和器乐声。十七家戏班，其中，"秦淮之家"是山西人开设的，里面传来的是二股子、四股弦、小三弦配板胡的声音，舒缓，像是傍晚时分轻拂运河大堤上柳条的暖风；福建人开的"缀锦阁"，远远地就能听到裹着棉布的松木敲打在大锣上的声音。很快，窑湾镇上的十多家戏班，丁汝成都摸得个门清，他听"藉香榭"的《琵琶记》、"紫菱州"的

《雌木兰替父从军》、"翠文斋"的《打渔杀家》……几乎每个戏班，隔一段时间都会演一出《千金记》，约定好了似的，那是因为虞姬就出生在离窑湾几十里外的地方。

年少的丁汝成隐瞒了母亲的身世——她虽曾是窑湾镇活跃一时的名角，毕竟终年与男人们打情骂俏，也不是光彩的事情。虽然已经到了民国，戏子们的地位有所提升，却依旧被人看轻，有时去雇主家唱堂会，他们都只能从侧门进家。

每一年，吴家酒铺老板的父母过生日，都会请戏班来家里唱戏，有时请"怡红院"戏班唱《拜月亭》，或者请"柳花阁"唱《墙头马上》，只要窑湾镇有人家请唱堂会，丁汝成就会去蹭戏听。没两年，十七家戏班的看家节目，丁汝成都能哼个十之八九。但在所有的戏班中，丁汝成最迷"秋霞阁"的旦角小桃红，她只要一开口，丁汝成的身子就酥软。尤其是她唱《千金记》，那悲戚的声音摄人魂魄，让他的心发软又发慌。

"汉兵已略地，四方楚歌声。大王意气尽，贱妾何聊生！"在歌声的余音中，边舞边唱的小桃红举起宝剑，在香颈上一抹，寒光乍现，婀娜的身子瘫软在台上，观众席就会响起一片抽泣声。

当时，镇上只有江西人开的"蓼风轩"唱《马陵道》。班主越玉生不知道丁汝成是他师姐的儿子，但他喜欢吴家酒庄清秀的小二，觉得他天生就是唱戏的。四折《马陵道》，其他小生唱了两三年还时常出错，这个孩子一教就会，身形、唱腔、真假嗓的转换，做得都很到位，就像是前世的某个名角投胎，没有喝孟婆的迷魂汤，仍然保持着过去的唱功，尤其是念白时大小嗓的结合，其间如水银泻地般的过度，有时连他这样的老戏骨都听不出来。

十四岁的时候，丁汝成入了"蓼风轩"戏班，跟随师父越玉生唱戏。老班主走南闯北那么多年，还没有碰到一个孩子有如此好的唱戏天赋，因此也着力教他。越玉生只知道丁汝成父母早亡，是个孤儿，以为是上天垂怜，才给了他如此好的嗓子。尤其是唱《马陵道》，一张嘴，这孩子就把外部的世界全都给忘了，他只活在戏里，活在角里。当他唱"孙膑机谋不可当，庞涓空使恶心肠，两个刖足之仇何日报，少不得马陵山下一身亡"时，越玉生觉得这个孩子活脱脱就是两千多年前的孙膑转世。

　　那几年，感觉除了窑湾镇，外面的世界乱成一锅粥。先是都督程德全宣告独立，进而邻省的白朗造反，远在地球那边的许多个国家也打了起来。紧接着，袁世凯当了皇帝，云南有一伙人不服，挥兵北上打了起来……窑湾镇似乎没有受到太大的影响，船只该来还来，该走还走。戏班照旧每晚唱戏，商铺照样每天营业。戏院里的客人，来自天南海北，聚在一起，常常把演出前的剧场，开成了一个个新闻发布会，真真假假的消息就从那里传了出来。

　　进了"蓼风轩"戏班，当年瘦弱的丁汝成就像是枯萎的木耳碰到了雨水，身子慢慢打开，渐渐地，要形有形，要样有样了。不久，名声传了出去，有些商帮、船帮和大户人家办堂会，冲着他的唱腔便请了戏班，这让班主越玉生非常欣慰，觉得自己没有看走眼。后来，只要知道他某天晚上唱《马陵道》，连"秋霞阁"的当家旦角小桃红如果有空都会跑来听。此时的丁汝成骨架有了，再着上戏服，脸上又化了妆，倒真看不出他还是个孩子。

　　或许是因为从小跟着唱戏的母亲生活，有一天，当丁汝成与小桃红的眼睛对上的时候，他的心里"咯噔"了一声。就像是一个石头被扔进了平静的池塘，一个十六岁男孩子的心，一下子乱掉了。埋藏在内心深处的恋母情感，一下子找到了寄托对象。此后，他在台上扮孙膑，面对观众时，他的眼睛，总是在人群中搜寻小桃红。冥冥之中自有感应，丁汝成总是能在人群中一眼就锁定小桃红，只要她在，丁汝成就唱得特别卖力，这一点，连他的师父越玉生都感觉出来了，每每敲打他，是不是开蒙啦？

心乱的岂止是丁汝成。见惯秋月春风的小桃红，年纪虽然不大，却也算得上阅人无数。那些倾慕者中，有一掷千金的土豪，有浪漫的文人，也有蛮横的军阀，但偏偏这个孩子让她的心跳无由加快。两个人的不伦之恋当然遭到窑湾镇上所有人的反对，包括丁汝成的师父越玉生。"她一个大你十来岁的过来人，究竟是怎么狐媚到你了？"师父声色俱厉地说，"真想找了，把戏唱好，这窑湾镇上的大户人家，娶个千金回来也有可能！"

九

二〇一八年的春天，为了调查失传的剪影戏，我来到了窑湾古镇。尽管高速公路、铁路、航空这些更为便捷的交通消解了窑湾作为京杭运河中转站的作用，但我依旧能够从这座古镇的建筑规模和鳞次栉比的商铺中看到它昔日的繁荣。在西大街，我甚至见到了开办于一九〇三年的"大清窑湾邮局"。邮局大门的右侧，有一个很多年没见的绿色邮筒，上面有插口，邮筒的下部，还有老式的插锁。不知道如果真丢一封信进去，会不会有人在远方收到。邮局的内部，结构与一百多年前没什么两样，我花了两元钱，在右边的柜台买了一个信封,卖信封的是位漂亮姑娘,她在信封右上侧一点二元邮票上面,用力盖上了圆形的"大清窑湾邮局"的邮戳,可邮戳下端的日期显示的却是"2018.4.11"。"大清""2018",这样的组合给我带来了一种奇异的穿越体验。

来到窑湾,站在如今修葺一新的大堤步行道向运河眺望,宽阔的水面上,远处有货船发出"噗噗噗"的声响。运河开通几百年了,窑湾镇有如一只小兽,吮吸着运河的乳头,然后渐渐长大。能够想象,许多年前,天南地北的人顺着运河而来,最后又有许多人借助运河离开,却在这座古镇上,留下了无数的典当行、钱庄、布店、工厂和槽坊。百余年前,当丁汝成来到窑湾的时候,运河大堤上甚至还有外国人开设的酒吧和咖啡屋,来自美、英、法、意等十来个国家的洋人在此淘金,他们与当地的中国人联合开设了一家家公司,有中美合资的美孚石油公司、中英合资的亚细亚石油公司、中法合资的五洋百货公司……我怀疑那个时候的窑湾,那些长着中国面孔的年轻人,见面时的问候也许不再是"吃了?"而是说"How are you?"

当年,运河上的那些帆船,有的来自京津,有的则来自苏杭,每一只船都有每一只船的故事,也有它们各自的命运。是小桃红告诉丁汝成,从窑湾坐船可以抵达上海。当然不完全从运河走,到了镇江,船要驶入长江。曾经,她坐在教堂外面的运河堤上,向丁汝成描绘过上海的虹口、江湾以及外滩,告诉他在那座遥远的城市里,男女恋爱了可以手拉着手,在宽阔的马路上走来走去。这应该是小桃红的暗示,她或许是盼望着能够与丁汝成私奔,逃往一座自由的城市,开始随心所欲的生活。但丁汝成显然没有做好准备,他还只是一个十七八岁的孩子,面对迷茫的未来,缺乏足够的勇气。

隔着百年光阴,我想象当年的窑湾,想象小桃红和丁汝成坐在一九一七年的运河大堤上,想象小桃红眯着双眼凝视着烟波浩渺的远方。傍晚时分,落日在运河上洒下了万顷金光,水面一片灿烂,但终究,那些金光和小桃红心中曾经丰盈的期盼一样,渐渐暗淡下去。

晚风拂来,带着这个季节固有的凉意。丁汝成与小桃红在大堤上坐到日暮时分,他能够闻到小桃红身上脂粉的香味,这让情窦初开的丁汝成心如鹿撞,他真希望就这样与小桃红在运河边坐到地老天荒,但晚上还有演出。分手的时候,小桃红告诉丁汝成,"夜猫子集"开的时候,她会去采买一些酒菜,如果丁汝成愿意,散场以后可以到她那儿去喝喝酒。

"夜猫子集"是窑湾的夜市,已经延续了数百年。"夜半开张,天明罢市",南北来的商船停靠在窑湾,脚夫们在夜间装卸货物,船上的水手也需在此采买生活用品,等到天明,一切便了无痕迹。当三更梆响,城门吱呀一声打开,吊桥徐徐落下,镇上商家像是约好似的,灯一盏盏亮了,店铺噼里啪啦打开。而天黑时就赶往窑湾的农民早已等候在城外,此刻他们一拥而进,带来自家种的菜蔬和养殖的鸡鸭。渡船开启,船上的桅灯映照着水面。镇上的石板路上,运送货物的大车驶过,屋外传来嘚嘚嘚的马蹄声和车轴转动摩擦出的叽咕声。当年的窑湾,很多时候,夜晚的交易甚至超过了白天。

我想象一百年前的某个夜晚,三更之后,来不及卸妆的丁汝成夹杂在赶集的商贩、农民、船夫中间,悄悄穿过街巷,来到小桃红的住处。是临巷的那种小院,僻静,低调,但进了门之后别有洞天。二楼的灯早已亮起了,是一种召唤,也是一种诱惑。拐进小巷的丁汝成毫无约会经验,他忐忑不安,站在小桃红的门外犹豫了好一会儿,才用弯曲的食指指骨,轻轻敲击了两下木门。作为邀请者和过来人,小桃红显然比丁汝成有经验得多,她算定这个年轻人会来,算定了时间候在了木门的后面,当敲门声犹疑着响起,她迅速把木门打开,让丁汝成闪入,再迅速关上。小巷又安静下来,就像一个石子沉入水中,细小的水纹散去,水面又恢复了平静。

　　酒菜是早已摆好了的,苏北一带寻常人家里常见的那种圆桌,周边是镂空的雕花,凳子隔着圆桌相对而放,没有过多的客套和言语,两人分头坐下。小桃红说了声"谢谢你能来",她端起酒杯,举过眉头,仰头,喝干。喝的是窑湾产的绿豆烧酒,味甜,容易入口,可也容易上头。等酒劲上来后,是丁汝成主动把凳子挪了过去,挨了小桃红坐在一起。四更天,远处的夜市依然热闹,丁汝成的头,靠在了小桃红的颈窝里。

　　"看大王在帐中和衣睡稳,我这里出帐外且散愁情。轻移步走向前荒郊站定,猛抬头见碧落月色清明……"小桃红柔婉的嗓音如水银泻地,让人听了心里泛起阵阵涟漪。

　　那天夜里,丁汝成梦见自己成了西楚霸王。

十

　　即使是像窑湾这样领风气之先的重镇,在二十世纪初,也很难接受小桃红与丁汝成那样的姐弟恋。都说"女大三,抱金砖",但那是父母之命,媒妁之言。像丁汝成这样的小伙子,真要找一个大自己十多岁的歌伎,还是会让镇上的人不太习惯。关键是,身子尚单的丁汝成也缺乏勇气和信心,最终,心灰意冷的小桃红归隐佛寺,去了马陵山上的碧霞宫,脱离红尘,与青灯为伴,做了一名比丘尼。

当年,也许是因为年少失恃失怙,才会让丁汝成对小桃红产生特殊的依恋之情。皈依碧霞宫的小桃红离开窑湾,走得无声无息,却把丁汝成的魂带走了。有那么几年,喧嚣热闹的窑湾镇对于丁汝成来说,就像是一座死镇,毫无生机。一切都提不起他的兴趣,丁汝成神思恍惚,演出时唱腔常常走调,好几次都遭到观众的嘘声,连班主越玉生都以为他要从此沉沦下去。

直到大赫五家的如玉出现。

以前不是没见过如玉,是没注意过。位于河北街的赫氏蜡染房,丁汝成经过的次数不下一百次。前店后坊的结构,染房在后面的院子里,前面则是一个蜡染布店。那时,受限于纺织技术,布店卖的布,大多是靛蓝染的布和白布。除了华丽的丝绸,蜡染算是高档的布料了。每当天晴的日子,赫氏布店外面,高高的晾架上会垂落下来一匹匹蜡染布,有青色的花纹和红色的花纹,与颜家铁匠铺窗楣上挂着的铁器一样,这些蜡染布都是活广告。

平时,店里看不到大赫五,他在后面的作坊里指挥工人们漂染,害怕有人把他家传的技术偷了去,用蜡刀蘸蜡液在白布上绘画的这一道工序,大赫五向来亲自做。画的除了几何图案外,就是一些花鸟虫鱼,这本不难,难的是蜡液涂抹的厚薄与多少,这直接关系到冰纹形成的效果。坐在店里的，通常是大赫五的妻子以及他的女儿如玉。

关于丁汝成与赫如玉的相识，马冰清曾经听她的外曾祖母赫如玉亲口说过："当年的窑湾，你外曾祖父不但戏唱得好，长相也是数一数二的俊！"

也许是命里注定的姻缘，那年春天，丁汝成在路过赫家染房时，突然刮起了一阵大风，晾架上的布料翻卷起来。害怕布匹被风吹走，赫如玉慌忙从店里冲出来，伸手去拉晾架上的蜡染布，但大风卷起的布匹，像蚕茧一样把她裹了起来，她什么也看不见，小姑娘跌跌撞撞，根本站不稳，是丁汝成过去帮她把布匹收回店里的。

大赫五从后面的院子出来，热情地邀请丁汝成坐一会儿，还让如玉给他上了一杯茶。寻常的茶盅，如玉端过来的时候，她的一双手让丁汝成的心里紧了一下。自从小桃红离开窑湾以后，还从来没有什么东西能够让他的心脏猛地一缩。那一双手让丁汝成的身体突然有一些僵硬，表情也不自然起来。

像是从漫长的冬眠中苏醒过来，丁汝成闻到了空气中一种奇怪的味道，那种味道让他突然有一些慌乱。本来，作为"蓼风轩"戏班里的当红小生，丁汝成可以说是泡在脂粉堆里长大的，见到年轻的姑娘并不怯场，但在赫如玉这里，他变得紧张，嘴笨，说话结结巴巴。

进入戏班唱戏十多年了，遇到有大型的船帮停靠在窑湾镇边的大运河上的，或者商会有重大的活动时，常常会有几个戏班同时被邀请去唱戏，所以窑湾镇上的那些戏班、小生和花旦彼此都很熟悉。戏班里也有长得乖巧的姑娘，她们较早接触风月，与普通的良家女子相比，早早就掌握了一套撩人的把戏，但是眼风、身姿和暗示，在丁汝成这儿都不起作用。当然，时常用身子撩拨丁汝成的，还是镇里几个妓院的花魁，她们风情万种，自信能搞定天下所有的男人。有时碰到那种有情调的客人，入夜之前愿意做一些铺垫渲染一下气氛，她们就会提出去"蓼风轩"听《马陵道》。曲终人散，丁汝成穿着戏装下来答谢来客，那些姑娘甚至能够当着她们恩客的面，公开挑逗丁汝成，伸手去捏捏他粉嫩的腮帮，或者用洒了香水的手帕扇在他的脸上，只要见到丁汝成躲闪和窘困的样子，她们就非常开心。

赫如玉的模样谈不上长得好，当然也不能说长得差，普普通通的一个姑娘，普普通通的长相。但她的那双手一直让丁汝成着迷。纤细又丰润，洁白又有生机，小巧、灵活，无论动和静都是那么妙不可言。有时，丁汝成会想，这双手要是配在小桃红的身上，那真不知道会是怎样的美妙绝伦。

婚期很快就订了下来。过门的那天，赫如玉的嫁妆，无论是箱笼、茶盘，还是脸盆、镜子，都贴上了她的剪纸，有二龙戏珠、八仙庆寿、观音菩萨坐莲花，尤其是装被褥的紫檀木箱上，贴着的是《白蛇传》的故事，许仙、法海、白娘子和小青，每个人都像是活了似的。赫如玉告诉过自己的重外孙女马冰清，按照窑湾人的习俗，大婚的这天，是要请戏班来唱戏的。以往，都是丁汝成唱给别人听，这天他大喜，只能与如玉在洞房听"秋霞阁"的伍云唱《西厢记》。

小桃红走了以后，在窑湾，除了伍云能够唱《西厢记》里的崔莺莺，"紫菱洲"戏班一个叫李秋苹的小姑娘也能唱，但两个人的唱腔比起小桃红差远了。在那个遥远的洞房花烛之夜，丁汝成听到那熟悉的唱词，想起了马陵山上与青灯做伴的小桃红，也许会感到一种难以排解的惆怅。

<h1 align="center">十一</h1>

马冰清的祖母丁蜡梅是个遗腹子，她出生以后从来没有见到过父亲，有关父亲丁汝成的一切，均是母亲赫如玉告诉她的。

或许是当年在大运河边听小桃红说从窑湾坐船可以抵达上海。二十七岁那年，丁汝成坐上了洋人的小火轮，顺着大运河，一路往东南，去了当年的十里洋场。第一次去到远比窑湾镇繁华的大都市，漫长的水路行程，丁汝成时常想起小桃红来。千里水路思绪万千，到镇江后，丁汝成转乘通往上海的大船，江面变得宽阔起来，宽阔到两岸的小镇和村庄看上去都是那样的模糊。

在上海虹口上的岸。苏州河上，乍浦路桥正在修建，桥身已经建好，两侧的支架尚未拆除，它庞大的体量让丁汝成吃了一惊，抬头再看四周的高楼，挺拔、雄伟，都不知道是怎么修建起来的，难怪窑湾镇只能被称为"小上海"。

沿途寻找住处，走过了乍浦路、天潼路、熙华德路，最后住进了百老汇路口的礼查饭店。命运在那时已经有了暗示。途经熙华德路时，丁汝成看到九大药坊的房顶上有高高的晾架，他猜测药坊的后面一定是个染房，那个晾架上搭着色泽鲜艳的蓝印花布，从上面垂落下来有如古代皇帝戴在头上的冠冕。丁汝成驻足眺望，眼前的布匹让他想起了窑湾赫家的染房，想起晾架上垂落下来的那些蜡染布匹,甚至短暂想起了赫家那位时常去"蓼风轩"听他唱戏的小姐。丁汝成只是没有想到不久之后,他竟然会成为染房老板大赫五的女婿。

找到落脚之处,安顿下来的丁汝成迫不及待出了礼查饭店,在大街上东张西望。这座城市的一切都让他感到新奇,难怪当年小桃红会对它那样向往。或许是职业原因,那天晚上,丁汝成走进了离驻地不远的虹口大戏院。他发现这儿的戏台与窑湾的不同,观众的座位比戏台要高,这让丁汝成觉得别扭。在窑湾,他所在的"蓼风轩"戏班的戏台,不仅比观众坐的地方要高,而且木制的屏风将前后台分开。每一次进戏院,一抬头,丁汝成就能看到戏台上端的直匾,上面颜体书就"半入云"三个大字,端正、庄重,匾额的四周雕饰有各种龙凤花卉。左右两侧的台柱上,那副对联丁汝成一直铭记于心:天地无私,贵贱皆为角色;古今如梦,往来只换衣冠。

而上海虹口大剧院的戏台,上面空空如也,只拉了一块大大的白布,看上去有些简陋。

尽管在戏台上唱了十多年的戏,但是当默片《盘丝洞》开始放映时,丁汝成还是大吃一惊。他想不通幕布上的人为何会动,像真人一样。早些年,他刚到窑湾的时候,西大街临近运河的空地上,正在兴建一个规模巨大的天主教堂。主持教堂修建的德国神甫在丁汝成看来,完全就是一个怪物,个头高大不说,还一头卷曲的头发,蓝色的眼珠,高高的鼻梁,手臂从黑色长袍下裸露出来的时候,还能看到上头密密麻麻金黄色的汗毛。

神甫从遥远的德国带来了一架"西洋镜",是一个四面都有两只镜洞的大箱子,就放在界牌楼前,只需交一个铜板,就能从两个玻璃孔洞中见到里面的幻灯片。一旁的黑板上,用粉笔写着:今日上映海外大片《猫与老鼠称兄弟》《大鲤鱼逮小鸟》。后来,入乡随俗,西洋镜里的幻灯片增添了中国故事:《猪八戒背媳妇》《武松打虎》,但镜子里的内容单调,又没有声音,只能靠幻灯片下面的那行文字来解说。

默片《盘丝洞》给丁汝成带来的冲击远比第一次看到"西洋镜"还要大,他发誓要搞清楚唐僧师徒为什么能够爬到幕布上不掉下来。就为这个原因,他在虹口大戏院待了几天。一开始,他怀疑唐僧师徒四人是不是藏在白色幕布后面,但是悄悄绕到幕布后,丁汝成发现戏里的人,还是挂在幕布上,就像是几个人的魂魄在幕布上显灵,神奇得如同一个魔术。

直到他用两块银圆,贿赂了戏院的放映师,那个一直拒绝丁汝成进入屋子的放映师才和颜悦色起来,他让丁汝成看了他视为宝贝的百代九点五毫米手摇电影放映机,还让丁汝成摸了摸。"法国产的呢!"放映师很自豪地说,"新鲜玩意儿,可宝贵了,阿拉上海,现在就只有这一台。"

但对小胶片上那些隐约的图案,怎么会变成幕布上会动的人,丁汝成把脑袋想疼了也找不到答案。两块银圆终究还是起了作用,他被允许留在放映室里,看放映师是如何装片、换片、放映,并加以解释,这才渐渐明白了这个新鲜玩意儿不是魔术,而是电影。

从大戏院回到礼查饭店,丁汝成一直难以入睡。影戏《盘丝洞》带给他的震撼太强烈了,以至于一闭上眼睛,就是唐僧师徒西天取经的情景。而他在大剧院里看到的美人蕉留声机,更是令他开了眼界:一个旋转着的碟片,声音从巨大的喇叭里传出来,有《四郎探母》《捉放曹》《洪洋洞》,就像是那个小小的黑匣子里,躲藏着无数的小生和花旦。这让他想起了十二岁离开土城的那个夜晚,在马陵道上,大雾中,他听见的兵戈声。

那一年,丁汝成在上海待了一个多星期,离开时,他已经从默片《盘丝洞》里看出了端倪,并为此深深着迷。他发现几天前让他大感不解的电影,其实就是一张张闪过的幻灯片。"一秒钟闪过十六帧,"放映师很内行地说,"银幕上见到的人就会像真人一样。"

应该是二十四帧。几年以后,丁汝成在窑湾琢磨他的剪影戏,一遍遍地试验,他发现,一秒钟得闪过二十四帧,银幕上的人,动作才能与现实中的一样。

十二

如果不是娶了蜡染布铺老板的女儿,丁汝成不会想到去弄剪影戏。婚后,赫如玉带来的嫁妆上所贴的剪纸,已经让丁汝成感到意外。运河流到窑湾一带,无论是镇上还是乡村,剪纸都是姑娘出嫁前,除女红之外需要掌握的一门技术。花草鱼虫、日月星辰,都会有姑娘剪得不错。

结婚之后,每天晚上,丁汝成还去越玉生的"蓼风轩"唱戏,但他时常会想起婚前的上海之行。赫如玉出神入化的剪纸,让他想到,有没有可能创造一种剪影戏?丁汝成找到窑湾美孚石油公司的经理顾·彼德,他是个法国人,天主教徒,礼貌、和蔼,遇到稍微

694

熟悉的人就先笑,每个星期天都会到大教堂去做礼拜。丁汝成托他从法国返回的时候,帮忙买一台电影放映机,另外还要一些透明的胶片。

两个人当时还没有孩子,赫如玉每天都有大把的时间,按照自己在戏班听到的故事,用一把金黄色的小剪子,剪红娘、剪崔莺莺、剪虞姬和窦娥。除了剪纸和伺候丁汝成,赫如玉的其他时间,就用在吃斋念佛上。

一直没怀上孩子,赫如玉什么偏方都试过了,肚子一点动静也没有。丁汝成不急,赫如玉却非常苦恼,她甚至建议丁汝成娶个小妾,百年之后好有人承续香火,但被丁汝成拒绝了。对于自己的家世,丁汝成曾经对赫如玉讲过。时隔许多年了,每当他想起大娘来,身子还会不停地发抖。

"我这辈子是不会纳妾的!"他拥着赫如玉说道。

两人卧室的右边,是一道窗子,左手进门有一块空地,赫如玉先是剪了一幅送子观音像贴在墙上,后来觉得不够恭敬,又在镇上的庙里请了一尊观音菩萨回来,木雕的,请人做了供台,每天都敬香,敬水果。赫如玉很虔诚,每次在观世音菩萨的像前跪拜,她都会净手,换上洁净的衣服。

"弟子现在受到苦恼,祈愿观音菩萨,千眼照见,千手护持。加持弟子能求得福德智慧之子,弟子发愿以后每天念《普门品》……"每一天,都能听到赫如玉跪在蒲团上低声祈求。

直到有一天,有人告诉她,马陵山的碧霞宫烧香灵验,赫如玉才第一次去了那个地方。恰好是春天,万物复苏,路边不时能见到开得繁盛的桃花和李花。两个轿夫抬着,使嘴的丫鬟步行跟在轿子后面,赫如玉还从父母的染坊要了个年轻的伙计跟着。一路上,赫如玉不时掀起轿帘,往外面眺望。丈夫十二岁从马陵山逃到窑湾镇的事给她讲过多遍,她担心从马陵道经过的时候,也会碰到大雾弥漫和过阴兵。

两个轿夫在这条道上走了许多年,熟悉这条路的每一道坡坎,他们告诉赫如玉,阴兵从马陵道上过的事,通常只发生在晚上。大白天,他们走过几百次了,从来没有遇到过。

碧霞宫的净尘,赫如玉小的时候见到过。她还是"秋霞阁"当家花旦小桃红的时候,唱虞姬,唱崔莺莺,还唱过《玉簪记》中的陈妙常。陈妙常原为金陵女贞观的尼姑,与赶考书生潘必正一见钟情,历经磨难最终修得正果。小桃红扮陈妙常时,也许没有想到,此生会去碧霞宫削发为尼。赫如玉还有印象,有那么一段时间,丁汝成与小桃红的事弄得窑湾尽人皆知,成为镇上戏迷们饭后的谈资。赫如玉婚前也曾在意过这件事,后来问过丁汝成,丈夫不愿多谈,渐渐地她也不再挂在心上了。现在去碧霞宫烧香,赫如玉一门心思在怀孩子上,已经不太在意丈夫与那个老尼的传闻。

不知道是有人走漏了消息,还是如今的净尘有了非凡的法力,当赫如玉一行人来到碧霞宫前,净尘已经等在那里了。与记忆中的小桃红判若两人,眼前的净尘面皮白净,超凡脱俗。轿夫被打发走了,随行的伙计被安排去住了泉潮律院,碧霞宫只给赫如玉和随行的丫鬟安排了庵房。已是黄昏,碧霞宫一片静谧,太阳西下,阳光在地上投下庙檐长长的影子。净尘把赫如玉带到大殿观音菩萨的圣座前,跪在蒲团上。净尘手持佛珠,低声祷告:"大慈大悲救苦救难的观世音菩萨,有施主受到求子困扰,祈求您加持,

《法华经》说，若有众生，受诸苦恼，闻是观世音菩萨，一心称名，观世音菩萨即时观其音声，皆得解脱。"说完，她伸手抚摸了一下赫如玉的头顶，转身出了大殿，轻轻地把门带上了。

赫如玉在碧霞宫住了三天，每天祷告结束，净尘都带她逛马陵山。回到窑湾镇以后，赫如玉用剪刀记录了她去马陵山求子的过程，有碧霞宫善男信女赶庙会的情景，有山顶泉潮律院鳞次栉比的建筑，有三仙洞，有乾隆爷御题的"第一江山"，还有净尘比丘尼的剪影。虽说赫如玉曾看见小桃红在戏台上扮演虞姬已过去多年，但她还是在一张三尺红纸上，将虞姬歌罢自刎剪得活灵活现，尤其是虞姬的侧影、身姿，一看就让人想起鼎盛时期的小桃红。

本以为会很快怀上孩子，可肚腹依然紧凑，没有一丁点人们所说的怀了孩子的迹象，不想吃酸东西，也不发呕，一切和往常没什么两样，赫如玉不由得沮丧万分。后来，还是丁汝成帮她解开了心结。"我梦到观音菩萨了，"一天早晨，丁汝成醒来，对正跪着念《普门品》的赫如玉说，"菩萨说了，你只要帮我剪完《马陵道》，就赐儿子给你。"

以前，赫如玉也曾跟着母亲去听过戏。她喜欢听的是《西厢记》和《牡丹亭》一类的故事，对于《马陵道》，在嫁给丁汝成之前，她虽然听过，却没有认真听它的唱词。在她看来，《马陵道》讲的，是一对师兄弟反目成仇的故事，血腥、残暴、凶巴巴的，听过之后害怕，晚上连觉都睡不好。但成婚之后，丁汝成固执，执意要教会赫如玉《马陵道》的唱词，每当有《马陵道》演出的时候，他必定带赫如玉一起去听。花了两三年工夫，赫如玉不仅能够用小生的声调唱《马陵道》，她还真给丁汝成用纸剪出了《马陵道》。按透明胶片的尺寸剪的，同一个场景里，每一帧都相似，但又有些细微差别，丁汝成粘贴的时候数过，有上万张之多。

如愿以偿，赫如玉果真在完成《马陵道》的剪纸后怀上了孩子。

十三

一九四〇年以前，窑湾镇没有人知道湘记百货店的老板朱廷湘是日本人，原名叫伊藤正夫。他多年前来到了窑湾，在中宁街上开了湘记百货。店面虽然不大，却是五脏俱全，除了卖搪瓷盆、口缸、刀剪、洋皂、洋火等日用百货外，还卖绸布。他卖的绸布，色泽鲜艳，布上的那些海棠、月季、荷花以及玫瑰，看上去就像真的一样，引得窑湾有钱人家的女人，做梦都在逛湘记百货店。当然，价格也不是一般人家能消费得起的。朱老板的百货店，不二价。他告诉窑湾人，他有渠道，能从当时上海最大的先施百货公司进到各种流行的东西。

朱老板的生意红火，他雇的几个店员也特别敬业，所以百货店也不要他操太多的心。平时，他胸前挂着一个徕卡相机，在窑湾周边游荡，偶尔抬起相机来拍几张照片。几年时间，他摸清了窑湾镇上每一家商号、酒肆、粮行、钱庄的营业情况，掌握了数以百计各种作坊的产出，了解了窑湾镇以及周边张楼、王楼，运河对岸胡圩、黄墩的各种物产。举个例子，镇上最有名的赵信酱园店，他对它在南京和镇江两个分号的收支，甚至比店主还清楚。此外，他还成功地为丁汝成买到了一台西门子发电机，带回来的那天，镇上的人都来看稀奇，尤其是夜晚，发动机轰鸣，剧场台子上悬垂着的那只灯泡，可比马灯亮得太多了。那是一台一千瓦的小型发电机，专供电影放映用。那是一九三三年，窑湾镇商业繁荣，每天都有数以千计的人沿着运河而来，像鱼群一样，消失在窑湾这座声名远播的温柔乡。丁汝成的光明剧场开设在戒赌桥的那一边，位置比较偏僻。但是这个稀奇的玩意儿还是让窑湾人趋之若鹜。唯一的遗憾，是幕布上的图像与幕布下那个开着巨大喇叭花的留声机里发出的配音，总是很难完全同步，但是好奇心让绝大多数的人忽略了它的不足。

二十世纪三十年代初，歌舞升平的窑湾，人们认为朱廷湘是个脾气温和的生意人，他会说武汉话，还是个戏迷，熟悉窑湾十七家戏班里的每个老生、小生和旦角，当然也熟悉另外十多家妓院的营生。一九三八年，日本人进驻窑湾后，他还做了一桩在当时引起轰动的皮条生意。为此，他的湘记百货店受到"皇军"的特别保护，在许多商人关门逃走之后，湘记百货店仍然正常营业，而且生意越发红火，成为窑湾镇当时建设"大东亚共荣圈"的典范。

江苏整体沦陷的那一年，日本人没有费一枪一弹就占领了窑湾。几乎是一夜之间，运河大堤北边的青色砖墙上刷满了标语：天皇万岁、建立大东亚共荣圈……短暂的动荡之后，这座古镇又恢复了往日的平和，并且呈现出一种虚假的繁荣。日本人有意将这个水陆码头建成大东亚的治安典范，尽管生意相对之前已经冷清不少，往来窑湾的商贾也骤减，但主政窑湾的日本人大垣一雄少佐要求，不管生意如何，每一家戏院都要照常营业，偶尔，他还会带着他的日本兵去捧场。

占领窑湾的日本人，征收王家的当铺做了维持会的办公地点，而五十多个日本兵的营房，与丁汝成的光明剧场就只有一墙之隔。都说衙门口无生意，窑湾本地有人过来看剪影戏的时候，碰到几个喝得醉醺醺的日本兵，他们抬枪就打，所幸酒喝多了，眼线吊不准，没有打中。自从日本人来了之后，光明剧场的生意日渐惨淡，尽管如此，为了讨好大垣一雄，日本人刚驻扎过来的时候，丁汝成还专门给他们放了专场，放的自然是剪影戏《马陵道》。

第一次看剪影戏，那些脸上稚气未脱的日本兵看得津津有味，东方大国发生的古老故事，一些受过教育的日本兵偶有所闻。尤其是大垣一雄，他迷恋上了剪影戏，不时就会摸过光明剧场来听戏。门票，丁老板自然是不敢收，还得给他专门腾个雅座，配些瓜子、点心和茶水。

大垣一雄对《马陵道》拷贝上的剪纸赞叹不已，称赞这是他见过的最为精美的纸艺杰作。尤其在得知那些剪纸出自丁汝成的妻子之手后，大垣一雄抱过来一厚沓红纸，让赫如玉给他剪《三国演义》和《水浒传》里的人物。逢到元日，也就是中国的春节，他还会要求赫如玉给他剪窗花，一副入乡随俗的样子。因此窑湾镇上，人们都说湘记百货的朱老板、光明剧场的丁老板，两人都是"皇军"的红人。

十四

与光明剧场日渐冷落的生意形成反差，湘记百货的生意丝毫没有受到战乱的影响，生意比日本人到窑湾前还兴隆，尽管价格高得离谱,但有些东西是生活必需品,还得买。所以,朱老板情理之中就做了维持会的会长。在他的大力维持下,窑湾镇上那几家洋人开设的商号也照常营业,只要他们有本事弄到紧缺的洋油、猪鬃、医疗药品、布匹和稀有金属,朱会长总是能让那些来源神秘的物资顺利出手,并让那些提供货物的商家获得丰厚的利润。直到一九四五年八月日本无条件投降前,湘记百货店的功能,实际上就是通过窑湾繁荣的商贸,替日本人组织必要的军需物资。

后来,丁汝成发现一个奇怪的现象,如鱼得水的朱会长在大垣一雄面前极为谦卑,每说一句话,他的身子都要矮一下,满脸还堆着谄媚的笑,大垣一雄则做出倨傲的样子。但只有两人在的时候,情况似乎颠倒过来。在维持会,丁汝成亲眼看到大垣一雄双手给朱会长敬烟,给他点烟时也一脸的仰慕,完全没有了人前趾高气扬的做派。直到有一天,他听到两人用流利的日本话交流,站在屋外的丁汝成才像是悟过什么来。

发现丁汝成偷听的,是朱会长。但是出门查看的,却是大垣一雄。那一次丁汝成到维持会,是想请朱会长帮他买点洋油。美孚的戴维斯、亚细亚的威廉、五洋的亨利都说,他们的洋油只能卖给朱会长。没有油,发不了电,丁汝成的光明剧场就要关门,他心急如焚,贸然闯入。他没有想到大垣一雄会在维持会,更没有想到朱会长能说一口流利的日本话。

更为尴尬的是,丁汝成的出现,让大垣一雄被迫迅速改变角色,但他还没有从刚才的语境里摆脱出来,因此在告辞的时候,他称呼的不是朱会长,而是伊藤君。是听到朱廷湘的鼻音后,他才慌忙改口称朱会长的。

简短说明来意，朱会长很干脆，答应给丁汝成弄几桶洋油。他的脸上堆满笑意，一如既往让人感到亲切，还发了支哈德门香烟给丁汝成点上。他简短地询问了光明剧场的营业情况，感慨乱世，什么生意都不好做。

日本人来到窑湾以后，《打渔杀家》是不能再演了，因为里面反抗的味道太浓，而《四郎探母》是每一家戏班都必须演的，原因当然是有利于中日亲善。当时的窑湾小学，日本人对老师教什么不教什么做了严格规定。丁家骐就记得小的时候写过的作文《日慰信》，主要的内容就是"皇军"辛苦，大东亚共存共荣什么的。

从维持会会长的办公室出来，跨门的那一瞬间，丁汝成狐疑地回过头去，恰好看见朱会长阴鸷的眼神盯着他的后背，他当即身子僵硬，吓出了一身冷汗。

也就是从偶然知道朱会长是日本人的那天开始，丁汝成就预感到要出事，但不知道会出什么事。他的紧张和不安传递给了妻子，使得赫如玉每天都跪在蒲团上求观音菩萨保佑。念的不再是《普门品》，而是《金刚经》或者《大悲咒》，自从帮丈夫制作完《马陵道》的剪影戏后，她的肚子就再也没空过。短短的几年时间里，她生了三个儿子，眼下肚子里还怀着一个。赫如玉希望是个女儿，布店出生的女人，有一手好女红，她梦想着能够给女儿缝制好看的衣服。

终于有一天，大垣一雄再次登门来了，这是丁汝成意料到了的。他十二岁离家来到窑湾镇，年纪轻轻寄人篱下，这让他比一般人更敏感，也更懂得察言观色。在丁汝成的堂屋，宾主在八仙桌的两旁坐定，得到示意的下人还专门泡了一壶明前的龙井，用的是景德镇天义华瓷坊产的青花玲珑瓷，杯体上有一些半透明的米粒，大垣一雄感到很神奇，将那只装了茶水的杯子放在手中认真把玩。

"丁老板是位遵纪守法的良民哪！"大垣一雄低头喝了一口茶，抬起头来时满脸笑意，"应该为建设大东亚共荣圈做点贡献，你说是不是？"

"一雄太君的意思是……"丁老板摸不清楚这个日本少佐来的意图，他心怀忐忑，一头雾水。

大垣一雄说他来到窑湾后，对中国文化有了更深的了解，尤其是看了多次《马陵道》，也听了《马陵道》的戏，他有了一个想法。

"丁老板，你说孙膑与庞涓本是师兄弟，为何后来非要弄得个你死我活？"大垣一雄说，"我的士兵们来到中国，不是为了战争，而是为了和平，为了大东亚共荣而来！"

"太君的意思是……"丁汝成心里打鼓，不知道这个日本人口袋里卖什么药。

"我在你的剧场看过《马陵道》，能不能不要那么血腥和暴力？"大垣一雄微笑着说，"再过一个月，就是天皇的生日，那是我们每个得到天皇护佑的人的节日，所以，我准备在窑湾隆重庆祝天长节，为此我准备在丁老板的戏院，为窑湾的良民放映你的《马陵道》，只是结尾恐怕要修改一下。"

"怎么改啊？"这个提议让丁汝成不知所措。

"是这样，"大垣一雄放下茶杯，"你看，这个是孙膑，这个是庞涓，"他把自己的左手右手握在一起接着说，"两个人虽然有点误会，可最后冰释前嫌，像我的左手和右手一样，又成为朋友。"

"这怎么可能改呢？"丁汝成解释说，"历史上发生的故事，就是孙膑受了陷害，最后在马陵道上杀了庞涓报仇的啊！"

"历史也是人写的，"大垣一雄说了一句相当有哲理的话，并且为自己的这句话感到得意，"你的，不觉得，我们正在改写历史？"大垣一雄说"我们"的时候，用右手食指指着自己的胸口。

丁汝成知道，大垣一雄嘴里所说的"我们"，并没有包括他这个中国人。

十五

院子里很安静，天井右侧的围墙边，金属水龙头，每隔五秒钟就有一滴水掉落下来，水管下面的锑盆里，已经盛了半盆水，水滴落下，波纹向四面散开，好像是水中有一颗透明的小心脏在跳动。慈眉善目的老太太坐在屋檐下，她戴着一副老花眼镜，一头烫过的鬈发已经发白，给人感觉安静而平和。

午后时分，太阳当空，天井中阳光朗照的地方像一个梯形，特别耀眼，而瓦当与瓦槽投在地上的剪影也格外清晰。两个小时之前，我提着马冰清为祖母买的糕点寻找到了这里，我讲明了来意，然后坐下来陪孤独的老太太聊天，引导她回忆传闻当中的丁汝成。

老太太就是丁汝成的女儿丁蜡梅，如今住在运河对岸的新河镇，自从母亲赫如玉去世以后，她就很少再去马陵山，去了，也不与自己的哥哥丁家骐联系。老人七十多岁，曾经做过新河镇小学的老师。据马冰清说，她奶奶一辈子谨小慎微，不善与人交往。

我对老太太说,这段时间我一直在马陵山和窑湾一带查找她父亲丁汝成的信息,想了解他当年创造的剪影戏。

"老人家,您不觉得它与剪纸动画片有很多相似的地方吗?"我说,"可惜它在二十世纪三四十年代出现过一阵就消失了。"

"我是遗腹子,对父亲没印象,"丁蜡梅说道,"你说的剪影戏我听母亲说过,但我从来没有看过。"

"剪纸动画片呢?剪纸动画片《猪八戒吃西瓜》看过吗?"我问老太太。

"没有。"老太太将鼻梁上的眼镜扶正说。

"《金色的海螺》呢?"

"这个看过,'文革'前看的。"

"那是一九六三年拍摄的剪纸动画片,第二年还获得了亚非电影节的卢蒙巴奖,"我不无遗憾地告诉丁蜡梅,"老人家,您父亲可惜了,他要不那么早就过世,那他发明的剪影戏,一定会进入中国电影史的。"

丁蜡梅望着我,似乎陷入对往事的追忆中:"你说的剪影戏,其实我母亲出的力更多,上万张的剪纸,花了她两年多的时间才剪完。"停了一会儿,丁蜡梅又说,"母亲告诉过我,说如果不剪出《马陵道》,她就怀不上孩子。"

"如果剪影戏保留下来,您母亲也会因为它进入中国电影史的。"我说。

"我母亲只负责剪纸,"丁蜡梅眯起双眼,仿佛这样一来,她就能看到身后早已远去的时光,"曾经有日本人来,要重金买我母亲剪的《马陵道》,说我母亲的剪纸了不起。"

"那是！您母亲的剪纸真是精美，我在您孙女马冰清那儿见到过几张，很难想象那么复杂的图案，她是怎样用一把剪刀剪出来的。"

"不是一把剪刀就可以的，"丁蜡梅告诉我说，"剪纸会用到不同规格的剪刀，还需要刻刀和垫板，有时还得借助圆规、尺子、铅笔、橡皮擦甚至订书机。"丁蜡梅做过小学老师，对这些教学用具如数家珍。

"您老也是剪纸的高手吧？"

丁蜡梅的脸上突然有些羞赧，说："我从来没学过，母亲也没教过我，不会剪，还不如我的孙女呢，她剪得好。"

丁蜡梅是遗腹子，父亲失踪半年后，她才出生。也许是从来没有见过生父，她对父亲格外好奇，年少时，她就有些偏执地收集关于父亲丁汝成的一切，他的照片、用过的烟斗、毛笔抄写的《马陵道》剧本、他留下的日记、早已失声的百代牌手摇电唱机……还有父亲点点滴滴的传闻。

正是因为丁蜡梅的讲述，我对丁汝成二十世纪在窑湾的生活才有所了解，从而也有了想象的依托。按照丁蜡梅的说法，她父亲丁汝成是一九〇〇年出生的，大她的母亲赫如玉刚好十岁。

在来新河镇之前，我不但去找过丁家驹，也去找过丁家驹和丁家骥，但都没有得到什么有价值的信息。在新沂市的香韵茶室，马冰清对我说，她奶奶家的历史一团乱麻，恩怨情仇根本理不清楚。她的大舅爷爷丁家驹，在她外曾祖父失踪的那年只有七岁，在窑湾镇上的初级小学上二年级，是从他的口中，日本人才得知丁汝成离开窑湾古镇后，去了马陵山。等后来长大，每当有人提及马陵山,提及上面的泉潮律院,提及一九四〇年初夏马陵山上的那场大火,丁家骐就会变得沉默。在他的另外两个兄弟看来,如果不是他透露消息,他们的父亲就不会死于那场大火,而他们的童年,就不会遭受那么多曲折。

"他们都不知道实情!"当我再次见到马冰清的时候,她告诉我说,她的外曾祖父当年失踪其实另有隐情!

十六

回到一九四〇年的春天。尽管丁汝成明白东洋人大垣一雄的意图,却不愿意为他修改《马陵道》的情节。第二次再谈这件事的时候,就不是在丁汝成的光明剧场了,而是在王家当铺,也就是当时的窑湾维持会。当铺的窗口,正对着大门,柜台内外的高差很大,大垣一雄坐在里面的高凳上,丁汝成站在柜台外面,他仰起头来,只能看到大垣一雄的下巴。话还是上次说的那些话,可听起来就是觉得那么别扭。当然,既有彼此位置高低悬殊带来的压力,更重要的是,这次大垣一雄的口气听上去不像是交谈,而是命令。

我后来查访过大垣一雄的信息。那个当年驻扎在窑湾的日军少佐曾在中国东北生活了多年,他的父母是日本第一批开拓团的成员,民国四年(一九一五)离开北海道,来到了黑龙江的方正县,住在伊汉通乡的吉兴村,也算是个中国通。当他以命令的口吻要丁汝成在天长节前把《马陵道》修改完,丁汝成就怀疑,是不是大垣一雄在听戏的过程中,把老是侵略邻邦地界的魏国,想象成日本了?丁老板当时还没有想到要离开窑湾,他知道胳膊扭不过大腿,假意答应大垣一雄,说改动剧情,需要一段时间排练,银幕上的影子倒好调整,但是唱腔,都唱过几百上千次了,要改过来,的确不是一天两天的事情。

丁蜡梅告诉我,她母亲为此还新剪了不少纸,但还来不及按修改的剧情将剪纸粘贴在透明胶片上,就出了事情。

一九四〇年三月的一天中午,就在窑湾热闹的西大街,离维持会不远的地方,朱会长被人刺杀了。据当时西大街的一些目击者说,他们看到朱会长从东边一路过来,不时还与碰到的熟人打招呼,可就在过了邮局不远,还没走到界牌楼,他就捂着腹部瘫倒下来,手中提着的一个洋瓷口缸掉到了石板路上,叮叮当当的声音立即引起了许多路人的注意。

人们围了过去,这才注意到朱会长灰色的长衫下面,有血淌了出来,顺着石板与石板连接的缝隙,流向了街边的低凹处。他头上的黑色礼帽滚落在一旁,斜靠在路边的沿坎上。阳光照耀着朱会长发白的脸,他的额头抵在光滑的石板上,眼睛半睁,一脸困惑。"杀人啦!"一个女人的尖叫声像警笛一样响起,就像朱会长是一颗即将爆炸的炸弹,围观的人群轰的一声散去,逃至街道两侧的房檐下,他们看到朱会长的脚一下又一下地抽搐,仿佛在费劲地蹬着一辆看不见的自行车。

窑湾沦陷两年之后,运河边这座人来人往的古镇和以往有了一些不同。能够感觉到波澜不惊的水面下,几股力量正在暗中较劲。有日伪特务,有军统的杀手和新四军的秘密情报人员。除此之外,还有那些痛恨汉奸而且不按常理出牌的江湖豪侠。朱会长命丧何人之手,在当时是个谜,后来也一直是个谜。因为直到抗战胜利，也没有人站出来为这桩刺杀案负责。直到死，人们都以为朱会长是个汉奸，而不知道他其实是个日本人。

消息传到宪兵队，大垣一雄下令封锁了窑湾镇的所有出口，开始清查嫌疑人。但就像是一粒沙子混进了一堆沙里一样，要将刺客从数以万计的人中寻找出来，这成了大垣一雄几乎不能完成的任务。他坚信，一定是有人透露了朱会长的日本人身份，才导致伊藤正夫遭人暗杀，因为附近无论是邳州、睢宁，还是宿州和沭阳，都还没有碰到维持会会长遭刺杀的事情。

丁汝成是大垣一雄怀疑的人之一。之前他一直觉得丁汝成就是个唱戏的，胆小、怕事，像女人那样长得细皮嫩肉。伊藤正夫曾经告诉过大垣一雄，说早在他到窑湾做生意之前，丁汝成就在这儿的戏班里驻唱了，听说以前他与一个大他许多的花旦的事闹得沸沸扬扬。但当伊藤正夫被人刺杀之后，大垣一雄总是觉得丁汝成哪儿不对，他怀疑是否那天，他与伊藤正夫在维持会里商量事情时，丁汝成发现朱会长是日本人。大垣一雄设下了一个圈套，他故意放风出去，说朱会长的死与丁汝成有关，然后派人秘密监视丁汝成，如果丁汝成不跑，那他的嫌疑可以排除，如果跑的话，那就脱不了干系。

戏院老板这个职业，接触的人三教九流，人来人往中，丁汝成的身份也变得扑朔迷离。隔着七八十年的时光，伊藤正夫的死更是成了一桩悬案，在我调查的过程中，丁家骐三兄弟都愿意相信当年维持会的朱会长被人刺死与他们的父亲有关，那样的话，丁汝成当年真在马陵山上的泉潮律院被烧死，就带了几分英雄主义的气息。但是我翻阅窑湾、马陵山以及现在新沂的许多历史资料，也无法确定丁汝成死于一九四〇年马陵山上的那场大火。

十七

我能够想象得到,维持会的朱会长,也就是日本人伊藤正夫被人暗杀以后,就有一把剑悬垂在丁汝成的头上,让他寝食难安。三十六计,走为上策。丁汝成决定找个地方避上一段时间。之前的半个月,他做过一个奇怪的梦。梦里,黑压压的蝗虫像乌云一样,顺着运河飞过来,遮天蔽日。那些昆虫振动着羽翅,密密麻麻落在了窑湾镇上。醒过来的丁汝成把噩梦告诉给了赫如玉,他担心有什么大事要发生。

做出离开窑湾的决定后,丁汝成开始秘密准备,他布下疑阵,放风说自己要去上海购买新式的电影放映机,又说准备搭船沿运河北上去北平学电影拍摄,而当丁汝成失踪以后,赫如玉曾悄悄对孩子们说,他们的父亲去了马陵山上的泉潮律院出家做了和尚。

当年,为了迷惑日本人,丁汝成是动了点心思的。他在逃离窑湾时,选择的是出南哨门,给人的印象是丁老板晚餐后出门散步,不久就会返回。那是一九四〇年四月一个平常的黄昏,丁老板吃过晚饭后,离开剧场,来到镇里的中宁街。途经颜家铁匠铺的时候,他还停下来,问店里的伙计能不能打一根大门的插销。铁匠铺宽阔的门楣上,挂着打制好的铁器,有铁勺、板铲、锄头、镰刀、耙齿以及船上用的铁锚与铁链。这些铁器,有的是专门定制的,打好以后,顾客还没来拿,就挂着当广告。屋子的一角,风箱呼哧呼哧鼓着气,极有节奏,炉里的火舌一伸一缩,舔着炭堆里的铁器。

气温日渐升高,再过几天就立夏了,铺子里的伙计们上身都只围了一块围腰,赤裸的双臂强壮有力,他们挥开手臂,叮叮当当,火星从铁砧上四溅开来,明亮而短促,像流星。没有见到铁匠铺老板颜家驹,他是剪影戏的老戏迷,每个月,都会来听一出《马陵道》,他最喜欢的唱腔是楔子里的"腹隐神机安日月,胸怀妙策定乾坤"这两句,得意的时候还会摇头晃脑哼一哼。一个铁匠,还"腹隐神机安日月",丁汝成摇了摇头,微笑着离开了铁匠铺。

落日的余光从南哨门那边斜射过来,阳光一点点往左边的木墙上退缩。按照奇门遁甲设计的窑湾,街道走向有如迷宫一般,常常会把不熟悉窑湾地形的外地人引向原地。仰赖大运河上千年的庇佑,这座古镇商贾云集,店铺林立,会馆钱庄比比皆是,鼎盛时期,周边的有钱人,常常乘船沿大运河来,在此逍遥几天,又意犹未尽地离去。

偶尔碰到迎面走过来的熟人,丁老板就与人家笑笑,问候一声,没有一丁点要失踪的迹象。等他穿出南哨门来到窑湾码头时,几百米外的天主教堂,塔楼上的钟声突然传了过来。空灵,激越,向四周悠扬地扩散开去。站在码头上,丁老板注视着眼前蜿蜒千里的京杭大运河,到窑湾这儿恰好半程。空气中弥漫着一股泥土的腥味,此时,与运河融为一体的骆马湖上,波光粼粼,丁老板看到一些木船已停止航行,另外一些帆船,船工们正陆续将船靠在岸边,他们降下船帆,将铁锚抛在水里固定船位,随即,有炊烟在船上袅袅升起。

这是民国二十九年(一九四〇)农历三月二十五的傍晚,也是窑湾镇的人最后一次见到丁汝成的日子。

在码头那儿站了一会儿,丁汝成无限留恋地环望了四周。有几个船夫说着话从他身后走过。眼前的骆马湖,湖对岸已经模糊。自从大运河开通,这里便日过桅帆千杆,夜泊舟船十里。夜里三更后的"夜猫子集",还得五六个时辰后才开始。当太阳从运河流来的方向彻底隐没,骆马湖的水面暗淡下来,依稀能见到湖面的帆船上,透射出来的点点灯光。等暮色像条厚重的棉被覆盖了窑湾,丁汝成沿着运河大堤绕了个大弯,悄悄出了北门桥,消失在了通往马陵山的驿道上。

他这一走,就再也没有回来。

十八

关于七十多年前丁汝成离开窑湾前往马陵山避难的情景,没有当事人的口述,一切只能通过想象去还原。

月亮升起来了。残月,消瘦、冷清,第一次独自从这条古道上走过的时候,丁汝成只有十二岁,从马陵山脚的土城仓皇出逃,带着他父亲弥留之际写的一封信函,投奔几十里开外窑湾镇开酒肆的老板吴子期。

逃亡前,丁汝成的母亲突然暴病而亡。唱柳琴戏的母亲,十里八乡闻名的"二角梁子",相当于京剧中的花旦,最后选择嫁给了丁汝成的父亲。不是正室,是做姜。"浣香斋"的当家花旦婉转的唱腔,让走南闯北的棉纱商人难以忘怀。面对丰厚的聘金和聘礼,"浣香斋"的班主无法拒绝。再说了,唱到二十八岁的玉香枝还是个破了身的老姑娘，再不嫁，也许此生最后的归宿将是某个尼姑庵。不过，最让玉香枝动心的，是棉纱商人家里虽然有正室，但只生了三个姑娘，没有儿子。虽然做妾，但万一提前给棉纱商人生个儿子，在丁家，玉香枝就能够母凭子贵了。

玉香枝的肚子也的确给自己争气。嫁到丁家的第二年，她真给棉纱老板生了一个儿子，也就是丁汝成。那一年天下不太平，先是义和团在运河以北杀洋人和教众，后来是八国联军进攻北京，老佛爷不顾颜面，带着光绪帝仓皇西逃。受惠于"东南互保"协议的签订，当北边一片血光时，棉纱商人的生意依旧兴隆。长子的出生让他大喜过望，满月的时候，他在家中大宴宾客，还专门请了窑湾江西会馆的"蓼风轩"戏班来庆祝。当天唱的戏就是《马陵道》。看戏的时候，褓褓里的丁汝成被大娘抱在怀里，而他的生母却只能空着手偏居一隅。一直长到记事儿时，丁汝成都弄不清楚，大娘二娘，谁才是自己的亲娘。

真是有招弟的命。过了几年，大娘再次怀孕，竟然给他生下了一个弟弟，也就是从那个时候起，丁汝成敏感地意识到大娘对他的冷落。

丁汝成年少的时候，棉纱商人一年中有大半的时间在外面做生意，回到马陵山下的土城时间很少，每当娘儿俩受了委屈，娘就会坐在马灯下，给他唱《马陵道》。元曲里的《马陵道》，讲的是孙膑与庞涓同在鬼谷子手下学艺，手足兄弟，最后反目为仇的故事。小的时候，丁汝成不明就里，他是后来发明了剪影戏，第一次演出《马陵道》时，才体会到母亲内心的悲苦和不安的。

想起母亲，她临死前的模样像烙铁一样，在丁汝成的大脑里留下深深的印迹。声音婉转的母亲突然失声,她沙哑着声音告诉儿子,她的脖子那儿像是卡住了一块烧得通红的火炭,吐不出来,也咽不下去,等她开始呕吐的时候,整个屋子里弥漫着一股烂大蒜的味道,令人窒息。母亲是被人下了毒,许多年以后,他在参加完吴家大少爷的婚宴,与窑湾镇上悬壶堂的诸葛医生一块儿散步时,才从对方嘴里知道,母亲当年的症状极似砒霜中毒。此后,每当他的戏院演出《马陵道》,当小生郭长河唱道"我饮过这香喷喷三盏儿安魂酒,则被你闪杀我也血渌渌一双脚指头。刀落处鼻痛心酸,皮开肉绽,筋骨相离,鲜血浇流",丁汝成就会想起母亲临死时的表情。

母亲暴病而亡,父亲瘫痪在床。母亲安埋的当晚,丁汝成连夜出逃的情景,的确与古时孙膑从庞涓的掌控下逃到齐国有几分相似。只是丁汝成当年没有想到,二十多年以后,在他不惑之年,他又不得不离开窑湾,远走他乡。

从窑湾通向马陵山的道路隐约可见,晚春的苏北,田野里的麦苗已长有尺余高,夜幕笼罩,道路两侧的杨树影影绰绰。古驿道,与二十八年前丁汝成从这条路上走过时没有太大变化。此后,丁汝成在这条路上又走过多趟,但再也不是夜里行走。尤其是做了光明剧场的老板后,他每年都要去两次马陵山的泉潮律院,顺便他也会去律院旁边的碧霞宫。一次是农历三月十五,三天的庙会,碧霞宫外筑台唱戏,丁汝成和他的戏班会受邀前来,在马陵山上唱《马陵道》。

低矮的平原,隆起的马陵山算是可以俯瞰方圆百里的一处高地,碧霞宫的位置最高,站在戏台上的丁汝成一如既往地唱孙膑:

"想当初在云梦山中把天书习，定道是取将相能容易。谁知有这日，生把俺七尺长躯打灭的无存济。哎哟！天哪！甚日得遂风雷？也吐出俺这三千丈虹霓气。"愤懑、凄婉、悲怆，他是唱给天地听，也唱给两千多年前的庞涓与孙膑听，更是唱给山下土城里逼他出走的大娘听。自从十二岁离开山下土城老家，他就再也没有回去过，只有声音回去，他的委屈与诅咒回去。

当然，丁汝成的《马陵道》还唱给碧霞宫里的比丘尼听，唱给宫里的住持净尘听。"暑往寒来春复秋，夕阳西下水东流。将军战马今何在，野草闲花满地愁！"丁汝成的声音清越，穿过了寺庙里重檐叠柱的阻隔，传到了净尘的居堂。容颜像秋霜一样暗淡的净尘，闭着双眼，左手立掌于胸前，右手则敲打着椿木雕刻的木鱼。有一会儿，她从眼前的情景中游离出去，仿佛又回到二十多年前，在窑湾"秋霞阁"的戏台上，她替代虞姬唱出的绝望与无奈："汉兵已略地，四方楚歌声。大王意气尽，贱妾何聊生！"净尘手中的木鱼槌突然一用力，敲偏，从木鱼侧身滑下，禅桌上发出沉闷的响声。

丁汝成其实很想与当年的小桃红再唱一次对手戏。净尘皈依之前，他在唱孙膑之余，曾悄悄学唱西楚霸王，但他的声音行家听上去还是带了几分稚气，缺乏项羽的那种雄浑。唯一的一次，西大街的天主教堂落成，德国神甫早几天就贴出告示，说星期天一早，可以去领圣餐。戏院里的人都去看好奇去了，丁汝成去到了"秋霞阁"，换上了西楚霸王的戏服，与小桃红在戏台上唱了一出《千金记》，秋水为神，小桃红的眼波不时荡来，柔肠百转的丁汝成唱得结结巴巴，惹得悲悲戚戚的虞姬也忍不住用长袖掩嘴而笑。

那是丁汝成第一次着装唱《千金记》，也是最后一次唱。

夜里的马陵道上静寂无人，由南而北，当年的孙膑逃出庞涓的掌控，也正是让人伪装出西门，而他却从东门潜逃成功，方才有马陵山里一雪前耻。丁汝成的这一招，学的也是孙膑，想象大垣一雄派兵围住他的剧场，抄个底朝天也找不到他，丁汝成就觉得那个日本人倒像是恼羞成怒的庞涓。丁汝成忍不住笑了，他停下脚步，对着黑暗的夜空唱了几句："一声喊将征尘荡起，急飚飚搧旌旗，扑冬冬操画鼓，磕擦擦驱征骑……"丁汝成的唱音戛然而止，他思忖，自己一个唱戏的人，只能在戏台上想象领兵百万，现实中却拿大垣一雄没有一点办法。

　　如果丁蜡梅所说的接近丁汝成失踪的真相，那么当年她父亲离开窑湾去马陵山的泉潮律院躲避，只是丁汝成的又一次金蝉脱壳。自从做了光明剧场的老板之后，除了农历三月十五，每年九月十九他也来，观音菩萨的生日，他来进香祈福，也带来布施的米和油。他与泉潮律院的当家主持登善是多年的好友，听他说要来律院静修一段时间，登善自是表示欢迎。

　　那一年，参加完碧霞宫农历三月十五的庙会回到窑湾，丁汝成就已经准备离开窑湾。只身出走并不难，难的是自己走了之后，如何安排剧场里的人应付接下来的麻烦事，为此他伤透了脑筋。

　　每一天，从运河上往来的帆船数以百计，任何一艘，都能带他远走高飞。但丁汝成还是耐心等到夜幕降临，等到西河街的巷道里传来妓女与客人的调笑声，他才踏上北去的驿道。那是先秦时期就开通的驿道，顺着它前行，天亮前，丁汝成就能抵达马陵山。

　　许多年以后，丁蜡梅告诉我说，她的父亲当年逃到了马陵山的泉潮律院，但只住了短短的几天就离开了。至于他离开之后去了哪里,丁蜡梅说也许只有她的母亲赫如玉清楚。

不过,有一个信息也许值得重视。当马陵山上的泉潮律院以及一旁的碧霞宫遭到日本人焚烧之后,有消息传回说丁汝成葬身于大火,但赫如玉并不怎么悲痛,她甚至连火灾现场都没有去,理由是她已身怀六甲。到了第二年春天,那时丁蜡梅已经半岁多,她后来听人说,整个夏天,她的母亲赫如玉每到夜晚就伤心哭泣,然后沙哑着嗓子唱《马陵道》,唱腔凄楚。

在白地黑字的历史书里,一九四一年一月六日,离窑湾数百公里外的安徽泾县发生了震惊中外的皖南事变。丁蜡梅说,她怀疑父亲当年一定是离开了马陵山,而且很有可能在第二年发生的皖南事变中牺牲了。

这个秘密,我如今无法向赫如玉求证。遥想她当年在夏夜的垂泪,我猜测,也许是事变过去几个月,丁汝成牺牲的消息才辗转传到她的耳中。

"孙膑机谋不可当,庞涓空使恶心肠,两个刖足之仇何日报,少不得马陵山下一身亡。"

我仿佛又听到七十多年前的那个夏天赫如玉悲愤的声音传了过来。也许在她看来,丁汝成不是死在日本人手里,而是死在皖南事变中,相当于活生生又演绎了一遍《马陵道》,而且这种丧夫的痛苦还无法诉说,只能够借唱《马陵道》来抒发心中的悲伤。

因为丁汝成失踪,大垣一雄想用改编的《马陵道》为天皇庆生的念头也只能打消,也许那个时候,他才真正意识到伊藤正夫的死与丁汝成有关。既然伊藤君能够以朱老板的身份在窑湾潜伏多年,丁汝成未必就不会是新四军的谍报人员?他当时以为只要抓住丁汝成,他心中的疑问就能解开。

这是掩埋在时间湖底的秘密。多年以后,丁汝成的身份到底是什么已经不重要了。但我没有想到,当年作为占领军的大垣一雄,战争结束以后回到日本,竟然会惦记着丁汝成发明的剪影戏,惦记着《马陵道》的拷贝上粘贴的那上万张剪纸作品。

遗憾的是,丁汝成发明的剪影戏最终没有被列入苏北地区的非物质文化遗产。没有了实物,也没有传承人,曾经在窑湾红极一时的剪影戏消失在岁月的风尘中,几乎没有留下什么有价值的痕迹。几个月的调查与采访,丁汝成这个人在我记忆的水面时沉时浮。感觉就像是灰云密布的天空,突然被谁拉开了一道口子,让人短暂瞥见云层后面的蓝天,但还没有看清晰,撕开的云层就迅速合拢,留下似是而非的传说,以及破碎而难以捕捉的往日留痕。

【作者简介】胡性能,云南昭通人。中短篇小说集《在温暖中入眠》入选中国作协"21世纪文学之星丛书"2004年卷,另有中篇小说集《有人回故乡》《下野石手记》《生死课》分别由新疆电子音像出版社、云南人民出版社、中国言实出版社出版,短篇小说集《孤证》由学苑出版社出版。曾获第十届、第十四届十月文学奖,《长江文艺》双年奖等奖项。现为云南省作家协会驻会副主席、秘书长,中国作协全委会委员。

化　蝶

○哲　贵

一

讨论会开始了。

这个会议对剑湫来讲意义非凡，是她的"施政宣言"，也是团长价值的体现。"团长价值"是个比较笼统的概念，没有具体数字和指标。但剑湫不同，她是演员，有演员的出发点和标准，是艺术的，是自我的。简单地说，她当这个团长，就两件事：排新戏和出新人。在剑湫看来，排新戏和出新人是一体的，是相辅相成的——将新戏排出来，成为经典名剧，名剧催生名角。反过来说，也只有名角才能将一个戏经典化——名角身上的光芒可以照亮一个戏，让一个戏起死回生。

还是拿老戏做文章。当然也可以排新戏，新戏有新戏的好处，一张白纸，怎么画都行。但风险也是明显的，新戏缺少积淀，缺少历史感，缺少厚重感，显得浅，显得薄，显得仓促，压不住。排老戏当然也不容易，像《梁山伯与祝英台》这样的经典剧目，千锤百炼，千万人的心血结晶，每一个场景，每一个人物，每一句唱词，甚至每一个表情，都已印刻在观众心中，特别是那些老戏迷，心里都有一场自己的戏，改一句都不允许，那是犯上作乱，是欺师灭祖，要跟你拼命的。所以，如果要排老戏，必须出新，不出新就不能"出彩"，不"出彩"就没有表现力和说服力，就是"触犯众怒"，没有好下场的。问题是怎么出新？大家都想出新，都想把老戏排出新花样来，有谁做到了？谁能？

新排《梁山伯与祝英台》，剑湫有自己的想法。按照剧团惯例，先开会讨论剧本改编，这是第一步，也是最关键的一步。剧本"出彩"了，接下来就是演员的事。剑湫不担心"演"的问题。

这天下午，讨论会在剧团会议室举行，参加人员主要是这么几位：杜文灯和梅如烟是剧团顾问，重大的事，要邀请她们参加，她们的资历在那里，威望在那里，艺术修养在那里，舞台经验在那里，她们的意见至关重要；主创人员包括主要演员和编剧，主要演员是剑湫和肖晓红，再加一个编剧。好了，五位"首脑"到齐，可以讨论了。

剑湫是召集人，也是主持人，她先发言。剑湫保留了原剧基本框架，主要做了四处调整：第一，充实了第一场"思读"的内容，目的是突出祝英台的性格，她向往外面的世界，渴望知识，渴望自由，为后面情节的发展埋下"种子"；第二，拿掉"山伯临终"那一场，她不让梁山伯死，在戏里弄死一个人太容易，活下去才难；第三，她将"楼台会"和"祝父逼嫁"次序对调，"逼嫁"在前；第四，最后一场"哭坟"拿掉，梁山伯没死，哭什么坟？改成"私奔"，她要让祝英台和梁山伯私奔，剧名就叫《私奔》。

剑湫说，这次改编就一个目的：让这个戏现代起来，让年轻观

720

众走进我们的剧场。就这么简单。

有问题吗？当然没问题，戏曲的没落是有目共睹的，让年轻的观众买票走进剧场是所有戏曲从业人员的梦想。多么美好的愿望。

剑湫说完，会议室有很长一段时间的沉默。

最先发言的是杜文灯。杜文灯其实不想先发言，她眼角余光一直注意着梅如烟。梅如烟是演旦角的，演祝英台是她的拿手戏，应该由她先开口。但梅如烟没有开口，手一直扶着脑袋，一副"摇摇欲坠"的样子。杜文灯狠狠地瞪了她一眼，最先"表达自己不成熟的意见"，她说：

"《梁祝》原本是悲剧，这么一改，成了喜剧，年轻观众能不能接受？老观众能不能接受？这个我们要考虑。"

杜文灯提的意见太有道理了，《梁山伯与祝英台》是经典悲剧，已经深入人心，改成喜剧，确实有风险，甚至是冒险。剑湫的"一根筋"体现出来了：

"这就是我要的效果，只有新，才能出其不意，才能险中求胜。如果还是按照老路子排，祝英台还是原来的祝英台，梁山伯还是原来的梁山伯。我要借这次改编，拿出一部不一样的《梁祝》，塑造出不一样的生角和旦角。"

杜文灯有点下不来台了，但她是"老艺术家"，是前辈，不会跟晚辈"一般见识"的，更不会争论，一争论就输了，她只是"微笑"——两边嘴角的肌肉微微往上拉。在很多时候，"微笑"是一种态度，也是一种武器。

在信河街剧团，剑湫演小生，肖晓红演花旦。在舞台上，生和旦是一个戏能够成立的两根柱子，是所有故事生根发芽的种子，也是所有故事生长的主干。可以这么说，生和旦是每出戏的魂魄所在，所有悲欢离合都因他们而产生。他们是《何文秀》里的何文秀和王兰英，《西厢记》里的张生和崔莺莺，《屈原》里的屈原和婵娟，《红楼梦》里的贾宝玉和林黛玉，《梁祝》里的梁山伯和祝英台。在剧团里，生和旦的关系是微妙的，不仅仅在舞台上，在生活中也是。很多时候，对于生和旦来说，特别是对于剑湫和肖晓红这样的演员来说，舞台和生活的界限是模糊的，甚至是混淆在一起的，是说不清道不明的。

大家都转头看肖晓红。剑湫说到这个份儿上，肖晓红的态度就很重要了。可是，肖晓红怎么回答？老实说，剑湫这么改，她接受不了，不"哭坟"了，不"化蝶"了，最经典的戏没了，还是《梁山伯与祝英台》吗？她知道剑湫说的没错，如果按照老路子演，自己还是自己，祝英台还是祝英台，观众还是老观众，很难说有更加吸引人的地方，只有铤而走险，才有可能出新。可她又不能直接说"我同意剑湫团长的改编方案"，不能说的，她也不愿意说。刚才杜文灯已经说了，她说得很"委婉"，只是问"年轻观众能不能接受？""老观众能不能接受？"意思很明显了，她是站在"年轻观众"和"老观众"的角度问剑湫。但是，肖晓红也不能说"我不同意剑湫团长的改编方案"，她当然知道剑湫为什么要这么做，她是团长，要出戏，要出人，更要赚钱养活剧团，她需要"政绩"。但无论怎么说，演祝英台的人是她，她是旦角，从某种程度说，这次改编，是为旦角改的，变化最大的人物是祝英台，对她的挑战也是最大的。作为一个演员，遇到的挑战越大，内心越兴奋，这是无法拒绝的，也不会拒绝,明知前面是悬崖也要扑过去的。所以,肖晓红觉得怎么说都不合适,她用眼睛去看梅如烟,想听听梅如烟的意见。当然,也是转移"目标"。但梅如烟不看她,依然微闭着眼睛,谁也不看,又好像谁都看了。

还是杜文灯发话了,"微笑"着对肖晓红说:

"你是艺术总监,你谈谈感受。"

还有退路吗?有人拿"枪"顶着后脑勺了。肖晓红只能硬着头皮上:

"我觉得,剑湫团长的改编,人物性格发展的逻辑是对的,一开始加强祝英台追求自我、向往自由的性格,她能够女扮男装去杭州读书,为后来的私奔打下很扎实的基础。这么改编是出人意料的,又在情理之中。很讨巧,也很有新意。"

停了一下,肖晓红看了大家一眼,继续说:

"我觉得,杜文灯顾问说的也很有道理。将悲剧变成了喜剧,特别是对经典剧目的改编,确实既要考虑年轻观众的感受,更要考虑老观众的感受。"

肖晓红发言就到这里了,什么都说了,什么都没有说。"支持"了剑湫,也"支持"了杜文灯,谁都没得罪。这是她一贯的做事风格,既合情合理,又模棱两可。

接下来是编剧发言,编剧站在杜文灯一边。编剧的心态可以理解,改编剧本是他的事,剑湫将他的事干了,这不是砸他的饭碗吗?当然不干。

这就形成了对峙。如果说肖晓红属于中立的话,杜文灯和编剧形成了一个阵营。这个时候,梅如烟的发言显得尤为重要,她的态度不只是对艺术的讨论,而且是"站队"问题,是"政治立场"问题。

形成这个阵势,有剑湫和肖晓红的原因,但也不完全是她们的原因。剧团的人都知道,剑湫和肖晓红背后,各站着一个人——杜文灯和梅如烟。

问题复杂化了。就拿谁来当剧团团长这个事讲,按道理,梅如烟肯定希望肖晓红当团长,肖晓红是她徒弟啊,是她一手带出来的。而且,梅如烟也看得出来,肖晓红对团长的位子怀有强烈的兴趣,几乎是跃跃欲试的。或许,正是肖晓红这种态度刺激了她,让她觉得肖晓红太不矜持了,太急了。还有一个原因,肖晓红并没有来找她。这是件很微妙的事。她想过了,如果肖晓红来找她,表达对团长位子的渴望,她会站在肖晓红这一边吗?会全力支持她吗?梅如烟不知道。但有一点,如果肖晓红这么做,自己会蔑视她。肖晓红没有来,招呼也没打,更不要说商量了,这是什么态度? 这是忽视,是目中无人,是根本没把她这个老师当回事。岂有此理。所以,梅如烟在推荐表上,没有打肖晓红的钩。她也没有打剑湫的钩。剑湫是杜文灯的学生,杜文灯已经当了团长,难道还让她的学生接着当?天底下哪有这样的道理?梅如烟谁的钩都没打,她弃权了。文化局领导找她谈话时,她的话说得很好听:在人事安排方面,我听领导的。领导怎么安排,我都赞成。杜文灯也没有在推荐表上打剑湫的钩。不存在避嫌问题,站在她的角度考虑,剑湫确实不是团长的最佳人选。剑湫是自我的,是活在戏里的人,是按照戏中人物的性格和逻辑来做事的人,更主要的是,她也以这种方式来要求别人。这样的人,是不适合当团长的,当艺术总监也不一定合格。艺术总监也需要与人沟通,需要站在对方的立场考虑问题。杜文灯知道,剑湫在生活中做不到。其实,在杜文灯看来,这不是最重要的。她没有给剑湫打钩,最大的原因在于,她根本没想让剑湫当团长,不可能让她当。在她们这一行,可以毫不夸张地说,徒弟就是老师的天敌,徒弟就是用来取代老师的。多么不合理,多么心酸,多么残忍,多么可怕。还有谁愿意当老师?事实是,对于戏曲这个行当来讲,师承有时比天还大,而且,特别讲究。老师必须收徒弟,名气越大的角,越是要收,不收就是欺师灭祖。谁都是踩着老师走上来的,这是规律,谁也不能幸免。这个道理,杜文灯懂,她知道剑湫在艺术上胜过自己,在小生这个位置上取代了自己。自己那一页翻过去了,是被剑湫翻过去的,是被自己一手培养起来的徒弟翻过去的,翻得很彻底,剑湫在艺术上走得比自己远,比自己高。问题正在这里,杜文灯内心过不去的地方正在这里。她想,你剑湫已经拥有了艺术,得到了神灵的眷顾,难道还要争团长这个位子?你不能什么好处都要,世上没这么便宜的事。再说了,杜文灯还有一个小心思,如果剑湫当了团长,自己在生活中也将被她取代。杜文灯不愿意。杜文灯也没有给肖晓红打钩。肖晓红是梅如烟的徒弟,梅如烟没有坐上的位子,她的徒弟也不可能坐。文化局领导找她谈话时,她的态度跟梅如烟如出一辙,但表达方式跟梅如烟不同:我是一个即将退下来的人,我的态度不重要,重要的是剧团。推选上来的人要对剧团负责,而且有能力带好剧团。这一点,我完全相信组织,一定能选出好团长。

梅如烟的发言是谁也没有想到的,她"支持"了剑湫。她"醒过来了",脸上浮现着"微笑",说:"我老了,退休了,头昏脑涨,本不该来开会和说胡话。"

她说的这句话，当然指的是自己，可是，在座的人都听得出来，也暗指杜文灯。她接着说：

"我这个顾问只是随便挂个名的，没做任何事，没起任何作用。剧团叫我来参加会议，来点个卯，现在唯一能做的是出个态度。我支持剑湫团长做任何事。我自己做不了事了，不能阻碍剧团做事，更不能在边上指手画脚。"

话说得不能再明白了。杜文灯听完，当即想离席，还想重重摔一下会议室的门。刚才梅如烟一鞭子打在她"要命的地方"了，梅如烟等于直截了当告诉她：这不是你的"地盘"了，你的"历史"已经翻过去，新的"历史"开始了。好或者不好，都属于剑湫，你瞎操什么心呢？杜文灯当然不会中途离席，离席就不是杜文灯了。她当然不会同意梅如烟的话，但也不会直接跟她发生"冲突"，这么多年来，她们已经摸索出一套相处模式，不会当着大家的面"动手动脚"。她们是艺术家，是名角，是信河街名人，这是身份，也是自我要求，要体面，更要优雅。杜文灯脸上也泛出和梅如烟一样的笑容，对着梅如烟，更是对着肖晓红：

"我完全同意梅如烟顾问的话，更不会反对剑湫团长对新戏的改编。对于肖晓红来说，这也是一次全新的尝试，我只是提了一点不成熟的意见而已。"

这是典型的杜文灯方式。她不是一个话多的人，更不是一个将话说死的人，她是话里有话，是有所指的。

剑湫太了解杜文灯和梅如烟的风格了，两个人刀光剑影"斗"了半辈子，还没有"停战"的意思。有意思吗？当然有意思。剑湫觉得,这种"角力",差不多成了杜文灯和梅如烟的心理需求和生理需要,是她们的生活方式。如果缺少了对方,缺少了这种"角力",生活就失去了意义。

不能说这种方式独属于演员群体,剑湫想,其他职业群体也应该有,但是,对于演员来讲,这种方式更为普遍,更为猛烈。她们在舞台上是戏中人,悲欢离合,相爱相杀,这个时候,她们是一体的,是彼此交融的。当她们走下舞台,错觉产生了:舞台上的生活变成了现实,舞台下的生活反倒成了虚拟,两者混淆在一起了。反差出来了,不适应也出来了,必须有一个渠道来发泄这种不适应,必须有一个对立面来呼应这种反差。杜文灯和梅如烟如此,自己和肖晓红何尝不是如此?

剑湫是自信的,也是清醒的。她能够站在舞台中央,能够成为名角,能够成为头牌,首先是遇到了杜文灯老师,得到好的传承。如果一开始就把路走歪了,拐到歪门邪道上,是很难拉回来的。当然也跟她下的苦功分不开,刻苦很重要,但是,作为一个演员,理解更重要,理解是衡量一个好演员和差演员的重要标准,是进入戏曲内部的钥匙。只有学会了理解,演员才能想象,才能飞翔;也只有学会了理解,才能体现出时代气息,才能演绎出与上一代演员不同的品质,才能在舞台上找到自己,才能在角色中融进自己;更主要的是,也只有如此,才可能吸引年轻观众,才可能引起年轻人共鸣,年轻人才愿意走进剧场,戏曲才有未来,作为一个演员,才有更长的艺术生命。

这差不多是剑湫对戏曲的全部理解了。她还没有能力形成系统的理论,她的理解是从感性出发,是从实际出发,是从排练和演

出中体会出来的。她这么想,也这么做。剑湫看了看会议室里的
人,说:

"那就先排起来吧。"

团长"拍板"了,该说的话说了,该留的余地留了。散会。

二

剑湫和肖晓红的竞争波澜不惊,却又暗流汹涌。除了杜文灯
和梅如烟,剑湫和肖晓红之间还横亘着一个叫尤家兴的男人。尤
家兴是剑湫的戏迷,也是肖晓红的戏迷;他跟剑湫的关系暧昧不
清,跟肖晓红的关系一言难尽。有一点是明确的,尤家兴在追剑
湫,追得声势浩大,却又细水长流。

尤家兴追剑湫不是一天两天了。他无法忘记第一次观看剑湫
演出时的情景。他以前看杜文灯和梅如烟的《梁山伯与祝英台》,
为杜文灯和梅如烟着迷。所谓着迷,就是上瘾,两天没看她们的
戏,吃不好,睡不香,脾气暴躁,心不在焉。剑湫的演出是突然而至
的,打了尤家兴一个措手不及。

那天是农历冬至的晚上,是家家户户吃汤圆的节日。尤家兴
到了剧场才知道,晚上的主演换成了剑湫和肖晓红。对于尤家兴
来讲,已经习惯了杜文灯和梅如烟,他熟悉杜文灯和梅如烟的每
一个动作、每一句唱词,可以在脑子里反复"放映",他来看她们演
出,目的不在"看",是"温习",是"验证"。从某种程度上说,他"温
习"和"验证"的不是杜文灯和梅如烟,而是自己,是他在"表演",
至少是他和舞台上的她们"一起演"。这已经成了他的"日常生

活",成了他"日常生活"中的"程序"。当他知道晚上的演出换了主演后,委屈了,天大的委屈。被杜文灯和梅如烟"抛弃"了,或者说,原有的期待落空了,惆怅了,忧伤了,哀怨了。他对杜文灯和梅如烟是信任的,而对两个新主演是陌生的,是忐忑的;他害怕失望,担心"程序"被打乱,因此,他的委屈是双倍的,无法言说,更无处诉说。怎么办?他不能要求将主演换成杜文灯和梅如烟,怎么演,谁来演,剧团说了算,他没有选择余地的。

他提心吊胆等待演出开始,好像是他在等待观众"检阅"。他能感觉到身体的颤抖,能感觉到气息的急促,舞台上的锣鼓声越来越急,他紧张得想逃跑,可他没有动,也不会逃,说白了,他的担心里有期待,可能期待大于担心。还有一种可能,他内心涌动着隐秘的兴奋,跃跃欲试,没头没脑,更是莫名其妙。

首先是肖晓红出场。看见肖晓红扮演的祝英台,尤家兴提着的心慢慢放下了,也可以说,更加紧张了。有点青涩,有点拘谨,眼神、动作、唱腔,都是对的,是灵动的,她扮演的祝英台就是祝英台,她是"入戏"的,也能带领观众"入戏"。这很难得,一个新演员,往往是人戏分离的,往往是不顾观众死活的。意外,也不意外,她一开口,尤家兴听出来了,是另一个梅如烟,是一个刚刚发芽的梅如烟,也是一个具有更大可能的梅如烟,无论是扮相还是唱腔,她都脱胎自梅如烟,她学了梅如烟的优点,也继承梅如烟的不足。尤家兴能接受,完全能接受。他有点高兴,又有点忧伤,为肖晓红高兴,为梅如烟忧伤。纠结了。但他来不及纠结,他被肖晓红牵引着,被肖晓红扮演的祝英台牵引着,不能自已了。

第二场是"草桥结拜",梁山伯出场了,剑湫扮演的梁山伯出场了。先是祝英台和丫鬟银心进了草桥亭,然后,舞台上的灯光一转,梁山伯从幕布后转出来,右手拿着纸扇,迈步走到舞台中央。当梁山伯在舞台上站定时,抬着的右手慢慢下压,左手上升到脸颊,偏左侧着的脸转向舞台正面,抬起眼睛做了一个"亮相"。尤家兴坐在舞台正下方的第六排,剧场座位是有坡度的,第六排差不多与舞台持平,他被剑湫的"亮相"吓住了:剑湫在抬眼之际,眼睛一瞪,射出两道金光,一下将剧场照亮了。一个优秀的演员,肯定明白一个道理,不只是"眼睛一瞪"那么简单,那是一个演员内心世界的呈现,是与观众的沟通,甚至是与观众的"角力"。能不能将观众镇住,能不能建立作为一个演员的自信心,"亮相"是至关重要的。尤家兴不知道其他观众的感受,那两道金光与他眼睛相遇的瞬间,立即照亮他全身。那一刻,他透明了,被控制了,失去了自我,也失去了整个世界。他全身麻痹,恍恍惚惚,飘飘荡荡,不知身在何处,似乎在舞台之下,似乎在舞台之上,又似乎在草桥亭之中,他是梁山伯,是祝英台,是丫鬟银心,是书童四九;他是草桥亭,或者是草桥亭边上的那棵枫树。剑湫站定后,张口唱道:

离故乡,别双亲,
求学上杭州。

这句唱词尤家兴很熟悉,就像熟悉自己的声音。可是,这一刻,他却感到那么陌生,就像聆听自己的声音。尤家兴没想到,剑湫会发出这样的声音。这声音跟杜文灯不同:杜文灯是纯正的生角声音,是低沉的,浑厚的,深情厚谊的;剑湫的声音也低沉,也浑

厚,同时又是高亢的,嘹亮的,最主要的是,她充满雄性的声音里
有一种无法言说的妩媚,有一种说不出的妖娆,勾人魂魄了,心驰
神往了。那是一种魔力,是晴天霹雳,是呢喃细语,是宣告,更是叮
咛,尤家兴从剑湫声音里感受到了复杂而又纯净的气息。在尤家
兴看来,舞台上的剑湫,是雄性的,是醇厚的,是深沉的,是洒脱
的。她的嗓音是那么沉着和辽阔,她的眼神是那么温柔与坚定,她
的动作是那么优美和潇洒,谁能想到,剑湫是个女儿身?无法想象
的。尤家兴被剑湫身上这种反差吸引住了,这种反差给了他无穷
无尽的想象,这种想象如一股旋风,将他卷裹其中,让他如痴如
醉,欲罢不能。完蛋了,剑湫第一次"亮相"、开口唱了第一句,尤家
兴"沦陷"了。从这一刻开始,他的魂魄被剑湫勾走了,再也回不来
了,也不愿意"回来"了。

　　从表面看,尤家兴是剑湫的追求者,是剑湫的崇拜者,剑湫也
接受他的追求和崇拜。在外人看来,他们是恋人关系,这点是确定
的。但是,尤家兴对肖晓红的态度也让人产生遐想,他是不是在追
求肖晓红?外人不知道,不过,外人看得出来,尤家兴迷恋舞台上
的肖晓红,差不多到了痴迷的程度:凡是肖晓红的演出他都会捧
场;凡是肖晓红的戏,他都会唱,连动作都学得惟妙惟肖。这就微
妙了,很难说得清了。尤家兴从来没有挑明这种关系,剑湫和肖晓
红也没有说,但谁都可以感觉得到,因为尤家兴的出现和存在,三
个人构成了另一个舞台,那是属于他们的舞台,演绎的是另一个
剧本和另一场戏。这种关系,剑湫和肖晓红是心知肚明的,她们没
有任何语言和动作上的表示。不会的,她们是演员,是优秀演员,
不会点明的,不会说破的,那是艺术,是美,是力量,是令人神往

的；同时，那也是一种动力，一种状态，一种境界。她们无比煎熬，又无比享受。

对于剑湫和肖晓红来说，团长职务的竞争和任命，是她们关系的转折点，也是突破点。在她们之前，杜文灯是团长，梅如烟是艺术总监，她们到年龄了，剧团需要新的领导。职务任命与舞台无关，与艺术无关，是现实和坚硬的，是不能摇摆和无法模糊的，你死我活了，火焰熊熊，要爆炸了，吓人了。

就在这个紧要关口，剧团接到一个任务：参加华东六省一市会演。说是会演，其实是比赛。表面上是各个剧团在比，实际参与竞争的是各个省，比的是戏曲，也是文化，当然也是经济和政治。文化局领导给杜文灯和梅如烟下了死命令：当前第一任务是会演，团长的事以后再说。

杜文灯和梅如烟心里清楚，会演只能依靠剑湫和肖晓红。剧团成立了攻坚小组，杜文灯任组长，梅如烟任副组长，成员包括剑湫和肖晓红。剧目当然是《梁山伯与祝英台》，这一点没有任何不同意见，这不仅是剑湫和肖晓红的保留剧目，也是剧团的保留剧目。进入剧本调整和排练时，剑湫提了建议，主要是两点。第一，将《梁山伯与祝英台》改名《化蝶》。剑湫的理由很简单，既然要参加会演，就要创新，先从名字开始。名字一改，这个戏的立意和重心调整过来了，更开阔，更有时代意义。第二，由原来十三场调整为十场，拿掉第三、第六和第十一场，增加"山伯临终"那场的内容，唱词不动，只动旋律，既表现梁山伯临终前的神志模糊，又体现梁山伯对祝英台爱情的坚定。

剑湫的意见合情合理，没理由不按她的方案执行。不过，也没看出什么特别之处。但是，第一次彩排下来，杜文灯就知道，剑湫无论对戏曲的理解和表达都远远超过了她。

肖晓红的表演几乎无可挑剔，但杜文灯看出一处瑕疵，这瑕疵是无法弥补的："哭坟"那一场，祝英台来拜墓，刚出场，就是一句："梁——兄——啊——"内行人知道，这是一句高音，是穿云破雾的高音，是异峰突起的高音。只有高入云霄，才能直抵人心，才能肝胆俱裂，才能表达祝英台当时的震惊和悲伤。这是呼唤，是信号，是生与死的转折，是祝英台对梁山伯的呼唤，更是祝英台与人间的决裂。这句高音是那么重要，可以这么说，如果没有这句高音，"化蝶"是不成立的，至少缺乏足够的合理性和饱满度。可是，肖晓红的高音上不去，至少不能立即拉上去，很遗憾，太遗憾了，她只能在低音部位酝酿和徘徊，只能迂回着上升。不够的，力量不够，高度不够，穿透力更不够，震撼人心的力量出不来，缺乏摄人魂魄的力量。这是肖晓红嗓音的问题，也是表现力的问题，是致命的，是无可挽回的。

同一个舞台，同一场戏，再看剑湫的表演，在"山伯临终"那一场，还是那个场景，还是那三句唱词：

　　爹娘啊，儿与她，
　　生前不能夫妻配，
　　死后也要成双对。

原来的剧本，三句唱词，梁山伯只唱一遍，那是梁山伯临终前的哀叹，老双亲陪伴床前，白发人送黑发人，气氛萧瑟，草木含悲。

梁山伯唱得婉转凄凉,唱得肝肠寸断,唱得石破天惊,"死后也要成双对",多么悔恨,多么无奈,又是多么斩钉截铁。问题正在这里,对于一般演员来说,唱一遍已经是巨大挑战:梁山伯僵卧病床,身体不能动,只能依靠声音传达那种悲凉,传达那种不甘,表达要和祝英台"在一起"的决心,那是无望的决心,在不可能中寻找可能。这对演员的要求是很高的,既要表现出梁山伯临终时的癫狂,又要表现出他垂死前的清醒和坚决,很难拿捏的。剑湫要唱三遍,杜文灯是演梁山伯的,她知道,这个难度系数不是乘以三那么简单,而是从一个空间上升到另一个空间,不是量的问题,也不是演员理解和表达的问题。杜文灯以前没想过这个问题,对她来说,这是无解的,她做不到,她无法想象梁山伯如何连唱三遍,更无法想象剑湫会怎么表达。她充满期待,也充满幸灾乐祸的担心。这是剑湫给自己挖的坑,看她怎么跳进去。杜文灯清楚地记得,听剑湫演唱"山伯临终"是在傍晚,是在剧团专门用来排练的小舞台,肖晓红和梅如烟都在。肖晓红在候台,她和梅如烟站在台下。随着音乐响起,幕布拉开,舞台呈现出来了:梁山伯卧在床上,额头上包着一条白色纱巾,双亲陪伴两侧,窗外草木呜咽,梁山伯张口唱道:

爹娘啊,儿与她,

不一样了。剑湫一张口,杜文灯身体一紧,所有汗毛竖了起来。她知道要坏事了,剑湫的声音里并不全是悲伤,恰恰相反,杜文灯听出了隐约的欢乐,听出了向往与期待。那是对生的绝望和对死的希望,交融在一起了。当剑湫唱第二遍"爹娘啊,儿与她"时,杜文灯知道,这是对爹娘唱的,他对不起爹娘,不能服侍双亲,不能给他们送终,他是愧疚的,更是无奈的。那是人间亲情,是天伦之情,是弥漫的,是悠长的,是无法言喻的。谁没有父母?谁对父母没有愧疚之情?人同此心,平淡却动人。杜文灯的眼泪一下涌出来了。丢人了,相当丢人。作为一个演梁山伯起家的小生,不应该哭,不能哭。可是,她哭得那么真心实意,哭得那么彻底放肆。那一刻,她内心是服剑湫的,甚至生出了骄傲——剑湫是我的徒弟,是我一手调教出来的。她知道,剑湫改动的不只是旋律,也不只是戏份,剑湫改动的是她作为一个演员和戏中人物的关系,他们如何成为一体,如何无缝地融合在一起。更主要的是,剑湫改动了戏中人物和观众的关系,她的三次重复,每一次重复都将观众的感情拉升一个浓度和高度,到第三遍,两种感情交融在一起了,纠缠在一起了,那是火,是风,是雷声,更是雨声,那是病人垂危的呻吟,更是婴儿落地的哭声。毁灭了。重生了。杜文灯号啕大哭,而且,她看见,站在她边上的梅如烟哭得更加悲惨,摇摇欲坠了,连候台的肖晓红也将妆哭花了。

剑湫将梁山伯演绎到这个地步,还有什么好说的?

果然,《化蝶》获得了华东六省一市会演一等奖,剑湫拿到了最佳表演奖。

对于剧团,对于信河街文化局来说,这是天大的事。好了,扬眉吐气了。

领导交代的任务完成了,谁来当团长的事又重新摆上议事日程。不过,已经明朗了,《化蝶》得了一等奖,剑湫拿了最佳表演奖,为剧团和信河街赢得了荣誉,为省里争了光,除了她,还能有谁?她来当,名正言顺。

剑湫也是这么想的。

这个时候,梅如烟"站"了出来,她主动找了文化局领导,说了两句话:一、她不否认剑湫为信河街争了光,但是,剑湫也得到了应得的荣誉,她站到领奖台上了,名利双收,光芒万丈;二、她不否认剑湫的戏演得好,剑湫拿奖是对她付出的回报,实至名归。但是,《化蝶》这个戏,不是只有剑湫一个演员,剑湫是鲜花,后面有一大片绿叶衬着呢。

梅如烟一般不主动找领导,她是表演艺术家,艺术上的事,有自身规律,是用艺术手段解决的。她这次找领导,看似站在肖晓红这边,她是肖晓红的老师嘛。但她不这么认为,她是站在"道理"这一边,不能所有好事让剑湫一个人独占了。凡事得讲道理。

文化局领导找杜文灯谈话了。杜文灯是团长,又是剑湫的老师,让不让剑湫当团长,杜文灯最有发言权。当然,领导也谈了梅如烟的意见,梅如烟的意见在理嘛。杜文灯一听,心里不乐意了。说心里话,剑湫拿了奖,够了,这个团长应该给肖晓红。但是,梅如烟"唱了这么一出"是什么意思?是针对谁?杜文灯突然改变主意了,她并没有表明自己的意见,只是向领导抛出一个问题:剑湫为咱们省里争得了荣誉,自己也拿了奖,如果将团长让给别人当,会不会有人说我们不重视人才?

虽然只是轻轻一问,却问到领导心里头去了。是啊,这个"帽子"扣得太大了,这个罪名谁也担当不起。

好了,就剑湫了。肖晓红当艺术总监。启动干部考察程序吧。

想不到的是,剑湫这时主动找了杜文灯。她到杜文灯办公室说:

"团长给肖晓红当吧。"

杜文灯看着剑湫,既感到意外,也不感到意外:

"为什么?"

剑湫说:

"我拿了奖,肖晓红没拿。"

紧接着,她又补充一句:

"肖晓红比我更适合当团长。"

杜文灯一听就生气了,但她不会表现出来,声音更平静,更不带感情色彩:

"谁当团长更合适,是领导考虑的事。有一点我要告诉你,团长不是你和肖晓红的衣服和化妆品,更不是你们之间可以让来让去的小礼物。"

剑湫点点头说:

"这点我知道,我只是表达我的态度。"

杜文灯点点头说:

"你的态度我知道了。当不当团长,你的态度不算,我的态度也不算。"

话是这么说,杜文灯主意已定,这个团长就给剑湫。她越是不想当,就越是要她当。

剑湫和肖晓红是同时考察、同时公示、同时任命的。杜文灯和梅如烟办理了卸任和退休手续,但没有离开剧团,剧团聘请她们当顾问。她们还有任务,要扶新任的团长和艺术总监一程,要帮助团长和艺术总监排新戏，更要推新人。这是剧团的传统。传统是不能随便更改的。

在聘请梅如烟当顾问时，遇到一点麻烦。梅如烟提出来，自己身体不好，最近总是头晕，以为是高血压，去医院检查，没查出具体问题。头晕脑涨，走路跌跌撞撞，自身难保，没能力"顾问"了。肖晓红找她商量，让梅老师再"带她一程"，她没有梅老师"不行"，心里"不踏实"。梅如烟不为所动。新任艺术总监肖晓红束手无策，只能请新任团长剑湫"出马"。在肖晓红的提示下，剑湫自掏腰包，买了一束百合花，由肖晓红带领去梅如烟家"拜访"。梅如烟"态度"相当好，没有"摆架子"，更没有"给脸色"，对新团长的到访表示"衷心感谢"，对百合花表示由衷喜欢。她说百合花好，颜色好，干干净净，清清爽爽；香味她也喜欢，清淡的，却又是不屈不挠的，没有侵略性，但无法忽视它的存在。梅老师称赞剑湫"有心"，让她"破费了"。但是，一说到担任"顾问"，她立即装出头晕欲倒的样子，手扶着脑袋，话也说不出来了。事情僵住了，没有回旋余地了，百合花白送了，传统要被打破了。当然，如果真破了，也不是什么大不了的事。杜文灯老师倒是很爽快地接过剑湫递给她的聘书。当然，剑湫有经验了，也给她送了一束花，不是百合，是康乃馨。杜老师喜欢康乃馨，她以前对剑湫说过，她喜欢康乃馨的浓烈、奔放，康乃馨一点都不扭扭捏捏，多么豁达，多么大气。剑湫谈到梅如烟不接聘书的事，杜文灯老师很果断，几乎是以团长的口吻说道，那不行。沉默了一下，她让剑湫给梅如烟带一句话，是一句唱词，杜老师命令剑湫说，你唱给她听。剑湫不清楚老师为什么让自己给梅如烟唱这句唱词，老师没说，她也没问。她又一次敲开梅如

烟的家门,说杜文灯老师让我给您带一句话。梅如烟诧异,但没有问。剑湫不再说什么,打开嗓子唱了起来:

> 生前不能夫妻配,
> 死后也要成双对。

梅如烟听完,脸上没有任何表情,默默从剑湫手中接过顾问聘书。

三

新戏很快排起来了,这就是剑湫的性格,她是寸步不让的。依然是剑湫和肖晓红搭档,也只能是她们搭档。但是,剑湫发现,她原本最不担心"演"的问题,现在成了最大的问题。

肖晓红不在状态,很不在状态。她演的还是原来的祝英台,还是悲剧的祝英台。她依然在老路上横冲直撞,"轨道"不对,"跑"死了也是白死。这一点,剑湫原本是应该想到的。她高估肖晓红了。

剑湫的不满意是从第一场开始的,是从根开始的。第一场是"思读",是祝英台的戏,每一个细节都在展示祝英台的性格,也是她命运的伏笔。经过剑湫改编后,祝英台还是追求知识、向往自由的女性,但她的追求和向往里有了更丰富的内涵,说得直白一点,祝英台女扮男装去杭州城读书,就是一次"私奔行为",是胆大妄为,是异想天开,是无中生有。在剧团排练厅里,剑湫是这么给肖晓红"讲戏"的:

"在当时的社会环境中,祝员外不可能让祝英台去杭州读书,女扮男装也不行。这是辱没家门的事,是伤风败俗的行为。再说,女孩子读书有什么用？那是女子无才便是德的时代,以祝员外的认知,祝英台想在祝家庄读私塾的可能性也不大,祝员外不可能同意她去杭州读书。那么,祝英台只能瞒着祝员外出逃。对于祝英台来说,离家出走当然是天大的事,是离经叛道的,是大逆不道的,她内心肯定纠结,肯定犹豫,肯定彷徨,肯定思前想后,肯定患得患失。但是,祝英台又是决绝的,她向往知识,向往外面的世界,最主要的是,她是个豁得出去的人,她的性格有极其决绝的一面,是个敢想敢做的人,是个奇女子。所以,从一开始就要将祝英台的纠结和决绝表现出来,这是祝英台的'核',是她的精神状态,也是她行为的内在动力。这是第一场,也是祝英台性格的确立和生长,有了这一场,基础扎实了,定位准确了,才有后来的私定终身,才有最后的私奔。一切都是顺理成章的。"

　　照理说,剑湫不应该说这么多,她凭什么给肖晓红"讲戏"？虽然是她主导改编这个戏,但是,肖晓红是艺术总监,按照分工,"讲戏"是肖晓红的事,即使她是团长,也不能大包大揽,忌讳的。这一点剑湫知道不知道？她当然清楚。可剑湫是这么想的:状态出不来,你是艺术总监又如何？我还是编剧呢,还是导演呢。剑湫焦急,她替肖晓红焦急,张嘴咬下肖晓红身上一块肉的心都有了,但她没有"表达"出来,不能。她们是什么关系？在生活中,她们是朋友,是姐妹,是相互帮扶关系;在工作上,一个是团长,一个是艺术总监,是同事和搭档关系。更主要的,是在舞台上,一个是生一个是旦,那就更说不清楚了,是情侣？是夫妻？是冤家？是仇敌？什么都是，又什么都不是。她能对肖晓红有什么态度？什么也不能，只能忍着。其实，剑湫也知道，戏不是"讲"出来的，只能通过一场又一场的表演，只能通过一点一滴的"悟"。别人"讲"，只能提供一个方向，是外力；而"悟"才是内在动力，通过自己摸索出来的，才属于自己，才是结实的，才是独一无二的。剑湫知道，"讲戏"是没用的，"示范"也是没用的，肖晓红只会更加茫然无措。谁也帮不了，只能依靠肖晓红自己左冲右突，只能将肖晓红扔在水深火热之中，只有如此，肖晓红才有可能找到自己的方向，才能走出自己的路，才能演绎出一个全新的祝英台。剑湫心急如焚，表面上只能波澜不惊。

事实确实如此。剑湫说的肖晓红都懂，她能理解剑湫对祝英台的性格分析，也能接受祝英台的变化，但是，她表达不出来，一抬眼，一举手，一迈步，一张口，以前的祝英台又回来了，不是"回来"，而是从未离去。肖晓红知道剑湫不满意自己的表现，她对自己的表现也不满意。从学戏开始，她一直是自信的，她对理解能力自信，对表现能力也自信；她知道如何分析人物性格，更懂得如何表现人物性格，差不多一点就通。可是，这一次"见鬼"了，卡在最拿手的"祝英台"身上了——老版的"祝英台"阴魂不散，新版的"祝英台"若隐若现，她被吊在半空了，迷茫了，不知何去何从了。进退两难，张口更难，似乎连戏也不会演了。

改变很难，要在熟悉、舒服的环境里做出改变更难。老版的"祝英台"，已经和她的身体合二为一，成了她的本能，可以这么说，老版的"祝英台"主宰了她的身体和灵魂，所以，这种改变需要改弦易辙，需要脱胎换骨。这一点，肖晓红当然知道。像她这样的演员，对舞台有自己的认识，对剧中人物有自己的理解，拥有自己的表演风格，更有一大批戏迷追随，她的内心已经建立起一个小宇宙，是坚固的，更是顽固的，很难改变的，连影响都很难。肖晓红更知道，最大的问题不在这里，自己的问题不是新戏和老戏的问题，也不是悲剧和喜剧的问题，甚至不是谁来当剧团团长的问题。到底是什么问题？肖晓红似乎是清楚的，可又似乎不是很清楚，但她知道，这个问题不能跟剑湫谈，不想谈；也不能跟梅如烟和杜文灯谈，无法谈。她想来想去，只有尤家兴。

当然不是找尤家兴谈问题，尤家兴不是用来谈问题的，而是用来解决问题的。她知道尤家兴将工厂的一个旧仓库改造成木偶陈列室，陈列室中间搭建了一个戏台。她在剧团的排练厅找不到感觉，想换一个"不一样"的环境试试。她突发奇想了，要找尤家兴演戏。

尤家兴当然是仗义的，是有求必应的，二话没说，立即带她去陈列室。

一进陈列室，不一样了，四周密布的木偶活起来了，手舞足蹈，挤眉弄眼，神态各异地从橱柜里跳出来，排山倒海地向肖晓红拥来。陈列室沸腾了。她听到锣鼓声响起来，听到所有木偶的演唱声，那些声音汇聚在一起，又各自散去，既遥远又亲近，既庞杂又清晰。肖晓红对那些木偶不陌生，对他们的演唱更是熟悉，那是她置身其间的世界，也是她心醉神迷的舞台。肖晓红再看中间变得缥缈的戏台，身体发热了，发软了，轻盈了，飘荡了。她情不自禁了。

尤家兴将她带到后台，其实也不需要尤家兴带，她早就摩拳擦掌了。到了后台，尤家兴问她：

"要不要化装？"

无所谓了。对于这时的肖晓红来说，最主要的不是化装，而是登台。她要成为祝英台，她就是祝英台，火急火燎了。但是，肖晓红按捺住了，她在化妆镜前坐下来，有条不紊地化装。尤家兴播放了音乐，是《梁山伯与祝英台》里的"十八相送"。肖晓红觉得尤家兴这场戏选得好，这段音乐也好，既欢乐又伤感，既是相聚，又是别离。肖晓红很喜欢这种氛围，很迷恋这种状态，这是戏曲的氛围和状态，真实又虚幻，快乐又悲伤。肖晓红化完面妆，一丝不苟，每一个环节都没有省略。每位演员都知道化装的重要性，不只是酝酿的过程，不只是进入角色的过程，而是一个演员自我修炼的过程，更是自我塑造的过程。在化装过程中，一点一滴描绘和确立心目中的角色，也在这个过程中，将原来的自己一点一滴抹掉，让心目中的角色像雕塑一样凸显出来，立体起来，奔跑起来。

只差穿上戏服了，肖晓红转头去看尤家兴。这是她第一次看见尤家兴化装。原来的尤家兴不见了，肖晓红见到的是梁山伯，一个熟悉又陌生的梁山伯。

对于化装，尤家兴不陌生。

他的感受是，"化"跟"不化"是不同的。"不化"的梁山伯是"无限的"，是"全知的"，是超越时空的。然而，"不化"的感受却是单一的，他可以成为戏中之人，也只是戏中之人。他想到的只是梁山伯，只是和剑湫扮演的梁山伯合二为一，只是和剑湫合二为一，他忽略了其他，忽略了整个世界。"化"了之后，他的感受是复杂的，是犹豫的，他发现，戏中不止他一个人。当他和肖晓红完成了化装,尤家兴和肖晓红不见了,世界呈现在他面前,有祝英台,有银心和四九,有山川树木,还有古道凉亭,他和他们是一体的,是不可分离的。没错,他们丰富了他,也触发了他,让他变得立体,变得饱满,让他真正成为一个戏中人,成为戏中的梁山伯。这个梁山伯的认知和视觉是"有限的",他只能看到所看的东西,只能想到所想的东西。这是真实的梁山伯,是现实的,是可以触摸的。所以,他这时看对面的肖晓红不一样了,不,是祝英台,是同窗好友祝英台,是贤弟祝英台。这就对了,他的感受跟人物同步了,情绪表达准确了。好了,音乐重新开始,他们在后台相视一笑,尤家兴做了一个邀请的姿势,嘴里念道:

"英台请。"

肖晓红也做了一个邀请姿势:

"梁兄请。"

肖晓红一开口,尤家兴就觉得不同了。这不是以前的肖晓红,也不是以前的祝英台。尤家兴说不出不同在哪里,却能感觉到,这个肖晓红和祝英台比以前热烈和主动,比以前难以捉摸。

音乐里响起四句唱词:

> 三载同窗情似海,
> 山伯难舍祝英台。
> 相依相伴送下山,
> 又向钱塘道上来。

这四句唱词很重要,时间、地点、人物、事件都在里面了。当

744

然,对于演员来说,特别是对于即将上台的演员来说,最重要的是感情。

两个人的关系,祝英台在暗处,她了解梁山伯的一切。梁山伯做梦也不会想到,跟他"同窗"三年的贤弟是女儿身。最主要的是,此时,祝英台心思已定,她"芳心暗许"了,她爱上了梁山伯,自作主张要嫁给梁山伯。所以,一路走来,祝英台都在暗示梁山伯,指着路边一棵树说,喜鹊满树喳喳叫,肯定是向梁兄报喜来。意思很明白了,祝英台提前向梁山伯道喜了——梁兄你交桃花运了。梁山伯是个书呆子,根本没听出祝英台的弦外之音,他很认真地对祝英台说,从来喜鹊报喜讯,恭喜贤弟一路平安把家归。祝英台无奈,只能继续往前走,"过了一山又一山,前面到了凤凰山"。这时,祝英台又开始"敲打"梁山伯了,说,凤凰山上百花开,独缺芍药与牡丹。梁兄你若爱牡丹,与我一同把家归。我家有枝好牡丹,梁兄要摘也不难。差不多是赤裸裸地示爱了,我们祝家庄有鲜花,只等你梁兄来摘,现在就可以去摘。梁山伯读书把脑子读直了,拐不过弯,或者说,他的心思根本没有拐到这上面来,他对祝英台说,你家牡丹虽然好,路远迢迢怎来攀?世间还有比梁山伯更笨的男人吗?至少在祝英台看来是没有了,她生气了。当然是又爱又恼,女人在这种状态下是要撒娇的,这是她们的专利。刚好经过一座古庙,对面过来一头牛,牧童骑在牛背上,唱起山歌解忧愁,祝英台指着梁山伯说,只可惜对牛弹琴牛不懂,可叹你梁兄笨如牛。梁山伯根本不懂什么是撒娇,他不解女人心啊,而且,他生气了。他是读书人,是好学生,成绩优秀,老师青睐,连师母也特别照顾,这样的学生最容不得别人说他笨,更不能说他"笨如牛"。他的书生脾气上来了,或者说牛脾气上来了,表情严肃地对祝英台说,非是愚兄动了火,不该将牛比着我。意思就是说,你把我比作牛一样笨,我生气了,不理你了。真是一个又呆又憨的书生,可爱又可叹。不过,祝英台爱的就是"这一口",爱的就是他的憨劲,就是他的不世故不圆滑,这样的人不会三心二意,不会见异思迁,不会朝三暮四,哦,值得托付终身。所以,祝英台放下身段,对梁山伯说,请梁兄你莫动火,小弟赔罪来认错。有憨劲的人有两种,一种是只会钻牛角尖,不会拐弯,一钻到底,至死方休,那是死心眼的憨;另一种是会拐弯的,心大,拐个弯,一个结打开,豁然开朗了。梁山伯的性格,介于两种憨之间,他的心时大时小,弯也是时拐时不拐。但对于分别在即的祝英台贤弟,他只是假装生气而已,见祝英台认错赔罪,他觉得玩笑开大了,赶紧笑着说,好了好了,路途遥远,贤弟你快快赶路吧,前面就是长亭了,愚兄就送到这里,咱们后会有期。

背景音乐这时响起来了,有一句唱词:

十八里相送到长亭。

连唱两遍,一遍比一遍轻,一遍比一遍慢,一遍比一遍悠扬,那是不舍,是哀伤,是两情依依,是无可奈何。送君千里,终须一别,两人在长亭外作揖,祝英台转身回祝家庄。

到了这里,这场戏就算结束了。下一场是"思祝下山"。可是,今天不同,今天的音乐是循环播放的,也就是说,只要音乐没停止,这场戏不会结束。当祝英台转身离去之际,梁山伯还站在长亭外眺望,他要看着祝英台离去的背影,直到完全看不见为止。按照剧情安排,这个过程,祝英台没有回头。

音乐再一次响起来时,祝英台回头了。不仅仅回头,祝英台又回来了,风驰电掣,飞奔而来,双手拉住梁山伯,举到胸前,眼睛闪亮地看着梁山伯,嘴里喊了一句什么话,因为有背景音乐,梁山伯没听清楚,祝英台用更大的声音喊:

"你是谁?"

"我是梁山伯。"

祝英台很高兴,祝英台也很伤心,继续问:

"你到底是谁?"

"我是尤家兴。"

祝英台指着自己鼻子问道:

"我是谁?"

"你是肖晓红。"

祝英台说:

"我到底是肖晓红还是祝英台?"

"你也是祝英台。"

"你再大声说一遍?"

梁山伯高声念道:

"我是尤家兴,是梁山伯。你是肖晓红,是祝英台,是小九妹。我就是你,你也是我。"

祝英台突然"哇"地哭了起来,一把抱住梁山伯唱道:

"梁兄啊,榆木疙瘩能开花,你终于明白小妹的心。"

尤家兴觉得肖晓红今天的表现很不正常,仔细想想,也很正常。

四

剑湫没想到,肖晓红会和尤家兴走到一起。也不是没想到,她知道,他们三个人之间,什么事情都可能发生,不足为奇的。但她对肖晓红的做法持保留意见,肖晓红选择的时机不对,她现在首要任务是排戏,要尽快进入角色,要"在状态",要找到新版祝英台的感觉,都火烧眉毛了,还有心思谈男女私情?肖晓红是个职业演员,应该拿出职业演员的精神,遇到问题不能逃避,能逃到哪里去?最终还得回到舞台上来,必须面对新版的祝英台,逃不掉的,没人帮得了忙,没有人。

让剑湫更生气的人是尤家兴。肖晓红是个演员,只要上了舞台,是什么事情都做得出来的,怎么任性都可以的。这一点,剑湫能理解,也能谅解。她不能理解和谅解尤家兴,尤家兴不是职业演员,他是冷静的,也应该保持冷静,不能由着肖晓红"胡来"。但是,尤家兴没坚持住,他跟肖晓红"演了同一出戏"。剑湫很失望。

算起来,尤家兴也是个"艺人",他们家演木偶戏,同时制作木偶。到了尤家兴这一辈,才转行办起玩具厂,刚开始只是木偶玩具,后来拓展到塑料玩具,再后来做起了教具,工厂从一家发展成三家,他从尤厂长变成了尤总。身份和财富发生了变化,尤家兴"艺人"基因没变,并且开始"发酵"。他喜欢越剧,以前喜欢看杜文灯和梅如烟的戏,后来迷上剑湫和肖晓红,只要有剑湫和肖晓红的演出,他都看。剧团的人都知道,尤总是剑湫和肖晓红的戏迷,更是剑湫的戏迷。因为剑湫和肖晓红的关系,他成了剧团常客,成了剧团的"尤总"。

有一点是肯定的,尤家兴是追求剑湫时间最长的人,他的追求是一以贯之的。但是,尤家兴对剑湫的追求又是隐晦的,甚至是若有若无的。他的追求是付诸行动的,却没有实质性内容。

这么说有点绕,有点纠结,但这正是尤家兴的状态,正是尤家兴对待剑湫的方式。可以这么说,他喜欢舞台上的剑湫,那个雄姿英发的剑湫,但尤家兴知道,那是舞台,是戏,是不真实的。他更喜欢生活中的剑湫,回归女儿身的剑湫。这种喜欢源自他的想象,源自剑湫在舞台上和生活中的反差,更源自他对剑湫女儿身体的向往。问题正在于此,这种向往让他害怕,这害怕来自两个方面:一是剑湫的拒绝;二是对现实的失望。

剑湫从来没有拒绝过尤家兴,因为尤家兴从来没有真实的"举动"。他的追求里,"追"是显性,是主题,是明目张胆和锣鼓喧天的;"求"是隐性,是时隐时现和似有似无的,甚至是形而上的。他到剧团来,或者到剧场看剑湫和肖晓红演出,好像只是一种宣告:这是老子的地盘,闲人勿进。

尤家兴不是没有和剑湫单独相处过,剑湫带他回过单身宿舍。剑湫不是随便带男人回单身宿舍的人,她这么做,是态度,也是默许,等于承认尤家兴对"领土"的圈定。

尤家兴在剑湫单身宿舍是随意的,这种随意源自剑湫。他们可以说话,也可以长时间不说话;可以各做各的事,也可以各自发呆,好像他们是两个独自运行的星球,互相吸引,也互相排斥。他们在一起,看似平淡,却又亲密;看似危机四伏,却又相安无事。

他们见面一般在晚上,尤家兴白天要去工厂,剑湫白天要排练。晚上又分两种见面方式：一种是剑湫在舞台上，尤家兴在舞台下；另一种是在剑湫宿舍。尤家兴没有带剑湫去过工厂，他隐隐觉得，剑湫对工厂是排斥的，至少是冷漠的，是有隔膜的。对于尤家兴来说，两种见面方式，两种状态，一种激烈，一种温和。他渴望激烈，也享受温和。他想，剑湫大概也是这种心态，所以，他们才能安然地交往下去。

在剑湫的单身宿舍，他们也曾有过身体交集。那天晚上，剑湫靠在床上看剧本，尤家兴坐在宿舍唯一一张桌子前画玩具草图。当他抬头看剑湫时，她不知在什么时候睡着了，剧本散在胸前，手停在脑袋上边。尤家兴静静地看着熟睡中的剑湫，他从来没有如此长时间地看着剑湫。舞台上的剑湫是流动的，是目不暇接的，是变幻无穷的；舞台下的剑湫，尤家兴从来没有认真看过，也不需要，他只需要跟剑湫在一起的气息和感觉，只需要那种不真实却又实实在在的氛围。这是他第一次端详舞台下的剑湫，他觉得，这个时候的剑湫，既是静止的，又是流动的。但是，有一点是可以肯定的，他的内心是宁静的，他的身体是安静的。但他还是站起来，走到床前，走到剑湫身边，弯下腰，更加仔细地看着剑湫的脸，差不多是脸贴着脸了。他不知道要从剑湫的脸上看出什么，也不知道自己为什么要这么做。就在此时，剑湫的眼睛突然睁开了。那是一双经过专业训练的眼睛，是一双戏曲演员的眼睛，一双小生的眼睛，无论在不在台上，她的第一反应肯定是"在台上"。剑湫的眼睛一瞪，射出两道光芒，这光芒不仅击穿了尤家兴的身体，也击中了他的灵魂。他没有动，也不能动。剑湫这时动了，伸出停在脑袋上边的手，缓慢而又敏捷地勾住尤家兴的脖子。尤家兴的脸跟剑湫的脸碰到一起了，不对，是他们的嘴撞到了一起。剑湫咬住了尤家兴。

触电一般，尤家兴的身体没有任何征兆地跳了起来，他将剑湫的身体带了起来，又重重摔在床上。尤家兴没有惊慌失措地逃走，他还站在原地，诧异地看着剑湫，好像不认识她。剑湫依然保持着被摔在床上的姿势，她的眼睛看着尤家兴，又好像没有看着尤家兴。她的脸色是平静的，似乎早就料到尤家兴会有这种反应。整个过程，两个人没有说过一句话，一切都是寂静的，似乎发生了什么事，又似乎什么事也没有发生。

确实是什么事也没有发生。此后，两个人再没提起这件事，他们还跟以前一样交往，尤家兴还去剑湫单身宿舍。但是，心里都知道，不一样了，他们对自己的认识不一样了，对对方的认识也不一样了。

尤家兴当然知道这一点，同时，他又是迷茫的。他的迷茫在于如何处理和剑湫的关系，他的迷茫更在于如何理清自己对剑湫的感情。很难，太难了。他觉得自己是喜欢剑湫的，他无法想象离开剑湫自己将如何生活下去，意义何在？难道仅仅是多开几家教具工厂吗？有意义吗？当然有意义，多开几家工厂，就能赚更多钱，他当初放弃家传的木偶戏，选择做生意，不就是为了赚钱吗？但是，他也知道，钱是赚不完的，是没有尽头的。如果从这个角度讲，多开几家工厂又是没有意义的。有时候，尤家兴觉得自己并不喜欢剑湫，对她的身体没有强烈的欲望，他觉得这是不对的，甚至是不道德的。他为那天晚上自己不得体的行为深深自责，他认为自己是吓坏了，剑湫是他的神，怎么会有动剑湫身体的念头？他更没想过剑湫会主动亲吻自己,吓死人了。

有过上一次的经验后,尤家兴终于"开窍"了:剑湫是可以"动"的。剑湫是人,而且,是个女人。女人有的,她"都有";女人需要的,她"都需要"。剑湫回到"凡间"了。这是尤家兴不愿意见到的,但他必须面对这个"现实",因为剑湫不可能永远在舞台上,她的人生必须由舞台上和舞台下两段构成,只有这样,她才是完整的。

尤家兴必须正视这个现实,他已经错过一次,接下来不是补救的问题,而是如何面对的问题。他不能回避,更不想躲避。他必须有所行动,既是对剑湫的试探,也是对自己的确认。

是尤家兴主动带剑湫到陈列室的。剑湫不想去他的工厂,她对工厂没有兴趣,尤家兴说不是去工厂,是去他的木偶陈列室。尤家兴对剑湫说过木偶陈列室,也说过陈列室中间的戏台。剑湫对木偶戏有兴趣,对陈列室里的戏台也有兴趣。好吧,那就去。

尤家兴发现,进入陈列室,剑湫的眼神就变了,迷离了,飘忽了,隐约了。走路姿势也变了,她"走"的是生角的步伐,是风流倜傥的,又是步步为营的。说话的声音和节奏也变了,变雄性了,抑扬顿挫了。当他们站在戏台上时,剑湫已经进入表演状态,呼吸也变了,既急促又舒缓,既沉重又轻盈,既真实又虚幻。戏台上充满了她的气息,阳刚又阴柔,温暖而湿润,上下翻腾,无孔不入。

尤家兴紧张极了,手脚发软,鼻子发酸,他想瘫在戏台上呼呼大睡,更想抱着剑湫大哭一场。尤家兴不想再错过机会,他提出来,用木偶跟剑湫配戏,一起演一场《梁山伯与祝英台》。这个时候,剑湫还会不同意吗? 不要说有人跟她配戏,她一个人也愿意演，也能将整座戏台撑满。

尤家兴选了"草桥结拜"，是他第一次见到剑湫的那场戏。

剑湫一开口，尤家兴就知道，自己做了一件蠢事，怎么能跟剑湫演对手戏呢？剑湫在戏台上一亮相，尤家兴就感觉到一股山呼海啸的压力，那是来自剑湫身上的气势，一种凌厉的气势，咄咄逼人，气势汹汹，让人畏惧，又让人敬佩。当剑湫一开口，情况变了，不是咄咄逼人的问题了，整个戏台都属于剑湫，都在她的控制之中。尤家兴发现，这个时候，想象中的剑湫回来了，自己的身体有反应了，膨胀了，虚空了，真假难辨了，恍恍惚惚了。但是，这一次的恍惚与以前不同，他跟剑湫演上了对手戏，有互动了。有互动是不一样的，是有对等交流的，是纠缠的，是不分彼此的。

尤家兴感觉得到，自己是被剑湫带着前行的，是被剑湫包裹着的。他一开始担心跟不上剑湫的节奏，其实不是，在这一点上，剑湫掌握得很好，在戏台上，她是王，她掌控着整个空间，也把握着前行节奏，不会让任何人落下。优秀的演员就有这样的魔力。尤家兴很愉悦，从未有过的愉悦，他觉得，无论是身体还是精神，都已经和剑湫结合在一起了，飘起来了。

可是，尤家兴又是清醒的。这是在陈列室的戏台上，是和剑湫在演戏。也就是说，这种愉悦是不真实的，是空虚的。然而，对于尤家兴来讲，这种愉悦又是如此真切，如此身临其境。

戏台上的演出是打破时空的，短短一个选段，就是一生一世，就是万水千山，是整个宇宙，也是漫长无际的时光长河。对于尤家兴来讲，这一段"旅程"既漫长又短暂，他似乎与剑湫早就交融在一起了，忘记了开始，也永远不会结束。可是，他又觉得，这个过程稍纵即逝。他希望继续被剑湫推着,希望继续被剑湫包裹着,希望永远跟剑湫融合在一起,将两个人变成一个人。

尤家兴意犹未尽,他不满足。戏虽然结束了,但他没有离开戏台的意思。他看着剑湫,是的,眼前的人分明是剑湫,可是,也是梁山伯,她是剑湫和梁山伯的综合体。她是雌雄同体。这正是尤家兴需要的,他不能自拔了,眼前的剑湫是那么真实,又是那么虚幻;是那么触手可及,又是那么遥不可攀。不管了,尤家兴豁出去了,他扔下手中木偶,一把抱住剑湫。他抱住了一团滚烫的火,又像抱住一汪柔软的水,但他确信,自己抱住了剑湫,是戏台上的剑湫,是想象中的剑湫,是热气腾腾的梁山伯,是奔腾不息的梁山伯。是的,尤家兴意乱情迷了,喃喃地叫道,剑湫,剑湫。接着,又情不自禁地叫道,梁兄,梁兄。干什么?剑湫一把将他推开,很突然,很猛烈,推了他一个趔趄。他有点清醒过来了,依然站在戏台上,眼前依然站着剑湫。是生活中的剑湫,是没有化装的剑湫。剑湫冷冷地看着他,目光像一把寒光闪闪的剑,那是一道白光,尖利地刺进他的脑子。这一下,他完全清醒了。剑湫依然看着他,没有开口,但那眼神分明已经开口了,那是疑问,更是质问。可是,尤家兴无法回答,怎么开口呢?他惶恐而悲伤,不知接下来该说什么,更不知该做什么。

戏台暗了下来,世界也暗了下来。

走下戏台,剑湫已经恢复常态。脸色是冷淡的,跟平常没有任何区别。她没有再提陈列室戏台上的事,好像根本没有发生过。她依然跟尤家兴保持来往,没有比过去更热烈,也没有比过去更冷淡。

接触越多,越深入,尤家兴越是看不懂剑湫。他理解不了剑湫,或者说,无法走进她的内心,也无法靠近她的身体。剑湫的身体时而开放时而紧闭,没有任何征兆和规律。这当然有他的原因。面对剑湫的身体,他是犹豫、纠结、彷徨和举棋不定的,同时,他也感受到,剑湫的态度是不稳定的,是无法捉摸的。

五

剧团的人都认为,剑湫不会参加肖晓红和尤家兴的婚礼,毕竟和新郎有过一段说不清道不明的关系,忌讳是肯定的,尴尬也是肯定的。但是,也不能十分肯定。谁也摸不清剑湫的性格,摸不准她的行事方式,她做什么事,只看她想不想做,没有该不该做。

请柬是肖晓红送到剑湫办公室的。尤家兴没来,尤家兴也可能是"不敢",他心虚,他内心是"怵"剑湫的。肖晓红送来请柬的同时,还有一个礼包和五百元礼金。肖晓红说,要来参加婚礼哦。剑湫接过礼包、礼金和请柬,表情平静,她对肖晓红说了一句"恭喜",没说参加,也没说不参加。

结婚那天,剑湫准时出现在华侨饭店的婚礼现场,她跟剧团同事一样,包了两千元礼包,回礼是一百元红包和一包硬壳中华香烟。剑湫被安排在主桌,和杜文灯、梅如烟老师坐一桌。虽然是晚辈,但她是团长,完全有资格同桌,名正言顺的。

一切都很顺利,一切都很融洽。男方来的客人大多是老板,财大气粗,声音此起彼伏,是喧闹的,是热烈的,是生机勃勃的,是变化多端的。女方来的客人以剧团同事为主,都是文化人,文化人的热闹是暗流涌动的,是意味深长的,是山高水长的,是意会多于言说的。

婚礼主持人是剑湫的戏迷,没有人知道他是自作主张还是事先和尤家兴串通好的,婚宴中途,他突然邀请剑湫来一段越剧,给新娘和新郎送上"特别的祝福"。

老实说,剑湫没"准备",她是来"吃喜酒的",不是来"唱戏的"。她可以拒绝,以她的性格和行事风格,拒绝是理所当然的。但剑湫是演员,演员是不会拒绝表演的,特别是在人多的场合,特别在"群情激昂"的时候,表面不动声色,内心早就蠢蠢欲动了,身上所有的肌肉都在跳跃,喷薄欲出了。不唱是不可能的。

剑湫接过主持人递过来的话筒,站了起来,大方地说,那就清唱一段吧,唱《梁山伯与祝英台》里的"楼台会"。她的话音刚落,主持人喊了一声"好",掌声迫不及待地响起来,大家也跟着叫好,跟着拼命鼓掌。掌声停息后,剑湫提了一个要求,她想邀请新娘一起唱,她唱梁山伯,新娘唱祝英台。这一次,主持人还没反应过来,带头喊"好"的是新郎尤家兴,他带头鼓掌,将新娘推上台去。新娘肖晓红虽然觉得这种场合不适合唱戏,特别是唱"楼台会",但她是演员,唱戏是她的本能反应,特别是跟剑湫一起唱,即使尤家兴没有"推",她也会上去;即使心里不想"上",身体也会"上"。

肖晓红上台后,先对剑湫做了一个邀请动作,用了一句念白:"梁兄请。"

剑湫也弯腰做了一个邀请动作,对肖晓红说:"英台请。"

立即就进入角色了,剑湫拉开嗓子唱道:"那一日,钱塘道上送你归,你说家有小九妹,长亭上面做的媒,愚兄是特地登门求亲来。"

肖晓红唱道:"梁兄啊,你道九妹是哪一个?就是小妹祝英台。"

剑湫和肖晓红上台后,杜文灯没有去看她们。对于她们的表演,杜文灯不需要"看",她的眼睛用来盯尤家兴。当剑湫唱"那一日"的时候,尤家兴"不对劲"了,身体明显颤抖了一下,然后僵住,一动不动,好像失去了生命,怅然若失了。当剑湫唱到"久别重逢应欢喜,你因何脸上皱双眉"时,尤家兴身体随着唱词开始晃动,脸上的神情也随之变化,好像丢失的东西找到了,欣喜,却又不说出来。当剑湫唱到"纵然是无人当它是聘媒,我与你生死两相随",尤家兴身体和脸部表情转变成了悲伤和无奈。当剑湫唱到"贤妹妹,我想你,哪日不想到夜里"时,台上的剑湫强忍泪水,台下的尤家兴却满脸红光,那红光几乎照亮他的身体,充满了力量和斗志。

自始至终,尤家兴的眼睛都围绕着剑湫,剑湫在哪里,他的眼睛就跟到哪里。他眼里没有肖晓红,肖晓红仿佛是透明的,不存在的。除了剑湫,整个世界都是不存在的。当剑湫最后唱到"我死在你家总不成"时,杜文灯发现,尤家兴眼里有一束光,一束柔和的光,似乎将剑湫笼罩起来,保护起来,不让她受任何伤害。他眼里还有另一束光,是凶狠的,是残暴的,也是贪婪的,似乎要将剑湫一口吞没。杜文灯从尤家兴的眼光看出来,剑湫是独属于尤家兴的,这事没得商量。

心惊胆战了。杜文灯知道尤家兴一直和剑湫"纠缠不清",但她觉得只是青年男女的恋爱,是"剪不断理还乱",是"一团乱麻"。现在看来,不是的,情况很复杂。现在,肖晓红成了尤家兴妻子,而尤家兴眼里没有妻子肖晓红,他眼里只有剑湫,只痴迷剑湫。三个人结成解不开的结，错综复杂了。这事怎么弄？杜文灯觉得没法弄。

演唱是成功的。当然，剑湫的演唱不可能不成功。选的"戏"有点小问题，跟婚礼的气氛不太协调。不过，没关系，剑湫的演唱能带领大家飞离现场，去一个熟悉又陌生的地方。确实如此，剑湫将大家带到了祝家庄，带到了祝英台的楼台。大家看到梁山伯兴冲冲来，来兑现诺言，来跟小九妹提亲，跟小九妹喜结连理。可是，哪有小九妹，只有祝英台，只有名花有主的祝英台。小九妹是个"骗局"，祝英台也将成为马文才的妻。一脚踩空了，失落了，心痛了，伤心欲绝了。这日子没法过了。楼台相会，成了诀别。祝英台想留他多坐一会儿，可是，再坐下去有什么意义？不能改变现实的逗留就是折磨，就是摧残，叫人肝肠寸断，叫人生无可恋。走了。

谁的人生没有经历过波折？谁的人生没有经受过挫折？谁的人生没有被爱情拥抱又被抛弃？谁的人生不是起起伏伏？剑湫的演唱唤醒了沉睡在大家心底的感情，"百般滋味涌上心头"了，剑湫演唱的不仅仅是梁山伯，也不仅仅是她自己，而是所有听她演唱的人，她把所有人"带进去"了，触动了所有人的感情。这是剑湫了不起的地方。难怪她有那么大名气，难怪她有那么多戏迷，难怪她能得奖，难怪她能当上团长。她站在台上，就是主宰。她将舞台变成所有观众的舞台，所有观众成了主角。这是她的厉害之处。唱什么内容不重要，是不是悲剧也不重要，甚至连肖晓红和尤家兴的婚礼也不重要。剑湫这么一演唱，喧宾夺主了，不合适了。

有一点是可以肯定的，有了剑湫的演唱，肖晓红和尤家兴的婚礼变得"与众不同"了，艺术含量高了，内涵丰富了，给所有参加婚礼的来宾以艺术享受和情感冲击，那么，这就是一次成功的婚礼。不虚此行了。

没人会在意剑湫演唱的是悲剧，没人会注意尤家兴身体和精神的变化。

杜文灯注意到了，梅如烟也注意到了。她们互相对视一眼，没有说话，心照不宣。情况不妙，很不妙，她们也遇到过类似的事。那时候，她们刚刚成为信河街剧团的台柱子，刚刚"红"起来。她们是剧团"双姝"，是冉冉上升的明星。也就在那个时候，她们同时喜欢上一个男人，是文化局一个处长。那时候的"喜欢"是不及物的，所谓"在一起"，顶多去瓯江边散个步，再就是去大众电影院看一场电影。那个人约杜文灯看电影，又约梅如烟去瓯江边散步。这就是大事件了，就是脚踩两只船，就是花心，就是陈世美。要死啦，不可原谅的。

杜文灯和梅如烟谁也没有开口提这件事，不能说的。她们的表达方式在舞台上，通过戏中人将想说的内容表达出来。她们做得到，也只有她们才能领会。在演出《梁山伯与祝英台》中"山伯临终"一场戏时，杜文灯在舞台上悲凉地唱道：

> 生前不能夫妻配，
> 死后也要成双对。

在后台候场的梅如烟一听，泪流满面了。她听懂了，杜文灯这个时候是梁山伯，也是杜文灯，这句话是唱给梁山伯的，是唱给梁山伯爹娘的，是唱给祝英台的，更是唱给她梅如烟的。她突然有种奇怪的感觉,这种感觉突如其来,暖暖的,凉凉的,有点刺,有点痒,既迅猛,又舒缓。她不由自主打了个颤抖,是个很大很大的颤抖,随之,全身一阵发麻,一屁股跌坐在地上。

从那之后,梅如烟再没有跟那个男人去散步。她发现杜文灯也是,她们不约而同地、委婉而坚决地拒绝了那个男人。

梅如烟和杜文灯没有任何口头上的约定,没有。在那之后,她们还是似友似敌的关系,还是你追我赶的关系,有时几乎水火不容,就差势不两立了。但她们从来没有发生过正面"冲突",无论是语言,还是肢体,从来没有。梅如烟既害怕又享受,她想杜文灯也是如此。这种害怕与享受,成了她们之间的纽带,成了她们之间的默契,成了她们之间特殊的关系,一种既疏离又胶着的关系。她们谁也不需要谁,可谁也离不开谁。

后来,她们各自成立家庭,都老大不小了,没有家庭就是孤魂野鬼,去不了"封神台"的。特别是对于她们这样身份的女人来说,没有家庭会滋生出无穷是非,滋生出无尽的闲言碎语。

那就嫁了吧。

是梅如烟先成立家庭的,她没有选择追求她的人,没有选择与戏曲有关的人,而是嫁给一个政府机关办事员,一个从来不看戏也不知道她名字的人。紧随她之后,杜文灯也成立了家庭,没有嫁给众多追求者,她嫁给了一个军官。结婚前跟军官约法三章:她不随军,她是演员,根在信河街,在信河街的舞台上。

梅如烟觉得,她的家庭生活是幸福的,甚至是美满的。至少在外人看来如此。她从来没有对家庭表示过不满,当然,也没有表示过赞美。她从不对外谈论家庭,她发现杜文灯也是。外人从她们的穿衣打扮、语言神态、对生活的态度可以看出来,她们的家庭生活是和谐的,是安然无恙的。这就好,有什么比"安然无恙"更值得珍惜?但是,有谁知道她们内心的苦楚和失落?她和杜文灯都没有子女,不知道杜文灯怎么想,她是不想的。她从来没想过用身体生育出子女,她不能接受跟一个男人共同生育子女,那是不可想象的。她的子女在戏里,在舞台上,在塑造的角色中,那些角色既是她自己,也是她生育的子女,是独属于她的。在机关办事员委婉而坚韧的劝说下,梅如烟去医院做过妇科检查,没有查出不能生育的"问题",这不是她的"问题",至少不是"生理问题"。机关办事员也没问题。梅如烟清楚,"问题"在她这里,在"心理"上,如果她不主动"化解",是没办法解决的。杜文灯和军官的婚姻维持了十二年,最终还是"友好而平静"地"解体"了。军官想让杜文灯去部队,在部队也可以唱戏,部队也有舞台,舞台更大,空间也更大,为什么非要留在信河街?杜文灯不走,她对军官说,"我们有约在先的,你不能逼我离开信河街。"十二年后,军官选择了"放手",从那之后,杜文灯就"一个人过"了。梅如烟有时很想去找杜文灯说说话,她有许多话要跟杜文灯说,可以在办公室,可以去她家,或者来自己家,还可以去茶馆。可是,无论这个念头多么强烈,她都没有付诸行动。她不知道杜文灯是不是也是如此,杜文灯比她沉默、严厉。她知道,杜文灯是不会主动来找自己的。

只有梅如烟知道,她的家庭生活并不和谐,更谈不上美满。她不关心自己的丈夫,一点也不关心。她不愿意跟他做爱,不能接受,不愿意接受。她对丈夫说,你去外面找个女人吧。说出这句话后,她显得很轻松,甚至有无耻的感觉,好像从此之后再无义务,

"两讫"了。她想过跟丈夫离婚,她对他说,这样过下去,你痛苦,我也不快乐。他想也不想说:"不,我不会跟你离婚的,这辈子都不可能。"

她的家庭只是表面看起来和谐、美满而已,在这一点上,她羡慕杜文灯。杜文灯做事比她坚决,比她干脆,从来不拖泥带水。但是,有一点她是知道的,无论是她,还是杜文灯,她们的人生都不完美,她们不会拥有世俗的幸福。她们的完美和幸福在舞台上,她们确实找到并享受了,不配再享有世俗的欢乐。

从自己和杜文灯的人生,梅如烟看到了肖晓红和剑湫的人生。肖晓红和剑湫的人生肯定和她们不同,选择空间更大。但有一点可以肯定,她们的感情生活和婚姻生活注定不会平静,也不会完满和幸福,她们的完满和幸福在"彼岸"。梅如烟相信,尤家兴在婚礼现场的表现,肖晓红也是"看到的",她不知道肖晓红怎么想,更不知道肖晓红接下来会怎么做。这可能就是代沟,是差距,是她这一代人和肖晓红这代人的差别。同是演员,扮演的是同一个人物,差别却是那么明显,那么巨大,她们有她们表达感情和对待感情的方式,外人是无法理解的。

六

对于肖晓红来说,和尤家兴结婚的念头是骤然而至的,她从来没想过要嫁给尤家兴,从来没有。这是不可能的,尤家兴不是她的"菜"。肖晓红不能确定自己想要什么样的"菜",但肯定不是尤家兴。她要的巍峨,要的不可一世,要的汹涌澎湃,要的气吞山河,要的酣畅淋漓,尤家兴身上都没有。尤家兴身上有犹豫,有徘徊,有辗转反侧,有当机立断,也有运筹帷幄,这些都不是她想要的,她从来没想过跟尤家兴“在一起”。不过,她也在心里问自己:为什么不能嫁给尤家兴?谁规定自己不能嫁给尤家兴?没有嘛,她是自由的,跟谁结婚是她的事。肖晓红没想明白的是,当时在陈列室的戏台上,自己为什么要那么做?为什么会那么做?肖晓红到现在还是恍惚的,演完“十八相送”之后,她应该离开戏台。演出结束了,她不是祝英台了,她是肖晓红。可是,她又返回了戏台,她不是以肖晓红的身份回去的,是祝英台;尤家兴也不是尤家兴,是梁山伯。可是,肖晓红似乎又是清醒的,她知道自己另一个身份是肖晓红,或者说,她这么做时,两个身份是混淆在一起的;而尤家兴也不是单纯的尤家兴,他和梁山伯合二为一了。她可以对天发誓,此事没有“预谋”,她去找尤家兴,要在陈列室里演戏,可能是事先想好的,或许,她曾经想过在戏台上与尤家兴建立某种关系,但那只是一种试探,一次放飞,是艺术的,是形而上的。在戏台之下,她从没动过嫁给尤家兴的念头,她从没想过成为“尤总的夫人”,那是不可想象的。

真正的问题是,完成结婚仪式后,她将如何面对尤家兴?如何“生活”?肖晓红茫然了,悚然了。结婚之前,她的所作所为,带有表演性质,她找到了舞台上的感觉,有创造的快乐,既写实又夸张,很爽。特别是在婚礼现场,她和剑湫演唱的那一场“楼台会”,剑湫的每一句唱词都是别有深意的,都是饱含深情的。她当然感受到了。她从那种深情里得到了力量,得到了进入另一个通道的动力。她既热烈又冷静,既充实又虚无,落地生根却又飘荡无依;她是新娘肖晓红，又是新郎尤家兴；既是旦角肖晓红，又是生角剑湫；既是祝英台，又是梁山伯，似乎什么都是，又似乎什么都不是。她感觉身上有一种摧枯拉朽的力量，有一种一往无前的勇敢，她觉得自己长出了三头六臂，翻江倒海，上天入地，不就是演个私奔的祝英台吗？没问题，放马过来便是。那一刻，肖晓红觉得自己是无所不能的，祝英台也是无所不能的，整个天下都是自己的。

搬进尤家兴的别墅后，肖晓红发现他们有一个巨大的卧室，有巨大的卫生间和换衣间，还有一张大床。肖晓红从来没见过这么大的床，哪里是床？分明是一个舞台。她要和尤家兴睡在这个舞台上，没有任何退避机会了，身体接触回避不了了。可是，她不知道如何与尤家兴"短兵相接"，也不想。她想象的人不是尤家兴，不能接受尤家兴。这个问题有点大了。

让肖晓红稍稍心安的是，尤家兴没有"碰"她。她裹一床被子，尤家兴也裹一床被子，各睡各的，相安无事。这就太好了。

肖晓红心里还是不踏实，太匆忙了，从戏台上的"演出"到举办婚礼，只用三天，好像她赶着上前线，一切都是急吼吼的。婚礼本身也像一场战争，一场轰然而至的战争。双方情绪还没到位，还在酝酿，还在发酵，还在犹豫，还在试探，战争"打响"了，很快进入"阵地战"。仪式完成了，轰轰烈烈的场面已经结束，接下来就是"赤膊上阵""拼刺刀"了。尤家兴暂时没"动静"，谁能保证他一直"按兵不动"？他有理由的，他是丈夫，"动"自己的妻子天经地义。肖晓红想，那就惨了，怎么对付？她能拒绝尤家兴吗？拒绝有用吗？尤家兴会不会使用"武力"？会不会"乱来"？会不会"来硬的"？肖晓红每晚提心吊胆，尽量把身体缩起来。她基本功练得扎实，身体柔软性好,身体的优势这时体现出来了,躺在床上,侧身而卧,面朝里边,手臂抱住双膝,几乎缩成一个圆圈。这个圆圈像一座"城堡",让她找到一点安全感。但是,这种安全感是那么脆弱,肖晓红怀疑,只要尤家兴的手指头轻轻一碰,她苦心建造起来的"城堡"便会轰然坍塌,场面便会"失控","城池"必然失守。她像一个孤军奋战的将军,面对围攻已久的敌军,虚弱而坚硬地死守在城墙之上,做出奋力一搏的姿势。她明白,只是虚张声势,只是一个仪式,只要"敌军"发起进攻,城墙便应声而倒。她的防守形同虚设。

在忐忑之中,肖晓红并没有等来想象中的"惨烈"战争,没有,尤家兴"风平浪静",他只是和肖晓红睡在一张大床上,肖晓红在左,他在右,只是两军对垒,并不"进犯"。肖晓红没有掉以轻心,她不敢脱了衣服睡觉,相反,她从剧团带回了演出打底服,白色、紧身那种,每晚临睡前,她将演出打底服穿在睡衣里面,将身体裹得密不透风,裹得自己也无从下手。她保持高度戒备,时刻警惕,提防尤家兴"突然袭击"。

一个月过去了,两个月过去了,尤家兴依然按兵不动。第三个月,尤家兴突然不见了。肖晓红夜里左等右等,不见尤家兴踪影。肖晓红产生了微妙心理,居然期望尤家兴出现。当然不是期望尤家兴的身体,她期望的是作为"符号"的尤家兴,他是她的丈夫,是"睡在同一张床上的人"。肖晓红差不多已经习惯了尤家兴作为"符号"的存在,她接受了这种存在。当尤家兴凭空"消失"之后,肖晓红有一种失落感,有一种被人抛弃的感觉。这种感觉很不好,让她产生了怀疑。是的,她不自信了,对自己的"魅力"不自信,对自己的吸引力不自信,对自己作为一个女人产生了动摇,最主要的是，对自己作为一个旦角演员产生了动摇。这一点是致命的。可以毫不夸张地说，判断一个演员好与差，自信心是一个重要标准，甚至是最重要的标准。一个好演员，首先是自信的，自信相当于演员的骨架，只有骨架立起来，演员才能在舞台上站得住，才能表现出独特的气质，才能拥有自己的气场，才能吸引戏迷。从这个角度说，自信不仅仅是一个演员的骨架，还是灵魂，是演员能够飞翔起来的重要依据。肖晓红发生"危机"了，作为"丈夫"的尤家兴不翼而飞了，没有任何商量，没有任何预兆。那只能说明一个问题，作为"妻子"的肖晓红的失败，也是作为"名角"的肖晓红的失败。无论是作为"妻子"还是"名角"，都没有对"丈夫"尤家兴构成吸引力，成了可有可无的"摆设"，虽然同床而眠，他却无视她的存在，这个打击是摧毁性的。肖晓红不能不对自己产生怀疑。

一个星期后，尤家兴出其不意地回来了。他那晚回到卧室时，肖晓红正在换衣间里穿演出打底服，即使尤家兴不在家，她也没有放松防护。她知道，最安全的时候，可能是最危险的时候。可不是，尤家兴破门而入了。当她看见穿衣镜里突然多出一个尤家兴时，双脚一阵乱踩，好像地上有一只飞蹿的蟑螂，她双手捂住胸脯，喉咙发出玻璃破裂的声音。

尤家兴没有进换衣间，他的眼睛直直盯着肖晓红，好像不认识她似的，又好像见到久别的亲人。他的目光突然迷离起来，似乎一直看着肖晓红，又似乎眼里什么也没有。

那天晚上，肖晓红睡得极不踏实，刚要入眠，便觉有双手摸到她身上来，双脚一蹬，立即醒来。醒来之后，不敢转身看尤家兴，只能竖着耳朵听，她似乎听见尤家兴的呼吸声，又似乎没有。

真是心力交瘁的一夜，虽然有惊无险，对于肖晓红来说，她和"城堡"外的敌军进行了无数次殊死搏斗。她是演员，"感受"比一般人灵敏：这一夜，尤家兴跟以前是不一样的，他的身体没有动，甚至连呼吸也似乎停止了，但肖晓红"感受"到尤家兴在动，他的心在动，气息在动，汹涌澎湃地动。可他的身体依然静止，依然保持"沉默"。这就可怕了，这是蓄势待发，这是等待时机。完蛋了，最后的"总攻"终于要来了。肖晓红心惊胆战，她害怕那个时刻的到来，对于她来说，那就是毁灭。同时，她又怀有一丝厚颜无耻的期待，在某一刹那，甚至到了迫不及待的程度。她觉得那一刻就是"燃烧"，对她来说，既害怕燃烧成灰烬，又期盼烧成青烟之后的轻松。她就在这两难的选择中熬过了一夜，浑身酸痛，筋疲力尽。

　　接下来的那个晚上，尤家兴又消失了，他没有回到床上来。这一次，肖晓红很肯定，尤家兴很快会"去而复返"，而且，尤家兴再也不会犹豫了，他要"出手"了。肖晓红觉得真正的"死期"到了，没得救了。

　　她想到过逃跑，逃回剧团，逃回单身宿舍。念头闪了一下，消失了。她不想逃。她不喜欢即将到来的那个时刻，也不能接受，可是，她居然做好面对的准备。这是为什么？她想不通。没人会阻拦她逃跑，只要她想离开，没人拦得住，但她没有离开。

　　那个白天，肖晓红记不得在剧团做了什么事，好像和剑漱开了会，也好像去排练厅参加了排练，又好像什么事也没有做。

　　到了晚上，她在剧团食堂吃了晚餐。回到家后，第一件事就是洗澡，然后将演出打底服裹在身上，她预感今天跟以往任何一天都不同，特意比平时多穿了一件。

尤家兴跟平时回来的时间差不多，不同的是，手里多了一个包袱，他直接进了换衣间，将包袱放在化妆台上。肖晓红看清楚了，是演出的化妆用具和化妆品，还有就是戏服。她诧异地看了尤家兴一眼，不知他葫芦里卖什么药。尤家兴对她微微笑了一下，肖晓红觉得他的微笑很诡异，似乎在掩饰什么，似乎怀有巨大阴谋。被他这么一笑，卧室里的气氛突然变得柔软和浑浊，变得暧昧和可疑，空间似乎被扩大了，变得虚无缥缈起来。尤家兴用手指着打开的包袱，命令肖晓红：

"你，化装。"

肖晓红心里想，难道要在这里演戏？身体却像听了指令，坐到了化妆镜前。这一切太熟悉了，她入行十几年，几乎每天都要化装，只要坐到化妆镜前，所有动作成了自然反应。第一个大步骤是头部和面部。她先用发带将头发向后拢起来、往脸上涂凡士林底油、拍面部底色、拍腮红、敷定妆粉、刷桃红、画眼圈和眉毛、抹口红、涂脖子和双手。第二个大步骤还是头部和面部。先是贴片子，从眉心中上方开始贴，然后一左一右地贴。接下来是勒头。勒头很关键，从某种意义讲，勒头是戏曲演员化妆中最关键的一步，演员状态好不好，演得出不出彩，跟勒头有很大关系。勒头就是用物理手段让演员进入半眩晕状态，进入似人非人状态，进入如梦如幻状态，通过勒头，将现实和虚拟打通。勒头还有一个作用，可以将演员的眼角拉上去，行话叫吊眉，使演员的眼睛更加有神，更加勾魂摄魄。再接着是戴头面和压鬓花。旦角有旦角的头饰，耳挖子是少不了的，顶花也是少不了的，具体头饰根据戏中人物而定：林黛玉有林黛玉的头饰，那是官宦人家的小姐；祝英台有祝英台的头

768

饰,她是财主家的女儿。出身不同,身份不同,头饰上的区别,外行人是看不出来的。第三个大步骤是穿戏服。这就简单了,肖晓红已经穿好了打底服,等于做好前期功课,只要穿上彩裤,系上裙子,戴上护领,披上霞帔,套上彩鞋。行了,生活中的肖晓红变成了舞台上的祝英台。肖晓红看了一眼镜子里的自己,轻移莲步,出了换衣间,轻轻一跃,跳到床上,开口唱道:

问梁兄,今朝别后何日来?

不一样了,突然就不一样了。也算不上突然,尤家兴的不一样是从肖晓红化装开始的,从头发开始,到脸,到脖子,到最后穿上戏服,肖晓红不见了,他见到的是祝英台。他也在变,从头发、脸、脖子,最后到全身,不是尤家兴了。他看着祝英台跳上了舞台,不对,舞台上不只是祝英台,还有梁山伯。对,祝英台一分为二,化出了梁山伯,他们一起在舞台上演唱《梁山伯与祝英台》中的"送兄"。或者,舞台上的梁山伯不是祝英台幻化出来的,而是他,他就是梁山伯,正和祝英台对唱。

"送兄"唱完了,梁山伯要离开祝家庄,回他的会稽胡桥镇。梁山伯没有回,也没有走下舞台。尤家兴也是,他突然扑向祝英台,一把将她摁倒。

当尤家兴将她摁倒在床上时,肖晓红的内心是挣扎的:拒绝还是接受?其实也算不上挣扎,只是一个念头闪动而已,她很快就放弃了拒绝的念头。当尤家兴的手伸进她身体时,因为练功服裹得太紧,尤家兴的手显得毫无头绪。她想坐起来,将戏服和练功服

脱了,尤家兴急忙按住她说:

"不不不。"

尤家兴让她一动不动地躺着,替她重新插好头上撞歪的凤钗,理正被压皱的霞帔。肖晓红想脱去彩鞋,也被他制止了。尤家兴喃喃而坚定地说:

"就这样,对,就这样。"

他将戏服整理得纹丝不乱,然后,钻进去,进入她的身体。

肖晓红没做任何抵抗。事情的发展完全出乎她的想象。这么长时间来,她一个人排兵布阵,一个人抵御千军万马,一个人坚守孤城,最后,尤家兴却是以这种方式进入她的"城池"。她意外又茫然,仿佛还在舞台上,仿佛她依然是祝英台。可她知道,这一刻,她不是祝英台了,趴在她身上的人不是梁山伯,而是尤家兴。她不敢睁开眼睛,她想象还在舞台上,想象自己还是祝英台,想象进入她身体的人是梁山伯。没问题,想象是演员的基本功。她确实做到了,她就是祝英台,对方就是梁山伯。这就对了,这是情之所至,这是水到渠成,这是两情相悦,这是鱼水之欢。这么想后,她放松了。面对梁山伯,她不需要紧张,更不需要僵硬。她只需要放开,只需要温柔,只需要接受,只需要迎合。是的,她打开了自己,梁山伯长驱直入了,找到了归宿,成了城堡里的王,对她发号施令,又对她俯首称臣;对她残暴鞭挞,又对她奉若异珍;对她风狂雨骤,又对她春光明媚。

一切都是陌生的,却又是那么熟悉。一切都未曾经历,却已过万水千山。这是漫长的旅程,又是转瞬即逝的历程。这是一场惨烈悲壮的战争,又是一场把酒言欢的宴席,异峰突起,峰回路转,飞

770

瀑万丈,溪水缓流。

开始了。结束了。那么粗暴,那么温柔。那么难堪,那么美妙。一切都不同了,一切似乎依旧。

整个过程结束后,肖晓红才从想象中清醒过来,才睁开眼睛。难受,太难受了。她的身体一动没动,似乎不会动了,失去了知觉。不是的,只是不会动而已,她的知觉比任何时候都灵敏,比任何时候都清晰。她依然穿着戏服,她觉得再也不会脱掉戏服了,不能,也不敢。她感觉到,戏服里面的身体已不属于自己,那是一具千疮百孔的躯体,是一具毫无美感可言的躯体。不完整了。不完美了。她感觉到被撕裂的疼,不是身体,而是精神。她感到恶心,想呕吐。可她的身体没有反应,只是精神上的恶心。她厌恶自己的身体,包括精神。想哭,却没有眼泪。她不能接受自己这时流出眼泪。

躺在右边的尤家兴已经睡着了,发出远在天边却近在咫尺的鼻息,沉着,均匀,心满意足,志得意满。肖晓红睡意全无,她错了,大错特错,她原以为可以借戏服和对戏中人物的想象转移感受,她想"移花接木",想"狸猫换太子"。太想当然了,这种伤害是双倍的:一种是身体上的伤害,当祝英台离开她的身体时,她"回归"成了肖晓红,但她已经不是肖晓红了,与此前不同了,破损了,不洁了,一去不返,无法修复;最大的伤害还是精神上,她感到深深的羞辱,觉得自己一文不值,她被尤家兴"那个"了,尤家兴却认为"那个"的是舞台上的祝英台。必定是如此的,否则,尤家兴不会让她穿着旦角的戏服,不会将戏服整理得那么平整。最主要的是,尤家兴在"最后时刻"的喊叫,他"喊叫"了一个人的名字,不是肖晓红,不是剑湫,而是"英台"。多么大的羞辱啊,她不仅作践了自己的身体和灵魂,也无法面对舞台上的祝英台。她"出卖"了祝英台,"玷污"了祝英台,有何颜面再饰演祝英台? 不配。

七

剑湫惊奇地发现,仿佛一夜之间,肖晓红扮演的祝英台,与以前不同了。祝英台显得纠结,显得迷离,同时,又决绝,又孤注一掷。这就对了,这就是表演,这就是艺术,这就是剑湫心目中新版的祝英台。这是不一样的祝英台,一个既传统又现代的祝英台。剑湫疑惑的是,肖晓红是怎么做到的?她"开窍"了?这种"开窍"与她的婚姻有关?与尤家兴有关?那么,尤家兴到底用什么"魔法"让她"开窍"?

只有肖晓红知道,她为什么会有这种状态,那不是舞台上的祝英台,不是戏中的祝英台,而是现实中的自己。她在演绎自己。

没想到,人生会走到这一步。更没想到,和尤家兴会把这种方式维持下来。她无法接受,却欲罢不能。

第一次后,她觉得此生再也不会有第二次了。那种懊恼、耻辱和羞愧,几乎将她身体撕成碎片,可以听见每块肌肉被撕裂的嘶嘶声,那不是疼的声音,而是羞辱的声音,是咒骂的声音。可是,到了第二天晚上,尤家兴还没有将戏服递过来,她已经坐到化妆镜前。每一次结束后,那种被撕裂的嘶嘶声总是加倍地响起来,那种懊恼和羞辱感也在成倍增加。到了第三天,她发现,身体的渴望也在成倍增长。有几次,尤家兴故意迟点回家,而她居然迫不及待了,她骂自己:"你是个贱货。"

她停不下来，身体不允许她停下来，她的身体在蠕动，每一块肌肉都在蠕动。没错，无论是身体还是精神都像在溃烂，无法制止。肖晓红也不想制止，她觉得自己处于癫狂状态，渴望被燃烧，渴望一次次化为灰烬。也只有成为一缕青烟时，她的身体和精神才能得到短暂的安宁，才能进入短暂的睡眠。

　　溃烂继续在恶化。一段时间后，尤家兴让肖晓红化妆成生角。尤家兴做得小心翼翼而又理直气壮。肖晓红知道他要干什么，更知道他为什么这么做。肖晓红没有拒绝。她以为会拒绝。应该拒绝。必须拒绝。可她没有，反而没头没脑地兴奋，手足无措地激动，浑身在颤抖，几乎要哭出声来。

　　当尤家兴进入身体时，她终于哭出声来了。她知道，那是宣泄的哭声，也是快乐的哭声。终于把身体放空了。

　　当一切结束后，那种隐藏在身体里的耻辱感涌上来了，像潮水一样涌上来，无边无际，无休无止，一下子将她吞没。这个时候，肖晓红想到了死，像梁山伯与祝英台一样，以死来结束，也以死来重生，但心里立即冒出一个声音：

　　"你能获得重生吗？你配吗？"

　　这当然是个问题。梁山伯和祝英台是为了爱情，为了自由，为了挣脱封建婚姻制度的枷锁，他们的死是"正义的"，是"有意义的"，是"崇高的"，是让人同情和惋惜的。而自己的死，只是为了挣脱耻辱，为了摆脱不堪的生活，没有任何"光彩"可言，怎么可能重生？怎么可能化蝶？自己会像臭虫一样死去，没有任何意义。

　　她没有问过尤家兴为什么愿意和自己结婚，她想，尤家兴必定有他的目的和理由，他不说，也不需要问。肖晓红倒是问过自己,老实说,她没想明白为什么,好像有无数个理由,好像所有理由都不成立。

她设想过和尤家兴婚后的各种可能性,唯独没想到,尤家兴会以这种方式和她相处。这种方式未必是尤家兴事先设计的,但肯定是他内心的某种反映,是他生理和心理的某种呈现。她能感觉到,尤家兴在羞辱她的同时,也羞辱了他自己。他不快乐,或者说,他的快乐是扭曲的,是变形的,像烟花刹那的绚烂,然后就是死一样的黑暗和寂静。肖晓红能够感觉到,这种羞辱感在他心里不断加强,而他在现实生活中,却无法停止下来,只能用更加强化的方式覆盖不断涌上来的羞辱感。他没退路了。

那么,自己还有退路吗?谢天谢地,剑湫给她排了新戏,她将舞台当成了退路,将所有屈辱感释放在舞台上,释放在祝英台身上。已经不是以前的肖晓红了,也不是以前的祝英台了。这个祝英台是"非常态的",是矛盾的,是混沌的,是纠结而决绝的,是半人半魔的。

这倒是符合了剑湫的口味,所以,肖晓红进入"状态"后,排练进行得很顺利,剑湫想到的地方,肖晓红都表达到位了,更主要的是,肖晓红的表演给了剑湫一连串意外。她势不可当了,不管不顾却又另辟蹊径,无法无天却又合情合理。她找到了一条独属于自己的通道,她拥有了独属于自己的表演方式,她的表演既大刀阔斧又精雕细刻,既完美又残缺。剑湫知道那是一个演员梦寐以求的境界,肖晓红涅槃了,脱胎换骨了,羽化成仙了,她达到了"我就是戏,戏就是我"的境界。她抛弃了自己,也找到了自己。肖晓红感觉到剑湫的惊讶,以前在舞台上,都是剑湫带领她往前推进的,这次不一样了，很多时候，是她推动剑湫朝前走，是她主导着舞台。感觉很好，爽极了，她主宰了舞台。可是，她知道，舞台上每进一步，她的生活就往下深陷一层。她知道两者的关系，也知道最后的结局，可她无法阻止两者"各奔前程"，或者说，她想阻止，却无能为力。

不管了，燃烧吧。

《私奔》的正式演出是那年农历冬至晚上，日期是剑湫定的。老实说，剑湫不担心能来多少观众，她有一大批老戏迷捧场。但这次不同，她想要的不是老戏迷，而是年轻观众。剑湫还是扮演梁山伯，还是主角。然而，她清楚，这一次的主角不是她，不是梁山伯。在新编的剧本里，梁山伯的形象有很大改变，他依然被动，依然深情，依然书生意气，依然憨态可掬，但他的软弱里有了坚强，他的犹豫里有了坚定。他不再寻死觅活了，在祝英台的鼓励下，在爱情的召唤下，他不再逃避，不再寄希望于"死后也要成双对"；他不再哀叹，他选择与祝英台共同面对，共同奔赴不可知的未来。可以这么说，他和祝英台选择了爱情，为爱情而生，为爱情而活；为爱情，不惜与家庭决裂；为爱情，敢于跟整个社会对抗。梁山伯这种变化是了不起的，是石破天惊的。更主要的是，梁山伯这种变化体现了现代性，呼应了当下年轻人的价值观和世界观。这正是剑湫改编剧本的要旨所在，她要让年轻的观众有共鸣，要打动年轻观众的心，激励他们面对和追寻美好生活。她是这么改编的，也是这么演的。剑湫觉得自己做到了，她和梁山伯都做到了。

这次演出，也是一次试探，剑湫想看一看，到底能吸引多少年轻观众进剧场。剑湫有信心，只要年轻观众进入剧场，只要看完她和肖晓红的《私奔》，他们不会失望的。她会让他们喜欢上越剧的。

演出开始前，剑湫看见杜文灯和梅如烟来了，文化局领导来了，尤家兴来了，剧团编剧也来了。剑湫知道，他们是来捧场的，也是来评判的，评判《私奔》的成败，也评判剑湫这个团长的能力。剑湫还注意到，剧场所有座位都满了，遗憾的是，年轻的观众不多。剑湫想，这可能就是现实，是大环境，是戏曲目前的境遇。话也说回来，这可能正是她存在和当这个团长的价值，更是她改编、排练、演出新戏的意义。

音乐响起来了，剧场暗下去，舞台亮起来。

第一场是"思读"，是肖晓红的戏，是祝英台的戏，也可以说是肖晓红和祝英台的戏。肖晓红的表演很有层次感。刚上台时，祝英台的状态是收敛的，是正常的，其实已经不正常了，一个正常的妙龄女子，怎么可能想外出读书？这是不现实的，是痴心妄想，"想多了"。她居然郑重其事地请求爹爹，让她带着丫鬟银心去读书。只有"非正常"的人才会有这样的念头，才会有这样的行为。祝员外是正常的，他不同意，毅然决然地不同意。他不可能同意。遭到拒绝的祝英台，开始"走极端"了，性格的另一面体现出来了，执拗了，钻牛角尖了，也就是说，她下定决心想做的事，谁也拦不住。向爹爹请求，是礼数，是程序，也是信号，同意不同意，不重要了，阻止不了。她要"离家出走"，非走不可。祝英台将自己的想法告诉银心，小丫鬟吓坏了，这一步跨出去，算是犯了天条了。但是，银心是理解小姐的，她知道小姐是个什么样的人，小姐下定的决心，想做的事，是不怕犯天条的。最主要的是，银心的心也飞出去了，她想去杭州逛西湖，长这么大，她的脚还没有迈出过祝家庄呢。祝英台当然知道跨出这一步意味着什么,那就是决裂,就是一刀两断,她不再是祝家庄的小姐了,她成了祝英台,独属于自己的祝英台,前途渺茫的祝英台,更是前途艰难的祝英台。但她不管,她要出去,要离开祝家庄,离开这个生她养她却令她窒息的地方。她要飞,要自由自在地飞。不管了,女扮男装,趁着夜色,偷偷逃离祝家庄。

剑湫站在后台,她一边看着肖晓红的表演,一边在想,如果让自己来演祝英台,会怎么演?剑湫想象不出来,可以这么说,她想象不出比肖晓红更清醒更癫狂的表演。肖晓红的表演很到位,她将祝英台的新和旧融合在一起,这个祝英台是饱满的,是新颖的,既是旧小姐,又是新女性;既保守,又开放;既让人提心吊胆,又让人充满希望。

当祝英台和丫鬟银心女扮男装逃出祝家庄时,剑湫发现,自己的心也跟随她们出发了。她开始为祝英台未来的命运担忧了。

演出很成功,也可以说争议很大。这正是剑湫想要的,她要的就是这个效果。赞美和批评都没有超出她的预想,还是传统和创新之争,还是悲剧与喜剧之辩。她看到杜文灯和梅如烟鼓掌了,文化局领导鼓掌了,剧团编剧也鼓掌了。尤家兴没有鼓掌,他显得失魂落魄,显得无所适从。剑湫带领演员出去谢幕时,发现尤家兴的座位空了。

剑湫觉得肖晓红的表演超过了自己,也超过自己对她的期待和想象。这是肖晓红第一次在表演上超过自己,她为肖晓红高兴,同时又心有不甘。她失落了。她不能接受有人在表演上超过自己,哪怕只有一次也不行。她的心情是复杂的。

从剑湫的角度看,肖晓红好就好在全力以赴,好就好在浑然不顾,好就好在如痴如醉,好就好在如癫如狂,豁出去了。同时,肖晓红扮演的祝英台又是冷静的,坚定的。虽然也犹豫,也彷徨,可她最终是决绝的,是义无反顾的。特别是"私奔"那一场,是重中之重,是改编后的"灵魂"。那是专门为肖晓红改编的,无论是唱词还是唱腔,特别是她最拿手的低音部,她在低回盘旋中坚决推进,从容不迫,同时,不容置疑。她的声音浓烈中蕴藏着幽香,沁人心脾,让人陶醉,更让人心碎。那场几乎是祝英台的独角戏,梁山伯只是最后才出场。肖晓红在舞台上,剑湫在候台,她的眼睛一刻也没有离开肖晓红,不,不只是肖晓红,也是祝英台,她们合二为一了。剑湫看着她从祝家庄一路飞奔而来,向约定的胡桥镇桥头奔来。她是那么孤单,好似世间只剩下她一个人。她的孤单还在于,离开了祝家庄,便是众叛亲离,人间再无容身之地了。但是,她毫无退缩之意,奔走得那么坚决,好像与山川万物融化在一起了。是的,包括她的演唱,悲伤而又喜悦,忐忑而又坚定,既有不舍却又决绝。她的低音发挥得极其出色,缠绵悱恻,意味深长,山高海阔,鸟语花香。她是那么投入,那么专注,那么行色匆匆,那么独自彷徨。剑湫心疼,她不能让肖晓红独自承受那么大的孤单,不能让祝英台一个人背负那么重的负担。这个时候,必须和祝英台站在一起,承担这份两个人的"约定"。但她不能,这是肖晓红的戏,是祝英台的戏,必须由她一个人承担,必须由她一个人面对。剑湫的心疼正在这里,她眼睁睁看着肖晓红在尘世奔走和挣扎,明知祝英台需要她,她也确有此心,可是,不行,这时的舞台属于肖晓红,属于祝英台,她必须一个人承担下来,必须一个人面对整个世界。

这哪里是喜剧? 还有比此刻更悲壮的祝英台吗? 还有比此刻

更悲伤的梁山伯吗？不可能的。剑湫没有注意和观察舞台下观众的反应，她哪里有时间？哪里有心情？她的心被舞台上的祝英台紧紧牵引着，她的魂魄都在舞台上，舞台就是整个世界。世界充满了哀伤，可是，又充满希望。她在等待祝英台的到来。她相信，祝英台此刻也是同样心情，无论多么悲痛和哀伤，她必定是满怀希望的，对前方抱有坚定的信念，也对即将到来的人生无比自信。这个信心显得那么一意孤行。

剑湫站在幕后，此刻的她，早已泪流满面。同时，她又满怀期待，看着肖晓红向自己奔来，看着祝英台向自己奔来。她早早张开双臂，敞开怀抱，她在等待，既在等待即将的到来，也在准备随时冲向共同的未来。锣鼓声终于响起来，该上台了，她像一头蓄势待发的狮子，沉稳而又疾速地冲上去，一把将长途奔波的祝英台抱在怀里，紧紧地抱在怀里，融化进身体里。

八

肖晓红当然知道自己演得好，她塑造了一个新的祝英台，一个神魂颠倒的祝英台，一个不顾一切的祝英台。她让这个祝英台在舞台上立起来了，也在观众心目中立起来了。肖晓红知道，老版的祝英台也是一个勇于追求知识与自由的女性，是个敢于表达自我的女性。但是，她的勇敢是欲说还休的，是遮遮掩掩的，是迂回的，是踌躇的。她对梁山伯的爱不敢用行动表达出来，对祝员外安排的婚姻不敢正面反抗，即便是最后的"化蝶"，也是以"死"的代价换来的。老版的祝英台依然没有跳出当时社会设置的框架，她的悲剧是注定的。说到底,祝英台是软弱的,她只能选择"死"作为抗争。"死"当然也是一种勇敢,可是,何尝不是一种懦弱?新版的祝英台是个全新人物,"新"在哪里?"新"在思维,"新"在行为,她不会用"死"作为抗争,她要的是爱,要用实际行动去爱。不需要死,也不能死,活下去的爱才有现实意义。肖晓红觉得,新版的祝英台因此有了"划时代"的意义,她的表演也具有"划时代"意义。她对自己的表演很满意,无懈可击,不敢说后无来者,至少前无古人。

这些都不重要,肖晓红更在意的是,她终于摆脱了剑湫,找到了自己,成了真正的祝英台,一个一骑绝尘的祝英台,一个勇往直前的祝英台。她飞翔起来了,包括身体,包括精神。

问题也正在这里,她发现自己停不下来了。她是祝英台,是一个飞翔的祝英台,她不想停下来,也不可能停下来,身不由己,无能为力。肖晓红消失了,只剩下祝英台,一个舞台上的祝英台,一个无休无止的祝英台。世界变成了她的舞台,她的舞台就是整个世界。这个世界只有一个主角,便是祝英台,演唱的只有一个剧目,就是《私奔》。她一遍遍地演绎,一遍一遍地"捋",一句一句地"捋",一个词一个词地"捋",一个音一个音地"捋",从第一场"思读"到第十场"私奔",一遍又一遍地唱,从剧团唱到家,又从家唱到剧团。睁着眼睛唱,吃东西用鼻子哼,睡梦中都在演。她停不下来了,也不想停下来。

剧团的人都说,肖晓红走火入魔了。

尤家兴对此另有见解,这是一种修炼,是成为一个优秀演员的必经之路,当然也是危险之路。这是一种状态,通过了,便会上升到另一层境界，犹如有了神灵附体，成为剑㵲那样的演员。如果没通过，就会停留在"通道"里，成了"戏疯子"。不过，尤家兴没有担心，恰恰相反，他很喜欢肖晓红现在的"状态"，着了迷地喜欢。他喜欢看着肖晓红一遍遍地演唱，喜欢看着肖晓红旁若无人地表演，特别是她演唱"私奔"那一场，完全看不出肖晓红原来的样子了，那是祝英台，又不是尤家兴认知里的祝英台。尤家兴喜欢这个时候的肖晓红，比任何时候都喜欢，他喜欢看肖晓红表演的每一个动作，喜欢听她的每一句唱词。他陶醉地欣赏肖晓红，在肖晓红的表演中，他的身体一点点"粉碎"，变成一颗颗尘埃，飘散在空气之中。他忘记了身体存在，整个人在飞升，在蒸腾，化成虚无，无影无踪，无处不在。

尤家兴知道自己的"状态"有问题，肖晓红的"状态"也有问题。他应该带肖晓红去医院"看一看"，该吃药，该打针，甚至住院，他应该这么做。但尤家兴不想这么做。他知道肖晓红的"问题"在哪里，肖晓红的"问题"是只想唱，不停地唱。如果想解决肖晓红的"问题"，不能阻止她唱。如果不让她唱，她的"问题"会更大，她必须唱，不停地唱，将身体里翻滚的念头唱出来，只有唱出来，翻滚的身体才有可能平息，"问题"才有可能解决。反过来看自己，何尝不是如此，他必须看着肖晓红的表演，必须听着肖晓红的演唱，只有在肖晓红的演绎中，才能消解身体里的"问题"，才能获得平衡，才能回归平静。这是他的病，可他不承认这是病，这是他的"生活方式"，是他的精神追求。

他从来没说为什么娶肖晓红，肖晓红也没问。肖晓红不需要问，他也不需要说。对于他和肖晓红来说，此事心知肚明，心照不宣。对于他来说,娶剑湫还是娶肖晓红是有区别的,也是没有区别的。当然,剑湫和肖晓红是不同的,剑湫的"气场"比他大,他"驾驭"不了。正因为"驾驭"不了,他对剑湫的想象更旺盛,对剑湫的渴望更猛烈。或者,换句话说,在他心里,对剑湫更"珍惜",更"宝贝",他会"让"着剑湫,不敢"放肆"。相对来说,肖晓红没有对他构成任何"震慑",这是没有任何道理可言的,是无法解释的。对于肖晓红,他可以肆无忌惮,可以为所欲为,他在思想上没有任何负担,在行为上不用任何收敛,肖晓红对于他来说,犹如囊中取物。事实也确实如此,在肖晓红身上,尤家兴"势如破竹",攻城略地,迎刃而解。

遗憾了,失落了,没有难度就没有想象,也就缺少了刺激和兴奋。但尤家兴也不是"无视"肖晓红,不是的,这一点,肖晓红是能够"体会"的,也是心领神会的。他们有自己的沟通方式,有自己的交流密道,或者说,他们是用特殊的形式各取所需,也用这种方式互相取暖。他们是自愿的,是默契的,是心意相通的。这也是尤家兴没有送她去医院的原因,他知道肖晓红不需要。尤家兴知道她需要的是什么,在这个时候,尤家兴是无能为力的。那是肖晓红的事,或者说,是她和剑湫的事,只能由她独自面对。

尤家兴将肖晓红带到陈列室,让她在陈列室的戏台上唱《梁山伯与祝英台》,唱《私奔》。尤家兴特意将戏台做了布置——多了一座布景坟茔,那是一座有三个墓碑的馒头形坟茔,左边墓碑上写着"祝英台肖晓红之墓",右边墓碑上写着"梁山伯剑湫之墓",中间墓碑上写的是"梁山伯祝英台尤家兴之墓"。

这是尤家兴的"即兴之作",也是神来之笔,他是在观看了剑湫和肖晓红的《私奔》后设置的。尤家兴能不能接受改编?当然能,只要是剑湫和肖晓红演的,怎么改都能接受。对于肖晓红和剑湫这样的演员,她们无论做出什么事,尤家兴都能接受:她们有资格。一个好演员,是可以在虚拟和现实之间自由穿梭的,是可以为所欲为的。她们有自己的行为逻辑。但他有点"失落",有点"抑郁",不能让"哭坟"就这么"没了",他觉得自己需要做点什么。在戏曲方面,他不能也不敢对剑湫和肖晓红"指手画脚",没资格。但陈列室是他的"私人领域",在这里,他想怎么胡来都行。

肖晓红的"非正常表现",剑湫看得一清二楚,肖晓红这种状态,她有过。剑湫的办法是将自己分化成两个人,一个生,一个旦,不断对戏,将每一个动作和每一句唱词拆开,重组,不断演绎。不同的是,剑湫只在脑子里演,她的身体没动,嘴巴也没动,一个人一动不动地坐着,脸上没有任何表情。她属于"文疯"。这可能跟剑湫的性格有关,跟她平时的言行有关,她是个"自我"的人,一直"不正常"。肖晓红属于"武疯"。她一直"正常",一直循规蹈矩。反差出来了,剧团的人不能接受了。剑湫知道肖晓红站在"悬崖边上"了。剑湫并不着急,这个时候的肖晓红也是最安全的,她"活"在自我世界里,没人伤害得了她。应该让她在这个状态中盘旋,盘旋得越久,对表演的认识便越高,对表演的领会也越深。这事急不来的。

三个月后的一个下午,剑湫突然造访陈列室,尤家兴惊慌失措了,他陪剑湫站在戏台下,一句话也说不出来。戏台上,肖晓红穿着便装,旁若无人地"演出"。剑湫在台下看了一会儿,什么话也没说,转身出去了。尤家兴默默跟到陈列室门口,剑湫也不看他一

眼,用命令的口吻说:

"别跟着,我去去就来。"

剑湫果然很快就"来"了,她带来了梁山伯与祝英台的戏服,也带来了化装道具和《梁山伯与祝英台》的伴奏带。尤家兴这时已经猜出剑湫想干什么了,这个猜想让他激动,让他手足无措。

尤家兴能感觉到,剑湫是善意的,是来帮助肖晓红"出戏"的,虽然他不知道剑湫会用什么手段。尤家兴知道,"入戏"是可以带的,就在这里,就在陈列室,就在这个戏台上,他被剑湫"带"过,差点"走火"了。也是在这里,他也被肖晓红"带"过,肖晓红将他"带"偏了,到了另一个轨道,他顺水推舟上去了。但是,"出戏"能"带"吗?他不知道。他喜欢"不知道"。他相信剑湫和肖晓红,不,是迷信,愿意被她们"带"去任何地方。他愿意。

剑湫将肖晓红带到后台,尤家兴也跟到后台,他担心剑湫不让跟,剑湫没有制止,也不看他。出乎尤家兴意料的是,剑湫将肖晓红化装成了小生——梁山伯,她化妆成了花旦——祝英台。明白这一点后,尤家兴不只是激动了,是蠢蠢欲动,手心开始冒汗,头皮开始发烫,身体开始肿胀,迅速变大,大得无边无际,大得看不见自己。再看剑湫和肖晓红时,她们显得很不真实,很遥远,很虚幻。最主要的是,他已经分不清谁是剑湫谁是肖晓红了。

伴奏音乐响起来,梁山伯与祝英台站在戏台上。尤家兴站在戏台下,又不像站在戏台下,似乎他也站在台上,他既是梁山伯,也是祝英台。她们演的是获奖的《化蝶》。还是从"思读"开始,从英台女扮男装离开祝家庄开始。第二场是"草桥结拜",梁山伯首次亮相。完全不一样了,这是肖晓红扮演的梁山伯,跟她以前扮演的祝英台不一样,跟剑湫扮演的梁山伯也不一样。肖晓红以前扮演的祝英台是清晰的,是简单明了的,是我见犹怜的。她扮演的梁山伯,清晰和简单明了依然在,但又不只是清晰和简单明了。她扮演的梁山伯,没有剑湫洒脱,也没有剑湫嘹亮,可肖晓红扮演的梁山伯是风流倜傥的,是温文尔雅的,既刚强又脆弱,让人欢喜又叫人惋惜,是叫人可叹又叫人可怜的。"山伯临终"那一场,还是那三句唱词,肖晓红唱得跟剑湫完全不同,剑湫演唱得那么潇洒,潇洒中裹挟着巨大悲伤,风狂浪巨,催人泪下,让人不能自持。这是剑湫的魅力,也是她的艺术感染力。没有人看到这里不掉泪的,特别是剑湫唱第三遍时,天地间已是一片皑皑白雪,肝肠寸断。肖晓红不同,她演绎的梁山伯也是悲伤的,她的悲伤是内敛的,即使死也是温文尔雅的,是得体的,是体面的。这是书生的骨气,也是书生的无能。此时,梁山伯的死是弱者之死,是代表天下爱情之死,也是你我之死。这种死如此之近,又如此遥远,如此切肤,又如此麻木。这种悲伤是哭不出来的,是欲哭无泪。这是肖晓红和剑湫最大的不同,她们走向了两极,也表现出各自的天赋和个性,当肖晓红的梁山伯唱最后一遍:

> 爹娘啊,儿与她,
> 生前不能夫妻配,
> 死后也要成双对。

唱完之后,戏台上寂静无声,戏台下的尤家兴呆若木鸡。难受,说不出的难受。他愿意替梁山伯去死,仿佛死去的正是自己。

他悲从中来，可又无处发泄。忧郁了，惆怅了，身体和灵魂原地不动却又四处飘荡。

到了最后一场"哭坟"，这是祝英台的戏，也是剑湫的戏。剑湫还没有出场，一声"梁——兄——啊——"就将陈列室撕裂成了两半，她演唱得缠绵悱恻又急转直下。这是剑湫的风格，却又不是剑湫的风格。没人见过剑湫演花旦，更没人见过她演祝英台，这是剑湫的祝英台，是狂风暴雨的，是柔情似水的，是一往情深的，是一言九鼎的，更是视死如归的。她演唱的节奏很缓慢，却又如此急速，她是那么悲伤，却又有抑制不住的欢乐，当唱到最后一句：

梁兄啊！不能同生求同死⋯⋯

电闪雷鸣了，狂风骤起了，天崩地裂了，光线似有似无，戏台影影绰绰，戏台与现实的世界模糊了，浑然一体了。

尤家兴想哭又想笑，哭不出来，也笑不出来。他觉得身体在猛烈生长，超过戏台，超过陈列室，升到空中。又觉得身体在缩小，小成一颗微尘，飘飘荡荡，酥软无力，随时会化为无形。他觉得自己是梁山伯，同时也是祝英台。似乎都不是，是个说不清道不明的结合体。

一声巨雷炸响，将戏台上的坟茔劈成两半，祝英台大喊一声"梁兄"，水袖甩到两肩，纵身扑向坟茔。与此同时，正在后台的梁山伯冲出来了。出来了，或者说"进去了"，确实是剑湫"带"的，合情合理，身不由己。站在台下的尤家兴灵魂出窍了，想喊，喊不出来；想动，动弹不得，但他能够感觉到，另一个尤家兴已经跃上戏台了。

【作者简介】哲贵，当代作家，浙江温州人，1973 年生。已出版小说《猛虎图》《金属心》《信河街传奇》《某某人》《我对这个时代有话要说》、非虚构作品《金乡》等。曾获十月文学奖、《作家》"金短篇"奖、郁达夫短篇小说奖等奖项。现为浙江省作家协会副主席，居杭州。

K线人生

○云　舒

一

　　章玉溪铆足了劲儿向右下运笔，她认为"金"字的气势都在那一捺上。写了几次，那一捺不是长就是短，收笔处总是找不到沉甸甸的感觉。她想拍一张照片给褚晓光发过去，可她拿手机时却鬼使神差地端起了定窑莲花杯。她一边润嗓子，一边就想起了褚晓光的话："常言说字如其人，单看您铿锵有力的一招一式，想不自带光芒都不行。"章玉溪放下茶杯，微微翘翘嘴角，轻轻甩甩胳膊，然后将洒金宣铺到案头。一对镇纸雨刷器般刮过后，洒金宣又妥帖又温顺，像极了春天新翻的沃土。章玉溪深深吸了一口这泥土的芳香，胸中便开始万马奔腾，她要乘兴把"金石基金"四个字播撒下去。就在大功即将告成的刹那，莲花杯搭着那一捺的顺风车滑落到地上，伴随着章玉溪清脆的"啊"的一声。

　　那只定窑的莲花杯本不在书案，半年来它一直在写字台旁边那张花梨榻床的小桌上，每天和那把刻有"天衢"印记的汝窑天青壶一唱一和，慢条斯理地消弭着主人章玉溪心中的躁气。今天莲花杯登台入案纯属偶然,更偶然的是从不下午写字的章玉溪竟然下午弄墨,直接导致了莲花杯的重伤。

半年来,章玉溪已经习惯了上午写字,写累了就读帖,读累了就打扫战场,让笔墨纸砚各归各位。她以在单位工作的强度让自己一刻也不停歇,以为这样就能美美睡一个午觉,眯着眼睛躺在榻上枕着《兰亭序》醉一场,也梦一场。这是她上班时跟褚晓光描绘了很多次的场景。褚晓光说,那是神仙过的日子,您不行。不管是企业还是我们都需要您扶上马、送一程。那时安静和午休对风风火火的她来说绝对是奢侈的事情,中午只要有一点时间,她都会忙里偷闲窝在沙发上眯一会儿,往往是身子还没放平,上下眼皮就开始打架,即便几分钟也能做个小梦。如今退休了,想睡到几点就睡到几点,却入不了梦。她把原因归结为书房的落地窗太明亮,明晃晃的大太阳在她眼前恣意地闪着金光,就像一个个企业、一个个项目走马灯似的在眼前起舞。为此她特意添置了纱帘,窗纱过滤后的阳光又轻柔又平和,洒落在书房里,舒缓、安静,差不多枕着她的脸颊就睡着了。可章玉溪的思绪依旧是天马行空,在温柔的困意中嗒嗒驰骋。一中午的刀枪剑戟让下午的时光总是昏昏沉沉,苶无味,字也没有感觉。她索性就放弃了下午的练习,看看财经新闻,找一找上班时的感觉。今天午休时,她收到褚晓光的微信,褚晓光问她:"师傅,石老板那'量身定制'的字写好了吗?"

那条语音跳动时,手机就在章玉溪的手里一闪一闪,她轻轻一点,褚晓光的声音就在耳边小心翼翼地飘着。章玉溪撇了撇嘴,她知道褚晓光是在问给金石的题字写好了没,可那话问得她更心烦意乱,就像一幅好字上滴下了一个墨点子。

章玉溪继续翻朋友圈。一边翻一边嘟囔："哼,字写好了吗?如今你开始关心这字了,之前干什么去了?"这时,褚晓光又发来一杯热茶。章玉溪又是哼了一声,装作没看见。她想,退休了也有好处,比如此刻,她点了语音,点了图片,明明都看了,依然可以装作没有看见。如果还没退休,还在单位,只要在 OA(办公自动化软件)上一点,对方就知道你阅过了,即便你不回应,褚晓光也会一溜儿小跑到办公室,红涨着脸说:"师傅,这是个急件,等着您审阅呢。"让章玉溪在这个徒弟面前既无法遁形,也没有一点回旋余地。

但此时章玉溪就可以由着性子晾一晾褚晓光,让他知道即便退休了,她也还是他的老大,他的师傅。想到电话那头褚晓光的样子,她不由得牵了牵嘴角,仿佛找到了写好那一捺的感觉。她翻身起来,再次运足笔墨,可惜还是没能一气呵成,收笔的关键时刻,褚晓光的电话再次打来,这电话扯住了章玉溪的气脉,碰掉了莲花杯的一个花瓣。她安抚完莲花杯后,狠狠地把手机调到静音,然而就在她再次拉"金"字的捺笔时,下意识看了一眼手机。手机像受到了某种照拂,突然噗噗噗地振了起来。褚晓光不屈不挠的电话让章玉溪无奈地扔下了毛笔。

褚晓光在电话那头急切地说:"师傅,明天是最后一天了,石老板都催我了,让我赶紧帮您把作品交上去。"

章玉溪想说,你如今那么忙,这点小事就别劳你大驾了。可也只是想,话在嗓子里转了一圈后就简化成了"哦"。

褚晓光在那头继续煞有介事地说:"师傅,您就等着请客吧。"

章玉溪又是"哦"了一声,只不过这声"哦"带着弧度,有点冗长,从二声下沉到四声,和章玉溪的嘴角一样傲慢地耸了耸。章玉溪的属下都知道,只要章玉溪发出这样的"哦",就说明报告有瑕疵,要发回重审。果然"哦"把声道打通后,章玉溪就清了清嗓子说:"我请客?应该是石老板请我才对,如若不是看你的面子,我才懒得给他写呢。"

确实在早些时候,章玉溪没有答应给石老板题字。一年多以前,"金石金融大厦"奠基时,石老板就跟章玉溪说,是你孵化了金石集团,将来大厦竣工,就用你题的字。章玉溪当时并没有答应,尽管她内心是那么希望自己的字能镶嵌在大厦上。但她一个行长,扶持企业发展是分内之事,如果给自己扶持的企业题字难免让人浮想联翩,她不能给自己找这样的麻烦。但每次谈完业务,石老板都会认真地补充一句:"我们就要您的题字,您是金融家,有点石成金的妙手。"

这时褚晓光就会忙不迭地揶揄石老板:"得了吧,如果章行长不是书法家,你会要她的字吗?"

章玉溪嘴里说着你们就拿我开涮吧,心里却当了真。她对金石的项目愈加上心,这上心一是因为石老板懂事,二是因为这个项目关乎她的去留,项目顺利的话,她就可以凭借业绩再升一级。可别小看这一级,这一级决定了她可能再多上五年的班,不然,她一年后就到站了。

那时她常常安慰自己,升有升的好处,退也有退的安逸,比如退下来无官一身轻,给金石题字也就无所顾忌了。但在项目里摸爬滚打了半辈子的她并没有做两手准备,凭借经济走势和她的能力,金石项目势在必得。但现实却跟她开了个玩笑,板上钉钉的金石贷款在她退休前出了纰漏，没能落地，她也就在毫无准备中退了下来。

退下来那天，褚晓光说："师傅，您放心，我一定把金石的项目盯下来。您就放开手脚去做自己喜欢的事情吧，期待您的字早日在金石金融大厦安家落户。"

章玉溪当时嘴里应着，终于解套了，心里却不是滋味。她更愿意听到褚晓光说，我们离不开您，您得人退心不退，多关心行里的发展，多指点我的工作。可褚晓光没说。

那一刻章玉溪有些失落，她告诫自己，退了就是退了，自己要慢慢适应，何况自己还有爱好。她把自己的人生放到那个屡试不爽的贷款模型里，验证的结果是书法爱好压倒了到典当行、投资公司重新任职。贷款模型是她考察贷款项目的独家秘籍，她套入管理、运行、刚性收益三个指标，项目可行与否就高低可见了。就如褚晓光和小李经理说的那样，章行长只要到企业一扫描，就知道项目行不行。

退休时，金石集团的石老板不仅没有责怪项目搁浅，反而邀请章玉溪到金石发光，给她留了个金石基金总经理的位置。章玉溪也不是没有动心，但她知道在银行做项目和到金石做基金是两码事，再说金石集团是自己扶持的企业，自己如果到金石任职，就难免生出瓜田李下的嫌疑。她是褚晓光的师傅，在此之前褚晓光多次表达需要她垂帘相帮，她想即便褚晓光一时不好意思马上说，遇到问题也会找上门的。她甚至想，如果他上门，自己是不是需要矜持一下，需要他三顾，像过去一样先等他啧啧评完她的书法，再让他汇报一个个项目。

但时间告诉章玉溪这只是她的臆想。事实上别说三顾，就是一顾也没有。她为褚晓光开解也为自己开解，新官上任忙着出业绩。等小李经理告诉她金石的贷款落地时，她嘴里说着"好、好"，却被贷款的鲠卡住了手指的喉，以至于一滴墨不小心甩出来，白白糟蹋了一幅好字。

　　几天后她坐在退休老干部席上看到褚晓光举着奖杯感言。褚晓光说："感谢总行党委的正确领导，感谢各部门的大力支持和帮助……"她侧着耳朵听，生怕漏下每一句话，但通篇她没有听到褚晓光提章玉溪一个字，甚至连擦边儿的意思都没有。这算什么呢？这个项目从播种到育苗到开花坐果，是她带着他一起浇水施肥的。这时，早她退休的老行长庞蓝碰了碰她的胳膊，指着台上的褚晓光说："还是你有远见，培养自己的徒弟接班。如今你挥挥手去喝茶、去写书法，留下你打的江山让徒子徒孙们坐，还不等于就是自己坐？哪像我，傻乎乎的也没有培养个一徒半弟，到头来总行空降一个，瞬间就改朝换代。"

　　她嘴里回复庞蓝说："都是行里的统一部署，哪有什么自己的小王朝。"但心里却不免生出千秋万代的自负。自负之余，就抬头看了一眼台上的褚晓光，这一看让她下意识地打了个激灵，她忽然发现那个红光满面的褚晓光怎么看怎么不像自己的徒弟了。

　　她表面上微笑着，做出气定神闲的样子，但心里却虚得很，慌得很，可这虚、这慌又不好当着庞蓝他们这些退休老行长表露出来。在庞蓝羡慕的语气中，她仿佛又找到了那个光芒四射的行长的感觉，这时她才发现确实行里的人对她比对庞蓝等人多了一些殷勤，老干部处的小于把她的桌牌摆在了老干部席的正中间，还一个劲儿地夸她，老有所长老有所为，嚷嚷着要求她的墨宝呢。庞蓝等小于离开后就撇着嘴说："小于家的侄媳妇刚调到你们新华支行，她这是想通过你和褚晓光修好呢，这也太露骨了吧。"说完肩膀一耸，夸张地打了个寒战。

章玉溪只是笑笑，她没接话茬儿，也没法接话茬儿。当时她心里正想着庞蓝，想着若不是庞蓝的女婿郝艺林在总行纪检处当处长，庞蓝的级别也坐不到中间位置呢。这样想时她就瞟了一眼会场，这一瞟就瞟到了角落里的老侯行长，老侯行长半闭着眼睛，花白的头啄米般一点一点，一丝亮晶晶的口水线不合时宜地在嘴角挂着。老侯行长的样子让她的心不由得一疼。她刚上班时是暗恋过老侯行长的，那时的侯行长年富力强，喜欢舞文弄墨，是公认的官场文化人。退休时也没见他老呀，这才几年工夫？可见人真是不禁老，退下来、闲下来 简直就是老的罪魁祸首。

章玉溪重新审视着自己的退休生活，她觉得自己捡起书法真是太正确了。可一旦练起书法，脑子里就不时泛起谁谁跟她求过字，一想二想就发现还真是欠下不少，比如单位的职工之家，比如金石金融大厦，比如庞蓝的女婿总行纪检处处长郝艺林等，这不刚才老干部处的小于也说要求一幅呢。

近水楼台先得月。她想着退休后的第一幅作品应该是还单位职工之家的愿。她从上百幅练习中挑出一个"快乐工作、健康生活"的六尺，想象着它如一缕阳光洒在职工休息室。她想若是褚晓光在，他一定会这样说。不，褚晓光还会把那光照在职工脸上心上的灿烂都演绎给她听。想着想着她就被自己的想象感动了。职工休息室建成后，工会主席就等着章玉溪的墨宝给职工之家生辉，可章玉溪却忙着金石的项目,当时她的精力都在金石金融大厦项目上。她常常教育员工,客户和项目就是我们的衣食父母,忙于职工们衣食的她,就只好任墙壁静若处子。退休后,她不用扬鞭自奋蹄地写出了这幅六尺,然后就在家布好茶等褚晓光来取,等着他把生活褶皱里的那一丝光提炼出来。等待时她还把最近满意的作品一一挂到书柜上。她知道如今褚晓光接了她的班,忙得不亦乐乎。作为师傅,她要体谅他,况且他也已经出徒了,那么就不能浪费他太多的时间和精力去褶皱里寻光。她要把生活铺展开来,让他一目了然。可茶都凉了,褚晓光也没到。她顺手就把那熟悉的号码拨过去,褚晓光压着声音说,总行临时有个会,我马上派人过去取。她当时有一丝失望,但也有一丝成就感,自己的徒弟忙是好事,就如同自己的孩子忙一样,他们走正道,她才能心安。

字是客户部小李经理来家取的,小李经理不懂书法,但看着书桌上那沓沓练习纸,一边喝茶一边啧啧赞扬。看到"金石基金"四个字时奉承道:"章行,您参赛一定能拿奖。"

章玉溪莫名其妙地问:"参啥赛?"

小李经理说:"咱们的重点客户金石在公开征集新大楼的题字呀,昨天公众号都发出来了呢。"一边说一边认真翻看那厚厚一沓"金石基金"的练习。那肢体语言的意思再明显不过了:"章行长,您别装作不知道,不然怎么会这么早就开始练习了?"

谁知章玉溪的脸就像门帘,一下就掉下来了。她答非所问地说:"我就没有看公众号的习惯。"

"嗯,就是,就是。"说完小李经理就溜走了。跟了章玉溪这么多年,小李经理知道自己捅了马蜂窝,但他不知道自己用什么捅的,自己手里明明没有棍子呀。

小李经理前脚走,章玉溪就随后拨通了褚晓光的电话。电话不知疲倦地嘀嘀响了很久,才传来褚晓光压低了的嗓音:"师傅,有急事吗? 我还在开会。"

章玉溪听到了比褚晓光的声音还清晰的会场传来的声音:"今年的重中之重是防范和化解金融风险……"她想等那声音小一点或消失后再说话,她甚至在心里计算着褚晓光起立、往外走的时间,因为会议室的位置是固定的,她每次接到电话要有 30 秒才能走出会议室。但会场的声音依然响亮,一声声不屈不挠地清晰传来,传到 60 秒时,章玉溪"啪"地一下就挂了电话,挂上电话后又摁了一下开关键,关了手机。

她走到书桌前,把那一沓练习纸撕了个粉碎。

二

老陈进门时,章玉溪正在榻上打坐。说是打坐,但那一声"你怎么这么早就回来了",生生透露出了章玉溪内心的河沸江腾。回家的路上老陈想,章玉溪一定是写字写得着了迷,手机没电自动关机了,但劈头盖脸的风声里分明透着欲来的山雨。他扯起一片云彩奉承道:"真是功夫不负有心人,你现在都能双腿盘坐了。"章玉溪没有像以往一样所动,而是又追问一句:"你今天怎么这么早就回来了? "

老陈不再游弋,直截了当地说:"袁同利打你电话,你关机,就让我回家送鸡毛信,说是你们一个叫高晓明的师兄来了,晚上请你去吃饭。"

"我不去，如今我一个退了休的闲人没必要去捧那些达官贵人的脚。你不忙了？还专门替他传这个信。"章玉溪依然盘坐着，但并不影响头扭过来狠狠瞪了老陈一眼。

老陈无辜地张张嘴，想劝解一下，却不知道说什么好，好在这时手机铃声适时响了起来。老陈把手机伸到章玉溪面前说："又是袁同利。"

章玉溪盯着手机看了几秒，然后又瞪了老陈一眼。老陈耸耸肩，把手机放到榻上，踱着四方步出了书房。章玉溪一边喊"老陈，老陈"，一边无奈地滑动了接听键。

"你厉害呀，掐着领导的脉搏。"电话那头袁同利调侃着。

"你更厉害，居然直接给领导派活儿。"章玉溪毫不犹豫地怼回去了。

"好了，好了，不跟你开玩笑了。若不是高晓明点名找你，我哪敢冒着领导吃醋的风险给陈局打电话。说正事，你赶快梳洗打扮出宫吧。对了，别忘了带上领导保驾护航。"

"高晓明？是咱们的优秀校友夏阳集团的高晓明？"

"是他！"

章玉溪放下电话，一个鲤鱼打挺从榻上跳下来。她一下午都在懊恼自己当初没去金石任职，哪怕是顾问呢。如果那样，自己的字也就能顺理成章镶嵌在金石大厦的楼顶上了，半路也不会出现公开征集题字这种事。郁闷间，袁同利的电话无疑是一道光，因为夏阳集团在那光束里金碧辉煌。她知道夏阳集团并购业务如火如荼，高晓明来金城绝不是单纯聚会这么简单，她预感到这也许是自己重出江湖的好机会。如果是那样，不仅自己可以和金石争业务，连褚晓光也要像维护大客户一样重新认回这个师傅。她不由得踌躇满志地伸了伸胳膊。

章玉溪像出席签约仪式一样翻出了职业装，对着镜子一照，肩溜下去半截，衣服在身上晃里晃荡。她"啧"了一声后问老陈："我是不是瘦了很多呀。"

老陈说："咦，你还真是瘦了，怎么闲下来反而瘦了呢？不过也好，有钱难买老来瘦哈。"

章玉溪瞪了老陈一眼："你会不会说话，我有那么老吗？"

老陈说："按世卫组织最新年龄划分，六十以下都还是青年呢。对了，我晚上还要审个报告，就不去了。你记着打开手机。"

章玉溪换了一套新买的休闲装，衣服很合体，但章玉溪就是觉得状态不对。她又把职业装换上，虽然宽松了一些，但一换上职业装，立颈、立腰，整个人就精神了许多。她一边开手机，一边心里盘算着明天要不要去重新买一身。

手机刚一开，褚晓光的电话就蹿了进来："师傅，这一天的会满满的，我真体会到您当年是多么忙了。"

章玉溪不耐烦地哼了一声说："那你先忙吧。"

还没等章玉溪的话音落下，褚晓光就急急地说："师傅，您看到金石公开征集大厦题字的消息了吗？"

章玉溪又是重重哼了一声，比她过去不屑于或不满意时的哼还重。她对着褚晓光不用遮掩，她就是要让他知道自己不高兴了。如果褚晓光做金石贷款时让她垂帘，如果褚晓光还真把她当成师傅供着，石老板还好意思公开征集？

褚晓光说:"师傅我就是怕您看到心里不痛快,所以第一时间看到就赶快给您打电话。我想石老板也许就是想通过征集造造声势,给金石变相做做广告,毕竟要改行做金融,需要提高知名度。"

章玉溪说:"你以为我就那么愿意给他题字。之前若不是他三番五次求我,我才懒得给他写呢。"

褚晓光说:"就是。不用您的字,损失的是他们。不过,石老板也没有说不用您的,您就写吧,我也是评委,到时候我跟其他评委推荐一下。"

章玉溪又重重哼了一声:"不必了。"说完不等褚晓光说话就匆匆挂断了电话。

章玉溪赶到时,包间里只有袁同利和高晓明。还没等袁同利开口,高晓明就一口浓重的唐山腔说:"来了。"

在来的路上,章玉溪一直想高晓明当年是什么样子呢。她在媒体上看到过高晓明,有些面熟,但除了知道这是高她两届的师兄,脑子里一点印象也没有。在她的记忆里,上学时和后来若干年,她和高晓明并没有交集。如果不是夏阳集团董事长的身份,她或许就不知道还有这样一位校友。但高晓明一开口,章玉溪便一拍脑袋哈哈笑了起来,那声调帮她找回了当年的记忆:"我知道你是谁了!"

高晓明说:"你早就该知道我是谁了!"

袁同利诧异地看着两人,然后用手指点点桌子说:"你们这是唱的哪出?"

章玉溪笑着说:"不告诉你。"

袁同利说:"那好吧,你们都暗度陈仓了,我这栈道修得也就没劲儿了。"

高晓明笑着说："袁主任还是这么小心眼。当年我毕业时，我那导师，就是那个总带我练书法的王老师见我形单影只，就把章才女介绍给我。可惜我们刚绕操场走了半圈，章才女就走掉了。"

章玉溪笑着说："冤枉，冤枉呀。我跟着你走了半天，你一直低着头，看都没看我一眼。我只好说有事先走了，你也不挽留，满打满算就用唐山话说了一声'来了'，一声'去呗'。"

袁同利学着高晓明的腔调说："来了，我以为你是为了扩大版图来了，谁知你是别有用心呀。"

高晓明说："二者兼而有之，不，是三者。"

袁同利竖了竖大拇指说："高，高，实在是高。既然都是自己人，你就把你的意图直接说出来吧。"

果然不出章玉溪所料，高晓明确实是为了夏阳集团的并购而来。但她没想到的是夏阳集团瞄准的收购对象居然是金石集团。她太了解金石集团的石老板了，说好听点是事业心强，说通俗点就是野心勃勃，石老板习惯了当老大，怎么可能屈居人下。想到这里，她看了一眼袁同利说："袁主任，你这个金融办主任也太官僚了吧。我已经退休了，这个忙是帮不了的呀。再说有你出面，哪个单位不买你三分面子？"

"我当然知道你退下来了，所以我才向高师兄推荐了你。"

章玉溪问："除了金石，还有其他目标吗？"

高晓明说："没有。老公司业务量大，资金池里难免鱼龙混杂，一旦爆雷，还不把我炸个半死。小公司要一家家整合，投入产出不成比例，划不来的。我们前期做过市场调研，金石刚刚从实业转型金融,经验和人才都相对缺乏,并入夏阳,借助夏阳的管理、研究团队,是双赢的事情。"

章玉溪说:"听起来不错,但你们和金石接触了吗?"

高晓明说:"没有,这家公司年轻气盛,是针扎不透,水泼不进。所以才请你出马。"

章玉溪仔细打量着谈论工作的高晓明,除了"来了"那声之外,再也没有了当年的影子。那种成功人士的优越感,那副志在必得的神情,让她来时打的那点鸡血一点点变凉。她不自觉地扯了扯嘴角说:"我们银行有八大禁令,尽管我退休了,但大张旗鼓地改弦易辙总不好吧。"

志在必得的高晓明不知道章玉溪是不识抬举还是欲擒故纵,一时间就把这疑惑抛向袁同利,袁同利显然还没排好兵,就披挂上阵了。"规定是规定,好多事情还是有回旋余地的,你章行长当年也没有少打擦边球。"袁同利说。

"哎哎,你堂堂金融办主任这样给我扣帽子,是想罚酒呢,还是想……"没等章玉溪说完,高晓明便倒了满满一大杯白酒放到袁同利手边说:"当然罚酒了。"

袁同利用右手捂住额头和眼睛,委屈万分地一边往下拉一边说:"我好心好意为你俩穿针引线,你们却合起来挤对我,好歹也陪上一小杯吧。"

推杯换盏几杯下肚后,高晓明就又扯出了那半圈操场。袁同利笑得前仰后合,但章玉溪却没有刚进来时那么激动了。她在想着如何收场,下午一受刺激就想重出江湖,可冷静下来她也知道,闯荡江湖绝不是那么容易的,比如这个金石就是无法攻克的,如果业务拓展不了，自己在高晓明那里的估值也就一泻千里了。如今完美收官，重拾书法，说不定还真能练成书法家呢。自己在心里这么一评估，就难免烦躁起来，她拿了一张餐巾纸，装作去洗手间的样子出了包间。

"师傅，真是您呀！"褚晓光变戏法般从身后赶上来。章玉溪撇撇嘴说："这地方我现在来不合适吗？"

褚晓光脸一红说："放下您的电话，我就约了石老板，想问问他题字的事。您是……"

"我和几个老同学吃饭。"说完章玉溪就径直走进卫生间。她磨蹭了半天，为的是躲开褚晓光，谁知，褚晓光没躲开，袁同利反而追了出来。出来时褚晓光正扶着有些微醺的袁同利。袁同利看见章玉溪说："我说这点酒对章行来说就是毛毛雨，可高晓明就是不放心，非逼着我出来寻你，你看人家对你多关心，你快点回去吧。"说完就在褚晓光的搀扶下进了洗手间。

章玉溪回到包间后，高晓明一边倒酒一边说："你可不能像当年一样把我再扔到半道上。"

章玉溪用手挡住酒杯说："不是我不帮忙，你就是给二十倍的市盈率，那个石老板也不会卖掉金石的，你们还是重新选择目标吧。"

高晓明推开章玉溪的手，给她斟满了酒，然后端起酒杯说："话先别说那么早。人都有弱点，企业也不是铁板一块，我就看准他了，也看准你了。金城夏阳总经理的位置早晚给你留着。"

两人的杯刚碰到一起，袁同利就带着褚晓光进来了，随后石老板也端着酒杯走了进来。袁同利一一介绍后，石老板说："章行，

　　　　　　　　　　　　第二十届百花文学奖

几日没见,你怎么就瘦成这样了,我每天健身就是瘦不下来呢。"石老板说这话是想讨章玉溪的欢心,他确实没有体会到此时瘦对章玉溪的含义,更没想到自己有朝一日也会瘦成另一个自己,当然这都是后话,此时石老板正沉浸在自己风趣又不失机智的奉承中。

章玉溪嘴一撇:"也是,几日没见,石老板越发富态了。看来如今这肉身也是势利,就知道追随财富,我一个闲人只有瘦了。"

石老板尴尬地笑了两声后对高晓明和袁同利说:"你们这位同学是我们金石的贵人,两位领导见谅,我得知恩图报呀。"

章玉溪挡了一下酒杯,然后指了指高晓明和袁同利说:"你是商人,应当知道哪个更有利。你还是先敬远道而来的高董吧,以后证券、基金投资业务你还要向人家高董多学习呢。"

"恭敬不如从命,我就是愿意听章行的。"说完石老板和高晓明碰了杯,交换了名片。章玉溪说袁主任是掐着你命脉的,这不用我说了吧。石老板笑着说:"明白,明白。"

到了章玉溪这里,章玉溪说:"我就不喝了,最近习惯晚上练书法,喝了酒,那字就真天马行空了。"

石老板说:"你不喝哪行? 这样吧,你给我个机会,我喝白酒,你喝白水。"

袁同利一边鼓掌一边说:"好,好。"

章玉溪撇了撇嘴说:"哟,你们都是在位的,好意思让我喝白水,最起码也是茶水吧。"

石老板愣了一下,然后煞有介事地说:"若不是为了求您的墨宝,我怎么能让袁主任省下这杯酒。"说完自己就连续干了三杯。

高晓明带头鼓掌，然后说："章行不能偏心，我也要留才女师妹一幅墨宝。"说完又对众人说，"不瞒各位，当年自己的梦想就是能有一幅章才女的书法，可惜这梦一做就是三十年。"

袁同利没等章玉溪说话，就拿出了金融办主任的派头擅自做主说："立即、马上、圆梦。今天在场的每人一幅。"说完也不管章玉溪同意不同意就让服务生拿来了笔墨纸砚。

章玉溪甩了甩手说："写就写，大不了你们一出门就当废纸扔了。"章玉溪在众人簇拥下来到套间的书案前，她让笔在墨中尽情吸吮着，等毛笔吃奶般咕咚咕咚打了饱嗝，她才用砚台给它擦拭多余的汁液，左一下、右一下，右一下、左一下，然后快速挥毫写下了四个字：厚德载福。写完后众人竖起大拇指，袁同利说："这个我喜欢。"可章玉溪落款题赠的却是褚晓光。她说喜欢也不行，师徒一场，还从没给晓光行长写过字呢。

第二幅"宁静致远"落款后，高晓明说："这阵仗，非袁主任莫属。师妹了得，师妹了得。"章玉溪笑笑说："什么了得呀，只不过是平常练习的这几个，不然哪敢拿出手呀。"说完就又写了四个字：静水流深。

袁同利问："这是给石老板的？"

章玉溪说："还真不是。"

章玉溪放下笔问石老板有没有什么心仪的词。石老板笑着说："当然有了，我求章行的墨宝也求了十几年，就那四个字，你知道的。"袁同利就有些醋意地说："你看你们总是打哑语躲避监管，这样是要犯错误的，别说了，赶快写吧。"章玉溪："我一个退休的人，早就不在你监管范围内了。石老板，咱就不当着他的面写，是吧？"

石老板哈哈一笑说："当然，我那幅可是量身定制的。"

三

章玉溪问老陈："我是去夏阳还是去金石呢？"

老陈说："你总说做了一辈子金融，退休后要换个活法，干吗还要去再费那个力气？"

章玉溪不满意地看了一眼老陈。老陈并不理会她，像个没事人一样，继续坐在沙发上看球赛。章玉溪想，干吗？为利更为名呗！看看我才退休多久，连你也敢轻视我了，如果再这样虚度下去，还不坐吃山空。我可不想像隔壁李姐一样，一不留神把自己的名字都给弄丢了。有人叫李姐琪琪妈妈，有人称呼李局夫人，有人干脆就喊李姐。前几天章玉溪去小区旁边的公园散步时，碰到李姐，就顺口问了一句李姐在哪儿上班？李姐笑了笑说："我原来在邮局，老李前些年在下面挂职，为了带琪琪，我就买断了。"章玉溪说："可惜了，后来邮局新增了邮政储蓄，如今又改成邮储银行了。"李姐说："谁说不是呢，就差一年，连退休工资都泡汤了。让老李给找找，老李就是不肯。"章玉溪说："我跟邮储的行长认识，我试着问问，看能不能续上社保。"李姐自然是感激万分，当下就把名字和基本情况告诉了章玉溪。章玉溪回家对老陈说："一直李姐李姐叫着，原来李局爱人不姓李呀。"老陈说："不姓李姓啥？姓张？"章玉溪说："还真让你蒙对了，人家真是姓张，叫张雅青，名字还挺好听呢。"

章玉溪习惯了章行长的称呼,什么陈局夫人、诺诺妈妈呀她听着别扭。但仅仅多半年,章行长这个称谓就岌岌可危了。先是快递员打电话直呼其名:"章玉溪,你的快递放收发室了,记着来取。"再是庞蓝把姓也省略了,庞蓝说:"玉溪,重阳节去林西湖游湖,你怎么不去呀,我还想和你搭伴呢。"庞蓝还说:"薇薇、苗艳、晓新都去,五朵金花就差你了。"章玉溪回应:"都退了休的老眉咔嚓眼,还啥五朵金花,我真是有事呢。"庞蓝说:"就知道你不肯闲着。"末了酸溜溜说了一句,"那玉溪你就一枝独秀吧。"章玉溪想我还真是不能步你们后尘。她们五个女行长相差没几岁,庞蓝岁数最大,章玉溪最小,在职时都比着、赶着,业务做得风生水起,巾帼不让须眉。开会时五个人也总坐在一起,在黑压压的男行长中就像一簇簇鲜花,久而久之就有了"五朵金花"的雅号。章玉溪退休后,庞蓝张罗五朵金花聚了一次,但退休后的金花们衣着也花枝招展,言行却大不似从前。大家见面就是谁又学会了一道拿手菜,谁又要晋升辈分了,如今沦陷在超市排队买便宜鸡蛋的大妈队伍里,自己都认不出自己来了。章玉溪想自己千万不能沦陷。她也不是没有想过要出山再找一份工作,可看着这个书法家那个书法家到处留墨,就想起自己也有二十年的童子功,想起自己年少的梦想,退休前就把书法捡了起来。谁知这一捡,就捡了一个才女的名声。褚晓光说,师傅不是才女,是书法家。石老板更是天天追着要书法,追着要书法家章玉溪给他的金石金融大厦提名,他说,金石集团要整合业务,成立金石投资公司,他早就想好了,管理的第一只基金就叫"金石基金",有了"金石"垫底,不愁基业不长青。他让章玉溪给"金石基金"题字,并把"金石基金"镶嵌在金石金融大厦的楼顶。章玉溪知道，楼顶就是五十层的顶上，如果是那样，她的字就会在金城第一高楼上闪闪发光。

金石的公开征集打破了章玉溪退休后的生活，也让她再次萌生了重出江湖的想法。高晓明给出的条件很优厚，但她知道天下没有免费的午餐，高晓明与其说是看中她的能力，不如说是看中她和金石的关系，她是促成并购最合适的人选。高晓明说："石老板到处说你是他的顾问，而且你的徒弟又掌管着他融资的生杀大权，更重要的是夏阳并购金石是双赢的事情。"袁同利也撺掇章玉溪，你就顺水推舟去金石当个顾问，慢慢地把并购渗透进去，对金石、对夏阳、对金城金融稳定，对你个人都是好事情。章玉溪当然明白袁同利的意思。其实在位时她也不止一次劝过石老板，金融盈利水平高，但风险也大，他应该把精力用在金石集团的实业上，比如金石房地产、金石汽贸、金石酒店。但石老板却铁了心地要做金融，他说资本市场正进入下一个捡钱时代，他怎么可能坐失良机呢？那个夏阳投资集团如果不是日进斗金，怎么这么快就独树一帜？

金石是新华支行的重点客户，也是章玉溪经营多年的客户，多年来给新华支行带来了丰厚的回报，因为有着这样的黄金客户，其他行都羡慕新华支行的员工，不用费劲，坐着就能数钱。确实，只要金石不被他行抢了去，那么新华支行就可以一直受益，何况章玉溪退休前又埋下了"金石金融大厦"这个金豆子。入驻"金石金融大厦"的签约机构有证券、保险、银行网点。五十层的写字楼，即便是只靠租金就能养活金石，也顺便让新华支行喝一碗融资租赁的靓汤。金石集团几乎是和她退休同时华丽转身为金石投资集团的,她当时还想提醒袁同利,给金石发金融业务许可证可以,但一定要有一个规模控制,设定一个上限。比如第一年业务不允许超过二十亿,第二年业务不允许超过五十亿,等等。那天她确实是打了电话的,只是袁同利没等她说完就说:"老同学孵化的基金就是不一般,其他公司三回两回也达不了标,金石的管理'丁是丁,卯是卯',是你的风格。"章玉溪只好把话咽下去,她一个退下来的人,没必要讨人嫌。不然就真是犯傻了。

上周二,她就犯过一回傻,弄得自己不舒服,别人也腻歪。那天,她正在读帖,书协的贾主席打电话来咨询她,投在金石集团的那笔钱到期了,是取出来还是继续投进去? 她笑着说:"高收益就高风险,我做了一辈子贷款,最怕的是不良,如果是我,我是不会让自己整天提心吊胆的。"其实这就等于回答了,钱不能再投进去。"如果是我"是章玉溪退休后给自己寻到的一个盾牌。她觉得引入"如果",既现身说法又清晰明了,不像某些人车轱辘话来回说,让人越听越云山雾罩。但这边话音未落,贾主席就在那边重重哼了一声,有些愠怒的贾主席说:"前几天有几个朋友还又投了一些呢,说是金石金融大厦马上开业,'金石基金'也要启动,还说是你支持的项目。"章玉溪连忙解释:"从目前看,投资没有问题,但金石业务扩张太快了,而且……"她还没说完,贾主席就截住了她的"而且"。贾主席说:"章大行长,我还要审阅'书代会'的议程,你有什么最新消息可记着通报我一声呀。"

章玉溪呆呆地对着挂断的电话叹了口气,然后用手梳了一下头皮,把奓飒起来的头发压了压。她不能和过去一样把手机扔出去,因为现在不是过去了,过去她怎么可能对着挂断的手机发呆呢,是她挂断别人的电话才对。她不想再搭理贾主席,可自己的副主席增选却是绕不开贾主席的,在这个节骨眼儿上她只能委曲求全地把电话再拨回去。她想说服贾主席先把投进去的钱撤回来,等金石大厦正式启用,等基金信托业务上了轨道再投不迟。可电话拨过去就是忙音了。她苦笑了一下,心想每个月一笔笔利息到账,谁又能不动心呢,让人家退出无异于挡别人的财路。放下电话,她的心就乱了起来,因为市书协副主席的头衔盘桓在心里,贾主席一旦不爽,自己的副主席就有了潜在风险。

　　章玉溪当然知道不管是去金石当顾问,还是将来在夏阳谋个职位都是不错的选择,但就怕万一,万一金石翻船,万一夏阳爆雷,就会打不着狐狸惹一身臊。她做了三十年的信贷业务,能完美收官就是因为自己的风险意识强,在这方面,她仿佛有着惊人的天赋,只要感觉不好的项目,她就宁可错过也不做。实践证明她总是对的。对于金石,她也有类似的感觉,比如金石在金融执照还未下来时就提前内部集资,这是犯了大忌的。她提醒过褚晓光,如果有内部集资等这些表外资金存在,就埋下了潜在风险,有潜在风险,就不能再新增贷款了。褚晓光特认真地点了点头,但贷款却照贷不误。

　　高晓明给章玉溪亮了底牌,夏阳用二十倍收购金石,但重要的一条是至少要收购金石股权 60%,控股金石。章玉溪在心里算了一笔账,如此看来,石老板的转型确实是对的,一转身,身价就增了二十倍,上市也不过如此啊。高晓明说:"事成,你任夏阳金城分公司的总经理,管理几百亿基金,你的薪资就不用我说了,你自己都可以算出来。"

章玉溪的热情就这样被激发出来了。她对老陈说："我想再去工作几年，这些年一直在体制内，虽然工资也不低，但你知道一个基金经理一年能挣多少钱吗？"

老陈摇摇头说："钱哪里是那么好挣的，再说如今领导干部家属经商办企业是明令禁止的。"

"我不是去经商办企业，我是去发挥余热，比方说给金石当顾问，帮金石建立一套风险管理机制，助力金城经济发展。"

老陈说："顾问顾问，顾而不问。你倒好，人还没去，就又顾又问。看来我昨天真不应该接袁同利的电话，更不该给你传信。"

"算了吧，你不接电话，他就不会跑到家里来找？再说金石集团今非昔比了，石老板请不请我还不一定呢。"

四

章玉溪确实吃不准石老板还请不请她。此一时彼一时，当初不也是信誓旦旦要用自己的字，如今却搞什么公开征集，让自己着急上火吃了个烧鸡大窝脖。若不是昨天自己当着袁同利他们点他，他会让褚晓光来解释吗？

褚晓光在送她回来的路上说："章行，那个公开征集果然就是石老板的炒作，石老板是通过公开征集金石金融大厦题词，变相打广告。那些程序就是形式，撼动不了内定的您。"褚晓光就有这样的本事，不显山不露水就能把事情摆平，而且摆得自然流畅。这样一来章玉溪即便想跟石老板和褚晓光使个小性子都不知道该怎么出手。但既然石老板让褚晓光搭了个台阶，自己也就没有理由不顺着下来了。下来归下来，但心里还是有些怨气，不免就敲打了一下褚晓光："我才不跟他争一日之长呢，做人做事讲的就是个厚道，如果过河拆桥，谁还敢帮他呢？"

褚晓光笑着说："石老板如今满脑子想的都是拓展业务，从企业家到金融家说易也易，有钱可以任性。但说难也难，毕竟隔山隔水的。资本市场风大浪急，聘个合适的职业经理人也不容易，石老板让我带话，想请您出山呢。"

"咱们的八项规定你不是不知道，我就不去掺和了。"章玉溪习惯性地矜持了一下。

"我也是那个意思。"褚晓光说完看了一眼章玉溪，章玉溪没有吭声，但脸色还是沉了一下，嘴角也习惯性地往下撇了撇。褚晓光做了多年的徒弟，当然知道这是章玉溪不愿听的。如若从前，他会想方设法再圆回去。但如今褚晓光没有心情，也没有必要哄章玉溪，他嘴里喊着师傅，心里早就出师了。他之所以那么说是欲擒故纵，是想试探一下章玉溪的底牌。在他心里并不赞成章玉溪去当金石投资集团的顾问，自己好不容易出徒单飞了，就不愿再让章玉溪牵根绳。

这半年他已经渐渐收复了金石，也拿下了石老板，眼看着章玉溪就跟金石闹掰了，那样的话章玉溪就不会再参与到任何业务中，客户和员工也就不会说原来的章行长如何如何。那天石老板请褚晓光吃饭，石老板对服务员说，来一瓶白鹭诗坊吧。褚晓光笑着说："看来这个白鹭诗坊的宣传效果真是不错呀。"白鹭诗坊是金城白鹭书院自酿的粮食酒。几个文人在西山过着酿酒、吟诗的田园生活，潇洒归潇洒，但毕竟经济基础决定上层建筑。小众的酒,一直不温不火,让他们就难以成为真正的陶渊明。等一个原来的文艺青年,如今的白老板过来谈收购时,白花花的银子一放,几个人别说诗,话都没说两句,就缴械了。白老板引进了先进的工艺和设备,把酒厂开在二十里外的金城河畔,酒也就成规模大批量涌入市场了。卖了酒的招牌,拿了钱的几个诗人本以为要卷铺盖走人,谁知老板却挽留下了他们,一口一个老师,让他们继续在西山酿酒、作画、吟诗。几个诗人是知恩图报的,便变着法为老板宣传,什么文化情怀,什么良心酿造,什么雨露琼浆,等等,并撺掇老板学着永和九年那场醉,在白鹭书院办了场诗歌大奖赛,于是一场场曲水流觞就成了电视台和金城的热点,白鹭诗坊酒也就跟着在金城飘香了。

那些诗人、那些大奖赛无疑是最好的广告。白鹭诗坊酒端上来时,褚晓光就怂恿石老板,金石集团也可以学学白鹭诗坊的模式,一个好的创意能抵过上千万个营销经理呢。石老板点头称是,不然咱也搞个金石投资大赛? 褚晓光说:"搞什么投资大赛呀,成本太高了,还有点急功近利的嫌疑,金石金融大厦不是马上要开业嘛,你可以搞个公开征集大厦题词呀。"石老板就连声叫了好,是呀,有奖征集成本低,影响大,如果再让媒体介入进来,这影响没准就超过了白鹭诗坊呢。

当时两个成大事者都选择了不拘章玉溪这个小节。本来石老板是一直坚持请章玉溪来金石投资集团的,但章玉溪一再拒绝,再加上褚晓光主动介入,石老板就觉得请不请章玉溪都不重要了。原来褚晓光跟在章玉溪后面,不显山不露水,但接班后,魄力和能力都远远超过了章玉溪。比如石老板过去每次一提到转型,章玉溪就泼冷水，说什么术业有专攻，说什么金融收益高，风险也大，等等，总之就是一百个不看好，不支持。石老板知道，如果章玉溪不支持，自己硬要转型，那么章玉溪就会收回信贷资金，如果收回信贷资金，别说做投资了，自己的实业也难做好呢。所以即使他有转型的心，也不敢行转型的实。但也仅限于不敢，转型的心并没有死，为此他就选择了曲线救国，建了一座五十层的金石金融大厦，用出租写字楼的方式先把保险、证券、银行、投资公司等招揽进来，先看看猪跑。章玉溪倒是非常赞同他建造这座金融大厦，为大厦建设放了八个亿的贷款。章玉溪在审贷会上力排众议阐述道："金石金融大厦就相当于金城的金融街，大厦为金融企业提供办公租赁，租金远远高于贷款利息，这是一个前景可期的好项目。"不仅如此，在前期市场调研和论证中，章玉溪还帮金石签下了不少租赁协议。在大厦落成和章玉溪退休前期，石老板又一次提出转型。章玉溪知道他是不甘心，旁边的人都在吃肉，自己只能分一杯羹，别说是精明的石老板，就是任何一个正常人也禁不起这种诱惑。章玉溪不再说什么了，她知道说什么也没有用，只能姑妄听之，姑妄任之。

褚晓光就不同了，他说："转型是明智之举，如今是资本市场时代，实体经济怎么可以和资本经济相提并论呢？"但这些话褚晓光不是当着章玉溪的面说的，而是每次吃完饭送章玉溪回家后，石老板和他喝茶时说的。石老板当下就邀请他辞职加盟到金石集团，负责金石基金的筹建。褚晓光说："我师傅培养了我那么多年，我怎么能辞职呢？不瞒您说，前几天那些全国性股份制银行也有人来挖我，职位高两级，年薪翻几番，我都没答应，我不能让师傅伤心。但是……"褚晓光话锋一转说,"但是你有什么需要我帮忙的,就尽管说,我保证知无不言,言无不尽。谁让您是我师傅多年扶持的客户呢,为师傅守住这一片江山也是我应该做的。"

石老板笑着说:"那我就不客气了,我们联手,那真是强强联合,放心,金石是不会亏待你的。"之后,他们就很少提到章玉溪,其实也就不用提了。离了章玉溪,贷款也贷成了,转型也转成了。当然当初要章玉溪的题字也就可以不了了之了。但谁知这么巧,晚上褚晓光就碰到了章玉溪,不仅碰到章玉溪,还碰到了袁同利,而且还从袁同利有些直的舌头里听到了夏阳要聘请章玉溪出山的消息。褚晓光在脑子里快速转了一个圈,就告诉了石老板。他们的第一反应是阻止章玉溪到夏阳任职。金城的市场就这么大,如果章玉溪带着夏阳的招牌出来和他们分蛋糕,金石恐怕能分到的也就是一个边边角角,再加上她在金城金融圈做了三十年,客户有,口碑有,夏阳和金石的高低,立马就清晰可见了。与其说是石老板厚着脸皮拍夏阳的高晓明和金融办的主任袁同利马屁,不如说是向章玉溪示好。再说他也一直是坚持聘请章玉溪当顾问的,只是在褚晓光的介入后就再没有落实。

褚晓光对石老板说:"该征集继续征集,只不过通过走形式,把我师傅的字选出来就行了呗。这样一来,我师傅就不只是一个金融家,还是一个知名的书法家了。我师傅和金石相互成就,既不失初心,也无形中胜了夏阳一筹。然后您聘她当顾问也就顺理成章了,总不能她的书法挂在金石金融大厦,她的人去夏阳发光吧。"

说实在的,褚晓光见到章玉溪的那一刹那,也吃了一惊,他以为是章玉溪找他和石老板来兴师问罪了。他正想着怎么自圆其说呢，就碰到了袁同利。袁同利和章玉溪的同学关系他知道，但他不知道夏阳的高晓明也是章玉溪的同学。在见到高晓明的那一刻，他心里忽然又风起云涌了，仿佛当初见到章玉溪，仿佛当初见到袁同利，仿佛自己乘着小船又要迎涛击浪了。他是乘着章玉溪的风启程的，从经理到行长，他对风有着特别的感情，也有着诸葛亮观天象的天赋，所以他在风平浪静中识别出了如东风般的高晓明。高晓明是师傅的同学，那么他自然就要变回章玉溪那个乖乖徒弟了。

他一口一个师傅叫着，又开始给师傅疏肝健脾了："师傅，您的字通过征集选出来，而且都是书法界的大咖评选出来的，分量有多重就不用我说了。真羡慕您，业务业务做得无人能比，书法也一下就拔得头筹。又是金石顾问又是书法协会副主席，不知有多少人羡慕呢！"

章玉溪哼了一声，但这一声哼不仅不低沉，还轻飘飘的，带着一点娇嗔。褚晓光在这哼中听到了挡在他和师傅中间的块垒稀里哗啦瓦解的声音。他的嘴角不经意地往上扯了扯，然后像突然想起什么一样说："对了，师傅，去金石吧，当个顾问，不用担风险，也不用触动八项规定的红线，还能帮我们盯着点金石集团，说实在的，他摊子越铺越大，我还真是有些不放心呢。再说，金石是您一手扶持的，您当顾问给把把舵是最合适的。"

章玉溪心里是有怨气的，也是想抻一抻的。可她还是被褚晓光说得心旌摇荡，一激动就答应了褚晓光。答应之后又觉得这样算什么呢？应该是石老板来请，过去了贷款，石老板又殷勤又周到,一天跑三回呢,嘴边的一句话就是,"您给金石当着半个家呢,我必须向您及时汇报"。看来褚晓光如今也能做金石半个主了。想到这里,不免心里又有了些许酸意,她说:"人家石老板有钱,什么样的职业经理人请不来,还需要我去指手画脚?"

褚晓光不置可否地说了一句:"所以才是顾问嘛,两相自在,各得其所。"然后话锋一转谈到了高晓明,他说,"师傅还有这样的同学,他到金城来单独请师傅,能看出你们关系不一般啊。"

章玉溪说:"我和他是同学不假,但无利不起早,夏阳要在金城拓疆扩土,他是想让我帮帮他。"

褚晓光说:"他算是找对人了,在金城没有人比您更合适了。但是,这样一来,您要和扶持多年的金石抢市场了。"

章玉溪说:"谁说不是呢,去吧,尴尬。不去吧,又不好拂了老同学的美意。"章玉溪说完看了一眼褚晓光,一边看一边想自己是不是话太多了。她之所以跟他说,就是想告诉他瘦死的骆驼比马大,想告诉他,你小子以后不要人还未走就不管茶的凉热,想借褚晓光的嘴告诉石老板她现在的分量。

褚晓光听出了章玉溪要去夏阳的意思,就有些急,他说:"石老板刚才还叮嘱我征集的内幕仅限于我们仨知道,如果您回过头去了夏阳……"说到这里,他似乎觉出了自己的立场有些不妥,就"唉"了一声。缓冲过后,他继续说,"鱼和熊掌的问题,真是不好选择。"说完他看了一眼章玉溪。因为他知道,每当话说到这种程度,章玉溪就会让他先选,但他选后,章玉溪又会逆向选。每每实践证明章玉溪不管对错总要诲人不倦,褚晓光的灵光就在于他能悟出自己需要做的,他一边赞叹一边虚心领教。前期褚晓光是凭着自己的感觉选择,后来他慢慢领悟到其中的奥妙后就故意选择错误的一方。他愿意看到章玉溪恨铁不成钢的样子,愿意聆听章玉溪的循循善诱,愿意通过选择让章玉溪觉得自己离不开她的指点和教诲。

果然章玉溪问他:"如果是你,怎么选呢?"

褚晓光说:"当然去夏阳了,金石怎么能和夏阳比呢?"

让褚晓光意想不到的是,章玉溪竟然说:"你觉得他们两个强强联合呢?"她看了一眼满脸惊诧的褚晓光,言语里越发透着胸有成竹的笃定。"资本市场云谲波诡,说不准哪天他们就成一家了。你回复石老板吧,我就挂个顾问的名,再为金石发挥点余热吧。"

五

金石金融大厦真就成了金城的金融街。大厦启用后,之前签订租赁协议的证券银行、保险等机构入驻,业务量噌噌噌像股市大牛一样拉出了大阳线。一些机构就动了迁址大厦的心思。石老板起先总怕没人租,当初为了不让大厦闲置,还挖空心思请了书协贾主席、袁同利等一些金城名流,这中间有一个仙风道骨的《易经》研究会的董大师。董大师抱着罗盘上下左右楼前楼后巡视一遍,然后意会西方。站在金城第一高楼的人们顺着董大师眼神望去,映入眼帘的便是金光闪闪的西山。夕阳下西山和金石金融大厦遥相呼应,金石金融大厦上风上水,是"金城的聚宝盆"的风声就这样呼之而出了。

石老板当然知道这势是造出来的,但造着造着自己也就随着众口信以为真了。既然信了，那这样的风水宝地就没有理由再让给别人。他要快速扩张业务。此时的石老板仿佛看到了资本市场那个神话，仿佛自己的业务已经从二级市场拓宽到一级市场，仿佛看到金石基金和夏阳资本比肩了。他不仅把自己的想法告诉章玉溪，而且还把拓宽一级股权市场的重任交给了章玉溪。然而令他没有想到的是，章玉溪像当年一样又提出了反对意见。理由依然是资本市场风大浪急，金石集团刚刚转型，先投一些债券和蓝筹股，创出"金石基金"的品牌，积累一些口碑和人气，再图发展。章玉溪就像在审贷会上一样，想先抛出自己的建议，再逐条说明解释。但没等她说下去，石老板就不耐烦地打断了她。

"现在最流行的一句话是与时俱进，章行长不能总拿老皇历看问题。如果等牌子创出来那不黄花菜都凉了。"

"那石董是不是考虑强强联合，比方说可以借夏阳等现成的研发团队、客户资源、产品管理，实现双赢呢？"章玉溪本来还想说，但石老板的脸已经砸到章玉溪的身上，她不得不尴尬地闭上了嘴。

"什么强强联合，金石的体量怎么能跟夏阳比，如果投奔人家，还不是被一口吞了，连骨头渣都剩不下。你这顾问的经不能念歪了，咱们金石大厦的招牌可是你的御笔呢。"

石老板话里的硬刺就那样直挺挺戳过来，把章玉溪心里的那幅蓝图戳得名纸生毛。她后悔不该在这个时机替夏阳投石问路，后悔当这个顾问。果然像庞蓝说的那样，给私人老板打工，表面风光，实际上肚子疼着呢。她记得庞蓝退休时，一个刚办下小额贷款公司许可证的房地产老板，让章玉溪推荐人选，章玉溪就找到庞蓝。庞蓝嘴里感谢还是自家姐妹亲，惦记着她，但还是委婉拒绝了。庞蓝说："退了就退了，帮女儿带带孩子，给老徐做做饭，就不再去费那个力气了。帮私人企业经营，比不了咱们银行。"当时她还把重点当成是庞蓝想回归家庭，如今才咂摸出那话外之音。庞蓝当年曾和她一起笑话那个跳槽的郑副行长，郑副行长等不及接庞蓝的班，就跳槽到一个典当行当总经理，以为去掉"副"就可以名正言顺地发号施令了，但因为总和投资人意见相左，还没施展开拳脚就被解聘了。当时她们还笑郑副行长"做事不随主，等于二百五"。

章玉溪明显感到自己也陷入了二百五的境地。石老板不再跟她谈金石的事，像条咸鱼一样把她晾了起来。所以当高晓明跟章玉溪提及要在金石金融大厦租一层当夏阳基金筹备处时，章玉溪想都没想就泼了一盆冷水。她说："石老板如今把他的大厦当成聚宝盆了，你们和他是竞争对手，他怎么会在自己身边放一只老虎？"

高晓明说："老同学，你是带着使命去金石的，我咋听着你这是长人家志气，灭自家威风。哈哈，不会是真的被石老板收买了吧？"

章玉溪本来就有一肚子气，听到这话自然就更不舒服，语气不知不觉就重了起来："啥收复？若不是当时为了老同学，我说啥也不会当这个破顾问，过了大半辈子，还从没受过这种窝囊气呢。"

"你窝囊？哈哈，不应该吧？如果是我每天看到'金石基金'四个大字在地标性建筑上金光闪闪，心里也会美成花的。哈哈，算了,不租就不租吧,没有章屠夫,我们只好吃带毛猪了。"

章玉溪听出了高晓明的醋意,她想再解释一下,或者是老生常谈地劝劝高晓明,如今金石正在兴头上,收购也好,合作也罢,即便出大价钱也不一定能谈成,还是慢慢等待契机吧。可高晓明并没有给她机会,就匆匆收了线。章玉溪摇摇头,心想,得亏当时没有投奔到他手下,什么老同学,不过是相互利用而已,自己失去了利用价值,那点同学友谊也就不值一提了。也罢,哪个单位哪个企业不是这样,一把手决定了的事情哪能轻易撼动?金石如此,夏阳也如此,自己当年不也是听不进别人的意见吗?想到这里,胃里就一阵阵倒着酸水。

重新出山的章玉溪忽然间就爬不上去了,她想转身吧,也学学庞蓝她们,练练书法,也给老陈做做饭。上周老陈体检报告出来,"三高"已经有了两高,医生建议健康饮食、注意锻炼。她知道老陈是一直坚持走路的,那么就是自己的饮食不合理了,自己上一天班,回来能凑合就凑合,能简单就简单。

但她还是没有做成庞蓝。她只要一进书房,一拿起笔,"金石基金"那四个明晃晃的大字就在眼前晃,晃得她头晕目眩。晃得她不由自主地拨通了褚晓光电话。她提醒褚晓光,也想借褚晓光之口提醒石老板,毕竟新华支行还有十个亿的贷款在金石放着。

褚晓光听完后"嗯嗯"了两声,这"嗯嗯"是啥意思呢? 章玉溪当然明白,褚晓光不愧是自己的徒弟,连这"嗯嗯"都学会了。章玉溪不由得就提高了语调,她说:"这几天石老板在高薪招聘股权投资团队经理、研究员等相关人员,这样盲目扩张太不理智了。"褚晓光依然是"嗯嗯"了两声,过了好一会儿,才慢悠悠地说:"确实有些膨胀，可这也不是咱该管的，贷款有大楼抵押呢。"

章玉溪想说，当时是谁替石老板传的话？可话到嘴边还是咽了回去，毕竟自己当时也是想出山的，也没有人拿刀架在自己脖子上呀。她想对褚晓光说，那个夏阳就虎视眈眈等着吞并呢，石老板这不是给自己挖坑吗？可听到褚晓光不阴不阳的"嗯嗯"，她什么也不想再说了。褚晓光回复她，企业经营是自己的行为，就随他去吧。

老陈说："天下本无事，庸人自扰之。"章玉溪这次倒是听从了老陈的建议，不再去金石，也不再关心夏阳，甚至连褚晓光也快要忘掉了。其实不忘掉又能如何呢？

但章玉溪六根清净的日子没过多久，聒噪的声音一浪浪就涌来了。最先打来电话的是庞蓝。庞蓝说她侄女在金石有一笔投资，是半年期。如今差一个月就到期了，但侄女的小孩生病了，需要一大笔钱，让章玉溪通融一下提前支出，利息能给最好，不行就不要了。

章玉溪说："私募基金的缺点就是流动性差，一个月很快就到，不然我们先借给她一些？"

庞蓝说："你就帮着想想办法吧，还是用自己的钱舒服，金石的那笔投资就拜托你了。实在不行，你就给盯着点，一旦到期，咱们就先拿出来应急。"

章玉溪说："好的。"

章玉溪答应得力不从心，她已经好久不去金石了，不过她不好回绝庞蓝，她知道她即便说了实话庞蓝也不会相信。好在还有一个月就到期，她想让褚晓光做个顺水人情，到期及时抽回还是可以的。但她的话还没递出去，贾主席的电话就进来了。贾主席说："我找你有两件事，一是最近在筹备'金城风骨书法展'，准备选十名书法家，我觉得机会不错，就给你留了个名额。"章玉溪自是感激万分，但贾主席没有让她把"谢"字说出口，就打断了她。贾主席说："我们之间就不用客气了，我还有事麻烦你呢。"豪情涌荡的章玉溪就当下承诺，只要她能做的，一定尽力。贾主席叹了口气说："我儿子要买房，想着把金石的投资撤回来，你就费心给通融一下吧。"

章玉溪愣了一下，心想是不是金石有什么问题了？可电话那头贾主席言之凿凿地说要买婚房，自己就不好多说什么，她说原则上不到期是回不来的，我明天就去金石集团跟石老板说说，看有什么办法？

两个电话搅得章玉溪无心喝茶更无心写字，便习惯性地调出褚晓光的号码，手机刚接通，她又果断地摁断了。一种不祥的预感阵阵袭来，她想捋一捋金石的事情，可越捋越不清楚，她索性拿上车钥匙出了门。

章玉溪的车绕过金石金融大厦小广场，从 B 口驶入车库，这时看到褚晓光的车子从对面驶来，她放慢车速摇下玻璃，可褚晓光的车子就从她眼皮子底下匆匆驶出了。B 口是内部车辆和 VIP 会员专用通道，又不是上班高峰，当时一出一进就他们两辆车擦肩。那么褚晓光就没有理由看不清她的车子，尽管退休后她换了一辆丰田越野，但 686868 的车号没变呀。客户部的小李经理过去常常揶揄褚晓光有着一只狗鼻子，隔着一站地也能闻到章行长的气息。章玉溪当时任由他们争风吃醋，他们的明争暗斗间接地平衡了她的工作。此时褚晓光的视而不见给她本来就冰的心无疑又加了一层厚厚的霜，车子稳稳停在 VIP 车位时，章玉溪依然在愤愤中郁结着，她甚至想是不是该掉头回去，犹豫间，保安走过来给她行了个敬礼，然后帮她打开了车门。这时她才注意到自己停在了"超级"的位置，开车门是为超级 VIP 会员服务的一项。

章玉溪来到电梯间，然后刷卡，摁了上行的电梯。但电梯并没有上行的迹象，她只好再反身下来找保安咨询。保安走过来刷了两下说："您的卡没升级吧，前几天我们刚刚升过级。"

那就麻烦你给刷一下卡吧。章玉溪报了石老板办公的楼层，50 层。

保安说我的卡也没有权限，您还是先到一层大厅，再电话约吧。

好不容易才辗转到了 50 层。办公区的前台是认识她的，那个明眸皓齿的小姑娘把她引到会客室，给她倒了一杯红茶，让她稍等。章玉溪说，半年的工夫变化真大呀。小姑娘微微一笑，并不接话茬儿。

章玉溪哪里受过如此的轻慢，她瞪了一眼小姑娘，然后就沉下了脸。她问小姑娘："石老板还在忙吗？"小姑娘依然微微一笑说，还在忙。说完就不再看章玉溪。章玉溪看着小姑娘心里就愈加来气，当时她当行长时，小姑娘屁颠颠地追着她，这个丝巾是哪儿买的，怎么那么好看？那个眼霜可好用了，等等，如今仿佛换了个人一般。等得心烦气躁的章玉溪就调出褚晓光的手机号码拨了出去。她说："我在金石大厦呢，有些问题要和石老板与你当面沟通一下，你过来一趟。"

褚晓光在那头为难地说："师傅，金石的贷款想展期，我要赶去市行汇报，汇报完我马上赶过去。"

章玉溪"哦"了一声。贷款展期就是贷款到期了，客户一时还不上，要再延长时日。这种事情对于金石来说是从未有过的。在业务扩张的关键时期，石老板难道脑子进水了？如果展期不成，岂不就会逾期，如果逾期，信用就有了污点，这可是做金融的大忌。她想问问是什么导致贷款展期，可褚晓光已经挂断了电话。

石老板进来时，章玉溪正对着红茶发呆，她在心里把金石的企业和现金流捋了一遍又一遍，没有逾期的可能。除非，她心里一惊，除非是提前透支了未来收益，要么就是投资项目踩了雷？

章玉溪没有和石老板寒暄，她单刀直入问贷款展期的事情。石老板笑着说："贷款有没有问题您最清楚，之所以展期，是为了和夏阳争金城医药股份债券十个亿的代理发行标。"

十个亿？确实是块肥肉。金城医药股份是疫苗生产企业，销售没有问题。谁拿到了债券发行权，就等于白捡了代理费，谁买了债券，谁就白捡了利息收入。章玉溪只能预祝石老板成功了，她知道占尽了天时地利的石老板一定会拿下这个标的。而且自己来是为了贾主席和庞蓝的投资而来，也没有必要给人家石老板泼冷水。

春风得意的石老板倒也没记章玉溪的前嫌，只是他说："这十个亿我要先垫付资金拿到标。说实话，如果不是资金紧张，我还舍不得放出去呢。庞行长和贾主席的投资按规定是不能提前拿出来，不过既然你出面了，我就想想办法通融一下。

可当章玉溪跟庞蓝和贾主席说明情况时，庞蓝却改了主意。她说："我侄女已经借到钱了，昨天基金经理也给她打电话了，咱们都知道金城医药股份的项目好，没有风险，就让她再投一轮吧。"

章玉溪想说借钱投资是犯了大忌的，可想了想庞蓝比自己资格还老，这个道理比她还懂。说是退休，其实也是在关注投资，一听到贷款逾期的风声就要撤回，消息比自己还灵通，说不定这投资就是她借侄女的名投的呢。

联系上贾主席后，贾主席倒是一点也没隐晦。他说："昨天我和老伴算了算，房贷利率和投资利率差相差不少呢，咱们既然有这么好的投资机会，婚房就让他们贷款好了，也给年轻人点压力。"说完就话锋一转，"简介里你怎么没把金石顾问的头衔加上去呢？我认为应该加上，把曾经的行长任职也加上，会更有分量。"

章玉溪说："我就不加了，老陈说，现在对领导干部参加这些活动管得严，虽然退休了，也要注意。"

金石顾问的头衔没加上去，但每次活动，贾主席都不忘了提一句章玉溪是"金石基金"题字的金奖得主，金城第一高楼上那四个金光闪闪的大字就是金融书法家章玉溪题写的。

章玉溪就这样被冠上了"金融书法家"的光环。在光环照耀下，章玉溪就要完成从金融家到书法家的华丽转身了，然而就在这时，金石拽住了她的衣角。

那天章玉溪和贾主席等几位书法家刚刚为崆山十里画廊剪了彩，正面带微笑地对着镜头颔首，手机像个兔子一样在口袋里来回窜，她看了一下是庞蓝的电话号码，就接通了。刹那间，庞蓝焦急的声音就压过了会场喜庆的乐曲，还是我侄女那笔钱，等着救命呢，你想办法给弄出来吧。庞蓝的声音有些大，以至于身边的贾主席皱了皱眉头。章玉溪轻声说："我在崆山呢，你先让她跟她的基金经理说一说。"

"这种事找基金经理怎么能管用呢？你一定要想想办法，先把那笔救命钱弄回来。"

章玉溪还沉浸在书画展的喜悦里，如果不是想把这喜悦分享给好姐妹庞蓝，她才不会摁下接听键呢，谁知庞蓝这么没有情趣，看来在家真是待傻了。道不同，不相为谋。章玉溪就想尽快挂断和书画展无关的电话，便说道："再说，我已经辞掉金石顾问的职务了。"

还没等她再说，庞蓝就急吼吼地说："你辞之前怎么不跟我说一声呢？我是因为你在金石，心里踏实，才让侄女复投的。"

章玉溪觉得庞蓝今天有些胡搅蛮缠，就怼了一句："上次你说用钱，我就舍了脸皮去找石老板。如今我怎么好意思再去求人家？"

庞蓝听出章玉溪拒绝的意思，她虽然心里有气，但毕竟钱的事还需要章玉溪给帮忙。她放低声音说："都是我不好，给妹妹添乱了，谁知道会出现这种事情呢？我侄女的情况你是知道的，这笔钱若损失了，还不要了她的命？"

章玉溪问："出什么事了？"

庞蓝说："咦，你不知道？金城医药的问题疫苗好像被曝光了。我担心金石代理的债券兑付不了。"

章玉溪惊得半天说不出话来。只听贾主席问："问题严重吗？"

章玉溪一回头，贾主席就在她旁边。贾主席说："你先回去，现在就回去，我跟主办方要辆车。一定要把咱们的那笔钱拿出来。"

六

车子到了金石金融大厦,却进不了办公区。章玉溪尴尬地看了看司机,司机并不理会章玉溪,趴在方向盘上,食指和拇指一起一落敲打着仪表台,有韵律的敲击声很小,却鼓点般落在章玉溪心上,她在嗒嗒的鼓点中使出全身力气向手机捶去。捶了半天,手机里才飘出前台小姑娘袅袅的声音,石董今天一早就出去了。章玉溪感觉到自己的脸都贴在手机上了,但任凭章玉溪一捶还是百捶,是手还是脸,都定不了音。事后前台被石老板骂得狗血喷头时,她不知道就因为自己自以为聪明的袅袅太极,误了石老板的大事,让金石基金失去了自我救赎的机会。其实,章玉溪是应该想到的,石老板过去有了困难第一时间想到的是银行,是她章玉溪,如今银行也应该是最好的去处了。但那天章玉溪没有那么想,也就没有见到石老板。

那时的石老板就端坐在章玉溪之前的办公室里,和如今的主人褚晓光行长在一起。褚晓光说:"前几天贷后检查,查出了你们有贷款挪用问题,总行要求在一个月内整改落实。贷款下个月就到期了,我们还是老规矩,先还后贷吧。"

石老板说:"行长老弟,你知道我的钱都在金城医药债券上,还是老路子,你想办法让贷款展期,这都11月份了,再挺两个月,租金一到我就直接打到你们账户上。"

资金挪用已经碰触了预警模块,总行盯上了,就不能再展期。咱们还是先还上,后续再想办法贷吧。褚晓光言辞恳切地说完就拿起茶壶续了水,然后把茶漏放到公道杯上,水蒸气像仙女般在石老板眼前飘呀飘的,让石老板不禁有些恍惚。褚晓光见石老板没有反应,就一边拿起公道杯给石老板续水,一边顺着水的节奏说:"你不妨从集团其他子公司调集些资金,不然有了不良记录,会影响公司以后发展的。再说这也是我师傅的意愿。"

石老板怔怔地看着褚晓光,氤氲的水汽让他觉得今天的褚晓光有些模糊,从神态到语言,都像披着一层曼妙的云纱。按说贷款出了问题是应该他着急才对,可褚晓光不仅没有着急,反而轻言细语地替他想办法。往常,只要自己哪里不对了他的卯,他就会喊"石大哥,我不跟你玩了,不带这样的,你不能坑老弟呀",等等。其实从昨天晚上接到褚晓光的约谈电话,他就觉得不对劲儿,以往这些时候,褚晓光会一不做二不休把他从被窝儿里提溜出来连夜说清楚的,昨天自己主动提出来吃夜宵时,褚晓光就像一块礁石挡住了水的流向,自己只好绕开昨晚,迂回到此时。

他们彼此心照不宣。这么多年来金石和新华支行相互成就,原来的章玉溪有些保守,让他们无法施展拳脚。如今换了褚晓光,两人早就达成了默契,眼看着业务蒸蒸日上,他怎么会突然变了腔调?莫非是自己哪里做得不好?莫非是因为章玉溪?也不对呀,顾问是章玉溪自己辞掉的,辞归辞,自己并没有把她从顾问名单上划掉,她若想来,是分分钟的事情呀。再说,之前褚晓光好像并不愿意让他师傅介入太深。褚晓光曾委婉地跟自己表达,有师傅在,他的紧箍咒就无法拿下来。这点石老板也是有体会的,章玉溪是那种宁可错过,也不冒险的人,哪怕项目再诱人,只要有万分之一的风险,她就会否掉。那他师傅的心愿从何而来呢?

"拜托老兄了，您也知道贷款资金挪用我们会被问责的，既然贷后检测到了，还是麻烦老兄从集团子公司筹措资金先还上吧，这样对金石、对银行都好。"褚晓光把石老板茶杯里的茶倒掉，重新续了一杯。

石老板想想也只能如此了。这不是得罪不得罪褚晓光的问题，别说有了不良记录，就是风吹草动也会影响他们业务发展的。他对着氤氲的水汽说："好吧，我回去与子公司沟通一下。"

"老兄，小李经理已经查出金石房地产账上有一个多亿，金石汽贸也有大几千万……你只需授个权，剩下的就让小李经理他们去办吧。对了，中午我让食堂做了生煎，这个新来的李师傅是青浦人，生煎做得可正宗了。"

褚晓光的话像一阵风抚慰着石老板的心，瞬间让石老板又妥帖又温润，石老板一边频频点着肥胖的头颅，一边输入了授权密码。子公司账上的钱子弹般"嗖"的一声就落到集团账上，然后就蜻蜓点水飞到新华支行的资金池了。"嗖、嗖"，起跳溅起的浪花把石老板从虚幻中拉到眼前，褚晓光正拿着他那红色内部电话调度着，严肃的表情使得原本脸上的似水柔情被冰封，化成一粒粒冰雹铺天盖地地砸下来。石老板不由自主地哆嗦了一下，他说："生煎我就不吃了，刚接了几只基金标的，我得赶紧回去研究营销方案。"

褚晓光说："也好，就不留您了，我也马上向总行汇报整改情况。"

石老板出门时，章玉溪的电话打了进来，但石老板并没有接听，他想一个贷款也至于你们师徒轮番夹击。过了一会儿，章玉溪的电话再次打来,石老板就更加生气,心想该做的不做,不该做的瞎掺和,他毫不犹豫地摁了拒接键。刚坐进自己的老板椅,章玉溪的电话又一次打来,他本是想继续拒接的,但手指一划,章玉溪的声音就从里面传了出来。章玉溪说:"石老板,咱们下一步怎么应对呢?"

既然章玉溪这么直接,石老板也就直接把对褚晓光的余怒转嫁出来:"还能怎么办,拆了东墙补了你们的西墙呗。"

"那可是十个亿呢?已经筹措到资金了?"章玉溪有些吃惊地问。

"什么十个亿,就两个亿,就褚晓光后来放的两个亿。你给大厦放的那八个亿还没到期呢,怎么,也要受株连?"

两个人一个说金城医药债,一个说贷款的事,根本就不在一个频道上。章玉溪想还是直接点明吧,先引出问题,才好帮石老板做应急预案,才好再帮庞蓝和贾主席拿回投资款。她说:"我听说咱们承销的金城医药债有问题了,你要尽早做出应急预案呀。"

石老板说:"章行长,章大顾问,金城医药债还没到期,那都是国家指定的产品,怎么可能有问题?你不会因为那两个亿的贷款挪用就草木皆兵吧?"

章玉溪问:"你挪用贷款了?"

石老板说:"我挪用了,我挪用它买了两亿金城医药债。这么长时间都没事,也不知是谁那么多事,眼看快要兑付了,却被贷后查到了,你的好徒弟刚刚硬是逼着我提前还了贷款。"

章玉溪的脑袋"嗡"的一声,她隐约听到轰隆隆的雷响。

七

章玉溪气鼓鼓地给褚晓光打电话,但只响了一声就被褚晓光摁断了。随后褚晓光发来微信:"师傅,开会。"

章玉溪顾不上和他纠缠真开会还是假开会,直接问道:"你收回金石贷款,就如同杀鸡取卵,不合适的。"

褚晓光说:"一切都是最好的安排,守住资金安全是硬道理。"

章玉溪哼了一声,然后在手机上敲下:"你是守住了两个亿,但还有八个亿呢?还有一百个亿呢?"

不知是被褚晓光相向而来的微信撞了回来,还是天意就不应该发出去,那话就鲠在了褚晓光双手合十的图片上方。

她抬手点发送的同时,褚晓光竟然又加了一句:"术业有专攻,当时提醒过他不要转型,他偏要飞蛾扑火。"

章玉溪回了两个字:"小人。"

老陈说你怎么能这样和褚晓光说话呢?章玉溪说我又没点他的名字,他愿意拾就拾,自己能拾起来就是该骂。章玉溪知道自己不应该任性,自己刚才的话是有些噎人,可褚晓光不该被噎吗?只是如今自己噎不噎他,他也不会在乎了。如果是过去,她或许会上去踹他一脚的。她长叹一口气说:"我一辈子做贷款没出问题,看一个人怎么就走了眼呢?"

褚晓光当然知道师傅的心情,也知道师傅是在骂他,骂他不近人情收回了两个亿而导致了金石基金资金链的断裂。但如果他不收回那两个亿,石老板资金链也是会一样断裂的,两个亿在百亿大盘面前就是杯水车薪,但在他这里就是足以断送他仕途生涯的大事情。这道理就是当年师傅教他的,这敏感性也是师傅训练出来的。

他回复了四个字:"丛林法则"。

这也是当初师傅告诉他的, 每当他在竞争对手面前优柔寡断、举棋不定时,师傅就会给他亮出"丛林法则"。师傅教育他:"不管是自身,还是企业家,不能总凭借良心做事,丛林法则中更看重的是各自的实力、智慧、手段和改造或适应社会的能力。"

那天他在办公室刚签完一个文件,手机就嘀的一声,敏锐的他瞥见屏幕上"夏阳高总"四个字,神经瞬间就绷了起来,他立时把陷在椅子里的身体拔出来,一字一句看高晓明分享的链接。链接是一个媒体的报道,称金城有几名儿童"因病致残",这几名儿童都有一个共同特点,"发病前不久,均接种过乙脑疫苗"。金城疾病预防控制中心正在对生病儿童组织相关调查。

消息虽然很短,没有点金城医药股份的名字,也没有更多的内容,但褚晓光却感到了山雨欲来的风。金石集团以本地基金公司的优势赢得了金城医药股份十个亿债券的代理发行权。金石和夏阳是同行,又是这笔债券承接的对手,这种情况下夏阳的掌门人高晓明给自己发这样一条链接就尤其显得意味深长了。

是夏阳别有用心,还是金石立于了危墙之下了呢? 职业的敏感性需要他马上做出判断与应对。此时他更相信一个基金大咖的眼光,但高晓明为什么要把自己的消息分享给他呢? 是因为师傅的情分?好像也不是,如若那样他应该把消息直接透露给师傅,那是为什么呢?褚晓光一时没有厘清,但直觉告诉他无须再厘了,当前最重要的就是把银行的贷款收回来。

于是就有了用总行检查的托词、用先还后贷的诱惑，迫使石老板抽调集团子公司血液给银行献血。在这之前褚晓光是想把资产全部收回来的，但他查看了金石的账面资金，发现可以抽调的只有两个亿，那么章玉溪在位时发放的八个亿也只好先搁置。褚晓光当时的如意算盘是，如果不出问题，他尽快再向金石发放新贷款，如果有问题，自己放的款完好无损，师傅怎么也是退下来了，即便背个处分也没关系的。

但让褚晓光没有想到的是，仅仅一天，假疫苗就把金城医药推上了风口浪尖，当然金石基金也裹挟其中。随后不久金石金融大厦就被众多投资者包围起来，哭天抢地地要求见石老板，要求兑付的人群把金城第一高楼围了个水泄不通，有两个外地来的妇女直接就在一楼大厅安营扎寨。

章玉溪是在投资者包围大楼的当天就去了现场的，她当时想上去跟石老板见个面，当面把她的应对方案说给石老板。从前天庞蓝的电话里她就知道可能出事了，她想第一时间和石老板沟通应急方案。但她还是晚了，因为褚晓光已经抢在了前头，也因为这一抢就激怒了石老板，这一抢也让章玉溪受了牵连。愤怒中的石老板把章玉溪拉入了黑名单。

她想应对金融危机最好的办法是重拾信用，假疫苗案影响的十个亿的债券，石老板可以用大楼抵押，可以出卖集团下的子公司，最不济还可以出卖金石金融大楼一部分使用权等，先给出承诺，先恢复人们的信心，先让大楼正常运转起来再说。她觉得金石还没有到万劫不复的境地。但她无法把自己的建议传递给石老板。

她赶到金石大厦时，愤怒的人群如潮水般往大楼里面拥，保安只好关停电梯，给消防门上了锁。直到警察出现，人群才慢慢从大楼里退出来。警察说："你们可以选出几个代表去和石老板谈判，政府已经介入，希望大家保持冷静，不要这样无效聚集。"

人群刹那间就静了下来，有些人不自觉地往后退了几步。章玉溪脑子一热就站了出来，毛遂自荐作为谈判代表之一。随后又陆陆续续站出来十几个人。等警察带领这十几个人往大楼里面走时，忽然人群中就喊出一声，这几个代表是"托"。章玉溪寻声望去，一个和贾主席一样体量的胖胖身影像泥鳅一样刺溜一下就钻到了人群中。

"让狗托滚出来，让狗托滚出来。"人群中再次爆发大规模的呼喊，且一浪高过一浪。警察一时间也被喊蒙了，十几位代表你看看我，我看看你。这时人群中又传出一个声音："那个题字的女骗子就在里面。"声音未落，人群就向章玉溪他们聚集起来，警察一边把他们挡在里面，一边说："别激动，别冲动，相信政府，相信政府……"

章玉溪是在警察的保护下离开的，也可以说是被警察带离现场的。她被警察带上了警车，又被警车带到了派出所。所长亲自为她做了笔录。

所长问："你是投资者吗？"

章玉溪答："不是。"

所长问："不是为什么冒充投资者？"

章玉溪说："我是想和石老板说一下化解危机的想法。"

所长问："你有好的方案直接打电话不就行了，何必多此一举呢？"

章玉溪说："石老板不接我电话。"

所长说："你有好的方案为什么不和金融办说？"

章玉溪一时语噎，缓了一下说："我当时没想那么多。"

…………

章玉溪自己也没办法为自己辩解，只好让所长给金融办主任袁同利打电话。最后还是袁同利派人把她从派出所捞了出来。她见到袁同利的第一句话就是："你觉得我的方案怎么样？"

袁同利说："挺好的，不过我们也有几套方案，下午整理好向省市领导汇报。你也知道，金融稳定是重中之重，你作为当事人，要多多配合我们的工作。"

章玉溪是抱着配合的想法走出金融办的。她刚迈出金融办的大门，总行老干部处小于的电话就打了过来。退休后什么活动呀、报销呀等等都是小于通知。小于也总是先嘘寒问暖一番才说正题，之后还不忘夸几句章玉溪，什么章行给新华支行栽了一棵大树，能庇荫好几茬儿员工，什么章行大才女华丽转身，别说老干部，就是他们在职人员也羡慕呢。但今天小于没有了前奏，就是主题也简单生硬得多，她说："王行长有事情找你，请你马上到总行来一趟。"

章玉溪想也没想就快速往总行赶，这中间她想打两个电话，一是跟老陈说一声她今天去派出所的事，免得老陈知道后着急，可拨了几次，电话都是关机。她知道老陈开会时都是关机状态，这几天总部正在考察老陈，其实也不是大事，是按照惯例副局级快到站时提前升任正局级调研员的考察，如果中间不出差池，等着功德圆满退下来就可以享受正局待遇了。第二个电话就是褚晓光,她想越是这种时候,她就越不能跟褚晓光赌气,她要告诉他,他们要师徒携手一起挽救金石集团。在给褚晓光打电话的一瞬,她悲怆地想,金石不仅是他们的客户,还是他们的孩子。但电话也没有拨通。不,应该说在第一次拨打时,是接通了的,只不过瞬间就被褚晓光挂断了。她就一边开车一边继续拨打,在到达总行的最后一个路口,因为看了一眼手机还险些闯了红灯。

她急匆匆赶到办公室时,小于把她引到了小会议室。她说:"你忙吧,我自己去就可以了。"小于客气地说:"是领导安排我把你带到小会议室的。"章玉溪笑了一笑:"那个小会议室,我去过多少回,多少个业务都是在那里定音的,你以为我退休两年就找不到了?"小于没有笑,只是又说了一句:"是领导安排我把你带到小会议室的。"然后加快步伐把她带到了小会议室。

到会议室后,王行长和纪检组组长,也就是庞蓝的女婿郝艺林一左一右迎候着她。王行长没有请她坐,郝艺林直接宣读了总行让她协助调查的决定。王行长说:"是金城市纪检委发来的协助调查函,那意思就是我们为了保你,自己先行出个决定,有问题内部消化。"然后按规定,章玉溪交出了通信工具,被带到了行内培训中心的 18 楼。

长达一个月的调查主要围绕两个内容展开:一是在职期间是否收受石老板的贿赂,违规发放人情贷款;二是在金石业务转型中充当了什么角色。

章玉溪都如实做了回答。所有的一切都是正常的,如果不是假疫苗案牵连,不是石老板贪图盲目发展,不做尽职调查,一口吞下十个亿的债券……

郝艺林说："关键是债券出了问题,投资人受了损失,银行的贷款也受了损失。虽然目前没有查到你的问题,但金石金融大厦上的那四个字是你写的吧?为啥那么多名人,那么多书法家的题字都不用,单单用你的呢?说实话,你的字是不错,但也绝不是最好的。"

章玉溪想,怎么解释呢?怎么解释都会越描越黑。

八

章玉溪在招待所待了一个月。这一个月间,金融办牵头银行、证券等相关部门提出了以保护投资人,维护金城金融稳定的兼并方案。

袁同利作为资产保全组组长参与其中,褚晓光作为银行债权方参与其中,高晓明作为兼并出资方参与其中。经过十几个回合的谈判,终于达成了夏阳集团兼并重组金石集团的协议。说实话,这个方案确实是一个好方案,用记者的话说是可以复制的化解金融风险的好方案。夏阳以八折收购投资人手中的金石医药债券,金石的资产和其他业务也一并并入夏阳,成立夏阳金城投资股份有限公司,夏阳拥有 60%的股权,金石拥有 40%的股权。

尽职免责。章玉溪是在签订协议的那一天回家的。

她从招待所出来的第一时间拨通了褚晓光的电话,她还是想跟他谈谈自己的那个拯救方案。她还没开口,褚晓光就兴奋地说:"师傅,一切都 OK 了。"然后给章玉溪讲了方案,然后发来了一张石老板和高晓明签订协议的照片，他俩后面有省市领导，有金融办的人，有银行的人，也有部分投资人代表，一派祥和的景象。

章玉溪把照片放大了看，若不是褚晓光提示，她简直就认不出石老板了，仅仅一个月，石老板的面盆脸就瘦成了一把刀子，寒气逼人。

她快速按了删除键，仿佛这样就能切断她与这一切的是是非非。但褚晓光的微信依然发了过来："师傅，我知道您委屈，我也委屈，都收回了两个亿，行里还给我记了个处分，您也知道有了处分，我以后也就没有空间了。"

章玉溪回："要什么空间呢？"

褚晓光说："给您汇报一下，我已经写了辞职报告，想着换个方式。"

章玉溪不知说什么。她想劝徒弟，这时一个念头忽然就在眼前闪了一下，夏阳兼并重组后不是缺个总经理吗？难道是……但她马上又否定了这个想法。高晓明如今对自己有意见，自己的徒弟他就更不会考虑了。再说经历了金石的变故，聪明的徒弟怎么还会步石老板后尘呢。想到这里就发了一句："祝你好运！"

晚上，老陈忽然间就开始寸步不离地看着章玉溪，她去卫生间时间一长，老陈就在外面敲门，说要洗手。她去阳台晒衣服，老陈一把就抢了过去，然后把她按到沙发上，让她休息。章玉溪一边感慨家的温暖，一边在柔软的沙发上滑动着手机屏幕。那条新闻就绕过老陈蹦了出来："原金石老板醉酒后从大楼掉下来了。"

章玉溪想这怎么可能呢？一定是投资者损失了两成的本金，心里不舒服编派石老板呢。不信归不信，她还是向褚晓光发出了求证。

褚晓光给她发来了照片，并加了一句："庆功酒会后，石老板就带领大家上了楼顶。"

楼顶一般是不开放的，章玉溪也只有开业那天去过一回，也就是在那天听到了董大师聚宝盆的传说。章玉溪清楚地记得楼顶有钢丝防护网的。她说出了自己的疑问。

褚晓光说："确实有钢丝防护网，但挂牌子的地方和钢丝网间有一点缝隙，说实在的，那缝隙一般情况下你想挤都挤不进去。也许是这段时间太压抑了，石老板瘦了两圈，瘦了两圈的石老板感慨之余就像过去一样伸手去摸那个牌子，谁知那么寸，手刚伸出来，人就从缝隙间掉了下去。"

随后褚晓光发来一张图片。若不是醒目的警戒线，那就是一张普普通通金石金融大厦的图片。但此时楼顶上方"金石基金"四个字刺得她眼睛生疼，顺着四个大字她一寸寸放大着，那个赭色的点便如一滴墨泅在楼前的草坪上。

她记得她跟石老板走在那片草坪上时，石老板故作风雅地说过："我喜欢秋天的绿，那绿意里透着风雨沧桑。"忽然间，她想问问褚晓光，他要去哪里呢？她还想问问，他是喜欢嫩绿还是喜欢苍翠？

但她没有再打电话，老陈在阳台上喊她，起来站一会儿吧，马上就打春了。

【作者简介】云舒，女，原名张冰，中国作家协会会员，经济学硕士，高级经济师。毕业于中国人民大学金融学院和河北大学作家班。长篇小说《女行长》由上海文艺出版社出版，作品散见于《小说选刊》《中国作家》《小说月报·原创版》《长江文艺》等。小说《朋友圈的硝烟》和《亲爱的武汉》被翻译成蒙古、藏、维吾尔、朝鲜、哈萨克五种语言。中篇小说《凌乱年》获中国作家第七届鄂尔多斯文学奖。

通往天堂的夜航船

○樊健军

一

这是个令人悲伤的日子。早上,柳上梢豢养的三只鸬鹚中的一只,不知什么病因去世了。那个可怜的小家伙同他一块儿生活了三年,最后一年,它几乎没捕到什么鱼,全赖他网的小鱼小虾苟活于世。它的动作总是慢慢腾腾的,最近两三个月都没有气力下水了,成天缩着脖子,呆头呆脑地蹲在船边的木架子上。他揣摩它是老死的,寿终正寝。他带它去过一次兽医站,那兽医也是个呆子,医过猪医过牛,就是没医过鸬鹚,胡乱拿了几粒药片,给鸬鹚服下后什么效果也不见。

柳上梢将鸬鹚的墓地选在了河岸边的缓坡上,鸬鹚到了那边的世界下河也很方便。这是他唯一能帮它做的事情。当初,他接受几只鸬鹚时没有想到今天的结局,如果有先见之明,决不会收养。可是要将它们转送给别人,又割舍不了,毕竟这么多日子都是它们在陪伴他。他陷身于这种进退维谷的矛盾中——暂时相处的亲昵让他忘却将来有一天必须面对失去它们的痛苦,失去时的折磨又使他回忆同它们在一起的美好时光,而这种回忆带给他的是呈几何级数倍增的哀伤。

埋葬鸬鹚后,他摇船进城了。换在往日,吃过早饭后,他该带领几只鸬鹚出去兜一圈,重点不在捕鱼,更多是遛一遛鸬鹚,像养宠物的人家遛猫遛狗一样。以前进城多半是卖鱼,而这一次是为了讨要卖鱼的钱。钱是辛苦钱,既有他撒网扳罾的辛劳,也有鸬鹚出生入死的所得。他习惯在农贸市场卖鱼,那儿买菜的主妇多,虽说她们很挑剔,但总能卖个一干二净。其间遇到一位中年男人,姓方,经营着一家小餐馆,让柳上梢便宜几角钱将鱼全卖给他。方老板说话带点儿侉腔,偏瘦,黑脸,佝偻着腰,不像个贪好要刁的人。柳上梢答应了,虽说少了几张毛票,可也免除了卖鱼之苦。之后得了鱼,他直接送去方老板的餐馆,方老板也很爽快,不论多少都收下了,且从不赊欠,都给了现钱。如此送了半年鱼,三个月前方老板突然说要记账,月初开始,月底结算,绝不会少他半个钢镚儿。这一来二去,他同方老板早成熟人了,记账就记账吧,无非晚些日子收钱而已。谁承想一个月过去,方老板鱼照买不误,可结账的事闭口不提。如此又送了一个月鱼,方老板仍然没动静,他只得将话挑明了,方老板解释说最近手头有点儿紧,别看每天食客进进出出,可是房租税收水电费燃气费加起来不是天文数字,也够压死人。说话时方老板的脸黑得如炭,像被火烧焦了似的。谁能没个难处呢,他动了恻隐之心,宽慰说,您这生意流水似的,有啥可愁的呢。还念了副当年摆渡时听到的对联逗乐:门前生意有如夏天蚊子飞进飞出;柜里铜钱好比冬天虱子越捉越多。方老板苦笑。过些日子再问,方老板仍请他宽限几天。追问了两三回,反倒柳上梢不好意思了,好像不是方老板欠他的钱,而是他亏欠了对方什么。三个月没进项,他有限的积蓄花得差不多了,口袋里快要布贴布了。一文钱难倒英雄汉,好说歹说,怎么也得把鱼钱讨到手。

柳上梢穿过茫茫白雾来到餐馆时,不想吃了闭门羹,方老板不在,玻璃门上挂着一把 U 形锁。往常这个时间,餐馆里正是备厨的紧要关头,剁肉声,高压锅吱吱的喊叫声,锅碗瓢盆勺碰撞的当啷声,编织出一派繁忙的人间烟火景象。他隔着玻璃瞧去,餐馆内冷火寂烟的,桌椅摆放得规规矩矩,地上也很洁净,就是不见半个人影。他很纳闷儿,方老板这个点儿还不营业,是不是发生了什么事?如果对方真有什么事,他这个时候来讨账似乎太不厚道了,有点儿落井下石的感觉。想到这层,他便扭头往回走,走了几步又觉得不妥,至少得问问对方遭遇了什么难题,帮不上忙也该说上几句暖心的话来安慰人家。见人有难绕道走,这为船家所不齿。他折回身,在餐馆前蹲下来守候方老板的到来。

大雾慢慢散去,街头渐渐热闹起来。柳上梢抽去了半包烟,脚边积了一堆烟头。方老板还没有现面。守了半下午,才从旁边的店铺里走出个肥胖的女人,带着些诡异,又有些幸灾乐祸似的说,大叔啊,是不是找姓方的要钱?我劝您别等了,这姓方的买地下六合彩,欠了一屁股债,跑路啦。柳上梢听不惯那女人的口气,瓮声地说,能跑到哪儿去?难不成不回来了?!女人回答,他本来就是外地人,回来捡打挨啊?!他找不出恰当的话来反驳,低下头不吭声了。那女人可能觉得她的好心被当成了驴肝肺,说了句您老慢慢等啊,缩回了店铺。

他接着闷头闷脑待了半晌,没着落,肚子里又咕咕叫个不停,饿慌了,才记起两顿饭没吃,往回走经过包子店时,买了几个剩包子,狼吞虎咽地吃了两个,余下的拎在手上。到得码头,日头已经西斜,河面上波光粼粼的,像铺了层碎金,很抢人眼。码头上停靠的船只都离开了,就剩下他的乌篷船。他解下缆绳,脱了鞋,走下水。此时的水温比早上暖和,他的腿肚子暖融融的,说不出的舒服。

待上了船,他才发觉有些不对劲,原来船上多了个人,是个女孩,像只小虾米似的蜷缩在船舱里酣睡。

二

如果放在二十世纪七十年代以前,季小麦就不是乘坐长途汽车,而是会乘船逆流而上,来到这座被大山重重包围的小城。而此刻大雾弥漫,小城蒙上了神秘的白纱。在季小麦眼中,这是个参透人意的好天气。她不想看见谁,也不愿被谁看见。只有一个人例外,是柳笛的父亲柳上梢。

笛子,我到了。下车时,她给柳笛发了个短信,走出长途汽车站,沿着街边缓缓而行。她要去的地方在河边,这条素未谋面的河流穿城而过,像腰带一般环绕旧城区。柳笛同她说过,往南走,哪儿都直通河边。他告诉她这些时,可能没想到有一天她会按图索骥来到这儿。

她的脚步软绵绵的,像在云端上飘忽,那是饥饿和疲惫所致。她机械性地挪动双腿,而又小心翼翼地,生怕一步不慎会跌入陷阱。上这儿来是她自己的决定,没有谁强迫她。

果然，她没走什么弯路就抵达了河边。白雾正在散去，先前被蒙蔽的事物慢慢浮现，建筑，树木，车辆，行人，忽然自另一世界突兀而来。河岸边栽有垂柳，柳树下有便道。她顺着便道溯流而上，目光全落在河里。河水泛着绿，水平如镜，这不像是河，更像是静止的湖泊。水面上空空荡荡的，偶尔有一两只白色的水鸟飞过，除此之外，只有对岸楼房的倒影。经过的两处河湾，蹲守着三五个垂钓者。他们完全沉浸在垂钓的乐趣中，周遭的一切都与他们无关。

　　柳笛说的那只小木船在哪儿呢？

　　季小麦朝上游慢吞吞地走去。这中间她停下来小憩了几次，背靠树干，两眼直瞪瞪地盯着河面。有个捡拾垃圾的义工男留意到了她，问她需不需要帮助，她用残存的气力摇了摇头，谢绝了对方的好意。

　　她自问要不要先找个地方吃点儿东西，躺下来歇一歇，养足精神后再去找寻。对她这种自虐的野蛮行径，身体的抗议越来越强烈，可暗处又另有声音在鼓励，甚至怂恿她，你没那么脆弱，一鼓作气，不会倒下的。稍微安抚身体的反抗情绪后，她踉踉跄跄继续沿河搜寻。

　　前行不远，河中出现草洲，状若船形。草洲同河岸之间夹着水道，形成天然的避风港。在河岸的凹陷处，泊着几只小木船，敞口的那种。它们的主人不知去哪里了，将它们牲口般系在这里。另有一艘乌篷船停在不远处，同它们保持一定距离。船篷发黑，是日晒雨淋给闹的。船头有个模糊的字迹，像是"柳"字。她打了个尿颤似的，身体猛然颤抖了一下，没错，柳笛说的就是它，找到它就能找到他的父亲柳上梢。

堤岸上有台阶,她走了下去,转眼来到了乌篷船跟前。船上没人。她试图登上船去,可船离岸足有两米多远,怎么也够不着。她拽了拽缆绳,船身纹丝不动,像是搁浅了。她脱下鞋子,试探着下到水里,所幸水不太深,最深的地方刚好没过她的膝盖。她从船头爬上了船。船头的甲板上扣了锁,可能甲板下藏着什么东西。船舱很干净,除了一只小机子外,什么也没有。她将背包放下来,扔在船舱里,这个动作将她仅剩的力气给消耗尽了。她想在小机子上坐下,可小机子似乎很不情愿,翻倒了。她摔倒在船舱里,没觉得哪儿疼,心想这样更符合心愿,我正要这么块儿地方好好睡上一觉呢。船舱太逼仄,她不得不屈曲着身体,可这没有阻碍她进入睡眠的速度。

三

后来,季小麦不止一次后悔,不该以这种方式接近老人,尤其是不该编造那么个故事来欺骗他。她又宽恕自己,如果不以那种方式,还真找不出别的行之有效的办法。那天在船舱里,她是从噩梦中惊醒过来的。梦中柳笛用摩托车载着她,先是在峡谷里蜿蜒的公路上狂奔,每次拐弯时,摩托车几乎贴着地面要飞出去,那种疯狂的举动令她尖叫不止,叫声中既有恐惧,也有濒临绝望的亢奋。耳边是呼啸的风、树木、岩石、谷底的河流,一切都一闪而过,什么印迹都留不下。就在她的脑海空白时,摩托车忽然飞奔上山了,原本高不可攀的峭壁都被碾轧在车轮底下。他好像要载着她奔向天堂。天空触手可及,云朵在发丝间飘舞,星星伸手可摘一把。可能是她想象得过于美好，摩托车骤然失重了，一头向下扎去，她被迫趴在他的背上。她死死地箍住他的腰，生怕一松手，就会从摩托车上摔出去。蓝天白云不见了，阳光也没有了，眼前黑暗一片。摩托车载着他俩朝无底的深渊坠落，坠落。且因为重力，速度越来越快，越来越不可驾驭，连人带车都成了自由落体。

醒来时，她冷汗淋漓，全身都湿透了。好像经历了半辈子的漫长，她才明白自己置身何处。她勉强撑起身子，将头探出舱外。此时仅剩下半边日头挂在山尖上，稍一恍惚，日头就会滑落下去。河面正转向黄昏来临时的宁静，渐渐转灰。爬出船舱时，船身摇晃了一下，她趔趄了两步，幸好及时扶住了船篷。没有人看见她的窘相，四周空荡荡的，那些船只不见了影踪。她察看了一圈之后，才留意到堤岸的台阶上坐着位老人，头发半白，像只好奇的鸟儿似的歪着头向着她。她没有察觉他脸上流露的疑惑。有那么一会儿，她只是怔怔地盯着他，不敢确认对方是不是她要找的人。

大概岸上的人把她的犹疑理解错了，蹚水来到船边，向她伸出手，那样子是要搀扶她下船。她没有去握他的手，而是惧怕似的缩后了一步，但身后被船篷阻挡了，已经无路可退。

您是柳叔叔吗？她怯怯地问。

我姓柳，你叫我老柳就是。柳上梢的声音炸炸的，好像面对的不是个小姑娘，而是同他一般模样的糟老头儿。

季小麦第一次见到如此黝黑的人，不，不是第一次，在老家的村子里也见过类似样貌的人。那是个放鸭人，夏天的时候只穿条大裤衩，赤裸上身，光着脚板，从头顶到脸到脖子，到前胸后背，哪儿都黑黝黝的，像上了黑漆般油光发亮，水落上去，哧溜一声滑到了地上。他俩的差别只在于脑袋,放鸭人是颗瓢似的秃头,而柳上梢的头顶覆着染霜的短发。

我叫季小麦,是……您就叫我小麦吧。她险些说漏了嘴,幸好及时打住。

小麦?地里种的小麦?柳上梢故意瞪着眼,显出吃惊的模样。

以前是,现在不是。她没有被他的玩笑调动情绪,反而阴暗了,有如骤然而至的暮色。

柳上梢不知自己哪儿说错了话,触发了小姑娘的伤心。他期待她快点儿离开,可她就是一动不动。她不下船来,他便不敢贸然上船去,好像只要他踏上船板就会伤害到她似的。现在的孩子都是任性的祖宗,随便霸占别人的窝,还把它当成自己的紫禁城了。

你看,天色不早了。后来,他忍不住提醒她,都这个点儿了,该去哪里就抓紧时间去。

季小麦突然哭了。她的哭不是那种歇斯底里的号啕,也不是蚊蝇似的嘤嘤泣泣,而是两行细碎的泪珠像小溪流般从眼眶里流出来,无声无息地顺着脸颊往下滑落。柳上梢的脸像卷起的水花般哗啦一声白了,这孩子八成遇上了什么难事,爬上他的船,是不是……他不敢往下想,赶忙开导对方说,孩子,别哭嘛,没有过不去的坎,有什么事同大叔说说。她仍旧不说话,只顾着流泪。他摸不清她流泪的来由, 季小麦这泪水至少百分之九十五是真实的,发自伤心处,剩余的百分之五是为后面的故事做铺垫。而后来,她后悔也就因为这个百分之五。

她情急之下编造的故事很简单,几乎没多少情节。她说她是洗发水推销员,第一次上这儿来。来这儿之前失业好几个月了,好不容易找到这份工作,没有底薪,全靠拿销售的提成。公司给了她几瓶洗发水,让她自个儿找地方推销去。她到小城几天了,一瓶洗发水都没卖出去,还把钱包给弄丢了。说到这儿,她蔫了下来,像个干蘑菇似的在船头的甲板上缩成一团。

真是个没经世事的孩子,芝麻大点的事儿吓成这样,果真摊上大事,还怎么对付得了?!他不把这层意思说穿,怕伤着她的自尊心,半是责备半是心疼说,着什么急呀!谁没有过不称手的时候?!五百元够了吗?叔叔先垫给你,等你挣钱了再还给叔叔。

季小麦依然止不住泪水,这止不住的泪水归属于那百分之九十五的部分。柳上梢没辙了,绕着船头转了半个圈,搅起的水花哗哗响,水都淹到了他的大腿上。半刻钟过去,她才慢慢平静下来,抹去脸上的泪水,睐一眼船的主人,复又埋下头,估摸是为自己的失态而害臊。这可怜的人儿……他在内心叹息了一声,不能指望她下船来,如果她自觉下船,他会放心不下,会极力挽留她。如此想着,他又绕到船尾,上了船,穿过船舱,把没吃完的两个包子递给了她。

乌篷船是在浅薄的夜色中起航的。季小麦端坐在船头,面向苍茫的水域。柳上梢在船尾摇桨,桨声很轻,几乎没有激起任何水花。船行驶得特别平稳,离岸不远不近。城区亮起了灯光,那些饱含色彩的光照射在河面上,河面也给染色了。河面和岸上是两个不同的世界,岸上的世界是喧闹的、嘈杂的,而河中是宁静的,不受人打扰,是远隔千里万里、千年万年的存在。月亮还没有上来,头顶的星空是澄明的,一颗一颗,朗朗可数。季小麦的内心也跟着澄明起来,好像被这河水洗涤过一般。一种异样的感觉慢慢从她的体内涨起来，这是属于她的世界，属于她的河，属于她的星空。仿佛她就出生在这儿，出生在这条河上，踏上这艘船，就是回家了。回家了。回家了。一种久违的温馨笼罩着她，环绕着她，她失去它们的拥抱好久好久了。日后，她无数次坐在船头，总想重温这一晚的感觉，每次都感觉近在咫尺，可没有一次真正抵达这种澄明之境。

　　船是往下游行驶的，渐渐离开了城区的水域。河面上慢慢幽暗起来，只剩下些许朦胧的天光。水面上的一切都模糊了，隐藏了。可是更加静谧，除了桨声的吱呀，此时的河面仿佛被静音了。船只忽然拐了个弯，朝一个幽深的河汊驶去。

四

　　第二天早上，季小麦才看出来自己昨晚安睡之所在。她以为睡在一栋上了年月的木屋里，闻不到木头的香气，只有扑鼻的潮湿的带点腐败的烟火气息。她还以为它修建在坡地上，不很高，上十几步木梯子就到了。当屋外被天光照亮后，她透过木格窗的缝隙看到，被灌木覆盖的山岩伸手可及，推开窗户，窗下竟然是清亮的水，透明见底。噢，原来木屋临水而建。

　　当她走出木屋后，才意识到自己完全错了。压根儿不是什么木屋，而是一艘巨大的木船。船身长几近二十米，船舱被隔开成两个房间。船顶苫着油毛毡，檐下刻有水波似的花纹。半截桅杆光秃秃地竖着，上面什么也没有。它该是被砍断的，斧斫的伤口依然清晰可辨。船帮留有狭窄的通道，仅限一人贴着船舱而过。船底搁浅了，相当一部分没入了淤泥。船身的重量不全压在船底，它的四周立了好些根木柱子，是它们在支撑着。这些木柱子不知在水里立了多久，被浸泡得发黑了，好像一根根黑炭柱，随时有可能折断。船的动力装置很早被拆卸了，拆卸时的伤痕原原本本保留在船尾，甚至还因风侵雨蚀而扩张了。船底没被水淹的部分长了青苔，往下更潮湿的地方吸附了不少天螺，好像一颗颗从船舱里钻出来的生锈的箭镞。

这个庞然大物是有历史的，她不止一次听柳笛说过。有一次是在海边，柳笛租了辆水上摩托，载着她，在海面上疯狂了一上午。后来，他俩在沙滩上休息，正好海面上有一艘货轮经过，大概唤起了柳笛内心的什么，他同她说起了那艘神秘得让她困惑的大家伙。柳笛的祖父是个放排工，山沟里的木头扎成排，顺河而下，走完七百里水道，进入鄱阳湖，再入长江，一直将木材送到南京地面。深山里盛产红心的杉木，这种材质做家具和地板特别漂亮，甚至给起了别名叫南京材。柳笛的祖父称得上是狂想症患者，十五岁开始跟随同乡在木排上漂流，两杯烈酒下肚，就会萌生一些宏伟而不着边际的幻想，要造那么一艘船，顺江而下，进入浩瀚的太平洋。至于船上装载什么，到太平洋上干什么，去兜风还是去旅行，或者当海盗，你问他，他也支支吾吾答不上。顶多他会挥一下手，说，造那么一艘大船，到太平洋上……呼啸着喷口酒气，头一歪，趴在狼藉的杯盘之间呼噜呼噜睡着了。

柳笛的祖父放了十多年木排后进了航运公司，照旧在水上讨生活，放木排，运粮，运茶叶和蚕茧，也运山沟里产的香菇和木耳，航运公司安排什么活儿就干什么活儿。后来，柳笛的祖父幸运地遇到了一位造船工，这位造船工造了一辈子船，对他的想法很是赞赏，愿意助他一臂之力成就这个伟大的梦想。柳笛的祖父受到鼓励，越发将梦想放在了心尖上，想方设法积攒木头，终于有一天开工了。可是进度很慢，第二年河道中游的水库破土动工，待到船竣工时，水库开始蓄水，河道被拦腰截断了。柳笛的祖父他们造出来的那艘木船，打一下水就被圈定在河流的中上游。虽说通航的河道有限，可毕竟还有一大截，载客，运送货物，倒也不闲着。后来，公路运输发展了，船运渐渐没落，当年的航运公司也破产倒闭了。雪上加霜的是，河流的上游地段又建起了拦河大坝，船运彻底退出了历史舞台。轮到柳笛的父亲，只能被迫干起了摆渡的营生，从北岸到南岸，又从南岸返回北岸。

这究竟是不是柳笛说的那艘大木船呢？季小麦很是怀疑。如果是，它是怎么从渡口挪到这汊港里的，挪过来多久了？如果不是，那柳笛说的那个大家伙哪儿去了，眼前的这个又来自哪里？那一次，他们在沙滩上遥望着那艘货轮，瞧着它慢慢变小，淡化，被海上的雾霭遮蔽，最终消失不见了。柳笛也因货轮的远去而失去了讲述的兴趣，缄默了。

停放木船的河汊是个死角，上游没有活水下来，是大河的水倒灌形成的。河汊的入口揳入了一排粗壮的木桩，只留下小豁口，供小舟进出。河汊好像潟湖一般。往里走，三面都是陡峭的山岩，只有水面才是唯一的出路。对搁浅的木船来说，这里仿佛世界的尽头，换一种戏谑的说法，说世外桃源外人也无可厚非，只要居住的人愿意。

这里的确是另外一个世界。暖暖远人村，依依墟里烟。狗吠深巷中,鸡鸣桑树颠。季小麦查看木船时,一条德国牧羊犬始终跟随着她,这条狗很强壮,但对她很友善。只要她面对它,它就张着嘴,加上那眼神,仿佛在向她笑。后来,她了解到,它是条被人抛弃的宠物犬,被柳上梢收养了。当她转到船尾时,一只猫蹲在船边,喵喵两声,向她打招呼。水面上有两只鹅在游弋,两只鸬鹚立在一叶扁舟的木架上,好像两位垂钓的小矮人。河汊的最底部,有个用石头和木篱笆圩起来的菜园子,面积不大,绿油油的一小片。菜园子旁边有间简易的棚垛,是厨房,此刻正飘出丝丝缕缕淡蓝色的炊烟。那是它的主人在做早餐。

季小麦的内心忽然复杂起来,一股温暖的感动直往上涌,而与此同时,又有一种隐隐的不安。假如让她生活在这里,是迎合她自己,还是对自己的背叛,她无法回答自己。她摸出手机,想给柳笛发个短信,可又不知该说些什么。

小麦,吃早饭啦。在她出神的当口儿,柳上梢端着两碗面条,站在棚垛前招呼她。瞧他那神情,好像他是她的老父亲。

她应声走了过去。饭桌是摆在棚垛前的一块青石板,梯形,用几块砖头垫着。旁边有个石磴,是主人固定的座位,现在让给了她。柳上梢端着碗,蹲在石桌的另一边。他们开饭时,狗和猫,包括那两只鹅,都围拢在它们主人的身边。它们的主人吃一口面条,撽一筷子面条丢给狗,又吃一口面条,又撽一筷子丢给猫,第三次,轮到了那两只鹅。他一碗面条吃下来,倒有一大半丢给了他的宠物们。季小麦吃得慢,柳上梢完事后,那狗、猫和鹅一直虎视眈眈地向着她。她不好意思独自享用了,学着他的样子,边吃边给它们丢一筷子。她的内心没来由地滋生了一种沦落感,好像是她抢走了它们的食物。

你别惯着它们,少不了它们吃的。他看见了她的举动,将那些馋嘴的家伙轰走了。之后,从棚垛里端来两只食盆,狗一只,猫一只,再回转身抓了两把苞谷撒给鹅。

早餐过后,柳上梢不知从哪里拿来几张纸钞,递给季小麦说,走吧,我送你出去。她心慌地看了对方一眼,他的眼睛里有的是慈爱和怜悯。她像被烫伤了似的,慌忙后退了几步,似乎面对的不是几张钞票,而是一支熊熊燃烧的火把。她不能这么轻易接受他的帮助,否则就没有留下来的理由了。柳叔叔,谢谢您的好意,我还是到别处去想办法吧。她婉言谢绝,却又是心虚的,不敢直视他的眼睛。

可是,在柳上梢看来,她在以拒绝的方式维持脆弱的自尊,这倒让他有些难办了。硬将钱塞给她吧,明显不妥,不给她吧,离开这儿后她该怎么办?小姑娘家家的,人生地不熟,找谁去?他思忖了一会儿,想出了一条缓兵之计。我先去遛遛那几只鸬鹚,它们有一天没出门了,你帮我照看一下两只鹅,别让它们跑出去了,待我回来就进城。他给自己找了理由,也给她分派了任务。交代完后,他上了那叶扁舟,划着它往河汊的外围走。她站在岸边朝他挥手,也不知他看没看见,扁舟转个弯,眨眼间就没了影子。

五

河汊里顿然寂静了,这让季小麦感觉有些害怕,似乎有一种不可预知的厄运埋伏其中。偌大的空间只剩下她一人,仿佛被世界抛弃了，被时间隔离了，或者是被一只无形之手给抽空了。她朝远处的大河望去，灰白一片，河流像是患上了白内障。河面上什么也没有，视线所及之处，见不到房屋，也没有道路，更不可能有行人。幸好那条德国牧羊犬伴随在她身边，它的目光纯净而又带着些许警惕。或许它在监视她。她才不管它对她怎样，身边有这么个活物，会让她的心安定些，不至于那么仓皇。

她在水边的一块石头上坐了下来。她要给柳笛发个短信，他是唯一倾诉的对象，向他报告行踪，将她的所见所闻告诉他。她拿起手机时犹豫了一下，要不要将见到他父亲的消息如实相告呢？

亲爱的笛子，你猜猜，我在哪儿给你发短信？此刻，我多么希望你在我身边，搂着我的肩膀，或者拥抱我，亲吻我，就在这条你出生的大河岸边。我坐在一块圆鼓鼓的鹅卵石上，它洁净得像个处子，上面有个浅窝，我怀疑是你用脚踢出来的。你说，你小的时候总是那么调皮，一刻也不肯安分。但我要告诉你，你不该踢出那一脚，它是块多么美好的石头啊，我还从来没见过这么叫人愉悦的鹅卵石。我想，有一天我要把它带走，放到阳台上。我要每天坐在上面，感受你用尽全身气力踢出的那一脚的力量。你踢它的时候仿佛是踢在我身上，痛入骨髓，而又嫁接给我那种摧毁一切的巨力的战栗。

她将这一段发出去后接着写道：

告诉你吧,摩托侠,我是在一艘木船上给你发短信——我坐在船头,双腿悬在船外,风从大河上吹过来,很轻,很惬意。我还不能确认它是不是你说的那艘大木船。它的确是太老了,像一个进入耄耋之年的老人,脸上密布老年斑,牙齿松动脱落,什么东西也啃不动了,只能依赖拐杖勉强站立。这是它的外表,它的里面怎么样,我还没有仔细参观,虽然在船舱里睡了一晚上。过会儿我就去看个遍,到时再描述给你听。我很想为它做点什么,不过还没想好,也不知从哪里开始。

第三段:

　　笛子,对不起,我没有同你商量就跑来这里了。你肯定会原谅我的,对不对?不管我做错了什么事,你向来都是原谅我的,相信这一次你也会。我准确无误地找到了这艘船,几乎没走半点儿弯路。好像是有谁在引导我,那个人就是你,或者我来过这里,不是这辈子,是前辈子,要不然没法解释我的幸运。我遇到了这艘船,自然也见到了它的主人——你的父亲。我不明白你为什么不愿意见他,他是个多么慈祥的老人,善良,还爱帮助别人。他给我钱,我当然不能接受。我是要留在他身边的,你可能没想过他是多么孤独,好像是被囚禁在船上的犯人。我不知你爱不爱听到他的消息,他很老了,但身体还过得去,看不见明显的故障。不管你是否同意,我还是决定留下来,要替代你来陪伴他的晚年。你放心吧,我说到做到。吻你啊,我的摩托侠。

　　她给柳笛发了几条短信后,再没有别的事情能够牵引住她的注意力。她双手托腮坐在石头上,望着大河的方向发呆。她为什么要上这儿来?就为了看一眼柳笛说的大木船?为了看看这条河流?还是替代柳笛来看望他的父亲?出发时是这样想的吗?这个决定是不是太草率了?

　　柳笛那张瘦削的脸从幽暗中显影出来,正用那双刀子般的眼睛冷冷地盯着她。

　　她认识他是在一家酒吧,夜场,她在那里做试用服务员。那天,她的心情如同燠热的夏夜烦躁不安。那阵子,她刚刚从一个四川男孩的怀抱中逃离出来。她同四川男孩在一起两年多了,四川男孩不止一次说过要把她带回四川老家去。但他始终对他老家在四川的具体位置守口如瓶。终有一天,她架不住他的讨好和哀求,随他成行了。他们坐了二十多个小时的火车到了成都,出站后他领着她进了长途汽车站,几个小时的颠簸后到了一个偏僻的小县城。她以为到终点站了,不想下车后,他又要领着她换乘一辆通往乡村的小巴。她不敢想象那辆破破烂烂的小巴最终会通往何处。她见到它时好像一条鱼被抛到了荒漠一般,恐惧了,绝望了。那绝对不是一条鱼的理想国,也不是一条鱼的乌托邦。她借口上厕所,逃出了他的视线。她在小县城里躲藏了三天,不敢回到车站坐车,怕那个男孩在那里守株待兔。她是在加油站搭乘一辆长途货车,才离开那个几乎让她窒息的山旮旯儿。付出的代价是险些被那个货车司机强暴,幸好她及时察觉了他的邪恶,才得以躲过一劫。

那天晚上,她有些笨手笨脚,犯了个小失误,不小心碰翻了一只酒杯,泼出来的酒水把一个女孩的裙子给弄湿了。那个女孩瞟了她一眼,脸色很不好看。旁边的一位男孩,是那女孩的男友吧,站起来,倒了杯酒,让她向女孩道歉。她不想再生枝节,一仰脖子干了那杯酒。她没觉得有什么屈辱,打湿了人家的裙子,本来就该请求人家原谅。但后来,领班居然让她陪他们喝酒去,她斜睨了那伙人一眼,里面有个瘦高个儿在朝她招手。她像被谁捆了一掌似的,泪水在眼眶里打转。她被羞辱了,但强忍着没让泪水流出来。她放下端酒的托盘,带着笑加入了他们。他们对她没有另眼相看,而是热情地欢迎她,好像她原本就是他们当中的一员。也许是受了他们的感染,也许是四川男孩给她的内心淤积了太多东西,她要把它吐出来,像产妇用催产素催产一般,她借助的是酒精催吐。她是能喝酒的,同谁都喝,甚至同那个女孩的男友连干了三杯。曲终人散时,她把自己给喝趴下了。同在酒吧上班的一个小姐妹将她扶到后台,让她在那里休息一会儿,醒醒酒。她没敢多停留,万一被老板发现,说不定就得滚蛋了。当她跌跌撞撞走出酒吧,准备召唤出租车时,一辆摩托车悄无声息从身后蹿了过来,挡在了她的前面。摩托车手就是那个朝她招手的瘦高个儿。

后来,她知道了他叫柳笛。

她上了柳笛的摩托车,柳笛让她搂紧他的腰,她顺从地抱住了他。柳笛载着她不知在街道上转了多少个圈,怎么也找不到她的住处。最后,他只得把她带回他的出租屋。醒来时,她发现自己躺在一间狭小的地下室里,这儿仿佛太平间似的静穆,四壁苍白。它的主人不在。她依稀记得有人给她洗过脸,给她喝过水。当时她困倦极了，好像睁开过一次眼睛，那个人有张瘦瘦的脸，一双刀子般细长的眼睛。他会不会趁她昏睡时强暴了她？她慌乱地察看了一下自己的身体，没有半点被侵犯过的迹象。

第二天，她在地下室里躺了一整天，傍晚时，地下室的主人回来了。他开门时的表情很奇怪，好像怀疑他走错了房间，或者惊奇她竟然没有离开。他的那双眼睛形状虽然像刀子，但没有流露出刀子的锋利和冷漠，反而像两只小蝌蚪似的有些可爱。

那双眼睛是上天赐予柳笛的伪装。

季小麦从石头上站了起来，坐得久了，腿有些发麻。她在原地立了小会儿，待双腿恢复正常后，才往船上走去。她先进的是昨晚睡觉的房间，一张床占去了大半边空间。之前它肯定是柳上梢的休憩之所，但昨晚让给了她。它的主人是个爱整洁的人，没有老年人的那种腐败的气息。她将床铺收拾整齐了，然后去往另一个房间。两个房间是相通的，中间没有门。这是个杂物间，里面什么东西都有，渔网，塑料桶，钓鱼竿，一身黑色的雨衣挂在墙上，临窗的地方摆了张长条形的桌子，桌子跟前有只木鼓凳，不知什么木头做的，凳面都泛白了。桌面上很凌乱，木条，短锯，木工用的刨子，一只尚未完工的船只模型放在中心位置。她对那只船模有了兴趣，是只帆船吧，桅杆已经竖了起来，只是还没挂帆。她小心翼翼地捧起它，迎光端详，突然啪的一声掉下一块小木板，将她吓了一大跳。以为自己把它弄坏了，可是观察一番后，并不觉得哪儿缺少什么，有可能那块小木板只是搁在船模上，主人还没来得及把它镶上去。她轻轻地将它放回了原处。

后来，她在旁边的柜子里发现了许多类似的船模，种类繁多，单桅帆船，三桅帆船，小舢板，画舫，乌篷船，造型精致的龙舟。船模的大小不一，有的精巧，不过两三寸长，有的大气，占据了柜子整整一层分隔。船模的材质也不一样，有的通身泛红，有的有着好看的线条，那些线条是木材自然生长的纹路。有的船模上还立着人物，有渔夫、水手，也有立在船边欣赏风景的人。她吸取了刚才的教训，没有动它们，只是站在柜子前逐个儿逐个儿地查看。

六

临近中午，柳上梢划着那叶扁舟回来了。他的收获不怎么丰盛，只有半塑料桶杂鱼，约莫五六斤的样子。可能惦记着河汊里还有个人，不能在外面待太久。若是以往，收工后他会直接进城，将鱼拿到市场上去卖。鱼儿新鲜，更容易脱手，价钱也高一些。他把一部分小鱼奖赏了两只鸬鹚，留下的那部分季小麦帮着清理了，撒上盐，给腌了起来。午饭仍是柳上梢做的，炖了钵鱼汤，鱼汤很鲜美，调动了她的胃口。之前的几天，她都是将就的，肚子饿了就随便买点儿东西搪塞一下。这一顿她吃得有些撑，还打了两个饱嗝儿。饭后，她抢着去洗碗，他也由着她。

下午，他又驾着小舟出去了。他没有提议送走她，也没有问她走不走，可能按他的理解，她没有说走，肯定是没想好下一步怎么办。如果他贸然说出来，就有赶她走的意思。而在她看来，这事本该她主动提出来，她不说，分明是在耍无赖。耍无赖就耍无赖吧，她不在意过程，要的只是结果。第三天，他没说送，她也没说走。第四天，他照旧按照往日的节奏，带着鸬鹚去捕鱼，而她始终沉默着。一个星期很快过去,河汉里好像再也没有送和走这回事了。他同她如同一对父女,生活在祖先遗留给他们的世外桃源。他们不用分工就达成了某种默契,他去捕鱼捞虾,她负责看守家园,同时料理每一天的炊食。她是不是个入侵者?她的自问没有答案,总之,她像枚楔子一样揳入了他的生活,而他无法拒绝,甚至还是欢迎的。

后来的一天,她央求他捕鱼时带上她,他不得不放弃扁舟,换上乌篷船。扁舟太扁窄了,只能承载他和鸬鹚的重量,加上她非沉不可。她第一次见识鸬鹚捕鱼,对此萌生了浓厚的兴趣。每次鸬鹚叼着鱼从水底钻出来时,都是她把鱼从它们嘴里抢出来。她觉得这很残忍,可又乐此不疲。当鸬鹚休息时,他开始撒网,收获的好坏全凭运气,有收获时就交由她来清理。他得了空,坐在船尾闷声不响抽着烟。也许他在想着什么,她无从知道。有时接连几次空网,他会咕哝几句什么,声音太混沌,她听不清楚,揣度他是在诅咒自己的坏运气,或许也不是。忙碌了大半个上午后,他们在船舱里吃午餐,吃着简单的饭食。这中间,她同他有过简短的谈话,是围绕鸬鹚展开的。

柳叔叔,您养鸬鹚多久了?她带着好奇问。

没几年。他回答。

过后,他也许觉察到他的回答太简单,太冷淡,又主动谈及了鸬鹚的来历,是他早年在航运公司的一个老同事送给他的。当年,航运公司倒闭前夕,放开门槛内招了一批职工子弟。公司早已名存实亡,多几个人同少几个人有何差别,反正公司不支付工资,也无钱支付工资。这批职工子弟一天班都未上过,得到的不过是空头的企业编制，但正是这个编制让其中不少人找到了出路，有的被调到电力公司，有的去了自来水公司，还有去水泥厂的、烟草公司的、盐业公司的。航运公司之所以这么做，可能是觉得对职工们问心有愧，变相给他们的子弟架设一条活路。有门路的自然顺路走了，没门路的也就怨不得谁，只能自求多福。柳上梢和送鸬鹚给他的同事都是无路可走的，他们的父辈教会给他们的是在水上讨生活，若是往岸上走，同一条鱼被捞上岸几乎没什么区别。送鸬鹚给他的同事同柳上梢一样，在这条河上漂了一辈子，前几年风湿性关节炎恶化了，再也不能驾船到河上来，才将几只鸬鹚送给了他。

捕鱼的地点不是固定的，今天在河的上游，明天又去往下游。拦河大坝筑成后，河水变深了，水面更宽阔了。上游下来的营养积蓄在库区，所以鱼长得特别快，但另一个问题也来了，下游的鱼洄游进不了库区，鱼资源日见枯竭。当地的渔政部门可能发现了这种情况，每年的冬季都会投放大量鱼苗，以便丰富库区的鱼资源。季小麦尝到了在船上的乐趣，每天非跟着柳上梢出去不可，再说一个人留在河汊里够寂寞的了。他似乎也很乐意，多个人就有个说话的伴，在河上待久了，乍一上岸连说话都有些结巴，不知怎么同人交谈。他说的都是些无关紧要的话，大多同船底下的河流扯得上关系。比如，季小麦那次找到柳上梢停泊乌篷船的地方，叫南门头，从那里上岸，没多远就是旧城区的青云门。

从南门头去对岸，是个渡口，以前没修建跨河大桥时，两岸的居民往来就从那里过河。柳上梢从十几岁开始，陪同他父亲在那儿摆渡。最初过河的船费一人才两分钱，后来涨到五分，再往后涨到一角钱。刚开始，这个两分加五分加一角钱，柳上梢的父亲还不能全拿，要向航运公司上缴一部分。从南门头渡口往下游走，南岸依次是云岩寺、挂榜山，传说古时候金榜题名了，榜单就挂在挂榜山上。从挂榜山往下不远有个公园，是为纪念宋朝诗书双绝的黄庭坚而建，岸边有两棵重阳木，传说是黄庭坚亲手所植，岩壁上有个巨大的"佛"字，据说也是黄庭坚手书。河流在这儿拐出个弧形，风急浪高，不少过路的船只出过事故。人们疑是河妖作怪，就请黄庭坚在石壁上写下了这个"佛"字，用以镇压兴风作浪的魑魅魍魉。顺河而下，有状似乳房的山包，更远一点，有望夫石。传说有商人外出经商，妻子抱着孩子送行，在岸边目送载着丈夫的船只远去，久而久之，凝固成了抱子望夫石，日夜召唤着丈夫归来。

过去贩卖茶叶的商人坐船而下，将茶叶卖到了秦淮河的画舫上。柳上梢将遥远的秦淮河同这条河流连接上了，这一河的历史也就涓涓细流般流进了季小麦的心里。这不是一条冷冰冰的河流，它有温度，有真情，有怀念，有轰轰烈烈，有声色犬马，也有客死异乡。有个意大利传教士溯流而上，来到古城传教，修建了教堂。传教士起了个中国名字，姓罗名马，叫罗马，罗马娶了一个不能生育的当地女人为妻，罗马死后埋葬在这条河流边的一处山坡上。

季小麦听了传教士的故事，不由自主地哆嗦了一下。她会不会像那个叫罗马的人一样，要在这个地方生活一辈子，死后都得葬身在这里？她距离那个答案太渺茫，未来的任何蛛丝马迹都被命运的迷雾层层遮挡，谁也不能拨云见日。

柳上梢没有注意到她的异样。有一天，他们如往日一样闲谈，他突然发问，小麦，你老家在哪儿？你不回去，你父母会不会着急？

她被他问住了。前一个问题柳笛也问过她，那时她编了套瞎话来哄骗他，他将信将疑，可听她说得有板有眼，又不能不信。后来，他再也没有问过她，要么是相信了她的话，要么是明知她说假话，却又没法揭穿她。她没说她的家在哪里，只告诉柳笛，她父母如何溺爱她，把什么都给她想好了，房子、车子、工作、婚姻……条条道路都是宽广的、笔直的、花团锦簇的光明大道。她可以随心所欲，想干吗就干吗。而她呢，偏偏不接受，不领情，故意同他们拧着干。他们让她坐着，她便站着；他们让她走，她便跑；他们让她守在家里，她便偷偷地跑出来，并且铁定了心，一辈子都不回去。

她不能再拿这套瞎话来欺骗柳上梢。之前，她是有意在柳笛面前嘚瑟，但许久之后才知道，她的话深深刺伤了柳笛。现在，她只能实情相告，或许她更应该感谢老人，是他给了她倾诉的机会。她来自一个撕裂的家庭，她父母的结合本是一场错误。她父亲是个极为自私的人，巴不得把每一分钱都花在他自己身上。她母亲在某些方面恰好同他父亲相反，血管里流淌的是博爱的血液，恨不能将她的爱奉献给天下每个男人。父母的撕裂伤着的不是他们自己，而是季小麦。父母离异后各自组建了新的家庭，无论哪个家庭都没有季小麦的位置。她父亲同一个比他更为自私的女人再婚，被对方收拾得服服帖帖。她母亲经历了二婚三婚，到第四婚才暂告一段落，相对稳定了一些。季小麦五六岁开始同爷爷奶奶生活在一起，后来奶奶因病去世，爷爷不甘寂寞，给她迎娶了一位后奶奶。这位后奶奶喜欢收养被人抛弃的猫啊狗啊，很快家里像动物园似的热闹起来，狭小的两居室不够用了。搬出去的只能是季

864

小麦。从上初中开始,她基本上就不回家了,也无家可回。好不容易熬到高中毕业,没能考上大学,唯一的去处就是投奔社会。

柳上梢愣住了,很后悔自己发此一问。他不知该怎么安慰她,似乎说什么都不妥当,然而又必须说点什么。以后啊,只要你愿意,柳叔叔这儿就是你的家,你想待多久就待多久。他的鼻孔有些发酸,说话声带着很重的鼻音。这正是季小麦想要的,她噙着泪花说,谢谢柳叔叔。

七

你见过蚂蚁过河吗?柳笛问。

蚂蚁怎么过河?季小麦反问。

柳笛从街边的杧果树上扯下一片叶子,放在地上,再捡粒小石子摆到杧果树叶的中央。蚂蚁趴在树叶上漂啊漂啊,就这么过河。柳笛拍了拍手掌说。说话间,一阵风吹过来,把树叶掀翻了,小石子跌落在水泥地上,风再大点儿,杧果树叶被吹跑了。我就是那粒小石子。柳笛幽幽地说。那什么是杧果树叶呢?季小麦问。一艘破船。柳笛往虚空处吐了口唾沫,仿佛他说的那艘破船就停泊在那里。

每当回想起这个细节,季小麦的内心就隐隐作痛,好像有股野蛮的力道在挤压着她的心脏。柳笛并非像那粒小石子一样,不是被风掀翻的,而是主动逃离了那片树叶。不过,在他逃离之前,时代前进的脚步挟带的龙卷风早已将船上的生活给吹翻了。那不是一艘船,而是座孤岛,一只流放犯人的囚笼。一辈子守在这样的岛上能有什么出息?四周都是死寂的水,看不到任何生机。一个在水上生活了大半辈子的人怎么就不明白这个道理? 只有追着潮走,赶着浪追,才会海阔天空。柳笛就是追赶时代的浪花,追赶时代的潮流,朝海阔天空奔去的。

季小麦认定,柳笛是个叛逃者。她很想问问柳上梢,是不是她认为的这样。如果他愿意说,她还想从他这知悉柳笛更多事情。但她没敢问出口,一旦问出口,那刻意隐瞒的势必会暴露。她还没有做好心理准备,只能把想法压抑在心里。待到以后再问吧,有的是时间。

一晃二十多天过去,这些天里,季小麦几乎每天都与柳上梢同进同出,他打鱼,她跟着,他去卖鱼,她也跟着。在外人看来,她是他的侄女,他显然也把她看成了他的侄女。这毕竟不是真实的亲缘关系,她内心总有些发虚,有点儿小尴尬,有些微生分,所幸他们独处的时候多,只在卖鱼时偶然碰到他的熟人,人家才会留意到她的存在。他的熟人少,卖了那么多次鱼才碰到一次,一个同他年纪相仿的老妇人,挎着篮子来买菜。老妇人见她喊柳叔叔,问柳上梢,你侄女? 柳上梢说,嗯。老妇人瞥了两眼季小麦说,怪妖的。后来,季小麦问柳上梢,妖是什么意思? 他说,就是漂亮啊,美啊靓啊。柳上梢送给老妇人两条鲤鱼,老妇人丝毫不客气,让季小麦刮了鱼鳞,剖开鱼肚,清理了内脏,还让把鱼鳔留下,说是她孙子爱吃。季小麦摆弄干净了,老妇人接过鱼,又将柳上梢拽到旁边去说话。说的什么,她没听进耳,只捞到一两句,老妇人问柳上梢怎么不回去看看。后来柳上梢告诉季小麦,老妇人是原来的邻居。

柳上梢一定在别的地方还有个住处,肯定不在水上,这是季小麦的猜想。至于在何处，迟早她会知道的。可眼下的这种生活方式，却不宜让她久留。表面上她也在干活儿，没有吃白食。然而，她没来之前，他里里外外都是一个人，单打独斗，照样过得好好的。她的到来没能给他带来什么，如果说有变化，他可能说话多了。以前想说话，苦于没有听众，现在话说多了，心情随之轻松起来，笑容不时浮现在脸上。这成了她对他绝无仅有的回报。在物质上，她成了他的累赘，分明是他在养活她。

她暗暗动了心思，要在小城里谋个工作，随便干什么都行。再进城卖鱼时，她就找机会到小城里四处转转，转了几次，一无所获。有一次，在一个张贴栏中看到一则招聘保姆的启事，对方是老母亲需要人照顾，要求吃住都在其家里。这个不符合她的所想，吃住都在雇主家，离柳上梢可就远了。过几天，她冒冒失失跑进一家招待所，询问对方要不要招人，凑巧的是，招待所的一名服务员回乡下结婚去了，她刚好顶替了她的空缺。早上九点上班，晚上九点下班，中饭和晚饭都在招待所里吃，一周休息一天，工资虽然不高，但一切完美得很，仿佛是为她量身定做的。

刚刚建立起来的平静忽然又打破了，柳上梢多了项义务，每天早上驾船送季小麦去上班，晚上九点在码头上候着，接她下班。季小麦很享受这个接送的过程。她也想过，她可以学会摇橹驾船，那样就不必辛苦他。她果真学会了划船，要独自驾船上下班，他却坚决不答应，那怎么行?!你不会游泳，又不熟悉这条河流，哪儿水深，哪儿水浅，哪儿有漩涡，有的地方还有暗礁，万一出了危险，怎么得了?!她拗不过他的坚持，仍旧任他做她的船夫。在内心，她也情愿让他来做。

他是个相当称职的船夫，不管是青天白日，还是刮风下雨，为她开通的渡船从来没有晚点过。遇上风雨天，他让她穿上雨衣，以免被淋湿。河面上风大，雨几乎是横着飞的，打在脸上生生的疼。浪虽然不很大，但船颠簸是难免的。他一路上不停地叮嘱她，坐稳了，别看外面。晚归是另一幅情景，如果是有月亮的晚上，她会像第一次去往河汊的那个晚上一样，端坐在船头，眼前是流光溢彩的灯火，耳边是桨声欸乃。她的心情从来没有这般平静过，她好像是坐在自家的船板上，身后摇橹的是她的老父亲。若是没有月亮的夜晚，他会在船头挂一盏马灯，马灯是个旧物，是柳笛的祖父用过的。在河汊里，她也见过它，每当晚上，柳上梢就会把它点亮，挂在木柱上，照亮上船的木梯子，也照亮整个河汊。她下晚班时习惯抄近道，出了招待所，拐入一条幽暗的小巷，穿过巷子来到河边，老远就见到了氤氲的夜色中那团有些发黄的灯光。她会放慢脚步朝灯光走去。那团灯火随着波浪忽上忽下忽左忽右摇动，好像是一颗跳动的心脏，一颗夜的心脏，一条河流的心脏。

离船还有些许距离时，她会轻轻喊一声，柳叔叔。

嗯，在这儿呢。他从台阶上直起身，或者从船舱里探出头来。

休息日，他照例领着鸬鹚出去打鱼，她留在河汊里做清洁工。这是她假日里的必修课，清洗衣物，扫除垃圾，把乱糟糟的东西分类归位，摆放齐整。然后煮饭、烧菜，烧菜的手艺是她从招待所偷偷学来的，招待所的厨师是个胖子，很憨，愿意指点人。每个休息日，她都会带回新的手艺，展示在餐桌上。他们的餐桌不再是那块青石板，他打制了一张四方小桌，在厨房的旁边另搭了间简易的棚垛，权当餐厅。这一天烧的是米酒田螺，螺是他捡来的，在水盆里养了半月,肚里的泥都吐净了。这个菜的烹制过程并不复杂,先将田螺炒熟,加入甜米酒,再加入紫苏等作料,三下两下就成了。柳上梢在河汊口就闻到了香味,被这一撩拨来了兴致,让她给摆上杯盏,喝了两杯老火烧。

饭后,他进城卖鱼,叫上了她。放在过往的休息日,他是不会叫她的。她有些纳闷,还是应声上了船。这会儿城里主妇们买菜的高峰已过,所幸鱼儿不多,不到两小时就卖完了。时间尚早,他却不着急回去,领着她往城东的方向走。穿街过巷,越往东街道越破败,最东头是棚户区,各式各样的房子都有,有新建的砖混结构的水泥楼,也有砖木结构的老房子,还有木板房。进了棚户区,街道更狭窄了,路面虽然硬化过,但已是残破不堪,到处都是裂纹,甚至还有小洼的积水。老柳回来了。有人招呼,柳上梢只是噢了一声,算是答应过。进去百十米远,他们在一栋简陋的木板房前停住了,门上挂着锁,柳上梢从裤袋里摸出钥匙,开了锁,吱呀一声推开门,一股潮湿的霉味扑面而来,熏得人直想吐。房子是明三暗五的格局,中间是正厅,两侧分前后排,各有两间厢房。房子很矮,仅有一层,房顶有阁楼,只能放杂物,住不得人。房子里的生活设施是齐备的,但也陈旧得掉牙,还蒙着厚厚的灰尘,显然很久没住人了。

往后呀,你要是上下班不方便,可以搬到这里来住,这房子空着也是空着。他将钥匙递给她,她没接钥匙,也没接话。

在回去的路上,他同她讲起了这栋房子的来历。城东原来是块湿地,也是在河上讨生活的人在岸上的聚居地。遇上天晴的日子,船上的主妇们在那儿晾衣晒被,清理渔网,缝补船帆。久而久之,有些船家为了方便,最初在湿地上搭建了简易的窝棚,后来窝棚变房子,慢慢热闹了起来。柳上梢的父亲建房算是比较早的,后来河上断航了,船上人家没了活路,不得已弃船上岸,大部分人都选择在城东落了脚,才有了这块棚户区。

您干吗不在这儿住呢?她唐突地问。

我在岸上住不惯,老是做噩梦,不是梦见自己渴死了,就是梦见房子着火了。他叹口气,转而一笑,我父亲说我是属鱼的,魂在河里泡着呢,离不得水,离开水就活不成了。

八

同柳上梢去过老房子后,季小麦有过一阵恍惚,如果说船夫是鱼,那船是什么?是鱼篓,还是鱼蜕下的鳞衣?船夫上岸,那些船呢,去哪儿了?总不能跟着上岸吧?不能上岸的船没有了主人的撑持,是不是变成了孤魂野鬼,在河流里漫无目的地漂荡?这河里看起来空空寂寂的,可虚无处是一河的无主的船的游魂。她不由得联想到河汊里的那艘大船,虽然还在水上,实际上它已经死了,只是尸体还没完全腐烂,像具庞大的木乃伊。一个大活人抱着具木乃伊该怎么过活呢?

她似乎明白了,柳笛为什么要逃离。

她同柳笛的交往是从喝醉酒的那个晚上开始的。第二天,她没去酒吧上班。第三天再去时,领班告诉她试用不合格,让她到财务室结算工资走人。干了将近一个月,扣掉旷工一天的罚款,所剩无几。她攥着两三张纸币从酒吧出来,不知去往何处。她顺着街边的人行道默默往前走，视线所及之处都是陌生的建筑、陌生的树木、陌生的脸。她上了公交车，下了公交车，又上了公交车，再下公交车，最后站在了柳笛藏身的地下室门口。门是锁着的，她就背靠门坐在水泥地上。直到中午，才见柳笛拎着盒快餐回来，将她让进屋。那盒快餐是他们共同的午餐，一人一半，风卷残云，看核既尽。

柳笛的全部家当就一辆半新不旧的摩托车，全赖它养活他。他用它载客，起步价三元，远一点儿的地方得议价，三言两语，双方同意了即刻出发。他也骑着它去酒吧，去同他的一些来历不明的朋友约会。在没有找到新的工作之前，她把她的一日三餐交给了他，他没有将她当成负担，多一个人吃饭与少一个人吃饭，对他来说没有本质性的区别。他们虽然同处一室，但他没有欺侮她，她也没有将自己的身体交出去。蹭饭的同时，她在努力寻找工作，可工作不是那么容易找得到的，好在没有时间限制，他也不可能给她限定时间。他恰当地把握了对待她的分寸，让她丝毫感受不到作为蹭饭者的自卑和屈辱。他的生活节奏也没有因她的到来而改变，每天照常出车，晚上出去聚会时必定先回地下室。她请求他带她去，他也二话没说，扔给她一顶头盔，让她上了摩托车的后座。只是她一直没弄明白，同他聚会的那些人到底是干什么的，从哪里来。他们同他几乎没什么区别，从他们的穿着、谈吐，她也没看出什么端倪。但他们在她眼里显得莫测，有点儿诡异的陌生。

有天收工时，他带回来几罐啤酒和两袋小菜，两个人在地下室里喝开了。他们对着酒说了好多话。他问她从哪里来，为什么跑出来。她胡诌了那个故事，好像不那么说不足以维持她的尊严。瞧他的表情，似乎并不相信她说的话，但也没有当面质疑，更不至于揭穿她的谎言。一段沉默过后,他开始主动说起他的家庭,他们家是水上人家,全部家当都在一艘船上,祖辈的灵位和魂魄也都供奉在船上。水上人家在当地是被人瞧不起的,没有哪个人家愿意将女儿嫁给船夫的儿子,船家的女儿千方百计想上岸。他父亲到三十多岁还是光棍儿一条,在船上人家看来,这等同于宣判了他父亲一辈子都将是光棍儿。后面发生的故事可谓柳暗花明。某年夏天,他父亲去一个村里运粮,突遇瓢泼大雨,河水猛涨。他父亲怕不安全,不敢开船。事有凑巧,当天晚上,他母亲的母亲突发急病,村里的赤脚医生束手无策,只是一个劲儿地提醒病人家属,要赶快送去县上医院,不然会有性命之忧。他母亲一家人来向他父亲求助,他父亲犹豫一会儿之后答应了,让村里人帮着先将粮食卸下来,然后冒着翻船的危险,连夜将病人——他父亲后来的岳母送进了医院。他母亲的母亲得救了,后来将他母亲许配给了他父亲,那时候村里还有点儿封建残余,有些人家子女的婚姻还是父母说了算。他母亲才二十岁出头,比他父亲小了十多岁。婚后,他母亲流产了两次,她的流产估计是有原因的。医生警告说,再流产这辈子别想生孩子了。他父亲四十五岁的时候,他母亲才生下他。

柳笛的母亲叫蓝凤菊,这是若干年后柳上梢告诉季小麦的。蓝凤菊没生柳笛之前可能还有别的想法,生下柳笛之后似乎对什么都淡心了,死心了。她对柳笛并不上心,柳笛是喝他父亲在行船的那条河里捕捞的鲫鱼汤加上米糊糊长大的。蓝凤菊在生下他之后老是往岸上跑,留下柳上梢带着他守在船上。柳笛的说法不一定准确,他那么小的年纪能够记住什么呢,八成是听柳上梢说的。

柳上梢在中年将尽时得子,那种欢欣和幸福感丝毫不亚于晚年得子,他对柳笛的溺爱可想而知,为了表达父爱,或者是树立父亲在儿子心目中的形象,难免会歪曲某些事实,掩盖某些真相。有一点却是歪曲不了的,也掩盖不了的,柳笛有个母亲叫蓝凤菊,可季小麦没见过她,那到底是个怎样的女人,现在又去了哪儿,很令她遐想。

又一个休息的日子。早饭后,季小麦开始收拾船舱、棚垛,清洗衣物,扫除河汊里的各种垃圾。把水边漂浮的柴草捞到岸上,晒干,充当柴火。那天,柳上梢破天荒没有出船,将自己关在船上那间摆放船模的房子里,不知在干吗。他之前的卧室让给季小麦之后,他就将两个房子中间的通道用木板封死了,并在船尾架起了木梯子,上下船他走船尾,她走船头,各有各的道。他好像用这种方式在同她保持距离,对此,她不觉得奇怪,换成她的亲生父亲,在这种环境中肯定也会这么干。她有时会去船尾,帮他整理房间,或者喊他吃饭。这样的事情他是不会拒绝的,相反,是她让他感受到了已经多年未曾有过的亲情的温暖。他也因此心生幻想,如果真有个女儿,该对上苍感激涕零。

午饭时,她站在船尾的木梯口朝船上招呼,柳叔叔,吃饭啦。可是船上没有回应,她以为他出去了,扭头看看河汊,几艘船都停泊在原来的地方,没一艘是离岸的。她提高声音,复喊了两声,仍不见他下船。她莫名心悸起来,是不是他发生了什么状况?这种慌乱中的想法是偏向悲剧的,清浅的,灾难的。她抓住栏杆,忐忑不安地爬上船,结果却是虚惊一场。柳上梢坐在临窗的长条桌边,埋着头在组装一只船模,是只三桅船模,桅杆已经立起来了两根。柳叔叔,吃饭啦。她没敢走进房间,只在门边轻轻叫唤。你先吃,我马上来。他连头也没抬,精神全集中在船模上。

她没再坚持叫他下船,而是悄然退回去,在饭桌边等候他。后来,她才知晓,这一天他没出船是有原因的,他的风湿性关节炎发作了,走路时一瘸一拐的。这种日子他哪儿也去不了,只能待在船上摆弄那些船模。她的内心陡然泛凉了,一种恐惧感紧紧攫住了她,如果某天他的腿疾严重到使他下不了船,身边又没人照顾,他是不是要死在这艘船上,那样的话,这船就成了他最后的坟墓。那些本该陪伴他的人哪里去了?柳笛是残忍的,抛下他的父亲不管不顾。可因此责怪柳笛,又是不公平的,做儿子的就该陪着父亲囚禁在一座坟墓里吗?父亲有父亲的生活,儿子有儿子的世界,两者的交集只是两根射线,走过原点后彼此的距离只会越来越远,遥远到没有边际。

她被阴云笼罩了许多天。其间,柳上梢勉强出过几次船,不能不出去啊,两只鸬鹚还得喂养呢,这时候它们已经成了累赘。他看过一次医生,煎了几次中药喝,还用上了些土法子来对付他的腿。慢慢地,他的病痛好转了,只是行动迟缓,没法恢复到原样。有一天,季小麦逮到了恰当的时机,抛出了那个盘桓在心头好久的疑问,婶婶呢?去哪里了?哥哥姐姐们又在哪儿呢?

他没有答话,只是斜睨了她一眼。之后,他别过脸,朝河汉出口的方向张望了良久,好像他们就在某个地方站着,或者正目睹那些远去的背影消失。她不安地瞧着他,生怕自己冒冒失失的问话刺激了他什么。好半日过后,他才回转头来说,她呀,早不在凡间了。他的声音裹挟着苦涩、揶揄和嘲弄。

她一时没能琢磨出他话里的意思，以为蓝凤菊不在人世了。后来发生的事情告诉她，是她理解错了，他说的凡间不是她认为的凡间。

九

某个休息日的午后，柳上梢又驾船去捕鱼了。他好像被什么追赶着，都来不及等到腿疾完全康复。他摇桨的力道明显不如从前，船走得很慢，出河汊的时间比往常长了不止三分之一。收获也不如以前，有时喂饱两只鸬鹚后几乎没有剩余。季小麦想劝说他不要出去了，她能养活他。在她的内心，已然把他当成了她的父亲。可是，她不敢说出来，这种饱含极度同情的话语对一个勤劳毕生的渔民来说，其杀伤力不啻一把匕首，不只见血，更是诛心。

河汊里因阒然而空旷起来，仿佛变成了巨大的空洞，无法填满的空洞。与此形成强烈反差的是，季小麦的内心却堵得慌，堆积了很多话，找不到宣泄的出口。她回到船上的房间，打开随身携带的背包，背包里有一张她同柳笛的合影。几个月过去了，这是她第一次翻看照片。当她将照片拿在手上时，那种空洞立刻被驱走了，它们之前盘踞的空间让位给了柳笛。这张照片是柳笛的朋友抢拍的，那一次柳笛换了辆崭新的摩托车。那辆摩托车的价格后来她才知道，相对于当时的他们，是个天文数字。柳笛不知从哪里弄到那么一笔钱，在她跟前只字未提过。照片上的柳笛一身黑色的皮衣皮裤，戴着黑色的头盔，长发飘飘，脸部的表情有些冷峻，甚至冷酷。她紧挨着他坐在后座，下巴搁在他的肩膀上，一双眼睛直视前方,眼睛里放射着憧憬的光芒,好像幸福有如某件触手可及的物体,正在前方不远处守候他们。

她好像听到了耳边呼呼的风声。

她摸了一下柳笛的脸,照片是光滑的,可分明触摸到了有棱有角的五官。

她拿起手机,给柳笛编发短信。开始时,她还是迟疑了一下,同照片上的柳笛对视了一眼,才确定自己要对他说什么。

摩托侠,你得有个思想准备,这一次我可要批评你。不过,我还是先同你说说我在这儿的生活吧。我找到了一份工作,早出晚归,都是你父亲接送。不管你同不同意,我都把他当成我的父亲了。他是个慈爱的父亲,比我那个自私的亲生父亲不知伟大多少倍。我喜欢坐在他的船上,他划船时我就盘腿坐在船头,那种感觉像是坐在摇篮里,又像是坐在出嫁的花轿中。你别紧张,除了你,我不会嫁给别人。我爱上这儿了,爱上了这条河流,爱上了河里的水草、游鱼和岸边的垂柳。它们让我平静,心如止水。它们多么安宁,这才是我渴望的世界,是摩托车的后座所不具备的。我不是有意打击你,因为这正是我真实的想法,真切的感受。原谅我的多情吧。

她摁下了发送键,接着编写第二段:

在我眼里,那艘大船是座流动的城堡,不是最豪华的,但却是最安全的,最自在的。虽然航行的区域有限,可在这有限的空间里是自由的，你想停泊在哪里就停泊在哪里，甚至可以停泊在水中央。那样它就是水上宫殿了。宫殿里的人是这河上的王，是这河上的主宰。恰好你忽视了这一点，或者对此不屑一顾。你是个自私的家伙，残忍的家伙。给你一座城堡都不懂得珍惜，给你一座宫殿都不知满足。你是不是太任性了？太贪婪了？你去了南方，拥有了什么呢？那辆摩托车就是你的全部……我也错了，在一个不能扎根的地方幻想着扎下根来，并且幻想把你也拴在那儿。那时候，我们满以为幸福就在那里，可现实呢，真的非常渺茫，像沙漠中的海市蜃楼。你的摩托车速度再快，超音速，超光速，都抵达不了目的地。我不能多说了，你会不高兴的，会愤怒的，会冲我咆哮的。我可不希望看见你这种狰狞的面目。我知道，你同我一样，现在的结果……是谁都不想要的。笛子，对不起，我不是有意让你难堪的。

河汊里的时间是极慢的，河水也变成静止的了。划船出去，在河汊同大河的交汇处，有时能看见漩涡，一圈绕着一圈，在原地旋转。柳上梢不出船的日子渐渐多了起来，有时出去，一两个小时，纯粹遛一遛两只鸬鹚。他不出船时干脆放开它们，让它们在河汊里蹦跶，任由它们自己觅食。后来，他不知从哪里学到的办法，将剩饭剩菜抛进河汊里，吸引河汊外的游鱼进来，这样鸬鹚就不会饿肚子了。德国牧羊犬和猫，还有鹅，全靠季小麦从招待所带回来的食物养着，顾客剩下的饭食中鱼肉不少，养活它们并不需要多少。也幸好她学会了划船，不必依赖他来接送，早出晚归，都是她独自来往。

小麦,你还是搬到岸上去住吧,别跟着在这儿受罪。有一天,柳上梢带着愧怍似的对她说。

柳叔叔,咱们都住到岸上去,这对您的腿有好处啊。她正好顺水推舟来劝说他。

我呀,哪儿也不去,就想老死在这艘船上。他瞥了她一眼,叹口气,扭过头去看身后同他一般苍老的大木船。

她被他的话给堵住了,往后不知如何开导他。他俩的所为是反向的,他将她往岸上推,她不走,她将他往岸上拽,他赖着不动。她很清楚,他袒露的是内心的真相,对他来说,如果没有腿疾,这儿的确是个理想之地。可现在,这潮湿的环境对他的腿疾有百害而无一利,她不能放任他这么做,总有一天要把他弄到岸上去。

您把腿病养好了再回来。她企图消除他的心理障碍。

小麦,你说这大船还能回到河里去吗? 他顾左右而言他。

它本来就在河里呀。

他觑了她一眼,呆滞了一下,而后起身走开了。他的腿疾影响了他,走动时上身无力地摇摆着,好像风中一株被烤晒发蔫的植物。

没过多久,现实给了她残酷一击,她被招待所辞退了。没有任何理由,哪怕是仅仅作为借口。她得重新找个工作,问询了好几处,无奈同她的预想不切合,要么要她住宿,要么上班时间太早,又或者下班太晚。她只能暂时回到河汊里。她又开始同他一块儿去捕鱼,不同的是过去偶尔他会叫上她,而现在是她主动要去,而且一路上都由她来划桨。有她的加入,收获多了许多,得重新卖到

878

城里去。晚归时,她在船尾摇桨,他坐在船头抽烟,她在明明灭灭的烟火中将船驶得平平稳稳。此时的心境同之前坐在船头不一样,她的双臂凝聚了让她难以置信的力量,她掌控着双桨,仿佛掌控了一条河流的走向。

她同他就这么在大河里漂荡着。有时,他会打破沉静,用低沉的嗓音唱起歌谣:一出东门二神滩,遥埠"刷帚"不须拦;磨滩小桥容易过,石臬滩前早早拦。铃盘滩里挨山走,鹅头抱子出西关。上下彭姑容易过,心中又愁北岸滩。歌声中有着被河水浸泡过的悲凉,被河风吹打过的凄楚,很多说不清道不明的东西,像河水一般从身体的某个部位汩汩流过。柳叔,这是什么歌啊?她问他。滩歌。他回答。后来,有时她单独划船出去,不知不觉也会哼唱起这些歌谣,从这些古老而又苍凉的歌声中似乎品咂到了什么。

有次捕鱼后进城,他让她先将船划回河汊,然后从大船上抱下来两只船模,放到船舱里带进城。她很纳闷,不知他要干什么。她以为那些船模完全是他自娱自乐的道具而已,除此之外,想不出还能派上什么用场。卖完鱼后,他让她抱着船模跟他走,两个人穿街过巷,后来进了条破败的小弄,弄堂底还有条小弄堂,到底是座老房子。上了三楼,也是顶楼,过道,一边安装了铁栅栏,还锈迹斑斑的。柳上梢上前推它,没动静,摇撼了半天,整幢楼都摇动了,才有个人用手转动着轮椅出现在铁栅栏的另一边。是个老妇人,头发稀败的白,核桃脸,瘪着嘴,用混浊的眼警惕地注视着他们。

老魏在吗?柳上梢问。

老妇人依然死死地盯着他们。

老魏在吗?柳上梢喊着问,他的声音高得过头了,楼顶发出叫人发怵的嘶嘶声，某个地方好像被震裂了。

你吼叫什么呀，我不是聋子。老妇人翻了下白眼，沙哑着嗓子说。

这是老魏让我做的。柳上梢从季小麦手上要过一只单桅船模，展示给老妇人，但对方只是追着船模看，没有开门迎接他们的意思。他只得把船模放在铁栅栏前的地板上，我放这儿了。

放那儿就放那儿，我又不是瞎子。老妇人不满地吵嚷说。

下楼时，铁栅栏嘎嘎响了几声，之后又哐啷一声巨响，寻思是老妇人将船模拿进屋了。去往另一处的路上，柳上梢同季小麦说起了这个老魏，老魏是航运公司的老船工，年轻时骁勇得很，有次运粮时遇险，就凭老魏一支桨顶住巉岩，才化险为夷。船模是老魏央求做给他孙子的，说不能叫他的后人断了对河流的念想。

十

后来的一天，柳上梢将大船搁浅在河汊里的缘由，细枝末节，毫无保留地告诉了季小麦。好像她有这个知情权，不能对她有所隐瞒。她揣测，这段历史柳笛该是清楚的，不让她知道可能是觉得太琐碎了，没必要说出来，况且他在她跟前隐藏的远比坦白的要多得多。大河断航以后，柳上梢在南门头的渡口摆渡，后来政府为了解决老城区和新城区的交通瓶颈，修建了几座跨河大桥，河面上又搭起了浮桥，摆渡的营生被釜底抽薪了。那艘大船成了水上浮萍，在水面上漫无目的地漂荡。航运管理部门觉得不能让它这么自由散漫地漂着，万一生出什么事端就麻烦了。他们几次动员柳上梢，尽快将船处理掉，要么挪往他处，要么拆除。并且承诺，在费用上会给予一定补偿。柳上梢不为所动。他们不得已给了他最后期限，最终还是他们亲自动手，卸除了船上的柴油机，没有了动力系统，大船成了艘死船，哪儿也去不了。后来，柳上梢请了几个人帮忙，将船转移到了河汊里。

翌日，河汊里发生了件意外的事情，进窃贼了。窃贼从哪里进来的？应该不是从水上。有船的人家就那么几个，都是打鱼的，大家都是老熟人。有些人还到河汊里做过客，有时口渴了，绕进来喝杯水。有时船突然出了小麻烦，它的主人前来借修理工具。问题可能出在后山上，后山那边还有不少小山包，小山包下有路连通村落。新城区慢慢扩张，后山到处是工地，熙熙攘攘的。可能是工地上的人，误打误撞翻过山，见河汊里没人，就滋生了歹意。窃贼的收获不算多，但也不少，掳走了两只鹅，抱走了一只船模，顺手牵羊拿走了没卖完的一小袋鱼干，将季小麦藏在枕头下的几百元现金给搜走了。

当天早上，季小麦同柳上梢是分开走的，柳上梢撑着扁舟带上两只鸬鹚走在头里，她是划着乌篷船进城，想去试试运气，看能不能再找到一份合适的工作。她比他晚一步回来，老远就见他坐在河岸边的石头上，呆呆地朝她回来的方向张望着。她以为他在盼着她回来，下了船，才发觉不是。她都快走到他跟前了，他还没有反应，不曾觉察她回来。她喊了声，柳叔叔。他仍不见动静，眼神像被冻住了似的，仿佛不认识她。柳叔叔，您怎么了？她以为他的腿疾又犯了，失声叫了起来。他的双眼茫然向着她，鹅呢？

她看他不像是在开玩笑，紧张地瞄了眼河面上，河面上只有细碎的水波,看不到任何活物。两只鸬鹚静静地立在扁舟的木架上。德国牧羊犬躲得远远的,似乎明白了自己的失职,没有看守好两只鹅。猫不知逃到哪儿去了。渐渐地,她留意到了更多异常,原本堆放整齐的物件不知被谁翻动过,有的跌在了地上,有的保留着被侵犯时的凌乱状态。棚垛里也有人动过的痕迹,米缸被揭开了,缸盖扔在地上。为了防老鼠也防猫,鱼干原本挂在棚垛的横梁上,现在不知去向了。大船上更是狼藉一片,柳上梢睡的房间成了重灾区,木鼓凳翻倒在地,塑料桶滚到了门边,渔网、雨衣、组装船模的工具,甚至床上的被褥,都胡乱地抛弃在甲板上。盘点过后,暂时只发现丢失了那艘夺人眼目的龙舟。季小麦的房间相对好一些,是因为存放的东西不多,窃贼想有更大的作为也不可能。床上的被子只是掀开了一角,大概是窃贼轻而易举得到了想要的,她的背包有些惨,里面的东西全都被倒了出来,小圆镜、口红、护手霜及柳笛送给她的一条手串……天女散花般的,到处都是。她同柳笛的那张合照飘落得远一些,正面朝下,它的背面蒙着一小块弧形的灰色印迹,可能是窃贼鞋印的一角。她将照片拾起来,小心地拭去了上面的印迹,然后裁了张纸巾将它包裹起来,放进随身背着的小包里。

柳上梢的心情始终好转不过来,在水边踟蹰到快天黑。吃晚饭时,他还在念叨,那两只鹅呢。德国牧羊犬可能肚子饿了,很不识趣地凑到他跟前,遭遇了一顿臭骂,你个不识好歹的家伙,同那臭崽子一个样,需要你时跑得不见鬼影了。

换了谁都听得出,他表面上是冲着狗去的,话外音却是在责骂他不争气的儿子。季小麦忽然惴惴不安起来,他会不会看见照片了?落在甲板上的照片那么显眼,只要他进了她的房间,不可能看不见。是他看过照片后故意原样放在了地上,还是他没上她的房间去,或者上了她的房间却没注意到照片?那个晚上,她躺在床上怎么也睡不着,翻来覆去地思想。她将回到河汉后,他的表现仔仔细细地反刍了好几遍,除了他因痛失两只鹅而流露的悲伤外,似乎没有别的异常。如果要说异常,以前他从不在她跟前提起他儿子,他咒骂狗的时候分明在向她暗示什么。他一定是看见照片了!她腾地从床上坐了起来,该怎么办?把她同柳笛的一切向他和盘托出?她暗暗自责,也许早该告诉他……她的隐瞒是恶意的,是别有用心的,是对一位老人的犯罪!可是,她实在没有勇气说出来……她都不敢朝这方面去想,若是真有这种打算,该怎么面对他的双眼?她莫名联想到那些罪犯,他们接受审判时是怎样的心理状态。她触摸到了自己的怯弱,却无力去战胜它。思前想后,她宁可臣服于自己的怯弱,暂且不向他坦白。

她得有个准备,她交代她是柳笛的女朋友,未婚妻?还是同事,或者刚刚认识没多久的朋友?她该给他怎样的答案,又能拿出什么答案? 这些问题在出发之前没有考虑过,现在自然没有明确的答案。

他没有像她预想的那样来质问她什么。他的情绪完全被那两只鹅左右了,不经过脑子都能知道,它们会是怎样悲惨的结局。失窃后的第二天,他没有出船打鱼,也没有心情同她说话。早上他下了船,去关鹅的埘橱里看了一圈,而后又瘸着腿回到船上。上船时他很吃力,右手用劲扣住栏杆,整个身体的重量右倾,几乎全部压到了栏杆上。所幸栏杆很结实,才不至于被压崩。他的样子让她很不放心，想上去扶他一把，又怕他尴尬。她就那样绞着双手，眼睁睁地看着他上了船，进了船舱。

中午，他没下船吃饭，她上去看他时，他正在修理一些材料，从摆在长条桌上的骨架看，可能是准备再造一艘龙舟。柳叔叔，吃饭啦。她怕扰乱他思路似的轻轻叫了他一声。我不饿。他回复。一整天他都待在船上，直到吃晚饭才下船。他坐在饭桌的对面，似乎忘了要干什么，只是拿眼睛痴痴傻傻地看着她。她陡然一惊，内心某个部位像软体动物受到针刺似的痉挛起来。她在痛苦地等待他提出那个令她纠结了好久的问题，可他一句话不说，就那样直视着她。她心虚地埋下了头，他的目光落在她的头顶上，像烈焰似的灼人。可能就差那么一点点……她就要崩塌了，向他投降了。当她鼓起勇气抬起头时，他已端起饭碗，在认真吃饭。

饭毕，她收拾碗筷正要离开时，他忽然叫住了她，小麦。

她又坐下来，听他要说什么。

我为什么要买那两只鹅呢？他好像不是要对她说，而是自言自语。从两只小毛球养到现在，都快二十年了。她推算，那会儿柳笛该是多大，那时他该还在船上。我那狗崽子是只水猴子。他这么称呼柳笛。柳笛从小就淘气、调皮，没少给人家添乱。有一次，他偷了两枚鹅蛋，被人家发觉了，偏偏对方是个暴躁而凶狠的女人，用一根断篙险些将柳笛的胳膊打折了。后来，柳上梢买了那两只鹅，为的是给儿子下鹅蛋。可没想鹅蛋也没能拴住儿子的脚，更没能拴住儿子的心。下的鹅蛋都留着，都留坏了。鹅也老了，一只已经不下蛋了。他舍不得杀了吃，不管怎么说，它们都是有功之臣。虽然它们的"功"没有人品尝，可他不能过河拆桥，不能兔死狗烹。他养着它们，当养着自己一样。

她好像一艘满载负荷的大船，被他的话给击沉了。她觉出了她的苍白，那是对爱情的浮浅的苍白。她无论如何也不能说出真相，真相是件威力无比的利器，同样会把老人给击沉的，虽然老人的船远比她的船承载更多。

她沉默了。

十一

许多日子，季小麦都是在惶恐不安中度过的。她很害怕聆听老人谈论柳笛，之前可不是这样，她对柳笛的一切是那么感兴趣，巴不得一秒钟掌握他所有的秘密。如果当时有人将柳笛的事情讲给她听，即便对方讲完了，吐了个干净，她肯定还会追着问，还有呢？她弄不懂自己为什么会变得这样，扪心自问，还是以前的她吗？她不能拒绝当一位忠实的听众，在他缓慢的叙述中保持足够的耐心。也许正因为她的表现，老人的讲述越加从容不迫，低沉的嗓音，拖长的语调，仿佛一把把细小的刀子，一刀刀从她心头上划过。他是个优秀的刽子手，在拉长行刑的快感。她不能责备他，也不能埋怨他，他有权利这么做。为什么他不直截了当问她呢？而总是以这种曲折迂回的方式，含沙射影的方式。她情愿他痛快一点，麻利一点，把想从她嘴边知道的一股脑儿说出来。有时她的内心会骤然生发一种鲁莽的不计后果的冲动，不消他主动追问，把什么都吐出来，不必再忍受这种摘胆剜心般的痛苦。

两个月后，她找到了新工作，在餐厅当服务员。对方先前只答应每月给她两天休息时间,争取后勉强给了三天。她又过上了朝发夕归的生活,早上在薄雾中驾船从河汊出发,晚上在不尽的苍茫中归来。这种生活也是有小变故的,如果遇上暴雨倾盆大河涨水的日子,她就不能划船出去,只能旷工。罚过她两三次旷工款后,餐厅老板了解了事情的原委,给了她一项优待,遇上大雨天旷工,只扣发当天工资,不再额外惩罚。

柳上梢很少出去捕鱼了,不只划船困难,撒网也不利索了。两只鸬鹚也好像有意捉弄他,每次都同他争抢到手的猎物。他只能在河汊里活动,主要的工作有两项:一项是勤勉地打理那几畦菜地,争取蔬菜自给;另一项是无休无止地制作船模。他和他豢养的两只宠物的生活费用差不多全落在了季小麦的肩上。有一天,季小麦突发奇想,那些孩子不是喜欢船模吗?能不能把它们拿去变卖呢?她征求他的意见,他沉吟片刻后点头答应了,大约他也意识到了他们的窘境。南门头的不远处有个临水公园,公园里有个游乐场,每逢周末有不少孩子在里面玩耍。她趁着休息日,在公园门口摆了半天地摊,带去的几只船模全都卖出去了。有两个孩子同时看中了仅剩的一只三桅帆船模型,互不相让,结果是她承诺下个周末一定带只一模一样的船模来,才平息了他们的争端。那个礼让的孩子不放心,还同她拉了钩,才恋恋不舍地走开。

当她将卖船模的所得交给柳上梢时,他几乎不敢相信,接过钞票的手始终哆嗦个不停。这无疑给了他另一条活路,是他的手艺,更是她的发掘。她的内心轻松了许多,好像从一个狭窄而憋闷的空间里走出来,遽然呼吸到了新鲜的空气。她想把这份愉悦同柳笛分享,拿起手机时才记起,已经好长时间没给他发短信了。

笛子，很抱歉，这么久没给你发短信了。我要学会适应你不在我身边时的生活，不是吗？我相信我会做得很好。你见过你父亲制作的那些船模吗？它们多么精致，多么完美，每只船模都是一座堂皇的岛屿，随便摆在哪里，哪里仿佛就是一个璞玉浑金的世界。我把它们拿到公园里，很快被孩子们抢购一空，你想象不出他们是多么欢喜。你父亲，不，也是我父亲，我们的父亲，他已经答应制作更多的船模，以便更多的孩子喜欢并得到它们。我们的父亲说，他们会因为他的船模而爱上身边的这条河流。这是一定的！实际上他们早就热爱上了这条昼夜不息的大河。

亲爱的笛子，以后我不会给你发太多信息了。你别挂念我们，我和我们的父亲，一切安好。

季小麦在餐厅工作三个月后，遇上了餐厅的厨师余双庆。他们的分工不一样，他在厨房，她在外厅，只在传菜窗口才有机会碰个面，那样的环境彼此都不会留下什么印象。是一场雨让他关注上她了。那天早上，她驾船出来时天气尚好，半道上突然下起了雨，浑身都被浇透了。到餐厅换上工作服，还是打起了喷嚏。餐厅的一位老大姐怕她感冒了，吩咐后厨给熬碗姜汤，后来是余双庆掌勺，并亲自将姜汤送到了季小麦手上。

晚上下班，季小麦在距离餐厅不到百米的地方巧遇余双庆，后者正要去河边散步。余双庆是个话匣子，一路上喋喋不休。季小麦因为对白天那碗姜汤的感激，不好冷落对方，多半在倾听，偶尔也插上几句,怕他觉得她在敷衍。说的都是餐厅里的人和事,有的听过,有的新鲜。还因那碗姜汤,围绕老大姐的话题相对多一些,老大姐是餐厅老板的亲戚,可不端一点儿架子,特别会照顾人,是个暖心的大姐。如果不是她说话,我才不会熬那碗姜汤呢。余双庆倒是不会讨好人,话到这儿,河边也就到了。她解缆上船,起篙摇桨,他站在台阶上挥手目送她离去。

这似乎成了彼此心照不宣的情节,往后每天下晚班余双庆都会在餐厅前守着她,同她一块儿走到河边。她有过矛盾,躲避过他几次。可他没有什么出格的举动,连带暗示性的话也没有,倒显得她有些多心了。再者,他不是个讨厌的人,虽然有点儿夸夸其谈,可哪个男孩子在女孩子跟前不是这样表现的呢?他的不少话是实锤,真实,不掺水分,稍加琢磨,还是他说的那个道理。她也就由着他,有个人说话不至于太孤寂,要不然满街灯火只会让她徒增伤情。有次,他们在河边告别时,冷不防柳笛从她内心的某个角落跳了出来,她想起了柳笛接送她上下班的情景。有段时间,她在咖啡厅当服务员,柳笛每天骑着摩托车将她送到咖啡厅的后门,下班时他总是提前在那里等候她。有时他会载着她,到海边的林荫大道上兜一圈风,然后再回出租屋。如果柳笛在这儿,他一定会亲自划船送她回去。她的内心遽尔怏怏的,像是丢失了什么。

她有过另一种假设,若是余双庆真的送她,也不能答应。倘若被柳上梢看见,该做何解释?况且她还不能确定老人家有没有看见她同柳笛的合影。如果真是那样,老人家不说,她也会无地自容。

有一天,余双庆问她住在哪里,为什么非得驾船往来。她的回答半真半假,她说她住在河边的村子里,划船等于抄近道,要是骑车可就绕远了。他听后似乎相信了。过后,他又问,你不是本地人?她含糊其词回答,我从小在外地长大。后来,她反过来问他,听你的口音也不像是本地人?

我是本地人,同你一样,也是在外地长大的。他向她笑了笑,笑容里夹杂着看得见的苦涩和落寞,我是个弃婴。

听我养父说,我小时候体弱多病,先是被福利中心收养,后来是养父母领养了我。他的语调并不显得沉重,可能早就接受了这个事实。我八岁时,随养父母离开了这儿,前几年他们才将真实的情况告诉我。他们让我回来,是希望有一天我能找到亲生父母。

你找到他们了吗?她愕然问。

谁能告诉我他们在哪儿呢。他的眼睛里全是迷惘。

慢慢找,总有一天会找到的。她安慰他。先前他们之间阻隔着堵墙,现在这堵墙忽然被打通了,在她和他之间辟开了一条秘密的通道,从通道里透过来的光亮只有她看得见。

十二

雨季来临时,柳上梢的腿疾再次发作了,准确说是加重了,因为他的疼痛就没有停止过。此前,他全身心投入船模的制作中,可能忘记了病痛。季小麦每天提前给他做好了中晚饭,并遵照他的嘱咐将热饭的炉子搬到了船尾的甲板上,那样他就不用下船。待到她察觉时,他已经卧床一整天了,粒米未进。也是从此开始,他控制了自己的饮食,将饭量减少到了平常的三分之一,水也喝得极少。与之相对应的是排泄物的减少，排泄次数的减少，及排泄间隔期的拉长。他很理智，怕增加她的麻烦。她要送他去医院，却遭到他强烈反对，妥协的结果是先找医生开几服中药，服用后看疗效再做决定。他是在拖延离开大船的时间，或许他有某种预感，一旦下船就是永远的告别。她的内心骤然一阵酸楚，不能不顺着他的意愿。她请了几天假，守在河汊里照顾他。这也是她留下来的初衷。

几服汤药煎服完，他的病患不见任何好转。于是，去医院的事又突兀在他们中间，到底是听他的，还是由她安排。再买几服中药吧，万一治好了，就没必要到医院花那冤枉钱。他恳求她说。您喝的中药还少吗？要是能治好，早该治好了。她反驳说。他见恳求失效，换了种方式，耍赖加威胁，我哪儿也不去！就让我死在船上。她被他气晕了，一句话都说不出，直掉眼泪。他可能觉得还不够狠，又添加了一句，我就要死在船上。

咱们是去治病，不是离开这里。您的腿疾治好了，谁阻挡得了您回来？缓过一阵气后，她劝说他。

他闭着眼，不答话。

考虑再三后，她放弃了同他协商的幻想，不能由着他任性，柳笛不在跟前，她得当家拿主意。明天去医院。她告知他，再不容他争辩。事实上他也没有争辩，而是睁大双眼绝望地仰视着她。她不看他的眼睛，因为她清楚不能心软，如果再顺从他，那是害了他。可单凭她一个人，没法将他送去医院。她特地去了趟餐厅，请余双庆帮忙，余双庆二话没说就答应了，餐厅老板却不让，要另派人去。余双庆坚持要自己去，餐厅老板退让了，叮嘱说，忙完赶紧回来。

这中间,柳上梢可没闲着,从床上翻滚到了甲板上,再靠双手的力量一厘一寸往外爬。待季小麦赶到时他已爬到船边,上半身正往下栽,眼看着就要从船上跌下去。余双庆反应快,抢先一步拽住了老人,两个人合力把他抬上了床。虽然船上通风,可老人的床铺上臊臭熏人,更别说他身上了。季小麦很是愧疚,再也顾不得许多,烧了盆热水,给老人擦洗了身体,换上干净的衣裤。干这一切时,老人始终紧闭双眼,像件物品般任其摆弄,其中的羞辱可想而知。临到出发,老人指示季小麦取出一纸存单,存款不多,可能他早就预想到有这么一天,平常省吃俭用积下的。存单藏在一个小暗格里,外表钉了木板,余双庆费了好大的劲儿才撬开木板,取出存单。

柳上梢在医院住了一星期,医生就让出院了,这病完全康复是不可能的,以后怕是要坐轮椅了,回家养着吧。

季小麦将城东的老房子做了一次大扫除,拾掇齐整了,买了轮椅,将柳上梢从医院接了回去。从医院出来时,柳上梢朝河汊的方向张望了几眼,又扭头看了看她。等您的腿全好了再去吧。她摇摇头,否决了他的想法。他已无力反抗,只能屈从于她的做法。待她去河汊收拾东西时,他不忘嘱托说,记得把狗和猫带过来。猫却野了,还惧怕她,总是躲躲藏藏。她设法要逮住它时,它幽灵似的钻进了山林,再也不现身了。狗很乖巧,她上了船,它也老老实实跟着上了船。两只鸬鹚在征得他的同意后,转送给了一个同他熟识的打鱼人。

最后一趟去河汊是在搬到老房子后的第一个休息日,她怕遗漏了什么东西,将船里船外仔细搜寻了一遍,只寻回几块木板。菜地里仅剩的一点青翠也被她拔干净了。她站在乌篷船上回望空无阒然的河汊，眼泪猝不及防淌了出来。这泪是为她自己流的，也是替柳上梢流的。从将他抬下大船的那一刻，她深知，他不可能再回来了。她涌起过一股莫名的冲动，要点把火，把大船连同河汊里能够燃烧的东西都烧它个灰飞烟灭。她克制了那股冲动。她没有剥夺它们生命的权利，也不能干预它们的存在。特别是那艘年逾半个世纪的船舶，它的结局不是她能给予的。从诞生之日起它就注定了死亡的方式，死亡的航向，别人想改变也改变不了它进入历史窄门的路径。她吃力地划着桨，乌篷船后拖着那叶扁舟，宛如一根粗硕的尾巴，那也是她切割不了的。

柳上梢在城东老房子的日子远比在河汊里热闹，周边昔日的朋友熟人闻听他回来了，一个个前来看望。有几个是坐着轮椅来的，患的是同柳上梢一样的顽症。那个买鱼说要把鱼鳔留着给孙子吃的老妇人来过好几回。他们在一起叙谈的都是陈年旧事，间或插上几段柳上梢不知情的故事，毕竟他好久没在这里了，不是什么事都能知道的。也有人问柳上梢，季小麦是他什么人。女儿。他回答得挺自然的。没听说你有女儿呀？问的人惊诧。你没听说的事情多着呢。柳上梢回敬得不留余地。别人便不再多问了，就当季小麦是他女儿。船上人家多是见怪不怪，当年跑船忽儿多个人，忽儿又少个人，都不是什么稀奇事。船上客嘛，愿走就走，愿留就留，不关旁人什么事，刨根问底是跟自己寻烦恼。

柳上梢的腿疾依然不见起色，身体也每况愈下，但这日子暂时还是进入了有序状态。季小麦照常去餐厅上班，因为离得近，下午还能抽空回来一趟，看看柳上梢有什么要处理的，或者小憩一下。下晚班时，余双庆照例陪着她一同走，直到将她送到老房子跟前。有时，她也会邀请他进屋坐坐，上次帮忙将柳上梢送进医院时，他们已经认识了，同老人再见面也不会尴尬。余双庆每次都会说上几句让老人宽心的话，老人的应答也很正常，少不得感谢一番，有次还让季小麦代他送了只船模给客人。

没过多久，余双庆还是曲径通幽地表明了他的心迹，正因他没把话说透彻，给了季小麦回旋的余地。你说什么？她假装没听懂，其实早已猜到了他的心思，只是还没做好准备接受他。我该怎么办？我该怎么办？她在内心一遍遍问柳笛。她承认，余双庆是个比柳笛更有安全感的人，可是，有安全感就够了吗？好在余双庆见了她的态度没有穷追猛打，而是自觉地退了回去。他遮遮掩掩地说，没什么，你别放在心上，我就随便说说。

后来的某天，他乞求她，能不能载他到河上转一转。我还没去过河上呢。他讪笑着说，好像这是个非常大的遗憾和错误。她应允了。他们是在晚上下的河。她荡着双桨溯流而上，水很静，阻力不大，船行驶得很悠闲。他们不是在河上讨生活，不用那样着急。他们不必朝哪个固定的目标航行，也不赶着上岸。他们是在享受这条河流。她偏爱夜晚的河流，或者说河流的夜晚，那样的光和影，那样的平静和神秘。有鱼跃出水面，泼剌一声。看，鱼！余双庆像个孩子似的快活地叫了起来。她在黑暗中微笑了一下。而后，她从容地划着桨，拐了道弧，将船头对准河流的下游。

往下游行驶时，每经过一个地方，她都会准确地报出它们的名字。这些地名好像路标一样，提醒船在哪里，提醒她在哪里。有个地方叫老码头，拦河大坝筑起来后被水淹没了，水面上什么也看不到了。但柳上梢仍叫它老码头。

他们漂到半夜才返航。下船时,他带着憧憬信誓旦旦对她说,我一定要在这里买间大房子,小麦,你愿意同我一块儿住吗?

她的心猛然抽搐了一下。当初,柳笛也说过同样的话语,只不过地点不同,时间也不同。某天下班,她从洗头屋走出来——那会儿她成了洗头妹,柳笛及时摁响了喇叭,等她上了后座摩托车就风驰电掣起来,好像长出了翅膀。他载着她在海边转了一大圈后去了火锅城。他们挑了个靠窗的位置,窗外是满街灯火。两罐啤酒下肚,柳笛不知从哪里拿出只黑色的塑料袋,隔着桌面扔给她。塑料袋有点分量,落在她的胸口上,将她的乳房都砸疼了。他让她打开袋子,她差点儿失声尖叫起来,袋子里居然是几沓钞票。这是她第一次见到那么多的现钞。天呀!他哪来这么多的钱?当着大厅里三五成群的食客,她不敢贸然将疑问说出来,只是一脸狐疑看着他。他偏不做解释。

我给你买套大房子,要不要?他隔着升腾的雾气笑着问她,他的脸有些模糊,让她看不真切。

十三

老房子喧闹一段时间后慢慢归于岑寂,究其原因可能是柳上梢不太习惯这种经常受人打扰的生活。德国牧羊犬成了他忠实的护卫,他用铁链子将它锁在门口,铁链子有些粗,估摸是早年在船上用过的。犬看上去很温顺,可不明就里的人还是会悚然,万一被它咬伤了呢。那些前来探访的人在门边喊叫几声,通常都得不到回应，又不敢冒险闯进去，只得悻悻然走了。时间一长，门庭自然冷落了。

为了方便柳上梢活动，季小麦将室内整饬了一番，该填的坑都填平了，该铲的也铲除了，几处门槛叫余双庆给锯掉了。可柳上梢哪儿也不去，就猫在自己的卧室里。他将那些工具重新找出来，又开始埋头制作船模。当船模累积到一定数量时，季小麦会在休息日去公园摆上一天半天地摊，多多少少换回来一些收入。他们需要钱，柳上梢的那张存单早在医院就掏空了，往后还不知有多少需要钱的地方。好在街道办得知了老人的窘况，上门给他办理了城镇低保，日子勉强能够维持。

有一天，季小麦不知是心血来潮，还是想取悦老人，缠着他要他将制作船模的手艺教给她。他将信将疑，嘴上没说，但手底下已经行动了。从选取材料、画线打孔，到组装的顺序，一个步骤一个步骤做给她看。她上学时数学成绩向来不好，几何更是一塌糊涂，这些同数学几何有着紧密关联的木工活儿仿佛疑难杂症，令她愁眉苦脸。他却很有耐心，不厌其烦，一次次推倒重来。她有些泄气，恨自己太笨了。

有次上课时，他忽然停下手中的活计问，小麦，你说我那狗崽子到底去了哪里呢？

她被他问住了，直眼看着他，半天都想不出话来回答。他的问题让她想起了那张照片，他一定是看见它了。他在等着她自首，等着她坦白。后面的课程她上不下去了，找个借口中断了。

半年后的某天，老房子来了两个陌生人，被狗挡在门口。季小麦将他们迎进屋，来人自称是开发区拆迁办公室的，找柳上梢商量搬迁的事情。河汉那一带已被规划成湿地公园,那样一艘破船停泊在那儿有碍观瞻,必须把它挪走,要么就地解决。所谓就地解决,是直接拆除它,破木烂料权当垃圾给运走。他们了解到,之前在整顿航运时柳上梢没有得到补偿,这次拆迁会弥补。他们特地来征询他的意见,看他有什么要求。

老人闻听要拆除那艘相依为命的大船,慌张得像溺水一般,双手胡抓乱刨,想要从床上爬起来。爬了几次都没能起身,季小麦见状赶紧搀扶他坐了起来。你们……说什么,再说一遍!老人的气还没喘匀,说话有些结巴。

来人将刚才的话复述了一遍,并解释说,不只您老的船要挪走,那一带的建筑也全部要拆除。

如果不挪走呢? 老人硬邦邦地问。

这恐怕不行。来人中个子较高的那个说,您老要是不方便去办,我们会帮您把它挪走的。

船都那样了,放在那里也没什么作用啊。个子矮一些的那个帮腔道,再说也不是白拆您的船,我们会照规定补偿。

没有作用?! 眼瞎的人才会这么说! 它运粮、运蚕茧、运茶叶,什么东西没运过?!什么风浪没经过?!老人愤怒难掩,继而嘲弄矮个子,那会儿你还没在你娘肚子里投胎,哪里看得见?!

您老别激动,咱们说的是现在,不是过去。高个子朝矮个子丢了个眼色,示意他别说话,让他来说服老人,您看,咱们把那里规划成公园,是美化环境,是让人们在茶余饭后有个舒心惬意的好去处。这是社会的发展,时代的进步,也是人们对幸福生活的向往和追求,您老得做些让步,咱们都得让步,换了谁都得让步。

我都坐在轮椅上了,还得给人让步?给谁让步?我挡着谁碍着谁了? 谁又给我让步? 是不是要我死了才罢休? 要我死了才一了百了? 老人的脖子上青筋暴突,脸色乌紫,两只眼睛喷得出火来。他的嘴唇嗒嗒嗒地翕动,宛如两片飞速碰撞的桨叶。

商谈没有结果,来人丢下一句话,您老再考虑考虑吧,然后夹着带来的文件走了。后来,又来过几拨人,一拨是两个中年女人,净拣些好听的话说,妄图打动老人,后一拨是几个男人,之前的高个子也在其中,好话硬话轮换着说,老人就是不松口,两拨人都无功而返。第三拨来得晚了半个月,是一个男人和一个女人,女人出面将季小麦叫了出去,男人则向她动之以情晓之以理,大意是船必须拆除,无论如何都会拆除,何况那早就不是一艘船了,让她代替老人签字,现在签字他们还能给争取点儿奖励,要是等到强拆,那就什么都没有了。男人说话的同时,女人将笔塞到她手上,几乎是捉着她的手把字给签了。补偿款是一万两千元,一万元补偿,两千元奖励。对那样一艘船来说,这个价格不低了。

你有空的话去河汊里看看,能不能拆点有用的东西。临走时,男人好心提醒说。

季小麦几乎不敢相信,是她把字给签了。手上的现钞成了烫手的山芋,是无法抵赖的证据,她的确这么做了。她是叛徒,彻底背叛柳上梢了。她朝他心上捅了一刀。她不能去想象,如果让他知道,该会怎么对待她。他肯定恨不得杀了她。可是,如果她不签字,那船会怎样呢?他们会听之任之吗?不可能! 他们照样会拆了它,其实她签不签字,那船的结局都是明摆着的了。他们也很清楚是这样的结果,为什么还找她来签字?仅仅是为了给他那笔钱?或者他们是为了他们自己心安理得?对于男人的建议,她不予理会,甚至觉得那是个陷阱。拆几块船板,物尽其用,这会是延续了船的生命吗?这很荒诞。纵使有一千个人一万个人在拆除它,她也不能参与其中。

绝对不能。

她在想,该把这些钱存放到哪儿,可不能让老人看见。以后的日子,老人绝对用得着,这是唯一能让她减轻愧疚的地方。后来,就这事她给柳笛发了条短信,一句话,我做得对吗?

十四

那些声称要拆船的人再也没有出现,这让柳上梢疑虑丛生,可是病患让他下不了床,只能干着急。他们是不是将大船拆掉了?有一天,他忍不住问季小麦。您都没同意,他们怎么会动手呢?她诓他。我们去河汊里看看吧。他几乎在乞请她。她的内心一酸,眼泪直往肚子里流。过几天吧,您要出去,我得请个人来帮忙。她想到的办法唯有拖延。他不吭声了,这是现实,她一个人没法将他带到河汊里去。他不能再强求她,她同他非亲非故,已经为他做得够多了。

几天过去,他没再提要求,对那艘大船也不再念念叨叨。可能在他心里已经认定,它早就被拆除了。他一定是绝望了。在她看来,这有些残酷,也没什么不好。这在与不在,全在人们的意念之间。有些东西即使天天得见,可在见者的眼里它们早已死了,不复存在了。有些东西不存在了,看不见了,摸不着了,可在人家心里依然活得好好的，上升成了无形的存在。外界再不能破坏它，毁灭它。她委婉地拒绝他，是想给他保留一些幻想，这尘世总该给人些许美好的记忆吧。

可能是心理的缘故，柳上梢的身体日渐衰弱，大多数时候卧床不起，心情好些的日子才会披衣靠坐在床头。季小麦规劝他要多吃点儿东西，他总是嘴上答应，而端给他的饭菜几乎原样不动。她去市场上买了新鲜的鱼，炖了他喜欢喝的杂鱼汤，可他禁食的状况仍丝毫不见改善。

这种缓慢的灰色的生活像地下暗河般漫漶了一年多。

某个日子，城东的这片棚户区——老城区一块儿需要蜕掉而尚未蜕掉的残壳，也可以理解为老城区伤口痊愈后的一块陈痂，陡然间无端沸腾起来。人们都在传言旧城改造，棚户区要全部拆迁。脸上被喜悦笼罩的多是年轻人，拆迁意味着有新房住了，还能收到大把的补偿款。好日子在前面等着呢。他们在这些低矮的屋檐下早就生活腻烦了，巴不得下一分钟就能搬进高楼大厦。老人们倒是很坦然，拆与不拆一个样，迁与不迁也是一个样，在哪儿不是日食三餐，在哪儿不是夜眠三尺。也有些老人生了留恋，毕竟住习惯了。几十年下来，脚板下早在这儿扎下根了，把它硬生生拔出来，肯定会疼，会不舒服。

果然，没过多久，来了几个人，提着红漆桶，在一家家的墙壁上画上记号，写下一个个大大的"拆"字。这拨人走后，工作队上门了，挨家挨户地走访，签订协议。他们的进展不怎么顺利，很多拆迁户都在观望，探听别人家的消息，暗暗盘算该如何同工作队讨价还价，尽可能将利益最大化。来找柳上梢做工作的是两男一女，早上八点钟到,下午六点离开,准点得像上班。他们先是宣讲拆迁政策,之后自告奋勇地替柳上梢算了笔账,好像他雇用了他们一般。他们说得唾沫横飞,老人家始终安安静静地躺着,一言不发。揣摩上次拆船的疼还在,不想搭理他们。工作队的人跑了一周,连屁都没听到一个,不得已向季小麦求助。她也摸不透老人的想法,不敢贸然开口。最后的期限到了,老人才摊牌,只要两套回迁房,别的都好商量。这个要求把工作队难住了,柳上梢这一户按规定只能安排一套房,还不是回迁房,是在新城区的安置小区。工作队向上级请示后再同老人商谈,如此反复几次,可能是怕闹出什么事端,最终遂了老人的愿。

事情敲定之后,柳上梢才表明心迹,两套回迁房,一套给季小麦,一套留着给柳笛,不管他什么时候回来,也不管他回不回来。

季小麦听了,又是剜心挖肝的疼。可她只能假装若无其事,赶紧去找过渡房。是余双庆帮着一块儿找,才找到两间车库改装的套间,不够宽敞,但暂时容身不成问题。意外的是,柳上梢搬进过渡房没几天,病情越发严重了。又是余双庆帮着将老人送进了医院。老人在病房里躺了半个多月,出院时医生暗示,老人的时间恐怕不多了。

季小麦只能偷偷抹泪,不敢让老人看见。在护理上尽可能周到一些,细致一些,每天变着花样给老人做菜煲汤,希望有奇迹发生,老人能够好转过来。某日上午,老人将她叫到床前,断断续续说了几句话,蓝凤菊……半月庵……她在那儿。她明白他是要她去找她。半月庵在老城区的上游,距离不远,临河的一个山坳里。他先前给她讲过,半月庵的得名是因为庵里的一口水井,月亮落进井里,无论什么时候都只能看见半个,所以才叫了这名字。当年太平军经过时,不知怎的一把火把半月庵给烧了,井也给埋了。现在的半月庵是一九四九年以前重修的,大体上还是沿袭了过去的格局,只在庵前挖了口水塘,栽了半塘莲,塘中央立了座手持净瓶和柳枝的观音像。

她依言去了半月庵,绕过荷塘,进了庵堂,却是静悄悄的,不见半个人影。她不敢造次,又退了出来。后来见旁边有堵女墙,一扇小门开着,进了门是一园菜地,一个缁衣在身的女人正在菜地里忙碌。她遂上前打听,蓝凤菊在哪儿。尼姑不知蓝凤菊是谁,给她指明了路,让她去找庵主。庵主是个白净的女人,看不出年岁,声音也不冷不热,施主,这里没有蓝凤菊,只有弟子静非。那——她在哪儿?季小麦问。庵主让一名叫静尘的弟子去通知静非,静非却不肯前来相见。季小麦只好央请静尘指路,独自去见静非。既见了静非,才证实柳笛所言不假,她的年龄同柳上梢有很大落差。她的眉宇间沉积着一丝不易察觉的幽怨和愤懑。明知来了人,静非仍然低眉低眼,一脸寒色。

蓝婶婶。季小麦轻轻喊了声,声音里有着含糊的哽咽和复杂的酸楚。

静非回答,这里没有你蓝婶婶。

蓝阿姨。她换过一种称呼。

这里没有你蓝阿姨。

是柳叔叔让我来找您的。

阿弥陀佛,施主,请回吧,这里没有你要找的人,只有未亡人静非。静非说完话,背转身去,再也不理睬她了。

季小麦怔住了，这是她没有想到的情景。她不知该怎么回复柳上梢。回到过渡房，不承想柳上梢已经双目紧闭，鼻孔里仅剩出气，生命垂危了。她再也控制不住自己，放声号啕起来，柳叔叔，我是来向您赎罪的呀！是我害死了柳笛……她得知柳笛的死讯是在他失踪三天以后，上班时接到交警的电话，让她尽快去殡仪馆协助他们处理一起案件。那一瞬间，闪过她脑海的是柳笛那张瘦长的脸，这让她几乎当场就崩溃了。一个同她走得近的小同事，用弱小的胳膊搀扶着她，陪同她打车去了殡仪馆……柳笛死于车祸，是他个个儿把自个儿摔死在一条偏僻的公路上。那里俨然是地下赛车场，据说经常有人在那条路上飙车、赌车。交警是根据死者手机里的通信录找到季小麦的，死者有两部手机，一部手机里的通信录用的都是别名，估计只有死者知道谁是谁，另一部手机只储存了一个号码，就是季小麦的手机号。

　　根据柳上梢的遗嘱，最后举行了水葬，将他的骨灰撒在那条大河里。季小麦让余双庆划船，她则捧着骨灰盒跪在船头。余双庆划船的动作还不太熟练，乌篷船不听他的使唤，划了老半天船还在原地转圈。后来，他干脆停住了双桨，任船随着流水往下游缓慢地漂去。每经过一处，季小麦都会喊出柳上梢曾经告诉她的地名，同时往河里撒去一把骨灰。那模样像是乡下给失魂的孩子招魂。有时船打旋时，她会低声唱起那些老人教她唱的歌谣：客人劝我三杯酒，纷纷醉下东渡滩。杨柳小港双凤口，小滩出口对崖山。或往吴城或往省，或往九江湖口关。或往饶州景德镇，或往樟树龙头山。那天风平浪静，好像河流向来都是如此温顺，如此悲悯，如此善解人意。

当水葬仪式结束后,余双庆将双桨交给季小麦时问,你会离开这里吗?

她也斜了他一眼说,你说呢?

我不知道。

一滴水能够往哪里流。这是她的回答。

之后,她抄起双桨,朝上游划了起来。

【作者简介】樊健军,江西修水人,江西省作家协会副主席。小说见于《人民文学》《收获》《当代》《小说选刊》《小说月报》等刊,著有长篇小说《诛金记》《桃花痒》,小说集《穿白衬衫的抹香鲸》《空房子》《行善记》《有花出售》《水门世相》等。曾获汪曾祺华语小说奖、林语堂文学奖等。